Dla Marysi

Magdalena Zimny-Louis

ZAGINIONE

Świat Książki
wydawnictwo

Wydawca
Magdalena Hildebrand

Redaktor prowadzący
Tomasz Jendryczko

Redakcja
Maria Konopka-Wichrowska

Korekta
Jolanta Spodar

Świat Książki
Warszawa 2016

Świat Książki Sp. z o.o.
02-103 Warszawa, ul. Hankiewicza 2

Księgarnia internetowa: swiatksiazki.pl

Skład i łamanie
Laguna

Druk i oprawa
Opolgraf S.A.

Dystrybucja
Firma Księgarska Olesiejuk sp. z o.o., sp. j.
05-850 Ożarów Mazowiecki, ul. Poznańska 91
e-mail: hurt@olesiejuk.pl, tel. 22 733 50 10
www.olesiejuk.pl

ISBN 978-83-8031-546-4
Nr 90090031

Mój świat ma tylko trzy strony, czwarta to ta, w którą ty odeszłaś.

Sławomir Kuligowski

A

❧

Przyszła do mnie wcześnie rano. Idąc w kierunku drzwi, pożałowałam, że nie pozwoliłam zamontować wizjera pryszczatemu młodzieńcowi przekonującemu mnie spod daszka bejsbolówki, że jeszcze będę miała takich gości, których nie zechcę wpuścić za próg. Otworzyłam drzwi przed młodą kobietą w żółtym płaszczu zapinanym na wielkie czarne guziki. Nie widziałam Helenki wiele lat, nawet jej zdjęcia nie widziałam, ale poznałam ją od razu. Za młoda była, aby wiedzieć, że takie wizyty pasują do nocy. Tylko w ciemności lub na łożu śmierci, kiedy dotyka większy strach, ustaje natrętne pragnienie ciągłego wadzenia się ze światem o jego pępek i na krótką chwilę uchyla się furtka do krainy łagodności. Nie wiem, co pojawiło się na mojej twarzy pierwsze, zaskoczenie czy ulga?

– Jadę do Armenii szukać matki – powiedziała. – Chciałam się czegoś dowiedzieć przed wyjazdem. Mogę wejść?

Bez dzień dobry, bez słówka wytłumaczenia się z tego porannego najścia, głowę tylko lekko spuściła, pół ukłonu, pół niechęci. Na radość ze spotkania nie było czasu, postanowiła udawać pośpiech, żebym nie miała żadnej przyjemności z niespodziewanej wizyty po latach głuchej nieobecności. Poszła za mną w głąb mieszkania. Na kuchennym stole stała szklanka herbaty i leżały dwa biszkopty, moje dietetyczne śniadanie. Helena nie chciała poczęstunku, zapięta w błyszczącym nieprzemakalnym płaszczu usiadła z daleka ode mnie, surowo wyprostowana, jak urzędniczka skarbówki, która przyszła na kontro i całym ciałem obwieszcza niezłomność. W takim małym pomieszczeniu niewiele można odegrać czy ukryć. Widać podskórną pretensję, nerwowość, odgryziony minutę wcześniej fragment paznokcia. Ledwie drgniesz, wszystko wychodzi na wierzch.

– Do Armenii... A twój ojciec wie? – zapytałam, choć mnie to nie interesowało.

Zamiast odpowiedzieć, sięgnęła do torby leżącej obok nogi jak posłuszny pies.

– Podobno masz listy – powiedziała. – Byłoby mi łatwiej szukać, gdybyś mi je dała.

Taka wielka torba na trzy listy? Zapatrzyłam się na wzorki biegnące zgodnie z linią zamka, jodełki przeplatane złotą nitką, kawał skóry spięty metalową klamrą. Poluzowała guzik płaszcza, opalona szyja zaczęła oddychać swobodniej. Jej matka też miała taką cienką szyję, choć kiedy widziałam ją po raz ostatni, miała kilka lat mniej niż Helena teraz.

Helena była atrakcyjna wedle współczesnych kanonów piękna. Usta zbyt spuchnięte, nos ostro zakończony, ciemne, niewyregulowane ściegi brwi nad głęboko osadzonymi oczami, wystające kości policzkowe, wysunięta szczęka, mocna jak dziób ptaka. Jasne włosy nierówno przystrzyżone, każde pasmo innej długości w kilku odcieniach brązu i złota, przedzielone na czubku głowy odsłaniały wysokie, gładkie czoło.

– Sama jedziesz? – zapytałam, oglądając ją sobie dokładnie, pod mikroskopem.

– Tak, nie jestem z natury strachliwa. Dasz mi te listy? – Niecierpliwie wyrzucała słowa, oszczędnie, broniąc się przed nawiązaniem konwersacji. Odmierzyła zdania, jakie musiała wypowiedzieć, zanim tu przyszła i trzymała się planu.

Torbę trzymała na kolanach w pogotowiu. Straszyła mnie ta torba. Mogłam wstać, podreptać do pokoju, z pudełka po butach wyjąć poplamione żółcią czasu koperty, zajęłoby mi to kilka minut. Mogłam je przynieść do kuchni, ułożyć na kraciastym obrusie według dat, pozwolić, aby je sobie najpierw obejrzała, dotknęła atramentu na literkach *Kochana Siostro*, sprawdziła podpis – *Ania*. Poczekałabym, aż przeczyta linijkę za linijką wyznania i rozterki matki, przedzielone kropkami, przecinkami, podkreślonymi wyrazami szczególnego znaczenia, wykrzyknikami na ostatniej stronie. Tych wykrzykników naliczyłaby dziesięć. Dawno do nich nie sięgałam, bo i po co?

– Nie mam listów Ani – zaczęłam z westchnieniem żalu. – Przeprowadzałam się kilka lat temu, dużo rzeczy wtedy zginęło. Pomagali mi synowie sąsiadek, roztrzepane chłopaki, nosili pudła we trzech, rzucali byle gdzie, zawadzali butami... część się rozkleiła, ubrania wypadły na schody, kieliszki się potłukły... Same straty, tak że... niestety.

Helena odłożyła torbę na podłogę. Zegar zaczął tykać tak głośno, że musiałam zrobić trochę hałasu szklanką i łyżeczką, żeby nas ten stukający miarowo czas nie ogłuszył. Nie miałam zamiaru brać zegara z kukułką, ale sąsiadka mnie namówiła, weź, radziła, stary, a w takim dobrym stanie, może coś jest wart? Kiedy się człowiek przenosi z dużego domu do małego mieszkania, musi się bezwzględnie obejść ze sprzętami. Z wielkich, wysokich przestrzeni emigrowałam do ciasnoty, gdzie nawet dwudrzwiowy kredens się nie mieścił ani rzeźbione łoże czy stół na dwanaście krzeseł. Jeden obraz zabrał całą ścianę, szafa wypełniła pokój tak skrzętnie, że musiałam się przeciskać, aby nie zahaczyć kolanami, idąc do okna, talerze i szkło upychałam nawet w łazience, zanim nie uszczupliłam zastaw i serwisów do minimalnych rozmiarów dostosowanych do jeszcze mniejszych potrzeb.

– Nie mogę uwierzyć, że to ty, Helenko... Co się z tobą działo? Gdzie mieszkasz? Tyle bym chciała wiedzieć... – paplałam, bojąc się, że mnie zaatakuje, zmieniałam kierunek, wtrąciłam nawet kilka banałów o pogodzie. Większość moich pytań pozostawiła bez odpowiedzi. Kiedy zapytałam o pracę, odezwała się wreszcie.

– Jestem nauczycielką języka rosyjskiego. Wydałam też książkę. – W jej głosie nie było ani jednej przyjaznej nuty.

– No, proszę... gratuluję! O czym? – Uniosłam się na krześle podekscytowana. Helena spojrzała mi w oczy.

– O skrzywdzonych dzieciach.

– Ach... – Westchnienie przeszło w stwierdzenie... – ach... tak...

Już się pewnie zorientowała, że nie mam zdolności, którą naturalnie przyswaja sobie większość ludzi – kłamania w żywe oczy. I nie chodzi tu o wielkie kłamstwa, które przy polityce, pieniądzach czy religiach się kocą, ale takie drobne, pospolite, wygłaszane kilka razy dziennie, odruchowe przetwarzanie prawdy w nieprawdę bez angażowania sumienia.

– Widać zacięcie do literatury mamy rodzinne... – powiedziałam.

– Zacięcie? – rzuciła pogardliwie – Co to za słowo?

Rozmowę przerwała skoczna melodyjka mojego telefonu. Podniosłam się ciężko z krzesła, telefon leżał na parapecie. Nieznany numer wyświetlił się i znikł.

– Nie odbierasz? – zapytała.

– Nie mam w zwyczaju gadać z obcymi – odparłam. Chyba jej się spodobała moja reakcja, bo spojrzała na mnie życzliwiej. Zaproponowałam kawę lub kieliszeczek czegoś mocniejszego. Odmówiła, wciąż siedząc sztywno i prosto jak na przesłuchaniu.

– Z jakiego miejsca matka pisała te listy? – Zwracała się do mnie bezosobowo. – Daty? Cokolwiek? Potrzebuję tych informacji.

– Nie pamiętam, takie tam mają dziwne nazwy miejscowości. Na pewno nie z Erywania... stamtąd nie pisała, ale dokładnie... – Drapałam się za uchem jak znudzony kot, a Helena napierała.

– A rodzina? Jego rodzina, jak się nazywali?

Zamknęłam oczy. Niech myśli, że się zastanawiam. Tydzień wcześniej miałam sen całkiem podobny do tej sytuacji, w której obie z Heleną utkwiłyśmy, tylko w nim małe dziecko siedziało na stołku, ale zegar tykał tak samo i przez inne wyrazy przedzierało się słowo: „Armenia", w każdym razie od tych słów płynął smutek, pomyślałam po przebudzeniu, że smutek oznacza radość, sny słyną z odwrotności.

Helena nie spuszczała ze mnie oczu. Twarda była.

– Nawet tego mi nie powiesz? – zapytała.

– Naprawdę niewiele wiem...

– Lepsze niewiele niż kompletnie nic! – podniosła głos.

– Twój ojciec mógłby coś wyjaśnić... On na pewno...

Położyła torbę na kolanach, z przesadną ostrożnością wyjęła książkę i podała mi ją przez stół. Złota bransoletka zegarka błysnęła mi pod nosem.

– Proszę. Na rosyjski już tłumaczą.

Zmiana tematu była nagła, ale szybko zareagowałam.

– Ładna okładka – powiedziałam, obmacując grzbiet. – Zapowiada niepokojącą historię. Bardzo lubię czytać, zaraz się do niej wezmę, ciekawi mnie, jak piszesz, jak stawiasz słowa. Mam nadzieję, że tłumacza wyznaczyli dobrego, książka duszę może stracić, jak źle przetłumaczona. Mówili ci już, że talent odziedziczyłaś po ciotce, czy nas nie kojarzą?

Udawałam dowcipną. Na okładce książki pod tytułem *Druga* siedziała tyłem dwójka dzieci i patrzyła na zachodzące za drzewo słońce. Zielone listki gryzły się z czerwienią zachodu, a dzieci były ubrane na biało. Rozgadałam się o szpecących treść okładkach moich powieści, wymieniając jedną z ostatnich, perły owijające skrzynię stojącą obok kobiecego dekoltu z wielkimi piersiami. Miałam ochotę wejść do księgarni i wyrwać ją z książki.

Helena traciła cierpliwość, nie udało mi się pociągnąć jej ku sobie, siedziała na posterunku, nastroszona i chłodna, za murem, którego nie sposób skruszyć. Zerkała na moją kolekcję albumów zajmującą całą ścianę nad stołem. Stały równo, według wzrostu i ważności, Londyn na początku, Strzyżów na końcu.

– O czym pisała moja matka? – Przeniosła wzrok na wczorajsze niepozmywane naczynia obiadowe. – Zadowolę się każdą informacją.

– Helenko... – Zaplotłam palce i oparłam je na brzuchu niczym rozdęty od próżniaczego życia kardynał. – Ja ostatni list od twojej mamy dostałam jesienią 1988 roku. – Słuchała z uprzejmością lekarza, z którym pacjent umówił się na prywatną wizytę, słono płacąc za możliwość przedstawienia rozwlekłej jak sama choroba opowieści. Tylko oczy słuchały. Mimo to mówiłam dalej. – Tuż po Wszystkich Świętych list od twojej mamy przyszedł. Napisała o rychłej przeprowadzce i pracy w szpitalu, mieszkanie mieli dostać, jakby służbowe czy coś...

– Gdzie?! – podniosła głos.

– Nie wiem. Gdzieś poza stolicą.

Helena gotowała się w swoim modnym gumowym płaszczu. Mieszkanie było nagrzane, niczym szpitalny pokój, ogłupiająca duchota, okna nieotwierane w ciągu dnia, kaloryfery z wrzątkiem w brzuchach nigdy nieprzykręcane na mniej. Na niebie kotłowały się gęste chmury, szare, nieprzyjazne bałwany zasłaniające słońce. Brzydka pogoda utrzymywała się od kilku dni, prawie nie wychodziłam z domu. Patrzyłyśmy w okno, rozmowa zatrzymała się w martwym punkcie. Wstałam z krzesła i przeszłam do przedpokoju, kiedy wróciłam z butelką nalewki, Helena siedziała trochę swobodniej, opierała się na blacie stołu.

– Bardzo się cieszę, żeś przyszła... – Spojrzałam na jej delikatne dłonie zakończone bladymi paznokciami w kształcie migdałów. Naciągnęła na nie mankiety płaszcza. Ile było niechęci do mnie w jej zachowaniu!

– Może jednak pozwolisz się poczęstować? – Postawiłam dwa kryształowe kieliszki. Z pięknej karafki nalałam po odrobince wiśniówki. Nie czekałam na nią, wypiłam spory łyk.

– Kiedy cię ojciec od nas zabrał, nie było dnia, żebym o tobie nie myślała... Nie było dnia... Śniłaś mi się po nocach... Wydawało mi się, że płaczesz w pokoju obok, zrywałam się z łóżka, biegłam sprawdzić, ale tam cię nie było. To trwało miesiącami...

– Współczuję...

Helena zgarnęła torbę, szurnęła butem pod stołem, ściągnęła ze mnie niechętne spojrzenie. Coś w niej się poruszyło, nastąpiła minimalna zmiana wyrazu twarzy, na moment złagodniała. Zaczynałam mieć nadzieję, ale ona szybko ją zgasiła. Nie chciała słuchać.

– Pójdę już. – Wstała, odsuwając z hukiem krzesło. – Niczego się od ciebie nie dowiem, nie wiem, na co liczyłam? Nie wzruszyła mnie opowieść o małej dziewczynce w twoich snach, nie rozpłaczę się po wyjściu.

– Całkiem słusznie! Łzy to brylanty duszy, trzeba je oszczędzać – powiedziałam, wstając.

– Naprawdę uważasz, że masz prawo do moich tajemnic? Do trzymania pod kluczem u siebie, co do ciebie nie należy? Kto cię postawił tak wysoko? – Helena podniosła się. – Kto?

Uczyniłam ruch, jakbym chciała poprawić włosy, ale zamiast tego sięgnęłam po jej rękę zwisającą przy płaszczu. Cofnęła ją gwałtownie.

– Zdawało mi się, że byłam przygotowana na twoją wizytę, musiałyśmy się kiedyś spotkać, czekałam na ciebie, ale pojawiłaś się bez uprzedzenia... Nie wiem, co ci powiedzieć, Helenko... To nie jest zła wola, nie gram wiadomościami z przeszłości, po prostu... Tak się nie da, jak na przesłuchaniu, pytanie, odpowiedź, pytanie, odpowiedź, zacząć trzeba od podszewki. Zostań parę dni, spokojnie porozmawiamy...

– Mam bilet, wylatuję jutro wieczorem. – Wyszła z kuchni. Podreptałam za nią do przedpokoju. Przez chwilę mocowała się z zamkiem, który nie reagował na jej szarpnięcia. Odsunęła się, otworzyłam drzwi, Helena przytrzymała je ręką. – Chcę tylko krótkiej informacji, z kim wyjechała moja matka? Kiedy dokładnie?

– Nie wiem! Naprawdę nie wiem, jak on się nazywał! – Uderzyłam się w piersi. – Raz go tylko widziałam. Raz! Wtedy, w sierpniu, kiedy ciebie przywieźli do nas, zanim... Co ci mam powiedzieć? Przystojny był, niezbyt wysoki, ciemne włosy, oczy melancholijne takie... wyprostowany jak struna. Lekarz.

– Nie znasz nazwiska?! – Nie dowierzała.

– Nie! Przysięgam! – Powiedziałam prawdę.

Helena przewiesiła torbę przez ramię. Chciała mi powiedzieć coś przykrego, ordynarnego, żeby zabolało, ale nie miała wrednej natury, nie umiała. Kiedy szła tu z wizytą, z tą całą goryczą zbieraną latami, zakonserwowaną, gęstniejącą z każdym dniem, obliczone miała co do minuty każde słowo i emocję, gdzie usiądzie, co wtedy powie. Nie da się jednak precyzyjnie zaplanować wszystkiego, wystarczy, że druga osoba inaczej się wysłowi czy zachowa, natychmiast wykolei cały pociąg.

Przez okno patrzyłam, jak dzwoni po taxi, spaceruje, czekając na samochód, po chwili wsiada do rozklekotanego mercedesa, który chyba przy rozbiórce muru berlińskiego pomagał, szuka pasa, żeby się bezpiecznie zapiąć i patrzy przed siebie. Torba pojechała razem z nią, ja straciłam apetyt i zjadłam tylko jednego biszkopta, popijając wystygłą herbatą. Trzeba mi było zbierać siły, wizyta Helenki to był dopiero początek.

H

❧❧

Wcześnie rano samolot z Warszawy zniżył się nad skrawkiem chrześcijańskiej, słabo oświetlonej ziemi. Złączone w małe grupy światła nieregularnie rozrzucone między górzystymi osadami nie przechodziły w plątaninę neonowych dróg wyznaczających wielkie miasto. Armenia. Hajastan. Ziemia Ojczysta czy może Kamień Ojczysty? Nieprzenikniony w swoim poczuciu sprawiedliwości Bóg tworzył świat, stojąc na szczycie ormiańskich gór. Dumał i spokojną ręką siał ziemię przez sito. Żyzną wysypał w dalekich miejscach, na wieki czyniąc je bogatymi, uprawnymi krainami, a ostre, nieme kamienie rzucił tu, w Armenii, pod nogi swoim pierwszym wyznawcom. Zanim inne narody przyjęły chrzest, oni już mieli wybudowane kościoły i własnych świętych męczenników. Doczytałam historię Armenii do końca, zanim na pokładzie samolotu zapalono jaskrawe białe światła wzdłuż rozespanych głów pasażerów. Z ciemności pode mną nie wyłaniały się jeszcze żadne struktury, nic nie przechodziło w krajobraz, tylko punktowe błyski dawały sygnał, że toczy się tam życie.

Oparłam czoło o szybę. To nie mój wróg, ta ziemia. To nie ziemia jest moim wrogiem.

Stewardesa pstryknięciem palców i malinowo zabarwionymi ustami poprosiła o zapięcie pasów. W taśmowym ponaglaniu pasażerów przewijało się znużenie. Rutynowe sprawdzanie każdego z osobna, zbieranie śmietniska, poduszek i koców rzuconych pod siedzenia, wszystko mechanicznie, bez uśmiechu, bez ikry. Samolot Embraer 190 zostanie pobieżnie wysprzątany i za godzinę odleci do Polski, za niespełna cztery załoga będzie wysiadać na Okęciu, ja zostanę w kraju, o którym wiem tylko tyle, ile zdążyłam przeczytać podczas trzygodzinnego lotu. Oddalona od wszystkiego, co znam, o 2400 kilometrów. Przyciskałam czoło do okna, zamykałam i otwierałam oczy, ale czas nie zwalniał, czułam ten lot nisko nad ziemią, jakbym wisiała mocno przytroczona do podwozia samolotu.

Spotkanie z ciotką Albiną mogło dodać mi odwagi przed podróżą. Jechałam do niej wykarmiona myślą, że znajdę więcej, niż poszukuję. Dobrze, że nie była to nadzieja, tylko ciche życzenie. Jak mogłam szukać podobieństw między siostrami, skoro ostatnie zdjęcie mojej matki zapamiętało jej twarz i figurę, kiedy miała dwadzieścia pięć lat? Ciotka Albina w tym roku kończyła sześćdziesiąt trzy, wyglądała na siedemdziesiąt trzy, udawała starszą panią z początkami demencji. Nic nie pamięta, listy zginęły, woda zabrała, ogień spalił, ona sama kiwa się nad grobem, resztkami sił błogosławiąc pozostających przy życiu. Pomarszczona baba zawinięta w sfilcowane poncho odgrywała komedię. Strażniczka przedawnionych grzechów i obecnych niedomówień. Może powinnam była zagrać inną kartą od samego początku? Kochana ciociu, odwiedzam cię po latach, bo tęsknię po tobie... Mogłam pójść do niej z historią dorosłej sieroty. Spójrz tylko, ciociu, jaka uczuciowa kaleka ze mnie... Nie zaznałam miłości rodzicielskiej ani mężowskiej, więc u schyłku swoich emocjonalnych możliwości postanawiam pokochać ciebie, która z moją nieobecną od wieków matką dzielisz krew. Czekoladki, kwiatki, stara fotografia, pomalutku, podstępem, bocznym wejściem przedostać się do samego środka jej głowy, po dotarciu na miejsce rozgrzebać kupkę, powyciągać ostrożną, lecz zdecydowaną ręką wszystkie interesujące, potrzebne do sklejenia całości elementy i odejść, nie odwzajemniając rodzącego się w zmrożonym sercu uczucia. Popełniłam kolejny błąd, napadłam na nią, zanim postawiłam stopę w jej dziwnym mieszkaniu pełnym albumów, rycin, ponurych obrazów, makatek i cynkowych garnków. „Słowa nie są po to, aby coś wyrazić, tylko aby coś ukryć" – powtórzyła w mojej głowie ciotka Albina. Dobrze, że mnie nie wychowywała po ucieczce matki, bardzo dobrze, że nie dorastałam w atmosferze zgrywy i nadęcia intelektualnego, przy piersi kobiety, która zamiast gazów puszczała woń samouwielbienia. Do ostatniej chwili miałam nadzieję, że skontaktuje się ze mną, coś wyjawi, podpowie, poruszone sumienie nakaże jej dać głos. Myliłam się, ciotka Albina zamurowała żywcem ludzkie uczucia. Ojciec zwykł mawiać, że były to dwie najmniej podobne do siebie siostry w naszej galaktyce. Ale nie była mi obca, rozeźliło mnie to uczucie. Mimo wszystko nie była mi obojętna. Gdyby taksówka nie przyjechała tak prędko, wróciłabym do jej mieszkania, powiedzieć coś innego, szczerzej, zanim przepadnie, zanim dobry moment nie zmieni się w moment całkiem nieodpowiedni, który nie uniesie żadnego wyznania. Mogłam choć wypić tę wiśniówkę, którą przede mną postawiła. Nie dotknęłam nawet kieliszka. Na pewno to zauważyła.

– Proszę sobie przestawić zegarek dwie godziny do przodu. – Mężczyzna siedzący obok odezwał się do mnie pierwszy raz. Śniady, niebieskooki, ubrany niechlujnie, wyperfumowany piżmem i cytryną. Po wygaszeniu świateł pozwolił mi płytko drzemać z głową blisko jego ramienia, odsuwał kolano, żebym miała trochę więcej miejsca dla swoich długich nóg. Przez zamknięte oczy czułam, że chce być dla mnie miły. Obudziłam się po kilkunastu minutach, zapaliłam lampkę nad głową i zaczęłam czytać, a wtedy on zasnął, zwolniony z obowiązku pilnowania mojego snu. Oddychał lekko, od czasu do czasu głowa opadała mu na piersi, wybudzał się, mówił „sorry", poprawiał pozycję i znów go nie było.

– Zatrzyma się pani w Erywaniu? – zapytał, zachęcony moim ożywieniem przy kręceniu wskazówek. Zapięłam włosy, zbierając z karku nieposłuszne pasma.

– Tak, przynajmniej na dzisiejszą noc.

Ukradkiem wrzuciłam do ust połówkę gumy do żucia. Mężczyzna zaczerpnął powietrza, miał chyba zamiar dalej mówić, ale zrezygnował.

Patrzyłam w ciemność, udawałam zainteresowanie widokiem czarnej masy za oknem. Zza pleców dochodziły dźwięki zapinania pasów, podnoszenia stolików, szybkiego przechodzenia do numerowanych foteli. Kiedy pilot poprosił personel pokładowy o zajęcie miejsc na czas lądowania, usiadłam prosto i zamknęłam oczy. Zacisnęłam powieki tak mocno, aby żaden wstrząs ich przypadkowo nie rozkleił. Obcy głos wybrzmiał blisko mojego ucha.

– Będzie się pani dobrze czuć w Armenii, dobrzy ludzie dobrze się tutaj czują.

Uśmiechnęłam się, pewna, że na mnie patrzy. Nie otworzyłam oczu, aż do momentu, kiedy koła dotknęły pasa startowego, odliczałam sekundy. Samolot rąbnął o asfalt, nie było to eleganckie czy miękkie lądowanie. Oparłam dłoń o fotel przede mną, żeby złagodzić uderzenie wywołane gwałtownym hamowaniem.

– Znów się udało – powiedział, rozpinając pasy. – Sam nie lubię latać, tylko udaję opanowanie. Pierwszy raz u nas?

– Pierwszy – odparłam. Postawiłam mocno kropkę, nie chciałam pozwolić, żeby ta rozmowa się rozkręciła. Zawieranie nowych znajomości nie mieściło się w planie, byłaby to strata. Zawsze się traci po dodaniu drugiej osoby do własnej przestrzeni. To druga osoba powoduje, że nagle musimy się rozdzielać, starać, dostosowywać, ale też nic o sobie dowiedzieć się nie sposób, jeśli się człowiek nie przejrzy w drugiej osobie. Nie potrzebowałam tego lustra. Siedziałam prosto, z ramionami zaplecionymi wokół pasa, tym broniłam dostępu. Przede wszystkim żadnej zachęty. Kiedy samolot się zatrzymał, wstałam gwałtownie z fotela jako jedna z pierwszych, aby utknąć zgarbiona pod schowkiem na bagaż podręczny. Z wielkim zainteresowaniem wpatrywałam się przed siebie. Moja lewa pierś znalazła się obok jego skroni. Zebrałam poły swetra, skromnie zakrywając dekolt. Mężczyzna wcale tam nie patrzył, był lepiej wychowany ode mnie.

W zamieszaniu przy opuszczaniu samolotu nasze spojrzenia spotkały się jeszcze tylko raz. Powiedziałam: „Do widzenia", on odparł: „Do miłego...". Patrzyłam, jak idzie kilka metrów przede mną, z kieszeni wyjmuje telefon, włącza go i zaczyna rozmawiać, nie zwalniając kroku. Pozazdrościłam mu tych spraw, które tu na niego czekają, i ludzi rozmawiających z nim o trzeciej w nocy. Był u siebie, spokojnie szedł, nie rozglądając się na boki.

Wytoczyłam wielką walizkę na kółkach przed terminal lotniska. Małą torbę postawiłam obok i zaciągnęłam się ciepłym powietrzem. Oddychałam przez chwilę kombinacją zapachów, między figami ten sam Bóg Stworzenia musiał ułożyć gałązki kolendry. Lekkość i aromat przedostały się na dno płuc, przyniosły mi ulgę. Każdy kraj pachnie inaczej, innymi zapachami wita na lotniskach, czasami te zapachy udaje się ze sobą zabrać do domu, ale szybko wietrzeją, najwyżej dzień czy dwa pozostają w ubraniach, w zgięciach skóry ramienia.

Przed lotniskiem stało kilka taksówek, jedne eleganckie, inne stare i pordzewiałe, pamiętające sowiecką myśl techniczną. Najbliżej stał opel z pękniętą przednią szybą, jego kierowca ściągnął mnie wzrokiem. Nie umiałam się zdecydować, czym jechać do centrum. Kierowca szarego opla vectry, nieogolony, wyschnięty dziadek w za dużej skórzanej kurtce i obwisłych dżinsach podszedł do mnie jak do dobrej znajomej, na którą czekał. Skinieniem głowy zaprosił do środka, zanim cokolwiek powiedziałam, upchnął walizkę w bagażniku na butli z gazem. Zręcznie dopchał wystającą krawędź i zatrzasnął klapę. Wyrzucił peta, oddzierając go od wargi mocnym szarpnięciem, wskoczył na przednie siedzenie i przekręcił kluczyk w stacyjce. Przez chwilę myślałam, że odjedzie beze mnie, energicznie złapałam za klamkę. Zbyt energicznie, kawałek plastiku został mi w dłoni. Zanim wsiadłam na tylne siedzenie, udało mi się dyskretnie wyrzucić element klamki pod koło.

– Do hotelu Kantar poproszę. Ulica Deghatan – powiedziałam po rosyjsku.

– Gdzie? – Odwrócił głowę.

– Deghatan. – Podałam mu kartkę z adresem. – Niedaleko placu Republiki.

– Aha... – mruknął, przesuwając palcem po literach.

Nieśpiesznie otworzył korbką okno, wyłożył łokieć i popatrzył w lusterko, z którego zwisał krótki różaniec. Matka Boska przytwierdzona magnesem do miejsca, gdzie kiedyś śpiewało radio, miała niebieską suknię i złocistą aureolę.

– Skąd? – zapytał.

– Z Polski.

Ucieszył się. Para koślawych zębów mignęła w ciemności.

– Polska to piękny kraj... – powiedział, ruszając.

Szukałam po omacku pasów, ale trafiłam tylko na kupkę okruchów i krawędź koca. Kierowca, jak jego koc, cały był utkany z woni tytoniowej. Chude ramiona zawiesił na kierownicy, położył się na niej.

– Dwa lata służyłem w Legnicy... – podjął, kiedy wyjechaliśmy poza teren lotniska – ludzie serdeczni, dziewczyny ładne, ubrane jak panie, lniane włosy... Nie uwierzysz – pogładził łysinę – ale ja kiedyś byłem bardzo przystojny, to i problemów nie miałem z miłością. Pewnie, że w sowieckim mundurze wygląda się źle, ale one od razu widziały, że my nie Ruskie. Ech... A pani pięknie po rosyjsku mówi...

– Naprawdę? Dziękuję.

Patrzyłam na ciemne ulice, jeszcze nie budził się dzień. Jechaliśmy bardzo wolno. Dziadek zapalił papierosa.

– Mój syn teraz w wojsku służy. U nas służba obowiązkowa, wojsko dalej z chłopaczyny mężczyznę zrobić umie – powiedział z dumą. – Misza w Górskim Karabachu stacjonuje. Jeszcze mu rok został. Byłaś tam kiedy?

Zdziwiłam się, że ktoś tak podeszły w latach może mieć syna w wojsku.

– Nie. Jestem w Armenii pierwszy raz. Daleko do centrum? – Pochyliłam się do przodu.

– Niezbyt – odparł.

Zerkając raz po raz w lusterko, czy słucham uważnie, opowiadał mi o swoim synu, jak komuś z rodziny. Jechaliśmy bardzo wolno, miałam wrażenie, że auto zaczyna rzęzić i zaraz zgaśnie silnik. Z ulicznego mroku oświetlonego małymi neonami nie wyłaniało się miasto.

– Staniemy na minutkę, gaz mi się skończył – wyjaśnił, widząc moje zaniepokojenie.

W ostatniej chwili skręciliśmy ostro w prawo na parking. Nad wejściem do małej budki przy stacji benzynowej migały kolorowe światełka w stylu Las Vegas. Trzech młodych mężczyzn stało przy dystrybutorze, palili papierosy, przemawiał jeden, pozostali kiwali głowami. Najwyższy zaśmiał się nagle, on jako pierwszy nas zauważył.

Dziadek zaparkował auto w poprzek wyznaczonego miejsca. Wysiadł i nie tłumacząc mi wiele, poszedł do nich. Obserwowałam, jak wskazując na samochód, zaczął coś opowiadać. Nagle wszyscy wyciągnęli telefony komórkowe z kieszeni spodni. Rozmawiali i dzwonili, na zmianę spoglądając w moją stronę. Niewiele mogli dostrzec, wszystkie szyby starego grata były przyciemnione. Nic nie wskazywało na to, że zatrzymaliśmy się tutaj, żeby uzupełnić gaz. Po chwili przestali dzwonić i zerkając w stronę auta, zwartą grupą weszli do środka. Przycisnęłam torebkę do brzucha. Minęło kolejnych kilka minut, zanim wysiadłam z martwego auta. W okratowanych lodówkach z logo coca-coli stały rzędy puszek pepsi, batoników, kolorowych soków, kilka rodzajów wody, brakowało tylko obsługującego ten spożywczy sejf. Bardzo chciało mi się pić. Poprzedniej nocy zamiast snu zafundowałam sobie butelkę wina. Z okna pokoju hotelowego na siódmym piętrze patrzyłam na Warszawę. Nie wznosiłam żadnych toastów, po prostu piłam wino z maleńkiego kieliszka, stukając nim w szybę. O dwudziestej drugiej musiałam być na lotnisku, nawet najkrótsza drzemka się nie opłacała, więc piłam. Kiedy błysnęło dno butelki i ostanie krople spadły na podstawkę kieliszka, sięgnęłam do minibaru po wódkę. Teraz zachciało mi się pić.

Nie czułam zmęczenia, chociaż mijała dwudziesta czwarta godzina bez snu. Rozprostowałam nogi, schyliłam się do buta, żeby poprawić zwisającą sznurówkę. Buteleczki z napojami kusiły zza krat. W budce, gdzie zniknęli mężczyźni, paliło się światło, ale nie dochodziły stamtąd żadne odgłosy. Patrzyłam w prostokąt drzwi i niebo, przekonana, że jeśli zacznie się rozwidniać, uratuję głowę. Nie znalazłam tablicy zakazującej palenia, oddaliłam się jednak o kilka kroków w bezpieczniejszą ciemność. Przeszłam na drugą stronę placu, gdzie na zardzewiałych konstrukcjach ustawiono prowizoryczne reklamy. Wpatrywałam się w znaki, których nie nazywałam literami. Pismo przypominało węża wijącego się grzecznie na rozkaz. Wężowe fale bez wyraźnych przerw reklamowały hotel Atlantis w Dubaju.

Przypomniał mi się dzień, kiedy ogłosiłam ojcu, że chciałabym uczyć się języka ormiańskiego. Tak, wiem, to bardzo trudny język, należący do rodziny indoeuropejskich z grupy satem, ale chciałabym spróbować. Ojciec był tak zaskoczony, że przez chwilę nie przyszło mu na myśl ani jedno słowo oburzenia. A ja stałam w drzwiach kuchni, ubrana na biało, w biało-złotych sandałach na opalonych stopach, z gładko zaczesanymi włosami, wyprostowana i harda, mówiłam, co zamierzam po wakacjach. Mieszka na naszym osiedlu prawdziwy Ormianin, na imię ma Suren, jest rysownikiem, fotografem, ogólnie artystą. Mógłby udzielać mi lekcji języka, właściwie już jesteśmy dogadani. Nie prosiłam o zgodę, tylko informowałam, była to nowość dla nas obojga. Ojciec odstawił szklankę, odłożył łyżeczkę na blat, skrzywił się nagle, jakby mu paraliż zajął okolice ust. Jedna potworna myśl stłukła mu głowę tak, że zamiast wrzeszczeć, jak miał w zwyczaju, zaczął syczeć. O żonie wywłoce, zwykłej dziwce, która jak jej przodkinie markietanki za wojskiem polazła w świat. I córce, która, mimo jego wysiłków, poświęcenia i wszystkiego najlepszego oferowanego od dnia urodzin, pcha się w to samo szambo! Dlaczego?! Czy sprawia jej radość patrzenie na rozpacz ojca?! Jaką będzie mieć satysfakcję, kiedy poniży go po raz drugi i on spadnie jeszcze głębiej, choć po odejściu Ani pewien był, że osiadł na samym dnie. Dlaczego mi to robisz?!

Mój biały strój poszarzał w kilka minut. Ojciec trzymał się młodo, ale kiedy zajechałam mu drogę tym pomysłem nauki języka ormiańskiego, w momencie zestarzał się i zgarbił. – A może ty z tym rysownikiem, co?! – zerwał się z krzesła i podszedł do mnie. Byłam mu równa wzrostem. Nie! Suren ma czterdzieści lat... nie, to tylko nauczyciel języka...

– Niczego ci nie zabraniałem. Ale tego nie zrobisz.

Nie zrobiłam, bo posłuszeństwo miałam wyryte na czole i na sercu.

Hotel Atlantis, postawiony na sztucznej wyspie The Palm, zapraszał w języku ormiańskim na wakacje życia. Dlaczego do Dubaju nie uciekła moja matka? Ile przyjemności byłoby z szukania!

Grzebiąc w torebce, nie zauważyłam zbliżającego się mężczyzny. Nadszedł z boku, bezszelestnie, wyrósł przede mną, wyciągając rękę z błyskającą zapalniczką. Bez rozciągniętego swetra i czapki wyglądał inaczej, tężej. Prosty biały podkoszulek, czarne spodnie, wielki zegarek, którego nie zauważyłam, kiedy jego ramię leżało obok mojego w samolocie. Czym dalej na wschód, tym zegarki noszone przez mężczyzn większe – tak napisała w jednej ze swoich książek ciotka Albina.

– Ognia? – zapytał, pstrykając mi pod nosem. Pochyliłam się, koniuszek papierosa rozpalił się na pomarańczowo.

– Dziękuję. – Siląc się na beztroski ton, dmuchałam przed siebie. – Jak mówiłam do widzenia w samolocie, nie przypuszczałam, że tak szybko to nastąpi. Chyba że pan mnie śledzi? Przekleństwo kobiet z wielkich miast, nawet do zakrystii idą z gazem pieprzowym w torebce. A ja jestem całkiem nieuzbrojona...

– Bez obaw, głowy rozpruwam tylko zawodowo. – Rozejrzał się po pustym parkingu. Wsadził dłonie do kieszeni spodni. – Co pani tu robi? Zgubiła się pani?

– Taksówkarz mi się zgubił. Wszedł do budki dziesięć minut temu z jakimiś mężczyznami i przepadł. Tam... – Brodą wskazałam na barak przy stacji.

– Mam iść sprawdzić, co knują? – spytał.

– Nie! – Chwyciłam go za rękaw w pierwszym odruchu, ale zaraz puściłam, zawstydzona. – Nie... lepiej nie... Proszę, niech pan ze mną chwilkę postoi. Mam walizkę w tym samochodzie, może powinnam ją przenieść? Wsiadłam do pierwszej lepszej taksówki na lotnisku... kierowca, dziadzio, naprawdę wzbudzał zaufanie...

– Gdyby pani była bardziej rozmowna w samolocie, zaoferowałbym podwiezienie do centrum i na pewno bym nie stawał po drodze – powiedział, wciąż rozglądając się na boki, jakby nie wierzył w moją wersję.

– A jednak pan stanął – mruknęłam. – W każdym razie dobrze, że pan stanął, nie mogłam znaleźć zapalniczki.

– Przyjechała pani na wakacje do Armenii? – zapytał. – Sama? Do kogoś z rodziny?

– W interesach – skłamałam. – Mam tu parę spraw biznesowych, zobaczymy, co się uda załatwić.

– U nas jest bardzo bezpiecznie, niemniej jednak, noc, cudzoziemka, sama na parkingu... – Pokręcił głową. – Dokąd pani jedzie? Ma pani adres hotelu?

Czułam się jak na przesłuchaniu, skąd, dokąd, w jakim celu, dlaczego sama, za czyje pieniądze? Ludzie mają tyle niezdrowej ciekawości w sobie! Szybko dotarło do niego, że nie zamierzam odpowiadać na litanię pytań. Wyciągnął rękę z kieszeni, spojrzał na zegarek.

– Chyba jednak pójdę sprawdzić, co się stało z pani kierowcą, robi się dzień.

Oboje spojrzeliśmy w niebo, które kilka minut wcześniej było czarną kurtyną, teraz zaczynało szarzeć. Ruszył w kierunku budki, ale zatrzymał się po kilku krokach.

– Proszę tak nerwowo nie palić, żadna przyjemność.

Wymusiłam na sobie powolny ruch dłoni wędrującej z trucizną do ust. Kłęby barankowatego dymu wstąpiły do płuca lewego i prawego, zakręciły tyłkiem, uciekły na wolność. Poczekał, aż je wydmucham. Kiedy zniknął w migającej neonem budce, dopaliłam papierosa do końca, zaciągając się potężniej niż przedtem. Rzuciłam

peta pod płachtę reklamy i wolnym krokiem zaczęłam iść w kierunku taksówki. Stałam z ręką na klamce, kiedy grupa mężczyzn
wysypała się z budki.

– No, wyjaśniło się. – Mężczyzna poznany w samolocie mówił
głośno, żeby wszyscy słyszeli.

Otoczyli mnie ścisłym wianuszkiem. Dziadek taksówkarz zaczął
wszystkich częstować papierosami.

– A co było niejasne? – zapytałam.

– Adres pani hotelu – powiedział rozpromieniony. – Taksówkarz
nie wiedział, gdzie to jest, ale wstydził się przyznać.

Spojrzałam na dziadka.

– Oni też nie wiedzieli... – wzruszył ramionami – dopiero
musieliśmy dzwonić... Trochę długo zeszło, wiem, przepraszam.

– Trzeba mi było powiedzieć... – jęknęłam. Mimo że nie byłam
zdenerwowana tą sceną, poczułam ciepłą falę spokoju, znów wrócił
do mnie zapach fig i kolendry.

– Teraz tyle nowych hoteli powstaje, Erywań to jedna wielka
budowa, trudno się dziwić, że taksówkarze nie nadążają. – Mężczyzna z samolotu spojrzał na zegarek i na mnie. Był zmęczony
i śpieszył się, jego dobry uczynek został mu już policzony, chciał
jak najszybciej jechać w swoją stronę. Nie wiedziałam, jak go
zatrzymać, zapytać, czy wolno mi przesiąść się do jego ładnego
samochodu na wielkich kołach, poprosić, żeby mnie zawiózł do
hotelu, którego nie ma jeszcze na mapie! Obciągnęłam sweter,
potarmosiłam włosy, żeby je trochę uporządkować. Na nikim nie
robiłam wrażenia.

– W każdym razie, teraz wiadomo, gdzie jechać i już żadnego
przystanku nie będzie.

Dziadek szeroko rozciągnął usta. Miał tylko dwa zęby na górze
i jeden na dole, mieszczący się w szparze między górnymi. Mężczyźni rozmawiali przez chwilę ponad moją głową, nie udało mi
się wyłowić ani jednego znajomo brzmiącego słowa. O czym nad
ranem mogą tyle rozmawiać nieznajomi ludzie z pracownikami
stacji benzynowej? Rozprawiali, nie patrząc na mnie. Coś zabawnego

powiedział najmłodszy z nich, gruchnęli śmiechem. Po chwili zaczęli się żegnać, wszyscy po kolei, z namaszczeniem, ściskali dłoń mojego znajomego. Kiedy przyszła kolej na dziadka, pochylił się nad wyciągniętą ręką tak nisko, jakby chciał ją pocałować. Mężczyzna potrząsnął dłonią mocno, klepnął go po plecach i powiedział coś, co natychmiast rozświetliło starą twarz. Do mnie zwrócił się per Miss, ale nie podał mi ręki.

– Miło było, niestety muszę jechać. Czekają na mnie.

Otworzył przede mną drzwi taksówki. Zawahałam się, raz jeszcze zerkając na rozgadanych mężczyzn.

– Proszę się nie obawiać – pomógł mi wsiąść na tylne siedzenie. – To nie są porywacze...

Uśmiechnęłam się słabo, ale on już tego nie widział. Przeszedł przez plac i nie odwracając się, wsiadł do samochodu. Patrzyliśmy, jak odjeżdża. Szare niebo miejscami nabierało błękitu, zrobiło się jaśniej, bezpieczniej, twarze mężczyzn w dziennym świetle wyglądały przyjaźniej. Dziadek usiadł za kierownicą i przekręcił kluczyk w stacyjce.

– Pani wie, kto to był? – zapytał.

– Siedział obok mnie w samolocie. Wydaje się porządnym człowiekiem – odparłam.

– Ach! Porządny?! Mało powiedziane! Nazywa się Karen Grigorian. Przed pięcioma laty operował mi syna po wypadku. Inni lekarze powiedzieli, że trup, że mózg stanął, on jeden się uparł, jakby o jego własne dziecko szło. Głowę mu otwierali dwa razy. Grigorian do Ameryki miał wracać, bilet mu przepadł, bo został przy moim chłopaczku – mówił, wyraźnie wzruszony. – Bo pani wie, jacy lekarze potrafią być... Wielkie bogi, na prostego człowieka patrzą jak na robaka obrzydliwego... on inaczej się zachowywał... dla niego mój Misza był ważny...

Nie ruszaliśmy.

– Taki to człowiek. Jak go zobaczyłem, to mnie w dołku ścisnęło – uderzył się mocno w splot.

– Lekarz Amerykanin? Tutaj? – zdziwiłam się.

– Nie... nasz chłopak, Ormianin z dziada pradziada, ale wtedy w Ameryce pracował. Nie wywdzięczę mu się do końca swych dni... To ten syn, mój Misza, dzięki niemu żyje, ten, co teraz służbę ma w Górskim Karabachu... mówiłem o nim pani...

– Tak, tak...Tylko teraz już bardzo proszę... prosto do hotelu – powiedziałam, opierając się o siedzenie. Dziadek pochłonięty własnymi myślami nawet nie zareagował. Jechaliśmy w milczeniu. Wjazd do miasta oznajmiał świetlisty napis ARARAT na wielkim, przypominającym mauzoleum, budynku. Samochód skręcił ostro w stronę centrum. Patrzyłam na pierwsze oznaki przebudzenia, powolny ruch aut na ulicach, sprzątające maszyny omiatające krawężniki, ludzi przeciągających się jak koty przed podniesieniem żaluzji sklepików i kawiarni, dziwiłam się, że tak ich mało, że nie rwą się do rozkręcania handlu o jak najwcześniejszej porze, aby kusić zaspanych klientów aromatem świeżo parzonej kawy. W moim kochanym Nowym Jorku czy niekochanej Warszawie o tej godzinie tętno miasta było bardziej wyczuwalne. Świtem monumentalne budowle Erywania wydawały się bardziej różowe niż w czasach ich stawiania, lśniły w porannym świetle.

Dopiero kiedy zatrzymaliśmy się przed wejściem do wysokiego budynku, wyglądającego raczej jak niewyremontowany biurowiec niż hotel, dziadek się odezwał.

– Jakby pani zabłądziła gdzieś poza nasz kraj, to niech pani pamięta: gdzie hodują świnie, tam chrześcijanie... Od muzułmanów niech się pani trzyma z daleka... Czasy teraz parszywe.

Podziękowałam i nie czekając na drobne, wysiadłam z auta.

A

꧁꧂

Pierwszego czerwca zadzwonił Wiktor. Od miesiąca się tego spodziewałam, ale wszystko musiało poczekać, ponieważ toczyła się kampania prezydencka, przy której szwagier znalazł zajęcie na miarę swojego talentu i sprytu politycznego. Kiedy politykował, świat spoza Wiejskiej przestawał istnieć, zapadał się na dno skrzyni, obrastał mchem nieuwagi. Widywałam go w wiadomościach na wszystkich kanałach telewizyjnych, przemykał w tle, to znów sztywny stawał przed kamerą, aby niczego znaczącego nie powiedzieć, poza kilkoma dowcipnymi, pyszałkowatymi zdaniami. Dziennikarze podtykali mu mikrofon pod same usta i on się z tym mikrofonem prawie całował. Łatwo sobie mogłam wyobrazić, jak siedzi wieczorami przed komputerem, szaleje w sieci w poszukiwaniu zdań sformułowanych przez mądrzejszych od siebie. Potem tymi zdaniami popisywał się przed kamerą, raz puentując, to znów ripostując adwersarzom. Zanim pojawił się Internet, polował na ostre, skondensowane zdania-hasła, wertując słownik wyrazów obcych, mitologię grecką, aforyzmy Leca i encyklopedię. Bardzo zależało mu, aby uważano go za erudytę, któremu zarówno filozofia Kanta, chytrość Churchilla czy duchowość Dalajlamy są dobrze znane. Potem strzelał mądrościami do kamery, ale ponieważ miał wrodzoną wadę wymowy, zacinał się w najmniej odpowiednich momentach niczym nieprzeczyszczony przed bojem kałasznikow. „Już Heraklit z Efezu napominał, że nie sposób wstąpić dwa razy do tej samej rzeki..." albo „Jak słusznie zauważył Józef Piłsudski, z traktatami, moi panowie, jest tak samo, jak z kwiatami i dziewictwem. To trwa tyle, ile trwa". Churchilla, którego potajemnie ubóstwiał, cytował najchętniej, ale nigdy nie wymieniał z nazwiska: „Mam wrogów, tak mam, zatem oznacza to, że kiedyś o coś w życiu walczyłem!" oraz to ulubione, którym błysnął w kampanii prezydenckiej: „Aktem odwagi wstać i przemówić, ale odwagi potrzeba również, aby usiąść i słuchać". Słuchałam jego bredni, czasami ze złością, przeważnie jednak z politowaniem dedykowanym małym ludziom.

Dzień po wyborach prezydenckich biegał na tych swoich krótkich nóżkach w orszaku prezydenta elekta, ustawiając się tak sprytnie, żeby go każda kamera wypatrzyła. Stał na drugim planie, emanując spokojem i powagą, w każdej chwili gotów podskoczyć i podać elektowi chusteczkę do nosa albo długopis. Granatowa marynarka, niebieska koszula, czerwony krawat... zawsze ta sama stylizacja, aby go początkujący dziennikarz nie pomylił z innym posłem na krótkich nóżkach, tak samo posiwiałym, wystrzyżonym na jeża. Pojawiał się wszędzie tam, gdzie przyjeżdżały kamery, pilnował politycznego interesu jak pies mięsistej kości. Przez szybę ekranu telewizora czułam, jak bardzo gardzi dziennikarzami. Gdyby mógł, zatkałby sobie nos podczas wywiadu, tak mu śmierdzieli. Najpiękniejsze dziennikarki ignorował wyjątkowo ostentacyjnie, robiąc im umyślnie same przykrości. Cieszyła go przewaga nad tłumem żebrzących o komentarz. Jego komentarz. Odpowiadał na pytania z wymuszonym uśmiechem, siejąc sarkastyczne słowa przez rząd implantów górnej szczęki, rażąco białych w zestawieniu z żółtym, koślawym dołem. Czyżby mu zabrakło pieniędzy na całkowity, generalny remont jamy ustnej?

Przemawiał w telewizji i jednocześnie chrypiał w mojej słuchawce.

– Albina? Mówi Wiktor Benc.

– Widzę, że mówi. W telewizji jesteś – powiedziałam.

– W której telewizji?

– W reżimowej – odparłam.

Odchrząknął. Nie ubawiłam go swoim sarkazmem. W tle słychać było uliczny zgiełk.

– Jak się masz? Jak zdrowie?

Nie pytał o zdrowie, gdzieś miał wszystko, co mnie dotyczy, od pasa w górę i od pasa w dół, do wykonania telefonu zmusiła go sytuacja, może nawet strach o swoje otoczenie, poukładane niczym kostka na podjeździe willi. Nie zadałam sobie trudu odpowiadania na pytania o samopoczucie.

– Czego chcesz, Wiktor? – spytałam ostro.

Stał chyba na środku skrzyżowania, trąbiące i hamujące auta zagłuszyły kilka zdań, potem rozległ się dziwny trzask, poleciało przekleństwo, Wiktor krzyknął coś, czego nie dosłyszałam. Poirytowana przerwałam połączenie. Kiedy zadzwonił po kilku minutach, wokół niego panowała szczelna cisza.

– Czy nie odwiedziła cię przypadkiem Helena? – zapytał.

– Jaka Helena?

Z ekranu ciasno rozstawione oczy Wiktora Benca zaglądały do mojego salonu. Lizał mikrofon, pochylając się do przodu, splecione palce trzymał na rozporku, kręcąc młynka kciukami. Po chwili ględzenia o zdecydowanym postanowieniu wygrania nadchodzących wyborów, zaczął gestykulować. Dłonie rozkładały się i składały, białe mankiety koszuli wystawały daleko poza nadgarstki.

Wyłączyłam telewizor i przeszłam do łazienki.

– Czy była u ciebie Helena, moja córka? – powtórzył nieprzyjemnym tonem.

– Stało się coś?

Odkręciłam kurek. Mocny strumień wody uderzył w dno wanny. Przybliżyłam telefon do łazienkowej Niagary.

– Halo! Nie słyszę... – Podniósł głos, usiłując się przebić przez szum. – Możesz przejść w jakieś spokojne miejsce? Albina!

Obok wrzątku lała się zimna woda, zgodnie zagłuszały pokrzykującego posła Benca. Położyłam telefon na brzegu wanny i zaczęłam się rozbierać. Ach, gdyby tak głowa chciała się starzeć razem z ciałem! Ale nie, jedno pędzi w stronę dołu w ziemi, drugie buja wysoko po niebie, ocierając się o chmurki. Czas obszedł się ze mną niezbyt delikatnie, na pocieszenie w miejsca ubytków urody wstawił impulsy energii, które zwodziły otoczenie co do mojej prawdziwej kondycji.

Trzydzieści pięć lat temu zwyrodniały przypadek postawił trzy pionki na szachownicy – Wiktora, mnie i Anię. Moją siostrę najpóźniej włączył do gry, na nieszczęście jej własne. Nie spotkaliśmy się twarzą w twarz przez dwadzieścia siedem lat, jednak przez te ciągłe występy telewizyjne miałam wrażenie, że Wiktor jest częścią mojego życia i nie tylko ja go obserwuję, ale on również mnie widzi, gdy siedzę w fotelu, jem jajecznicę i kruche ciastka, popijam kompotem z czereśni, przysypiam zmęczona bólem. Był obecny wszechwidzącymi oczami przy trzech poronieniach, nocnych solowych pijaństwach mojego męża, jego odejściu, a także przy przeprowadzce z wiejskiego domu do mieszkania. Zaglądał mi przez ramię, kiedy pisałam książki. Nie widział jedynie wizyty Heleny w moich progach.

Jego głos w słuchawce nie brzmiał znajomo, gdyby się nie przedstawił, wzięłabym go za sprzedawcę usług telekomunikacyjnych, który nękał mnie od jakiegoś już czasu. Ponowił pytanie.

– Czy ostatnio była u ciebie Helena?

– Wiktor... córka ci zginęła? – zakpiłam.

– Przyznaję, nie wiem, co się z nią dzieje – odparł.

– Kiedy? Kiedy zniknęła?

Zastanawiał się przez chwilę, czy nie zaszkodzi jego dochodzeniu podawanie mi kolejnych informacji. Niemalże słyszałam jego kalkulacje.

– Dwa tygodnie temu – powiedział.

Wanna z kożuchem pachnącej piany zajmowała większość powierzchni łazienki. Jak oni budowali te nowoczesne mieszkania, że trzeba było otworzyć drzwi, by się rozebrać. Nic się nie mieściło, ani pralka, ani suszarka, ledwie półka na kosmetyki i wąskie lustro. Zamoczyłam palec, aby sprawdzić temperaturę wody.

– Dwa tygodnie... i dopiero teraz wszczynasz poszukiwania? Nie mam dzieci, ale zdaje mi się, że ruszyłabym tyłek wcześniej, gdyby mi jedno zniknęło z radaru.

– Byłem bardzo zajęty, chyba zauważyłaś, że wygraliśmy wybory? Na sen nie było czasu, nie mówiąc już o innych sprawach. Helena po prostu zniknęła, wyłączony telefon, puste szafy, nikt nic nie wie. Jej mąż również się niepokoi...

Zdziwiła mnie informacja, że dorosła siostrzenica jest mężatką. Kiedy siedziała w mojej kuchni, ubrana w żółty przeciwdeszczowy płaszcz, nie wyglądała na kobietę, która należy do konkretnego mężczyzny, sprawiała wrażenie całkiem wolnej, nawet jeśli sama zwolniła się od kiedyś złożonej przysięgi. Nie nosiła obrączki, to też zauważyłam.

– Ładna historia – powiedziałam, siadając na brzegu do wanny. – Musieliście jej dać nieźle w kość, skoro od was uciekła.

Parsknął w słuchawkę, zdawało mi się, że poczułam kropelki jego śliny na policzku. Słowo „ucieczka" miało dla nas obojga smutniejsze znaczenie, niż wynikałoby z jego definicji. Myśleliśmy o tym samym.

– Albina... nie zmuszaj mnie, żebym powiedział ci coś przykrego!

– Możesz sobie mówić, co chcesz. Nie jesteś w stanie mnie obrazić ani zdenerwować. Jesteś dla mnie postacią starożytną, dawno zapomnianą. – Pilnowałam, żeby ton głosu nie zdradził, jak bardzo jestem zdenerwowana. – Było to tak dawno, że ledwie pamiętam marne szczegóły, z których cała historia się ulepiła. Jeśli mnie wkurzysz, odłożę słuchawkę. Nic mi już nie możesz zrobić. Od dawna... nic...

– Nie prowokuj mnie...

– Bo co?!

Pomyliłam mu się z przeciwnikiem politycznym, nawyk straszenia miał wyrobiony od ciągłego używania. Żałosne, jakże żałosne.

Wiktor Benc, młodzieżowy działacz ZSMP, cwany jak kupiec arabski, sprytny oportunista, „ogólnie" uzdolniony młodzieniec bez konkretnego talentu, przejawiał naturalne predyspozycje do roboty politycznej, niezależnie od nazwy partii i ideologii. Gdyby go PZPR zatrzymała w swoich szeregach, zrobiłby karierę na lewicy, a że przypadkiem został aresztowany w noc wprowadzenia stanu wojennego, dostał inny przydział od historii. Rozpoczął farsę w gorzej mu pasującej skórze – działacza Solidarności. Gdyby dziennikarze znali go wtedy, nie pytaliby dziś, skąd wie, gdzie stanąć, aby być widocznym w tłumie, długo się tego uczył i nie popełniał już błędów.

Trudno po latach, nawet przed samym sobą, wytłumaczyć dawne młodzieńcze fascynacje i zauroczenia, przywołać to, czego się pragnęło najbardziej. Smak oranżady w proszku wciąż czuje się na języku, mimo że pięćdziesiąt lat upłynęło od ostatniego kosztowania, a dreszczu pierwszego mokrego pocałunku nijak odtworzyć się nie da. Może nie był aż taki przyjemny, jak by się chciało pamiętać? Bo co do niebiańskiego smaku oranżady w proszku, to żadnych wątpliwości po latach nie ma. Wiktor Benc miał język sztywny i chropowaty, bardziej udławić mógł kobietę niż podniecić, nie brakowało mu jednak przekonania, że wszystko, co tym językiem wyprawia, daje partnerce wielką rozkosz. Usta miał wąskie i suche, niepasujące strukturą ani kształtem do moich poduszeczek wykrojonych ładną kreską.

Tamtego lata enerdowskie uczennice pracujące w rzeszowskim Iglopolu w ramach wymiany socjalistycznych młodych kadr pozwalały się całować i obmacywać nie tylko Wiktorowi, ale wszystkim pozostałym napaleńcom ośmielonym i zachęconym na migi. Panny Puszczalskie spod Lipska, jak je nazywaliśmy, rechocząc za plecami niezbyt atrakcyjnych, ale pachnących wodą toaletową i mydłem dziewczyn. Gospodarze, uczniowie Zespołu Szkół Technicznych w Ropczycach i inni prymusi, z Polkami poprzestawali na obślinionych pocałunkach, przeplatanych mechanicznym uciskaniem piersi przez biustonosz, ale z Niemkami szli dalej. Niektórzy całkiem daleko zaszli, zaciągając się klubowymi, snuli wulgarne opowieści zakończone tym najbrzydszym zdaniem, które dawało chłopakowi od razu trzy gwiazdki w oczach kolegów: „Zlałem się do środka". Wiktor tłumaczył mi, że to w dużej mierze wina polskich uczennic, że oni tak do tych Niemek nocami zachodzą, ponieważ po wymuszonych na porządnisiach półpieszczotach chłopak musi szukać prawdziwego spełnienia gdzieś indziej. Oczywiście on, Wiktor, z gościnności krocza koleżanek z Lipska nie korzystał, ale też nie szpiegował par, które po dniu pracy w sadach czy chłodniach, dłoń obok dłoni, kolano przy kolanie, chciały się obok siebie położyć i bez świadków podotykać w odkrytych, rozgrzanych sierpniowym słońcem miejscach. Wiktor jako jedyny panował nad bulgocącym rozporkiem, tylko raz jeden przyłapałam go na podejrzanie wyglądającej zabawie wokół stołu do ping-ponga. Całował mnie potem na zgodę bardzo już spuchniętym językiem, targał za włosy, jakby chciał kark skręcić, może nawet powiedział coś o zakochaniu. „Lato – powtarzał – lato jest tym czasem, kiedy ciało więcej potrzebuje niż serce!". We mnie sporo lata wtedy weszło. Poznaliśmy się kilka tygodni wcześniej, między nami wciąż była świeżość i ciekawość drugiej osoby. Różnicy wieku nie dostrzegli nawet jego koledzy z klasy. Nosiłam się młodo i modnie.

Za opiekę nad grupą wyuzdanych Niemek Wiktor Benc otrzymał nagrodę rzeczową od działaczy seniorów ZSMP. Wyprodukowane w ZSRR wieczne pióro, którego wieczność skończyła się po kilku tygodniach używania. Jednak najcenniejszym wyróżnieniem był przeprowadzony z nim wywiad, zamieszczony w sobotnich „Nowinach". Padło wiele podniosłych, entuzjastycznych słów o zawartych przyjaźniach polsko-enerdowskich, wymianie adresów i doświadczeń. Na zakończenie Benc wyraził szczerą wdzięczność organizatorom wymiany, dziękując za umożliwienie nawiązania stosunków z aktywem socjalistycznej niemieckiej młodzieży. Aby czytelnikom lepiej przedstawić rzutkiego działacza, redakcja zamieściła jego legitymacyjną fotografię, jeszcze sprzed sypnięcia się bujnego wąsa. Jak mogłam wyrwać się spod uroku chłopaka, którego wypowiedzi drukowała najważniejsza gazeta w mieście? On – junior socjalistyczny, bohater z gazety, w obcisłych dżinsach i kraciastych koszulach rozpiętych pod szyją, syn przewodniczącego Rady Zakładowej, ja – nieokreślona ideowo córka wiejskiego działacza, który coś tam czasami w naszej piwnicy przechowywał dla spiskujących przeciwko socjalistycznej władzy. Byłam od niego pięć lat starsza i trzy centymetry wyższa. Mimo tych wszystkich różnic pakował mi ten swój drewniany jęzor do samego gardła, a ja się na to godziłam i oferowałam czułą wzajemność.

Woda w wannie całkiem wystygła. Wiktor postanowił mnie podejść i sprytnie zboczył z tematu Heleny. Snuł opowieść o swoich zawodowych dokonaniach, drodze, którą kroczy, celach, jakie już osiągnął, i zamierzeniach na najbardziej odległą przyszłość. Ubzdurał sobie, że skoro nie widzieliśmy się i nie słyszeli tyle lat, spragniona jestem informacji o nim. Nadal nie mogłam się nadziwić, jak zaczynając od gorliwego działacza ZSMP, można trafić na prawicowe polityczne salony. Czy tylko w Polsce możliwe są takie transfery, czy to kurewstwo polityczne jest normą w całym demokratycznym świecie. Z jego słów wynikało, że mówi do mnie prawa ręka prezydenta, a może i marszałek Sejmu in spe? Wszystko zależy od wyników wyborów, prognozy są obiecujące. Zadowoliłby się wymuszonymi gratulacjami, ale ja pilnowałam słów, aby mimochodem czegoś miłego mu nie powiedzieć.

– Wiktor... – przerwałam mu w końcu. – Stoję nad wanną goła i zziębnięta, woda mi całkiem wystygła... Cieszę się, że ci się ułożyło w życiu, ale chyba wystarczy tej dziwnej rozmowy.

Powiedziałam to umyślnie, żeby sobie moją pomarszczona skórę mógł łatwiej wyobrazić. Kiedyś próbował jej zębami, chciał innowacje łóżkowe wprowadzać, zachęcał do głośnego komentowania seksualnych poczynań, niech mu teraz wyobraźnia podsunie jakiś sprośny obrazek. Nie skomentował wanny ani nagości, ale z pewnością poczuł, że go lekceważę, jeśli tak ważną rozmowę po latach przerywam, aby popluskać się w wodzie.

– Gdyby jednak Helena się do ciebie odezwała... – zawiesił głos – to czy mogłabyś mnie poinformować?

Przełożyłam telefon do lewej ręki, prawą zaczęłam naciągać zmarszczki, kciukiem unosząc obwisłą skórę pod ucho. Coraz więcej tego było.

– Szczerze? Jesteś chyba ostatnią osobą na tym świecie, której bym zdradziła jej miejsce pobytu. Gdybym je znała oczywiście... – powiedziałam.

– Dlaczego?

– Nie dzwoń do mnie więcej, bo jak mnie na dobre rozeźlisz, to napiszę twoją biografię. Zacznę opowieść od dnia, kiedy twoja mama rozpłakała się nad kołyską na widok twojego małego siusiaka... Wysypię wszystkie szydła z worka...

Nie wytrzymał, przerwał połączenie. Odłożyłam telefon na taboret i odkręciłam kurek z ciepłą wodą. Przyjemność najtańsza i najmniej szkodliwa. Pluszowy różowy szlafrok rzuciłam na posadzkę, powolutku, trzymając się uchwytu zamontowanego na ścianie, zaczęłam skomplikowany manewr wchodzenia do wanny.

H

᪥

Spałam do wieczora przy zaciągniętych żaluzjach, w przyjemnym chłodzie cicho buczącego klimatyzatora. Na białej pościeli leżały moje nieopalone nogi, jedna dłoń pod poduszką, druga wyciągnięta przed siebie, lewa strona ciała zwisała z łóżka. Podciągnęłam się do wygodniejszej pozycji, zbierając myśli porozrzucane jak moje ubrania. Zanim poczułam cokolwiek, głód, pęcherz, ból głowy, dotarło do mnie, gdzie jestem i po co tu przyjechałam. Gnając do celu, przeskakiwałam po dziesięć schodów, tak mi się śpieszyło. Po przyjeździe na miejsce okazało się, że dotarłam tu za szybko. Zbyt mało czasu upłynęło między pierwszą myślą o wyjeździe a moim lądowaniem w Erywaniu. Wyświetliłam w głowie mapę, trasę przelotu, odległość pokonaną z prędkością 700 kilometrów na godzinę, nierealne, nieobliczone na dobry efekt, oderwanie się, odklejenie od pierwszego wcielenia. Zadziwiłam samą siebie, jakby nas dwie było.

Wstałam i poszłam sprawdzić, czy łazienka jest czysta. Była. Ręczniki białe, ledwie używane, pokojówka zawiesiła w idealnej harmonii, pozazdrościłam łazience porządku. Zimną wodą przemyłam twarz, wypłukałam usta płynem, nie poczułam świeżości, tylko dziwną słodkość na języku. Pokój spływał mrokiem. Przekręciłam deseczki w żaluzji. Było już ciemno, neon z tarasu sąsiedniego hotelu tryskał jaskrawym zielonym światłem. „Plaza"... wyraz obiecujący luksusowe doznania za średnie pieniądze. W cieniu tego migającego neonu miałam zacząć wielkie poszukiwania matki. Jakiej? Żywej czy umarłej? Po co mi teraz matka? Dlaczego nie zadałam sobie tych podstawowych pytań przed wyjazdem? Odurzona pragnieniem wprowadzenia radykalnej zmiany, podłożyłam bombę pod dotychczasowe życie i uciekłam schronić się w górach, jak ścigany terrorysta. Sięgnęłam po iPada, żeby jeszcze raz obejrzeć jej zdjęcia. Miałam kilkanaście fotografii skopiowanych do pliku ANNA. Sfotografowałam je z jedynego albumu, którego ojciec nie spalił. Matka Anna.

Matka Mała: dziesięcioletnia, spaceruje ze swoim ojcem przez osiedlowe planty. Zadziera głowę, żeby na niego spojrzeć, ale on patrzy przed siebie. Pozuje do „przypadkowego" zdjęcia z dostojną powagą. Odświętna sukienka ciemnego koloru ozdobiona koronkową, jaśniejszą lamówką, wysoko podciągnięte białe kolanówki, kwadratowa torebeczka przewieszona przez ramię (na pewno pusta, bo co może mieć w torebce taka mała dziewczynka?), włosy obcięte na zapałkę, odstające po bokach (może położyła się spać z mokrymi?). Przed Anią i jej tatą kałuże na całej szerokości chodnika, wyszczerbione krawężniki, ławka z przetrąconą deską, chmurne niebo w górze.

Matka Podlotek: chuda, wakacyjna, odpoczywająca nad Soliną w pełnym słońcu. Upał odbija się od tafli wody. Prawą ręką pokazuje wzgórza, lewą trzyma na biodrze. Na podkoszulku flaga amerykańska, kilka bransoletek na nadgarstku (rzemyki, koraliki), nogawki dżinsowych spodni podwinięte do kolan. Pierwsza w życiu trwała, rozwiany, sięgający do ramion busz na głowie. Za plecami skrawek namiotu, kilka desek małej przystani, tamburino leżące na trawie.

Matka Maturzystka: biało-czarna, smukła, gładka, w grupie koleżanek. Stoją roześmiane przed ciężkimi, drewnianymi drzwiami I LO w Rzeszowie, obejmując się ściśle. Ona w samym środku, ze stopą wysuniętą przed szereg, lekko pochylona do przodu, jako jedyna patrzy prosto w obiektyw.

Matka Ślubna: zamyślona, uroczysta, ze sztucznymi konwaliami w upiętym wysoko koku. Oparta o drzwi, gotowa do wyjścia, w bolerku zarzuconym na ramiona. Nikogo tam przy niej nie ma, tylko podrapana rama lustra i wyłącznik światła na ścianie.

Matka Rodzicielka: trzymająca mnie za rączki. Uchwycony moment pierwszych kroków, córeczka tylko w majtkach, roześmiana oczami, ustami, odstającymi uszami, wyrywająca się do samodzielnego spacerku po włochatym dywanie (jeszcze rok temu ten dywan leżał w garażu willi ojca). W kolorowej sukience zapinanej na zamek (ładnej jak na tamte czasy, w przecinające się czarno-niebiesko-żółte kwadraty), Matka Rodzicielka bardzo zgrabna, wcięta w pasie, długonoga i spokojna. Włosy niedbale związane z tyłu głowy, z jednym kosmykiem opadającym na czoło.

Matka Ostatnia: z papierosem trzymanym blisko ust, w obszernej seledynowej bluzce i dżinsach. Siostry pozują bez uśmiechu. Ciotka Albina przytula głowę do jej ramienia, siedzą na ławce peronu dworca PKP, za plecami brunatny pociąg, najpewniej relacji Przemyśl–Szczecin.

Koniec Matki.

Pod zimnym prysznicem czekałam, aż wrócą mi siły.

Na ósmym piętrze hotelu, tuż nad recepcją, znalazłam kuchnię, pokój dzienny i balkon, gdzie można było zapalić. Lodówka, zamrażarka, garnki, filiżanki, talerze, szklanki, otwieracze, tacki, wszystko przygotowane dla turysty ekonomicznego, który chce sobie na urlopie gotować. Sprzęty nowe, wyposażenie dobrej jakości, czyste i poukładane według podręcznego porządku. Matka podobno umiała gotować, w najcięższych czasach kryzysu karmiła siebie i koleżanki studentki potrawami własnego pomysłu, skomponowanymi z niczego. W piwnicy wciąż przechowywałam kompot z żółtych śliw, który przygotowała przed ucieczką do Armenii. W gęstym syropie od dwudziestu siedmiu lat pozostają uwięzione dojrzałe owoce. Jedyny dowód jej istnienia. Kilka razy chciałam ten wielki słoik otworzyć, skosztować, powąchać, potem wylać do zlewu albo do muszli klozetowej, ale tego nie zrobiłam. Jak samobójca, który chodzi ze sznurem, wymachuje, straszy, ale się nie wiesza, bo wówczas wszystko by się skończyło. Dopóki miałam ten słój kompotu, byłam mniejszą sierotą, coś mnie z matką łączyło, coś bardzo konkretnego, na co mogłam sobie popatrzeć w chwilach potwornego smutku. Ten kompot to było moje akwarium, pełne bujających się w gęstej cieczy śliw. Oddałam go na przechowanie przyjaciółce Reni, wraz z kilkoma innymi przedmiotami, do których żywiłam cząstkowy sentyment.

Przy stoliku siedziała para, szeptem mówiąca po angielsku. Na pewno nie Amerykanie, oni nie umieją mówić szeptem, może zabłąkani Anglicy z setek organizacji charytatywnych? Bladzi i brzydcy, jak większość ludzi poświęcających się innym. Ludzie piękni poświęcali się wyłącznie sobie. Pozdrowiliśmy się skinieniem głowy, nie chciałam się ujawniać ze znajomością angielskiego, resztki energii wolałam przeznaczyć na wypalenie papierosa i wypicie wina. Obawiałam się natrętnych pytań: skąd, dokąd, na jak długo, w jakim celu? Nie miałam pomysłu na wymyślanie całej serii kłamstw, które trzeba szybko wypowiedzieć i jeszcze szybciej zapomnieć. Z minibarku pokoju hotelowego przyniosłam buteleczkę różowego wina i saszetkę solonych orzeszków. Balkon był maleńki, z trudem mieścił się stolik i dwa krzesła. Upał nie zelżał mimo później pory, suche, rozwścieczone od gorąca powietrze natychmiast mnie obezwładniło, ale po kilku oddechach organizm zaczynał się przyzwyczajać. Schłodziłam się winem. Usiadłam plecami do wyjścia. Z jednej strony roztaczał się widok na profil hotelu „Elite Plaza", pysznego, wysokiego, wygiętego w łuk żagla, z zielonym szkłem i tarasem na dachu. Z drugiej miałam widok na wielki szary blok, bryłę posępną jak wszystko, co budował radziecki socjalizm dla przyciśniętego butem rewolucji ludu. Surrealistyczną ozdobą mieszkalnego kloca były klimatyzatory okienne i kable luźno zwisające między piętrami. Jedna strona kusiła, druga dusiła. Miejsca luksusowe, oszklone, schłodzone zostały rozdzielone co kilka kroków wysepkami zubożenia. Pieniące się w słońcu hotele obok próchniejących bloków, nowe samochody poganiające stare łady i wołgi, cudeńka architektury sąsiadujące ze szkaradami pokrytymi blachą, staro-żytność leżała dostojnie, teraźniejszość stała przy niej na baczność. Paliłam spokojnie, patrząc w dół na toczące się leniwie prace budowlane. Ramię dźwigu zbliżało się i oddalało, niezdecydowane, gdzie odpocząć. Kilku robotników patrzyło z ziemi na przebieg operacji, zadzierali głowy i spoglądali w górę, sekundowali całemu wydarzeniu, pokrzykując. Bezwiednie przeniosłam wzrok na samo-chód parkujący pod drzwiami hotelu. Młody chłopak wyszedł z auta, oparł się o maskę i przyłożył telefon do ucha. W kieszeni spodni poczułam delikatne wibracje.

Rozmawialiśmy krótko.

– Tak jak było umówione internetowo, potwierdzam, sto pro-cent, jestem już w hotelu.

– Przyjadę jutro pomóc pani w przeprowadzce.

– To bardzo miło z pana strony...

– O której będzie pani gotowa? Wolałbym niezbyt wcześnie, nie jestem rannym ptaszkiem.

– O dziewiątej będzie dobrze?

– Bardzo dobrze. Zadzwonię.

Rozbawiło mnie, że ja go widzę, a on nie ma pojęcia, że siedem balkonów ponad jego głową stoi ta Polka, która chce wynająć małe mieszkanko w Erywaniu na czas nieokreślony. Myślałam, że wejdzie do hotelu, ale po krótkim wahaniu wsiadł z powrotem do auta i odjechał.

Był punktualnie o dziewiątej. Przywitaliśmy się, wymieniając uścisk i imiona.

– Artiom, żadnego paniowania – poprosiłam. Pomógł mi roz-liczyć się w recepcji i przenieść bagaże do samochodu, cały czas zachwalając mieszkanie, jakie od niego wynajęłam. Wprawdzie niezbyt blisko centrum, żeby się dostać do placu Republiki czy Wernisażu, trzeba będzie marszrutką albo taksówką, ewentualnie autobusem, ale za to cisza, spokój, ogródek i pozostali lokatorzy też kulturalni. Oczywiście, że jest klimatyzator, meble eleganckie, drewniane, pralka prawie nowa, podwójne łóżko, płaski telewizor,

prysznic, balkon, na parterze taras, wprawdzie jeszcze bez balust-
rady, ale można przy stoliku posiedzieć po zachodzie słońca pod
drzewami. Doceni się cień drzew, lato się rozkręca, będzie gorąco
jak w piekle. Przede wszystkim jest czysto, a przecież na czystości
kobietom najbardziej zależy, czyż nie? Skwapliwie przytaknęłam.
Tak, lubię, jak nie cuchnie. Dwadzieścia dolarów dziennie, prawie
darmo i darmowe Wi-Fi wliczone w cenę!

– Polka? Tak tylko się upewniam, od razu widać, że Polka –
zagadał, kiedy zapinałam pasy.

– A po czym poznać?

– Po ubraniu, po usposobieniu, włosach, nogach... no i zajrzałem
w paszport, jak płaciłaś w hotelu... – zaśmiał się, zadowolony.

Miał śniadą cerę, brązowe błyszczące oczy i jeszcze bardziej
błyszczące od żelu czarne włosy. Przycięte precyzyjnie, jakby
żyletką. Ani jednego zbędnego kłaczka na szyi. Spod białej, głęboko
rozpiętej koszuli ulatniał się orientalny zapach. Próbowałam ocenić,
ile ma lat, ale wstydziłam się zapytać wprost. Znaliśmy się od
godziny, czułam ciepłą energię rozchodzącą się w obie strony.
Czasami przytrafi się dwojgu przypadkowym ludziom zająć miejsca
obok siebie i wymienić dobrą aurą. Nie potrzeba aż tak wiele, aby
się przekonać, czy masz coś do zbudowania z drugą osobą, czy
tylko rozdawać możecie wspólnie. Artiom przylegał do mnie jak
kombinezon nurka.

Kręcił kierownicą zamaszyście, trąbiąc bez ustanku, w każdej
chwili gotowy wykiwać innego kierowcę. Spokojny, melancholijny
głos podnoszący się często bez wyraźnego powodu, zdradzał człowieka o delikatnej podszewce i szorstkim wierzchu. Moje oko nie
nabrało jeszcze wprawy w rozpoznawaniu, kto skąd pochodzi.
Artiom mógł być Ormianinem, Turkiem, Irańczykiem, Azerem
lub Gruzinem. Postawiłam na pochodzenie tureckie. Przyhamował
ostro, choć sytuacja na drodze tego nie wymagała.

– Nie mogłaś mnie bardziej obrazić! – krzyknął. – Ja Turek?! Ja?!

– Przepraszam... – odruchowo dotknęłam jego podrygującego
łokcia. – Naprawdę, przepraszam cię bardzo!

– Okej, okej... – Oderwał ręce od kierownicy i podniósł je w górę. Przez moment jechaliśmy bez sterowania. – Nic się nie stało...

Poczekałam, aż odzyska panowanie.

– Ormianin? – zapytałam.

– Oczywiście, że Ormianin – odparł. – Na nos popatrz... Odwrócił się do mnie i palcem dotknął czubka nosa.

– Faktycznie... – zażartowałam. – Hamulec od karuzeli... Roześmiał się.

Wyjechaliśmy ponad Erywań, patrzyłam na miasto z góry, wszędzie toczyły się prace przy budowach, co kawałek rozwijała się kolejna inwestycja, podjeżdżały ciężarówki, machały dźwigi, zostawiając coraz mnicj zieleni płucom. Dziwił tylko spokój. Pomimo ruchu, zamętu, jaki naturalnie wyzwala wielkie miasto, było dosyć cicho. Ludzie nie wykrzykiwali do siebie tych egzaltowanych, rozcieńczonych przecinkami komunikatów, bez których ulica jest przyjemniejszym miejscem przymusowego pobytu. Zauważyłam to już poprzedniego wieczoru, kiedy poszłam na plac Republiki popatrzeć na pokaz podświetlanych tańczących fontann ułożony do klasycznej muzyki. Patrzyliśmy, stojąc w niewielkich, przypadkowo dobranych grupkach, w milczeniu kontemplując wrażenia miłe dla oka i ucha. Na ciemnym niebie rozbłyskiwały iskierki i kropelki, wszystko piękne, podane jak lodowy deser w upalne popołudnie. Trzeźwy tłum podziwiał, wzdychał, a kiedy pokaz się skończył, grzecznie ruszył, rozdzielając się po kawałku.

Podjechaliśmy pod dom otoczony wysokim murem. Metalowa brama zamknięta była na kłódkę, weszliśmy boczną furtką ukrytą w gęstych, kolorowych liściach winorośli. Artiom wyciągnął z kieszeni klucz, pchnął drzwi i wpuścił mnie wejściem od tarasu. Moje mieszkanie znajdowało się na pierwszym piętrze. Była to jednopokojowa przestrzeń z małym aneksem kuchennym i łazienką. Nie kłamał odnośnie do klimatyzacji, w pomieszczeniu panował przyjemny chłód. Pralka stała pod ścianą, nieprzyłączona do ujęcia wody, telewizor wisiał bardzo wysoko, prawie pod sufitem, trzeba było mocno zadzierać głowę, żeby coś zobaczyć. Obok dużego łoża, nakrytego czerwoną, bogato haftowaną kapą, stał fotel i maleńki okrągły stolik. Drewniany. W szafie wisiały dwa wieszaki, na półce znalazłam koc i zmianę pościeli. Łazienka wyłożona była różowymi kafelkami, kabina prysznicowa mogła pomieścić nawet dwie osoby. Ucieszyłam się na widok pasiastych ręczników w żółtym kolorze.

– No i jak? – Artiom zapalił papierosa, otwierając okno. Wychylił się, odsuwając na bok firankę. Spojrzałam zza jego ramienia. Miałam widok na kilka gęsto zasadzonych drzew, przez które prześwitywała ściana muru. Wyżej plaster słonecznego nieba.

– Super! Naprawdę, nic mi więcej nie potrzeba.

Szukając portmonetki w torebce, przeszłam do kuchni. Białe blaty, szare szafki, czarne gzymsy. Wystarczy. W szafkach znalazłam komplet talerzy i kilka patelni we wszystkich rozmiarach. Szklanki miały złocisty wzorek, kieliszki do wina były bardzo małe, jak dla lalek. Spodziewałam się bardziej spartańskich warunków. Mile zaskoczona, pochwaliłam wszystko, kiedy wróciłam do dużego pokoju, który był zarówno salonem, jak i sypialnią.

– Chcę zapłacić za... może za dwa tygodnie z góry? Albo nie... za trzy – powiedziałam, wyciągając plik banknotów z portfela. Artiom zapatrzył się w to papierowe bogactwo, zgasił papierosa na parapecie i przez chwilę zastanawiał się, co zrobić z petem, patrzyłam tak karcąco, że po prostu zgniótł go w dłoni.

– Rozliczmy się z góry, żeby wszyscy mieli spokojne sny... – powiedziałam.

– Ja pieniędzy nie biorę. – Włożył ręce w kieszenie dżinsów, w obawie, że siłą wepchnę mu zapłatę za wynajem. – Za kilka dni wróci właściciel, wówczas się policzycie.

– Myślałam, że to twój dom...

– Mój? Nie... jeszcze długo nie... – Artiom przeszedł przez pokój, zatrzymał się przy drzwiach. Sprawdził, czy wyłącznik światła działa.

– Eduard Tumanyan jest właścicielem. Poprosił mnie, żebym cię tu przywiózł. Wyjechał do Tbilisi w interesach, potem miał jechać do Rosji, ciągle ma ważne sprawy na świecie, a mnie, co żadnych poważnych spraw nie ma na głowie, zatrudnia do małych rzeczy. Czasami przyjemnych.

– Nawet zaliczki nie trzeba? – zdziwiłam się.

– Przecież nie uciekniesz... Najważniejsze, że się podoba. A co się ma nie podobać? Każdy, kto tu mieszkał, był zadowolony. Moja znajoma posprzątała po poprzednim lokatorze, zaledwie wczoraj wyjechał. Amerykanin, jakieś reportaże pisał o naszych kościołach, czy coś, w każdym razie dwa miesiące mieszkał i nie narzekał. O proszę... – Podniósł z podłogi plik folderów – zostawił materiały podróżnicze, może ci się przydadzą?

Spojrzałam na kolorowe ulotki i mapę. Artiom stał przy oknie, wyprostowany, jakby trzymał wartę przed pałacem. Wyglądał niczym starożytny Egipcjanin z obrazków w bajkach. Średniego wzrostu, szczupły, gęsta, szczotkowata grzywka przycięta bardzo wysoko nad brwiami, wąski nos, zaokrąglony na koniuszku. Gdybym mu się lepiej przyjrzała wcześniej, nie wzięłabym go za Turka. Zamknął okno i pobrzękując pękiem kluczy, zaczął zbierać się do wyjścia. Miałam w tylnej kieszeni spodni 1000 dram, chciałam mu je wręczyć dyskretnie, z klasą, żeby się po raz drugi tego dnia nie obraził. Dawanie napiwków szło mi bardzo opornie, nie zdążyłam nauczyć się tej sztuki od ojca, który, jak prawdziwy Amerykanin, wciskał ludziom monety i papierki za najdrobniejszą nawet przysługę. W restauracjach sypał stówkami, jeśli mu się podobała obsługa – to znaczy, jeśli skakali wokół niego wystarczająco wysoko i ochoczo. Zwinęłam banknot w rulonik i ukryłam w dłoni.

Wyszliśmy przed dom. Okno na parterze zamknęło się. Spojrzeliśmy oboje w tę stronę.

– Drugie mieszkanie w domu wynajmują Rosjanie – wyjaśnił. – Już pół roku tu siedzą. Natasza i Bogumił Szymkowiak. Nie będą przeszkadzać, on inżynier, całe dnie na budowie, ona piłuje pazury, przebiera się, czasami dorywczo pracuje, w każdym razie awantur małżeńskich nie ma. Jak chcesz, to cię przedstawię.

– Może innym razem. Rozpakuję się, odpocznę, jeszcze będzie okazja – grzecznie odmówiłam. – Jak nazywa się właściciel domu?

Wyjęłam telefon, żeby zapisać. Artiom otworzył drzwi samochodu, ale ociągał się ze wsiadaniem. Polubił moje towarzystwo albo po prostu nie miał żadnych pilnych spraw do załatwienia.

– Nazywa się Eduard Tumanyan, tak jak nasz poeta. Nie znasz? Hovhannes Tumanyan...

Pokręciłam głową.

– Nie znam, ale daj mi trochę czasu... wszystkiego się dowiem i jeszcze ci zaimponuję...

– To właśnie on powiedział to słynne zdanie na temat Turków... – Podniósł palec w górę: – „Turkom zajęło tysiąc lat, żeby z ludojada stać się mordercą i jeszcze tysiąc musi minąć, zanim staną się ludźmi". Możesz to sobie zapisać, lepiej zapamiętasz.

Mówił żartem, ale oczy miał nieruchome. Takiej głębokiej czerni źrenic nie widziałam nigdy wcześniej.

– Dziękuję za dzisiaj. – Wyciągnęłam do niego dłoń. Zwinięty w rulonik banknot trzymałam w drugiej. – Wieczorem poczytam o tym poecie. Obiecuję.

– Bajki piękne pisał... Koniecznie musisz poczytać... – powiedział i wskoczył do auta.

– Do zobaczenia. A... czy pan Eduard mówi po rosyjsku? – zapytałam, nachylając się do środka. Wciąż nie było dogodnej chwili, żeby wręczyć napiwek. Artiom siedział już za kierownicą swojego nissana i regulował lusterko.

– Mówi, pewnie, że mówi. U nas wszyscy dorośli znają rosyjski. – Poprawił fryzurę w lusterku. – Choć niektórzy patrioci... co na Sowietów klną i za całe zło ich winią, udają, że nie. Jakby ci tłumacz był potrzebny, to ja chętnie...

Uśmiechnął się i kiedy już wyciągałam zza pleców rękę z zaduszonym, mokrym od potu banknotem, ostro ruszył. Zatrąbił dwa razy i odjechał.

Wróciłam do mieszkania i wstawiłam butelkę wina do lodówki. Rozpakowałam walizkę i torbę, ułożyłam w łazience kosmetyki na półce pod lustrem i zajęłam się przygotowaniem listy zakupów. Codzienne gotowanie miało opierać się na zawijaniu wszystkiego w placki lawasz i od tego produktu zaczęła się moja lista. Na drugim miejscu umieściłam mięso, dalej bakłażany, cebulę, czosnek i śmietanę. Była w tej prostej czynności jakaś nowo odkryta cudowność – nie musiałam z nikim uzgadniać menu. Na co tylko przyjdzie mi ochota, o najdziwniejszej porze, z plastikowego talerza, albo prosto z garnka, w łóżku lub przy stole będę jeść. Mogę spać, ile potrzebuje organizm, pić i palić, aż go nie zamulę. Mogę też siedzieć z twarzą wystawioną na szkodliwe promieniowanie słońca lub całkiem się zamknąć w czterech ścianach i na czerwonej kapie przeleżeć dzień lub tydzień. Zanim postanowię cokolwiek, będę robić wielkie NIC w moim własnym, nierównym tempie, do którego nawet tykająca wskazówka zegarka się nie dostosuje.

Na dobranoc przeczytałam wszelkie dostępne w sieci informacje o poecie Tumanyanie, uległam też pokusie i poszukałam zdjęć lekarza neurochirurga Karena Grigoriana. Zdjęć właściciela mojego mieszkanka, Eduarda Tumanyana nie znalazłam.

A

❧❦

Dopiero na przedostatniej stronie swojej powieści Helena umieściła ręczny dopisek: *Jak cię sumienie ruszy, to napisz do mnie.* Podała adres e-mailowy. Nie spodobała mi się jej pisanina, pełna nie do końca wyklutych przemyśleń, karkołomnie skonstruowanych zdań, obsadzona wymyślonymi na mękach postaciami, obijającymi się o rzeczywistość, do której je przykuła wbrew ich woli. Nie wywoływała żadnych emocji. Dialogi niczym pociąg pośpieszny gnały przez wiele stron, nic nie wnosząc do akcji, kwiecisty bełkot podany językiem, jakiego żywy i prawdziwy człowiek na pewno by nie użył. Odłożyłam książkę na najniższą półkę, na ostatnie wolne miejsce dębowego regału, zastanawiając się, o czym ta powieść była? Gdzie te skrzywdzone dzieci? Spodziewałam się szlochu porzuconego dziecka, które z resztek cudzego życia próbuje uszyć swoje, ale nawet między gorzkimi słowami nie było skargi, ledwie kilka stwierdzeń osnutych mgłą metafory, napominających ludzi, aby wybierając głos własnego serca, nie dusili głosu serca bliźniego. Tak dziwnie pisała, bliźni... a ja wszędzie czytałam – blizny. Dobrze by było porozmawiać z nią o tej książce, tylko autor potrafi zapalić światło czytelnikowi na ciemnej stronie, ale kiedy zechce, wszystkie światła pogasi i wówczas lektura staje się błądzeniem, od domysłu po wątpliwość.

Usiadłam przed komputerem. Wygasłe słońce powędrowało za sąsiedni blok, wrzask dzieci na podwórku podniósł się o jeden ton wyżej. Moje mieszkanie wciśnięte było między mieszkania obcych, zagonionych ludzi, którzy dudnieniem kroków na schodach dawali świadectwo swojego nieprzystosowania do życia w gromadzie. Pani z lewej zwracała się do mnie per „pani pisarko", choć nie wiem, jakim sposobem się dowiedziała, że piszę, bo nie wyglądała na osobę, która kiedykolwiek miała książkę w ręku. Samotnie wychowywała dwóch czortów. Tych jej brzydkich z wyglądu i charakteru synów, blokowych szkodników, nie znosiłam najbardziej i gdybym była ich ojcem, też bym od nich uciekła. Całymi godzinami po powrocie ze szkoły tłukli się po pokojach, odbijali od ściany, jakby ich zły duch prześladował, a kiedy nastawała minuta ciszy, zaraz była zakłócona melodyjkami i dźwiękami gier komputerowych. Życzyłam im, aby jak najszybciej ogłuchli od tej skocznej, mechanicznej muzyki i przegrali wszystkie starcia z ludkiem na ekranie oraz jego smokiem, karabinem, maczugą, czy co tam miał do walki.

Chłop z prawej nie zwracał się do mnie wcale, kiedy bekał dzień dobry, patrzył w górę, jakby na sufitach klatki przecudne freski podziwiał. Miał żonę lekarkę, widywaną tak rzadko jak niebieski księżyc. Zastanawiałam się, czy aby jej nie zabił i nie rozpuścił zwłok w wannie przy użyciu kwasu solnego. Nasze balkony sąsiadowały ze sobą, ale on nigdy nie wychodził zaczerpnąć świeżego powietrza, nie patrzyliśmy razem w gwiazdy i nie czekaliśmy na przemarsz wojska. Pozostali lokatorzy kłaniali się przelotnie, gnali do samochodów, jakby ich kto do pożaru wzywał. Nikogo nie zapraszałam do siebie, pewna stuprocentowo, że nie stanowią atrakcyjnego towarzystwa. Po butach i po dzieciach poznawałam gatunek człowieka.

Tęskniłam za domem na wsi. Sprzedanym po zaniżonej cenie, obcym, nieciekawym ludziom, przybyszom z Łodzi. Jakich obywateli mogło mieć miasto, które, jako pierwsze i chyba jedyne, zmusiło kobiety, aby pracowały w szwalniach na trzy zmiany. Kto miał wychować im dzieci, gdy one pracowały na maszynach, tkając nić w wielkich, niedogrzanych i niedoświetlonych halach. Kupili mój dom za gotówkę i zanim jeszcze wyniosłam ostatni stołek, zaczęli burzyć garaż, szklarnię, schody, zasypywać piwnicę i wycinać owocowy sad. Zajęli mój dom, jakby byli okupantem, nie nowym właścicielem. Helena musiała pomyśleć, że całkiem zbankrutowałam umysłowo. Kto o zdrowych zmysłach sprzedaje dom na wsi i przenosi się do bloku, wprawdzie trzypiętrowego, z wielkim tarasem, ale jednak bloku. Zapewne nie wiedziała o wypadku. Trudne to były przenosiny, bóle zmówiły się przeciwko mnie, połączyły siły i zamiast pojedynczych dolegliwości, jeden wielki młot walił mnie po plecach. Z łóżka wstawałam cicho, żeby ich nie obudzić, lecz gdy tylko zaczęłam chodzić po domu, dorzucając do pudeł wybrane przedmioty, wykonując proste ruchy, kolana uginały się pode mną, szarpiąc mięśnie, drylując kości, łupiąc stawy. Siadałam w fotelu, roztrzęsionymi palcami wyłuskiwałam tabletkę, czasami trzy od razu, popijałam chemiczny koktajl gazowaną wodą i czekałam, aż ból zelży, aż się zlituje i pozwoli mi wstać. „Ten ból jest w pani głowie" – powiedziała młoda terapeutka w klinice leczenia bólu. A gdzie ma być?! W dużym palcu?! Wszystko jest w głowie, tam się rozdaje karty, tam złącza się grzeją i skuwa lód, poza głową istnieje tylko plątanina żył, mięśni, nerwów i organów, przesiąknięte wodą, zajęte od rana do nocy procesami życiowymi, zupełnie nie wiedzą, do kogo należą i kto im każe pracować bez ustanku. Nawet gdy się psują, też o tym nie wiedzą, tylko głowa czuje, denerwuje się bardzo, jeśli nie umie naprawić usterki.

Uznałam, że w dużym domu moje bóle będą się tylko nasilać, aż w końcu unieruchomią mnie w żelaznym uścisku i nie będę w stanie dostać się po schodach do sypialni. Bałam się tego dnia, kiedy przejście z piętra na piętro będzie wielkim wyzwaniem, gdy pierwszy raz nie zdołam wejść do wanny, schylić się do szafki pod zlewem i zapiąć sprzączki przy bucie, gdy braknie mi sił, aby przyciąć róże w ogrodzie i zebrać poziomki. Wystawiłam dom na sprzedaż i bóle ustały! Zupełnie jak wtedy, gdy umówisz wizytę u dentysty i ząb nagle przestaje boleć. Zastanawiałam się nawet, czy nie wycofać oferty, jeszcze choć trochę pomieszkać jak pani we dworze. Doczekać siedemdziesiątki na starych śmieciach, gdzie przeżyłam najprzyjemniejsze lata, w murach wyłożonych wspomnieniami jak tapetą. Tyle wiosen, lat, jesieni i zim... Zimy w wielkim domu były najtrudniejsze do przetrwania, ale kiedy sprzedawałam dom, był maj, nie myślałam o śniegach i niedogrzanych pomieszczeniach czy rozszczelnionych oknach, żałowałam tego pięknego tarasu z widokiem na szpalery różnorakich drzew, krzaków bzu i magnolii, potężnego tulipanowca kwitnącego cudnymi kwiatami. Ludzie, którzy kupili mój dom, natychmiast przedzielili buchający kolorami ogród i zbudowali na pozyskanej części klockowaty bungalow dla syna. Jeszcze posępniejszy niż rodzice, student Politechniki Rzeszowskiej, przejechał na dzień dobry psa moim dawnym sąsiadom. Nowi państwo na zakończenie prac usypali ścieżki szarymi kamyczkami, nastawiali lampek solarów i ogołoconą z uroku całość obsadzili tujami.

Tego domu Helenka nie mogła pamiętać. Kiedy miała trzy lata, mieszkaliśmy wciąż w bloku przy ulicy Dąbrówki.

Droga Helenko... dziś znalazłam Twój odręczny dopisek wraz z adresem e-mailowym. Wyobrażam sobie, że list ten znajdzie Cię w jakimś spokojnym, magicznym miejscu, jeśli wierzyć Twojej mamie, cała Armenia jest magiczna, poczułaś to już? Ojciec dzwonił w poszukiwaniu Twoich śladów, także z Twoim mężem miałam okoliczność... Szuka Cię policja, właśnie wróciłam z komendy.

Mąż Heleny był nieprzyjaznym i nieprzyjemnym typem, jego chód zdradzał wiele. Czekał na mnie pod biblioteką na Nowym Mieście. Zaczajony w sklepie spożywczym, wypatrywał, kiedy zejdę schodami na skwer. Zejście po stromych żelaznych schodach sprawiło mi trochę trudności, ale szłam, nie przystając. Dwie młode

53

dziewczyny chciały ze mną zamieniać dwa słowa o najnowszej książce, dogoniły mnie, kiedy szłam przez plac. Maturzystki okularnice. Nie wiem, dlaczego do książek garną się zazwyczaj dziewczyny przeciętnej urody, te najpiękniejsze, zajęte sobą i amorami, rzadko znajdują chęć do zapoznania się ze światem literatury. Cierpliwie odpowiedziałam na pytania dotyczące skarbnicy pomysłów na fabułę książki, a że wiele osób pyta o to samo, mam przygotowanych kilka historyjek i wciąż je powtarzam. Bardziej gadatliwej podarowałam kwiat, jaki mi wręczono w podziękowaniu za godzinną opowieść o książkach i planach wydawniczych, cichszą pogłaskałam po policzku. Poruszone i wzruszone żegnały się ze mną jak z najukochańszą babcią.

Uszłam zaledwie kilka kroków i znów musiałam się zatrzymać. Ból w biodrze zaczynał się nasilać, marzyłam o gorącej kąpieli i aspirynie, o skręcie z marihuany, którą stosowałam naprzemiennie z lekami przeciwbólowymi.

Niski, krępy brunet o mocnym karku, bez wątpienia potomek tatarskich najeźdźców, może z tego czambułu, który w XVII wieku oblegał Przemyśl i pod Rzeszów podchodził, plądrując okoliczne wsie i zapładniając kobiety, jak popadło. Ojciec często nam powtarzał, kiedy zaczęłyśmy jeździć do miasta na potańcówki, żebyśmy z Anią nigdy za jakiegoś chłopaka z Trzebowniska nie chciały się wydać. Tam przed wiekami mieszkali Tatarzy i wciąż sporo tatarskiej krwi w żyłach miejscowych płynie. Nie są to dobre ludzie... Mieszkańców tej wioski nazywał pogardliwie „kumosy". Szkoda, że nie przestrzegł swojej wnuczki.

Uliński, elegancki, urzędowy, w ciemnym garniturze, szarej koszuli zaciśniętej żółtym krawatem, sprawiał wrażenie człowieka, który je śniadanie na mieście, posiada spłacony drogi wóz, a także osobistego instruktora fitnessu. Jeszcze tylko w golfa nie zaczął grać. Jednak to jego obłocone buty zwróciły moją uwagę. Jakby po mokradłach chodził kilka godzin przed spotkaniem. Spojrzałam na te buty, wolno podnosząc wzrok na rozlaną twarz.

– Pani Albino...

– Słucham?

Jak poznałam Helenę po latach, tak poznałam i jego, choć nigdy wcześniej się nie spotkaliśmy, nawet nie wiedziałam, że istnieje.

– Pozwoliłem sobie na panią czekać... hm... he... nazywam się Seweryn Uliński. Jestem mężem Heleny, pani siostrzenicy.

Spod przylizanej, lekko przetłuszczonej grzywki patrzyły na mnie szare zimne oczy. Długie, podkręcone rzęsy rzadko są ozdobą męskiej twarzy, jego wręcz szpeciły. Zęby miał ładne, choć trochę za drobne. Tymi zębami się do mnie uśmiechnął, kiedy zapytałam, jak mnie znalazł. Nie było to mądre pytanie, w Internecie zawsze zapowiadano spotkania autorskie z Albiną Solecką, wystarczyło wstukać jedno hasło i mój życiorys, zdjęcia oraz dorobek literacki stawały się wiadomością do użytku publicznego, każdy bęcwał mógł mnie wyśledzić.

– Proszę się streszczać. O co chodzi? – spytałam.

Zmieszał się, ale szybko odzyskał pewność siebie. Włożył dłonie do kieszeni spodni i stanął w lekkim rozkroku. Wzroku nie mogłam oderwać od tych zabłoconych butów.

– Przez kartoflisko pan do mnie szedł? Hm... Wszystko jedno, jestem zmęczona, może mnie pan odprowadzić do samochodu... – powiedziałam, wręczając mu lnianą torbę, w której miałam kilka egzemplarzy swojej najnowszej książki. Tylko jedną rękę wyciągnął z kieszeni. Ruszyłam, nie sprawdzając, czy podąża za mną. Uszliśmy zaledwie kilka kroków i zaczął mnie dręczyć. Czy widziałam Helenę? Kiedy? Mówiła coś o nim? Powiedziała o swoich planach? W jakim była stanie?

– W jakim stanie? – mruknęłam. – A co pan ma na myśli? Mnie się stan z ciążą kojarzy.

– Widziała ją pani, czy nie?! – zapytał nierozbawiony moim poczuciem humoru. – Przyjechałem z Brukseli, żeby się z panią zobaczyć. Mnie zaistniała sytuacja nie śmieszy...

– Mnie właściwie też nie.

Moje stare bmw zaparkowane było w poprzek chodnika. Pół tyłu wystawało na ulicę, nie umiałam zmieścić tego wielkiego auta między białymi liniami. Wyjęłam z kieszeni swetra klucz i nacisnęłam guzik. Spokojnie otworzyłam bagażnik, wzięłam od niego torbę i delikatnie włożyłam ją do środka między pudła i worki, które miałam zamiar wywieźć na śmietnik. Przeszłam na przód samochodu i otworzyłam drzwi. Mąż Heleny zaszedł mi drogę. Położył rękę na dachu i stanął tak, żebym musiała go obejść dookoła. Bez wahania to zrobiłam.

– Panie Uliński – zaczęłam, gramoląc się na siedzenie – niech pan da mi spokój. Mówiłam pana teściowi przed tygodniem i powtarzam panu. Nie widziałam Helenki, odkąd skończyła trzy latka, nie pojmuję, dlaczego ubzduraliście sobie, że coś na jej temat wiem.

– A mnie się zdaje, że pani nie mówi prawdy...

Trzymał rękę na drzwiach, nie mogłam ich zamknąć, dopóki tam stał. Odpaliłam silnik, poprawiłam lusterko, zapięłam pasy, radio włączyło się automatycznie. Spikerka niskim, zmysłowym głosem zapowiadała upał na weekend. Możliwe też były przelotne burze. Takie informacje mnie cieszyły, zawsze czułam się odrobinę lepiej, kiedy było gorąco i sucho, czekałam niecierpliwie przy oknie, kiedy błyśnie granatowe niebo.

– Podejrzewamy, że coś jej się stało, a pani popisuje się tutaj dziecinnym uporem. Pytam tylko, czy była u pani ostatnio? To chyba nie jest poufna informacja? Proszę mi powiedzieć...

Włożył głowę do auta.

– Szkoda czasu, młody człowieku – powiedziałam, przesuwając drążek z P na D. Samochód lekko drgnął. – Nie mówię do widzenia, bo kolejnego widzenia z panem nie przewiduję.

– Proszę szanownej pani – zapiszczał. Przez moment myślałam, że mu te drzwi przytrzasnęły najbardziej wystającą część ciała. – Moja żona zaginęła. Wyszła z domu i nie wróciła, nie rozumie pani?! Jakim trzeba być człowiekiem, żeby w takiej sytuacji nie pomóc?! – wrzasnął prosto do mojego ucha. Odczekałam, aż się nieco uspokoi. Kilka sekund dyszał, wyraźnie zdenerwowany moją niezłomną postawą. Trzymałam dłonie na kierownicy, skręciłam głowę i spojrzałam mu w rozcieńczone błękitem źrenice.

– To o kogo pan się martwi najbardziej, panie Uliński, o nią czy o siebie? Bo ja tu nie widzę szczerej troski... Poza tym, jakim trzeba być człowiekiem, panie Uliński, żeby doprowadzić żonę do desperacji tak skrajnej, że wychodzi bez słowa i nie wraca. Ani do męża, ani do ojca. No? Co pan mi powie?

Seweryn Uliński roześmiał się z nutą triumfu.

– Proszę! Jednak pani coś wie!

– Co wiem, to wiem od was. Od Wiktora i od pana. Wy powiedzieliście mi, że Helena zniknęła. Skoro tak bardzo się o nią martwicie, to idźcie z tym na policję – poradziłam.

– Jestem europosłem. – Powiedział to takim tonem, jakby mi jedenaste przykazanie wyjawiał. – Mam możliwości, ale nie chcę z nich na razie korzystać...

Czekał na moją reakcję, ale się nie doczekał. Siedziałam wsłuchana w mruczący silnik mojego staruszka i delikatnie nacisnęłam pedał gazu. Auto ruszyło. Uliński odskoczył.

– Idź do diabła! – Trzasnął drzwiami na pożegnanie.

Być może to ja podsunęłam mu pomysł zgłoszenia policji zaginięcia Heleny, może zrobiłby to bez mojego natchnienia, dwa dni po spotkaniu zaproszono mnie na komendę. Ubrałam się jak na pochód pierwszomajowy. Elegancko i radośnie. Zadałam sobie trochę trudu, by zapudrować plamy na twarzy i ułożyć świeżo zafarbowane włosy. Policjant, uprzejmy i niezwykle miły, momentami nawet dowcipny, więcej entuzjazmu wkładał w opowiadanie o zaplanowanym na sierpień urlopie niż w przesłuchanie. Pożartowaliśmy sobie, że kiedyś tylko mężczyźni „wychodzili po papierosy", kiedy zamierzali rozpocząć nowy życiowy rozdział z młodszą, teraz przyszła kolej na kobiety. Kobiety również nie podają wcześniej żadnego znieczulenia. Dzisiaj jestem i męczę się z dzielną miną, jutro wyciągnę walizkę z pawlacza, spakuję ją i adieu. Policjant otwarcie opowiedział się po stronie kobiet, w pracy zawodowej miał dziesiątki czy setki nawet przypadków nieporozumień małżeńskich. Czasami błahy incydent, czasami krwawa jatka, zdarzały się zabójstwa zaplanowane i takie, za które grozi niższa kara – w afekcie. Mężczyzna to zazwyczaj sprawca niedoskonały, powiedział, podsuwając mi oświadczenie do podpisu. Gawędziliśmy miło. Odprowadzając mnie do recepcji, opowiedział historię pewnej młodej rzeszowianki, której nagłe zaginięcie zgłosił mąż. Palcem wskazywał na różne osoby, które według niego miały ze zniknięciem żony coś wspólnego, gorliwie podsuwał śledczym prawdopodobne wersje, a kiedy nie było widocznych postępów w sprawie, zaczął wydzwaniać na komendę kilka razy dziennie, szalał, groził, dopominał się intensywniejszych działań. Oskarżeniami pluł na lewo i prawo, nie przebierał w słowach, oceniając pracę policji, która przecież z budżetu państwa jest opłacana, a on ten budżet swoimi podatkami zasila miesiąc w miesiąc. Najmniej było u niego żalu z powodu zniknięcia żony. W marcu lody puściły i zwłoki żony wypłynęły w Wisłoku, za stadionem żużlowym. Leżały w wodzie sześć miesięcy, woda tak je zniszczyła, że tylko po plombie w górnej dwójce można było trzydziestoletnią kobietę rozpoznać. No i co? Nic, upiekło się draniowi. Głośna sprawa, policjantów jasny szlag trafiał. Nie znaleźli dowodów morderstwa, choć bez wątpienia do morderstwa doszło. Uznałam, że opowiada mi tę historię nie bez powodu.

– Myśli pan, że Uliński żonę załatwił? – zapytałam z przejęciem.

Policjant nie odpowiedział od razu. Poprawił okulary, rozejrzał się wokół, następnie spojrzał w moje stare chytre oczy.

– W każdym razie, trzeba mu się będzie przyjrzeć. Kiedy ginie kobieta, mąż staje się pierwszym podejrzanym. To rutynowe założenie. No, ale to już sprawa Warszawy, my mieliśmy tylko porozmawiać z panią...

Podałam mu dłoń, uścisnął ją mocno.

– Oczywiście. Wiemy, czyja to córka... – Skrzywił się. – I czyja żona...

– Ale to niczego nie zmienia. Sam pan powiedział, podejrzanym numer jeden przy takich nagłych zniknięciach jest zawsze mąż. I mnie się tak zdaje...

Europoseł Seweryn Uliński już policjantom zaczynał śmierdzieć. Mogłam otworzyć okno i przegonić ten smród jednym wyznaniem, nie zrobiłam tego. Niech się troszkę sytuacja skomplikuje temu cwaniakowi. Tak postanowiłam. Złożyłam fałszywe oświadczenie i pojechałam prosto do mieszkania. Nadchodziła pora zażycia leków.

H

⤦⤤

Eduard Tumanyan na samym początku wywąchał moją uległość, podałam mu na powitanie gładką, nasmarowaną balsamem dłoń i już wiedział, do jakiej gry się szykować. Trzymał ją kilka sekund, wystarczająco długo, aby wymienić się radosnym ciepłem i obejrzeć nawzajem. Tak samo on był ciekawy mnie, jak ja jego. Przyjechał bez zapowiedzi zainkasować pieniądze za wynajem i umówić terminy. Podczas rozmowy, bliskiego obcowania na małym metrażu, zaczęły wykwitać między nami małe drzewka, rwaliśmy z nich listki, wkładając sobie do ust. Otwarcie pytał o moje plany na najbliższe dni, tygodnie, chciał wiedzieć, dlaczego ze wszystkich krajów, jakie Europejce oferuje mapa świata, ja wybrałam akurat Armenię. Było między nami zbyt pięknie, żeby powiedzieć prawdę, wyżalić się na ojca i męża, na cudzą niechlujność uczuć i własne pogubienie. Wolałam być przy nim mocna, kobieta przechodząca ze słońca w słońce, rzadko szukająca cienia.

Bez względu na to, jak starannie myłam się zimną wodą pod prysznicem, wiedziałam, że po wyjściu na zewnątrz, chociaż było już po siódmej, zleję się potem i rozjaśnione słońcem włosy oblepią mi szyję i podrażnią skórę, a sukienka przywrze do ciała, jakby była uszyta z folii. Miałam nadzieję, że za kilka dni organizm ostatecznie pogodzi się z piekielnymi temperaturami, przerwie protest, zacznie funkcjonować normalniej, wróci porządek snu. Bezsenność dokuczała mi najdotkliwiej.

Przy wkładaniu bielizny trzęsły mi się ręce. Wciągnęłam na mokre jeszcze ciało sukienkę, poślinionym palcem wyregulowałam brwi i prysnęłam chmurkę Diora w powietrze, weszłam w nią z zamkniętymi oczyma. Eduard posłusznie czekał przy land roverze. Śniady, niezbyt wysoki, ubrany w dżinsy i białą, lnianą koszulę, spod mankietu wystawały zegarek i złota ciężka bransoletka. Zjawisko.

Bardzo śpieszyłam się do obcego mężczyzny, obojętne mi było, jak sama siebie ocenię po tym wspólnym wieczorze. Ze sobą samym rozrachunki są dosyć łatwe, obie strony reprezentuje ten sam negocjator. Szukałam klucza do mieszkania, wyrzucając zawartość torebki na stół, i wtedy nadeszła wiadomość od ciotki Albiny. Niedługa, treściwa, fragment o szukającej mnie policji czytałam dwa razy. Seweryn zgłosił na policję moje zaginięcie?! Musiał się karmić wielką tłustą nadzieją, że zniknęłam naprawdę i przywiozą mnie do niego w czarnym worku, rozłożoną i cuchnącą. Ciotka Albina napisała, że to nieprzyjemny typ... W ostatnim zdaniu była najważniejsza informacja:

19.16 W mieście Dilidżan, to gdzieś na wschód od stolicy, przez jakiś czas mieszkała Twoja mama. W jednym z listów napisała, że ma tam koleżankę, Ukrainkę. Nazywa się Marina Ohanian.

Z listu, który jej „zaginął", wyłuskała jedno nazwisko i rzuciła mi jak ochłap. Niech będzie, aby tylko ruszyć z miejsca, choć dwa pierwsze kroki zrobić po śladach. Ucieszyłam się i przeraziłam jednocześnie. Po to tu przyjechałam, tylko po to.

Eduard, mimo że nie wyjaśniłam, w jakim celu mam zamiar pojechać do Dilidżan, zaproponował towarzystwo Artioma. Jest bystry, odpowiedzialny, obwiezie mnie, jak najcenniejszą przesyłkę poleconą. Śmiałam się rozanielona, dziękowałam za troskliwość, urzeczona takim prostym rozwiązaniem problemu. Kobieta może wiele odrzucić, ale opieki silnego mężczyzny nigdy. Oceniłam, że ma czterdzieści kilka lat.

W podziemiach restauracji „Taverna Erywań" siedzieliśmy rozdzieleni szerokim dębowym stołem. Eduard nie tworzył intymnej atmosfery, nie popędzał, nie ocierał się kolanami pod obrusem, nie łapał mnie za nadgarstek, nie nachylał nad dekolt, było tak, jak powinno być na początku: niewinnie, towarzysko, niezobowiązująco, z daleka. Opowiadał o kuchni ormiańskiej, demonstrując, jak w placek lawasz zawijać zieleninę i ser, wszystko brał palcami wprost z talerza, nie brudząc się przy tym. Przegryzaliśmy rzodkiewką, różową bazylią i listkami świeżej kolendry. Po pierwszych kęsach miałam w ustach cudowne smaki, skomponowane jakby specjalnie dla mnie. Eduard wybrał nasze dania główne, szaszłyki cielęce i grillowane warzywa. Ułożone w kształcie gwiazdy bakłażan, papryka i pomidor zapachniały letnim posiłkiem w plenerze, wachlowałam ten zapach wprost do nosa.

Między kęsami zaczęłam opowiadać zmyśloną wersję swojego przyjazdu do Armenii. Starałam się go zainteresować, snułam opowieść o dziennikarsko-pisarskiej karierze, wymieniając tytuły czasopism i wydawnictw, dla których pracowałam. Dziennikarka brzmiała po stokroć lepiej niż nauczycielka rosyjskiego. Słuchał zafascynowany. Właśnie tu, w Armenii, może nawet w tej restauracji rozpocznie się historia moich bohaterów. Może on wystąpi w pierwszym rozdziale i jego ustami poznamy fascynującą historię dwojga? Eduard był zachwycony moim pomysłem. Sprawdził w telefonie informacje o mnie, gwizdnął, kiedy ukazały się okładka książki i fotografie z dnia promocji w księgarni w Warszawie. Rozmawialiśmy po rosyjsku i angielsku, kiedy brakowało pojedynczych słów, przeskakiwaliśmy z jednej grupy językowej do drugiej, płynnie i zabawnie. Eduard słuchał uważnie, kiedy opowiadałam, przyglądał się, jak jem, prowadził moją dłoń z kieliszkiem do ust, nie odstępował mnie ani na moment. Czułam się ważna i podniecająco świadoma, że cokolwiek powiem, spowoduje reakcję siedzącego naprzeciwko mężczyzny. Będzie się zachwycał albo wda w dyskusję, jego słowa będą ciągnąć moje, wymienimy się banalnymi spostrzeżeniami, popatrzymy, jak zderzają się w powietrzu. Po tych kilku latach mówienia do ściany i słuchania ściany była to cudowna odmiana.

– Pisarka... żurnalistka... Pięknie... – uśmiechał się, popijając piwo z wielkiej szklanki. – Dobrze trafiłaś, dziewczyno! Tutaj znajdziesz więcej, niż się spodziewałaś... Chcesz wojny w książce, proszę bardzo, była wojna, niejedna, bohaterów znam wielu, mogę cię z nimi poznać. Jak walczyliśmy o Górski Karabach, z całego świata zjeżdżali nasi rodacy utoczyć krwi za ojczyznę i Azerów ubić, mają świeże wspomnienia i chętnie ci opowiedzą. Ja też walczyłem. Wiesz, to nie była wojna o skrawek ziemi, jak się w Europie wydawało, my byliśmy o włos od utraty tego, co nam jeszcze zostało, naszego kraju i ludzi...

– Ja w ogóle... za młoda chyba jestem, nie pamiętam tego konfliktu... – tłumaczyłam się i było mi wstyd, że tak mało wiem i nie mam zdania. Eduard niezrażony ciągnął dalej.

– Ten konflikt świata nie interesował, za daleko od ich uporządkowanych ogródków. Nie wyrzucaj sobie niewiedzy... Chcesz o Sowietach pisać, jak nam tu swoją republikę urządzili, nie musisz nigdzie jechać, wszystko ci opowiem, dobrze pamiętam, zresztą, aż tak wiele od tamtych czasów się nie zmieniło. Jak chcesz się dowiedzieć, ile miłości można było w Moskwie kupić od Rosjanek za butelkę koniaku, służę uprzejmie. W Armenii działo się najwięcej, byliśmy modelową republiką, pokazową. Możemy pojechać do Iranu, byłaś w Iranie? – Pokręciłam głową. – Na początek zabiorę cię do nocnego klubu w Erywaniu, gdzie Irańczycy bawią się i piją z daleka od swoich islamskich, surowych nakazów. Będziesz zachwycona, nikt z zewnątrz tam nie ma wstępu.

– Nie wątpię...

Eduard wytarł usta serwetką.

– O jedno cię proszę... – zaczął.

– Tak? – Pochyliłam się na stołem.

– Historycznej książki nie pisz. Nuda! Paru studentów przeczyta, garstka profesorów w kraciastych marynarkach i wsio. Bardzo bym chciał, aby o naszym kraju dowiedzieli się Europejczycy... nie mają pojęcia o naszym narodzie, historii, kulturze, mylą nas z Gruzinami, Rosjanami, z Azerami... wyznawcami islamu. Napisz coś... – Podniósł szklankę na wysokość oczu i przyglądał się piance. – Napisz o trudnej miłości w czasach wojny. Możesz się wzorować na mnie.

– Masz dla mnie jakąś ciekawą historię?

– Moja droga... każdy Ormianin ma tak niesamowitą historię do powiedzenia, że dziwię się, dlaczego wszyscy nie chwytają za pióro...

– Może lubicie gadać, a nie pisać... – uśmiechnęłam się.

Eduard zastanawiał się przez chwilę, co mi opowiedzieć.

– Służyłem w wojsku w Gruzji, młody, gniewny, jak każdy w tym wieku. Pewnego dnia wsadzili nas do pociągu i nie mówiąc, dokąd, wywieźli. Takie wojsko radzieckie miało metody, nic nie mówić nikomu, niech się boją. I bałem się, bo wysadzili nas w Baku, w Azerbejdżanie. Wiesz, kiedy? W lutym 1988 roku, trzy dni później zaczęło się polowanie na Ormian w Sumgaicie. Azerbejdżańscy Turcy to są wściekłe psy, wyciągali naszych z domów i zabijali na ulicy, a zwłoki palili w ogniskach. Władze milczały, przyzwolenie na trzydniowy pogrom przyszło z góry. Nie chroniło mnie nic, na pewno nie fakt, że służyliśmy w jednym wojsku. Tylko dzięki wysokiemu rangą oficerowi sowieckiemu nie obdarli mnie ze skóry i nie skrócili o głowę. Wsadził mnie i kilku innych żołnierzy Ormian do pociągu i odesłał z powrotem do Gruzji. Gdybym został w Baku, mimo że kamraci radziecccy starali się nas chronić, ubiliby mnie jak psa i dziś bym tu z tobą nie siedział... uciekłem spod kosy po raz pierwszy w życiu, ale nie ostatni. Nadaję się na bohatera twojej powieści?

– Bardzo, ale... jestem przerażona... takim rozpoczęciem...

– Uważasz, że nie zechcą czytać? Że ludzie nie życzą sobie smutnych opowieści? Chyba widzisz, jakim tonem to opowiadam? Lekko... My już przywykliśmy do niewyobrażalnych tragedii, jakie nas ścigają od setek lat. I doganiają, po czym ruszamy dalej z przebitym sercem.

Eduard zamrugał, ale nie była to chwila wzruszenia.

– Jak Hiob... – powiedziałam. – Okrutnie doświadczany, ale jednak wytrwał przy Bogu...

– Można by tak rzec. Choć wiesz, cała ta walka religijna... przeważnie jest walką o pieniądze i terytorium, a Bogiem sobie pyski wszyscy wycierają. Zresztą... Ta rozmowa zaczyna toczyć się w niewłaściwym kierunku. Nie uważasz? – pochylił się.

– Ty zacząłeś...

– Ja, bohater twojej książki.

Eduard promieniał. Idąc na spotkanie, nastawiony tylko na dopięcie sprawy płatności za wynajem, nagle ustrzelił sobie tłustego ptaszka na kolację. Ptaszek kwilił i szarpał piórka, w miarę spożywanego alkoholu piórek było coraz więcej i stawały się coraz bardziej puszyste. Miliony lat świetlnych dzieliły mnie od miejsca, gdzie miałam swój dom. Siedząc naprzeciwko pięknego, śniadego Eduarda, nie widziałam ani twarzy ludzi, z którymi obcowałam, ani swojej własnej, odbitej w lustrze w dzień wyjazdu. Wszystko było nowe, jakby się przed chwilą urodziło na odległej planecie. Bezkarność, neutralizująca wmontowane w podświadomość poczucie winy, rozpierała mnie od środka. Kradłam jabłko z sadu proboszcza i nikt tego nie widział. Lepiej, brałam sztabkę złota z sejfu szejka arabskiego.

Podniosłam kieliszek do ust, nie spuszczając wzroku.

– Jeśli chcesz, żebym o tobie napisała, musisz mi poświęcić więcej czasu.

– Dysponuj mną – odparł poważniejszym tonem. – Będę zaszczycony. Pod tym względem jestem typowym Ormianinem, uwielbiam opowiadać przy stole i winie.

– W takim razie... skorzystam z propozycji. Ale nie mam wielkiej wprawy w pisaniu romansów – powiedziałam z lekkim uśmiechem. – Musisz mi podpowiedzieć. Kto kogo ma kochać mocniej, żeby wyszło prawdziwiej...

– On ją... tradycyjnie... – odparł.

Oparł się na krześle. Wsadził dłonie w kieszenie spodni i przyglądał mi się, usiłując ocenić, czy to wszystko mu się wydaje, czy naprawdę ma szansę. Nie pomagałam mu.

– Miłości w Baku nie znalazłeś? – spytałam, wracając do jedzenia.

Kelner dolał mi wina i oddalił się. Nikt nam się nie przyglądał, nie ciekawiliśmy ich jako flirtująca para. W restauracji było zbyt wielu gości, każdy coś świętował przy stole tak suto zastawionym, że brakowało miejsca na cienką serwetkę.

– O nie! Uciekłem stamtąd, choć nie jestem z natury tchórzliwy. – Eduard odsunął talerz. – To dziwne miejsce, miasto nieustających wiatrów i smrodu ropy, który nie staje się lżejszy o żadnej porze roku. Oczywiście, niepozbawione uroku, stare, nadmorskie, ale jednak przygnębiające. Przynajmniej tak Baku zapamiętałem. Poza tym miłość Ormianina i Azerki po prostu nie byłaby możliwa...

Zapisałam w telefonie hasło: „Sumgait pogrom". Eduard zapytał, czy nagrywam naszą rozmowę.

– Nie! Oczywiście, że nie... – zaprzeczyłam gorliwie. – Przepraszam, ale muszę zanotować, mam beznadziejnie krótką pamięć, wrócę do domu i zapomnę, a chcę zgromadzić jak najwięcej materiału do książki. Muszę ci się przyznać... Nie napiszę romansu, prawdopodobnie nigdy, ale chcę napisać reportaż literacki o Armenii.

– Więc jednak nuda... – roześmiał się. – A tak dobrze się zapowiadało... Jak długo tu zostaniesz?

Dopił piwo, odstawił szklankę i skinął na kelnera.

– Dopóki mi się nie skończą pieniądze – odparłam szczerze.

– Napijesz się kieliszek wódki? – zapytał.

– Chętnie.

– W takim razie dwa... – zwrócił się do kelnera, potem do mnie. – No i opowiedz mi wreszcie coś prawdziwego o sobie...

Wyszliśmy z tawerny, kiedy wieczór przepychał się z dniem. Nastawała szarość, niezdecydowana jeszcze, czy zostać, czy odejść. Ciepłe, suche powietrze już nie męczyło, łatwiej było oddychać, przyjemniej się szło ulicą, której rytm nieco przygasł. Eduard opowiadał o sobie niechętnie, mimo wcześniejszych deklaracji, przestraszył się chyba, że naprawdę zrobię z niego głównego bohatera. Wtrącił kilka zdań o dzieciństwie, kilka o mamie, nic o kobietach, nic o pracy, wciąż wracał do mojej książki, podpowiadając coraz to śmielsze zawiązania akcji. Bawił się tym, a ja go nie hamowałam, oboje błądziliśmy po tematach dalekich od nas samych i od tego, co mamy do ukrycia. Moja biała sukienka, głęboko wycięta po samo rozwidlenie piersi, kończyła się tuż przed kolanem. Kiedy szliśmy wolno schodami Kaskady, niespodziewanie zatrzymał się i dotknął cienkiego materiału.

– Biały kolor, a myśli czarne... – powiedział.

– Nawet nie wiesz, jak czarne – odparłam.

Patrzyliśmy przez chwilę na ciemniejące niebo i podświetlone mlecznym światłem rzeźby. Przed nami stał wielki napis: LOVE. Stężenie alkoholu w mojej krwi wciąż rosło, czułam lekkość w głowie i ociężałość w nogach. Chciałam się zatrzymać, usiąść gdzieś na chwilę, żeby być nareszcie blisko niego, dotyk sprawiłby mi przyjemność. Niedotykana od tak dawna, nie mogłam się doczekać, kiedy coś się stanie. Usiadłam na niskim murku z podkurczonymi kolanami, Eduard przyklęknął przede mną.

– Dobrze się czujesz? – Przyłożył dłoń do mojego rozpalonego policzka. – Za dużo wina? Za gorąco?

– Nie wiem – odparłam.

– Moja wina?

– Nie wiem – powtórzyłam.

Zapatrzyłam się w jego oczy jak w krajobraz. Tyle męskiego piękna nie widziałam od dawna. Wychowana między szarymi twarzami pospolitych mężczyzn, zapomniałam, jak kuszące są uroda i męskość połączone w jednej osobie. Jeśli się naprawdę chce być nieprzyzwoitą, wszystko przychodzi bardzo łatwo, gesty i słowa, które radośnie rozwodzą się z umiarem. Mijali nas turyści, ale nawet nie spojrzeli w naszą stronę, zainteresowani niezwykłymi kompozycjami rzeźb, świateł i roślin. Przystawali przed eleganckimi układankami, zaplanowanymi bez grama kiczu, fotografowali fragmenty i całą Kaskadę. Dziewczyny rozwiewały włosy, pozując do zdjęć, grzeczni faceci przytulali je potem nieśmiało, jakby wstydząc się tej chwili intymności, może niepewni, czy zostaną przyjęci?

– Patrz... – Eduard wskazał taras ponad naszymi głowami. – Znasz takiego piosenkarza, Charles'a Aznavoura?

Odwróciłam głowę.

– Francuski pieśniarz? Coś słyszałam... – odparłam.

– To jego willa. Jest Ormianinem urodzonym we Francji.

– On jeszcze żyje? – zdziwiłam się.

– Oczywiście. Ma piękne 91 lat – powiedział, wstając. – Jest bohaterem narodowym, najbardziej znanym i rozpoznawalnym symbolem Armenii na świecie. Nikt chyba nie zrobił dla nas więcej... Nie chodzi tu tylko o miliony dolarów, jakie płyną z fundacji... po prostu jest naszym Aniołem... Szacunek... wielki szacunek, takie słowo przychodzi mi do głowy, jak o nim myślę. Jeśli masz jeszcze trochę siły, wyjdziemy na samą górę. Wiem, kto pilnuje tej willi, wpuści nas na taras, stamtąd widać cały Erywań, panoramicznie. Dasz radę?

Wstałam, magiczna chwila nie minęła. Eduard szedł nieco z przodu, trzymając mnie za rękę. Zatrzymywaliśmy się co kilkadziesiąt schodów, by spojrzeć na szeroki deptak w dole, oznaczony rzędami latarni niczym pas startowy. Na końcu szerokiej alei, zadreptywanej przez grupy zachwyconych turystów, stał punktowo oświetlony gmach opery. Wzdychałam po kobiecemu przy kolejnych przystankach, patrząc na mozaiki kwiatów, nowoczesne rzeźby, na rozczochranego lwa, który w poprzednim wcieleniu był diabłem. Eduard opowiadał o każdym elemencie Kaskady, jakby był przy jej budowie, kiedy gestykulował, moja dłoń zaciśnięta w jego dłoni również leciała w górę, wskazując miejsca godne przedstawienia. Pomarańczowe mury willi Aznavoura i szpic Monumentu nie wyłoniły się nagle, widzieliśmy je, rozpoczynając marsz pięciuset schodami w górę. Kiedy dotarliśmy na szczyt, oboje lekko zasapani, wciąż nie puszczał mojej dłoni.

– Ostatni raz przeszedłem schodami Kaskady... – Podrapał się po czole naszymi palcami. – Cholera! Cztery lata temu, a mieszkam tuż obok. Dla ciebie tu przyszedłem...

Lekki powiew wiatru poruszył moją sukienką.

Z przyjemnością dałam się nabrać na ten wyświechtany slogan – dla ciebie. Dałam się nabić na tę stępioną od częstego używania szpadę, pokonana jednym pchnięciem, zobowiązana do uczynienia czegoś wyjątkowego – dla niego. Skoro on tyle dla mnie, kolacji, wina, schodów, opowieści ciekawszych, niż wykwalifikowany przewodnik mógłby zaoferować, ja też muszę coś spod spodu wyciągnąć, położyć cenniejszy towar na wadze, żeby równowaga zapanowała, żeby nikt z tej wagi nie spadł. Od pierwszego spojrzenia w oczy handlowaliśmy. Eduard żadnej tajemnicy nie odkrywał, to co u mnie widział, w oczach, gestach, między westchnieniami, było na sprzedaż. Musiał znać dziesiątki takich kobiet, które z małżeńskiego, skłóconego i ponurego domu, z bezpiecznego gniazda miłości przemienionego w zimną celę bez okien, wybiegły niestosownie ubrane, pękające w środku, pulsujące na zewnątrz, gotowe na znacznie więcej, niż śniło im się poprzedniej nocy. Ja ze swojej ciemnej piwnicy też uciekłam, ale miałam więcej szczęścia niż inne, moje słońce było naprawdę piękne i grzało mocno.

Zostawiliśmy samochód nieprawidłowo zaparkowany w dole obok Opery. Spod Monumentu taksówką pojechaliśmy do niego, czyli do mnie, w pachnącą moimi perfumami pościel, pod czerwoną kapę z frędzelkami, na podłogę zasłaną ręcznie tkanym dywanem, pod prysznic zaprojektowany dla dwojga. Obijając się o sprzęty w ciemności, wyrywaliśmy sobie z rąk skrawki ubrań, całując się bez przerwy na głębszy oddech. Po jakości tych pocałunków mogłam spodziewać się wielkiej namiętności potem. Eduard pachniał sobą, skórę miał delikatną i pewne, głodne dłonie. Nie broniłam się, udając wahanie, niezdecydowanie, sama rozdarłam podszewkę wstydu. Olśniła mnie sztuka kochania, zapomniana sztuka obłaskawiania drugiego ciała, które chce się mieć dla siebie, nad którym można panować lepiej niż nad własnym. Jego ciało było moje, wierne, oddane w chwili, a chwile coraz wolniejsze, leniwsze, po pierwszym pośpiechu, bardziej zmysłowe. Powiedziałam mu, jaki jest wspaniały, prosto w serce mu to powiedziałam, kiedy całował mnie po oczach, ramionach, pod pachami, znacząc śliną linię żeber. Obrócił mnie na brzuch jednym, zdecydowanym ruchem, poczułam, jak sięga po moje udo, jak dotyka mojej łydki i stopy. Nie wiedziałam, gdzie dotknie w następnym momencie, gdzie go poczuję, czekałam całym ciałem, już raz spełnionym, otwierającym się na nowo.

Kiedy się obudziłam w ciemnym pokoju, Eduarda już nie było. Z prawie pustej butelki wina wycisnęłam kilka ciepłych kropel prosto w suche gardło. Usta miałam spuchnięte od pocałunków. Zwiotczałe mięśnie nóg, które w każdej chwili mogły się pode mną załamać, rozmasowałam otwartą dłonią. Obok łóżka leżała moja torebka, nierozpięte sandały, w gorączce pośpiechu zrzucona sukienka, rozdarta przy ramiączku.

Był tu ze mną, czy sobie to wszystko wymyśliłam? Ze złości na siebie i matkę, ojca, ciotkę Albinę i Seweryna, który wypłakiwał żale na policji, opowiadając o żonie, która zaginęła bez śladu, bez słowa, bez powodu. Myślenie o Eduardzie przetykane było obrazami tamtych, jakby mi chcieli tę ledwie ostygłą przyjemność odebrać, rozdeptać. Zmusiłam się do niemyślenia dobrze sprawdzoną metodą, zamykając oczy i wyobrażając sobie czarną ścianę bez konturu. Załamującą się w środku, nieskończoną przestrzeń.

Artiom zatrąbił punktualnie o dziewiątej. Owinięta ręcznikiem, krzyknęłam przez okno, aby poczekał. Pogroził mi palcem i zapalił papierosa. Oddzieliłam noc od dnia w kilka minut. Uporządkowałam siebie i podłogę mieszkania, spakowałam torbę, powstrzymałam się od powąchania poduszki w poszukiwaniu wczorajszych zapachów. Ściany miały oczy, czułam, jak na mnie patrzą, kiedy wygładzam narzutę i przez krótką chwilę zatrzymuję dłoń w tym miejscu, gdzie kilka godzin wcześniej leżałam naga. Żadnych wyrzutów sumienia, tylko dreszcz, skurcz podniecenia przy jednym wspomnieniu, które paliło mocniej niż inne. Zanim ruszyliśmy w drogę, zanim Artiom nałożył na nos słoneczne, świetnie podrobione okulary Ray Ban, spojrzał na mnie ukradkiem.

– No i jak zabawa? Udało się? – zapytał.

Nie dałam się sprowokować.

– Zapnij pasy i jedź. Szkoda czasu – odpowiedziałam, odsuwając siedzenie do tyłu. W lusterku zobaczyłam lokatorów wychodzących frontowymi drzwiami. Dziewczyna na wysokich szpilkach, w czerwonej lekkiej sukience przepasanej srebrnym paskiem, i starszy od niej mężczyzna, okrągły na twarzy, wysoki, dotykał jej pośladków, kiedy szli przez ogród w stronę ławeczki ukrytej pod drzewami. Szukali cienia w niedzielny ranek. Moja wczorajsza miłość była znacznie głośniejsza niż ich wszystkie razem wzięte.

A

☙❧

Kiedy tylko siadałam do komputera, żeby dalej opisywać losy swoich bohaterów, którzy akurat popadli w konflikt z prawem i trafili do aresztu podejrzani o zabójstwo jubilera w Colchester w hrabstwie Essex, zastanawiałam się, czy nie zrealizować groźby i nie opisać, zamiast perypetii *homo fictus*, przystanków życiowych prawdziwego homo, Wiktora Benca. Teraz był najlepszy moment, w roku zaprzysiężenia nowego prezydenta RP, w roku wyborów parlamentarnych, odpowiedni czas, aby rzucić trochę błota na osobę z pierwszej ławy. Jakże on mnie irytował! Stał przy prezydencie jak Jezus frasobliwy z przydrożnej kapliczki. Zawsze dobrze widoczny, znany tylko z tej historii, którą sam o sobie kazał napisać. Nie miałam złudzeń co do tego, ile stron ze swojej teczki udało mu się wyjąć i spalić, zanim wszyscy inni romansujący z władzą i narodowym bohaterstwem to uczynili. Problem polegał na tym, że pisząc biografię Benca, sama w siebie rzuciłabym zgniłym jabłkiem, rykoszetem dostałaby w głowę również moja siostra.

Oboje tworzyliśmy nieprawdę, choć z różnych pobudek. Wiktor został aresztowany 13 grudnia 1981 roku tylko dlatego, że wpadł pod koła nyski milicyjnej, będąc w stanie wielkiej nietrzeźwości. Nawet jeśli nie były to dwa promile, chwiał się na nogach, ślinił i rozjuszony wypitą wódką oraz tym, że jej zabrakło, poszedł w miasto szukać dopitki. Nie zdarzały mu się takie incydenty, nie pił często, a jeśli już, zachowywał umiar i zawsze o własnych siłach wracał do domu, może poza tym sylwestrem, kiedy spadł pod stół, choć minutę wcześniej nawet nie wyglądał na pijanego. Gdy 13 grudnia na ulicy Chrobrego zderzył się z pojazdem większym od niego, wyszedł z tego spotkania cało. Zdarty naskórek, trochę krwi, ale żadnych obrażeń wewnętrznych ani złamań. Po przewiezieniu na Komendę Miejską MO w agresywnym pijackim amoku stawiał opór, nawymyślał funkcjonariuszom od bandziorów i dupków. W celi rozebrał się do gołego torsu, pluł na ściany i groził wszystkim śmiercią przez zajebanie. Milicjanci w Rzeszowie mieli pełne ręce roboty z wyłapaniem kilkudziesięciu wytypowanych wcześniej działaczy NSZZ Solidarność. Aresztowano wtedy prawie całe Prezydium MKR, ale w sieć wpadali, obok prawdziwych opozycjonistów czy choćby średniaków rangą i zaangażowaniem, zwykli drobni przestępcy. Potem latami się chełpili, świecili w oczy przeszłością konspiracyjną, wyciągając na potrzeby autopromocji zaświadczenia o aresztowaniu. Byli i tacy, jak pewien lokalny dziennikarz, który ukrywał się przez dłuższy czas, chociaż nikt go nie szukał, i zrobił z tego w odpowiednim czasie swój najważniejszy wpis do życiorysu opozycjonisty. Mówiło się ironicznie na mieście, że członkowie zakładowej Solidarności z wielkiej rzeszowskiej fabryki Iglopol mieli pretensję do swojego dyrektora, Brzostowskiego, który był szychą w mieście, że wybronił ich przed internowaniem. Pozbawił ich tym samym bohaterskiej kombatanckiej przeszłości, która była tak bardzo pożądana, kiedy peerelowskie lody puściły i można było na kawałku pochwyconej kry naprawdę daleko popłynąć. Prąd niósł prawdziwych i fałszywych gierojów.

Wiktor Benc był jednym z tych ostatnich.

Przesłuchiwany w budynku Komendy Wojewódzkiej przy ulicy Dąbrowskiego, miał minimum wiedzy na pewne tematy, więc do woli mógł konfabulować i tworzyć własną legendę. W spisywanej odręcznie i przepisywanej dziesiątki razy autobiografii twierdził, że pyskował i ostro się stawiał samemu Andrzejowi Czerwińskiemu, który wówczas był zastępcą naczelnika V Wydziału SB, tzw. Przemysłówki, i jednym z dowodzących akcją wprowadzenia stanu wojennego w Rzeszowie. Nie wiem, z kim on tam w więzieniu w Iławie siedział, ani z kim dzielił celę na Załężu, gdzie go ostatecznie osadzono, ale docierały do mnie wieści, jak tam w celach rozrabiali z działaczami Solidarności ze Śląska. Rozbijali ściany, hałasowali i przejadali dary płynące z zagranicy. Częstowali strażników aromatycznymi papierosami i prawdziwymi czekoladkami owiniętymi w kolorowy papierek, jakie dostawali w paczkach. Żyło się całkiem nieźle, a historia pisała się za murem. Kiedy wyszedł z internowania, opowiadał o działaniach podziemia, jakby sam je tworzył, ramię w ramię z Kopaczewskim, Kuźniarem czy Alotem. „Tylko Kensego i Bartyńskiego trzymali dłużej niż mnie" – mówił z dumą. Gdybym go nie znała w latach 1979, 1980 i 1981, uwierzyłabym, że Solidarność w Rzeszowie narodziła się z jego odwagi.

W 1982 roku kończyłam trzydzieści lat i chciałam, żeby Wiktor Benc się ze mną ożenił. Czekałam na niego pod murami więzienia w Załężu. Miałam na sobie biały kożuszek z futrzanym kołnierzem i wysokie kozaki haftowane czerwoną nitką. Wyglądałam trochę za luksusowo jak na tamten czas i miejsce, ale bardzo chciałam zrobić na swoim chłopaku wrażenie. Pierwszy i ostatni raz podkradłam ojcu dolary, żeby sobie kupić turecki kożuch. Nie wiedziałam, czyj posag uszczuplam, swój czy Ani.

Po tak długiej rozłące ciekawa byłam, w jakim stanie są nasze uczucia. Moje uczucia w szczególności. Wiktor często powtarzał, że mnie kocha, nawet ładnie wymieniał te cechy, które cenił najmocniej: inteligencję, dziś nazywaną emocjonalną, moją prawość, dowcip, oszlifowane jak diament poczucie odpowiedzialności za drugie istnienie. O moich walorach cielesnych mówił mniej, nogi ładne, kształtne, nienaruszone kolana, widać, że się za młodu wiele nie naklęczałam. Za młodu! On miał dwadzieścia pięć lat, trzydziestoletnia narzeczona zestarzała się nagle, na słoneczne niebo nadciągnęła sina chmura i już nigdy go nie miała odsłonić. Pocałował mnie w policzek, pogłaskał po włosach, ale nie powiedział, że się stęsknił. Mój szałowy kożuch nie został zauważony, choć cała ulica odwracała głowę, gdy szłam ubrana w to cudo.

– Dziękuję ci, żeś dzisiaj po mnie przyszła – powiedział poważnym, znużonym głosem. – Bałem się, że wyjdę z więzienia i nikt nie będzie czekał. Od tygodnia tylko o tym myślałem, czy ktoś przyjdzie pod bramę...

Ktoś przyszedł. Ja. Nie przyszłam, tylko przyjechałam, dużym fiatem koloru kości słoniowej, pożyczonym od właściciela bez jego wiedzy, od mojego ojca. Podałam mu kurtkę z podpinką zabraną również z ojcowskiej szafy, nie chciałam, aby się przeziębił, wychodząc na chłód po roku siedzenia w dusznym zamknięciu. Włożył ją, ręce wepchnął w kieszenie, nie doczekałam się objęcia lub choćby przelotnej czułości.

– Jak mogłam nie przyjść... Wiktor...

– Czas ludzi zmienia – powiedział jeszcze niższym głosem, jak z głębi studni. – Nawet bym cię nie winił, gdybyś nie przyszła...

– Nikt nie czekał na twój powrót bardziej niż ja – powiedziałam rozżalona. Zupełnie inaczej wyobrażałam sobie ten dzień. Wiktor był inny.

Szliśmy obok siebie w milczeniu do zaparkowanego nieopodal auta. Wynajęłam dla niego pokój, tak jak prosił w ostatnim liście. Po cichu liczyłam, że zamieszkamy razem na „stancji" w bloku przy ulicy Obrońców Stalingradu, u miłej starszej pani, Kazimiery Lech. Kobieta nie zapytała mnie nawet o nazwisko, kiedy poszłam do niej w sprawie ogłaszanego „wolnego pokoju w czystym mieszkaniu na drugim piętrze niskiego bloku". Zadowoliła się oględnym tłumaczeniem, że z mężem będziemy u niej mieszkać do czasu zakończenia remontu w naszym własnym mieszkaniu. Gdzie? – zapytała z ciekawością. Na Nowym Mieście, dziesiąte piętro. Pokiwała głową i trzęsącą ręką zagarnęła pieniądze ze stołu. Siedziałyśmy w jej pokoju, większym niż ten wynajmowany, ale tak zagraconym, że trudno było się po nim poruszać. Ludzie na stare lata oddają się chorobliwemu gromadzeniu. Wszystko im się jeszcze przyda, niczego nie wolno wyrzucić, i tylko kłopot po ich śmierci zostaje, pamiątki mieszają się ze śmieciami, w końcu całość trafia do ognia. Kazimiera Lech tonęła w oceanie mebli, obrazków, paprotek, ornamentów, wazonów i zrolowanych dywaników. Nasz pokój wyposażony był tylko w wersalkę, słomiankę na ścianie, niską szafę bez półek i oszklony regał. Pod oknem stały krzesło i kwietnik. Najładniejszy był dywan, z prawdziwej wełny, w pięknych, czerwono-bordowo-granatowych kolorach. Zdobił środek pokoju. Największą zaletą mieszkania było to, że wchodziło się do niego od ulicy Czackiego, bocznej Obrońców Stalingradu, czyli jak życzył sobie Wiktor – dyskretne wejście.

Pieniądze na wynajem i najważniejsze potrzeby dostałam od Komitetu Pomocy Internowanym, który pod swoje skrzydła wziął wtedy biskup Ignacy Tokarczuk. Tylko raz byłam u nich po prośbie, nie umiałam wyciągać ręki po tego rodzaju pomoc, niepewna, czy ona się nam w ogóle należy. Wiktor mnie tam wysłał. Wieść o odważnym młodym mężczyźnie, absolwencie Technikum Budowlanego, który 13 grudnia jako pierwszy z walczących stawił czynny opór oddziałom milicji, z gołymi rękami rzucając się na uzbrojonych w pałki funkcjonariuszy, rozniosła się szybko. Został natychmiast internowany, nie ugiął się podczas przesłuchań, nie poszedł na żaden kompromis z reżimem, posadzili go na dziesięć miesięcy, bili i poniżali. Nie wyrzekł się idei wolnej Polski. Gdyby ludzie byli mniej tchórzliwi, powinni bohatera pod bramą więzienia w Załężu witać, ale pojawiłam się tylko ja, zupełnie nieświadoma, że czekam na represjonowanego działacza opozycji...

Wsiedliśmy do samochodu.

– Pojedziemy prosto do mieszkania... – zadecydowałam. Wiktor nie przejawiał żadnego zainteresowania planami, jakie dla nas snułam. – Mam nadzieję, że ci się spodoba. Babcia jest stara i głucha, nie będzie nam przeszkadzać. Pokój może odbiega standardem od poziomu hotelu „Rzeszów", ale jest dość czysto i kuchnia ma okno! W łazience wstawiono nowy junkers, więc przy dużym szczęściu może nie wylecimy w powietrze...

– Dobrze by było mieć trochę spokoju i samotności. – Patrzył przed siebie, kiedy wjechaliśmy na główną ulicę. – Nie wyobrażasz sobie, jak mam dość towarzystwa... Najchętniej pojechałbym na bezludną wyspę... choćby na tydzień...

Nie wiedziałam, jak mam rozumieć takie oświadczenie. Lepiej od razu zniknąć czy dzielnie tkwić u boku chłopaka, który tyle przeszedł... Bolało mnie, że w ogóle nie cieszy go moja osoba, moja dłoń, którą szukałam jego dłoni, prowadząc auto, moje zgrabne kolana w czarnych rajstopach wystające spod kożucha, nabłyszczykowane usta pęczniejące z tęsknoty. Siedział na przednim siedzeniu jak na krześle elektrycznym, kurczowo trzymał się rączki nad oknem.

– Myślałam też, żeby jakoś uczcić twój powrót, ale nie byłam pewna, czy chcesz – powiedziałam, kiedy już podjechaliśmy pod blok. Znalazłam miejsce do parkowania przed wejściem do bramy. Wiktor nie ruszył się, nawet nie spojrzał na blok.

– Dzisiaj lepiej nie... – odparł. – Będzie jeszcze okazja, chyba że mnie znowu zamkną... Coś czuję, że to jeszcze nie koniec...

Nie wiedziałam, o co pytać, żeby nie naruszyć kruchej skorupki ochraniającej psychikę człowieka represjonowanego. Wtedy nie miałam pojęcia, w jakich okolicznościach został aresztowany i gdyby nie mój późniejszy mąż z dostępem do wszystkich tajnych teczek i ich diabelskiej zawartości, może nigdy bym się nie dowiedziała o pijackim wybryku Wiktora. Gdyby go wtedy przez pomyłkę nie aresztowali, pewnie pozostałby bierny, przyklaskując socjalistycznej władzy, która nawet obalona, cieszyć się miała dobrym zdrowiem, dobrą passą, intratną posadą przy starych-nowych panach tworzących biznes, i do końca swych dni – wysoką emeryturą. Wiktora w więzieniach towarzysze niedoli napompowali wizjami o zbliżającej się wielkimi susami demokracji, pachnącej wolności i szansach dla wszystkich uciemiężonych. Uwierzył, przechrzcił się wewnętrznie, bez rozgłosu przeszedł na drugą stronę. Przekalkulowawszy bilans spodziewanych zysków i poniesionych strat, postanowił przyłączyć się do tych, co mają dopiero nastać, opuszczając tych, którym jego nowi koledzy wróżyli rychły zgon. Bo w Wiktorze Bencu nie obudził się nagle Nowy Polak, opozycjonista, który pod wpływem szczytnych idei ludzi i cynicznych zrządzeń losu, które go z tymi ludźmi posadziły w jednej celi, postanawia zmienić swoje życie z czerwonego na biało-czerwone. Nie, Wiktor zwąchał w tym przypadkowym pobycie w więzieniu swoją największą życiową szansę, a że nos miał wprawiony w wyczuwaniu najlepszych okazji, nie pomylił się. Potem jeszcze trzy razy opuszczał partie, zanim przegrały, uciekał ze statków, które dopiero miały zatonąć. On wiedział to przed szczurami.

Zostałam na noc, choć mnie wcale o to nie prosił. Początkowo seksem przeplataliśmy rozmowy i posiłki, choć żałosną nieprawdą było stwierdzenie, powtarzane przez Wiktora przy okazji wypominek z czasów internowania, że „sperma tryskała po ścianie". Seks doskonale się nadawał, aby załatać wielką dziurę po uczuciu, które wygasło. Wiktorowi dosyć szybko skończyła się erotyczna wena. Zmęczona ciągłym udawaniem orgazmów, chętnie godziłam się na noce raczej przegadane niż przekochane.

Właścicielka mieszkania, pani Kazimiera, zazwyczaj spała twardo i spokojnie od ósmej wieczór do siódmej rano, wtedy nastawały „nasze" godziny. Przez grudzień i styczeń, zamknięci na czterech metrach kwadratowych, spędzaliśmy czas, planując przyszłość Wiktora, w której ja miałam się pojawić dopiero wtedy, kiedy już wszystko ułoży się pomyślnie. Wychodził czasami spotkać się ze swoimi kolegami opozycjonistami, ale wracał poirytowany, sfrustrowany, nie doczekawszy się przydzielenia poważnego zadania lub choćby rozpoczęcia jakiejś znaczącej w skali kraju akcji, po której wypłynąłby na szerokie wody. Zbyt późno trafił do Solidarności, nowi działacze już układali się z władzą, wygaszali niepokoje chłopskie i szykowali na dzień wprowadzenia obiecywanych zmian. Wiktor chciał wykazać się w terenie, chciał utoczyć trochę krwi za sprawę, marzyła mu się walka na czołgi i butelki z benzyną, a potulna czerwona Rzeszowszczyzna nic takiego nie miała w planach. Jego „towarzysze", zbyt zajęci albo prawdziwą robotą konspiracyjną, albo rozgrywaniem własnych maleńkich personalnych bitew, nie prześwietlili, kim był *przed*. Gdyby trochę popytali, powęszyli, znaleźliby zwykłego przeciętniaka, który zarabiał pieniądze u wuja w pieczarkarni i nie miał żadnej przeszłości konspiracyjnej, choć taką sobie potem przypisał, osadzając się w fikcyjnych strukturach Solidarności tarnowskiej.

Miałam sześć egzemplarzy „Nowin Rzeszowskich" z sierpnia 1979 roku, gazety tuby PZPR-u w tamtych czasach, z wywiadem, jakiego udzielił Wiktor Benc na okoliczność przyjazdu uczennic z Lipska, dowód na Wiktorowe oszustwo. Jego romans z partyjną młodzieżówką to był niegroźny wybryk nieukształtowanego ideowo umysłu w porównaniu z tym, czym ubrudzili sobie ręce i sumienia niektórzy działacze Solidarności, gorliwi budowniczowie wolnej Polski z teczką grubą jak Biblia, pękającą w szwach od donosów, jakie sami pisali i jakie na nich pisali koledzy. TW Łukasz, TW Mickiewicz, TW Luiza... popłynęli tak jak Wiktor, z wartkim prądem przemian, zmieniwszy tylko kolor sztandaru. Błyszczeli zarówno w starej, jak i w nowej Polsce, nikt ich z tego nie rozliczył. Cała Rzeszowszczyzna zdała egzamin z bierności zarówno w roku 1970, jak i w 1976, nie dołączyliśmy do tych krnąbrnych miast, Płocka, Ursusa, Radomia, których rozwój za karę wstrzymano na wiele lat. My w nagrodę dostaliśmy zastrzyk, rozdawano tanie służbowe mieszkania, tworzyły się nowe miejsca pracy, podwyżki płac, talony na samochody i pralki, lojalność została nagrodzona. Trudno będzie kiedyś historykom wytłumaczyć ten „Cud znad Wisłoka". Dzisiejsze Podkarpacie, kiedyś jedno z najbardziej socjalistycznych województw, bierne i wierne Partii, po kilkudziesięciu latach stało się bastionem skrajnej prawicy. Może po prostu lud podkarpacki lubi służyć, nie patrząc w oczy swojemu panu?

Na wieczorną mszę 3 maja 1983 roku Wiktor poszedł do fary sam. Powiedział, że „będzie gorąco", kazał mi zostać w mieszkaniu i spokojnie czekać. Jeśli go zamkną, wciąż mi przypominał, że w każdej chwili to się może stać, mam iść do księdza Bala i prosić o pomoc. W Rzeszowie nie prowadzono wtedy masowych aresztowań opozycjonistów, byli nękani zatrzymywaniem na czterdzieści osiem godzin, rewizjami, rozmowami ostrzegawczymi, często zdarzało się, że członkowie ich rodzin byli szykanowani w pracy, ale żadna z tych metod SB nie dotknęła Wiktora, który z jednej strony chciał podpaść organom, z drugiej bał się zdemaskowania.

Wrócił późno, podekscytowany, rozgorączkowany, opowiadał od progu, jak po mszy w kilkaset osób przeszli manifestacją pod pomnik Kościuszki. Przyjechało MO, zaczęły się przepychanki, rozróba była naprawdę wielka, ale jemu udało się uciec. Wściekły milicjant już go trzymał za kołnierz i chciał pobić pałką, zamachnął się, ale nie zdążył, Wiktor był szybszy i fizycznie sprawniejszy. Poseł Benc kwieciście o tym dniu opowiadał dziennikarzom, o niebezpiecznej konspiracyjnej robocie, braku strachu, od którego pragnienie wolności zawsze było silniejsze. Incydenty stały się przełomowymi wydarzeniami, kilkadziesiąt ulotek, somocenzurujących się, często nieaktualnych w treści, wydrukowanych w piwnicy, w relacji posła Benca rozmnożyło się do tysięcy, a piwnica awansowała na podziemne wydawnictwo, prężną drukarnię w środku reżimowego terroru. W urojony świat „działacza", który w drodze z kościoła do domu, z narażeniem życia manifestował pod pomnikiem wraz z niepokornym tłumem, chętnie uwierzyli nawet prawdziwi działacze opozycjoniści oraz ci, którzy nie zdążyli na czas zmyślić swojej kombatanckiej przeszłości.

– Wyszarpałem się... – opowiadał podniecony, pokazując na dowód gwałtownej szamotaniny rozdarty rękaw koszuli – pchnąłem skurwysyna tak mocno, że się zatoczył! Poleciało trochę cegieł, ale nikt nie oberwał, jak należało. Potem umyliśmy łapy z krwi w wodzie święconej w kościele Bernardynów. Ksiądz to widział, ale nic nie powiedział, dostaliśmy krzyżyk na drogę... kurde... gorąco było...

Siedziałam na taborecie kuchennym, nie odzywając się słowem. Nie przerywałam mu, pozwoliłam się wygadać, czekałam, aż minie jego rozdygotanie, bo to, co miałam do zakomunikowania, wymagało spokojnego przyjęcia i trzeźwej reakcji. Wiktor zjadł kanapkę z żółtym serem i popił kompotem. Dopiero kiedy wypalił dwa papierosy i wypił kieliszek wódki, którą ze sobą przyniósł, przekazałam mu nowinę.

– Pani Kazimiera nie żyje.

Po jego wyjściu na mszę zabrałam się do sprzątania mieszkania. W pokoju pani Kazimiery było cicho i uświadomiłam sobie, że nie widziałam jej ani tego dnia, ani poprzedniego. Może mijałyśmy się, staruszka większość czasu spędzała u siebie, oglądając telewizję i śpiąc, nie zwróciłam uwagi na to, że jej garnuszek i rondelek, w którym usmażyła sobie jajecznicę, dwa dni stał na kuchence, zaschnięty i wystygły. Tak jak ona. Znalazłam ją leżącą w swoim łóżku, maleńką, pożółkłą kukiełkę bez tchnienia. Przerażona wybiegłam, zamykając zwłoki i buczący telewizor w dusznym pokoju. Nie miałam wątpliwości, że pani Kazimiera nie żyje, była martwa od kilkudziesięciu godzin, a ja bez Wiktora nie umiałam podjąć decyzji, co należy zrobić i w jakiej kolejności. Musiałam poczekać, układałam plan awaryjny, na wypadek gdyby nie wrócił z tej manifestacji.

Spojrzał na mnie z niedowierzaniem.

– Jak to nie żyje? – Oboje zwróciliśmy głowy w stronę przeszklonych drzwi jej pokoju. Wiktor wstał, podszedł pod drzwi, przyłożył ucho do szyby i lekko zapukał. Powtórzył kilka razy: – Halo, pani Kaziu? halo...

Wsłuchiwał się w ciszę z ręką na klamce. Spojrzał na mnie, aby się upewnić, że dobrze robi. Zajrzał do pokoju, włożył głowę, znów zawołał staruszkę po imieniu, a potem podszedł do łóżka, pochylił się nad zwłokami. Jęknął. Zaciągnął kołdrę na woskową twarz i przeżegnał się. Rozejrzał się po pokoju, zasunął zasłony i wyszedł.

– Kurwa mać! – Usiadł przy stole, opierając łokieć o blat. – Kurwa jego mać!

Myśli Wiktora biegły po szerszych torach niż moje. Ja martwiłam się tylko kwestią powiadomienia rodziny i tym, że będziemy musieli szukać nowego mieszkania. Wiktor, odpalając papieros od papierosa, zaczął dramatycznie roztrząsać wszystkie skutki tej niezgłoszonej od tylu godzin śmierci. Widział milicję węszącą po pokojach, spisywanie zeznań, sprawdzanie alibi, surowego prokuratora rozgrzebującego przeszłość pani Kazimiery i naszą, a także rodzinę zmarłej krzywo patrzącą na dziwnych lokatorów, którzy tak długo ociągali się, zanim zgłosili zgon. Będą twierdzić, że zginęła biżuteria, dolary spod pościeli, wymyślą majątek, dla którego, kto wie, kto wie, ludzie mogli posunąć się do najgorszego! Obawiał się też sąsiadów, co więcej słyszeli i widzieli niż cztery ściany pokoju denatki, z rozkoszą udzielą informacji, ktokolwiek przyjdzie zapytać.

– Nie przesadzaj... – przerwałam mu. – Mieszkamy tu legalnie, przecież nie musieliśmy...

– Albina! To nie są żarty... babka nie żyje, leży tam – wskazał głową na drzwi – a my siedzimy tu. W jej mieszkaniu, jej kuchni, pijemy z jej kubków.

– Była stara, umarła w łóżku... naturalnie.

– Dwa dni temu! Albo i trzy! – irytował się. – Chyba czujesz, że zaczyna cuchnąć? Kiedy ją ostatni raz widziałaś?

Zerwał się z miejsca, poszedł do naszego pokoju i wrócił z notesem, który zawierał zaszyfrowane według jego własnego pomysłu nazwiska i numery telefonów. Wertował kartki, mruczał, bez przerwy zerkając na zamknięte drzwi pokoju pani Kazimiery.

– Co chcesz zrobić? – zapytałam.

Wiktor nie odpowiedział, zdenerwowany, powtarzał coraz to gorsze przekleństwa, kilka pod moim adresem, choć nieskierowanych wprost.

– Zadzwoń na pogotowie. Zadzwońmy teraz – powiedziałam, nie mogąc już dłużej patrzeć bezczynnie, jak się miota. – Oświadczymy, że wróciliśmy do mieszkania przed chwilą, znaleźliśmy panią Kazimierę martwą i chcemy to zgłosić. Powiemy, że byliśmy kilka dni poza miastem. U mojego ojca w Niechobrzu na przykład, albo gdzieś...

Wiktor spojrzał na mnie jak na idiotkę. Odłożył notes grzbietem do góry. Dłonie miał już spokojne, ale jego głos był pełen furii i pogardy.

– Na jakim ty świecie żyjesz, Albina? Ty naprawdę nic nie pojmujesz z tego, co się wokół nas dzieje? Nic?! Jak mam zgłosić, że nas nie było dwa dni, skoro ONI znają każdy mój krok? Jestem śledzony, znam twarz swojego esbeckiego anioła stróża. Widział mnie dziś w kościele i pod pomnikiem! Mają mnie na widelcu, czy ty to, kurwa mać, rozumiesz? Co ty w ogóle rozumiesz? Ścielesz mi łóżko, pierzesz skarpety, karmisz zupą i nic o mnie nie wiesz, bo nie chcesz wiedzieć, bo ciebie tylko interesuje stabilna ciepła woda egzystencji, poukładane ręczniki w szafie, lody w Horteksie i wyjazd nad Balaton!

Nie spuszczałam wzroku, patrzyłam olśniona na tę jego niechęć. To, co od dawna się zbierało, teraz wysypał mi prosto pod nogi, wielka hałda odrazy, której ani przeskoczyć, ani obejść. Tydzień wcześniej proponowałam, abyśmy spróbowali gdzieś wyjechać latem, na przykład na Węgry, żeby sobie trochę odpoczął po tych więziennych katorgach, aby Wiktor, przecież to o niego głównie chodziło, pojadł papryk i mięsa, popływał w jeziorze, zwyczajnie się odprężył obok mnie na kocu. Kiedy wychodził na wieczorną mszę, faktycznie układałam ręczniki w szafce.

– Nie mówiłeś, że cię śledzą – powiedziałam cicho. Zaczął prychać jak kot, kropelka śliny wylądowała na moim nosie.

– W każdej chwili może tu być rewizja! – Trzęsącymi się palcami wyłuskał z paczki klubowego.

– Wiktor... – Chciałam dotknąć jego dłoni, ale on wstał gwałtownie, wywracając taboret.

– Ciszej... nie róbmy hałasu... – Podniosłam taboret i wsunęłam go pod stół.

Wiktor poszedł do łazienki i długo tam siedział, choć nie słyszałam, żeby lał wodę do wanny. Zrobiłam mocnej herbaty, wypaliłam papierosa przy otwartym oknie, zaciągałam się majowym powietrzem, ale oprócz bólu w czaszce nie czułam nic, nawet smaku tytoniu. Na ulicy panował wrogi spokój, żadnych samochodów ani ludzi, okna przychodni były wygaszone, bezdomny pies siedział na przystanku, rozglądając się na boki, jakby czekał na ostatni autobus do domu. Ładna czarna noc wisiała nad uspokojonym miastem. Żegnałam się ze swoimi marzeniami o ślubie z Wiktorem i dzieciach, które muszą zacząć szkołę, zanim ja dobiję czterdziestki. Najbardziej chodziło mi o dzieci, bardzo chciałam być matką, pragnienie macierzyństwa jak rak rozchodziło się po moich organach, czułam się chora od tego biologicznego, niezależnego ode mnie przymusu. A ojciec moich niepoczętych jeszcze dzieci wypowiedział mi miłość, jakby to umowa była, którą jedna strona postanawia zerwać w tajemnicy przed drugą.

– Oni mnie wrobią. – Wiktor stanął za moimi plecami. Głos miał już całkiem inny, rzewny, czekałam, aż się rozpłacze. – Wiem, co będzie. Posądzą, że miałem coś wspólnego ze śmiercią Kazimiery. Zobaczysz... Aresztują mnie pod takim pretekstem i posadzą na wiele lat. Dla nich to drobiazg skończyć człowieka... Będę siedział za zabójstwo!

– No, co ty... przecież sekcja zwłok wykaże... – zaczęłam, ale przerwał mi.

– Odejdź od okna!

Odsunął mnie, zamknął okno i zasunął firankę.

– Jak ty nic nie rozumiesz... – westchnął zrezygnowany. – Jak zechcą uderzyć psa, kij znajdą.

– Co w takim razie mamy zrobić? – zapytałam.

Nie wyobrażałam sobie spędzenia kolejnej nocy w tym mieszkaniu z Kazimierą Lech, martwą i rozkładającą się powoli, na raty, najpierw oczy, potem nos. Oddychałam płytko w obawie, że jeśli nabiorę powietrza głęboko w płuca, zaciągnę się odorem śmierci, który już rozpoczął wędrówkę po mieszkaniu. Zaraz dotrze do kuchni, na klatkę schodową, do pokoi sąsiadów. Oni zwlekać nie będą, natychmiast zadzwonią, gdzie trzeba. Obeszłam mieszkanie, zatrzymując się pod drzwiami, żeby posłuchać. Wiktor po raz kolejny wziął do ręki notes, dumając głośno, do kogo zwrócić się o poradę i pomoc. Wypił łyk zimnej herbaty, nalałam mu jeszcze jeden kieliszek wódki, ale odsunął go, nie patrząc na mnie. W tym złowrogim milczeniu, jakie wypełniło zagraconą sprzętami i naszym strachem kuchnię, tkwiliśmy kilka minut.

Potem rozległo się pukanie do drzwi, przerwa, znów pukanie. Wiktor wstał, obciągnął rękawy koszuli, ten rozdarty na manifestacji zwisał niżej, wytrzepał niewidoczny kurz z kolan spodni, spokojnie jednym haustem wypił wódkę, której przed chwilą nie chciał tknąć.

– No i przyszli – powiedział. – Siadaj! Nie odzywaj się, ja będę mówił.

Rozpłakałam się, zanim otworzył. Na zamówienie popłynęły dwa strumyki łez, jeden ciepły, drugi zimniejszy, czułam, jak z nosa wylewa mi się maź. Wytarłam brodę ścierką, zakręciłam butelkę wódki stołowej i schowałam ją do szafki pod zlewem.

Ania postawiła torbę w przedpokoju i zaczęła ściągać marynarkę. Miała modną fryzurę, niesymetrycznie obcięte włosy z postrzępioną grzywką przysłaniającą jedno oko, błyszczące i pachnące truskawką czerwone usta. Pod marynarką długą męską koszulę z kołnierzykiem zawiniętym i zapiętym od spodu i dżinsy bardzo ciemnego koloru.

– Uciekł mi ostatni autobus do Niechobrza... Modliłam się całą drogę z dworca, żebyście byli w domu. – Rozejrzała się po ścianach. – Przyjemnie tu... Trafiłam bez problemu, taksówkarz ze mnie zdarł... wszyscy tacy sami... jak z dworca, to liczą razy dwa.

Nie widziałam jej od świąt Bożego Narodzenia. Odkąd Ania wyjechała na studia medyczne do Lublina, widywałyśmy się coraz rzadziej. Nie z powodu siostrzanych nieporozumień czy cichej rywalizacji, po prostu szłyśmy całkiem innymi drogami, z daleka od siebie, w przeciwnych kierunkach. Przedwczesna śmierć mamy zamiast zjednoczyć w bólu i osieroceniu członków naszej rodziny, odsunęła ich od siebie, rozstawiła niczym pionki w trzech rogach planszy. Ania wkrótce miała zostać lekarzem. Nie było to jej marzenie, tylko żelazne postanowienie powzięte bardzo wcześnie, jakiś miesiąc po śmierci mamy. Myśleliśmy z tatą, że wstrząśnięta rozmiarem bezradności lekarzy wobec choroby, zrozpaczona mała dziewczynka rzuca wyzwanie gorączce żałoby i przysięga na pamięć mamy leczyć ludzi skuteczniej, niż ją leczono. Pewna byłam, że kiedy smutek po tej śmierci zelżeje, pojawią się nowe plany na przyszłość. Medycyna brzmiała zbyt ambitnie, ale przede wszystkim drogo. Nie wiedziałam, czy tatę będzie stać na wykształcenie młodszej córki aż w Lublinie. Ja studiowałam na miejscu i mieszkałam w domu, dostałam wysokie stypendium, co pozwalało mi na odrobinę niezależności.

Za pierwszym podejściem Ania nie dostała się na medycynę. Przygotowana na taką ewentualność, podjęła na jesieni pracę jako salowa w szpitalu na Szopena. Podziwiałam jej determinację i tę jasność w głowie, skrupulatnie oddzielone chęci od możliwości, cele od marzeń, pragnienia od potrzeb. W przeciwieństwie do mnie, nie zastanawiała się nad każdym drobiazgiem i ziarenkiem uwierającym w bucie, twarda była w tym, co postanawiała i wykonywała. Z Wiktorem słabo się znali, przelotnie, kilka banalnych zdań wymienionych przy okazji tych spotkań przeważnie im się nie kleiło. Ania wytwarzała wokół siebie sporo radosnej energii, którą Wiktor uważał za zbyt intensywną, odbierającą siłę innym. Zazdrosny był o tę zdrową moc, która spływała wiarą w siebie i w ludzi, o optymizm i determinację w dążeniu do celu. W jej obecności czuł się słabszy, na jej tle wszystkie jego wady zaczynały świecić na czerwono. Twierdził, że Ania odbiera facetom męskość, usiłując przejąć ich role. Wiktor takich kobiet nie lubił, wolał wątłe osobowości, łatwe do zdominowania i przerobienia na własne kopyto. Ja taką udawałam, żeby wpasować się w jego kanon kobiety idealnej. Przyszłej żony. Nie przychodziły mi do głowy wtedy żadne oryginalne pomysły na życie, nie wyróżniałam się, pragnęłam tylko osiągnąć minimum szczęścia ułożonego w cieniu Wiktora.

Wiktor uciekł do łazienki zaraz po tym, jak się z nami przywitała. Ania podeszła do mnie.

– Albina? Co tu się stało? Dlaczego płaczesz?

Pociągnęła mnie na środek kuchni pod blade światło lampy. Przyjrzała się moim źrenicom po lekarsku, w skupieniu.

– No, mów...

– Przestraszyłam się, że przyszli aresztować Wiktora... – powiedziałam łamiącym się głosem.

– Znowu? Za co?! Kolejny stan wojenny?

Podeszła do okna i zaczęła odsłaniać firankę.

– Straszny tu macie zaduch... papierochami śmierdzi...

Doskoczyłam do niej, powstrzymałam szczupłą rękę na klamce okna.

– Nie! Nie otwieraj, mogą nas obserwować – zaczęłam nagle zachowywać się konspiracyjnie. – Jesteśmy prawie pewni, że przy nas węszą...

Ania spojrzała na mnie zaskoczona.

– Poważnie?

– Niestety... – Wiktor wrócił z łazienki odświeżony. Przebrał się w inną koszulę, uczesał potargane włosy, poczułam od niego zapach dezodorantu, którym pryskał się jak perfumami, rozpylając mgiełkę na ubranie.

– Anka, rozgość się... – Zakręcił się po kuchni. – Zrobię herbaty. Głodna? Dlaczego nie uprzedziłaś, że przyjedziesz? Przygotowalibyśmy się...

Ania nie zwracała uwagi na jego uprzejmości, wciąż wypatrując na mojej twarzy powodów nagłego wybuchu histerii.

– Pokłóciliście się? – zwróciła się do mnie. Zaprzeczyłam i zamiast opowiadać, zaprowadziłam ją do pokoju pani Kazimiery. Odkryłam rąbek kołdry i odwróciłam głowę. Ania dotknęła najpierw szyi, potem dłoni staruszki.

– Ona nie żyje. Od jakiegoś już czasu... – powiedziała swoim doktorskim głosem.

– Wiem.

– Trzeba zadzwonić na pogotowie – zawyrokowała, wyprowadzając mnie przed sobą. – Macie tu telefon?

– Nie. Wiktor będzie musiał zadzwonić z budki...

Wróciłyśmy do kuchni. Wiktor nie włączył gazu pod czajnikiem. Stał oparty o lodówkę z pustą cukierniczką w dłoni. Ania rozejrzała się, stwierdziła, że ładnie mieszkamy, spytała o ojca, czy wciąż ma jeszcze problemy z woreczkiem? Nie wydawała się poruszona tym, co zobaczyła, nie bardzo rozumiała, dlaczego jesteśmy tacy przejęci.

Patrzyłam na Wiktora wyczekująco. To musiała być jego wola i jego decyzja, żeby mojej siostrze powiedzieć coś więcej. Wiedziała, że był internowany, specjalnie pojechałam do Lublina, żeby się wyżalić, wtedy pierwszy raz piła przy mnie alkohol. Chyba mi wówczas alkoholowa wyobraźnia podsunęła zbyt wiele na język, bo gdy wyjeżdżałam, Ania gratulowała nam zaręczyn, deklarując, że pisze się na świadka i na matkę chrzestną.

– To nie jest takie proste, jak ci się wydaje... – powiedział Wiktor.

Ania wzruszyła ramionami.

– Bez przesady...

Potem słuchała go uważnie, tak musiała słuchać wykładów na uczelni. Z szeroko otwartymi oczyma, przyjmowała do wiadomości chronologicznie ułożone elementy opowieści, nie zadając pytań ani nie podając w wątpliwość słuszności oceny sytuacji. To był obcy świat, moja siostra nie szła pod prąd, chyba nawet nie wiedziała, że w Rzeszowie jest tych kilkadziesiąt (bo chyba nie więcej) odważnych, gotowych narazić własny tyłek dla większej sprawy. Na pewno nie wiedziała, że Wiktor był przesłuchiwany przez SB po wyjściu z internowania, śledzony, że szykowali się, aby zrobić z niego TW. Uciekł im w ostatniej chwili, przynajmniej tak głosiła jego oficjalna biografia obowiązująca jakiś czas. W ciągu wielu następnych lat życiorys Wiktora Benca zmieniał się, w miarę jak on sam piął się w górę po szczeblach politycznej kariery. Kiedy wszedł w struktury ZChN-u, nastąpiło kilka drobnych wykreśleń, gdy przechodził do następnej partii, znów poszedł w ruch mazak; między innymi zniknął jego kilkumiesięczny epizod w Unii Wolności, czego bardzo się wstydził przed kolegami. Teczka Wiktora Benca, TW „Wasyli", zniknęła na samym początku świetnej kariery. Kiedy w 1992 roku Macierewicz ogłosił swoją listę i „noc teczek" wstrząsnęła polską sceną polityczną, Wiktor Benc, wtedy najmłodszy poseł i członek rządu Olechowskiego, na tej liście się nie znalazł.

Ania zadecydowała za nas. Natychmiast zabiera ze sobą Wiktora do Lublina, ma tam tylu znajomych, że nie będzie problemu z ukryciem go. Ja zgłaszam zgon właścicielki mieszkania, pani

Kazimiery, szczerze wyznaję, że w mieszkaniu bywam rzadko, wieczorami, kiedy pani starsza już śpi, więc dopiero dziś w nocy zauważyłam, że nie żyje. O lokatorze Wiktorze nie wspominam, może się nie wyda, jeśli nawet, to powiem, że mnie rzucił i wyjechał. Niech szukają, niech kombinują. Najważniejsze, to nie panikować, jeżeli jakiś esbek wezwie mnie na przesłuchanie, mam odegrać scenę porzuconej tak wiarygodnie, żeby mi podał chusteczkę.

Wyszli o drugiej w nocy. Patrzyłam z góry, jak idą wolno ulicą w kierunku Zamku. Ona wysoka, on niezbyt postawny, z bagażami przewieszonymi przez ramię. Następnym razem widziałam Wiktora Benca kilka miesięcy później, na ślubie z moją siostrą Anią, która była w trzecim miesiącu ciąży. W 1983 roku obie siostry Soleckie wyszły za mąż, Anna i Albina.

H

❧

Poprosiłam Artioma, żeby się zatrzymał, jak tylko wyjedziemy z tunelu.

– Jak dla pęcherza, to w krzaki... – powiedział, wyciszając radio. – Byłem kiedyś w Niemczech, Eduard mnie zabrał, tam co kilometr toalety, prysznice, odświeżalnie, jedzenie, picie... może kiedyś u nas tak będzie, ale póki co, na łonie natury.

– Dziękuję, nie.

– To dlaczego mam się zatrzymać?

– Dla widoków – odpowiedziałam.

„Mała Szwajcaria" zaczynała się za tunelem. Góry coraz wyższe, oblepione zielenią, wyrastały jak pomniki po obu stronach drogi. Wspinaliśmy się coraz wyżej, czułam delikatne trzaski w uszach, przez otwarte okna samochodu wpadało ciepłe, pachnące powietrze. Najbliżej położone pagórki były intensywnie zielone, te dalsze miały kolor zieleni ziemnej, wpadającej w granat, im dalej, tym więcej przybywało barwy ciemnej, ostro przechodziła w groźną szarość. Szczyty gór oddalonych o kilkanaście kilometrów pokrywały śnieżne plamy. To nad nimi zwisały ułożone niedbale chmury, zaczepione o ostre wyżyny, musiały się na moment zatrzymać, linia najdalszego horyzontu była majestatycznie unieruchomiona, pozwalała się podziwiać. Chyba pierwszy raz pomyślałam, rozważyłam takie prawdopodobieństwo, że moja matka mogła na ten sam masyw górski Małego Kaukazu patrzeć z tego miejsca. Przydrożna tablica obwieszczała, że kiedyś prowadził tędy Jedwabny Szlak. Wpatrywałam się w wypiętrzenia zachodzące na siebie w łagodnym porządku. Piękne z przodu, piękniejsze dalej, najpiękniejsze w ostatnim rzędzie. Skoro matka mieszkała w Dilidżan, musiała z Erywania jechać tą drogą. Może właśnie tu, pod wpływem tego obrazkowego piękna, które się widzi, a go się nie dotyka, zatęskniła za trzyletnią córką, którą oddała siostrze. Pożałowała po raz pierwszy, że nie odważyła się zabrać ze sobą dziecka w najmniej pewną podróż życia. Czy odurzona czystością powietrza i odcieniami zielonych wzgórz załatwiła sobie rozgrzeszenie u samego diabła, składając obietnicę, której będzie się starała dotrzymać. Czy on z nią tutaj był? Stali blisko siebie, trzymał dłoń na jej pośladku, pogładził plecy, odsłonił skrawek szyi, żeby ją pocałować.

Wyciągnęłam aparat z plecaka. Artiom odszedł kilka kroków w dół zakrętu, aby porozmawiać z przydrożnym sprzedawcą i kucharzem. Ogorzały mężczyzna, mimo upału w swetrze i długich spodniach, siedział przy małym grillu na odwróconym wiadrze. Obok w miskach piętrzyły się grzyby. Obracał szczypcami wieprzowe szaszłyki nadziane na metalowe szpady i kopcił papierosa. Dym szedł z drewienek grilla i z jego ust. Ten drugi był większy. Artiom krzyknął z daleka w moją stronę.

– Głodna jesteś?!

Pusty żołądek przypominał mi o minionej nocy. Za każdym razem, kiedy dotykałam przypadkiem brzucha czy ud, czułam tam Eduarda, jechał ze mną, ocierał się ramieniem, przytulałam się do tych myśli. Artiom rozmawiał z nim przez telefon, kiedy wyjeżdżaliśmy z miasta, czekałam, kiedy poda mi słuchawkę i usłyszę jakieś miłe, zobowiązujące słowa, może zaproszenie na jeszcze więcej jedzenia i zwiedzania stolicy po powrocie. Rozmawiali przez chwilę, Artiom zerknął ukradkiem w moją stronę, powiedział coś, co z pewnością miało związek ze mną, zaśmiał się i zakończył połączenie. Źle się poczułam.

Wrócił z siatką pełną wielkich, białokapeluszowych grzybów.

– Najlepsze na świecie! W powrotnej drodze zatrzymamy się nad jeziorem Sewan, kupię ryby. Widziałaś te budki i chłopaków rozkładających ramiona jak Jezus na krzyżu w stronę nadjeżdżających samochodów?

– Widziałam, myślałam, że mają jakiś problem i proszą kierowców, żeby się zatrzymali... Zdziwiłam się, że aż tylu ludzi ma awarię... A oni ryby oferują...

Artiom pokazał w uśmiechu nierówne zęby.

– Najlepszy na świecie pstrąg książęcy i sig, ryba sprowadzona z rosyjskiego jeziora Ładoga w latach dwudziestych. Coraz ich mniej i ceny rosną jak cholera, ale to naprawdę smaczne ryby. Kupuję tu dla Eduarda. Bez rtęci w środku, nie jak ten cały łosoś norweski. Ludzie jedzą takie gówna, a potem się dziwią, że ich rak toczy...

Założyłam nakładkę na obiektyw aparatu.

– Na coś trzeba umrzeć...

Wsiedliśmy do samochodu, kiedy na poboczu zatrzymały się dwa wielkie ziły 130 z błękitnymi szoferkami. Zaparkowany bliżej nas pojazd wyprodukowany w Moskwie na początku lat siedemdziesiątych miał w oknie kartkę z napisem: „Na sprzedaż 3000 $". Ogromne koła dźwigały ponad cztery tony własnej masy.

– Ale cuda! – Otworzyłam okno i włączyłam aparat. Przez kilka sekund szukałam ostrości. Artiom dziwił się, że chcę sfotografować stare radzieckie ciężarówki.

– Jeszcze będzie okazja, ziłów mamy pod dostatkiem, przekonasz się.

Pstryknęłam kilka zdjęć, nie wysiadając z samochodu. Kiedy odłożyłam aparat, Artiom ruszył ostro. Garść kamyczków wyleciała spod kół.

– Pasy... – przypomniałam.

Artiom mniej już zadowolony zapiął się.

– Co ty masz z tymi pasami? Pasy i pasy...

– Kiedyś uratują ci życie. – Przeglądałam w aparacie zrobione przed chwilą zdjęcia. Światło słońca, które dopiero wędrowało na pozycję zenitu, wykonało za mnie połowę roboty. Kilka zdjęć było naprawdę pięknych.

Artiom nie przestawał narzekać, bez przerwy szarpiąc kciukiem pas bezpieczeństwa.

– Chyba jestem jedynym na drodze debilem w pasach – mruczał pod nosem, wystarczająco głośno, żebym słyszała. – Jak w psychiatryku... Kto to w ogóle wynalazł?

– Szwedzi – odparłam, nie podnosząc głowy. – Zdjęcia wyszły magicznie.

– Volvo, ABBA i jeszcze pasy? – Kręcił głową. – Nie za dużo tych wynalazków jak na taki mały kraj?

– Podobno wynaleźli też spłuczkę i zapałki...

– Co ty, Szwedka jesteś jakaś, że tak się orientujesz w ich osiągnięciach? – Artiom nie przestawał pociągać za pas bezpieczeństwa, udając, że go dusi.

– Nawet nie wiem, skąd to wiem... – skłamałam. Seweryn nieustannie popisywał się taką wiedzą, szczególnie w towarzystwie, ale nawet jego imienia nie chciałam ze sobą wieźć do Dilidżan.

Jechaliśmy kiętą drogą coraz wyżej w stronę otwartego nieba wychylającego się zza linii gór. Na ostrych zakrętach Artiom zwalniał, wytracając prędkość prawie do zera. Inni kierowcy nie zachowywali się tak rozsądnie, wyprzedzali w najmniej widocznych miejscach, klaksonem obwieszczając swój manewr. W przeciwnym kierunku jechały kilkunastoletnie samochody nieznanych mi marek i modeli, białe busy dowożące towar, kilka turystycznych autokarów z rosyjskimi i ormiańskimi rejestracjami, pędziły czarne mercedesy i najnowsze modele nissanów. Czasami na drogę wychodziły, zupełnie obojętne na przepisy ruchu drogowego, krowy. Nikt ich nie pilnował, do niczego nie były przywiązane, mogły iść, dokąd chciały. I szły, w poszukiwaniu lepszej kępki trawy człapały wolniutko wzdłuż szosy, kiedy im zabrakło pożywienia, przechodziły na drugą stronę. W jednym miejscu skubiące trawę na wzgórzu stado zapędziło się na samą krawędź skarpy. Mały krok w przód i wylądowałyby na masce naszego samochodu. Ze zgrozą patrzyłam, jak przechylone wyciągają szyję, żeby jęzorem zagarnąć kępkę dorodnej zieleniny. Pstryknęłam im zdjęcie. Artiom lubił konie, ja nigdy nie zatrzymałabym się na poboczu ruchliwej drogi, żeby sfotografować konia, fascynowały mnie krowy.

Kiedy zbliżaliśmy się do miasteczka, poprosił o adres kobiety, którą zamierzałam odwiedzić, chciał zatrzymać się i zapytać miejscowych o drogę.

– Taka sprawa jest... że ja, niestety, nie znam jej adresu... wiem tylko, jak ona się nazywa. Marina Ohanian.

Artiom przez dłuższą chwilę nie patrzył na drogę, tylko na mnie. Weszliśmy w zakręt, wyjeżdżając na przeciwny pas, zrobiło się niebezpiecznie. Przyhamował, kiedy samochód jadący z przeciwka zaczął trąbić.

– Zdaje mi się, że w tym mieście mieszka trzynaście tysięcy ludzi... nawet jeśli kilkoro umarło w ostatnim tygodniu, to i tak zostaje dwanaście tysięcy z hakiem. Jak sobie wyobrażasz znalezienie jednej Mariny? – Znów odwrócił głowę, żeby na mnie spojrzeć.

– Liczę, że coś wymyślisz... – Poklepałam go po ramieniu.

– Ja?! – Wzruszył ramionami. – W ogóle, co to za kobieta jest? Czego od niej chcesz?

– Sprawę mam. Poważną i bardzo, naprawdę bardzo zależy mi, żeby ją znaleźć.

– Pieniądze ci jest dłużna? – Ucieszył się, pewien, że nareszcie rozwikłał zagadkę. – Ile tego jest?

– Nie... skąd ci to przyszło do głowy? Patrz na drogę...

Nie miałam jeszcze gotowego planu, co powinnam ujawnić, wiedziałam tylko, że chcę powiedzieć jak najmniej, w ostateczności, strzępki historii, z których najlepszy nawet krawiec nic by nie uszył. Kiedy poprzedniego wieczoru, zbierając się do wyjścia na kolację z Eduardem, przeczytałam e-mail do ciotki Albiny, nie zarejestrowałam wiadomości tak, jak na to zasługiwała. Koleżanka mamy, Marina, miasteczko Dilidżan, przed laty, nie wiadomo, co to była za znajomość i kiedy się skończyła. Warto sprawdzić, ale niekoniecznie, chyba że przy okazji, nie ma się co śpieszyć. Gdyby Eduard nie zaoferował pomocy i nie wypożyczył mi Artioma z samochodem na jeden dzień, nadal siedziałabym w Erywaniu, przeprowadzając analizy i rachunki prawdopodobieństwa spotkania kogoś, kto matkę znał. Jadąc tu, przeżywałam półprawdziwą przygodę, nie całkiem obecna na siedzeniu obok kierowcy.

Artiom próbował sięgnąć po telefon do kieszeni dżinsów, nie mógł wyciągnąć swojego monstrualnego Samsunga. Pasy krępowały mu ruchy. Wiercił się poirytowany, usiłując wyprostować nogę, jednocześnie unosząc pośladek w górę. Auto jechało nierówno. Zatrzymał samochód na poboczu, rozpiął pasy i wyłuskał wciąż dzwoniący telefon. Cicho, pojedynczymi wyrazami odpowiadał rozmówcy, mruknął coś, przyjmując niechętnie do wiadomości jakieś informacje.

– Problemy? – zapytałam.

– Jak zawsze w poniedziałek... Dobrze, szkoda czasu. – Uruchomił silnik. – Przypomnij mi, jak się nazywa?

– Marina Ohanian. Podobno mieszkała w bloku z widokiem na rzekę. Po drugiej stronie rzeki był hotel, najlepszy na tamte czasy, kurort jakiś, gdzie wypoczywać przyjeżdżali dygnitarze z samej Moskwy – czytałam głośno fragment e-maila ciotki Albiny.

Wjechaliśmy do miasteczka, rozglądając się na boki, jakby każde z nas chciało rozpoznać na ulicy tajemniczą poszukiwaną Marinę, idącą wolnym krokiem, objuczoną siatami, a w nich kartofle, pory, zwisająca zwiędnięta nać marchewki. Jeśli była w wieku mojej matki, miała dziś około pięćdziesięciu pięciu lat. Rondo, od którego drogi rozchodziły się w dwóch kierunkach, objechaliśmy dwukrotnie, niezdecydowani, gdzie skręcić. Ostatecznie Artiom pojechał prosto i zatrzymał samochód przed dużym warsztatem samochodowym.

Przejechaliśmy obok pomnika przyjaźni dwóch narodów, Armenii i Rosji, przedsmak tego, co za moment miało wyjść nam naprzeciw. Minęliśmy kilka małych sklepów spożywczych, straganów, domów osłoniętych wysokim murem. Niektóre miały tylko solidne metalowe bramy od frontu, ale brakowało im ogrodzenia. Zanim skręciliśmy w lewo na most, Artiom zaszczycił mnie łaskawym spojrzeniem.

Wysiedliśmy z samochodu.

Wzdłuż rzeki stało kilka pięciopiętrowych brzydkich bloków, zbudowanych tradycyjnie z różowego wulkanicznego tufu. Kolor różowy był już bardzo przybrudzony i poszarzały. Bloki nie miały jednolitej barwy ani struktury, sprawiały wrażenie budowanych na raty, z materiałów, jakie na danym etapie robót były akurat pod ręką. Sztukowane, trochę tego, trochę innego, bez architektonicznego ładu. Białe satelitarne talerze zdobiły większość zapadniętych w bryłę okien. Na niemalże wszystkich balkonach, zagospodarowanych według fantazji i możliwości lokatorów, suszyły się ręczniki i szmaty. Niektóre obito blachą, inne drewnem, jeszcze inne płytami pilśniowymi. Staliśmy na moście, patrząc na ten pozbawiony uroku krajobraz mieszkalny, którego jedyną ozdobą były dzieci, bawiące się wokół porzuconego zardzewiałego ziła. Po drugiej stronie rzeki, za ścianą drzew, kilkadziesiąt metrów wyżej stał elegancki hotel „Dilidżan Resort".

Artiom wypalił papierosa, rozmawiając przez telefon. Chodził tam i z powrotem, wędrował spojrzeniem po balkonach, marszczył czoło, kręcił się wokół własnej osi, nie przerywając rozmowy.

– No to ruszamy... – powiedział, rozdeptując peta. – Który blok wybierasz?

Zgasiłam papierosa na asfalcie, ale natychmiast podniosłam go i zawinęłam w serwetkę. Artiom patrzył zdumiony na taką manifestację, przydepnął peta jeszcze mocniej. Nie miałam pojęcia, co zrobię ze swoim, włożyłam go do bocznej kieszeni torebki.

– Myślisz, że to tutaj? – spytałam, patrząc na kloce strzeżone przez pasmo gór wystające ponad dachami. Zdrowa zieleń otulała chore budowle, gdyby ludzie się stąd wynieśli, liście i trawy weszłyby do środka. Za kilkanaście lat wchłonęłyby wypatroszone konstrukcje, zakryłyby brzydotę swoją świeżością, byłoby tu pięknie. Zniknęła z mojej wyobraźni matka wdychająca alpejskie powietrze, przytulająca się do przystojnego kochanka. Teraz widziałam ją na obklejonym sztukowanym plastikiem balkonie, jak wiesza męskie gacie i swój biały podkoszulek obok. On poirytowany krzyczy z kuchni, żeby się tak nie guzdrała i przyszła odgrzać zupę. Zupa była niesłona i bardzo rzadka. Jasne, suche, dwupokojowe mieszkanie w Warszawie stoi puste, mnie też tam nie ma, bo jestem u ciotki Albiny, w jej rzeszowskim mieszkaniu w centrum miasta, bawię się klockami w przedpokoju. Ojciec mówił, że całe dzieciństwo bawiłam się klockami, nie miałam ani jednej lalki.

Nie wierzyłam, że tutaj ją spotkam.

Artiom kłócił się ze mną przez kilkanaście minut, kiedy oświadczyłam mu wprost, że nie jestem w stanie chodzić po tych blokach, pukać i wypytywać o Marinę, musi iść sam. Boję się tych ludzi. Nie rozumiał, nie pojmował, jak mogłam tak szybko z naszej wesołej wycieczki za miasto zrobić tak ponurą wyprawę. Co się zmieniło przez godzinę, że już się nie cieszę, nie śmieję, tylko stoję jak słup graniczny, zapatrzona w niebo niczym skazaniec przed plutonem egzekucyjnym. Kolejny raz zapytał, co to za baba jest, ta Marina, skoro mnie taki strach obleciał przed spotkaniem. Nie odpowiedziałam na jego pytania, więc zrezygnowany, poszedł w kierunku pierwszego bloku. Zanim wszedł do klatki, przepytał bawiące się w berka dzieci.

Nie wiem, jak długo go nie było, trzy, może cztery godziny. Schroniłam się przed deszczem pod drzewem, kiedy przestało padać, przeszłam wzdłuż rzeki, oglądałam szkielety starych ciężarówek z odgryzionymi naczepami, porzucone wózki, pogięte rury, skrzynie wywrócone dnem do góry, zaglądałam z daleka ludziom do okien, wypatrując Artioma. Mała dziewczynka pomachała przyjaźnie, podniosłam rękę w niezdarnym geście pozdrowienia. Na ulicy kupiłam morele od przyuczanego do zawodu sprzedawcy dziesięcioletniego chłopca. Z poważną miną, namaszczeniem, wybrał dla mnie pięć miękkich ciemnożółtych owoców, włożył do woreczka foliowego i zważył. Wręczyłam mu 500 dram i nie czekałam na resztę. Był to z pewnością największy napiwek, jaki kiedykolwiek dostał. Napiwek od pani blondynki z Polski, która poprawia sobie nastrój, wręcza jałmużnę dziecku i odchodzi, rozliczając tym samym stare rachunki. Chłopiec pokazał dziadkowi na otwartej dłoni, ile mu zostało z transakcji.

Wróciłam do samochodu. Zjadałam morele, powoli odkrywając zupełnie nowy, rajski smak, jakiego nie mają owoce sprzedawane nawet w najdroższych delikatesach Europy. Jedną zostawiłam dla Artioma.

Obudził mnie energicznym stukaniem w przednią szybę.

– Nie przeszkadzam?

– Nie wiem, kiedy zasnęłam... – mamrotałam zaspana – trochę za dużo wina wczoraj, za mało snu...

Usiadł za kierownicą.

– Poszczęściło nam się. Twoja znajoma Marina nie żyje. Koniec misji, możemy wracać do Erywania. Już ci nie odda pieniędzy – powiedział, przekręcając kluczyk w stacyjce. Złapałam go za ramię.

– Znalazłeś ją? Naprawdę?

– Jej córkę, zięcia, dwoje dzieci usmarkanych po brody. Obiad jedzą.

Nie czekałam, aż powie coś więcej. Wysiadłam z samochodu i zaczęłam iść przed siebie, Artiom pobiegł za mną. Słyszałam pyknięcie zamykające drzwi.

– Co znowu? Przecież mówię ci, że nie żyje. To pewne!

Zatrzymałam się.

– Prowadź. Muszę porozmawiać z jej córką.

Staliśmy na moście, Artiom zagrodził mi drogę, usiłując zajrzeć w oczy. Burzowe niebo znów zagrzmiało, jedna szarość przelewała się przez kolejną, horyzont zaczynał ciemnieć. Po deszczu wody rzeki płynęły szybciej, zmącone, zmieniły kolor na błotnisty, niespokojnie szumiały w dole.

– O czym chcesz z nią rozmawiać? – zapytał. – Marina nie żyje, a tamci nie są w ogóle zainteresowani przyjmowaniem gości. Nie żyje od dawna, nikt jej prawie nie pamięta...

– Nie zajmę im dużo czasu, po prostu zadam kilka pytań... – Widząc, że go nie przekonam, dodałam po chwili: – Chcę zapytać o moją matkę.

Artiom wyciągnął szyję w moim kierunku. Nie chciałam się zwierzać, nie czułam takiej potrzeby, ale on patrzył i nie pytał, a jednocześnie groził, że jeśli nie powiem mu prawdy, stracę jego zaangażowanie. I życzliwość. Wahałam się krótko.

– Przyjechałam do Armenii tylko po to, żeby się czegoś dowiedzieć o kobiecie, która mnie urodziła i porzuciła. Wyjechała z Polski do Armenii, jak miałam niecałe cztery lata.

Artiom pierwszy chyba raz nie odebrał telefonu brzęczącego w kieszeni. Grzmoty zaczęły przybierać na sile, zdawało się, że są już bardzo blisko. Parę kropel deszczu spłynęło mi po czole.

– Jak to porzuciła? – Węgiel w jego źrenicach zaczął iskrzyć.

– Nie jestem żadną dziennikarką, tylko nauczycielką języka rosyjskiego. Zwykłą nauczycielką, nic szczególnego... Przyjechałam tu... – jąkałam się ze zdenerwowania, bardzo trudno mi było powiedzieć kilka zdań prawdy o sobie, jakbym się przed nim rozbierała do naga. – Wyjechałam z Polski, niech będzie, uciekłam... bez podawania ojcu i mężowi adresu, żeby mnie nie wzywali do powrotu. Rozumiesz? Szukam matki, ale nie wiem, kogo znajdę... Czy w ogóle? Nie wiem, co się z nią stało, po prostu... zniknęła...

Artiom patrzył na mnie tymi swoimi węglami i oddychał ciężko.

– Masz męża, nie masz matki?

– Z tym mężem to nieważne – powiedziałam – nawet nie pytaj, a co do matki... Znalazłeś ludzi, których może coś z nią łączyło.

– Mąż nieważny, rozumiem... – Pokiwał głową. – Mąż to nie rodzina, dzisiaj jest, jutro nie ma, ale matka...

Jeden grzmot, jak wybuch granatu, gruchnął tuż nad naszymi głowami. Przeraziłam się.

– Chodź... – Artiom wyciągnął do mnie rękę. – Może faktycznie się czegoś dowiemy. Skoro tu już przyjechaliśmy... pozapinani w pasach... żal by było zginąć od pioruna. W górach burze pojawiają się nagle, ale szybko przechodzą.

Deszcz nie zdążył nas zmoczyć, szybkim krokiem przeszliśmy przez most.

Córka Mariny miała na imię Ludmiła i była moją rówieśniczką. Wysoka, zgrabna, jeszcze chudsza niż ja. Długie, wyczesane gładko blond włosy opadały na łopatki, końce sięgały pośladków. W różowych legginsach i kwiecistym podkoszulku sprawiała wrażenie uczennicy na wakacjach. Posprzątała resztki jedzenia ze stołu i zajęła się parzeniem kawy. Na dwupalnikowej kuchence postawiła czajnik obskubany z resztek emalii. Jej mąż obserwował uważnie każdy mój ruch, ale nie odzywał się, najwięcej mówił Artiom. Słyszałam, jak trzasnęły drzwi. Dzieci odesłane na podwórze mimo coraz większego deszczu. Wybiegły na klatkę, nie żegnając się. Ukryłam spocone dłonie w kieszeniach spódnicy, potrzebowałam kilku chwil, żeby odzyskać równowagę, żeby spokojnie zadać te wszystkie pytania, jakie mieliłam w głowie od kilku miesięcy.

Kawa była słaba, ale słodka i gorąca. Ludmiła postawiła przede mną talerzyk z ciasteczkami.

– Pani z Polski? – zapytała i nie czekając na odpowiedź, mówiła dalej, ciekawie, bez skrępowania przyglądając się moim kolczykom, zegarkowi, sandałom spiętym złotym łańcuszkiem.

– Byliśmy raz w Polsce, w Przemyślu... Bardzo piękne miasto i ludzie dobre. Artiom coś wspomniał, że chciała się pani zobaczyć z moją mamą. To mieszkanie – wskazała brodą oszkloną meblościankę – mamy po rodzicach. Widziałam przez okno, jak pani polewała morele wodą z butelki, od razu wiedziałam, że turystka, tylko nie wiedziałam, że z Polski.

Uniosłam się lekko na siedzeniu, żeby wyjąć dłonie z kieszeni. Szklanka parzyła mi palce, upiłam wolno łyk brązowego wrzątku.

– Przyjechałam do Armenii pierwszy raz, mam tutaj sprawy do wyjaśnienia.

– Oj... pierwszy raz... – podjęła dziwnie podekscytowana. – No i co, podoba się? U nas pięknie, woda najlepsza na świecie. A!

Trzeba, żeby pani pojechała do monastyru Hagarcin, on teraz pięknie odnowiony przez arabskiego szejka... Takie czasy, że Araby nasze święte miejsca odnawiają...

Spojrzałam na Artioma, ale on znów był zajęty swoim telefonem.

– Na pewno pojedziemy – zapewniłam. – Tutaj jest co zwiedzać, na każdym kroku zabytki.

Ludmiła przytaknęła. Wyjęła z wiszącej na drzwiach torebki błyszczyk i nie przerywając mówienia, smarowała usta różowym kolorem. Jej mąż patrzył na nią tylko dlatego, że nie chciał patrzeć na mnie. Czułam, że go nasza wizyta wystraszyła, może wstydził się, że nie ma pracy i siedzi w domu w cieniu żony. Obojętny na przebieg rozmowy, nerwowo pocierał nos, to znów zgięty palec wciskał w oczodół.

– Artiomowi już mówiłam o mojej matce... – Ludmiła schowała błyszczyk do kieszeni. – Nie żyje od dawna. Ale ciekawi mnie, po co jej szukacie?

Obudziła się w niej jakaś czujność, podejrzliwie przenosiła wzrok z Artioma na mnie. Pośpieszyłam z wyjaśnieniami.

– Podobno pani mama i moja matka były koleżankami. Kiedyś, kiedyś, dawno temu. Moja matka przebywała jakiś czas w Dilidżan. Znały się, ale niestety, nie wiem, jak długo, jak dobrze, czy w ogóle? Opieram się na niesprawdzonych informacjach.

– Kiedy? – Ludmiła oparła łokcie na poręczach starego drewnianego krzesła. My siedzieliśmy na zasłanej kraciastym kocem wersalce, ustawionej naprzeciwko okna.

– W 1988 roku, najprawdopodobniej we wrześniu.

Machnęła ręką.

– Strasznie dawno... Byłam maleńka, co może takie małe dziecko pamiętać? Chociaż... – zawahała się – mamę trochę pamiętam, miałam pięć lat, jak... jak poszła na wojnę.

Spojrzałam na Artioma. Odłożył telefon i sięgnął po ciastko. Popił herbatą.

– Wojnę o Górski Karabach, Armenii z Azerbejdżanem – wyjaśnił.

– Twoja matka była żołnierzem? – zapytałam z niedowierzaniem. Ludmiła przeszła przez pokój i z szuflady oszklonego kredensu wyciągnęła album. Przyglądaliśmy się, jak przewraca strony, po chwili zamknęła go i z powrotem wrzuciła do szuflady. Nie tłumaczyła, jakiego zdjęcia tam nie znalazła. Usiadła obok męża.

– Moja matka była snajperem – powiedziała, zwracając się do Artioma. Jego ta informacja nie zdziwiła.

– Dużo kobiet strzelało na wojnie... – Ziewnął. – Kobiety to jednak jest twardy materiał.

Ludmiła dostała imię w hołdzie złożonym sławnej ukraińskiej snajperce, bohaterce II wojny światowej Ludmile Pawliczenko. Walczące kraje robiły wszystko, żeby nie wystawiać kobiet na linię frontu, ale Sowieci nie czuli przymusu chronienia przed kulami wroga swoich dzielnych żon i matek, dwa tysiące snajperek stanęło do walki o wolność Rosji Radzieckiej, a strzelały znacznie celniej niż Niemcy. Ludmiła Pawliczenko, dwudziestoczteroletnia studentka historii na Uniwersytecie w Kijowie, nie pozwoliła oficerowi prowadzącemu rekrutację umieścić się w biurze czy w szpitalu. Położyła na stole swoją odznakę i certyfikat strzelca, jaki zdobyła, będąc nastolatką, w trakcie szkolenia cywilów z taktyk wojennych na wypadek wojny ojczyźnianej.

– W pierwszych 75 dniach służby, podczas walk w Odessie, Pawliczenko zastrzeliła 187 osób, zanim wojska radzieckie zmuszone zostały do odwrotu. – Oczy Ludmiły, wielkie, błyszczące, opowiadały razem z nią. – Ta kobieta przeszła do historii, zabijając 309 ludzi. Na tylu zastrzelonych miała świadków, ale wiadomo było, że jej licznik zatrzymał się gdzieś przy pięćsetnej ofierze. Rekord wszech czasów... tytuł najskuteczniejszej snajperki na świecie.

Opowiadała spokojnie, nieco flegmatycznie, ale brzmiała w jej głosie jakaś gwałtowność albo solidarność, jaka łączy dzieci kobiet, które strzelały do wroga. Oprowadzała nas po tej historii jak naukowiec zajmujący się przeszłością. Wiedziała sporo, zarówno o swojej imienniczce, jak i o realiach II wojny światowej, musiała dorastać przy dźwiękach legendy o Pawliczenko, a ta w pewnym momencie stała się dla niej ważniejsza niż jej własna matka.

– Moja mam trenowała na Ukrainie biathlon, w strzelaniu była najlepsza, do tego bardzo ambitna, chciała odnieść sukces w sporcie, zasłużyć na lepsze życie, o jakim tylko słyszała, że istnieje – podjęła po chwili. – Podczas jednego z treningów wypięła jej się narta, spadła wzdłuż urwiska kilkanaście metrów w dół, kolano rozpadło się w trzech miejscach, żaden lekarz nie umiał tego poskładać, tak jak było. Długo opłakiwała koniec kariery. Mąż, pół Ukrainiec, pół Ormianin, zorganizował przenosiny do Armenii, wkrótce potem dostała propozycję najgorszą z możliwych, udział w cudzej wojnie.

Siedzieliśmy przez chwilę w milczeniu. Ludmiła westchnęła, jej szpiczaste piersi uniosły się i szybko opadły.

– Wszystko przez ten znaczek... – powiedziała bardziej do siebie niż do mnie.

– Jaki znaczek? – Artiom podniósł głowę. Przed momentem patrzył tylko na swoje buty, niespokojnie rozchylając kolana.

– Ludmiła Pawliczenko została wydrukowana na znaczku pocztowym, chyba w 1976 roku... jak jakaś królowa angielska... – Córka Mariny wzruszyła pogardliwie ramionami. – Moja matka pewnie też chciała trafić na znaczek, skoro najęła się jako snajperka i poszła strzelać.

– Nie strzelała za darmo – odezwał się niespodziewanie mąż Ludmiły. – Była najemnikiem wojennym i dostawała dwa tysiące dolarów na miesiąc.

– Dostawała, dostawała... – Ludmiła zaczęła się denerwować. – Z głodu byśmy poumierali, gdyby nie to. Cztery lata blokady, ani prądu, ani gazu, chyba już się wszystkim zapomniało... A to nie tak dawno było. Azerbejdżan nas odciął od gazu, od prądu, od ropy... idź, popytaj ludzi, jak było... Wojna to wojna...

Mąż Ludmiły, wciąż spokojny, przełykał ślinę tak głośno, że siedząc daleko od niego, słyszałam ścisk krtani.

– Kiedy mama poszła walczyć? – zapytałam szybko, żeby nie rozwinęła się potężna kłótnia na zupełnie nieważny temat. Dla mnie nieważny.

– Zaraz na początku wojny. W 1989 roku. Zastrzelili ją rok później, przynajmniej tak nam powiedzieli, jak przywieźli zwłoki. Dostała w czoło, tu... – Ludmiła przyłożyła palec w miejsce między brwiami. – Na każdego dobrego snajpera znajdzie się jeszcze lepszy...

Artiom trącił mnie łokciem.

– Niech ci Eduard opowie, on też walczył z Azerami. Nawet ranny był.

Ludmiła spojrzała na niego z wdzięcznością.

– Rosjanie walczyli po obu stronach – Artiom, widząc jej aprobatę, włączył się do rozmowy. – Centralne władze w Moskwie taki uknuły plan. Najpierw dozbroiły Azerbejdżan, sprzedały Azerom 140 samolotów bojowych, a potem wysłali do Armenii nowoczesne systemy lotnicze, żeby te samoloty strącić...

– Ruskim się często zdarza zacząć wojnę po jednej stronie, a skończyć po drugiej. – Mąż Ludmiły pociągał nosem, jakby miał katar, górna warga lśniła od potu. – Nie ma co się dziwić... – ciągnął, zachęcony ciszą, jaka nagle zapanowała w pokoju. – Jak się nowe władze azerbejdżańskie zwąchały z Turkami i ogłosiły, że będą budować rurociąg znad Morza Kaspijskiego nad Morze Czarne z pominięciem Rosji, a przechodzić będzie przez Turcję, to się Rosjanie prze... prze... przeorientowali i dopiero zaczęli nas wspomagać w tej wojnie. Raz-dwa obalili prezydenta Elczibeja i zaczęła się wielka ofensywa. Przysłali nam te swoje cuda, Szturm-S się nazywały, jakich ani Azery, ani my wcześniej nie widzieliśmy...

Zarówno Artiom, jak i mąż Ludmiły byli wówczas dziećmi, ale obaj opowiadali o wojnie jak starzy kombatanci. Chciałam nagrać ich rozmowę, ale nie umiałam dyskretnie włączyć dyktafonu. Starałam się zapamiętać to, co najważniejsze. Ludmiła interesowała mnie coraz mniej, czułam, że nie ma żadnych istotnych informacji.

– Naszych zginęło sześć tysięcy, Azerów dwa razy tyle, bo głupsi. U nas byli wyszkoleni przez Sowietów oficerowie, na wojennych grach dobrze się znali, po drugiej stronie pastuchy z karabinem... – Artiom, wyraźnie pobudzony, przestał interesować się wiadomościami w telefonie. – Wojska rosyjskie powróciły na naszą ziemię, bazy organizują. Słyszałem, że się znów panoszą w Górskim Karabachu, ale na kogo się tym razem szykują? Na Turcję? Na Syrię?

Mąż Ludmiły przytaknął.

– Tylko Putin nas może obronić, gdyby przyszło co do czego... Niechby ich tu było jak najwięcej... – powiedział, nie zważając na pochmurne czoło żony. Wstał z wersalki, podszedł do okna i spojrzał w niebo. W czarnych garniturowych spodniach i żółtym wyciągnięty przy dekolcie podkoszulku sprawiał wrażenie człowieka, który ubierając się rano, nie umiał się zdecydować, czy idzie na miasto, czy będzie siedział przed telewizorem cały dzień. Telewizor, wielkie, brązowe pudło z małym ekranem, pamiętał czasy wojny o Górski Karabach, a może i jeszcze dawniejsze.

Przyglądałam się obgryzającej mały palec Ludmile. Jej długie, spiłowane na ostro paznokcie ozdobione jaskrawym brokatem pasowały najmniej do zaniedbanego szarego męża. Panowała między nimi wrogość, przed naszym przyjściem musieli się gwałtownie pokłócić, używając głęboko raniących słów. Omijali się wzrokiem, co w takim małym pokoju nie mogło ujść mojej uwagi.

– Czyli że twoja mama była bohaterką wojenną... – zwróciłam się do niej, kiedy w końcu odgryzła kawałek plastiku z paznokcia.

– W każdym razie utrzymywała rodzinę. Ojciec nic prawie nie zarabiał... Pamiętam, jak siedzieliśmy po ciemku, prądu nie było od dawna i gazu też, babcia nas karmiła ziemniakami z ogniska...

– Tak, pewnie... – Mąż Ludmiły zamknął jedno okno i skierował się w stronę kuchni. Zanim wyszedł z pokoju, zatrzymał się w drzwiach. Znów nie patrząc na nas, tylko gdzieś obok, w duszne powietrze wirujące wokół żyrandola, powiedział głośno, dzieląc słowa pauzami.

– Matka Ludmiły to była bohaterka... fakt... tyle tylko, że nie walczyła po stronie Armenii... walczyła po stronie Azerbejdżanu... i to jest następny fakt. Razem z innymi najemnikami, Afganami, Turkami, Rosjanami... Tak to wyglądało.

Spojrzeliśmy zdumieni na Ludmiłę. Strzepała odgryzione skórki z kolan, wyprostowała się.

– Niech on się nie odzywa... cała jego rodzina to z pochodzenia Turki... Już oni mają na sumieniu niejedno strzelanie do naszych – powiedziała z pogardą.

Usłyszeliśmy, jak jej mąż odkręca w kuchni wodę. Artiom zaczął dawać mi niezrozumiałe sygnały, ponaglał mnie do zakończenia tej wizyty.

– Kto tę wojnę wygrał? – zapytałam po długiej chwili milczenia.

Mąż Ludmiły wszedł do pokoju i jak gdyby nigdy nic, usiadł przy stole i założył nogę na nogę. Zapalił papierosa.

– My – odparł krótko. Ludmiła patrzyła na niego ze złością, ale on ignorował ten pokaz niechęci, wiedząc, że na następną okazję do szczerej wypowiedzi w sprawie Mariny Ohanian, wojny i bohaterstwa będzie musiał bardzo długo czekać. – Ogłosili tam republikę, tyle tylko, że jej nikt nie uznał – kontynuował, nonszalancko wydmuchując dym. W kilka minut spłynęła na niego ogromna pewność siebie. Nikt mu nie przerywał. – Żadne państwo na świecie, nawet Armenia, choć tam większość naszych mieszka... Ale to jeszcze nie koniec. Karabach to jest ziemia konfliktu, tam jeszcze nie raz krew się poleje. Wspomnicie moje słowa... Dlatego trzeba się trzymać spódnicy Moskwy...

Artiom przytaknął, ale nie włączył się.

– Na Amerykę nie mamy co liczyć, ani ropy, ani interesów, mają nas gdzieś, prędzej będą się układać z Azerbejdżanem, no i z Turcją. Tam są amerykańskie bazy, stamtąd odlecą amerykańskie bombowce w razie wojny... – Przełożył nogę, usiadł wygodniej. – Zostaniemy sami, tylko Putin może nas ochronić. Na szczęście Putin to mocarz i byle kto mu nie zagrozi. Oby żył sto lat! Światu potrzebny jest taki człowiek, jak Putin, żeby Amerykanie nie rządzili wszystkim... A chcieliby, pewnie, że tak, co im się żywnie podoba robią, ale jak Wowa walnie pięścią w stół, to zaraz się cofają...

Ludmiła przyniosła z kuchni popielniczkę. Postawiła ją na oparciu fotela. Sięgnęłam po papierosa, dusiliśmy się dymem i paliliśmy teraz wszyscy naraz. Nie miałam niczego dobrego do powiedzenia o Putinie, więc milczałam.

– On to całkiem w Rosji zakochany – powiedziała ponad moją głową do Artioma. Za karę zwracała się do męża w trzeciej osobie. – Niech on ci opowie o swojej rodzinie... a od mojej wara.

Zareagowałam, zanim zdążył odpyskować. Pary często potrzebują widowni, żeby się porządnie pokłócić, aby bolało i piekło, przy użyciu najgorszych słów małżonkowie wyciągali sekrety rodzinne, prowadzili rozliczenia finansowe i uczuciowe, kręciło ich, że ktoś obcy słucha i osądza. Poprosiłam Ludmiłę o wodę.

– Z kranu. Nie mamy w butelkach. – Wstała z wersalki. Trzymała papieros po męsku, opuszkami palców, kciuka i wskazującego.

– Poproszę. – Uśmiechnęłam się do niej, powolutku emocje zaczęły więdnąć. Kiedy wyszła, Artiom zaczął dyskretnie dawać mi znaki, że już pora się ewakuować. Porozumieliśmy się wzrokiem.

– A twoja matka żyje? – zapytała, podając mi wodę w papierowym kubku, wcześniej już kilkakrotnie używanym. – Nie przyjechaliście przecież rozmawiać o Putinie...

– Nie wiem – odparłam szczerze, bez zastanowienia. – Wyjechała do Armenii w sierpniu 1988. Nigdy więcej jej nie widziałam. Nikt jej nie widział. Ostatni list przyszedł w listopadzie 1988 roku.

– Może by sąsiadów popytać? – zaproponowała. – Mieszkają tu jeszcze ludzie, którzy znali moją matkę.

– Jak znali, to może sobie coś przypomną na temat jej koleżanki Polki. Chyba nie każda mieszkanka bloku miała taką koleżankę, no nie? – Artiom wstał.

Ludmiła zastanawiała się przez chwilę.

– Popytać można. Jak jej było na imię?

– Anna. Anna Benc albo Solecka, nie wiem, czy używała nazwiska męża, czy panieńskiego. – Z torebki wyciągnęłam odbitkę fotografii matki, tę zrobioną na dworcu w Rzeszowie. Ludmiła przyniosła nożyczki, odcięłam postać ciotki Albiny i podałam jej zdjęcie. Patrzyła przez chwilę na czarno-białą dziewczynę pozującą na tle pociągu, potem podała ją mężowi. Spojrzał niechętnie.

Fotografia była dosyć wyraźna, matka patrzyła prosto w oko obiektywu. Na odwrocie napisałam wielkimi, drukowanymi literami ANNA.

– Po co jej szukasz? – zapytała, chowając zdjęcie pod serwetkę na stole. – Z jakiegoś konkretnego powodu?

Rzeczowość tego prostego pytania zaskoczyła mnie. Krótko, do celu, na skróty. Po co szukam matki? Ludmiła przechyliła głowę i uśmiechnęła się znacząco, zupełnie, jakby nagle doznała olśnienia i wszystko stało się jasne. Nie wiem, co sobie pomyślała. Mrugnęła do mnie, Artiom też to zauważył.

– Zostawimy numer telefonu. Gdybyście się czegoś dowiedzieli... to dajcie znać, przyjedziemy – powiedziałam, idąc do drzwi. Mąż Ludmiły nie ruszył się z krzesła, palił i gapił się w okno.

Ludmiła, nie czekając, aż nas pożegna, odprowadziła nas do przedpokoju. Rozejrzałam się dyskretnie. Na wieszaku, na drzwiach, na krześle, wszędzie wisiały ubrania, dziecięce kurtki przemieszane ze spodniami zahaczonymi za szlufki, męskie koszule i jaskrawe bluzki, kilka par dżinsów. Kwaśny odór mieszał się z wilgocią i zaschniętym błotem.

– Dlaczego twoja matka wyjechała z Polski? – zapytała. – Przecież w Polsce tak się dobrze żyje... Do biedy ją ciągło? Od nas wszyscy wyjeżdżają. Zaczęli sto lat temu i dalej uciekają. Nie wiem, czy nas zostało dwa miliony w Armenii, dziewięć milionów mieszka poza krajem. A ona jedna w przeciwnym kierunku...

– Może twoja mama też chciała być na jakimś znaczku? – Artiom zaśmiał się, wszyscy się zaśmiali.

– Może... W każdym razie dziękujemy za gościnę – odparłam, wyciągając rękę do Ludmiły. Nie pochwyciła jej, zamiast sztywnego pożegnania objęła mnie i uścisnęła. Poczułam zapach smażonego mięsa przemieszanego z zapachem szamponu i papierosów. Jej włosy dotknęły moich ust.

Fakt, że nasze matki się znały, docierał do mnie powoli. Przyciskałam ciało do chudych ramion Ludmiły, zawstydzona, że obaj mężczyźni patrzą na nas skonsternowani. Mąż Ludmiły zatrzymał się i wycofał, Artiom odwrócił głowę, nagle zainteresowany starą fotografią w złotych ramkach, wiszącą nad wyłącznikiem.

Matka na pewno była w tym mieszkaniu, jadła tu, opowiadała, może spała na tej starej wersalce, na której przed chwilą siedziałam. Podłoga przykryta przetartym dywanem mogła pamiętać odcisk jej stopy, zaczęłam jej szukać po ścianach, po suficie, w kącie, wciąż stojąc w objęciach Ludmiły. Poklepała mnie po plecach.

– Nicziewo... nicziewo...

Artiom otworzył drzwi. Kiedy znaleźliśmy się na dole, dzieci Ludmiły, wymijając nas bez słowa, pobiegły na górę. schodami do mieszkania.

– Ona myśli, że za mąż idziesz i dlatego szukasz matki. – Artiom poczekał, aż wsiądę do samochodu. – Niby prostaczka, alc sprytna... od razu wykombinowała, że nie za mnie...

Wyjeżdżaliśmy z Dilidżan po burzy. Zmieszane z deszczem powietrze wpuściłam do auta oknem, nie włączaliśmy klimatyzacji w powrotnej drodze, jakoś ten chłodny luksus nie pasował do otoczenia ani do nas, jadących wolno w stronę Erywania.

A

੬ৡয়ঌ

Wiktor zaczął zabiegać o spotkanie. Telefonował, najpierw, żeby mnie zrugać za to, co nagadałam policjantom szukającym Heleny, potem, żeby wybadać, czy mój szatański pomysł opisania jego życia wystygł już w mojej głowie, czy naprawdę mam zamiar przeczesać ocean przeszłości i kilka zdechłych ryb na brzeg wyrzucić. Jeszcze raz zapytał, czy nie kontaktowała się ze mną Helena. Zaprzeczyłam. Tydzień później przyszedł e-mail od niej.

Z Dilidżan wróciła przygnębiona, choć cała okolica Parku Narodowego i monastyry, które zdążyła zwiedzić, zrobiły na niej ogromne wrażenie. Okolica tak piękna – pisała – że duszę wyrywa. Zielone góry, wielka fabryka świeżego powietrza, nieskażonego jeszcze pchającym się wszędzie przemysłem. W pobudowanym w XIII wieku monastyrze Hagarcin spotkała grupę z Polski, kilka otyłych matek, chudych mężów i znudzonych dzieci. Zachowywali się hałaśliwie, przekrzykując się z dużych odległości, pozowali z buciorami opartymi o stare kamienie, narzekali, że nie ma w pobliżu restauracji ani budki z lodami, a na takim upale lód smakowałby najlepiej.

Skreśliła kilka zdań na temat córki Mariny, Ludmiły, którą udało im się odnaleźć. Jej matka od dawna leżała w kombatanckim grobie, niczego istotnego się nie dowiedziała, nie udało się ustalić, czy się w ogóle z Anną znały. Raz jeszcze przeczytałam fragment listu od Ani, w którym wymieniła imię i nazwisko swojej koleżanki. Uprawiała jakieś sporty, bo była bardzo zwinna i silna, lekko utykała, gdy zaczynała iść szybciej. Niezwykle piękna i wesoła, a przy tym bardzo, bardzo dla nas życzliwa, pisała w swoim pierwszym liście Ania. Gdyby nie następne zdania o nieudanej próbie aborcji tabletkami, do czego wciąż powracała, nazywając siebie dzieciobójczynią, pokazałabym ten list Helence. Nie chciałam, żeby się kiedykolwiek dowiedziała o tej jednej, marnej, nic nieznaczącej chwili, kiedy Ania sięgnęła po biseptol.

Cały dzień cieszyłam się wiadomością od Heleny, wstąpiła we mnie nadzieja, wątła i blada, potrzebująca chuchania i dmuchania, ale całkiem realna nadzieja, że Helena mi wybaczy. Skoro pisze i dzieli się relacjami z podróży, oznacza to, że nie jestem jej całkiem obrzydliwa. *Nie ruszę z miejsca* – zakończyła swój list – *jeśli nie powiesz mi, jak ON się nazywał?*

Jedyną osobą, która prawdopodobnie wiedziała, jak miał na nazwisko młodzieniec, który porwał mu żonę, był Wiktor Benc. Ja znałam go tylko jako Gevorga. Ania mówiła o nim Greg.

Po ucieczce Wiktora do Lublina i wyprowadzce z mieszkania pani Kazimiery Lech nie wróciłam już do rodzinnego domu w Niechobrzu. Mimo że spodziewałam się najgorszego, nie miałam żadnych nieprzyjemności wynikających z późnego zgłoszenia zgonu staruszki. Przeciwnie, jej wnuk pozwolił mi nawet zabrać garnki, nowe kołdry i koce, jakie od niego dostała na prezent, a nie zdążyła rozpakować, oraz dwie akwarelki pędzla nieznanego artysty przedstawiające Jezioro Solińskie zagracone łódkami. Wnukowi śpieszyło się. Był w tym mieszkaniu zameldowany od lat, jedną półkulą mózgu czekał na śmierć babci, drugą życzył jej stu lat w zdrowiu, szczęściu, pomyślności. Chciał jak najszybciej przeprowadzić remont i wprowadzić się z dziewczyną.

Wynajęłam sobie duży pokój z balkonem przy ulicy Piastów 13, w punktowcu z wiecznie psującą się windą. Czasami trzeba było napierać całą siłą ciała i przyciskać pupę do drzwi, żeby zechciała łaskawie ruszyć. Od dziecka bałam się zamkniętych przestrzeni, szczególnie trzeszczące, wolne windy napawały mnie lękiem. Wiele razy, nie doczekawszy się innego lokatora, który by jechał w górę, szłam na dziewiąte piętro piechotą, nigdy nie wsiadałam do windy sama.

Płaciłam za jeden duży pokój, jednak miałam do dyspozycji całe mieszkanie. W mniejszym właścicielka, usługująca w Nowym Jorku bogatym Żydom, składowała pod kluczem swoje skarby popakowane w pudłach i walizkach. Miała kiedyś po nie wrócić, ale nie wiem, czy wróciła, bo po kilku miesiącach już mnie tam nie było. Przez pierwsze dni samotności próbowałam tęsknić za Wiktorem, wydawało mi się, że powinnam. Z zamieszania spowodowanego jego internowaniem, powrotem, tajnymi misjami, bezsennością we dwoje i coraz częstszymi ucieczkami w głąb własnych potrzeb emocjonalnych, wychodziłam zmęczona. Jednak kiedy tak nagle wyjechał, z trudem przystosowywałam się do jego nieobecności. Nikt go nie szukał, nikt o niego nie pytał, ale do Rzeszowa nie miał zamiaru wracać.

Pracowałam w Polfie, jak kilku innych szczęściarzy, którzy kończyli Politechnikę Rzeszowską na Wydziale Chemii, ale Wiktor wciąż mnie ostrzegał, że w każdej chwili mogę stracić pracę, jeśli informacja o mojej z nim zażyłości dotrze do dyrekcji. Wiktor uwielbiał straszyć, obarczając swoją solidarnościową działalność winą za to, co się nigdy nie wydarzyło. Na zapas płaciliśmy wysoką cenę za jego polityczne wybory. *Gówno wiedział i gówno robił* – tak podsumował mój mąż konspiracyjną działalność Wiktora Benca.

Lipcowy urlop spędziłam na balkonie mieszkania, skąd roztaczał się panoramiczny widok na Wisłok, zaporę, aleje Powstańców Warszawy, Obrońców Stalingradu i stadion żużlowy Stali Rzeszów. Ustawiłam krzesło w jednym rogu maleńkiego balkonu, w drugim doniczkę z drzewkiem. Codziennie gapiłam się na ruch, na ludzi zwartym tłumem wychodzących po pracy z WSK niczym mrówki uciekające spod kija. Rano szli krokiem ospałym, pojedynczo lub parami przechodzili przez bramę największego zakładu produkcyjnego w regionie. Zatrudniały się tam całe rodziny, bo to był dobry pracodawca, dbający o swoich, dla wybrańców hojny. Małżeństwa wysyłał na wczasy, do sanatoriów w Iwoniczu czy w Busku-Zdroju, rozdawał bilety na bale karnawałowe i noworoczne szopki organizowane w Zakładowym Domu Kultury. Najmłodszym sponsorował żłobki, przedszkola, kolonie, na święta w imieniu WSK rozdawał paczki dzieciom Dziadek Mróz, całkiem nieźle zastępujący przez kilka lat Świętego Mikołaja. Żałośnie rycząca syrena obwieszczała o piętnastej koniec pierwszej zmiany, kilkusekundowe wycie niepokoiło pół miasta, druga połowa nastawiała wtedy zegarki co do sekundy, punktualnie. Pracownicy Wytwórni Sprzętu Komunikacyjnego, którzy za drzwiami swoich biur czekali w „blokach startowych" na sygnał, po wybrzmieniu pierwszych dźwięków wybiegali na korytarz, pędzili schodami w dół, alejkami przed siebie, gnali w kierunku bramy, jak najdalej od tego produkującego wówczas głównie dla Sowietów zakładu. Współpraca z kanadyjskim producentem silników Pratt & Whitney dopiero nabierała rumieńców. Robotnicy fizyczni i umysłowi uciekali do swoich maleńkich mieszkań i gospodarstw, lubiłam patrzeć na tę sprawnie przeprowadzaną „ewakuację", ciesząc się, że nie jestem jednym z tych na ciemno ubranych uciekających punktów. W mojej Polfie siła robocza była lepszego gatunku.

Popołudniami jeździłam na herbatę do kawiarni Empiku przy ulicy Słowackiego lub do NOT-u na kawę. Spotykałam się tam z koleżankami, które, tak jak ja, nie miały z kim wyjść do kina ani pójść na spacer brzegiem Wisłoka. Jeśli któraś z dziewczyn zaczynała chodzić z chłopakiem, natychmiast znikała z radaru, porzucała koleżanki, z którymi wcześniej spędzała tyle czasu. Chłopak zazwyczaj okazywał się ważniejszy niż przyjaźń. Moja sytuacja była niejasna. Kontakt z Wiktorem po prostu się urwał i gdy zdarzyło mi się raz po dyskotece w „Dedalu" pójść na górę do akademika z przystojnym studentem, nie miałam poczucia, że popełniam zdradę.

Czasami umawiałam się w kawiarni hotelu „Rzeszów", najbardziej prestiżowym lokalu miasta. Mogłam sobie pozwolić na kieliszek wódki wlewanej do soku pomarańczowego. Tam było wszystko: prostytutki, cudzoziemcy, narkotyki, nocny klub „Piekiełko", wytrawne wino, pokoje na godziny, Pewex, władające obcymi językami recepcjonistki, ciemne typy prowadzone przez jeszcze ciemniejsze gwiazdy i faceci, którzy potem poszli do większych, legalnych interesów, otworzyli kantory, zaczęli handlować chrzczonym paliwem lub mianowali się prezesami swoich własnych firm. Właśnie tam, w lipcu 1983 roku, w ostatnim dniu urlopu poznałam swojego przyszłego męża.

Wiadomość o ślubie młodszej córki zawiozłam ojcu osobiście, tak jak mnie Ania prosiła. Lubił, jak przyjeżdżam dużym fiatem, trąbię, parkując na podwórku, obwieszczam sąsiadom wizytę córki. Na ten samochód ojciec dostał talon w swoim zakładzie pracy, mleczarni, którą zawiadował jako kierownik, ale ponieważ nie miał prawa jazdy, od początku autem jeździłam ja. Wtedy w Rzeszowie wciąż jeszcze niewiele widywało się na ulicach kobiet za kółkiem, jeszcze mniej było kobiet kierowców w młodym wieku.

Ojciec z początku nie rozumiał.

– Twój chłopak Wiktor żeni się z naszą Anią? Co ty gadasz, Albinko...

Siedzieliśmy w kuchni przy stole nad kraciastą ceratą przypiętą pinezkami od spodu. Przywiozłam ojcu w prezencie 25 dkg zmielonej kawy. Zachwycony, wsadził nos do szklanki, wdychał aromat, zaciągając się głęboko kilka razy, zanim zalałam miazgę wrzątkiem. Odkąd przeszedł na rentę, nie miał już dostępu do żadnych atrakcyjnych towarów, inwalida, jakkolwiek zasłużony w czasach sprawności dla przedsiębiorstwa, został odstawiony na bocznicę i tylko przy okazji święta państwowego, 22 Lipca czy 1 Maja, mógł liczyć na życzliwość tych, którzy go zastąpili.

– Będzie wesele... za miesiąc – powiedziałam z uśmiechem, jaki należy się takiej dobrej nowinie. Ania w oddalonym o dwa kilometry od naszego domu kościele załatwiała z księdzem proboszczem kwestię przyśpieszonych zapowiedzi. Wiktor pozostał w Lublinie, co było jego kolejnym aktem tchórzostwa, odwagą zaczął wykazywać się dopiero wtedy, kiedy Ania od niego uciekła.

– Oddałaś siostrze swojego narzeczonego?! Dlaczego? – Ojciec przesunął wyżej czapkę z daszkiem. Z bujnej czarnej czupryny została mu z tyłu głowy posiwiała falbanka z resztki włosów. Szybko postarzał się po śmierci mamy, inne kobiety w ogóle go nie interesowały.

– Tato... Ja z Wiktorem rozstałam się już dawno... – skłamałam.

– Kiedy dawno – wpadł mi w słowo – jak on dopiero z więzienia wyszedł. Dopiero co jechałaś po niego do Załęża... Nic mi nie mówicie, nic. Może i jestem kaleką, ale głowa mi nie szwankuje. Mogłybyście ojcu od czasu do czasu powiedzieć, co się w życiu córek dzieje? Korona by wam z głowy nie spadła...

– Tato... – uspokajałam – nikt nikogo nie oddawał ani nikogo nie odbijał... Nie martw się...

Posłodziłam kawę i postawiłam szklankę na talerzyku. Ostentacyjnie odsunął ją od siebie.

– Dobrze, że się od sąsiadów nie dowiedziałem – mruknął urażony. – Kiedy? No, kiedy to się stało?

– Zerwaliśmy w maju, Wiktor poszedł swoją drogą, ja swoją. Potem poznał Anię, nagle zaiskrzyło i teraz się pobierają. Taka romantyczna historia. Naprawdę... – Położyłam dłoń na jego dłoni. – Nie martw się... jest w porządku, nie mam żadnego żalu do Ani. Poza tym, ja też mam kogoś nowego...

– Za szybko... – Kręcił głową. – Za szybko te zmiany. Nic z tego nie będzie.

– Będzie, będzie – powiedziałam. – Już jest.

Wystarczyło jedno spojrzenie, żeby tajemnica Ani i Wiktora wysypała się jak cukier z dziurawego worka.

– Anka w ciąży? – Ojciec nie spuszczał ze mnie wzroku.

– Tak – potwierdziłam.

– A to ciul marynowany! – bluznął pod adresem ukrywającego się Wiktora. – Niech mi go Anka przywiezie przed ślubem, parę rzeczy będę miał mu do powiedzenia... I co? Pewnie studia zawali? Tyle lat nauki na darmo... Wasza matka się w grobie przewraca...

Zapewniłam ojca, że Ania ma zamiar zrobić sobie najwyżej rok przerwy. Jest na trzecim roku, świetna studentka, idzie jak burza, nie będzie miała problemu z uzyskaniem urlopu dziekańskiego – zapewniałam, wymieniając fikcyjne nazwisko dziekana Akademii Medycznej i kilku innych profesorów wymyślonych na poczekaniu. Głośno i entuzjastycznie przedstawiłam ojcu sytuację młodej pary, fantazjowałam na temat ich planów, możliwości, perspektyw, wymyśliłam nawet, co szybko stało się faktem, że wyjadą do Warszawy w poszukiwaniu pracy dla Ani i okazji do zrobienia politycznej kariery przez Wiktora. Cóż to była za para w mojej opowieści! Lepszej nigdy potem nie udało mi się wymyślić na potrzeby pisanych przeze mnie książek.

Dobrze, że ojciec nie zapytał o miłość, bo chyba nie umiałabym skłamać. Ojcowie rzadko o to pytają, wiedzą lepiej niż matki, jakim słabym materiałem jest miłość, jak niewiele zostaje z tego uczuciowego płótna po uszyciu dwóch strojów na miarę, jego i jej. Wyskakując do przodu, łatwo można obliczyć, z niewielkim błędem, że to właśnie tego tygodnia – lub nawet dnia – kiedy ja poznałam przyszłego męża, moja siostra Ania położyła się do łóżka z Wiktorem, a kiedy z niego wstała, nic nie było już takie samo. To wtedy przeniosła swój los pod inną gwiazdę.

Ojciec poprowadził młodszą córkę Annę do ołtarza sanktuarium Matki Bożej Nieustającej Pomocy w Niechobrzu w październiku 1983, starszą córkę Albinę 29 grudnia tego samego roku przywiózł taksówką pod Urząd Stanu Cywilnego na rzeszowskim Rynku.

H

❧

Nic, cisza i brak pośrodku dnia. Musiałam się przerejestrować i nie przyszło mi to łatwo. Wychodziłam rano z domu, jechałam marszrutką do centrum, godziny spędzając na spacerowaniu i fotografowaniu miasta. Unikałam zatłoczonych przez turystów miejsc, przemieszczałam się z jednego końca Erywania na drugi w poszukiwaniu ciekawostek, nieodkrytych jeszcze przez poszukiwaczy zabytków. Najwięcej przyjemności sprawiało mi podpatrywanie ludzi i czasu, który przez nich płynął. Obracali się wokół swoich codziennych spraw jak ziemia wokół słońca, czasami niedbale, czasami precyzyjnie wykonując zwykłe czynności, z jakich składał się dzień. Chodzili wolno, niscy mężczyźni z falującymi pośladkami, jednocześnie sztywni w biodrach, jakby połknięty kołek zmuszał kręgosłup do trzymania majestatycznego pionu. Obok ładne, szczupłe dziewczyny, podwyższone butami na koturnach, luźno, prawie obojętnie, trzymały ich za rękę, wydawało mi się, że idą szybszym krokiem, lekko z przodu. Sklepikarki polowały na klientów przy drzwiach, handlarze rozkładali swoje małe kramy, oferując ryby prosto z worka, skarpetki ręcznie wydziergane, łapki na muchy, dziesiątki nieprzydatnych towarów jeździło po ulicach w wózkach popychanych przez ogorzałych sprzedawców. Ormianie lubili handel, a ja lubiłam patrzeć, jak handlują. Chętnie pozowali do zdjęć, kiedy tylko wyjaśniało się, że jestem z Polski, nawiązywała się wspominkowa rozmowa. Wielu erywańczyków odwiedziło Polskę w poszukiwaniu okazji zarobkowych, robiąc przystanek w drodze do innego kraju, albo uciekając przed biedą wojny. Chwaliłam się, że przygotowuję reportaże o współczesnej Armenii, zbieram informacje o tym, jak żyją ludzie w byłej radzieckiej republice, czy poradzili sobie z odzyskaną wolnością, a może chcieliby wrócić pod skrzydła i w szpony Rosji. Przysiadałam na krawężnikach, ławeczkach, byle gdzie, żeby posłuchać, o czym rozprawiają. Ludzie mieszkający w Erywaniu, mówiąc po ormiańsku, wtrącali sporo rosyjskich słów, zaczynałam wyławiać pojedyncze wyrazy, budowałam sens i robiłam notatki.

Codziennie chodziłam w inne miejsce, oddalając się we wszystkie strony świata od placu Republiki. Krążyłam ulicami, dopóki nie przerzedziło się miasto, nie zmniejszyło, nie zbrzydło, wspinałam się w górę w poszukiwaniu dobrych pozycji do sfotografowania murowanego mrowiska. Trafiałam w różne zakamarki, nieprzejezdne ulice, rozgrzebane place budów, maleńkie ogródki domów postawionych wiele lat temu, kiedy nie wymagało się żadnych pozwoleń na budowę. Ludzie budowali, jak umieli, i jak ich było stać. Zaglądałam im do okien, wąchałam ich smażone na drewnie szaszłyki, głaskałam psy stróżujące obok domów, udawałam zbłąkaną turystkę, taka zawsze wzbudza sympatię. Posłałam surowe notatki na temat Armenii do dwóch czasopism w Polsce, obydwa odezwały się natychmiast. Więcej historii, prosili w e-mailu, więcej informacji o rzezi Ormian w 1915 roku i o najsławniejszych obywatelach tego kraju, pokażmy Polakom prawdziwy patriotyzm, niespotykany w Europie od czasów II wojny światowej.

Sto lat upłynęło od tamtych wydarzeń, które w oczach całej Europy – poza sprawcą tej masakry, Turcją – były najokrutniejszą rzezią ludności w tej części świata. Od stu lat rządy tureckie zaprzeczają, odżegnują się, obrażając na tych, co bestialskie zamordowanie półtora miliona osób nazwali ludobójstwem. W Muzeum Ludobójstwa spędziłam cały dzień, fotografując fotografie...

W Oświęcimiu, pełnym dowodów masowej zbrodni, jaką był Holokaust, przechowywano stosy walizek, butów, ubrań, nawet włosów pomordowanych, tutaj tylko fotografie pokazujące ukrzyżowanych, wytatuowane muzułmańskimi symbolami twarze chrześcijańskich dziewcząt, zagłodzone dzieci i matki płaczące nad ich zwłokami, rzędy trupów, żywych szkieletów, bezimiennych ludzi wypędzonych z domu, pognanych bez wody i żywności karawanami śmierci na pustynię. Okaleczone zwłoki płynęły w dół rzek Tygrysu i Eufratu, jakby kto bale drzew spławiał. Ulice Erzurum, Stambułu, Baku spłynęły krwią i nie była to metafora, krew Ormian ulicami płynęła w sensie dosłownym. Młodzi Turcy, marzący o utworzeniu jednolitego tureckojęzycznego imperium turańskiego, postanowili zlikwidować odrębnych religią i kulturą Ormian. Zabić i zapomnieć. Na końcu reportażu umieściłam cytat z orędzia Adolfa Hitlera wydającego rozkaz ataku na Polskę w 1939 roku: „Nasza siła bierze się z naszej szybkości i brutalności. Czyngis-chan prowadził miliony kobiet i dzieci na rzeź z premedytacją i lekkim sercem. Jednak historia pokazuje go jako wielkiego twórcę państwa [...]. A zatem [...] wydałem rozkaz zabicia bez litości wszystkich mężczyzn, kobiet i dzieci polskiej rasy i języka. Tylko w ten sposób zyskamy przestrzeń życiową, której nam trzeba. Kto dziś mówi o eksterminacji Ormian?".

Pisałam nocami, jakbym się wstydziła dnia. Stawiałam na szafce obok łóżka butelkę wina i małe kawałeczki koziego sera, jadłam powoli, ale pisałam szybko, w obawie, że opuści mnie wena, której obecności doświadczyłam pierwszy chyba raz w życiu. Myślałam o Eduardzie, o tym małym kłamstwie, które przerobiłam na prawdę. Piszę reportaże, może książkę napiszę o tym wszystkim, co tutaj śpi lub drzemie, co krzyczy i nie gaśnie. Jak opowiem ten smutek w oczach Ormian, który w nich się kołysze od setek lat?

Artiom dzwonił do mnie codziennie, by sprawdzić, jak sobie radzę. Nie rozumiał, w jakim celu błąkam się po nieciekawych, zwyczajnych terenach, gdzie nic mnie ani nie zachwyci, ani nie zainteresuje. Co tam może być warte poznania?

– Wszystko – odparłam. – Nawet sobie nie wyobrażasz, ile się dzieje w takich niezaznaczonych na mapie miejscach.

Szłam do przystanku pod kinem „Rosja", skąd autobus miał mnie zawieźć w okolice domu. Dochodziła szósta, zmęczenie przyszło wcześniej niż poprzedniego dnia. Otumaniona upałem, wracałam do swojego klimatyzowanego mieszkanka na wieczorną butelkę wina. Zanim tam dotrę, napierający rozgrzany tłum wyciśnie ze mnie resztkę sił. Był to pierwszy kryzys, jaki przechodziłam z powodu piekielnych temperatur, trzymających Erywań w uścisku od tygodnia. Zdawało mi się, że serce zatłucze moją klatkę piersiową, posiniaczy od wewnątrz, zmasakruje tym nierytmicznym łomotem. Obiecałam sobie przez następnych parę dni wychodzić dopiero po zachodzie słońca. W tylu innych miejscach mogli sobie Ormianie ustanowić stolicę, dlaczego wybrali taką patelnię rozgrzewającą się latem do stu stopni, regularnie zasypywaną piaskiem zdmuchiwanym z okolicznych gór? Może ten „hutniczy" skwar to chichot przodków wojujących w starożytnej twierdzy Erebuni, która kiedyś stała na tym miejscu. Buldożery wyłupały resztki prastarych kamieni, żeby zrobić miejsce na nowe marzenie o wielkiej stolicy i wprowadzić przestrzenny ład. Pociłam się, z trudem łapiąc oddech.

Artiom prowadził ze mną długą rozmowę. Codziennie miał mi coś nowego do zakomunikowania.

– Tak sobie pomyślałem... w sobotę będę miał trochę czasu, może cię oprowadzę po mieście? – zaproponował.

– Nie rób sobie kłopotu, radzę sobie coraz lepiej. Dużo piszę... – sapałam, z wysiłkiem pokonując lawinę schodów podziemnego przejścia.

– Gdzie teraz jesteś? Chyba nie chodziłaś dziś po mieście w ten najgorszy upał? Dzisiaj było 39 stopni!

– Nie chodziłam – skłamałam. – Wyszłam tylko po zakupy...

– Przecież słyszę zgiełk! Jesteś w centrum...

– Tak, ale wracam i chyba wezmę taksówkę... Nie ma już tlenu, przestaję oddychać... – powiedziałam, machając na nadjeżdżającą wołgę. Kierowca nie zatrzymał się.

– W sobotę mam czas, jakbyś chciała – Artiom ponowił propozycję. – Samochodem możemy się wybrać na przykład w okolicę Halidzoru... pokazałbym ci Szatański Most. No i rzekę Worotan... tam gdzie schodzi pod ziemię... Weźmiemy jedzenie i zrobimy sobie piknik, co ty na to?

Nabrałam więcej powietrza, ale nie poczułam się lepiej, zdawało mi się, że mam ściśnięte płuca, że coś tam w środku związało się na supeł. W torebce miałam odrobinę wody w butelce. Ciepłej, lekko gazowanej.

– To niedaleko, przyjechałbym po ciebie, jak się wyśpisz, tak koło jedenastej? Tam jest naprawdę ładnie... – mówił, niezrażony, że przez dłuższą chwilę się nie odzywałam.

Czułam, że nie dojdę do przystanku. Zatrzymałam się i usiadłam na murku przed sklepem. Młody chłopak, widząc mnie, wyskoczył ochoczo i zachęcał do wejścia. Obiecywał podkoszulki – „oryginał" Lacosta i Armani po najlepszych cenach w mieście. Grzecznie odmówiłam, pokazując na migi, że boli mnie głowa i mam dość. Dał mi spokój po drugiej próbie.

– Siedzisz w mieście już tyle czasu, trzeba się ruszyć, inaczej co będziesz pisać? Tylko o Erywaniu? – Artiom nie ustawał. – Albo w niedzielę... ma się trochę ochłodzić...

– Dziękuję ci bardzo, zastanowię się. Czy to Eduard wyznaczył cię na mojego stałego opiekuna? – zapytałam.

– Eduard? – zdziwił się. – Nie, Eduarda nie ma. Poleciał z żoną do Ameryki, do Los Angeles, teściów odwiedzić. Wzięli dzieci i polecieli.

Zapatrzyłam się na plakat przyczepiony na stalowej konstrukcji słupa. Na czerwonym tle, w języku ormiańskim reklamowano otwarcie wystawy malarskiej. Co mnie tak zdziwiło? Żonaty Eduard czy Eduard z wrzeszczącymi dziećmi, wiszący nad oceanem w drodze do tekturowego domku teściów, spłowiałego od kalifornijskiego słońca? Mógł mi powiedzieć, że jest żonaty, zanim mnie rozebrał, zanim się dobrał do tych najbardziej intymnych części ciała. Ukąszenie węża, krótkie, bolesne, jad zazdrości przedostał się do krwioobiegu i zaczął krążyć, roznosząc skondensowaną gorycz.

– Ach tak... – Nic innego nie przyszło mi do głowy. – Trochę źle się czuję... porozmawiamy jutro.

Pożegnałam się szybko, Artiom nie zdążył nic powiedzieć. Sprzedawca wyszedł ponownie ze swojego maleńkiego sklepu i przyniósł mi wodę w plastikowym kubku. Była cudownie zimna. Wypiłam i poprosiłam o więcej. Zniknął w środku, po chwili pojawił się z dwoma kubkami. Patrzył, jak piję, uśmiechał się. Udawałam, że nie mówię po rosyjsku, żeby nie rozgadał się zbytnio, chciał się porozumieć z turystką, wstawiając angielskie słowa, pojawiło się kilka niemieckich zwrotów. Nie namawiał mnie na kupno ubrań, chciał pomóc, pytał, co mi jest, może lekarza?

– Taxi. Please... – wycharczałam, dramatycznie wzdychając.

Po kilku minutach jechałam już na swoją górkę. Pod domem czekał Artiom.

– Tak czułem, że coś ci jest... – powiedział triumfalnie. – Głos miałaś zmieniony. Co się stało? Chodź...

Pomógł mi wyjść z taksówki, odebrał resztę od kierowcy i poszliśmy do mieszkania. Jak tylko otworzyłam drzwi i weszłam w przyjemny chłód, natychmiast poczułam się lepiej. Artiom zabrał ode mnie aparat i torbę, poszedł prosto do kuchni parzyć kawę. Kawa według niego miała właściwości lecznicze, każde złe samopoczucie była w stanie przegonić. Ponarzekał na moją beztroskę, skomentował „dziwną bladość i siność", wciąż proponując odpoczynek za miastem. Nie słyszałam, gdzie znów chce mnie wieźć, zamknęłam się w łazience. Długo stałam pod prysznicem, strumienie zimnej wody rozpryskiwały mi się na czubku głowy. Przełykałam ślinę i modliłam się, czego nie robiłam już bardzo, bardzo dawno, żeby ta dzisiejsza niemoc przeszła, żebym mogła jeszcze raz coś przeżyć z Eduardem, żeby się błyskawicznie wymazała informacja o jego żonie, małych dzieciach i kiedy znów się spotkamy, będziemy w tym samym punkcie co przed dwoma tygodniami. Wolni, spragnieni kochankowie. Nie chciałam nigdzie jechać z Artiomem, chciałam czekać na powrót Eduarda, wykłócając się z sumieniem o jeszcze jeden raz.

Leżałam bez ruchu, ubrana tylko w biały podkoszulek i gimnastyczne szorty. Artiom usiadł na krawędzi łóżka. Pochylił się nade mną.

– Upał mnie wykończył – powiedziałam. – Zmęczona jestem, to wszystko...

– Nie dziwię się. Jak ktoś nieprzyzwyczajony, to może paść. Dziś było 39 stopni, jutro ma być 40, tak ostrzegają. Nie wychodź z domu, jak nie musisz. Wodę masz? Jedzenie masz?

– Jedzenie? Głodu w ogóle nie czuję. Nawet pić mi się nie chce.

Poszedł do kuchni, sprawdzić zawartość lodówki. Półki mojej lodówki, czy tu, czy w Polsce, wyglądały podobnie: wielkie ilości serów, koktajlowe słodkie pomidory, cytryny i wino. Artiom nalał wody do korytek i wstawił je do zamrażalnika. Zmył brudne talerze, przetarł kieliszki, wyciągnął śmieci z kubła, zawiązał mocno worek i poszedł wyrzucić do pojemnika na zewnątrz. Słyszałam, jak rozmawia z rosyjskimi lokatorami, rozśmiesza ich, podniesionymi głosami narzekali na upał i na topiący się asfalt na drogach. Artiom, w ciemnych dżinsach i elastycznym, przylegającym ciasno do ciała podkoszulku, straszył ich, że będzie jeszcze cieplej.

Kiedy wrócił, zastał mnie w tej samej pozie. Nie wypiłam kawy, co go zdenerwowało. Ostentacyjnie zabrał filiżankę i zmiótł niewidzialne okruchy z blatu. Kręcił się po pokoju, niezdecydowany, gdzie usiąść.

Wrócił na krawędź łóżka.

– Źle wyglądasz, Helena... może to udar?

Nie podnosząc głowy, dałam znak, że przesadza. Nie wiedziałam, jak się go pozbyć, chciałam pobyć sama, żeby wolno i leniwie przypominać sobie Eduarda. Właśnie o nim chciałam myśleć, wygnieciona i zduszona przez upał. Spotkanie go to była największa przyjemność ostatnich miesięcy, może lat. Zamknęłam oczy, żeby widzieć siebie i jego tak, jak zastała nas tamta noc, na głodzie. Oddawanie po kawałku swojego wrażliwego na dotyk terytorium, oczekiwanie na dotyk w miejsca najbardziej potrzebujące, gotowe zareagować nawet na przelotną pieszczotę. Eduard mi to dał.

Zapewniłam siebie, że z żoną nie układa mu się od dawna. Pozwoliłam mu jednak kochać dzieci.

– Dużo myślałem o twojej misji... – Artiom mówił do moich zamkniętych powiek. – Takie jeżdżenie na oślep zupełnie nie ma sensu. Trzeba szukać ludzi, do których twoja mama tu przyjechała. Masz jakieś informacje? Konkrety? Nazwiska, daty, adresy?

Nie otwierałam oczu. Eduard zgasł, uleciały obrazy, Artiom zadawał pytania i sam na nie odpowiadał.

– Naprawdę chcesz ją odnaleźć? Bo mnie się zdaje, że niezbyt. Nie widzę u ciebie determinacji... Piszesz książkę? Bardzo dobrze, ale sprawa poszukiwań nie rusza się wcale... A gdyby tak wynająć prywatnego detektywa? Chyba że koszty za wielkie...

Milczałam. Nie miałam siły, żeby mu wytłumaczyć, jak skomplikowana jest ta sprawa, w której ledwie zamoczyłam stopę, natychmiast przeraziłam się wartkiego prądu i tego, gdzie mnie może porwać. Spotkanie córki Mariny poszarpało mnie od środka, przez kilka nocy Ludmiła przychodziła do mnie, pokazując na czole ślad po kuli, która zabiła jej matkę. Młoda, ładna kobieta strzelająca za pieniądze do żołnierzy kraju, w którym chciała zamieszkać, w moich wyobrażeniach o tamtych czasach ciągnęła ze sobą na wojnę moją matkę, Annę Benc. Zaczynałam wierzyć w tę nieprawdopodobną wersję jej zniknięcia, że zginęła na wojnie o Górski Karabach. Pochowana bezimiennie w górach, nie przeszła do żadnej historii, ani po tej, ani po tamtej stronie, jakby w ogóle nie żyła. Jej koleżanka Marina miała więcej szczęścia, wróciła w trumnie do domu, blisko tych, którzy ją pamiętali, mieli jej zdjęcia w albumach, znali dzień urodzin i dzień, gdy padła martwa, kiedy ktoś szybszy od niej, sprytniejszy, dokładnie wycelował i strzelił. To by tłumaczyło, dlaczego tak nagle zamilkła, nawet do swojej siostry, jedynej sprzymierzeńczyni w tym szaleństwie ucieczki z kochankiem do Armenii, nie napisała słowa więcej.

Artiom przyniósł z lodówki piwo. Chciał mnie poczęstować, ale odmówiłam.

– Tak jak prosiłaś, nikomu nie mówiłem o poszukiwaniach, może to błąd? Na przykład Eduard... – Upił spory łyk prosto z butelki. – Mógłby pomóc, gdybyś mu powiedziała. Jego rodzina to bogacze, największy producent papierosów, hotele, apartamentowce, fabryka metalu... W naszym kraju albo się nie ma nic, albo ma się wszystko. Rodzina Tumanyanów ma prawie wszystko. Pewnie, że Eduard nie jest najbliżej fortuny wuja, ale jak trzeba, to może uruchomić kontakty. Zaprzyjaźniliście się przecież... na pewno ci pomoże... Wraca za tydzień, porozmawiaj z nim. Jego żona pracuje dla jakiejś amerykańskiej fundacji, superkobieta, też ma swoje kontakty. Raz-dwa by znaleźli jakiś ślad.

Podniosłam się na łokciu i mocno złapałam Artioma za rękę.

– Ty mi obiecaj... Obiecaj mi, że nie piśniesz Eduardowi słowa na mój temat. Nic! Rozumiesz? Nic!

Przestraszyłam go, moje paznokcie wbiły mu się w skórę, chwilę trwało, zanim zwolniłam uścisk. Pożałowałam tego wybuchu. Zła byłam na żonę Eduarda i na ich dzieci, z pewnością piękne po ojcu i smukłe po matce, nie na Artioma. Zazdrosna byłam o poukładane życie dwojga ludzi, którym niczego nie zabraknie, bo zadbali o to wszyscy członkowie dalszej i bliższej rodziny, pielęgnując dwa piękne kwiaty. Byłam przy nich spróchniałym drzewem stojącym na środku pustego zaoranego pola.

– Obiecuję – powiedział. – Tylko już się tak nie rzucaj... Naprawdę źle wyglądasz...

– Przepraszam.

Po jego wyjściu pogasiłam światła i nastawiłam klimatyzator na jeszcze niższą temperaturę. Noc skończyła się dziwnym snem, dotykiem kobiecej dłoni na moim czole.

A

&bo&

Umówiłam się z Wiktorem w Warszawie. W nocy spadł deszcz, wsiadając do taksówki w drodze na lotnisko, zmoczyłam buty, zabrudziłam nogawki spodni, zamierzona sportowa elegancja jeszcze przed rozpoczęciem podróży zaczęła wyglądać kiepsko. Nie zależało mi na wrażeniu, jakie zrobię, ale też nie chciałam, aby Wiktora przeraził widok kobiety, którą kiedyś brał do łóżka i na której ramieniu wypłakiwał frustracje skrywane przed światem. Lata... lata zrobiły porządki w naszych sumieniach i pamięci, zapanował ład, przygasły światła, bez wielkiego wysiłku można było się oszukać co do prawdziwości zdarzeń sprzed trzech dekad. Szłam na spotkanie podreperowana najmocniejszymi tabletkami uśmierzającymi ból, gotowa usiąść naprzeciwko szwagra i hardo spojrzeć mu w oczy.

Samolot z Rzeszowa wystartował punktualnie w czterdziestominutową podróż do Warszawy. Obserwowałam oddalające się połacie lasów, w środku których wyrżnięto place pod rzędy szeregówek i hangary produkcyjne. Otoczenie atrakcyjne na ziemi, z powietrza wyglądało na gospodarkę bezmyślną i rabunkową. Miasta zawsze rozrastały się kosztem przyrody, wygryzały dziury w hektarach dzikiej zieleni, pchały się na łąki i pagórki, ustawiając dwupiętrowe klocki kolorowych domów przykrytych czerwoną dachówką. Pozyskane i zagospodarowane tereny szybko oplatały niteczkami dróg, zwieńczając dzieło nowym kościołem, stacją benzynową i supermarketem. Ludzie przecież muszą gdzieś mieszkać, mniej ważne jest, czym będą oddychać. Jak napisał mój kolega po piórze: „Kiedy zetniemy już ostatnie drzewo na ziemi, to cienia będziemy szukać w dupie drwala"*.

Chciałabym to zdanie wyryć na tablicy oznajmiającej wjazd do miasta.

Lot do Warszawy spaskudziły dzieci. W kilku miejscach samolotu rozkrzykiwały się maluchy i starszaki, bezpośrednio za moimi plecami szalała para smarkaczy o płowych jak len włosach. Przez cały czas lotu na dwa głosy ryczeli melodie własnej kompozycji, trutu tutu tu, trutu tutu... Matka nic reagowała, zajęta grzebaniem w telefonie. Ludzie coraz częściej patrzyli w ekrany niż sobie w oczy, nadchodziły naprawdę dziwne czasy, komunikacji przez pisanie. Mówienie zanikało. Wrzeszczące dzieci też za parę lat zamilkną i będą już tylko esemesować, tweetować i instagramować. Nie udało mi się skupić nad treścią artykułu w gazecie, słuchałam buczenia śmigieł i odgłosów spłukiwanej co minutę toalety. Nie przygotowałam sobie tego, co powiem Wiktorowi, pewna, że to on nada ton naszej rozmowie. Wśród polityków nie ma ludzi nieśmiałych i spolegliwych, same wilki i węże; mój szwagier był przywódcą stada, a przynajmniej takim się ogłosił.

Taksówka zabrała mnie na Ochotę do biur wydawnictwa, gdzie miałam spotkać się z wydawcą. Raz do roku składałam im wizytę, nie aby negocjować korzystniejsze warunki umowy, ale żeby przypomnieć dziewczynom, że wciąż żyję i piszę. Drukowali moje powieści od kilku lat, jedne kończyły bieg po 10 tysiącach sprzedanych egzemplarzy, inne rozchodziły się w naprawdę imponującym nakładzie. Romantyczna saga rodzinna *Nasze matki* zbliżyła się do magicznej liczby 100 tysięcy. Ale to było pięć lat temu... Wena twórcza zaczęła opuszczać mnie powoli, na raty, szykowałam się

---

* Aforyzm Sławomira Kuligowskiego.

na dzień, kiedy zostanie po niej tylko puste krzesło. Prędzej czy później trzeba będzie zadecydować, czy warto pisać dalej mechaniczne składanki zdań, aby przedstawić żywoty ludzkie i sytuacje międzyludzkie, które nic już z rzeczywistością ani moim pragnieniem opowiedzenia o nich nie miały wspólnego. Przestać pisać nagle, z dnia na dzień, czy rozłożyć sobie to pożegnanie na miesiące? Najnowszą książkę miałam oddać do akceptacji we wrześniu, szykowali premierę w najdroższym miesiącu roku – grudniu, co oznaczało, że jeszcze wciąż we mnie wierzą, nadal z sympatią i szacunkiem głaszczą moje stare czoło. Nie czułam już żadnego podniecenia związanego z wydaniem kolejnej powieści obyczajowej. Ich lot był żałośnie krótki. Chwila premiery, kilka wywiadów, recenzji, spotkań w bibliotekach i śmierć. Miesiąc, najwyżej trzy, tyle żyła nowa książka, zanim dobiła ją inna premiera innego autora. Kilkaset najwierniejszych czytelniczek czekało na nowość, ale ich sympatia i entuzjazm też szybko odlatywały w innym kierunku, ku kolejnej książce reklamowanej przez wydawnictwo jako absolutna rewelacja, wielkie wydarzenie literackie. To przypominało raczej sztafetę, i to na bardzo krótkim dystansie.

Kierowca taksówki nie przestawał mówić, narzekał na drugą linię metra, że za krótka, na tęczę z placu Zbawiciela, że prowokująca i szkaradna, ogólnie na jeden wielki burdel w mieście.

– Ale im pasuje ten bałagan, w bałaganie łatwiej się robi przekręty... Rozumie pani, o co chodzi?

Kiwałam tylko głową, nie chciałam zaczynać rozmowy, oszczędzałam siły na spotkanie z Wiktorem.

Na Warszawę patrzyłam niezmiennie tym samym niechętnym wzrokiem – jak na pannę młodą, która bez welonu i bez cnoty przyszła pod kościół. Pomiędzy brzydkimi blokami i apartamentami tylko z nazwy błyszczały bryły nowoczesnych biur, banków, opisane złotymi literami, ozdobione neonem, szkłem, szlabanem... W sąsiedztwie Pałacu Kultury wyrósł wielki biały cyklop pochylony nad ulicą, jakby chciał na nią splunąć. Nie wyobrażałam sobie pracy ośmiogodzinnej w budynku z nieotwieralnymi oknami. Brak radości w architekturze doskonale pasował do ściśniętych zarozumialstwem twarzy mieszkańców stolicy, uważających się za elitę kraju. Według nich, poza Warszawą nic ważnego czy interesującego się nie działo, za rogatkami miasta kończyło się prawdziwe życie. W okolicach centrum wyrastały z asfaltu dziwne wypierdki ze szkła i metalu, niezespojone ze sobą żadną estetyczną myślą projektancką. Wyglądało to tak, jakby ktoś budował, co chce i gdzie chce, jeśli tylko pozyska odpowiednie pozwolenia. W Rzeszowie nie było lepiej. Sporo dziwolągów postawiono między blokami i willami, wyszarpując ludziom tereny, które kiedyś były ich ogródkami, wolną przestrzenią. Dość eleganckie budynki uniwersyteckich wydziałów prawa i administracji przytłaczała pobudowana obok czerwona, ni to okręt, ni arka, budowla przeznaczona dla snobów Rzeszowa mających życzenie mieszkać przy drodze ze szczątkowym widokiem na zamek. Jadąc ulicą Kopisto, odwracałam wzrok zniesmaczona. Warszawę unowocześniano podobnie, zbytek rozkraczał się nad skromnymi, pamiętającymi trud odbudowy stolicy, budynkami, których albo nie pozwalano wyburzyć, albo – jak Dworca Centralnego – nie było za co zmodernizować. Warszawa... nie przywoziłam tu gości, pokazywałam mój kraj cudzoziemcom, wożąc ich do Krakowa lub Wrocławia i oczywiście w Bieszczady. Wiktor zapytał mnie przed laty, czy nie chciałabym mieszkać w wielkim mieście, w Warszawie, gdzie wszystko jest na wyciągnięcie dłoni, teatry, sklepy, restauracje, widoki... Gdybym chciała mieszkać w wielkim mieście, zamieszkałabym w Londynie lub Paryżu, tak mu wtedy odpowiedziałam.

W wydawnictwie spędziłam dwie godziny, kawą popijając rozmowę o chwiejącym się rynku książki, kryzysie i durnocie Polaków, których nijak do czytania zachęcić się nie udaje. Wszystkie akcje: „Czytanie jest sexy" czy „Nie czytasz, nie idę z tobą do łóżka" – spełzły na niczym. Polak nadal siedział przed telewizorem, a jeśli brał już jakiś papier do ręki, to był to przeważnie papier toaletowy.

– Nawet lecąc do was, pełnym samolotem, nie zauważyłam ani jednej osoby z książką w ręku... Ludzie patrzą się bezmyślnie w instrukcję ewakuacyjną przyklejoną na siedzeniu przed nimi, gapią się w pięć obrazków samolotu i dłubią w nosie, bo nie mają zasięgu w telefonach komórkowych. Po co ja piszę? Dla kogo? Śmiały się moje panie z Wydawnictwa, kiedy to mówiłam.

Coraz więcej zaczynało mi uchodzić na sucho, kolejny dowód na zbliżającą się starość, której nadejście ja dopiero przeczuwałam, inni już przy mnie wiedzieli.

Na ulicę Mazowiecką, gdzie w restauracji „Kuźnia Smaku" Wiktor wyznaczył nam spotkanie, pojechałam taksówką. Nie czułam ciekawości, często widywałam Wiktora w telewizji, zdążyłam się przyzwyczaić do zmian zachodzących na jego twarzy, we włosach i w posturze.

Ostatnia nasza neutralna, a nawet nieco ckliwa rozmowa odbyła się w dniu jego ślubu z Anią. Wszystkie następne były przeprowadzone w stanie wojny, zaczynały się od zaczepki, kończyły na zbieraniu ofiar z pola bitwy. Kiedyś kochankowie, potem zadeklarowani wrogowie, zwykła kolejność uczuć.

Ślub Ani z Wiktorem był jednym z dziwniejszych wydarzeń, w jakich uczestniczyłam. Przed ołtarzem stanęła niezakochana para, ona w bladoróżowej sukience spiętej różyczką pod biustem, on w granatowym garniturze, przyduszony drobno cętkowaną muszką. Tylko raz spojrzał żonie w oczy podczas przedłużającej się chwili zakładania obrączki na palec. Ten palec stawiał jawny opór, tak to zapamiętałam. Pomyślałam nawet, że Wiktor zaraz zemdleje, szarpnięciem poluzował muszkę, zrobił się biały na twarzy, zaczął nerwowo mrugać, podbródek drgał mu dziwnie. Podczas mszy miłosiernie patrzył w witraże kościoła, jakby się chciał przez nie wydostać i odlecieć z tego miejsca przysiąg. Ania bez przerwy wygładzała suknię na brzuchu, z nadzieją, że goście nie zauważą jej odmiennego stanu. Zauważyli i plotkowali, zamiast się modlić, uroczyście do nieba słać prośby o udane życie dla młodej pary. Według powtarzanych na ucho informacji, którymi wszyscy siedzący w tylnych ławach raczyli się jak weselnym tortem, „Anka odbiła Albinie narzeczonego i od razu zaszła w ciążę! No i co ta

Albina teraz ma zrobić? Po pysku ciężarnej siostry lać nie będzie! Kto to widział?! Biedny ten Solecki, nie dość, że schorowany i przedwcześnie owdowiały, to jeszcze z córkami musi się użerać. W jednej rodzinie tyle klęsk, aż nie do uwierzenia... Gdyby matka żyła, toby się tak nie zachowywały". Potem nas ci sami rozgadani goście serdecznie wyściskali na schodach kościoła i pognali jeść nasz bigos i pić naszą wódkę.

Przyjęcie Ani i Wiktora odbyło się w domu weselnym „Nasz Gaj" na terenie ogródków działkowych, na świeżym powietrzu pod gwiazdami, blisko pól uginających się pod naporem jesieni. Wybraliśmy niezbyt eleganckie miejsce, ale niepozbawione uroku, szczególnie dla osób, które nie przykładają wielkiej wagi do detali. Wydawałam siostrę za mąż z bardzo skromnym budżetem, nawet ojcu nie przedstawiając wszystkich rachunków. Ukrywałam przed nimi litanię wydatków, skreślałam niepotrzebne zbytki, stawiałam kropki tam, gdzie powinny być przecinki, aby tylko „jakoś to wyglądało". Wyprawiałam przyjęcie, na jakie nie było nas stać, dla ludzi, których ani lubiłam, ani szanowałam, z góry wiedząc, że i tak poniosą nas na złych językach przez miasto. Musiałam tak zrobić, żeby choć spróbować wywietrzyć ten smród, jaki się kisił wokół Ani, Wiktora i mnie. Trzeba było rodzinie, znajomym oraz sąsiadom pokazać, że między siostrami nie ma żalu, żadnej zadry czy konfliktu. Zgodne i kochające, wesele miało wyjaśnić sprawę, choć, dopiero dziś to wiem, ludzie i tak wiedzą swoje, nie zejdą ze ścieżki nieprawdy, choćby prowadziła do samego piekła.

Przyszli małżonkowie przyjechali z Lublina dwa dni przed ślubem. Obserwowałam ich ciekawsko, podglądałam z ukrycia, jak się ze sobą obchodzą, kto czego unika, a do czego dąży, ale nie wiem, czego szukałam w ich zachowaniu, może potwierdzenia, że Wiktor jednak bardziej pasuje do mojej siostry niż do mnie? Chciałam, żeby tak było. Wiktor, skrępowany obecnością ćwierkających radośnie sióstr, przygaszony widokiem naszych, domowych miejsc, które wizytował tym razem jako narzeczony młodszej Soleckiej, szybko uciekł do swych rodziców na tarnowską wieś.

Tato nie zdążył go wziąć na poważną męską rozmowę, jak sobie obiecywał. Ledwie wniósł bagaże do pokoju Ani, a już się żegnał ogólnikowo, cmoknął narzeczoną w powietrzu i uciekł, wymawiając się tradycją, która nakazuje, aby pan młody nie widział pani młodej w sukni ślubnej przed ceremonią. Tato pokuśtykał za nim do bramki, obserwowałyśmy zza firanki, jak nieudolnie próbuje coś ważnego powiedzieć prosto w oczy przyszłemu zięciowi. Wiktor oganiał się od niego jak od natrętnej muchy, raz po raz zerkając na zegarek. Zachowywał się tak, jakby nam wszystkim robił łaskę swoim wstąpieniem do rodziny. Nie wiem, o czym myślała Ania, patrząc na ten udawany pośpiech i zniecierpliwienie Wiktora, gdy tato usiłował przeprowadzić z nim tę swoją męską rozmowę, do której się kilka dni przygotowywał, ja nabierałam pewności, że nie pojawi się jutro na ślubie.

Myliłam się. Wiktor pod kościół zajechał punktualnie w asyście starszych państwa Benc. Wysypali się z białego poloneza i z obrażonymi minami przeszli dalej, nie witając się z nikim. Podejrzliwie patrzyli zarówno na mnie, jak i na moją siostrę, widzieli w nas zdesperowane panny bez posagu polujące na tych samych kawalerów. Nie udało się starszej, młodsza skuteczniej zastawiła sidła. Ich syn, po miesiącach internowania, tak był skołowany i wyjałowiony uczuciowo, że byle dziewucha mogła zdobyć jego serce, nie musiała być śliczna siostra Ania, mimo że studentka medycyny, z domu niedotkniętego nałogami, zdrowa, praktykująca katoliczka, nie zyskała sympatii teściów. Przez nawę prowadziła ją chłodna akceptacja, westchnienie, które, gdyby przełożyć je na słowa, brzmiałoby: trudno, stało się. Kiedy romansowałam z Wiktorem, widziałam Benców tylko raz, nie śpieszyliśmy się do siebie, teraz, niejako za karę, musieli przyjąć do rodziny obie panny Soleckie. Lekceważyli też naszego ojca, przejętego poważnego wdowca, któremu udało się dobrze wychować córki mimo wszelkich przeciwności losu. Podpierał się laską niezbyt sprawnie, co drugi krok, przekonany, że wtedy jego utykanie mniej zwróci uwagę. Było odwrotnie. Śmiesznie odświętny w starym garniturze, który pamiętał smutne i radosne wydarzenia z jego życia, szedł wolno, wysoko zadzierając głowę. Rozpierała go duma.

Bencowie rok po ślubie Ani i Wiktora wyjechali na stałe do Ameryki i tam poumierali na przedmieściach Chicago. Wiktor nie sprowadził ich prochów do Polski.

Nie przejmowałam się obecnością wrogo nastawionych Benców, fruwałam między gośćmi, nadskakując im, przymilając się, pełniąc honory gospodyni. Po śmierci matki najstarsza córka przejęła jej rolę, w nikim nie wzbudzało to podziwu czy wylewnej aprobaty, jeśli w ogóle doczekałam się reakcji, to tylko złośliwych komentarzy, po tym jak obie wyprowadziłyśmy się z domu, zostawiając ojca samego na gospodarce. Nie była to wielka gospodarka, hektar lasu i trochę sadu owocowego. Czułam się dobrze i pewnie, dyrygując przyjęciem weselnym Ani. Data mojego ślubu wprawdzie stanęła pod znakiem zapytania, ale byłam zaręczona i wszyscy o tym wiedzieli.

Wiktor przysiągł Ani przed ślubem, że rzuci papierosy dla dobra dziecka. Nie wiem, czy wytrwał tydzień, czy miesiąc, co innego mówił, co innego robił, jak na polityka przystało. Zobaczyłam najpierw pomarańczowy żar, niczym tajemniczy świecący owad przecinał ciemność prostą linią, potem zgarbioną sylwetkę w rozpiętej marynarce i białej zmiętej koszuli. Wiktor ukrył się w ogołoconych z owoców krzewach malin po przeciwnej stronie ścieżki. Niewidzialny, mógł bezkarnie obserwować tańczących pod dachem gości, śledzić ich wyjścia i wejścia, pocałunki za rogiem i szarpaninę podpitych mężów z trzeźwymi żonami. Cały ten cyrk Wiktora nie dotyczył, wystarczyło mi spojrzeć na niego. Przeszkodziłam mu w zadumie, ale udawał, że cieszy się z tego przypadkowego spotkania. Od dnia swego wyjazdu do Lublina nie stworzył ani jednej okazji, żeby ze mną porozmawiać o dziwnej historii naszego związku. Wyjechał z Rzeszowa, zaczepił się zawodowo i emocjonalnie w Lublinie, jakby to była uzgodniona i zaakceptowana przez nas oboje strategia. A przecież to on zadecydował o naszych losach, nawet końca miłości nie ogłosił, zrzucił cargo byle gdzie przy drodze i poszedł dalej. Teraz musiał wrócić na własny ślub i spojrzeć mi w oczy, kiedy podawałam mu rękę siostry. Ze wszystkich infantylnych, romantycznych historii, jakie potem napisałam, ta, mimo że wydarzyła się naprawdę, była najmniej wiarygodna.

Paląc, patrzyliśmy na słabo oświetlony parkiet taneczny. Ania, wciąż w ślubnej sukience, tańczyła w kółeczku kilku koleżanek. Dziewczyny śmiały się, wyginały na wszystkie strony, ich ramiona napędzały wiatr nad głowami. Obsługujący wesele od strony muzycznej, wieczny student, organizator dyskotek w „Dedalu", puszczał same tegoroczne przeboje, nie zważając na wiek tańczących. Z charczących głośników leciał refren hitu zespołu Lady Pank: *Mogłaś być już na dnie, a nie byłaś, nigdy nie dowiesz się, co straciłaś... Mogłaś moją być, kryzysową narzeczoną...*

– No i kto by pomyślał... dwa śluby z rzędu... – Wiktor powiedział to z westchnieniem.

– Nie wiem, czy nie będziemy zmuszeni naszego ślubu odwołać – powiedziałam, usiłując odwrócić uwagę od słów piosenki. – Ale my nie urządzamy wielkiego wesela, tak że zmiana daty nie będzie problemem. Przepiszemy się w urzędzie na inny termin...

– Fatalnie się złożyło... Ten twój dziś na pogrzebie ojca? – zapytał. Przytaknęłam.

„Ten mój", przyszły mąż, nazwany przez Wiktora „esbekiem", na imię miał Leon. Wiadomość o śmierci jego ojca dostaliśmy w czwartek. Zadzwoniła siostra, poinformowała o dacie pogrzebu i odłożyła słuchawkę. Rodzina chciała pochować go w sobotę, nikt nie zawracał sobie głowy kolidującymi datami. Przecież nie będą trupa trzymać w domu do poniedziałku tylko dlatego, że moja siostra wychodzi za mąż. Przyszły teść umarł nagle, tak jak się powinno umierać, zamiast leżeć miesiącami z rakiem w płucach. Leon nie miał dobrych stosunków z ojcem, stary nie wybaczył mu, że porzucił gospodarkę i wyjechał do miasta, żeby się uczyć. Osiem klas w rodzinie Leona było wystarczającym zapleczem edukacyjnym, wszystko, co wyżej, wzbudzało niechęć. Ulubionym powiedzeniem ojca Leona było: „Komu to potrzebne...?". Kiedy Leon szkolił się na zawodowego żołnierza w Mińsku Mazowieckim, w Ośrodku

Szkolenia Wojskowej Służby Wewnętrznej, w koszarach byłego 7 Pułku Ułanów Lubelskich, nie odwiedzał rodziców, mimo że mieszkali zaledwie 40 kilometrów od jego jednostki. Twierdził, że człowiek nie powinien się pchać tam, gdzie go nie chcą. Potajemnie pisywał listy do matki, choć dobrze wiedział, że ma „problemy z oczami" i czytanie sprawia jej spory kłopot. Podejrzewałam, że jest analfabetką, ale nigdy głośno nie wyartykułowałam swojej teorii. Nigdy też nie poznałam Anieli Kwiatek, zobaczyłam ją dopiero w trumnie, w maju 1995 roku. Wtedy poznałam kilku członków rodziny Leona, w tym jego pazerną siostrę Baśkę, która już w drodze na cmentarz ostrzegła nas oboje, żebyśmy się nie ważyli tknąć ojcowizny. Nic nie dostaniemy, bo nic nam się nie należy. Ona opiekowała się rodzicami do końca i teraz sobie odbierze zapłatę za te wszystkie lata harówki i obowiązków przy schorowanej matce. Jeśli Leon chce – dodała, siląc się na wspaniałomyślność – może sobie zabrać ojcową brzytwę i matczyny medalik. Na pamiątkę. Zaraz po stypie wsiedliśmy do samochodu i pojechaliśmy do Warszawy. Baśka wyszła przed dom, kiedy Leon wycofywał samochód spod bramy. Kazała mu otworzyć bagażnik i wrzuciła do samochodu reklamówkę, a w niej kilka pęt kiełbasy i dwa słoiki smalcu. Uznał, że są kwita. Całą drogę do miasta zastanawiał się, kiedy dokładnie znielubili się z siostrą? Na rogatkach Warszawy doszedł do wniosku, że w kołysce.

Leon wcześnie rano pojechał z Rzeszowa do Warszawy okazją, stamtąd miał zabrać go kuzyn i zawieźć na mazowiecką wieś. Oboje byliśmy trochę wkurzeni na starego, że umarł właśnie w ten czwartek. Na nic nie chorował, nagłość jego zgonu zaskoczyła podwójnie. Leon w garniturze zakupionym na ślub Ani i Wiktora pojechał na pogrzeb. Nie spodziewałam się, że wróci tego samego dnia i było mi bardzo przykro.

Wiktor martwił się na zapas.
– Jeśli będziecie przekładać ślub, to na kiedy? Ja muszę wiedzieć dużo wcześniej, żebym się mógł wyrwać... – Podkreślał ważność

swoich spraw przy każdej okazji. Nie zależało mi zupełnie na jego obecności podczas cywilnej ceremonii, chciałam tylko pochwalić się Leonem, którego Wiktor jeszcze nie poznał. Mieliśmy zarezerwowaną datę w Urzędzie Stanu Cywilnego na czwartek 29 grudnia. Przed wyjazdem Leona na pogrzeb nie zdążyliśmy porozmawiać, co w praktyce oznacza śmierć ojca pana młodego na trzy miesiące przed ślubem. Wypada się żenić? Co ludzie powiedzą?

– Nie wiem – odparłam. – Będziemy decydować, jak wróci.

– Słyszałem, że ten twój to łebski facet... inżynier podobno... w wojsku karierę robi. – Wiktor dmuchał w ciemność. – Anka jest nim zachwycona...

– Dobrze słyszałeś. Skończył zaocznie Politechnikę, Wydział Mechaniczny – potwierdziłam. – Pracuje w WSW na Dąbrowskiego, w jednostce.

Wiktor zamilkł. Znałam jego największy kompleks, brak „mgr" przed nazwiskiem. Ania kończyła medycynę, ja byłam magistrem chemii, a teraz w rodzinę wkraczał Leon, który miał dyplom Politechniki Rzeszowskiej. Między nami Wiktor Benc czuł się niedowartościowany.

– Za mundurem panny sznurem... – mruknął. Rozejrzał się dookoła i usiadł na brzegu fosy na pustaku wyznaczającym granicę działki. Przykucnęłam obok niego. Szyfonowa, czerwona jak krew sukienka rozłożyła się na trawie wokół mnie.

– Nie zaprzeczam... – powiedziałam lekko. – Znamy się krótko, ale intensywnie...

Wiktor pokiwał głową, wyobrażając sobie sprośne rzeczy, jakie na tę intensywność mogły się składać. Chciałam, żeby tak myślał, żeby się dowiedział o tym elektryzującym połączeniu dwóch ciał, żeby poczuł moją rozbudzoną i rozpędzoną przez Leona seksualność. Nie szukałam naboi, aby się mścić za porzucenie, ale sprawiło mi przyjemność sugerowanie, że nie wychodzimy z łóżka. Wulkan, prawdziwa lawa wypływała spomiędzy moich i jego nóg. Mam teraz to, czego on, Wiktor, mi nigdy nie dał.

– Mam nadzieję, Albina, szczerze ci to mówię, że będziecie szczęśliwi. Tego ci życzę... – powiedział, nagle zmieniając ton. – Czasami nie mogę uwierzyć w to wszystko, co się stało... – Zaciągnął się tak mocno, że kawałek żaru z papierosa spadł mu na czubek buta.

– Ja tym bardziej...

– Jak trzymali mnie w więzieniu, planowałem przeżyć życie z tobą, tylko dzięki tym wizjom nie zwariowałem. Widziałem cię na jawie, przychodziłaś do mnie w chwilach najgorszej samotności, wyciągałaś z dołka i prowadziłaś do raju. Ten raj wyobrażałem sobie jako dom dla nas, dla naszych dzieci. Wiesz... – Złapał mnie za rękę. Nie wyszarpałam jej. – Chciałem mieć z tobą syna.

Nie zdobyłam się na wiele, pozwoliłam mu ściskać swoją dłoń. Pocałował ją i położył sobie na kolanie.

– Może będziesz miał syna?

– Ania twierdzi, że to będzie dziewczynka. Damy jej na imię Helena, po waszej mamie – odparł.

– Mama w niebie będzie się cieszyć – zaśmiałam się, ale żadnej wesołości w tej rozmowie nie było. – Helena to bardzo ładne imię. A mówi to ktoś, komu matka Helena dała na chrzcie Albina...

Wiktor odwrócił głowę i spojrzał na mnie.

– Albina... Nie była mi pisana. Dlaczego ja wtedy pojechałem za twoją siostrą? Dlaczego zostawiłem cię z tym całym bałaganem i martwą Kazimierą za ścianą? Naprawdę tak się baliśmy?

– Ty się bałeś – sprostowałam.

– Możliwe – odparł szybko. – Po roku odsiadki człowiek ma strach pod skórą, nerwy na wierzchu. To była taka nierealna noc... – zrobił pauzę. – Zmieniła wszystko. Trzy życia...

– Widocznie tak miało być – zareagowałam banałem, który zawsze dobrze się sprawdzał w takich sytuacjach. – Oznacza to, że jesteśmy bezsilni w rękach przypadku. Robi z nami, co chce.

– Tak... Wciąż mnie to przeraża... jak mało kart mamy w rękach...

– Ale te, co mamy, trzeba dobrze rozłożyć... No, Wiktor... głowa do góry...

Chciałam się napić wódki i zjeść bigosu, którego zapach do nas przywędrował, ale Wiktor nie podnosił się, czułam, że lepiej mu na mokrej trawie niż pod dachem między tańczącymi gośćmi. Myślał o kolejnej ucieczce? Długo mówił o niczym, sprytnie pilnując, aby nie zdradzić, co naprawdę się w jego sercu przewraca. Zdawało mi się, że ma pretensję do Boga, że posadził go na tej trawie w ciemnościach i kazał patrzeć na kliszę filmu, jaki dopiero się zaczyna, a dla niego właśnie w tym dniu kończy. Całą winę za swoją wielką nieszczęśliwość w dniu ślubu przelał na siłę wyższą. Wygodniej i bezpieczniej jest tak rozumować w chwili załamania, palcem oskarżenia wskazać inny kierunek. Nie umiałam go rozgryźć, chodziło mu o coś więcej niż tylko o brak miłości do ciężarnej żony. Sprawy sercowe leżały u niego pod stertą innych, ważniejszych, bliższych mu, wartych poświęcenia i walki, więc nie mógł się aż tak zadręczać faktem bezmiłosnego związku. Więc co?

Palił i patrzył przed siebie. Moja dłoń dawno już spadła z jego kolana. Miałam dość tej sceny, ścierpnięte kolana strzeliły lekko, gdy się podnosiłam. Wiktor nie ruszył się z z miejsca, spojrzał na mnie zdziwiony, że przerywam taki podniosły moment. W marnym świetle zimnego księżyca nic nie zobaczył, ani mnie, do której się modlił w więzieniu, ani tego syna niepoczętego z nas dwojga. Gdybym wiedziała, ile wódki wcześniej wypił, mogłabym ocenić, jakim głosem przemawia przez niego ten żal.

– Wybaczyłaś mi? – zapytał, widząc, że szykuję się do odejścia. Nie byliśmy w teatrze, nie chciało mi się silić na dramatyczne oświadczenia naszpikowane pompatycznymi zdaniami wygłaszanymi na stojąco. Wiktor oparł głowę o moją nogę, dotknął sukienki i powtórzył pytanie. Chciał się pławić w tej podniosłej chwili, brodzić w swoim nieszczęściu, czynić ostateczne rozliczenia z przeszłością, której ja byłam małą cząstką. Poklepałam go po ramieniu.

– Nie wygłupiaj się... – powiedziałam. – Będę ci wdzięczna do końca życia... Po naszym rozstaniu poznałam Leona, największą miłość mojego życia... Za to nigdy nie przestanę dziękować Bogu... No i tobie...

Odczekałam kilka sekund, aż do niego dotrze sens moich słów, i poszłam sobie.

Anię znalazłam na zapleczu sali weselnej. Przebierała się w skromniejszą i luźniejszą sukienkę z długim rękawem. Ostrożnie, żeby nie zburzyć fryzury, przełożyła głowę przez otwór dekoltu. Spod halki wystawał jej mały brzuszek, szybko przykryła go materiałem. Odwróciła się ode mnie nieco zawstydzona.

– Nie widziałaś Wiktora? – zapytała, rozmasowując spuchnięte kostki. Schyliłam się, aby jej pomóc zapiąć sprzączkę przy butach, już na niskim obcasie.

– Nie. Pewnie gdzieś się kręci pomiędzy gośćmi – skłamałam.

– Jeszcze ze mną nie zatańczył – powiedziała bez pretensji, bardziej aby usprawiedliwić jego nieobecność. – Myślisz, że ludzie dobrze się bawią? Jedzenia trochę mało... Widziałam ciotkę Wiktora, jak pakowała kiełbasę do torebki. Zawinęła w serwetkę i schowała pod stołem. Przyuważyłam ją.

– Złodziejskie nasienie... – syknęłam.

Podniosłam się z kolan i usiadłam obok siostry na odwróconej skrzyni, przed chwilą pełnej butelek oranżady. Różowa ślubna suknia wisiała teraz na drzwiach, pusta w środku, zużyta, zwiędnięta róża chciała się odczepić od maleńkiej agrafki. Ania wypięła z włosów drugi kwiat i założyła mi za ucho.

– Nie będzie rzucania bukietu, w takim razie... proszę... jesteś następna w kolejce do zamążpójścia.

– Jeszcze nie wiadomo, czy ślub dojdzie do skutku – westchnęłam. – Nie wiem, czy powinniśmy w czas żałoby się pobierać? Chociaż... to tylko skromny obiad w restauracji dla najbliższych, bez tańców, bez różańców...

– Nie chciałaś mieć wielkiego wesela? – Ania wstała, aby poprawić szew na pończosze. – Czy bardziej chodzi o pieniądze? Moje wesele zeżarło twój posag? Ojciec się wykosztował, poszły na mnie wszystkie kartki żywnościowe, cały weselny przydział, no i prawdopodobnie sprzedał dolary, które miał schowane w parasolu...

– Skąd wiesz o dolarach w parasolu? – zdziwiłam się. – Ojciec mi zdradził tę tajemnicę, kiedy wróciliśmy z pogrzebu mamy. Chciał, abym poczuła się mniej osierocona, te dolary miały to sprawić, dodać nam otuchy na ten czas, jaki przed nami. Ty byłaś za mała, żeby ci ocierać łzy studolarowymi banknotami.

– Wiedziałam od jakiegoś czasu o istnieniu skarbu, nawet zajrzałam do tego parasola, który wisiał na strychu, ale tam nie było żadnych dolarów... Dopiero jak zdałam na studia, ojciec zaczął je rozmieniać, jednak nie ukrywał ich już w parasolu... – śmiała się. – Tylko w starym kapeluszu, a kapelusz leżał na widoku, na szafie... ale sprytnie...

– Dobrze nimi dysponował – powiedziałam.

Ojciec otworzył drzwi z impetem. Skrzywił się, kiedy zobaczył swoje córki skulone przy skrzyniach. Miał na sobie zbyt obszerny brązowy garnitur z wielkimi klapami i żółtą koszulę przewiązaną brązowym, pasiastym krawatem. Nie dał się namówić na zakup nowego garnituru, ten, dobry na wszystkie okazje, mimo że fatalnie skrojony, pasował mu najbardziej. Kołnierzyk żółtej koszuli był lekko przetarty, kupno nowej nie wchodziło w grę. Za duży wydatek. Tato lubił rozsiewać wokół naszej trójki pozory skrajnej biedy. Wdowcowi nie wypadało być ani zadowolonym, ani zamożnym, ludzkim współczuciem karmił się od lat.

Wszedł do środka, rozejrzał się, jakby szukał jeszcze kogoś ukrytego za regałem.

– Gdzie jest Wiktor? Wódki brakuje. Kto to ma donosić gościom, ja? Gdzie jest drużba?

Zakręcił się wokół własnej osi. Podniósł laskę i wykonał nią piruet.

– Wiktor bawi gości, a Zygmunt śpi w twoim samochodzie. Zatruł się – odparłam.

Ojciec nie uwierzył.

– Spił się, a nie zatruł!

Ania ściągnęła różową sukienkę z wieszaka i po namyśle zaczęła ją składać. Zapakowałyśmy kreację do czarnej reklamówki z napisem

Wrangler. Dostawałyśmy te reklamówki od koleżanki Ani, ekspedientki w Peweksie na ulicy Lenina, a przechadzanie się po mieście z czarną reklamówką w dłoni to był uliczny szyk. Wrzuciłam do niej różę. Tato patrzył na nas w milczeniu, niezdecydowany, czy huczeć dalej, czy złagodnieć. Wyprostował się nagle.

– Dziewczyny... – zwrócił się do mnie – goście tam siedzą przy pustych stołach, barszcz trzeba grzać! Ciotka Walerka rozsiadła się i wódkę pije, jakby gościem honorowym była... Przecież miała pomagać w kuchni! Wracajcie na salę, jak to wygląda! Wiktora też nie mogę znaleźć. Czyje to jest wesele? Moje?!

– Już idziemy... – Wyciągnęłam do niego rękę. Pokręcił głową i wyszedł.

Nie domknął drzwi, dając nam do zrozumienia, że mamy iść za nim. Ania oparła się i ciałem pchnęła je lekko od środka, zamknęły się. Popatrzyłyśmy na siebie ze smutkiem.

– Myślisz, że byłoby inaczej, gdyby mama żyła? – zapytała, gładząc się po brzuchu. Złota ślubna obrączka zatrzymała się na pępku. Czteromiesięczna Helena zaczynała kopać. Ania stała w lekkim rozkroku, czekała, aż dziecko się uspokoi. Nigdy nie rozmawiałyśmy o mamie, wciąż jeszcze złe na nią, że się tak szybko poddała chorobie. Miałyśmy też moc pretensji do Miłosiernego Pana, do którego kazano nam się modlić po diagnozie. Zapowiadana poprawa stanu zdrowia nie nadeszła, pochowałyśmy mamę po trzech miesiącach leczenia. Chudą, ograbioną z kobiecości, obcą w godzinie śmierci.

– Pomogę ci przy dziecku, licz na mnie. – Podeszłam do siostry. – Musisz skończyć studia, to najważniejsze... We wszystkim pomogę, finansowo również, jeśli by się okazało, że dolarów z parasola zabraknie... Przede wszystkim masz do mnie przychodzić z problemami, ja zawsze znajdę rozwiązanie...

Ania wyprostowała się i poprawiła mankiety przy rękawie sukienki.

– Jesteś najlepszą siostrą w tej galaktyce – powiedziała. Wzięła moją dłoń, trzymała w taki sam sposób, jak wcześniej Wiktor, i również pocałowała moje zgięte palce. Przyłożyła ją sobie do zarumienionej twarzy.

– Nie przesadzajmy... – obruszyłam się.

– Jesteś, jesteś... Ale muszę ci to powiedzieć... – zawahała się. – Bez względu na to, jak to dzisiaj wygląda, jaki jest stan rzeczy, żałuję, że wtedy przyszłam do waszego mieszkania, że spóźniłam się na ostatni autobus i zamiast do ojca, poszłam do was.

Stałyśmy naprzeciw siebie w śmierdzącym pomieszczeniu bez okien, składzie potrzebnych i niepotrzebnych sprzętów. Prowizorycznie zaaranżowana kuchnia oddzielona była od sali głównej cienką ścianą, przez którą z łatwością przechodziły dźwięki. Wilgoć biła od posadzki, zapach czosnku mieszał się zapachem piwnicznym, wszystko kleiło się od brudu.

– Nie wiem, czy rozumiem, co do mnie mówisz... – skłamałam.

– Wiesz, wiesz... – Ania odsunęła się o kilka kroków.

– Całkiem go nie kochasz? – zapytałam zdziwiona, że mi takie pytanie przeszło przez gardło.

– Ani on mnie – odpowiedziała.

– Za mało się znacie... – mówiłam szybko, przekonywająco, jak tylko starsza siostra potrafi. – Urodzi się dziecko, zamieszkacie razem, kto wie, jakie uczucie was ogarnie w godzinę rodzicielstwa? Z tego zaskoczenia, w jakim utknęłaś, wyciągnie cię dzidziuś, nie będzie czasu na rozterki. Wiktor pewnie okaże się dobrym ojcem... Nie martw się na zapas.

– Nie martwię się... tylko mi tak strasznie żal... – głos Ani załamał się jak kra na rzece, wyraźnie usłyszałam pęknięcie. Zaczęła mrugać powiekami, przechyliła głowę, otwierała szeroko oczy, patrząc w górę, łzy i tak przelały się bokiem. Podeszłam do niej bliżej.

– Aniu... czego ci żal? – Odgarnęłam kosmyk włosów z jej czoła. – Jesteś młodziutka, normalne, że się trochę boisz...

– Mogłam usunąć.

Odruchowo spojrzałyśmy w stronę drzwi. Pozostawały zamknięte.

– Próbowałam usunąć. Spóźnił mi się okres... Wpadłam w panikę, nie... w rozpacz wpadłam! Wzięłam środki, ale nie zadziałały. Końska dawka poszła i nic. Chciałam pozbyć się dziecka, a ono okazało się silniejsze ode mnie i głupiej farmakologii. Musi strasznie chcieć żyć... skoro przeżyło zamach własnej matki. Będę zawsze pamiętać i katować się tym, nawet w jego, czy jej osiemnaste urodziny pomyślę o tym, jak żarłam tabletki, żeby wypłynęło z krwią. Moje dziecko w rzece krwi... Takie będziemy mieć relacje, ja i moje dziecko. To już się stało.

– Nie mów takich rzeczy... Jezus Maria... – jęknęłam przerażona.

Podeszła do lady, na której pod ściereczkami leżały blachy ciast, odskubała kawałek kruszonki i rozgniotła ją pomiędzy palcami. Kilka okruchów spadło na klejącą się od brudu podłogę.

– Nie chciałam dziecka z Wiktorem, Wiktora nie chciałam, ale tamta noc miała... kilka odsłon... Wypiliśmy sporo, zaczęło się od piwa, potem poszła wódka i opowiadanie o internowaniu, opozycji, ludziach bohaterach, prześladowaniach, protestach, strzelaniu do robotników... Nie miałam pojęcia, że taka Polska istnieje, nie interesowała mnie taka Polska. Będę lekarzem, droga lekarza jest prosta i cele oczywiste od samego początku, a Wiktor reprezentuje inny świat, tkwi w samym środku wydarzeń, jakie może zapoczątkują obalanie systemu... I on w to mocno wierzy...

– Co on ci naopowiadał?!

– Ty chyba wiesz najlepiej, czym on się zajmuje?

Wtedy nie wiedziałam jeszcze, w jakich okolicznościach został internowany 13 grudnia, więc nie mogłam głośno wyśmiać bohatera gawędziarza, który toruje sobie drogę do łóżka dziewczyny przebrany w cudzą skórę.

– Czym cię uwiódł? – zapytałam, niegotowa przyznać przed siostrą, czym Wiktor uwiódł mnie. Może gdybyśmy się wcześniej wysiliły na trochę więcej szczerości, udałoby się wyhamować ten pociąg, zanim dotrze do stacji, której nie ma na mapie.

Ania machnęła ręką, nieważne. Dawno już spłynął po niej czar rzucony przez żołnierza wolności Wiktora Benca. Stała w kałuży,

tyle zostało z ich magicznej nocy. No i oczywiście dziecko, roz-
pychające skórę brzucha. Przepraszała mnie, a ja bez wahania te
przeprosiny przyjęłam.

– Jeden raz, Albina... jeden, beznadziejny raz...

– Dobra... nie kończ – przerwałam jej.

– Byłam dziewicą. Beznadziejny, pierwszy raz...

Zrobiło mi się zimno. Na czerwoną sukienkę miałam zarzuconą
kurtkę, zacisnęłam na piersiach ortalion podszyty wełnianą podpinką. Ania w beżowej sukience z długim rękawem nie wyglądała
już na pannę młodą, ale to nie w stroju zaszła największa zmiana.
Na jej twarzy pojawiły się nieznajome grymasy, jakby od środka
ktoś nakłuwał jej skórę. Zastanawiałam się przez dłuższą chwilę,
co powiedzieć. Czekała, patrząc na mnie tym nowym, nieoswojo-
nym wzrokiem.

– Gdybyś naprawdę chciała usunąć ciążę, tobyś usunęła. Nie
zrobiłaś skrobanki...

– Poszłam na lekarza i nazmyślałam, że mam znów zapalenie
pęcherza, problemy z sikaniem... poprosiłam o biseptol, powiedziałam, że mi zawsze pomaga w takich sytuacjach. Wypisał receptę
bez problemu. Pognałam z tą receptą do apteki, ale... – roześmiała
się nagle. – Biseptol im się skończył! Podstawowy lek w leczeniu
zapaleń! Wkurzyłam się strasznie, nawymyślałam pani magister
w aptece na Krakowskim Przedmieściu przez dziurę w szybie, nie
chciałam stamtąd wyjść, w końcu zagroziła mi milicją... Po tej
awanturze nie poszłam do innej apteki, bałam się, że mnie ktoś
widział i rozpoznał, zaraz cały mój sekret się wyleje na miasto.
Jasne, że nie ma nic podejrzanego w wykupywaniu biseptolu na
receptę, ale... na złodzieju czapka gore. Nie wiem, czy wiesz, że
ludzie wożą biseptol do Rumunii i Bułgarii, i sprzedają tam jako
środek antykoncepcyjny?

Nie wiedziałam. Ania mówiła coraz szybciej, wypluwała z siebie
słowa, żeby pozbyć się tej goryczy, jaka zbierała się od kilku miesięcy.

– Moi koledzy z roku handlują biseptolem za granicą... Postanowiłam spróbować... w desperacji, ja, studentka czwartego roku

medycyny. Obłęd! Wracając autobusem do akademika na Chodźki, poczułam, że dostałam okres... Wysiadłam na następnym przystanku, w bramie ściągnęłam majtki, zobaczyłam troszkę rdzawej krwi, stwierdziłam z ulgą, jakiej dotąd nie znałam, że nie jestem w ciąży. Usiadłam na cemencie i płakałam ze szczęścia. Jeszcze trzy tygodnie, wyłącznie w mojej głowie, nie byłam w ciąży. Potem zaczęły się zmiany, czułam, że jednak jestem... przyszły mdłości... Albina... Ja wtedy zjadłam opakowanie biseptolu w dwa dni, 480 mg w tabletce...

– Anka... – Podniosłam dłoń do ust.

Oparła się o krawędź stołu i położyła obie ręce na maleńkim brzuszku. Chroniła swoje dziecko przed tymi słowami, wyglądało to tak, jakby maleńkiej Helence chciała zatkać uszy. Oddychała w trudem. Podeszłam bliżej do siostry.

– To już nie ma znaczenia. Urodzisz zdrowe, piękne dziecko i będziesz je kochać nad życie. I nigdy, przenigdy, nie wyskoczysz już z taką spowiedzią jak tutaj! Obiecaj mi to...

– Ale co ja powiem mojemu dziecku?! Jak mam go przywitać na świecie, skoro wcześniej chciałam się go pozbyć? Zabić...

– Przestań! – Podniosłam głos. – Taka szczerość nawet przy spowiedzi nie jest wskazana. Po co o tym mówić? To są święte tajemnice, kurwa, święte! Rozumiesz?!

Skuliła się. Nie wiem, gdzie doprowadziłaby nas ta rozmowa, gdyby nie nagłe wejście Leona Kwiatka. Ania nagle przeniosła wzrok na drzwi za moimi plecami, uśmiechnęła się radośnie.

Leon szedł do mnie z wyciągniętymi rękami. Elegancki, w szarym garniturze i niebieskiej koszuli, rozpromieniony zakochaniem i tęsknotą. Tuliłam się do niego, głaskałam go po twarzy, jakby był żołnierzem powracającym z niewoli po wielu latach niewidzenia. Wyratował nas obie i choć nie mogłam mu o tym powiedzieć wprost, dziękowałam. Zaskoczony, odwzajemnił moją serdeczność, nie kryjąc, jak bardzo się cieszy. Nie byłam już starą panną, miałam swojego chłopa, który po trzech randkach się oświadczył, załatwił wszystkie formalności i pierwszy raz w życiu nie musiałam się o nic martwić. Odtąd będę zza jego pleców wyglądać na świat i gdyby coś złego szło w moją stronę, on mnie obroni, każdego węża przetnie na pół, każdego smoka rozpłata. Mogła mi Ania zazdrościć tej miłości, tak bardzo, jak ja zazdrościłam jej życia, które w niej biło malutkim sercem. Nie miało nic wspólnego z Wiktorem.

Leon przywitał się z Anią, złożył jej życzenia, przeprosił za brak kwiatów.

Nie było łatwo dotrzeć z Mińska Mazowieckiego do Rzeszowa w pięć godzin, Leonowi się udało, widocznie bardzo tego pragnął. Wiktor wszedł między nas z głośnym śmiechem i pohukiwaniem, żeby natychmiast iść wypić karniaka. Śmierdział wódką i kapustą. Nie miał na sobie marynarki, w połowie rozpiętej niechlujnie koszuli zwisał błyszczący krawat. Leon, wysoki, smukły, obejmujący mnie silnym ramieniem, patrzył na Wiktora jak na nędzne ludzkie zjawisko. Gardził nim za to, co zrobił Ani, ale najbardziej uwierało go to, że sam przyszedł do mojego łóżka po nim.

– Kolego... ale wyczyn... nie spodziewaliśmy się, że dotrzesz. Prawda, Albina?

Zamiast odpowiadać, przytuliłam się mocniej do swojego narzeczonego. Leon pocałował mnie w czubek głowy.

– To jest moja królowa jaśminowa... – powiedział z uśmiechem. Ania też się uśmiechnęła, tylko Wiktor pozostał kwaśny.

– Idziemy się napić, zanim wódki braknie... – Pociągnął żonę za rękę. – Ty, kochanie, napijesz się kompotu...

Ania delikatnie wysunęła dłoń z uścisku. Poprosiłam Leona, żeby wziął skrzynkę wódki, już ostatnią, i porozstawiał butelki na stołach. Pan młody nie dbał o gości, a jego drużba leżał bez przytomności na tylnym siedzeniu auta mojego taty. Przeszliśmy na salę, gdzie przy prawie pustych stołach biesiadowali niezadowoleni goście.

– Zrobiłeś mi najmilszą niespodziankę – szepnęłam Leonowi do ucha, łasząc się i przyciskając ciałem do jego ramienia. Usiedliśmy na końcu stołu. Nalał nam po kieliszku żytniej. Wypił jednym haustem i pocałował mnie w usta.

– Jak mógłbym nie zdążyć? Przecież wiem, jakie to dla ciebie ważne. – Wybierał z półmiska resztki jarzynowej sałatki, przyniosłam mu ze stolika obok kawałek kiełbasy i kromkę chleba. Jadł powoli, raz po raz ściskając mnie za rękę. Jego dłoń powędrowała pod moją sukienkę. Od kolana, wyżej. – Pięknie wyglądasz... – Odłożył widelec i spojrzał na mnie tym swoim zmrużeniem oczu, które zapowiadało coś, na co czekałam otwarcie.

– Powinnaś zawsze ubierać się na czerwono. Ten kolor mnie podnieca...

– Ciszej... – szepnęłam, poprawiając dekolt. Zatrzymał tam wzrok. Uśmiechnął się do mnie naszym kodem, zrozumiałym tylko dla ludzi, którzy się pożądają. Bardzo chciałam mu się podobać. Wcześniej było we mnie mało kobiecości, od kilku miesięcy, odkąd pierwszy raz powiedział mi, że się zakochał, wszystko w środku zakwitło. Moje piersi stały się ciężkie, prawie mleczne, wargi zwiększyły masę, nawet mój pot zmienił zapach. Nie nadążałam za zmianami, jakie we mnie następowały, w ciągu kilku miesięcy stałam się inną kobietą, jakby w wyniku traumatycznego zdarzenia zmieniły się moja osobowość, gust i popęd seksualny. Leon dotknął mnie raz, zmiana miała przetrwać wiele lat.

Siedzieliśmy złączeni uściskiem, zapatrzeni, zainteresowani wyłącznie sobą, omawialiśmy nasze własne plany matrymonialne. Leon nie chciał przesuwać daty ślubu, 29 grudnia pozostał w mocy. Po północy poszliśmy zatańczyć, a kiedy poczułam się zmęczona, zaproponował, żebyśmy się wymknęli „po angielsku" i uciekli do jego mieszkania na Nowym Mieście. Wystarczyło przejść przez ulicę, spacerkiem dojść do pierwszego bloku, na siódmym piętrze czekały na nas dwa pokoje z kuchnią. Tam zaczęliśmy naszą przygodę seksualną, która trwała bardzo długo, nawet w czasach obopólnej niechęci, zdrad, odkrywania obrzydliwych tajemnic i obracania kłamstwem. Może bym nigdy nie poznała swojego ciała, gdybym trafiła na innego kochanka? Nie dowiedziałabym się, jaką siłę ma moment zaspokojenia, ile czułości można podarować, a ile dostać od mężczyzny, który swoje pragnienia stawia na drugim miejscu. Leon przyznał otwarcie, że zaczynał edukację seksualną w burdelu jako nastolatek. Przeraziło mnie to, ale też uwiodło. Kiedy mnie zaprosił do łóżka, kobietę trzydziestoletnią, zupełnie nierozbudzoną i pozamykaną, poleciałam z nim na księżyc! Wiktor był erotycznym partaczem, mogłam tylko siostrze współczuć, mając absolutną pewność, że nie zafunduje jej ani jednego orgazmu. Nawet jeśli coś przyjemnego zacznie, zatrzyma się w pół drogi, przegapi moment, pozwoli odpłynąć narastającej fali podniecenia, skoncentrowany na sobie, na swojej mecie.

Leon powiedział jakiś czas później, kiedy zobaczyliśmy Wiktora Benca w telewizji po raz pierwszy, że politycy to impotenci, nie można robić tych dwóch rzeczy naraz – dymać wyborców i kobiety.

Wiktor Benc przyszedł na spotkanie spóźniony. Ubrany w stylu pogrzebowej elegancji, na ciemno i sztywno, szedł do mnie środkiem sali po nieistniejącym czerwonym dywanie. Zapomniałam, jakiego był marnego wzrostu, w telewizji wyglądał na prężniejszego, może dlatego, że nie ustawiał się obok wysokich mężczyzn, jeśli nie musiał. Jak Putin kurdupel. Na powitanie podał mi rękę, miękką, zdechłą rybę. Moja starość go onieśmieliła, spodziewał się innej Albiny, postarzałej, ale nie aż tak zwiędniętej, kobiety z twarzą przedwcześnie poprzecinaną zmarszczkami jak Nizina Amazonki rzekami. Rzadko której kobiecie udaje się zatrzymać dobry wygląd po sześćdziesiątym roku życia, ja uschłam jak niepodlewany krzak pomidorów, zanim dobiłam pięćdziesiątki. Obarczałam za swój brzydki wygląd geny i nerwobóle, oba te zwierzęta pogryzały mnie od środka, ale prawda leżała gdzieś wyżej, w moim braku zainteresowania, aby być ładną i młodą. Nie było mi to do niczego potrzebne, szłam już z góry, mój wehikuł nabierał rozpędu i żadna siła nie mogła go zatrzymać. W moich książkach z coraz większym trudem opisywałam młodość i radość z niej płynącą, kobiety z szalonych i namiętnych stawały się przygarbionymi, zrzędzącymi matronami, których jedyną satysfakcją życiową było pouczanie innych przeplatane wytykaniem błędów.

Wiktor, tak jak się spodziewałam, wiedział już, że Helena pojechała do Armenii. Powstrzymał się przed zruganiem mnie za „dziwaczne" wyjaśnienia, jakie złożyłam na policji, mogłam zapytać wprost, skąd ma te informacje, wówczas musiałby przyznać, że ma te swoje nielegalne partyjne dojścia, w każdy protokół może wsadzić nos, jeśli mu zależy. Przy kieliszku białego wina rozmawialiśmy o niczym, aż do chwili, kiedy skończyła się płyta i trzeba było wyłożyć karty na stół. Każde z nas do tych negocjacji usiadło z czymś innym.

– Czego ode mnie oczekujesz? – zapytał.

Nie zwlekałam z odpowiedzią.

– Informacji o rodzinie tego chłopaka. Nazwiska, ostatni adres. Co wiesz, to mi powiedz.

– Kogo? Jakiego chłopaka? – Dotknął palcem kącika oka. Odruch idący w parze z wypowiadanym kłamstwem. Znałam to.

– Grega.

Helena siedziała w Erywaniu już miesiąc, niepewna, jechać czy zostać? Odpisałam, zgodnie z prawdą, że nie wiem, jakie nosił nazwisko mężczyzna, z którym wyjechała Ania, ale postaram się ze swoich starczych sił dowiedzieć czegoś istotnego, co pomogłoby jej w poszukiwaniach. Jeśli nadal tego chce. Przecież mogła zmienić zdanie. Poza tym nie byłam pewna, czy ona faktycznie szuka w Armenii swojej mamy, czy może samej siebie, bo to, że dziewczyna wyjeżdżała z Polski zupełnie pogubiona, zauważyłam od progu, gdy do mnie przyszła.

– Grega... – wypowiedział to imię z obrzydzeniem, wydymając usta. – Chyba nie oczekujesz, że mam jakieś miłe i wyraźne wspomnienia gnojka, który zabrał mi żonę?! Lata trwało, zanim się z tym pogodziłem, nie mam zamiaru do tego wracać.

Denerwował się, co sprawiło mi wielką przyjemność.

– To nie wracaj, ale swojej córce ulżyj... – ucięłam.

Wiktor zaczął bębnić palcami w blat stołu, potem zgniótł prawą pięść i trzymał ją obok kieliszka niczym młot gotowy do ciosu. Wciąż nosił ślubną obrączkę. Długo nic nie mówił, gotowała się w nim lawa złości pomieszanej z pogardą. Dziwiłam się, że to wszystko wciąż takie żywe w nim, świeże, jakby dotknęło go wczoraj. Odchyliłam się nieco na krześle, żeby mnie nie opluł, kiedy już zacznie szczekać.

– Mieliśmy małe dziecko... – zaczął dość cicho, prawie łagodnie. – Narodziny Helenki bardzo nas do siebie zbliżyły, na pewno Anka ci o tym wspomniała. Wystartowaliśmy we wspólne życie kompletnie nieprzygotowani do bycia we troje, czy we dwoje, ale to się zaczęło zmieniać, gdy Helenka przyszła na świat.

– Nie słyszałam o żadnej poprawie stosunków między wami... – Położyłam dłonie na białym obrusie. – I bardzo cię proszę, nie opowiadaj historii, których nie da się zweryfikować. Nie spotkałam się z tobą, żeby wspominać stare czasy.

Wiktor pochylił się w moją stronę. Na ramionach ciemnej marynarki śnieżyły się drobinki łupieżu.

– Ale ja ci i tak powiem. Kiedy wróciłem do Lublina z pogrzebu Popiełuszki, Anka powiedziała mi, że jest ze mnie dumna, z mojej postawy, odwagi, i że za to mnie kocha! To był nasz prawdziwy początek... Zrozumiała nareszcie, o co mi w życiu chodzi, co jest najważniejsze... Wtedy zgodziła się na przeprowadzkę do Warszawy. Bała się o mnie, wiedziała, jaką rolę odgrywam w opozycji. Wspierała... a czasy były parszywe, w każdej chwili mogli mnie aresztować, jak Michnika, Kuronia czy Lisa...

– Ale nie aresztowali... – przerwałam mu.

Kpina w moim głosie rozzłościła go na dobre. Poczerwieniał na twarzy.

– Tego, co zrobiłem dla kraju, żadna głupia starucha nie podważy.

– Wiktor... – zmieniłam ton, ignorując „głupią staruchę". – Ja się nie mam zamiaru kłócić o twoją kombatancką przeszłość ani o to, jak wam się z Anią układało, bo to dzisiaj jest nieważne z punku widzenia twojej córki. Proszę cię o pomoc w poszukiwaniu... Helenie należy się prawda.

– Prawda?! O czym? O kim?!

Mówił ściszonym głosem, co przychodziło mu z trudem, bo miał ochotę krzyczeć. Wycierał ślinę z kącików ust i warczał.

– Ty sobie nawet nie wyobrażasz, co mi zafundowała twoja siostra, zanim uciekła! Chodziła po nocach po mieszkaniu, jej kroki za ścianą ciągle mnie budziły, kopciła w kuchni, sterczała w oknie, jak jakaś Julia wypatrująca Romea. Nie pozwalała mi się dotknąć, ani w oczy zajrzeć, bokiem łaziła, żeby się przypadkiem ze mną w drzwiach nie spotkać. Siadałem przy niej, myślałem, że coś jej się w głowie dzieje, martwiłem się, że zwariowała. Nawet rozważałem, czyby jej do lekarza nie zabrać. Ale bym się skompromitował!

Uderzył otwartą dłonią w kant stołu. Zaśmiał się, ale zaraz potem spoważniał i znów wpatrywał się w moje oczy, jakby chciał dokręcić śrubę.

– Ja to wszystko rozumiem... nawet lepiej, niż myślisz... – zaczęłam.

– Gówno tam rozumiesz! – Wiktor nachylił się nad stołem. – Wykorzystała mnie! Wyżęła jak szmatę i rzuciła w kąt. I jedno ci jeszcze powiem... Wlazła mi do łóżka jak ostatni kurwiszon... choć nie było jeszcze wtedy jasne, czy ty i ja nie jesteśmy wciąż parą! Tak było! Porzuciła mnie i dziecko dla jakiegoś armeńskiego fagasa!

Buchnął. Odsunęłam się z krzesłem.

– Ormiańskiego – poprawiłam go. – Nie fagasa. Greg był lekarzem, tak jak ona.

– Doktory! – parsknął śmiechem. – To znaczy, lepsi?! Więcej im wolno?! Cudze żony, cudze życia, paszporty, dzieci... mogą sobie brać, jak luksusowe towary w supermarkecie... i wychodzić bez płacenia...

– To znaczy, że mieli wiele wspólnego – odparłam spokojnie. – Podczas kiedy wy... no, wiesz, woda i ogień...

– Niedobrze mi się robi, jak tego słucham. – powiedział, odwracając wzrok. Wypił do dna, odstawił kieliszek na brzeg stołu. Kelner natychmiast pojawił się z butelką i dolał mu. Poczekałam, aż zamoczy usta w winie.

– Wiktor... Minęło tyle lat...

– Doskonale wiem, ile lat minęło, nie musisz mi przypominać – warknął.

– Helenka jest w Erywaniu... pojechała szukać matki...

– Matki, która ją porzuciła! – Podniósł głos. Dwie głowy szeptające przy stoliku obok odwróciły się w naszą stronę. Zamarli, dziewczyna zmarszczyła czoło, poznała albo mnie, albo Wiktora, usiłowała sobie przypomnieć, skąd nas zna. Mężczyzna siedzący obok niej pierwszy odwrócił głowę. Wrócili do rozmowy.

– Nie porzuciła dziecka – powiedziałam ciszej. – Nie pozwoliłeś jej Helenki zabrać, więc szukała innego sposobu. Trzeba jej było pozwolić...

– Wywieźć dziecko do Armenii?! Chyba sobie ze mnie kpisz! – Oddychał głęboko, poluzował krawat. – Anka doskonale wiedziała, że nigdy, przenigdy nie pozwolę jej wywieźć dziecka z kraju. Uwierz mi, rozszarpałbym ich na kawałki, gdyby przyjechali do Polski po Helenę. Tchórze! Co to za matka, która wybiera kochanka i porzuca dziecko?! Ty nie jesteś matką, ale chyba możesz sobie wyobrazić taką stratę. Masz tę swoją pisarską wyobraźnię, więc ją uruchom.

– Nie wiem, co się stało z moją siostrą – przyznałam. Spłynęła na mnie jakaś dziwna gorycz i bezradność, zaciskający krtań żal, że muszę się płaszczyć przed Wiktorem, prowadzić z nim grę, przepychać się. Brzydził mnie, jego czerwone, grube palce na białym obrusie i siwa szczecina na kanciastej głowie.

– Ano właśnie! – buchnął zadowolony. – Taka to historia Anny Soleckiej! Nikt nie wie! Zniknęła. Gdyby umarła, dowiedziałbym się, więc zakładam, że żyje i ma się dobrze, chroniona przez diasporę w Los Angeles! Po jaką cholerę wysłałaś Helenę do Armenii?! Coś ty jej nagadała? Czym ją mamisz, kobieto?!

– Gdyby Ania żyła, wróciłaby po dziecko – stwierdziłam spokojnie.

– Jestem pewien, że żyje.

– Skąd wiesz, że wyjechali do Ameryki?

– Wiem – rzucił krótko.

Mężczyzna, którego znałam z telewizji, zatrzymał się obok naszego stolika i zdawkowo przywitał z Wiktorem. Nie zostałam przedstawiona, panowie szybko zakończyli rozmowę.

– Może powinniśmy się byli spotkać w bardziej dyskretnym miejscu – powiedziałam, kiedy tamten odszedł.

– Za pół godziny mam tu ważne spotkanie – burknął – zatem szybko przejdźmy do rzeczy.

– Przejdźmy. – Wyprostowałam się na krześle. – Ja nie napiszę o tobie książki, ty udzielisz mi informacji na wiadomy temat.

Wiktor przez chwilę patrzył w okno. Przeniósł na mnie wzrok, powolnym ruchem podniósł kieliszek do ust, wypił, dłoń wróciła na biały obrus. Szarość jego oczu była groźna. Czułam, jak pot spływa mi po plecach, bluzka przykleiła się do łopatek. Nie wiem, dlaczego wciąż się go bałam? Od tamtej nocy, kiedy wpadł do naszego mieszkania z hordą uzbrojonych mężczyzn gotowych wykonać każde jego polecenie, nie udało mi się przezwyciężyć tego lęku. Fizycznie się go bałam, tylko w rozmowie telefonicznej, na bezpieczną odległość, mogłam stawić mu czoła. Siedząc przy jego stoliku, była świadkiem, jak daleko w mojej i swojej wyobraźni Wiktor Benc posiadł na własność świat, który go otaczał. Mimo to brnęłam dalej.

– Miałabym do napisania parę ciekawostek z twojej przeszłości... Sądzę, że niejeden wydawca w Polsce chciałby to u siebie wydać.

– Chyba ci się, Albino, wybacz wulgarność, coś popierdoliło... Ja słyszałem, że na stare lata ludziom obsychają płaty czołowe... i kury od kurwy nie mogą odróżnić, ale nie sądziłem, że to tak szybko nadchodzi... Czym ty mnie straszysz? – Roześmiał się i wytarł usta serwetką. Złożył ją na kolanach. – Gdyby to nie było aż tak żałosne, uznałbym za zabawne...

Ból w udzie i kolanie nasilał się, organizm przywykł do środków uśmierzających, przestały skutkować, niosły ulgę na krótki czas, potem znów zaczynały się męczarnie. Podróże, nawet takie jedno-dniowe, wymęczały mnie jak maraton. Wypiłam resztkę wody z pękatego kieliszka.

– Wiem, w jakich okolicznościach zostałeś aresztowany 13 grudnia – powiedziałam ponad stołem, jakbym się zwracała do kogoś, kto stoi za nim. – Zostałeś aresztowany za zwykłą pijacką awanturę... Trafiłeś do aresztu przez pomyłkę... pomyłka jakiegoś milicjanta sprawiła, że uznano cię za działacza Solidarności... Ciebie... aktywistę ZSMP...

– Co ty bredzisz... – Parsknął śmiechem.

– Przez pomyłkę wrzucili cię do wora z działaczami Solidarności, przesiedziałeś kilka miesięcy naprawdę za niewinność... – Uśmiechnęłam się współczująco. – Wyszedłeś jako bohater i na tym bohaterstwie do dziś robisz karierę.

– Bzdury – warknął. – Ten twój esbek takich głupot ci nagadał?

– A gdybym ci powiedziała, że mam dowody? Nie udało ci się wszystkiego zniszczyć i stoi tam czarno na białym, że byłeś zarejestrowany jako TW... Mam te dokumenty w bankowym sejfie. Skoro masz widoki zostać marszałkiem Sejmu, to naród powinien wiedzieć, gdzie stałeś ty, a gdzie ZOMO...

Blefowałam z nadzieją, że mogło tak być. Uczepiłam się tej myśli, ale z minuty na minutę czułam topniejący lód pod nogami. Słyszałam, jak trzeszczy, rozglądałam się w poszukiwaniu czegoś, czego mogłabym się uchwycić w ostatniej chwili. Śmiał się ze mnie, kpił, sypiąc mi latami w oczy, jakby wiedział, że naprawdę czuję się stara i bezradna. Przejrzał tę moją kiepską grę, uszytą nićmi z waty. Triumfował, zapinając na wzdętym brzuchu marynarkę od włoskiego projektanta, jednocześnie odsłaniając nadgarstek z tykającym złotą wskazówką zegarkiem.

– Zostałem pozytywnie zlustrowany, chyba jesteś tego świadoma? Polityczni wrogowie mogą usiłować mnie niszczyć, ale to są ludzie dobrzy tylko w gryzieniu po kostkach. Od lat stanowię polityczną elitę Polski, ty przychodzisz na spotkanie z fałszywą teczką pod pachą i co? Myślisz, że się posram ze strachu? Że ktoś uwierzy w tę mistyfikację? Naprawdę jesteś tak głupia? Mam się przelęknąć bajdurzenia starej baby? A może ten twój esbek nawkładał ci do głowy durnych pomysłów? Słyszałem, że go pogoniłaś... Jedno mądre posunięcie. – Pstryknął w kierunku kelnera i wskazał palcem najpierw mnie, potem siebie. W powietrzu wykonał gest, jakby podpisywał rachunek.

– Zmarnowałaś mój czas. Powiem ci jeszcze jedno na pożegnanie. Mąż Heleny poleciał wczoraj do Erywania. Seweryn sprowadzi ją do domu, ona tam nie ma czego szukać. I nie wtrącaj się... Już raz ci udowodniłem, że nie masz ze mną szans. Żegnam.

Rzucił serwetkę na stół i odszedł. Patrzyłam, jak rozsiada się przy innym stoliku, powiewając połami marynarki. Pewny siebie, nonszalancki. Minutę później zza filara wyszło dwóch mężczyzn ubranych po sportowemu, Wiktor nie wstał, żeby się przywitać, podawał rękę, siedząc wygodnie. Już na mnie nie spojrzał. Powolutku podniosłam się z miejsca, rozprostowałam plecy, zapanowałam nad bólem w krzyżu bez grymasu. Stojąc, udawałam, że czegoś szukam w torebce, aby zrelaksować mięśnie zastygłe przez godzinne siedzenie na twardym krześle. Lekko kulejąc, poszłam zapłacić rachunek. Kelner wskazał głową stolik Wiktora i z uśmiechem poinformował mnie, że pan poseł już się tym zajął.

Taksówka zawiozła mnie na Okęcie, tym razem nie musiałam wysłuchać miejskich mądrości kierowcy, pochłoniętego rozmową przez telefon z jakimś panem Władysławem, z którym targował się o cenę kursu do Konstancina. Jeszcze mniej życzliwym okiem patrzyłam na Warszawę, brzydką dziewuchę z czworaków udającą pannę ze dworu. Jedyne, co mi się tutaj podobało, to Pałac Kultury. Pasował do tego warszawskiego nieba, nie grał żadnej komedii przed ludźmi, był sobą.

Ziemia oddalała się szybko, kwadraty stały się kwadracikami, ulice niteczkami, zieloność podzieliła się na większe płaty, pośrodku których stały samotne domostwa. Wody Wisły płynęły obok, w innym kierunku, szybko pociemniały w wieczornym świetle. Jednostajny pomruk śmigieł zakłócał ciszę. Mimo poczucia klęski, czasu spędzonego z Wiktorem nie uważałam za zmarnowany. Przeciwnie, poseł Wiktor Benc całkiem niechcący podsunął mi cudowny pomysł dużego kalibru. Musiałam tylko dogadać się ze swoją urażoną dumą i odnowić stosunki z mężem Leonem.

H

❧❧

Przez tydzień nie opuszczałam domu, w obawie, że Seweryn zajedzie mi drogę i siłą zmusi mnie do powrotu. Przychodziły mi do głowy przeróżne wersje tego naszego spotkania, widziałam go wysiadającego z taksówki, wyskakującego z krzaków, zaczepiającego mnie podczas oglądania pokazu fontann; biegł za mną, doganiał mnie i rozpoczynał kłótnię uliczną, której świadkami byli przechodnie ciekawi powodów takich publicznych rozliczeń. Wiadomość o jego przylocie do Erywania przygnębiła mnie. Ciotka Albina napisała, że informacja jest absolutnie pewna, choć nie zechciała wytłumaczyć, skąd pochodzi. Mam uważać na siebie i być czujną. To znaczy co? Siedzieć w domu przy zasuniętych roletach i udawać jeszcze bardziej zaginioną?

Z pewnością ojciec podpowiedział Sewerynowi, gdzie mnie szukać. Świat dla uciekinierów wcale nie jest taki wielki, zaledwie kilka ścieżek w dwóch, czasami trzech kierunkach. Ja również okazałam się przewidywalna. Sama myśl, że w tej chwili stąpamy po tej samej ziemi, irytowała mnie. Bardzo nie chciałam go widzieć, odpowiadać na pytania, słuchać jego argumentów, rozsądnego, podszytego troską o własny tyłek, kazania. Odzwyczaiłam się od Seweryna Ulińskiego jak od używania soli przy gotowaniu. Mimo kilku lat spędzonych razem, byliśmy osobnymi mechanizmami, on był na baterie, ja na korbkę. Czułam, że się nie spotkamy, coś mnie jednak w Armenii strzegło od nieszczęść.

Po nocy, przespanej krótkimi segmentami snu, postanowiłam narzucić sobie dyscyplinę w pisaniu. Po wojskowemu albo jak w korporacji, odtąd dotąd, bez mazgajenia, profesjonalnie, bez oczekiwania na wenę, lepszy nastrój czy napływ chłodniejszego powietrza. Jedząc śniadanie na stojąco, wyznaczyłam sobie również datę – od teraz. W pisaniu najważniejsze jest pisanie, z tego powinna do mnie płynąć siła i radość. Poświęcę się pisaniu, zapomnę o otaczającym świecie, a kiedy zechcę przedstawić miłość dwojga pięknych ludzi, wskrzeszę ze wszystkimi szczegółami spotkanie z Eduardem. Wszystko to mogę robić bez wychodzenia z domu i narażania się.

Na kawałeczku zacienionego ze wszystkich stron ogródka, pod figowcami rozłożyłam warsztat. Nie byłam widoczna z balkonów domu, nie rozpraszały mnie żadne widoki, otoczona zielenią, pochylona nad koślawym stołem, czytałam swój pierwszy tekst o Erywaniu. Z każdą linijką reportaż tracił, nieźle rozpoczęte opisy stolicy więdły po kilku zdaniach. W kilku miejscach balon został przebity, zanim zdążyłam go napompować. Całość po kolejnych przeróbkach wydała mi się niespójna, miejscami źle złożona, jakby to pisał uczeń liceum, dobierając słowa z listy wyrazów zalecanych przez nauczycielkę języka polskiego. Poprawność, sztywność, namioty lepszych określeń postawione na suchej trawie mdlącego przewidywalnością tekstu. Żadnego wzlotu, nisko nad ziemią sunęła opowieść o kraju, który wznosił się wysoko do nieba. Pocieszałam się myślą, że pierwszy szkic czegokolwiek jest zawsze do niczego i nawet jeśli w tej wersji jest to zimny trup, ja w niego tchnę życie. Najpierw poćwiartuję, potem nakarmię, na końcu zeszyję mocną nitką. Wykreślałam całe zdania, zastępując je nowymi. Zostawiałam nieliczne fragmenty, które wytrzymywały trzy pierwsze czytania rozłożone w czasie:

Pomiędzy wyspami zaniedbania i ubóstwa buduje się nowy Erywań. Fragmentami podobny do Dubaju, miejscami przypominający Jeruzalem, modernizowany przez prywatny pieniądz,

który stawia dźwigi na każdym wolnym lub zwolnionym przez
wyburzenie placu. Coraz więcej piaskowca, szkła i metalu,
restauracji, kawiarenek, rzeźb, drogich sklepów, do których godzina-
mi nikt nie wchodzi. Północna Aleja – diament na piasku biedy...

Przerabiałam te zdania kilka razy, wciąż niezadowolona z obrazu,
jaki maluję. Pomiędzy słowa, na pierwszy plan pchał się Seweryn
i krzyczał, żebym przestała się wygłupiać i wracała do domu! Nie
bądź jakąś pieprzoną Shirley Valentine!

Siedziałam na zbitej z kilku desek ławeczce przy długim roz-
łupanym stole. Starałam się nie ruszać zbyt gwałtownie, w obawie,
że ławka załamie się pod moim ciężarem. Z długopisem w ustach
czytałam zapisane podczas wędrówek ulicami miasta pojedyncze
zdania.

Erywań pachnie jak ogród. Przez lata nazbierało się tutaj
mnóstwo zapachów, mieszkańcy miasta i przyjezdni zostawili
kropelki potu na bruku, pomiędzy drzewami, w gorącu miasta
zgniecionego przez otaczające je góry. Piekielny upał stoi na
straży czerwcowego zwiedzania stolicy Armenii, po dwunastej
temperatura dojdzie do 38 stopni, trzeba będzie szukać schronienia
pod parasolami kawiarenek lub w klimatyzowanym sklepie
z biżuterią, tam zawsze panuje przyjemny chłód.

Upał opisywałam tak, jak go czułam.

Dziewczyna wyszła z domu frontowymi drzwiami. Schyliła
głowę, żeby mi się lepiej przyjrzeć, widok zasłaniały jej liście drzew.
Podniosłam rękę i pomachałam, niezbyt przyjaźnie, bardzo przelotnie, łudząc się, że nie podejdzie. Udawałam, że jestem całkowicie
pochłonięta pracą. Nie podnosiłam głowy znad kartki. Zastanawiała
się chwilę, zanim weszła na wąską, wyłożoną połamanymi płytami
chodnikowymi dróżkę.

– Dzień dobry... Ale gorąco... – zagadała. – Dopiero dziewiąta,
a już taki upał...

– Tak, zaraz trzeba się będzie ewakuować. Mam nadzieję skończyć artykuł, zanim przygrzeje...

– Ma się ochłodzić dopiero w środę...

Lokatorka z mieszkania na parterze miała na imię Natasza i była Rosjanką z Nowomoskowska w obwodzie tulskim. Oboje z mężem tam się urodzili i tam mieszkali, gnieżdżąc się na małym metrażu w obskurnym bloku. Rok temu przyszła intratna propozycja wyjazdu do Armenii, nie było się nad czym zastanawiać. Jej mąż, Bogumił Szymkowiak, rosyjski inżynier polskiego pochodzenia, nieco od niej starszy i znacznie mniej rozmowny, nigdy nie pojawiał się w ogrodzie. Jeśli go w ogóle widywałam, to tylko wcześnie rano, kiedy wolnym krokiem szedł do samochodu zaparkowanego przed bramą. Obserwowałam zza firanki niezbyt przystojnego dryblasa, odliczając jego wielkie kroki. Gdyby choć raz się odwrócił i spojrzał w górę, zobaczyłby moje ciekawskie, niewyspane oczy prowadzące go ścieżką. Planowałam zaprosić ich kiedyś na wino, ale bałam się, że zechcą od pierwszej zażyłości wedrzeć się w moje sprawy i będą wypytywać tak nachalnie, aż wyciekanie ze mnie cała prywatność. Szczególnie Natasza. Widziałam jej nudę z okna, gotowość do wbicia pazurów w każdą wolną powierzchnię cudzego życia. Czatowała na mnie tak długo, aż w końcu mnie dopadła.

– Szkoda mi was, że w taki upał musicie pracować. Pewnie masz pilną robotę? Eduard mi mówił, że powieść o miłości piszesz. Prawda to jest?

Natasza podciągnęła sukienkę nad kolana i zerknęła na ekran. Dyskretnie obróciłam laptopa w przeciwną stronę. Nie zauważyła tego i nie czekała na odpowiedź. Należała do tego typu ludzi, którzy potrafią i umieją mówić wyłącznie o sobie. Zaczynają snuć opowieść pod ziemią, kończą na balkonie, nuda sączy się najpierw małym strumykiem, potem zamienia w potok, na końcu opowieść szumi jak ocean i nikt poza mówiącym nie skupia się na treści. Słuchałam, uprzejmie przytakując, udało mi się wtrącić pytanie, szczerzej otworzyć oczy, ale cały czas planowałam, jak wrócić z powrotem do mieszkania. Zamknąć się od środka.

– Bogumił pracuje nawet w niedzielę, wychodzi rano, wraca późno, zmęczony, zestresowany... Na budowie zawsze pójdzie coś nie tak, tego zabraknie, ten nie dojedzie, coś spartolą, bo śpieszą się ze wszystkim, jakby w miesiąc chcieli pobudować nowe obiekty. Teraz w Erywaniu jest dużo nowych pieniędzy, widziałaś, ile się tu buduje? Hotel ma ruszyć w październiku, takie żądanie wysunął właściciel, ale Bogumił twierdzi, że to niemożliwe. Nie wiem, czy miałaś kiedyś męża całkiem pochłoniętego pracą, ale to jakby wcale męża nie mieć...

Gdyby poczekała na odpowiedź, chętnie bym jej przytaknęła. Budowlaniec przynajmniej mógł po zakończeniu pracy czymś konkretnym się pochwalić, pokazać żonie swoje dzieło, wzruszyć ją pięknym widokiem hotelu, przy którym ciężko pracował, zaniedbując obowiązki małżeńskie. Jego wysiłek, trwalszy niż pomnik, będzie latami służył innym, kropelki potu inżyniera Szymkowiaka zmieszane z cementem i farbą przetrwają wieki. Mąż polityk nie miał żonie nic do zaprezentowania, mógł się jedynie pochwalić, z kim, co i gdzie jadł, co uknuł przy tej okazji i kto zaraz nadepnie na minę, robiąc więcej miejsca jemu.

– Nie narzekam, zarabia dobry pieniądz, ale ja ciągle sama i sama... Klnę się na Boga, gdyby nie Eduard, tobym umarła... On jeden przynajmniej zapyta, jak mi leci, czasami gdzieś zaprosi na kawę. To dla jego wuja Bogumił stawia ten hotel. Już drugi.

Spojrzałam na nią dopiero wtedy, gdy pochyliła głowę nad telefonem. Uśmiechnęła się do wiadomości, która przyszła. Natasza miała nienaturalnie mięsiste usta i wielkie, zwierzęce prawie, zielonkawe oczy, nigdzie niezatrzymujące się dłużej. Czarne łuki brwiowe, podniesione zastrzykiem z botoksu, czyniły jej niebrzydką, młodą buzię agresywną i zużytą. Doklejone sztuczne rzęsy były groteskowo gęste i długie. Kilka złotych łańcuszków oplatało chudą opaloną szyję. Oba nadgarstki ozdabiały bransoletki i błyszczący ciężki zegarek z milionem niepotrzebnych pokręteł.

– Poznałaś Eduarda? – zapytała, niezrażona moim nieuprzejmym milczeniem.

– Widziałam go raz – odparłam.

– Miły człowiek, prawda?

– Trudno osądzić po jednym spotkaniu – odpowiedziałam ostrożnie. Natasza przytaknęła.

– Pewnie... My się znamy już kilka miesięcy. Pracowałam trochę w sklepie jubilerskim jako ekspedientka, potem w recepcji hotelu „Paris", Eduard mnie tam polecił, ale musiałam pojechać do Rosji, kiedy mama zachorowała, wzięli kogoś innego na moje miejsce. Teraz też szukam pracy... Eduard obiecał pomóc. Już się nie mogę doczekać, kiedy wróci z Ameryki...

Aby się opanować, zaczęłam przepinać włosy, skręcając boleśnie koczek na czubku głowy. Strzeliłam gumką, rozprostowałam łokcie, starałam się nie patrzeć na Nataszę. Pochyliła się, przetarła poślinionym kciukiem polakierowane na różowo paznokcie u nóg. Nie odrywałam wzroku od ekranu, wycinałam i wklejałam fragmenty tekstu, udając wielkie skupienie.

– O czym będzie twoja książka? O samej miłości, czy coś się innego jeszcze wydarzy?

Bez mojego pozwolenia czy zachęty zaczęła przewracać notatki leżące na stole. Zbliżyła kartkę do oczu, skrzywiła się, zorientowawszy, że nie piszę po rosyjsku.

– Eduard zażartował sobie – powiedziałam, wyciągając jej z dłoni notatki. – Nie piszę powieści, tylko reportaże o Armenii. Na powieść o miłości nie mam jeszcze materiału...

– Aha... Może faktycznie żartował, ja się na żartach nie znam. Długo tu zostaniesz? Eduard coś wspominał, że potrzebuje twojego mieszkania dla kolegi.

Nastroszyłam się.

– Chyba mnie nie wygoni?

Natasza gruchnęła śmiechem. Pogładziła te swoje długie, opalone nogi, prowadząc obie dłonie od kolan w dół. Jej lekka kwiecista sukienka zaciągnięta była teraz aż po krawędź majtek.

– No, co ty?! Eduard nigdy nie wyrzuciłby samotnej kobiety na bruk. Możesz zostać, jak długo chcesz – uśmiechnęła się łaskawie, jakby od niej zależała decyzja. – Powinniśmy się wszyscy lepiej poznać, kto wie, jak długo będziemy sąsiadami?

Znała Eduarda dłużej, manifestowanie z nim zażyłości sprawiało jej przyjemność. Małe słówka, tajemnicze uśmiechy, niedopowiedzenia, tyle, żebym zrozumiała, jak mi daleko do stopnia zaprzyjaźnienia i poufałości, jaki ich łączy.

– Nie wiem, czy tu, czy gdzieś indziej. Za miesiąc będzie więcej mieszkań do wynajęcia, jeśli Eduard ma plany, mogę zwolnić lokal.

Natasza się wystraszyła.

– Och, nie... Tutaj możesz zostać... Ten kolega Eduarda już sobie coś znalazł, tak że... Jak chcesz, to z nim sama porozmawiam, wstawię się za tobą.

– Naprawdę nie trzeba. – Zamknęłam laptopa. – Koniec na dzisiaj!

Powolnymi ruchami zbierałam kartki porozrzucane po stole, zerkając w rozgrzane niebo. Wciągałam powietrze z trudem, z jeszcze większym wysiłkiem wydychałam, zdenerwowanie przeszło szybko w irytację. Natasza podniosła się z ławki, ustawiła tak, żebym nie mogła przejść.

– Skoro już nie piszesz, to może pojedziemy na wycieczkę? Nad jezioro Sewan... Eduard mi pożyczył samochód, stoi w garażu. W taki upał przyjemnie nad wodą, chłodniej... Byłaś tam?

– Przejeżdżałam – odparłam.

– Jakie to wielkie jezioro... końca nie widać... – Natasza rozłożyła ramiona, aby zademonstrować ogrom wody. – Zajmuje powierzchniowo pięć procent terytorium Armenii, no, to możesz sobie wyobrazić... Widoki, że mowę odejmuje, pasma gór dookoła, a pomiędzy nimi błękitna woda. Mogłybyśmy popływać w aquaparku, rybę świeżą zjeść... Pojedziemy? Samochód ma klimatyzację, nie zmęczysz się.

Prosiła jak dziecko. Zdjęła okulary z czubka głowy i założyła na nos.

– Chyba nie... – powiedziałam niezbyt stanowczo. Natychmiast wyczuła moje wahanie.

– To niedaleko... Ja będę prowadzić... taka jesteś blada i... wycieńczona, dobrze ci zrobi wyrwanie się choć na kilka godzin z miasta. Nad jeziorem, w górach, jest dużo chłodniej...

Nie był to zły pomysł, straciłam rytm i wiedziałam, że tego dnia nic więcej nie napiszę, ale towarzystwo Nataszy przytłaczało mnie. Gdyby jej było odrobinę mniej, może dałabym się namówić?

– Dziękuję, może innym razem.

– Nad jeziorem są drzewa, posiedzimy w cieniu. Mam krzesełka i przenośnego grilla, możemy sobie nawet coś usmażyć. Wezmę mięso z lodówki, zrobimy szaszłyk... – Natasza dreptała za mną na wysokich drewnianych obcasach. Stukała o płyty jak dzięcioł.

– Mam inne plany – skłamałam. – Następnym razem bardzo chętnie.

Przystanęłyśmy na odgłos otwieranej energicznie bramy. Artiom wszedł do ogrodu. W czarnych dżinsach i pomarańczowej koszuli z długim rękawem, w tym swoim unikatowym stylu erywańczyka wyglądał odświętnie. Zignorował Nataszę, ledwie ją pozdrowił, mnie pociągnął za łokieć i przeprowadził znów w cień, do ławeczki.

– Dostałem wiadomość. Zbieraj się. Jedziemy – powiedział. Nie widziałam u niego wcześniej takiego napięcia. Włosy lśniły od żelu, a grzywka wydawała się przycięta z dokładnością milimetrową.

– Dokąd?

Artiom spojrzał w kierunku Nataszy. Stała kilka kroków dalej, gotowa w każdej chwili dołączyć. Nie mogła słyszeć, o czym rozmawiamy, ale patrzyła z zaciekawieniem.

– Mamy kilka godzin, muszę po drugiej wrócić do Erywania. Mam kurs na lotnisko, Eduard wraca...

– Ale dokąd? Co się stało?

– Nic się nie stało, po prostu musimy jechać. Chodź... – Pchnął mnie lekko w kierunku alejki. – Powiem ci po drodze...

Przeszliśmy obok Nataszy, jakby jej tam w ogóle nie było.

W mieszkaniu panował przyjemny chłód, klimatyzator pracował ciężko, bez przerwy, nie wyłączałam go ani na moment, nawet gdy wychodziłam na miasto. Artiom, widząc moje niezdecydowanie, odebrał mi z rąk laptopa i notatki, położył na stoliku obok łóżka.

– Dzwonił mąż Ludmiły... – zaczął podekscytowany – znalazł kogoś. Pytał, pytał i w końcu się dopytał...

– Kogo?

– No, kogo? Przecież nie Anastazję Romanową...

W kilka sekund moje serce przyśpieszyło, bolesny skurcz w klatce piersiowej pojawił się gwałtownie, ale szybko zelżał. Objęłam się ramionami. Artiom usiadł w fotelu, wyciągnął nogi przed siebie i skrzyżował dłonie na brzuchu. Coś było w jego uśmiechu, czego nie mogłam rozszyfrować, jakaś ważność, wyniosłość, chwilę zwlekał, zanim odpowiedział.

– Wiem, gdzie jest twoja mama. Zawiozę cię, tylko się pośpiesz, musimy to szybko załatwić.

– Nie wierzę – powiedziałam cicho. Usiadłam na łóżku, wysunęłam stopy z sandałów.

Artiom wstał z fotela, przed lustrem zawieszonym przy wejściu poprawił włosy.

– Lepiej uwierz, bo to prawda.

Wyszedł do łazienki. Słyszałam, jak leje wodę i rozpycha się między umywalką a ścianą prysznica. Strącił moje szczotki do włosów, nie przestawał mówić, skręcając głowę w stronę uchylonych drzwi.

– Zadzwonił przed chwilą, nie poznałem go po głosie, nawet się nie przedstawił, tylko prosto z mostu, łup! Jedźcie, mówi, ona tam pracuje. Pytam, kto mówi? A on na to, mąż Ludmiły...

– Gdzie mamy jechać? – zapytałam, nie ruszając się z miejsca.

Artiom wrócił do pokoju z małym ręcznikiem. Wytarł twarz, delikatnie pocierając okolicę ust.

– Do Cachadzor. Nie będę teraz robił wykładu z geografii, po drodze ci opowiem, 50 kilometrów na północ od Erywania. Tylko błagam cię... załóż wrotki, mam mało czasu. Eduard nie będzie zadowolony, jak się spóźnię na lotnisko.

Położyłam się. Nogi zwisały mi na krawędzi łóżka, palcami stóp dotykałam dywanu. Plamy na suficie zaczęły układać się w fantastyczne wzory, od jednego małego pęknięcia rozchodziły się krzywe linie zmoczone po obu brzegach. Żadna z nich nie dotarła do rogów pokoju. Artiom stanął nade mną, pochylił się. Zamknęłam oczy.

– Co ty robisz?

– Zaskoczyłeś mnie...

Przeszedł do okna, odsłonił nieco żaluzje.

– Dobrze. Leż, ja w każdym razie jadę. Opowiem ci po powrocie, jak poszło.

Ostentacyjnie zbierał się do wyjścia. Słyszałam, jak przechodzi do kuchni, nalewa sobie wody, głośno odstawia szklankę do zlewu. Kiedy wrócił, siedziałam na łóżku.

– Co ci konkretnie powiedział mąż Ludmiły? – zapytałam. Artiom przyłożył do ucha dzwoniący telefon, warknął kilka zdań, podniósł z podłogi moją torebkę i rzucił na łóżko. Wylądowała obok mojej głowy, ze środka wysypały się szminka, notesy i kilka długopisów. Spojrzałam na niego zaskoczona.

– Jedziesz? – Podszedł do drzwi.

– Najpierw mi powiedz, co powiedział...

– Mieliśmy sporo szczęścia! Kobieta, z którą rozmawiał, wkrótce wyjeżdża na stałe do Francji, do córki chyba. Gdyby pojechała, już niczego byśmy się nie dowiedzieli. On twierdzi, że znała twoją mamę, w każdym razie pamięta ją. Nie wiem, jak ją odnalazł i gdzie, w końcu jakie to ma znaczenie, ale dał mi adres. To co? Mamy nie sprawdzić? Będziesz tak leżeć i zastanawiać się, prawda-nieprawda?

Artiom był poirytowany, nie mógł pojąć, dlaczego się waham. U niego w głowie wszystko działo się niezwykle szybko, z jednej myśli rodziły się natychmiastowe decyzje, a te ciągnęły za sobą działania. Zdążył się nawet odświętnie ubrać i wyperfumować. U mnie procesy zachodziły coraz wolniej, ledwie tykałam. Przez chwilę rozmawialiśmy, przekonywał mnie, na koniec zaczął prosić.

Odetchnął z ulgą, obserwując, jak ześlizguję się z posłania i idę do kuchni. Wsiadaliśmy do samochodu, udając, że nie widzimy pożegnalnego machania Nataszy. Stała w oknie między dwoma pasami nieruchomej firanki. Artiom bez ociągania zapiął pasy, chciał mi tym zrobić przyjemność i zrobił.

– Wyszło na to – powiedział, zjeżdżając w dół piaszczystej drogi – że mi bardziej zależy niż tobie. Jechałem do ciebie z wiadomością, jakbym wiózł serce do przeszczepu...

– Dziękuję. Nie myśl, że nie doceniam, ale to wszystko nie jest takie proste – tłumaczyłam ten denerwujący go brak natychmiastowej, entuzjastycznej reakcji. – Chyba nie jestem gotowa. Po tej wizycie u Ludmiły, tych wojennych opowieściach, wiesz... Może te buty są dla mnie za duże? Jak mam iść dokądkolwiek w za dużych butach? Moja matka to... od lat... to tylko słoik kompotu śliwkowego, który zrobiła własnoręcznie i odstawiła na półkę. Wyobraź sobie... Matka, która pływa w gęstej melasie i nie uśmiecha się do mnie. A ty wpadasz i mówisz: jedziemy...

Artiom zastanawiał się przez chwilę nad sensem moich słów... Matka w słoiku? Gdyby wiedział, ile godzin spędziłam przed wyjazdem do Armenii, rozmawiając z tym słoikiem, wypytując go, pyskując do bujających w żółtym kompocie śliwek, na końcu obejmując go z płaczem, jak małe dziecko, zgłosiłby mój przypadek w szpitalu psychiatrycznym. Nie miałam zamiaru obarczać obcego chłopaka bagażem pełnym kamieni i cierni, pożałowałam natychmiast tych słów. Artiom skręcił w aleję Komitasa, wymuszając pierwszeństwo na skrzyżowaniu. Zmierzaliśmy w kierunku autostrady prowadzącej na północ. Gdybym przyjęła zaproszenie Nataszy, też jechałybyśmy tą trasą nad jezioro Sewan.

Kiedy wyjechaliśmy z miasta, Artiom wyłączył radio.

– Twoja mama mieszka w Hrazdan, ale pracuje w hotelu „Marriott" w narciarskim kurorcie w Cachkadzor. Jest tam menadżerem, tak że... nie musisz się wstydzić. Wyjechała z Dilidżan wiele lat temu, jeszcze przed wojną o Górski Karabach, ale nie wiadomo dokładnie, gdzie mieszkała na początku. Ta kobieta, która wyemigrowała do Francji, potwierdziła na sto procent, że widziała ją właśnie w Hrazdan. Rozmawiały nawet o tamtych czasach, powiedziała jej o śmierci Mariny, o innych sąsiadach z bloku, kto gdzie wyjechał, powspominały panieńskie czasy. Od razu ci mówię, żebyś nie padła trupem z zaskoczenia, że twoja mama ma męża i troje dzieci, samych synów.

Patrzyłam w bok na piętra gór, tylko ten widok mogłam znieść. Zatrzymałam wzrok na linii, gdzie szczyty łączyły się z niebem. Dwa kolory stykały się jaśniejszą barwą, surowa szarość z morskim błękitem. Jak wypowiedzieć ten wyraz, omijany przez dwadzieścia siedem lat: „Mamo"... Dziwnie zabrzmi w moich ustach, jeśli w ogóle zdołają się tak ułożyć, żeby te dwie sylaby z nich się wydobyły. Litera „o" będzie za długa, zanim do niej dojdę, zatnę się na „m". Po prostu powiem: „Proszę pani". Żadnych pretensji od progu, ani łez, za dorosła już byłam na odgrywanie scen według wcześniej rozdartych ran. Sporo wydarzyło się w jej życiu, będzie mieć odporność i pancerz ściśle przylegający do ciała. Zadziwię ją determinacją, nie mniejszą niż jej własna. Dziecko porzucone i odtrącone przed laty nagle przedziera się do obcego świata, którego żaden skrawek mu się nie należy, staje w drzwiach i zaczyna litanię pretensji? Nie. Zapewnię ją wspaniałomyślnie, że wystąpiło u mnie przedawnienie uczuć, ta wizyta, możemy ją nazwać przypadkową, to zwykła formalność. Dziennikarsko-detektywistyczna robota. To nie dziecinne rączki wyciągają się do niej, nic też prawdziwie bolesnego nie będzie w moim spojrzeniu. Nagram sobie to spotkanie telefonem komórkowym, może sprzedam telewizji, żeby pokazać przemianę dziecka w skałę?

– Myślę, że powinienem iść pierwszy, przygotować kobietę na to spotkanie. Zaczekasz grzecznie w samochodzie – zaproponował, kiedy dojeżdżaliśmy do miasteczka Hrazdan. Z autostrady widać było surową zabudowę i wielkie betonowe kominy elektrowni, które dymiły białymi kożuchami, wystające z płaskiej ziemi jak kikuty. Artiom zwolnił, mijający nas patrol policyjny pognał dalej. Ścigał pędzący z wielką prędkością biały samochód na rosyjskich rejestracjach. Na drogach porządku usiłowało tu pilnować mnóstwo policjantów, a kierowcy, podobnie jak w Polsce, uważali, że przepisy ruchu drogowego obowiązują tylko mięczaków, emerytów i kobiety z dziećmi na tylnym siedzeniu.

– Zatrzymamy się przy supermarkecie.

Zjechaliśmy z autostrady. Artiom skręcił klimatyzację, widząc, że zaczęłam się znów obejmować z zimna.

– Znam tu taki duży sklep, kawę możemy wypić.

– Wolałabym wódkę...

– Wódki napijemy się wieczorem, żeby uczcić.

Na wielkim rondzie skręciliśmy w prawo. Przed europejsko wyglądającym sklepem zaparkowane były samochody pamiętające Związek Socjalistycznych Republik Radzieckich, niektóre mocno dotknięte rakiem rdzy, inne dosyć dobrze utrzymane, wszystkie wielkie i kanciaste. Zatrzymaliśmy się obok rozłożystej czarnej wołgi. Kierowca palił cienkiego papierosa, leniwie dmuchał dymem przez okno. Przyjrzał mi się z życzliwym zainteresowaniem. Przeszłam na koniec parkingu, gdzie kończył się sklep, żeby popatrzeć na okolicę. Zarówno miasto Hrazdan, jak i kurort narciarski Cachadzor były oddalone o dwa, może trzy kilometry od miejsca, w którym stałam. Jedno brzydkie, zastawione bez żadnego porządku klockami bloków na tle góry Cachkuniac, drugie piękne, tryskające wszystkimi odcieniami zieleni i liliowych kwiatów, przytulone do góry Techenis. Jak wszędzie na armeńskiej prowincji, gaz doprowadzono tu cienkimi rurami rozwieszonymi wzdłuż ulicy. Tysiące kilometrów. Artiom wyjaśnił, że rząd sprzeniewierzył pieniądze zgromadzone na wykonanie podziemnych instalacji gazowych, płacąc za tańszą opcję. Gazowe ciągi rur, podwyższane w nierównomiernych odstępach, oplatały całą Armenię. Tutaj nie było inaczej.

Nie wypiliśmy kawy, ruszyliśmy dalej po krótkim postoju. Przed nami na wzgórzach, pośrodku gęstych lasów, pobudowano luksusowe hotele. „Golden Palace" wspiął się najwyżej, patrzył na nas z góry.

– Rosjanie lubią tu przyjeżdżać... – powiedział Artiom, gdy zauważył, że próbuję zrobić zdjęcie telefonem. – Są tam malowidła na sufitach, fotele ze złotymi zdobieniami, marmury, antyki... jak w Pałacu Zimowym w Petersburgu. Przepych uszami idzie... Raz wiozłem tu Eduarda na spotkanie w interesach, to widziałem.

Spojrzał na mnie przelotnie.

– Ee... tobie by się chyba nie podobało. Wszystkiego za dużo tam mają.

Skręciliśmy w prawo. Po obu stronach drogi stały niezamieszkane i niedokończone wille, bez okien, niektóre bez dachów. Kilka dużych domów ogrodzono wysokim, kamiennym murem, choć brakowało im dachówki i drzwi. W miejscu, gdzie szosa zaczynała wznosić się stromo pod górę, w trzypiętrowym pustym domu znalazły schronienie krowy. Ich wielkie białe łby wychylały się przez okna na parterze. Stały nieruchomo, obserwując ruch. Kilka krów pasło się przed domem, to był ich teren.

– Gdzie są właściciele tych wszystkich domów? – zapytałam.

– Pewnie za granicą. Albo nawet nie... Przyszedł kryzys, brakło pieniędzy, to przestali inwestować. Postawili mury i koniec.

– Aż tyle? – Nie dowierzałam.

– To dobra lokalizacja, patrz – wskazał palcem na górę przed nami – tam jest wyciąg narciarski, jedziesz na sam szczyt, hotele dookoła... Rosjanie przygotowywali się tutaj na Olimpiadę Zimową w 1998 roku. Wtedy pobudowali różne obiekty. Zresztą nadal tam młodzież trenuje...

Dochodziła dwunasta. Najgorszy skwar miał dopiero nadejść. Wspięliśmy się prawie dwa tysiące metrów nad poziom morza, tutaj w górach, w Dolinie Kwiatów, słońce było mniej zjadliwe, odbijając się od zalesionych zboczy, traciło wiele energii w walce z czystym powietrzem. Czułam się znacznie lepiej niż przez ostatnie dni w Erywaniu, oddychałam lżej. Podjechaliśmy na parking przed hotelem „Marriott". Goście siedzieli w hotelowej kawiarni obok głównego wejścia, jedli późne śniadanie, osłonięci przed słońcem czerwonymi parasolami. Kelnerzy w czarnych obcisłych spodniach, białych koszulach i różowych krawatach, pasujących odcieniem do murów budynku, donosili filiżanki i kieliszki na srebrnych tacach. Osiem białych donic z rozkwitniętymi krzewami wyznaczało wejście. Wyszliśmy z samochodu.

Pomarańczową koszulę szarpnął mocny powiew wiatru. Artiom poprawił pasek przy spodniach, przekręcił bransoletkę na lewej ręce, jakby chciał ją wystawić na mocniejsze działanie słońca. Kilka gramów złota obróciło się lekko i błysnęło.

– Zaczekaj tu. Albo idź pod parasole – powiedział, wręczając mi kluczyki do auta. – Tylko nie odjeżdżaj beze mnie... Nie uciekaj.

A
꿃

Zaczęłam pisać do Heleny w nocy, kiedy mieszkańcy osiedla przestali wytwarzać hałas złożony z pojedynczych, rozchodzących się na cztery strony świata odgłosów. Dzieci nie prosiły o lody, matki ich nie napominały, krzycząc z okien, mężowie nie pohukiwali na żony, gdy te nie dość prędko wsiadały do samochodów. Kierowcy białych busów krążących po uliczkach zdali służbowe auta do bazy, emeryci nie skrzypieli drzwiami, sprawdzając dziesięć razy dziennie, kto idzie po schodach, i taksówki nie podjeżdżały pod klatkę. Spokój, upragniony, niedoceniany przez mieszczuchów bezruch miejskiej materii. Kiedy mieszkałam na wsi, cisza nocna nastawała szybciej, ludzie, zmęczeni świeżym powietrzem i pracami przy gospodarstwie, kładli się spać wcześniej, zamykali okna, gasili lampy, odwiązywali psy. Mogłam zabierać się do pisania zaraz po zachodzie słońca. Miasto brykało znacznie dłużej, czasami dopiero przed północą traciło oddech i kuliło się zmęczone. Prawdziwa ciemność w mieście nie nastawała nigdy, neony podświetlały szyldy sklepów, latarnie uliczne wyznaczały drogę spóźnionym przechodniom, w oknach niektórych mieszkań do rana paliło się światło. Co tam robią? Czego się boją? Zawsze mnie to intrygowało.

Napisałam kilka ostrożnych zdań do Helenki. Niech sama osądzi, czy wierzyć swojemu ojcu, czy nie. Miał dużo pewności w głosie, kiedy powiedział, że Ania wyjechała do Los Angeles i tam się ukryła z powodów sobie tylko znanych. Tłustym drukiem przekazałam informację, że jej mąż, Seweryn Uliński, jest już w Armenii. Wątpiłam, czy wystarczy mu sprytu i determinacji, żeby ją w takim dużym mieście szybko znaleźć, jednak uznałam, że powinna wiedzieć. Ciekawiło mnie, co między nimi zaszło, że tak bez słowa pożegnania wyjechała.

Mój mąż Leon oczywiście nie był esbekiem. Wiktor tak go przezwał, kiedy przyjechał do naszego mieszkania po Helenkę. Ze wstydem muszę przyznać, że i ja go tak nazywałam, popchnięta na sam skraj kobiecej wściekłości i zazdrości. Wojskowi jawnie gardzili esbecją, tymi „kapeluszami", którzy nie rozumieli, jakim monolitem jest armia, a słowo „honor" pisali z błędem ortograficznym. W wojsku można było mieć różne poglądy i nawet można było je czasem w towarzystwie wyjawić, ale nic nigdy nie wychodziło poza koszary, poza twierdzę blisko 400-tysięcznej polskiej armii. Leon sam o sobie mówił – żandarm, ani przez chwilę nie wstydził się tego, co robił. Wojsko, w przeciwieństwie do milicji i służb bezpieczeństwa, cieszyło się szacunkiem obywateli i za wojskowym mundurem nikt na ulicy nie pluł. Nie wiem, czy był „gumowym uchem", takim pełnokrwistym oficerem kontrwywiadu, na pewno nie wtedy, gdy się poznaliśmy. Bywało, na samym początku naszej małżeńskiej przygody, że w stanie wielkiego upojenia alkoholowego opowiedział mi kilka zabawnych anegdot i rzucił kilka pseudonimów swoich „osobowych źródeł informacji", ale im dłużej byliśmy ze sobą, tym mniej mówił o pracy. Zaufanie, jakim mnie darzył, zaczynało topnieć, gdy dostał awans na kapitana. Myślę, że ten nagły przypływ powściągliwości miał coś wspólnego ze znajomością, jaką zawarł z prawdziwym esbekiem. Ten wyjątkowo inteligentny i bystry człowiek, major Albert Wróblewski, miał wszędzie „znajomych", których potem, kiedy represjonowani dostali z IPN-u swoje teczki, umieszczono na liście tajnych współpracowników SB. Znał osobiście jakąś sprzedajną mendę lub zaszantażowanego ojca dzieciom w każdym zakładzie pracy, począwszy od ZZSD Predom

Zelmer, WSK Rzeszów i Mielec – przez pracowników Teatru imienia Wandy Siemaszkowej, Wojewódzkiego Domy Kultury, Filii Uniwersytetu Marii Curie-Skłodowskiej i Rzeszowskiej Politechniki – a na Łańcuckiej Fabryce Śrub skończywszy. Obaj panowie nie kryli się z tą dziwną przyjaźnią, wiedziałam o ich spotkaniach przy wódce i bardzo irytowało mnie to, że Leon tak łatwo dał się zauroczyć. Wróblewski mu imponował, choć Leon doskonale wiedział, na czym polega jego robota na Komendzie Wojewódzkiej znajdującej się przy tej samej ulicy co jego jednostka. Poznali się w restauracji „Hungaria", dwa kroki od swoich siedzib, po przeciwnej stronie ulicy Dąbrowskiego. Mieszkaliśmy już wtedy w dwupokojowym mieszkaniu służbowym na Dąbrówki, więc zdarzyło się kilka razy, że po libacji w „Hungarii" przychodzili do nas na dopicie. Wróblewski przynosił drogi alkohol i zwracał się do mnie per Alice. Nie siadałam z nimi do wódki, stawiałam kryształowe kieliszki, talerzyk ogórków kiszonych i chleb z masłem. Zamykałam ich w kuchni i szłam spać, nawet nie podsłuchiwałam pod drzwiami. To była jedyna styczność mojego męża z esbecją. Trwała nie dłużej niż rok.

Leon Kwiatek, kiedy go poznałam w lipcu 1983 roku w klubie „Piekiełko", w piwnicach hotelu „Rzeszów", był gotowy ustatkować się życiowo. Chyba nawet coś takiego szepnął mi do ucha przy pierwszym spotkaniu... wezmę sobie ciebie za żonę... A jeśli nie było to wtedy, to na pewno tydzień później na tańcach w Klubie Garnizonowym. Mimo że większość wojskowych to były proste chłopy ze wsi, niezbyt ogładzone i średnio rozgarnięte, czułam się w ich towarzystwie znakomicie, jak gwiazda filmowa, jak Marilyn Monroe, gdy śpiewała w Korei dla żołnierzy amerykańskich. Występowałam u boku Leona na różnych balach karnawałowych, sylwestrach, imieninach przełożonych i innych oficjalnych wyjściach na galowo, ale to w lipcową sobotę 1983 roku, przy ledwie poznanym mężczyźnie, wyglądałam najpiękniej w życiu, jak milion dolarów. Wiele lat później znalazłam w Internecie zdjęcia z pokazu mody we Włoszech z 1983 roku i nie mogłam uwierzyć, patrząc na srebrzystą, lejącą sukienkę od Valentino! Moja była prawie identyczna, tylko pokazywała więcej ciała i lepiej leżała na moich krągłych biodrach niż na chudej modelce. Taką mnie Leon zobaczył i w takiej się zakochał. Wyszliśmy z klubu nad ranem, trzymając się za ręce, wolnym krokiem poszliśmy do parku i tam na ławce całowaliśmy się do zmoczenia majtek, nie przerywając pieszczot na rozmowę o naszych dalszych losach. Były już postanowione. Pięć miesięcy „chodzenia" zakończyło się ślubem.

Najlepsze lata... każdy takie przeżył, ale kiedy trwały, nie zdawałam sobie sprawy, że jedyne szczęście, jakie mi się przydarzy, to jest to właśnie, tu i teraz. Innego nie będzie. Leon był dobrym mężem i najlepszym kochankiem spełniającym najdziwniejsze nawet pragnienia ukochanej. Noc rzutowała na dzień, a nasze noce były ogniste. Dla sąsiadów nadszedł czas próby. I bez tych głośnych nocnych igraszek uważali nas za odszczepieńców, choćby z tego powodu, że stroniliśmy od wszelkich norm, jakie nasza klatka, nasze osiedle i miasto wyznaczyły. Klatka gotowała rosoły i tłukła kotlety przy niedzieli, my jedliśmy świeże ryby dostarczane Leonowi przez lokalnych rybaków amatorów, zarzucających wędki na Wisłoku, Sanie i Jeziorze Solińskim. Raz w tygodniu mieliśmy dostawę. Leon je patroszył tak sprawnie, jakby sam był synem rybaka.

Najbardziej spośród pospolitej masy ludzkiej wyróżniało nas to, że nie chodziliśmy do kościoła i nie przyjmowaliśmy księdza po kolędzie. Leon ze względów zawodowych, jako etatowy pracownik Wojska Polskiego, ja z przekonania. Po śmierci matki postanowiłam, że jednak Boga nie ma, a niebo to w dzień błękitna, w nocy czarna przestrzeń, pełna wirujących planet, których żaden Bóg swoją ręką nie puścił w ruch, samoistnie ruszyły po orbitach. Wszystko, co się stało, to się stało z własnej siły, od jakiegoś atomowego ziarenka wzięło początek albo z materii jeszcze niezbadanej. Żaden starzec z siwą brodą nie męczył się przez sześć dni przy stworzeniu ziemi. Leon trochę się bał tych moich ateistycznych poglądów, prosząc mnie czasami, żebym choć za agnostyka się podawała i powtarzała za Sokratesem: wiem, że nic nie wiem, zamiast tak twardo trzymać się tego negującego obecność Boga twierdzenia: wiem, że nie istnieje. Bóg nieistniejący nie mógł mnie pokarać za bluźnierstwa. Z wiarą Leona bywało różnie. Kiedy zobaczył ducha swojego kolegi z podstawówki, który zadręczony przez ojca powiesił się w piwnicy, stwierdził kategorycznie, że istnienie duchów jest dowodem na istnienie Boga... Kiedy siedmioletnia córka naszej sąsiadki została rozjechana na przejściu dla pieszych przez pijanego kierowcę, który był jednocześnie jej wujkiem, Leon zawyrokował, że takie okrucieństwa losu to dowód na to, że boski tron od dawna stoi pusty. I tak dalej, i tak dalej... Moja konsekwentna niewiara była dla głowy lepsza niż ciągłe miotanie się, od ściany do ściany, jest, nie ma, to znowu jest.

Oprócz uprawiania radosnego seksu, ciągłego jedzenia ryb, nieuczestniczenia w życiu parafialnym i braku ciążowego brzucha trzy lata po ślubie, dawaliśmy sąsiadom jeszcze kilka pomniejszych powodów do oplotkowania z góry na dół. Leon był przystojnym, niebieskookim blondynem i wyglądał jak potomek pierwszych czystej krwi Słowian osiedlonych w Mińsku Mazowieckim. Nosił mundur i swoją żonę na rękach. Żona była w nim bardzo zakochana, to przede wszystkim rzucało się w oczy. Długie włosy naturalnie falowały, opadając mi na ramiona. Leon prosił, żebym ich nie ścinała, kiedy leżeliśmy obok siebie, zakrywał sobie moimi kosmykami twarz i delikatnie wciągał ich zapach. Zielone jabłuszko... Bez żadnej okazji rozsiewałam po klatce zapach prawdziwych francuskich perfum. Mówili o mnie „pułkownikowa", co bardzo się Leonowi podobało, żartował, że jest to tytuł może troszkę na wyrost, ale warto się powoli przyzwyczajać. Rok po ślubie dostał talon na dużego fiata i w pierwszą podróż pojechaliśmy do Bułgarii. W Złotych Piaskach nad Morzem Czarnym poczęliśmy dziecko, które poroniłam jesienią. Nie popadłam z tego powodu w depresję, przekonana, że to była próba generalna, a prawdziwe macierzyństwo dopiero przede mną. Leon zapił tę smutną wiadomość i przez kilka dni przychodził do łóżka, kiedy ja już spałam. Zatrzymał moją rękę pełzającą w jego stronę pod kołdrą.

Ania ciążę znosiła dobrze i przyjechała z Lublina na nasz weselny obiad. Gościliśmy się w restauracji „Kaprys", mimo że Leon najbardziej lubił „Hungarię", której okna wychodziły na Komendę Wojewódzką Milicji Obywatelskiej. Kiedy mieliśmy więcej pieniędzy, zamawialiśmy placki ziemniaczane z pikantnym gulaszem, pod koniec miesiąca chodziliśmy do „Hungarii" tylko na frytki i pieczarki z rusztu. Leon często wyskakiwał do kawiarni na piętrze, napić się piwa. Stamtąd można było podziwiać gmach komendy wybudowany w 1955 roku w ramach nadawania Rzeszowowi wielkomiejskiego wyglądu, jak przystało na stolicę województwa. Socrealistyczne budowle według marksistowskich teoretyków sztuki miały wzbudzać respekt i podziw ludu. To jeden z większych paradoksów tamtych czasów, że w projektach wzorowano się na pałacach, dworach i kościołach – wzgardzonym świecie, z którym socjalizm walczył. Wybraliśmy restaurację „Kaprys", aby nie natknąć się podczas skromnego przyjęcia na wścibskich kolesiów Leona, którzy często przesiadywali w „Hungarii". W środku było dosyć ciemno, a drewniane krzesła z wyciętymi na oparciach serduszkami do wygodnych nie należały. Nasz stolik ozdobiony był białymi sztucznymi kwiatkami w ceramicznym flakonie i wstążeczkami doczepionymi agrafką do obrusa. Stał na samym środku sali, mieliśmy doskonały widok na małą scenę i instrumenty czekające, aby zagrać wieczorem do striptizu. Przy stoliku pod oknem siedziało dwóch smutnych mężczyzn pochylonych nad talerzykiem z kawałkami sera, w które wbite były wykałaczki. Zakąska do „żytniej gastronomicznej". Mimo wczesnej pory butelka była odpita do połowy. Przy samym wejściu siedziało małe towarzystwo, wszyscy młodzi i podekscytowani, opowiadali głośno o planach sylwestrowych. Kelner na tacy niósł im piwo i jedną herbatę w szklance. Wszyscy odwrócili głowy, kiedy weszliśmy na salę. Leon szedł z przodu, trzymając mnie za rękę. Oboje mieliśmy piękne tureckie kożuchy zarzucone na ślubne stroje. Mój był biały, Leona brązowy. Przytulałam do twarzy wiązankę zziębniętych gerber, chciałam dyskretnie spojrzeć na obrączkę, którą przed chwilą Leon Kwiatek założył mi na palec.

Ania, w niebieskiej wełnianej sukni z poduszkami podwyższającymi ramiona i czarnych kozaczkach wyścielonych futerkiem, usiadła po mojej prawicy, obok Leona zajęli miejsca ojciec i nasi świadkowie, Renata i Jacek. Z obydwojgiem chodziłam do liceum i łączyło nas coś, co można nazwać przyjaźnią. Szykowali się już wtedy do wyjazdu do Ameryki, mieli w kieszeniach paszporty i amerykańskie sześciomiesięczne wizy turystyczne. Przynieśli swoje bilety do wolności i zamożności na nasz weselny obiad. Oglądaliśmy je, podając sobie niczym relikwie, dwa oprawione w granatowe okładki dokumenty. Z przejęciem słuchaliśmy o niewiarygodnym szczęściu, jakie ich spotkało w amerykańskim konsulacie w Krakowie, kiedy obydwoje z lipnymi zaproszeniami do szkoły językowej w Nowym Jorku pojechali przed świętami po wizy. Traktowali to jako wygłup, nie marząc nawet, że się uda. W tym dniu miedzianowłosy, surowy i niechętny Polakom urzędnik konsulatu, o którym w kolejce przed wejściem mówiło się „ten rudy konsul", miał podobno urodziny. Tłumem zdenerwowanych, rozhisteryzowanych, ubiegających się błagalnie o wizę ludzi targały skrajne emocje. Kto wychodził z wielkim księżycem uśmiechu na twarzy, dodawał otuchy pozostałym, potwierdzając, że rudy konsul jest dziś w znakomitym humorze. Szasta wizami! Dobry humor młodego mężczyzny, słabo i zabawnie mówiącego po polsku, odmieniał życie dziesiątkom ludzi, którzy w pośpiechu pakowali manatki i lecieli za ocean, zanim stanie się to z jakichś przyczyn niemożliwe. Renata i Jacek byli w tej grupie szczęściarzy. Wylecieli do Nowego Jorku w styczniu 1984 roku. W 2000 roku przyjechali do Polski z genialnymi pomysłami i walizką pieniędzy, ale polegli na krajowym rynku układów, przekrętów i furtek w przepisach. Odwiedziłam ich w Warszawie, zjedliśmy wspaniałą wspominkową kolację, a wkrótce potem wrócili do Stanów.

Leon miał zbyt wielu znajomych, żeby wszystkich zaprosić, musielibyśmy wynająć całą salę w restauracji, a ponieważ nie chciał nikogo wyróżnić, nie zaprosił żadnego kumpla ani nikogo z szefostwa. Dostaliśmy jednak „bogaty" prezent od braci wojskowych.

Obraz olejny autorstwa Zdzisława Beksińskiego. Z początku wydał mi się przerażający, nie mogłam się zdecydować, żeby go powiesić w mieszkaniu, ale kiedy przeprowadziliśmy się na Dąbrówki, nieoczekiwanie ściana w przedpokoju wyłoniła się jako miejsce idealne i tam go Leon przytwierdził na stałe. Sprzedaliśmy go za 30 tysięcy, kiedy go wyrzucili z wojska. Dziś wart jest pewnie ze sto.

Trzy puste nakrycia przygotowane dla siostry Leona, jej męża i Wiktora kelner usunął dopiero po obiedzie. Mój szwagier zadzwonił rano z wiadomością, że nie wyrwie się z Warszawy i niestety, nie przyjedzie na nasz ślub. Wszyscy odetchnęliśmy z ulgą.

– Gdzie będziecie się bawić na sylwestra? – Ania patrzyła na brylującego Leona. Zafascynowana jego swobodą i elokwencją, śmiała się głośno, kiedy tylko na nią spojrzał. Jedliśmy bryzol wieprzowy przysypany pieczarkami usmażonymi na cebuli, frytki i zestawy kolorowych surówek. Do picia zaserwowano winiak dla pań i czystą wódkę dla panów. Igristoje na toast. Mimo że zarówno „Hungaria", jak i „Kaprys" straciły nieco swojego szyku, wciąż były to lokale elitarne, w mieście kojarzyły się z luksusem.

– Idziemy do Klubu Garnizonowego... – powiedziałam. – A wy? Pogłaskała brzuch, zamiast odpowiedzieć.

– No, przecież... – Stuknęłam się widelcem w czoło. – Ciągle zapominam, że jesteś w ciąży... Taki masz maleńki ten brzuszek...

– Nie biorę urlopu dziekańskiego, mówiłam ci już?

Tak szybko zmieniła temat, jakby się bała, że mi popsuje humor jakimś niepotrzebnym zwierzeniem, które wymknie się w trakcie rozmowy.

– Ojciec mi mówił. To dobrze... Szkoda roku. A potem co? Macie plany?

– Wiktor przekonuje mnie do przeprowadzki do Warszawy. Wciąż tam jeździ, spotyka się z opozycjonistami, organizują się... Twierdzi, że coś się wkrótce wydarzy. Chyba nawet Lecha Wałęsę poznał... – odparła.

– Lecha Wałęsę? – Spojrzałam szybko w stronę Leona. Zajęty był rozmową z kelnerem. – Pokojowa Nagroda Nobla... Szok, nie?

Szkoda, że nie pozwolili mu osobiście odebrać. Byłam na spotkaniu z Wałęsą na stołówce Politechniki, pół Rzeszowa przyszło go zobaczyć i posłuchać...

– Wiktor tak się cieszył, jakby sam tego Nobla dostał. – Ania odwróciła się lekko w moją stronę, otwartą dłonią zasłoniła policzek. – Dlatego nie przyjechał... Nie chce, żeby go ktoś widział w towarzystwie strażników reżimu. Mogło by mu to zaszkodzić w karierze...

Poczułam się źle. Ania zorientowała się natychmiast, że zrobiła mi przykrość, zagryzła dolną wargę, jak miała w zwyczaju, przesunęła kieliszek bliżej talerza, podniosła go do ust, ale zaraz potem przypomniała sobie, że jest w ciąży i nie może pić. Wahałam się przez chwilę, ostatecznie nie wypowiedziałam głośno tego zdania – o goleniu głów kobietom, które zadawały się z Niemcami podczas wojny.

– Leon to porządny człowiek, o wiele bardziej przyzwoity niż Wiktor, obie to wiemy – podjęła po chwili. – Ja swojemu mężowi życzę wielkiej politycznej kariery, niech ma, im więcej go będzie tam, tym mniej przy mnie.

Nie odezwałam się, zapchałam usta frytkami. Leon wrócił do stolika. Pogłaskał mnie przelotnie po plecach i poprosił o głos, żeby wygłosić toast. Stuknął nożem w pustą szklankę.

– Kochani goście, teściu, bratowo... moja pierwsza i ostatnia żono Albino... – zaczął. Trzymał w jednej ręce kieliszek radzieckiego wina musującego, które nazywaliśmy szampanem, drugą położył na mojej dłoni. – Zaledwie sześć miesięcy temu nie miałem pojęcia, że tu, w tym mieście, kilka ulic dalej mieszka dziewczyna, która zmieni moje życie. Mogliśmy się mijać i nigdy nie poznać... – zawiesił głos – i ta myśl mnie przeraża, bo wiem, że bez niej byłbym nikim. Los chciał inaczej. Umyślnie nie powiem „Bóg tak chciał", bo żona ateistka by mnie skrzyczała...

Wszyscy buchnęli śmiechem, Ania nie przestawała gładzić swojego brzucha, oparła się na krześle i wpatrywała w przemawiającego Leona. „Strażnik reżimu" prezentował się bardzo przystojnie w ciemnogranatowym, dobrze skrojonym garniturze i białej koszuli. Pachniał wodą kolońską Cedre Wert zakupioną w Modzie Polskiej, miał elektroniczny zegarek na prawym nadgarstku i masywną złotą obrączkę na palcu, która wraz z moją przyjechała do nas ze Związku Radzieckiego. Kiedy ściągał mundur, lubił się ubrać w modne, drogie ciuchy. Lekką ręką wydawał oszczędności na szetlandy, skórzane kurtki, marynarki z wypchanymi gąbką ramionami czy wranglery z Peweksu. Jako jeden z pierwszych w Rzeszowie miał „stukające" obcasami buty. Modniś Leon często i mnie ubierał. Na ślub założyłam mocno wydekoltowaną kremową suknię rozkloszowaną w pasie. Uszyła mi ją krawcowa, która wcześniej obszywała moją mamę, ale projekt z niemieckiego pisma „Burda" wybrał Leon. Krem ładnie wyglądał, siedząc obok granatu.

– Cieszę się, że Albina na mnie poczekała. Mogę ją teraz uroczyście zapewnić, że dokonała właściwego wyboru, bo ja, kochani... będę ją kochał zawsze i nigdy nie opuszczę. I znów... chciałbym dodać, tak mi dopomóż Bóg... ale nie dodam...

Pociągnęłam go za rękaw marynarki.

– Przestań wywoływać Boga do tablicy, bo się naprawdę obrazi...

Pochylił się, pocałował mnie w nadstawiony policzek. Poprawił krawat i mówił dalej.

– Zatem wznoszę toast, bardzo proszę, ruszcie tyłki i wstańcie, kobiety ciężarne też...

Wstaliśmy posłusznie, energicznie odsuwając krzesła. Nieliczni goście, nieproszeni świadkowie czwartkowej ceremonii ślubnej, odwrócili głowy w naszym kierunku. Gapili się ostentacyjnie, mężczyzna ze stolika pod oknem podniósł swój kieliszek do góry, przyłączając się do toastu. Kelnerzy przestali przecierać kieliszki i również wyciągnęli szyje w naszą stronę. Leon przytulił mnie do piersi jak małą laleczkę, choć byłam tylko ciut niższa od niego. Zachwiałam się na wysokich obcasach, podtrzymał mnie i jeszcze mocniej przycisnął. Czułam wszystkie jego zapachy, wody kolońskiej, skóry, szamponu, alkoholu i tytoniu. Gdyby mi ktoś wtedy powiedział, jak szybko zacznie mnie zdradzać i jaką ilością alkoholu zaleje swoją niewierność, strzeliłabym takiej kraczącej osobie prosto w serce.

– Wypijmy za moją żonę Albinę, żeby mnie pokochała tak, jak ja ją kocham i żeby urodziła nam choć ze dwa małe Albiniątka, i żeby były tylko do niej podobne. Żono... jesteś moją królową na wieki wieków.

– Amen! – Ania powiedziała to razem z tatą.

Ojciec wypił do dna. Zadowolony, uśmiechnął się do mnie przez stół. Bardzo niechętny Wiktorowi, czego nie omieszkał demonstrować przy każdej okazji, Leona uwielbiał. Gratulował mi po wyjściu z Urzędu Stanu Cywilnego z wilgocią w oku takiego dobrego męża, podkreślając, że będzie mu lżej umierać, zostawiając córkę pod opieką mężczyzny zaradnego, wykształconego, na pewnej jak amen w pacierzu, dożywotniej posadzie w wojskowości. Mundur to jednak coś! Ania stała obok podczas tych gratulacji, przysłuchiwała się w milczeniu wylewowi ojcowskiej czułości. Może zazdrościła, może było jej to obojętne, na temat nierówno dzielonych uczuć w rodzinie nie rozmawiałyśmy. Nie zrozumiałam, dlaczego tak chłodno odnosił się do swojej młodszej córki, która szybko wyszła z domu i nigdy nie przysparzała mu trosk ani problemów, podczas gdy ja wciąż gubiłam drogę, a nawet jeśli przez chwilę szłam prosto, moja wędrówka nie miała żadnego celu. Ania wymyśliła sobie, że zostanie lekarką i twarde niczym żelazo postanowienie powinno było cieszyć ojca, bo zawód lekarki to pewność jutra i szacunek sąsiadów, tymczasem on wciąż okazywał swoje niezadowolenie. Kiedy skończyła studia, przyjechała do domu pokazać nam dyplom. Byłam z niej bardzo dumna, za siebie i tatę chwaliłam jej wysiłek, pokrzykując: „Trzeba to oblać! Trzeba to uczcić!". Ojciec mruknął coś wtedy o poniesionych kosztach, od razu wyrażając wątpliwość, czy Ania aby dostanie w Warszawie pracę tak świeżo po studiach? Czy w szpitalu w stolicy znajdzie się dla niej angaż zgodnie z wykształceniem, czy znowu będzie musiała pracować jako salowa? Ania zapewniła go na wyrost, że w Warszawie czeka na nią etat w szpitalu na Szaserów. Tam odbędzie staż, jest to już załatwione. Praca i żłobek dla małej Helenki, Wiktor stanął na wysokości zadania. Tato zareagował po swojemu, odstąpił od tematu pracy zawodowej Ani i zaczął ubolewać, skrzecząc jak stary gramofon, nad wnuczką Helenką, którą będą wychowywać obce baby w niedogrzanym żłobku. Zbyłyśmy jego zrzędzenie milczeniem. Nie pamiętam dokładnie momentu, odkąd zaczęłyśmy traktować tatę jak zdziecinniałego starca, porozumiewając się nad jego głową i za jego plecami pełnym znużenia, ale i zrozumienia wzrokiem. „Niech sobie gada, my wiemy swoje". Uroczysty dzień zakończył się smutno. Tato podsumował rozmowę o przyszłości Ani westchnieniem i głośnym wysmarkaniem nosa w szaro-burą chustkę, z którą się nie rozstawał. Gdyby wasza matka żyła...

Zamknęłam dokument, w którym płodziłam swoją najnowszą powieść. Nie szło mi pisanie, myśli urywały się z łańcucha, ciągnęły w przeszłość, niepokoiły, zamiast rozczulać. Wyszłam na taras popatrzeć na miasto. W oknach sąsiadów paliły się światła, bliżej i dalej od mojego mieszkania ludzie zasiadali przed telewizorami, przestawali ze sobą rozmawiać, nastawiali wzrok i ucho na odbiór durnej rozrywki, która pokazywała w HD świat specjalnie dla nich stworzony. Na ekranie skakali radośni, wypolerowani ludzie, którym strzępiły się drogie kreacje i plątał tępy język. To im się podobało, tego potrzebowali co wieczór i chętnie uczestniczyli w cudzych emocjach, tragediach i sukcesach, swoje dusząc poduszką. Patrząc na ich rozświetlone okna, czułam się jeszcze bardziej samotna. Ale samotność nie zawsze jest stanem złym, choć samo słowo brzmi pejoratywnie. Moja samotność była przewlekła, już nie reagowałam łzami.

Pomiędzy czarnymi stronami rodzinnego albumu znalazłam niewklejoną fotografię rocznej Helenki. Siedziała na wersalce, przytulona do wielkiego miśka, podtrzymywana przez dłoń niewidocznej osoby, prawdopodobnie Ani. Kiedy się urodziła, nie przypuszczałam, nawet jedna trwożna myśl nie przeszła mi przez głowę, że sama nie będę nigdy matką. Z takiego udanego seksu musiały być dzieci! Pierwsze poronienie Leon opłakiwał w towarzystwie wódeczki, drugie razem ze mną, trzecie, do którego się nie przyznałam, nastąpiło dzień po tym, jak Wiktor wpadł do naszego mieszkania i siłą odebrał nam Helenkę. Jedni mężczyźni tak bardzo palą się do ojcostwa, że wiecznie pusty brzuch żony w końcu ich pchnie w zdrowe, młodsze ramiona tej innej. Kwestią czasu pozostawało, kiedy i która urodzi mu dziecko, aby mógł się spełnić w ojcostwie. Nie wiem, czy dobrze wybrał, nie przedstawił mnie matce swojego syna.

Trzymałam telefon w zaciśniętej dłoni przez kilka minut. Chodziłam z nim po mieszkaniu, wyniosłam go na taras, żeby raz jeszcze przewietrzyć głowę, aż w końcu wystukałam numer.

– Nie śpisz? – zapytałam zamiast powitania.

Leon głos miał rześki.

– Moja żona dzwoni o północy, jak mógłbym spać? Co się stało?

– Gdybym cię poprosiła, żebyś jutro do mnie przyjechał... – zaczęłam i natychmiast ugrzęzłam zdenerwowana.

– Poproś, to przyjadę. – odparł.

H
❧

Ojciec trzymał się wersji o tragicznej śmierci swojej żony przez całe moje dzieciństwo. Zrobił z niej w pierwszej zapamiętanej przeze mnie opowieści lekarkę misyjną, która wyjechała do Afryki i tam zmarła na gorączkę krwotoczną. Ubolewał, mnie również pozwalał nad tym płakać, że nie stać go było, aby sprowadzić zwłoki żony do Polski. Zresztą żaden Sanepid nie wyraziłby na to zgody, biorąc pod uwagę zakaźność choroby. Miałam siedem lat i Sanepid uważałam za tajemniczą organizację wojskową, karabinem broniącą bezpieczeństwa ludzi białych przed inwazją ludzi czarnych, którzy są chorzy. Bywało, że chwaliłam się przed koleżankami matką lekarką ratującą dzieci w Afryce, wzbudzając odrobinę podziwu, pozyskując więcej sympatii, na pewno nie współczucia, bo małe dziewczynki nie znają takich odruchów serca. Gdyby zdechł mój kotek, to płakałyby wraz ze mną, ale mama... dorosła kobieta z cudzego domu nie zbierała łez pod dziecięcą powieką. Poza tym one wszystkie, te grube i te chude, mądrale i głuptasy, dziewczynki z blond włosami i brązowymi kucykami miały matki. Matki moich koleżanek z podstawówki, nauczycielki, sprzedawczynie, księgowe, pracownice fizyczne i niepracujące, były sto razy więcej warte na każdym dziecinnym targu niż moja nieobecna samarytanka. Kobiety w miarę upływu czasu zmieniały się, przychodziły na wywiadówki w innych fryzurach, spódnice zaczęły się wydłużać, falować, pojawiły się wzorzyste legginsy i plastikowe kolczyki w uszach. Z czasem obrastały tłuszczykiem, wyżłobiły się im pierwsze zmarszczki pod oczami, spuchły kostki, wykoślawił duży paluch u nogi, a moja matka wciąż była taka sama! Zamrożona w czasie, nosiła niezmiennie te same ubrania, nie chorowała, nie starzała się, jej włosy nie siwiały. Więcej zmian zachodziło w słoju ze śliwkami, które zaprawiła, niż w niej samej. Nie mogłam długo kochać matki kamiennej, matki zabytku.

Ojciec nie pozwolił żadnej kobiecie z nami zamieszkać, dziś myślę, że powinien, czułabym się mniej skrzywdzona. Potrzebowałam kobiecego zapachu na poduszce, ładnej, kolorowej sukienki w szafie, butów na szpilce w przedpokoju, buteleczki perfum w łazience, pudełeczka z koralami i pierścionkami, które mogłabym przymierzać przed lustrem, udając damę. On nie potrzebował kobiety w dużym pokoju czy kuchni. Założył, że w kwestii obecności obcej kobiety w naszym domu, potrzeby małej dziewczynki i polityka karierowicza powinny być podobne. Dobrze mu pasował do wizerunku status mężczyzny samotnie wychowującego emocjonalnie upośledzoną córkę. Do tych nielicznych kobiet, przelotnie za nim przepadających, mówił z głębin ojcowskiej troski: – Helenka nie daje się przytulić, Helenka nigdy nie wypowiedziała słowa „mama", Helenka w ogóle nie umie płakać, nawet kiedy spadła z hulajnogi i rozcięła sobie kolano na długość sześciu szwów, nie zapłakała! Wzruszone, zatroskane i cwane kobiety przykładały otwartą dłoń do ust, jednym okiem zerkały na mnie, drugim uwodziły ojca, szybko kalkulując, jakim skrótem podążyć, aby jak najprędzej zagnieździć się w naszym domu. Wybór był oczywisty – sierotka Helenka! Wyrachowane po ostatni zafarbowany na blond włos kobiety tak dobrze udawały miłość, że mógł się co najmniej trzy razy ożenić. Litowały się nade mną ostentacyjnie, przeliczywszy uprzednio, jak szybko to zainteresowanie mną im się zwróci. Dziergały dla mnie sweterki na drutach, zaplatały warkocz francuski, kupowały sukienkę do Komunii i pierwszy biustonosz. Był czas, że myliły mi się dobre ciocie pielgrzymujące przez nasze mieszkanie. Jakże pięknie taka skomplikowana sytuacja domowa wyglądała w życiorysie ojca, wiele razy cytowanym i analizowanym. Pierwszy Samotny Ojciec RP! Ale źle wybierał zastępczynie matki dla swojej córki, żadna mnie nie pokochała naprawdę i żadnej nie obchodziło moje samotne istnienie w pokoju obok.

Artiom ostro przyhamował przed białą puszką kamery, którą zauważył za późno. Bezwładne ciało jak szmaciana lalka poleciało w przód, przed uderzeniem w deskę rozdzielczą wybroniłam się obiema rękami. Krzyknęliśmy jednocześnie, on w swoim, ja w swoim języku. Mnie wyrwało się najbrzydsze ze wszystkich przekleństw na K, Artiom, jak każdy Ormianin, wystrzegał się używania wulgarnych słów. Jako kobieta nigdy nie byłam narażona na przypadkowe nawet usłyszenie przekleństwa, kompletny cham przy kobiecie nie bluzgnie. Pytałam kiedyś o to Artioma, podziwiając jego opanowanie, wyjaśnił mi, że przekleństwa sypią się jedynie w trakcie ostrych męskich rozrób, pod warunkiem, że w pobliżu nie ma kobiet ani dzieci. Takiego ostrożnego ważenia słów uczą od dzieciństwa, miarkowania, co można komu i gdzie powiedzieć. Żadnego upominania matki, czyjejkolwiek, za przekleństwo pod adresem czyjejś rodzicielki natychmiast można dostać w łeb. Jeżeli mówi się coś ostrego publicznie, a zdarza się to naprawdę rzadko, wypowiada się ewentualnie tylko połowę zdania, z pominięciem „najważniejszego" słowa, bezosobowo, nie kierując wyzwiska do człowieka. Moje dotychczasowe doświadczenia w Armenii potwierdzały jego teorię, sama starannej dobierałam słowa, wystrzegając się wulgaryzmów i niepotrzebnych przekleństw. Ojciec przeklinał tak często i tak ostro, że na mnie przestało to robić wrażenie. Musiałam przyjechać do Armenii, żeby oczyścić swój słownik, Artiom zwrócił mi uwagę raz czy dwa, kiedy się zagalopowałam. Mówił wtedy: – Helena, to do ciebie nie pasuje...

Od wyjazdu z Cachadzor nie odezwaliśmy się do siebie słowem. Artiom pędził, jakby uciekał z miejsca zbrodni, choć wiadomo było, że już na lotnisko w Zwartnoc nie zdąży. Napinał mięśnie, wiercił się na siedzeniu, coś tam sobie od czasu do czasu pomrukując. Zanim ruszyliśmy w drogę powrotną, wysłał przepraszającego SMS-a do Eduarda. Gdybyśmy nie musieli czekać ponad dwie godziny na kobietę, która tyle miała z moją matką wspólnego, co ja z pierwszą kobietą w kosmosie, pewnie by zdążył. Patrzyłam bezmyślnie przez okno z głową skręconą w prawo, czekałam, aż wyciekne ze mnie cała złość na Artioma. Zabawa w Sherlocka Holmesa trwała w najlepsze, dla kogoś znudzonego monotonią życia w upalnej stolicy wspaniała przygoda, ale dla mnie stres podniesiony do najwyższej z możliwych potęgi. Nie wiedziałam, czy mąż Ludmiły był pijany, kiedy prowadził na osiedlu w Dilidżan swoje dochodzenie, czy w ogóle źle pojął misję dowiedzenia się czegoś o polskiej koleżance swojej teściowej Mariny, jedno było pewne: wysłał nas pod zły adres. Kobieta okazała się sprzątaczką hotelową i nie była Polką tylko Słowaczką. Potwierdziła zaledwie fakt, że w 1987 roku przebywała w Dilidżan, mieszkała w tym samym bloku, co Marina i znały się z widzenia. Na imię miała Anna. Zapytałam, czy znała koleżankę Mariny, inną Annę, która przyjechała w tym czasie z Polski. Artiom był zdziwiony, że się rozumiemy, choć ona mówiła po słowacku, ja po polsku. Zastanawiała się bardzo długo, drapała perłowym paznokciem pomarszczone czoło, wznosiła oczy, prosząc pamięć, aby otworzyła szuflady. Obserwowaliśmy ją w napięciu. Po tej wielkiej dramatycznej scenie odpowiedziała krótko: „Nie". Spotkanie z nie-matką zajęło nam 10 minut. Gdy się okazało, że Artiom nie musi się już tak bardzo śpieszyć, w kawiarni na tarasie hotelu wypiliśmy kawę. Tam zaczęło się nasze milczenie. Artiom nie przeprosił, nauczkę dostaliśmy oboje.

Nie czułam się zawiedziona, ani nawet oszukana, najwięcej było we mnie złości na własną naiwność, która już jedną nogą tkwiła w głupocie. Zanim podjęłam decyzję o wyjeździe do Armenii, na samym początku rozpuszczania w marzeniach tej myśli, nie odczuwałam bolesnej tęsknoty za matką. Z niewłaściwych powodów zdecydowałam się na tę podróż, więc nie powinnam oczekiwać, że coś mi się uda. Tak naprawdę wyjechałam, aby oderwać się od zdeformowanej rzeczywistości, która wyżerała ze mnie to, co najlepsze. W podróż wypchało mnie przerażenie, jakie zawsze towarzyszy takim odkryciom. Skoro mnie już prawie nie ma, to równie dobrze może mnie naprawdę nie być. Gdzieś tam, na trudno dostępnych terenach podświadomości, pewnie chciałam się matce wyżalić, ale i tego nie byłam pewna, bo przecież ona najbardziej przyczyniła się do mojego wygaszenia.

Przejechaliśmy przez Erywań na zielonych światłach.

– Zawsze tak mam... – przerwał naszą podróżną ciszę – cały czas zielone światło na skrzyżowaniu. Albo to... kiedykolwiek spojrzę na zegarek, w dzień czy w nocy, wyświetla się dwucyfrowa godzina... 13.13 albo 17.17, albo 22.22...

Podciągnął mankiet i obrócił nadgarstek w moją stronę. Jego wielki zegarek na gumowej bransolecie wskazywał 14.14.

– No i co powiesz?

– O... to na pewno nie jest przypadek... To coś oznacza...

Wjechaliśmy w naszą ulicę. Po obu stronach mieliśmy domy otoczone wysokim murem. Zza murów wyglądały na utwardzoną drogę stare owocowe drzewa. Gałęzie uginały się od dojrzewających śliwek, jabłek i gruszek.

– Artiom...

– No?

– Dziękuję ci za dzisiaj... – Położyłam dłoń na jego ramieniu, a on, trwało to dosłownie ułamek sekundy, pocałował moje palce. Cofnęłam dłoń tak gwałtownie, jakby ukąsił mnie wąż.

– Czasami człowiekowi wychodzi, czasami nie, ale próbować trzeba. – Uśmiechnął się inaczej niż dotychczas.

Pod domem stały trzy samochody, co nas zdziwiło. Najbliżej bramy zaparkowany był land rover należący do Eduarda, dalej stały dwa stare graty wiśniowego koloru.

– Coś się musiało stać... – Artiom jednocześnie rozpinał pasy, parkował i wyłączał silnik. Zanim zdążyłam pozbierać swoje rzeczy, telefon, szminkę, mapę, wyskoczył z auta i pobiegł w kierunku bramy. Siedziałam chwilę, patrząc bezmyślnie przed siebie, niezdecydowana, czy powinnam iść przywitać się z Eduardem, czy uciec do swojego mieszkania, zaryglować drzwi i tam na niego czekać? Pewna byłam, że do mnie przyjdzie. Nie byłam ubrana na taką okazję. Na podróż założyłam lniane spodnie, wymięte i zbyt obszerne w biodrach, czarny podkoszulek i kilka cienkich bransoletek, każda w innym stylu. Związane byle jak włosy, które odkąd przyjechałam do Armenii, nie chciały się ułożyć, nie pachniały świeżością aloesu. Chciałam Eduarda zobaczyć, bardzo chciałam.

W ogrodzie pod drzewami siedzieli jacyś mężczyźni. Udałam, że ich nie widzę i szybkim krokiem, ze spuszczoną głową i ręką grzebiącą w torebce w poszukiwaniu kluczy, weszłam do środka. Idąc schodami na piętro, usłyszałam przez zamknięte drzwi płacz Nataszy. Wysokie dźwięki grane na piszczałce, kilka sekund ciszy i znów krótki lament. Nie musiałam przykładać ucha do drzwi, wyraźnie słyszałam spokojny głos Eduarda, który ją pocieszał. Po chwili do rozmowy włączył się głos Artioma i zaczęła się krzątanina, jakby nagle wszyscy wstali z miejsc. Odskoczyłam przestraszona, że nakryją mnie na podsłuchiwaniu.

Z okien swojego pokoju patrzyłam, zasłaniając się firanką, jak wychodzą z domu, Eduard obejmował Nataszę ramieniem, była w tym braterska troska, ale też zażyłość typowa dla osób, które znają się dosyć dobrze. Natasza przez ciemne okulary patrzyła przed siebie. Eduard podniósł rękę w górę i krzyknął coś do mężczyzn czekających w ogrodzie. Poderwali się z ławki, w pośpiechu wsiadali do samochodów, odjechali jeden za drugim.

Artiom wyszedł z domu, zatrzymał się na tarasie, sprawdził zawartość kieszeni i ruszył w kierunku bramy. Nie wytrzymałam, otworzyłam okno i krzyknęłam:

– Hej! Co się stało?!

Zadarł głowę.

– Ot i nieszczęście... Wieczorem zadzwonię, to opowiem...

– Poczekaj!

Zbiegłam do ogrodu. Zatrzymałam go, kiedy włączając pierwszy bieg, zwalniał sprzęgło. Zapukałam w szybę, zjechała w dół. Samochód lekko drgnął. Musiałam zaczekać, aż Artiom skończy rozmawiać przez telefon. Z tonu wywnioskowałam, że omawia z kimś to nieszczęście, które do mnie jeszcze nie dotarło. Nie gestykulował, ściszonym głosem wymieniał imiona i znajomo brzmiące nazwy. Wyłowiłam kilka wyrazów, jednak nie zrozumiałam sensu.

Zgasił silnik, ale nie wysiadł z auta. Oparł się o kierownicę.

– A jeszcze wczoraj rozmawiałem z Bogumiłem... jeszcze wczoraj... – Kręcił głową. – Patrz, jak to jest, w kilka minut zmienia się wszystko.

– Bogumił? Mąż Nataszy? – Zaczynałam rozumieć. – Nie żyje?! Jezu...

Telefon Artioma znów się rozśpiewał. Spojrzał na ekran.

– Eduard, muszę odebrać. – Wskazał mi siedzenie obok siebie.

Wsiadłam bez zastanowienia, nie martwiło mnie, że zostawiłam mieszkanie otwarte. Artiom jedną ręką przytrzymywał telefon, drugą uruchamiał silnik. Potakiwał rozmówcy, mnie dawał znaki, że musi się śpieszyć. Zapięłam pasy.

Wyjechaliśmy do głównej ulicy.

– Podobno jeszcze żyje, ale źle z nim, bardzo źle... Nieprzytomny, ani ręką, ani nogą... – powiedział, kiedy skończył rozmawiać. – Eduard prosił, żebym przyjechał do szpitala i zajął się Nataszą, dziewczyna ściany gryzie z rozpaczy. On ma pilne sprawy, nie było go długo w Erywaniu. Bogumiła szykują do operacji, czekają na lekarza, jak przyjedzie, to zaraz będą mu głowę otwierać. Panie Boże... taki młody chłop! Jak można tak paść na placu budowy?!

– Wypadek? – Wyobraziłam sobie spadającego z rusztowania inżyniera Szymkowiaka. Artiom zaprzeczył. Nie znał żadnych szczegółów, tyle tylko, że stan jest krytyczny i wszystko wydarzyło się na budowie.

Uspakajała go moja obecność, dziękował, że jadę z nim pocieszać Nataszę, do czego on się zupełnie nie nadawał, nawet nie wiedziałby, co powiedzieć, gdyby się okazało po przyjeździe na miejsce, że jej mąż już trup. Przez większość drogi do szpitala wymieniał z imienia wszystkie osoby, które w ostatnim czasie umarły nagłą śmiercią. Jego głos stawał się coraz bardziej płaczliwy, mówił jak małe dziecko.

– Ja to się bardzo śmierci boję, tyle ci powiem... Jak to będzie, Helena?

– Tak samo jak jest, tylko bez nas. – Odparłam. – Nawet twój samochód cię przeżyje, wszystkie mijane drzewa i te budynki, kamienie, twoja koszula także... człowiek żyje najkrócej... Nie takich słów pocieszenia oczekiwał. Szarpnął kierownicą ostro w lewo.

– A ty o swojej śmierci nie myślisz? – zapytał, kiedy już odzyskał panowanie nad autem. Szukał towarzysza dla swojego strachu przed śmiercią, zbierałam myśli, żeby go trochę rozpogodzić.

– Myślę o śmierci, niezbyt często, ale myślę tak szerzej i to mnie pociesza. Uspokaja wręcz. Wszystko zależy od nastawienia.

– Jak szerzej? – Zerkał na mnie co chwila, jakby w obawie, że przegapi moment wyjawienia mu wielkiego sekretu.

– Śmierć jest dla mnie do przyjęcia w takim kontekście, że grozi nie tylko nam wszystkim w tej chwili spacerującym po ziemi, ale zagarnęła już miliony ludzkie wcześniej. Jedź... – ponagliłam go na skrzyżowaniu. – I w chwilach najgorszego strachu wyobrażam sobie tych wielkich ludzi po drugiej stronie... widzę ich tam... na przykład sławnych pisarzy, jak Tołstoj, Steinbeck, Hemingway... albo kompozytorów, Chopina, Mozarta, albo aktorów, uczonych, piosenkarzy... John Lennon mi się ukazuje zza światów i wtedy gaśnie we mnie ten sprzeciw przeciwko koncepcji śmierci. Solidarność w śmierci... – Rozśmieszyło mnie to stwierdzenie, ale Artiom nie poweselał, wysłuchawszy mojego wywodu, dodawał gazu, żeby jak najszybciej dotrzeć do szpitala. Łamał wszystkie przepisy ruchu drogowego, przekonany, że pilność sytuacji mu na to pozwala.

– Ja niestety wyobrażam sobie tylko siebie w trumnie i jak mnie robaki jedzą... – Wzdrygnął się z obrzydzeniem. – I żadnego sławnego człowieka obok mnie nie ma, leżę sam...

– A jak będziesz tak jechał – wskazałam palcem na prędkościomierz – to się z Johnen Lennonem spotkamy wcześniej, niż przeznaczenie przewidziało.

Podjechaliśmy pod szpital w samą porę.

A

❧

Leon zaproponował, żebyśmy pojechali pospacerować wzdłuż Wisłoka. Nigdy tam nie chodziłam, to było miejsce dla młodych, taka stara baba jak ja nie powinna mieszać się z kolorowym tłumem ani mu zawadzać. Bałam się rowerzystów rozwijających wielkie prędkości wyrobionymi na siłowniach mięśniami. Manewrowali między spacerowiczami w miejscach, gdzie nie było wyznaczonej trasy, dzwonki anonsowały ich niecierpliwość. Własne głowy chronili kaskami, naszych głów nic nie chroniło, przy zderzeniu mój mózg wypłynąłby na asfalt, mózg sprawcy nie uległby nawet wstrząśnieniu. Leon nie wyśmiał moich obaw, przekonywał mnie delikatnie, że spacer w jego towarzystwie dobrze mi zrobi. Mnie i mojemu mieszkaniu, które też pewnie chce ode mnie odpocząć.

– Stęskniłem się za Rzeszowem... – powiedział od progu. – I za tobą też... Dobrze, żeś się odezwała... Słyszałem od znajomych, że twoje miasto nabiera szlachetnej piękności, jak kobieta po trzydziestce. Może wieczorem przyjdzie nam ochota wyjść? Muszę zobaczyć odnowiony Rynek...

– Tak zastawiony parasolami, że nic nie dojrzysz...

– Och... To takie typowe – mówił z łazienki. – Byłem zeszłego lata w Wenecji... na placu Świętego Marka wisi wielka reklama jakichś markowych ciuchów! Zgroza... Wyretuszowana kobitka ustawiona w dziwnej pozie zajmuje całą ścianę zabytku... i przykuwa wzrok turystów bardziej niż gołębie...

Czekałam na niego w dużym pokoju.

– Ładnie mieszkasz... Piękny masz taras, widok na miasto i trochę zieleni... martwiłem się, że źle zniesiesz przeprowadzkę z naszego domu, ale widzę...

– Przyzwyczaiłam się raz-dwa – przerwałam mu w pół słowa. – Dla tego tarasu wybrałam to mieszkanie, fakt.

Obejrzał książki, obrazy, garnki, zachwycony byle bibelotem na regale, chwalił mój gust. Jego palce dotykały różnych rzeczy, była w tym jakaś intymność. Chciałam ugościć go herbatą, ale skrzywił się tylko i zapytał, czy nie mam czegoś mocniejszego?

– Dalej nadużywasz? – odezwałam się nieuprzejmie i zaraz pożałowałam tego tonu. Leon roześmiał się.

– Jestem po odwyku, tak że nalej mi tylko setkę... – odparł.

– A ja poważnie pytam, jak twoje picie?

Usiadł w fotelu. W kraciastej koszuli, sztruksowych spodniach i zamszowych butach wyglądał elegancko, jak turysta z Anglii. Posiwiał, jednak nie pomarszczył się tak jak ja. Udało mu się też nie przytyć, sprężyste ciało, wciąż posłuszne dyktatorskiej głowie, było nadal zgrabne. Wypielęgnowane dłonie spoczęły luźno na kolanach.

– Nie musisz się martwić moimi alkoholowymi nawykami... – skłamał gładko jak zawsze. – Ograniczyłem się wiele lat temu. Jeśli masz dobre wino, postaw, a jeśli nie...

– Mam – powiedziałam krótko.

Zawsze lubiliśmy sobie dogadzać, gotując wspólnie, pijąc węgierskie wina, które przywozili nam podejrzani koledzy z resortu, niedzielne wyjścia do restauracji nie musiały mieć okazji. Nasza inność była droga w utrzymaniu, ale łatwa w uprawianiu, ponieważ nie śledziły naszych poczynań oczy familii. Bliscy zazwyczaj każdy krok i zachowanie poddają pod sąd rodzinny, a my nie odpowiadaliśmy przed nikim, między sobą ustalając, co chcemy zrobić i kiedy. Rodzina Leona była daleko, ja miałam tylko chorego ojca, któremu zaczynało się śpieszyć do trumny i otwarcie o tym mówił. Znajomi nie wtykali nosów w nasze kipiące dobrym jedzeniem garnki, za próg wpuszczaliśmy tylko wybranych. Stanowiliśmy parę samowystarczalną, zwykli ludzie do nas nie pasowali.

Przyniosłam z kuchni czerwonego włoskiego merlota, dwa zgrabne kielichy i otwieracz. Leon z wprawą odkorkował butelkę. Wypiliśmy bez toastu.

– Przyzwoite – pochwalił. – Całkiem przeszedłem na wino, już nie maczam ust w wódce, piwo też odstawiłem. Dbam o siebie.

Podwinął mankiety koszuli. Miał na ręku zegarek, który sprezentowałam mu w dziesiątą rocznicę ślubu. Rotary na czarnym skórzanym pasku. Złapał moje spojrzenie.

– Co cię tak dziwi? Jestem sentymentalny.

– Mnie sentymentalizmem nie uwiedziesz, ale miło, że jeszcze go nosisz. Może serów nakroję? Głodny jesteś? – zapytałam. Usłyszał troskę w moim głosie.

– Daj, co masz w lodówce – odpowiedział szybko. – Nie zatrzymywałem się nigdzie po drodze, jestem głodny. Pierwszy raz przejechałem autostradą z Wrocławia do Rzeszowa, nie sądziłem, że dożyję takiej chwili...

Poszliśmy do kuchni oboje. Leon usiadł przy stole, jak kiedyś czekał, co mu podam do pokrojenia. Miałam trzy gatunki serów, pleśniowy, wędzony i kremowy brie, trochę dobrze uwędzonej kiełbasy prosto ze wsi, pomidory malinówki i chleb orkiszowy. Kroił wszystko na ładne, symetryczne kawałki, ja układałam je na talerzu, przechodząc wolno od szafki do stołu. Starałam się nie kuleć, ale Leon szybko zauważył, jaki mam problem.

– Dowiedziałem się o tym wypadku dopiero rok po... – Patrzył na mnie współczująco. – Mogłem przyjechać z Wrocławia, gdybyś dała znać.

Machnęłam ręką. Nastawiłam kilka jajek. W lodówce miałam domowy majonez i kiszone ogórki własnej roboty. Postawiłam słoik przed Leonem. Mocował się przez chwilę, podważył pokrywkę, zapachniało koperkiem i kwasem.

– Cierpisz bardzo? – zapytał, odbierając mi nóż. Zamierzałam pokroić chleb, ale mnie wyręczył. Spojrzał mi w oczy, kiedyś błękitne, dziś już tylko mętne odcieniem szarości. Jeśli coś tam jeszcze było, to wielka życzliwość, jaką wciąż mogłam obdarować swojego męża.

– Człowiek więcej może wytrzymać, niż mu się wydaje. Poza tym do bólu można się szybko przyzwyczaić... miesiąc, dwa łupania pod czaszką, pogodzony, przestajesz spodziewać się poprawy i zaczynasz żyć normalnie... od tabletki do tabletki.

Patrzył, jak niezręcznie się schylam, bez uginania kolan. Zaniosłam talerze do pokoju, Leon przyniósł całą resztę naszej skromnej biesiady, nie zapomniał nawet o serwetkach. Dolał nam wina. Gdybyśmy się spotkali w innych okolicznościach, pewnie opowiedziałabym mu o wypadku, tygodniach w szpitalu, rehabilitacji i irytacji jej towarzyszącej, o dniu, kiedy sobie zdałam sprawę, że zrośnięte kości i zagojone stłuczenia będą boleć do końca moich dni, jeśli przyjdzie zmiana pogody, trochę wilgoci lub jeśli wykonam jakiś nagły skręt, mały ruch w złym kierunku, ból mnie pokona, powali na posadzkę, wybudzi z twardego snu, odbierze apetyt, poczucie bezpieczeństwa, a na końcu rozum. Łatwo przychodziło mi sobie wyobrazić, że kiedyś zwariuję z bólu, jakże prędko to mogło nastąpić! Ściągnęłam go z Wrocławia w sprawie Heleny, szkoda mi było tych chwil, żeby zaśmiecać naszą rozmowę odpadkami z mojego życia.

Leon nie nalegał więcej, kiedy mu oświadczyłam, że czuję się całkiem nieźle, skutków wypadku prawie już nie odczuwam, czasami coś tam łykam na sen. Ze spotkania oko w oko z pijanym kierowcą busa nie powinnam ujść z życiem. Z mojego auta zostały żałosna harmonijka z kołem w brzuchu, rozpruta poduszka i drobinki szkła na asfalcie wokół. Starałam się nie pamiętać tygodni spędzonych w szpitalu.

– Kiedy zadzwoniłaś, natychmiast pomyślałem, że ma to związek z twoim stanem zdrowia. Co innego mogło cię zmusić do skontaktowania się ze mną?! – Podniósł kawałeczek sera do ust. W drugiej ręce trzymał kieliszek wina.

– Bardzo ci dziękuję, że przyjechałeś...

Odstawił kieliszek, wytarł palce serwetką.

– Albina, powiem szczerze... Rozważałem całą drogę najczarniejszy scenariusz... Taka byłaś oszczędna podczas rozmowy telefonicznej, a to może oznaczać... – zawahał się. – Jesteś mi najbliższą osobą na świecie... Więc proszę cię... powiedz wprost. Rak?

Był bardziej zdenerwowany, niż okazywał, zbyt często przełykał ślinę, odruchowo zaplatał palce, aby je natychmiast rozpleść. Zawsze tak robił, gdy spodziewał się złej nowiny.

– Prawdą jest, że wszyscy żyjemy od diagnozy do diagnozy, ale póki co, jeszcze wyroku nie usłyszałam – powiedziałam, biorąc z talerzyka połówkę jajka. – Myślisz, że ściągałabym cię z Wrocławia w tak nieistotnej sprawie, jak moje zdrowie? Co to dla ciebie za różnica, martwa Albina czy żywa? Chyba że jako wdowiec mógłbyś nareszcie się ponownie ożenić. Dziwię się, że jeszcze mnie nie poprosiłeś o rozwód, czekałam dziesięć lat na papiery od adwokata, ale nie nadeszły.

– Minęło dziesięć lat? – zdziwił się. Zignorował moją małą złośliwość.

– Prawie jedenaście.

Nie było nam pilno do wspominania tamtego upalnego lipca, kiedy ostatecznie zadecydowałam, że muszę się Leona pozbyć z domu, z oczu i z serca. Byłam ciekawa, czy ma teraz kogoś na stałe? Przyjechał do mnie wprost z ciepłego gniazdka przyozdobionego firanką i sztuką nowoczesną, czy z zagraconej kawalerki ze stertą naczyń w zlewie? Wiele z wyglądu nie wywnioskowałam, Leon samotny czy Leon zajęty, to zawsze pachnący elegancik w dobrze leżących ubraniach i odpastowanych butach. Dbał o wygląd naszej pary, wszystkie najładniejsze sukienki kupił mi w Peweksie, po dżinsy dla nas obojga jeździł na bazar Różyckiego do Warszawy, zimowy płaszcz wybierałam w Telimenie, buty z firmy Salamander przywozili nam z NRD jego koledzy. Leon udzielił mi pierwszej lekcji mody, zanim jeszcze cały ten sztucznie nadmuchany przemysł się nakręcił i wpędził setki dziewczyn w anoreksję. Drogi wygląd gwarantują torebka, buty, zegarek i okulary słoneczne, pozostałe elementy mogą być zwyczajne – pouczał mnie podczas zakupów, jakie czasami robiliśmy razem. Po rozstaniu z Leonem przestałam się ubierać. Wdziewałam na siebie wygodne szaty i płaskie, szerokie w palcach buty, zobojętniało mi odbicie w lustrze, unikałam go. Na jego wizytę założyłam spodnie dżinsowe na gumce i niebieską, męską koszulę. Gdybym wiedziała, że wciąż nosi zegarek ode mnie, założyłabym prezent od niego, złoty łańcuszek z ozdobnym sercem.

Rozmawialiśmy, ostrożnie posuwając się we wspomnieniach i omówieniach czasu teraźniejszego, świadomi, że w tej ziemi, która nas dzieli, leży sporo ukrytych niewybuchów, źle krok postawisz, będzie huk. Dopiero przy drugiej butelce zaczęłam niemrawo wyjawiać zawiłości mojego planu. Łudziłam się, że uda mi się powiedzieć tylko to, co do planu ściśle należy, niewygodne części zatrzymać dla siebie. Leon od razu wypalił, że uwłaczam jego inteligencji.

– Nie kręć, nie kręć, bo nie masz do tego predyspozycji – skarcił mnie. – Mów mi tu zaraz, o co chodzi?

– Tylko się nie denerwuj... – wzięłam głęboki wdech. – Muszę zdobyć haka na Wiktora Benca.

Leon spojrzał na mnie z niedowierzaniem. Zanim się roześmiał, sięgnął przez stół po otwieracz do wina. Byłam przygotowana, w lodówce chłodziłam jeszcze dwie butelki musującego, przy załatwianiu tego rodzaju spraw nie można było oszczędzać.

– Haka? Na Benca? – Nalał mnie kropelkę, sobie do pełna. – Dosłownie wczoraj słuchałem go w radiu... na logopedę się nie wykosztował, dalej się jąka i, co mnie najbardziej wkurza, kończy wyrazy na „om” zamiast na „ą”... Naszom, waszom, prostom, Wielkom Brytaniom... Zaszedł daleko, trzeba przyznać...

– Twierdzi, że po wyborach będzie marszałkiem Sejmu...

Leon zaśmiał się i natychmiast zakrztusił, kilka kropel śliny wylądowało na obrusie. Przykrył je serwetką.

– Koniec świata... Benc z laską marszałkowską... Ciekawe, czy jego partyjni koledzy orientują się w jego przeszłości? – Wyciągnął nogi. Pod światło obejrzał kolor wina. – Czemu ja się dziwię... niejeden towarzysz z mojego... nazwijmy to, środowiska, zrobił karierę na prawicy. Co chcesz mu zrobić tym hakiem? Postraszyć go czy załatwić? Nie widziałem jego teczki, ale wiem na pewno, że istniała.

– Donosił? – Miałam nadzieję w głosie, zadając to pytanie. Leon pogroził mi palcem.

Zawsze był powściągliwy w ocenach innych i niechętnie rozprawiał o ludzkich podłościach. Nie lubił i nie umiał obgadywać, nie krzywdził dla samej satysfakcji krzywdzenia. Wiedziałam o tym, ale Wiktor Benc to był nasz wspólny wróg. Jemu prawdopodobnie mój mąż zawdzięczał wyrzucenie z wojska w 1990 roku. Przypomniałam mu o tym.

– Nie ma na to dowodów – powiedział, dopijając do dna. – Zgubiłem służbową broń, za to wylatywało się ze służby.

Spojrzałam na niego, wykrzywiając usta z odrazą. Wzruszył ramionami, odbiła się od niego moja niechęć, jakbyśmy rozgrywali partię tenisa. Kiedy miał miejsce ten incydent, oboje doszliśmy do wniosku, pijąc i płacząc, że zdarzenie, jakie doprowadziło do wydalenia Leona z wojska, to nie była siła przypadku. Coś, co zostało zapisane w raporcie – jako zgubienie broni służbowej, pistoletu P-64, potocznie zwanego CZAK – naprawdę było zemstą Wiktora. Przypomniał sobie o nas i załatwił Leona, tak jak obiecywał, odbierając nam Helenkę.

– Nie zgubiłeś... Ukradli ci. Upili cię do nieprzytomności i ukradli – powiedziałam po dłuższej chwili milczenia. Leon zmrużył oczy i spojrzał jak dawniej na swoją pyskatą, niezbyt racjonalną w osądach, żonę. Był spokojny.

– Fakty, kochana moja, fakty były takie, że straciłem broń służbową podczas libacji... Nikt mi do gardła na siłę nie wlewał. Obudziłem się w cementowni, flak i wrak, bez broni...

– Ja to wszystko wiem, Leon, ty mi nie opowiadaj historii, która była częścią mojego życia... – przerwałam mu poirytowana tym jego opanowanym, gawędziarskim tonem. – Dobrze pamiętam, co wtedy się stało i co sam mówiłeś.

– Co takiego? – Wciąż się do mnie uśmiechał, jakbyśmy prowadzili serdeczną rozmowę o starych dziejach. Może ja też byłabym taka radosna i wyciszona, gdyby Wiktor na powrót nie wkroczył w moje progi? Nie podgrzewałam atmosfery, aby wprowadzić do rozmowy więcej dramatu, trzęsłam się cała na wspomnienie tamtej sytuacji, a najbardziej poszkodowany zbywał mnie uśmiechami i wyrozumiałością, jaka się należy ocenie dawno popełnionych niegodziwości.

– Ano to – mówiłam z gniewem – że ludzie, którzy cię wtedy zaprosili na wódkę, wyparowali jak kamfora. Mieliście robić interesy na alkoholu, mieliście plany, wielkie rzeczy w zamiarach, a następnego dnia już ich nie było. Ani twojego CZAKA. Przybysze z kosmosu? Pamiętasz, jak dzwoniłeś pod numer kontaktowy, jaki ci dali i połączyłeś się z jakąś spółdzielnią inwalidzką? Jak szalałeś po mieście, szukając swoich kompanów? Do Kielc pojechałeś za nimi, a tam pod adresem z wizytówki zwykły blok stał i żadnej firmy. Mało zawału nie dostałeś... Może jestem stara i zgorzkniała, ale na pewno nie będę przepraszać za to, że mi Bóg pamięci nie odebrał...

Leon wstał z fotela i podszedł do okna. Patrzył przez chwilę w chmurne, szarzejące na horyzoncie niebo i odwrócony plecami ode mnie, powiedział, mniej już beztroskim tonem.

– Nie ma sensu do tego wracać. No i taka to różnica między nami, że ja przeszłość pogrzebałem...

– Będziesz musiał odgrzebać, po to cię tu zaprosiłam.

Wyciągnął ręce z kieszeni. Podeszłam do niego i chwyciłam go za łokieć.

– Chodzi o Helenkę.

– Jego córkę?! – zdziwił się. – Masz z nią kontakt?!

– Była u mnie – odparłam. Zamknęłam drzwi balkonowe i zasłoniłam firaną. Leon nie mógł już patrzeć na miasto, zmusiłam go do powrotu do stołu. Zapytałam, czy nie ma ochoty na coś mocniejszego, ale odmówił.

Opowiedziałam mu o wizycie Helenki, jej żółtym płaszczu, którego nie chciała zdjąć, kiedy przyszła mnie wypytać o Anię, pięknych jasnobrązowych włosach, wydanej książce i podróży do Armenii. Pojechała, nie żegnając się z mężem ani ojcem, na własną rękę szukać matki.

– Nie zaprzyjaźniłyśmy się – przyznałam szczerze. – Przyszła zła i wyszła zła. Chciała, bym dała jej listy, ale sam wiesz, że nie mogłam... Po co ma czytać o tych Ani rozterkach sprzed jej narodzenia, o tym biseptolu, rozważanej skrobance... Zaraz po wyjściu Ani spaliłam te listy, nie wpadną w niepożądane ręce po mojej śmierci.

– Może chociaż znajdzie jej grób... – Leon posmutniał. – Dziwię się, że dopiero teraz zaczęła poszukiwania. Nie mówiłem ci nigdy, ale przed laty widziałem ją całkiem z bliska... na stadionie w Chorzowie podczas meczu piłki nożnej Polska–Anglia, w maju 1993 roku. Była tam z ojcem, siedzieli trochę niżej ode mnie...

– Dlaczego mi nie powiedziałeś?! Leon?!

– Bo nie chciałem, żebyś znów zaczęła o niej myśleć i próbować się z nią spotkać.

Nie mogłam uwierzyć w to, co słyszę. Nie rozumiałam. Leon podał mi ogień. Zaciągnęłam się mocno i wydmuchałam dym przez ramię.

– Co jeszcze przede mną ukryłeś? – Trzymałam papierosa wysoko, uniosłam łokieć w powietrzu, zginał się opornie, kiedy niosłam papieros do ust. Leon spojrzał na swoje dłonie, potem podniósł wzrok na mnie.

– Zdenerwowałem cię niepotrzebnie... przepraszam.

– Nie jestem zdenerwowana – burknęłam. Dym zasłonił mi twarz. – Spotkałam się w Warszawie z Wiktorem. On ma informacje na temat miejsca pobytu Ani. Powiedział mi, że wyemigrowała do Ameryki, do Los Angeles. Helena siedzi w Erywaniu i szuka po omacku, bo ja... samej mi w to trudno uwierzyć, nawet nie wiem, jak ten lekarz miał na nazwisko. Pamiętasz może? Mówiła do niego Greg... – z podniecenia drgała mi boleśnie powieka, musiałam ją przytrzymać palcem na gałce oka.

– Zaraz, zaraz... Co ty mówisz? Anka żyje?!

– Wiktor tak twierdzi.

Leon nie dowierzał.

– To chyba niemożliwe... Gdyby żyła, w końcu sprowadziłaby dziecko do siebie. Każda matka tak robi. To fałszywy trop, nawet tego nie rozważaj. Miała dwadzieścia siedem lat, żeby się odezwać... Nie... to niemożliwe... – Kręcił głową.

– A jeśli?

Ania przywiozła nam Helenkę do Rzeszowa w sobotę 6 sierpnia 1988 roku. Dzień wcześniej, dzwoniąc z poczty w Warszawie, upewniała się przez telefon, czy będę sama w domu, bardzo jej zależało, żeby Leon nie był obecny przy naszej rozmowie. Nie uprzedziła mnie, że przyjeżdża z dzieckiem, w ogóle nic nie wyjawiła. Nieswoim głosem, oszczędnie, zapytała, czy może liczyć na moją pomoc w bardzo ważnej sprawie. Przytaknęłam ochoczo, choć czułam każdym nerwem nadciągający kataklizm. Leon pojechał do jednostki w Nowej Dębie na uroczystości wojskowe połączone z pożegnaniem kolegi przechodzącego na emeryturę. Z takich wyjazdów wracał, dopiero gdy kompletnie przetrawił i wydalił z organizmu to, co zjadł i wypił. Nie narażał mnie nigdy na przykry swój widok po trzydniówce chlania. Chłopcy z białymi pasami i otokami na czapkach z Wojskowej Służby Wewnętrznej musieli mieć zdrowe wątroby, kiedy wstępowali do „firmy", czekało ich bowiem wiele lat intensywnego picia, palenia i pilnowania porządku w wojsku. Zapewniłam Anię, że będziemy same, nieświadoma jej planów, prosiłam, żeby została u mnie choć kilka dni.

– Przywieź Helenkę, tak się stęskniłam...

– Przyjadę z dworca taksówką i zostanę krótko – kończyła rozmowę. – Nie dam rady przenocować, nie zawracaj sobie głowy zmianą pościeli... Do jutra...

– Sama przyjedziesz? – zapytałam do głuchej słuchawki.

Czekałam na nią przy oknie, niespokojna, roztrzęsiona, potem jeszcze wiele razy w życiu tak się czułam, jak w oku cyklonu, oszukana przez chwilową ciszę, niegotowa na to, co ma nastąpić.

Nasmażyłam naleśników z jabłkami i ugotowałam zupę pomidorową, ulubione potrawy mojej siostry. Z taksówki wysiadł najpierw on, potem Ania z Helenką na rękach. Pomyślałam tylko, że naleśników nie wystarczy dla wszystkich. Zbiegłam do nich po schodach, gubiąc po drodze pantofle.

Rok wcześniej Ania powiedziała mi o wspaniałym lekarzu z Armenii, który zaczął pracę w jej szpitalu. Najpierw przedstawiła go jako kolegę, z czasem dodała przymiotnik „serdeczny", po kilku miesiącach kolegę zastąpiła przyjacielem. Równo ze zmianą czasu i pory z jesiennej na zimową Greg zmienił status na „mężczyznę jej życia". Cieszyłam się razem z nią tym znalezionym na korytarzu szpitalnym szczęściem i nie obawiając się żadnych drastycznych rozwiązań, sekundowałam z daleka zakazanej miłości. Żaden, najmocniejszy nawet promień słońca nie rozświetli kobiecej twarzy tak, jak miłość. Boże Narodzenie 1987 roku spędzałyśmy w domu taty. Ania przyjechała z Warszawy pociągiem ekspresowym z chorą Helenką, ubraną w żółty lśniący kombinezon. Kiedy do mnie przyszła po latach w nieprzemakalnym żółtym płaszczu, wyświetliła mi się tamta Wigilia i jej rozpalona gorączką buzia w kapturze.

Wiktor został w stolicy, nawet nie zatelefonował, by się usprawiedliwić czy przeprosić. Bał się wyjechać choćby na dzień, znał swoich kolegów i wiedział, że tylko jego stała obecność w centrum wydarzeń zagwarantuje mu silną pozycję, o jakiej marzył. Trzymał rękę na pulsie, na gardle i na portfelu. Trzeba przyznać, koń mu nigdy spod tyłka nie uciekł. Był przedstawicielem tak zwanej warszawskiej elity polskiej opozycji, a wówczas sporo już się działo między starym a nowym porządkiem w Polsce. Okrągły Stół miał za półtora roku rozpocząć prace w podgrupach. Wiktor Benc był doradcą najważniejszych i najczęściej wymienianych z nazwiska członków opozycji solidarnościowej, która chciała ułożyć się z reżimem. Uważał, jak większość nieboszczyków na cmentarzu, że jest niezastąpiony i tylko on może dopilnować najistotniejszych spraw, gdzie zarówno jego talent negocjatorski, jak i udzielająca się otoczeniu chęć kompromisu i ugody zapewnią Polsce świetlaną przyszłość, jemu żelazną pozycję i chwałę na wieki wieków, amen. Ostatecznie nie załapał się do głównych obrad Okrągłego Stołu, nad czym z początku gorzko płakał, z czasem, kiedy czarne zszarzało, a białe wyblakło, zaczął się chełpić tą sławną nieobecnością. Z lubością podkreślał w wywiadach, że nie przyłożył ręki do zdrady narodowej, jakim był układ zawarty w Magdalence.

Dzięki jego chorym ambicjom nasze ostatnie wspólne święta były cudowne.

Leon usługiwał obu siostrom jak najwierniejszy paź. Wszechobecny, wszechzaradny, na każde kichnięcie przybiegał i był. Nie miałyśmy wielkich talentów kucharskich, Ania gotowała tylko zupy z proszku i nafaszerowane kiełbasą bigosy, ja umiałam usmażyć naleśniki, wychodziły też spod mojej ręki nieźle doprawione tatary, dopiero przy Leonie nauczyłam się wykwintnie gotować. Tato również nie interesował się talerzami, wolał rozmowy o życiu sąsiadów, papierosy ekstra mocne z filtrem oraz wódkę stołową w dzień powszedni, a soplicę przy okazji uroczystości rodzinnych. Przyniósł nam z lasu piękny świerk, ociosał siekierą, wbił w śrogi i podłączył lampki. Wszystkie działały, co nigdy wcześniej się nie zdarzało. Cały ten wysiłek, z choinką, świeczkami, lampkami i prezentami dedykowany był wnuczce Helence i zięciowi Leonowi. Tato cieszył się nimi, chrząkał i poklepywał Leona po plecach, wciąż przypominając mu, żeby przestał nazywać go panem Soleckim. Życzył sobie być tytułowany „tatą".

Leon przejął inicjatywę i bez angażowania nas przygotował potrawy wigilijne. Przepasany kwiecistym fartuchem, który należał do naszej mamy, doprawiał, kosztował, przelewał, podsmażał, odcedzał, raz po raz wybiegał z kuchni z tłustymi od oleju palcami i łasił się do mnie, trzymając ręce wysoko w górze.

– Siadać i kolędować, nie mieszać mi się do garów! – powiedział, całując mnie w nos. Kiedy nikogo nie było w pobliżu, szepnął: – Nalej mi odrobinę.

Jeszcze wtedy nie martwiłam się ilościami, jakie wlewał w siebie przed południem. Żołnierskim przywilejem jest dużo pić, każda żona mundurowego to wiedziała.

Ania, mimo protestów Leona, ulepiła pięćdziesiąt ruskich pierogów, dla nas była to podstawa wigilijnej kolacji i zawsze kojarzyła nam się z mamą. To ona z tej prostej potrawy uczyniła rarytas. Większość rozlazła się podczas gotowania, ale nikt tego nie skomentował. Ojciec siedział napuszony i dumny, obserwując sceny z życia rodzinnego córek. Ania posadziła Helenkę obok niego na wersalce, ale mała szybko zasnęła, znużona towarzystwem i gorączką. Dałyśmy jej pół rozkruszonej aspiryny w łyżce soku malinowego. Część lekarstwa wypluła z płaczem. Na prezent pod choinkę kupiłam Helence nakręcane jabłko, z którego wychodził zielony robak, lalkę płaczącą ochrypłym głosem z bateryjki i zimowy zestaw czapka plus rękawiczki. Akrylowy zestaw zakupiony spod lady w sklepie Gigant miał metkę opisaną po angielsku.

Tato, zwracając się do mojego męża per Leoś, zaproponował oficjalne wypicie po kielichu księżycówki, zanim pójdziemy o północy na mszę. Od śmierci mamy tylko raz opuściliśmy pasterkę, właśnie w roku, kiedy umarła. Pogrzeb odbył się dzień przed Wigilią, nie wyszliśmy wtedy z domu przez całe święta, patrząc ze strachem na puste, zasłane kraciastym kocem łóżko, na którym umarła. Szpital, nie pytając rodziny o zdanie, wypisał mamę do domu „Na święta", więc tato przywiózł taksówką chudą jak szczapka i bladą jak gruźlik żonę, która o własnych siłach nie wyszła z auta. Pozbywali się z korytarzy i sal szpitalnych pacjentów lekko chorych albo umierających, pielęgniarki i lekarze chcieli mieć trochę spokoju w ten święty, radosny czas.

Helenka zasnęła na wersalce obok choinki z kawałkiem futerka, które kiedyś jako ogon miał nasz pluszowy kot, jedyna zabawka z dzieciństwa. Ania przykryła ją kocem, wyciągnęła spomiędzy paluszków kilka czarnych włosów.

Mówiła spokojnie, popijając gorącą herbatą szokujące wyznanie, które było jednocześnie spowiedzią, żalem za grzechy i postanowieniem poprawy. Z jej punktu widzenia. Choćby największa nawałnica nadeszła, zaćmienie wszystkich słońc, wymarcie gatunków na ziemi, ona z Gregiem będzie budować nową rodzinę.

Prawdopodobnie w Armenii. Jak to w Armenii? Gdzie leży Armenia? Mają dostęp do morza? Nie wiem, dlaczego w drugiej kolejności zapytałam o morze, ale chyba moja podświadomość już planowała odwiedziny u siostry w egzotycznym, słonecznym kraju z kilometrami plaż i łańcuchami gór.

– Nie. Armenia ma tylko jezioro – odparła. – Znajdź na mapie Kaukaz i Gruzję, albo Iran i Turcję... pomiędzy nimi wciśnięta jest Armenia.

Tato nie miał w domu atlasu, jedynie podartą na zgięciach samochodową mapę Polski. Sama mu ją kupiłam, kiedy dostał talon na samochód. Biegałam po domu w poszukiwaniu encyklopedii, ale też nie znalazłam, Ania poprosiła, żebym usiadła i się uspokoiła, bo od tego mojego slalomu kręci jej się w głowie. Zanim zapytałam o Wiktora, powiedziała z największym opanowaniem, właściwym zdeterminowanym kobietom, że zaraz po świętach poinformuje go o swoich planach rozwodowych. Nie ma co dzielić lub nad czym płakać. Krótki związek małżeński nie pozostawia po sobie wielkich projektów godnych dokończenia ani nawet grobów. Album z ich wspólnymi zdjęciami jest wyjątkowo chudy. Tak jak wszedł w naszą rodzinę, tak wyjdzie, nie zaszły jeszcze żadne zmiany, nic głębokiego w każdym razie, więc rozejść się powinno być łatwo. Ich pociągi, pana Benca i pani Benc, jechały wprawdzie po tych samych szynach, ale w przeciwnych kierunkach.

– Widzę, że to nie romans z nocnego dyżuru, a rewolucja na dwóch frontach! – powiedziałam, kiedy skończyła. – Szczerze? Powinnaś chyba dać sobie trochę więcej czasu...

– Wyczerpałam limit życiowych błędów. – Zaśmiała się w dno szklanki. – Jestem pewna. Cały rok spędziłam na zastanawianiu się, czy mogę, czy się odważę, czy warto? Myślisz, że to jest decyzja z wczoraj?

– Nie w tym sensie... – próbowałam się poprawić.

– Kiedy się poznaliśmy... Greg po prostu wydał mi się nietuzinkowym, inteligentnym i bardzo... oddanym naszej profesji... chłopakiem. I długo patrzyłam na niego jako mężatka, nawet jednym gestem czy spojrzeniem nie zdradziłam, co tam we mnie zaczyna dojrzewać. Och... nie patrz tak na mnie!

Nie wiedziałam, jak patrzeć na siostrę. Dziesiątki razy myślałam o tej nocy między Anią a Wiktorem, która zakończyła się poczęciem Helenki. Może to w ogóle nie było w nocy, tylko po południu? Albo rano przyszła do niego do łóżka, podciągnęła koszulę, odkryła kołdrę, zrobił jej miejsce obok siebie, a potem zagarnął ją pod siebie. Albo to on do niej zaczął się tulić, przy wódce lub całkiem na trzeźwo wyznał jednej siostrze, że z drugą już skończył, wolny jest i chciałby znów kochać. Możliwe było też, że rzucili się na siebie jednocześnie, bez prezerwatywy wszedł do jej królestwa, nie zdążyła wyciągnąć kalendarzyka, który nosiła w portfelu jak talizman, nie obliczyła dni płodnych, miała nadzieję, że można do końca, kiedy zapytał, zacisnęła uda na jego torsie.

– To co teraz będzie? – zapytałam. Dochodziła północ, słyszałyśmy bicie dzwonów i głośniejszy śmiech Leona w kuchni.

– Mamy plan, dosyć ryzykowny, prawdopodobnie będę potrzebowała twojej pomocy, kiedy przyjdzie czas... – Ania sięgnęła po róg kocyka i naciągnęła go na ramiona Helenki. Dziewczynka spała ciężkim snem, z trudem oddychając przez nos.

– Ma gorączkę. – Ania przyłożyła dłoń do policzka córki. – Nie pójdę z wami na pasterkę, kiedy się obudzi, napuszczę letniej wody do wanny i ją wykąpię, tak najszybciej zbiję temperaturę. Utrzymująca się gorączka bardzo wyczerpuje organizm...

– Chyba nikt nie pójdzie dziś do kościoła, słyszysz, jak w kuchni jest wesoło...

Leon stanął w drzwiach. Zachwiał się lekko na nogach. Tato wciąż siedział przy stole, obracając w dłoni pustą butelkę po bimbrze.

– Albina, kotku mój najsłodszy, czy my przywieźliśmy żytko, czy mi się wydaje?

Ania spojrzała na niego rozbawiona. Nie podejrzewała niczego złego. Poszłam do pokoju na piętrze, gdzie zostawiłam torebkę i przyniosłam po chwili butelkę wódki. Wzięliśmy ją ze sobą „na

206

wszelki wypadek", gdyby pojawili się jacyś goście, albo gdyby nam przyszła ochota wypić kieliszek. Dawno już zrezygnowaliśmy z tego zwyczaju, że w Wigilię zarówno kiełbasę, jak i alkohol można stawiać na stół dopiero po północy.

Kiedy stuknęło szkło i tato zaczął nucić kolędę, Ania nagle poweselała. Przyniosła nam z kuchni dwie szklanki do połowy wypełnione alkoholem i napój pomarańczowy. Odsłoniłam firankę, żeby popatrzeć na padający śnieg. Leon zaczął wspominać styczniowe mrozy i te rekordowe minus 34 stopnie zarejestrowane w 1987 roku w Kielcach. Ojciec nie pamiętał poprzedniej zimy, spierali się z Leonem, w końcu mój mąż dał za wygraną. Starsi ludzie im mniej pamiętają, tym głośniej i zacieklej się kłócą o swoją wersję historii. Napadało przez noc kilka centymetrów białego puchu, gdyby Helenka poczuła się lepiej, moglibyśmy ją zabrać na sanki. Te same, zrobione z drzewa bukowego, na płozach podbitych paskami metalu, na których tato woził nas, gdy byłyśmy małe. Trochę zniszczone, ale wciąż szybkie.

– Boże, jak pięknie, baśniowo... – Ania stanęła za moimi plecami i objęła mnie w pasie. Czułam jej ciepło. – Dawno nie było tak biało w Wigilię...

Patrzyłyśmy na podwórko, na konary drzew przygniecione białymi czapami, śnieg zasypał bałagan wokół domu i zrobiło się jaśniej. Wszystko wydało się możliwe, osiągalne, nawet spełnienie obietnicy, którą Ani złożyłam, że jeśli przyjdzie czas, zrobię wszystko, o co mnie poprosi.

Osiem miesięcy później przyjechała z Gregiem i Helenką do naszego mieszkania w Rzeszowie i poprosiła.

Greg był przystojnym młodym mężczyzną średniego wzrostu, nieco tylko wyższym od Ani. Śniady, czarnooki, miał najpiękniejsze dłonie, jakie widziałam u mężczyzny, i bardzo owłosione ręce. Trzymał Helenkę na kolanach, kiedy Ania robiła nam herbatę. Mówił do małej po rosyjsku, a ona wydawała się rozumieć. Przytulała się do niego, zmęczona wielogodzinną podróżą pociągiem, nie chciała jeść, układała głowę na piersiach Grega, patrząc na mnie ciekawie. Chciałam wziąć ją na ręce, ale odwróciła głowę speszona i mocniej chwyciła koszulę Grega. Helenka była nieśmiała, ale nie robiła wrażenia przestraszonej. W przedpokoju stała jedna mała torba, Ania powiedziała szybko, że to ubrania dla małej.

– Nie mogłam przez telefon zapytać, czy się zgodzisz... – zaczęła. – Stawiam cię przed faktem dokonanym i bardzo przepraszam, że w taki sposób.

Zamknęłyśmy się w pokoju, Ania poprosiła Grega, żeby przez chwilę zajął się Helenką. Spacerowałam pod oknem z założonymi rękami, jak nauczycielka przed tablicą, Ania siedziała w fotelu przy ławie. Miała na sobie lekką wzorzystą sukienkę w kolorach Morza Śródziemnego i białe płaskie sandały. Gdyby założyła wyższe buty, zrównałaby się wzrostem z Gregiem.

– Jutro rano wylatujemy do Moskwy – mówiła – stamtąd mamy samolot do Tbilisi i dalej do Armenii na kołach.

– Jak to jutro? – Przeraziłam się. – Tak nagle?!

Ania złożyła dłonie na kolanach, wyglądała, jakby chciała się pomodlić.

– Tak, jutro. To nie jest pośpiech, tylko... strategia. Helenka musi zostać u was na dwa tygodnie. Wiktor nie zgodził się na jej wyjazd. Nigdy się nie zgodzi, tak mi obwieścił, przysięgając na własne życie. Właściwie to nas nie zaskoczył, liczyliśmy się z tym.

Od Wigilii widziałyśmy się tylko raz, na początku lutego, kiedy tato zachorował na zapalenie płuc i potrzebowałyśmy użyć jej lekarskich znajomości, żeby się nim lepiej zajęli. Mieliśmy wszyscy złe wspomnienia z tego szpitala, który wysłał naszą mamę do domu, by umarła bez opieki. Jeszcze wtedy Ania mieszkała z Wiktorem. Nie wiem, co nas wtedy rozdzieliło, kontaktowałyśmy się rzadko, telefonując, nie poruszałyśmy żadnych ciężkich tematów, tylko zdrowie taty, pogoda, nowa sukienka, planowany urlop w bułgarskich Złotych Piaskach. W kwietniu wyprowadziła się z ich mieszkania na Geodetów, o czym dowiedziałam się od Wiktora, który zadzwonił do mnie z awanturą, jakbym to ja była winna rozpadowi ich małżeństwa. Krzyczał i złorzeczył, ale chyba nie był zorientowany w prawdziwych powodach odejścia żony, bo ani słowem nie wspomniał Grega. Obiecałam porozmawiać z siostrą, ale zastrzegłam, że nie będę na niej niczego wymuszać. Wiktor zakończył rozmowę żądaniem, nie prośbą, żebym mu żonę sprowadziła z powrotem do domu...

Siedziała w fotelu z podkurczonymi kolanami, pierwszy raz zobaczyłam wtedy, jak bardzo podobna jest do naszej mamy. Miała jej figurę, takie same lekko wystające kości policzkowe, cienką szyję i kuliła się w ten sam sposób, kiedy była zdenerwowana. Tylko w oczy patrzyła dłużej, kiedy do mnie mówiła, mama zazwyczaj szybko uciekała wzrokiem. Albo to przez chorobę jej oczy zaczęły się wstydzić, z trudem przypominałam sobie, jak zachowywała się wcześniej.

– Za cztery godziny mamy powrotny pociąg do Warszawy... – Ania trzymała się planu. – Musimy na niego zdążyć.

– Helenka zostanie u nas? – zapytałam ponownie.

Ania skinęła głową.

– Dobrze, a potem co?

– Potem dołączy do nas – odparła.

– Zaraz, zaraz... – Podeszłam do siostry i stanęłam nad nią. – Wyjeżdżacie bez dziecka?! Oboje?!

Podniosła głowę. Lekko drżał jej podbródek, ale była opanowana. Za ścianą Greg bawił się z małą, pokazując jej zawartość moich koszyczków kuchennych, w których przechowywałam najdziwniejsze przedmioty. Spinki, gumki, otwieracze, breloczki, kilka kuleczek z pleksi podarowanych Leonowi bez okazji. Oglądali i opowiadali sobie rosyjską bajkę.

– Jedziemy pierwsi, Helenka przyjedzie osobno. – Ania nie odpowiedziała od razu, odczekała, aż przeminie moje oburzenie, ale ja napięłam się i gotowa byłam podnieść głos, nawet krzyczeć, żeby tylko cofnęła ten genialny plan i wróciła na ziemię, gdzie ludzie myślą rozsądnie i mierzą kołdrę centymetrem, zanim się pod nią położą. Trzymałam ręce głęboko w kieszeniach, tak mocno pchając w dół, że mogły w każdej chwili przebić materiał spódnicy.

– Nie możecie zaczekać i jechać razem?!

– Albina... Próbuję ci to wytłumaczyć... nie pojedziemy razem, bo Wiktor na to nie pozwoli. Rozumiesz, czy nie? – irytowała się. – Nie wie, że wyjeżdżam, gdyby wiedział, pewnie by zorganizował blokadę na lotnisku. Na szczęście jest tak zajęty polityką, że ledwie odnotował moją wyprowadzkę.

– Jak to będzie? – zapytałam. – Wrócisz po nią?

– Greg ją zabierze z Ukrainy – powiedziała.

Usiadłam w fotelu i zamknęłam oczy.

– Jezu... Z jakiej Ukrainy?!

– Ukraina jest tylko jedna, ta w Związku Radzieckim.

Do pokoju wszedł Greg, trzymając zaspaną Helenkę w ramionach. Jej główka oparta o jego mocne ramię co chwila opadała bezwładnie. Zapytał, gdzie może ją położyć, zrobiło się bardzo późno. Ania wzięła Helenkę na ręce i podeszła z nią do okna. Dziewczynka przytuliła się i rozbudziła. Omijając Grega stojącego w drzwiach, poszłam do drugiego pokoju, uszykować łóżko. Słyszałam, jak cicho rozmawiają, głos Ani zaczynał zdradzać wszystko to, co działo się w jej wnętrzu. Znałam ten ton. Z trudem panowałam nad trzęsącymi się dłońmi, wciągałam poszwę na kołdrę, szarpiąc materiał, jakby był moim największym wrogiem, obijałam kolana o krawędź łóżka, chciałam to zrobić szybko, ale wszystko sprzęgło się przeciwko mnie. Wygładziłam prześcieradło, z całej siły uklepując grzbiet wersalki. Gotowe.

Potem stałam oparta o przeszklone do połowy drzwi, patrząc, jak Ania przebiera Helenkę w piżamę. Wkładała jej małe rączki we flanelowe rękawki, mówiła radosnym, pewnym głosem, w jaki każde dziecko mamie uwierzy, że kiedy się obudzi jutro rano, pyszne śniadanko zrobi jej ciocia Albina. Będzie mogła długo spać i potem bawić się, ile zechce. Mamusia i wujek Greg będą wtedy lecieć samolotem wysoko, wysoko... pomiędzy chmurami, do miasta, gdzie stoi ich nowy domek. Gdzie? Za siedmioma górami, za siedmioma lasami, w pięknym miejscu, gdzie świeci słoneczko i na drzewach rosną soczyste owoce. Jak tylko urządzą nowy domek, kupią maleńkiego pieska, a wtedy wujek Greg po nią przyjedzie i zabierze ją do mamy. Helenka zapytała o imię dla pieska i jeszcze o to, „ile spań" będzie u cioci Albiny. Ania wolno zapinała guziki przy piżamce córki, zaczynając od dołu. Kiedy zapięła ostatni guziczek pod szyją, zaczęła płakać. Poderwała Helenkę z pościeli i tuliła w objęciach. Całowała jej włosy, oczy, policzki, wtulała się w jej szyję, potem zwolniła lekko uścisk, odsunęła dziewczynkę od siebie i znów zaczęła całować jej maleńkie paluszki, brzuszek, czoło. Helenka śmiała się, poklepując jej policzki, jakby wklepywała krem.

Greg stanął za moimi plecami.

– Nic nie będzie trudniejsze od tego pożegnania – powiedział.

Ania położyła się obok Helenki, ale nie gasiła światła. Patrzyła na nią jak na cud, nie mogła przestać płakać. Zaczęły wymyślać imiona dla pieska.

Wyszliśmy z pokoju.

Poczułam do Grega niechęć. Obcy mężczyzna wkroczył między nas, żeby zagarnąć dla siebie tych, których najbardziej kochałam. Przyjechał z kraju oddzielonego od Polski nie siedmioma, ale setkami gór i mil, jak rycerz, który nie ma wiele do stracenia, bo przegrał wszystkie poprzednie bitwy, więc błąka się po cudzej ziemi w poszukiwaniu przygody. Pojawił się na środku mojej kuchni, z torbą podróżną pełną dziecięcych ubrań, wyważony, ułożony, od brzegu do brzegu rozsądny. I zakochany. Bo widziałam między nimi ten rodzaj miłości, jaki mnie spotkał. Nie mogłam zazdrościć ani potępić. Z miłości zaczerpnęli siły, żeby przetrwać rozstanie i ja to sobie uświadomiłam, tylko zabrakło mi Leona obok, żeby pomógł nieść, więc rozpłakałam się bezradnie.

Greg uspokajał mnie długo. Przyniósł z kuchni herbatę i kanapki, postał chwilę pod drzwiami, nasłuchując, jak Ania śpiewa Helence *Na Wojtusia z popielnika iskiereczka mruga...* Nie przeszkadzaliśmy im, przy małej lampce mama i córka śniły ten sam sen. Paluszki małej rączki gładziły bezwiednie policzek, obrazy odpływały i dało się słyszeć ostatnią zwrotkę pięknej kołysanki. Spojrzałam na zegarek. Została im tylko godzina.

– Gdyby można było inaczej... – Greg usiadł naprzeciw mnie.

– Zawsze można inaczej... – Nie odrywałam wzroku od drzwi pokoju, gdzie spała Helenka.

– Tylko dwa tygodnie. Przyjedzie do was kobieta z Ukrainy, ma na imię Wita. – Wyjął z kieszeni kartkę i położył przede mną. – Proszę, zapisałem ci. Pomieszka dzień lub dwa, niech się Helenka do niej trochę przyzwyczai, 19 sierpnia zabierze ją od was, wywiezie z Polski. Będę czekał po drugiej stronie i pojedziemy dalej.

– Jak to, zabierze?

– Przemyci przez granicę.

W pierwszym momencie myślałam, że źle zrozumiałam, choć Greg mówił bardzo dobrze po polsku, nie myląc ani słów, ani przypadków. Złapałam się za głowę.

– Jezus Maria... Co wy chcecie zrobić?!

– Nie martw się, nie jestem idiotą. Pojedziemy okrężną drogą, żeby uniknąć lotnisk, na lotniskach zawsze są drobiazgowe kontrole. Przejedziemy przez Związek Radziecki, czyli przez Ukrainę i Gruzję prosto do Armenii. To będzie długa podróż, cztery dni co najmniej... Przywiozę świadectwo urodzenia Helenki, tam będzie napisane, że urodziła się w Republice Armenii, udało się załatwić taki dokument. Między republikami radzieckimi podróżujemy swobodnie, zresztą wiem, jak z kim rozmawiać. Najważniejszy jest wyjazd z Polski. Granicznicy pieniądze wzięli, nie powinno być problemów.

– Wiktor wie, że Helenka teraz jest u mnie? – zapytałam Grega, ale nie odpowiedział. Wstał z krzesła, żeby zrobić miejsce Ani.

– Nie, skłamałam, że zabieram ją nad morze. Na to się zgodził, nawet nie podejrzewa, że zechcę wyjechać. Zorganizowałam przez koleżankę, żeby dostał pocztówkę z Sopotu, napisaną moim pismem i z serduszkiem narysowanym przez Helenkę, to go uspokoi. Dlatego wszystko musi się odbyć w te dwa tygodnie. Tylko... przepraszam, ale... – wahała się. – Nie wiem, ile powinien wiedzieć Leon? Tak się zastanawialiśmy, czy wtajemniczać go we wszystko?

– Mój mąż nie zrobiły nic przeciwko tobie i dziecku, powinnaś to wiedzieć – rzekłam sucho.

– Wiem – podjęła szybko, zanim nie dodałam bardziej gorzkich słów – ale Leon pracuje w wojsku... gdyby coś się okazało, może mieć problemy, będą pytać, drążyć. Wiktor też w końcu do was trafi... Ciebie narażam jako siostrę, nie mam prawa, ale nie mam też wyjścia, ale Leon jest... spoza rodziny.

– Leon to jest moja rodzina! – żachnęłam się. – Dajcie już spokój!

Greg zorientował się, że rozmowa zaczyna przybierać niewłaściwy obrót. Podszedł do Ani i pogłaskał ją po plecach. Skuliła się, oparła czoło na splecionych na stole ramionach. Na jej zegarku, starym, niezbyt gustownym, który odziedziczyła po naszej mamie, odczytałam czas. Musieli wyjść za dziesięć minut najpóźniej. Greg poszedł do przedpokoju i założył marynarkę. Nie spojrzał nawet przelotnie w swoje odbicie, mimo że wielkie lustro zajmowało prawie całą ścianę. Otworzył drzwi do małego pokoju i nie przekraczając progu, żegnał się ze śpiącą Helenką.

Ania podniosła głowę. W tym samym momencie wyciągnęłyśmy do siebie ręce. Ścisnęłam jej dłoń mocno, a ona to zrozumiała.

H

❧

Zaparkowaliśmy samochód niedaleko auta Eduarda na parkingu przy Erywańskim Uniwersytecie Medycznym. Obok gmachu uczelni znajdowały się budynki szpitala, Artiom dowiedział się, że mąż Nataszy operowany jest na Oddziale Neurochirurgii w kompleksie szpitalnym Heratsi. Powiedział, że to najlepsze miejsce i jeśli mają Bogumiłowi uratować życie, to tylko tam. Wysiadłam z samochodu, nie czekając, aż Atriom zakończy swoje rytuały. Po dotarciu na miejsce wykonywał serię drobnych, zbędnych czynności, dotykał lusterka, ściszał radio o jeden decybel, grzebał w schowku, choć ostatecznie nic z niego nie wyciągał, na koniec odłączał telefon podpięty do ładowarki. Zanim wysiadł, przeglądnął się w lustrze, zajrzał sobie głęboko w oczy, zadowolony zamknął klapkę.

Przy land roverze Eduarda czekało dwóch mężczyzn. Przyjechali do szpitala prosto z budowy za karetką błyskającą niebieską syreną. Nie przebrali się z roboczych ubrań, poplamieni farbą, zakurzeni, wyglądali na parkingu pełnym dobrze ubranych ludzi, jakby statystowali w filmie. Kopcili papierosy, zaciągając się zachłanniej niż najbardziej nałogowy palacz. Artiom wypytywał ich o szczegóły, chciał wiedzieć, co stało się najpierw, co potem, czy ktoś to widział? Wyższy, w spodniach podartych na kolanach i spranym różowym podkoszulku, widział, jak Bogumił upadł. – Najpierw usiadł –

poprawił go drugi mężczyzna – na kawałku drewna usiadł, dopiero po kilku minutach spadł. A wcześniej mapy i ołówek mu z ręki wypadły i mówił, że mu cierpnie. – Prawa czy lewa ręka? Każdy twierdził co innego. Przez chwilę spierali się na ten temat, Artiom musiał interweniować i ponaglać, żeby wreszcie ruszyli dalej z opowieścią, czy prawa, czy lewa ręka, nie jest aż tak istotne. Mówił coś, zanim stracił przytomność? Narzekał, że boli? Gdzie, w mostku? Zawał, to na pewno zawał go zabił, stres plus słońce, duchota niemiłosierna, wszystko się przyczyniło.

– Serce mu stanęło. – Tłumaczył co dziesiąte zdanie, wybierając to, co uważał za najistotniejsze. Staliśmy pod rozkręconym do czerwoności popołudniowym słońcem. Promienie odbijały się od nagrzanego asfaltu i parzyły mi stopy, przestępowałam z nogi na nogę, dłonią osłaniając oczy. Mężczyznom upał nie przeszkadzał, nie szukali cienia, urządzili naradę na środku nieosłoniętego placu. Zerkali na mnie ukradkiem i tylko wtedy, kiedy ja na nich nie patrzyłam. Artiom zaspokoił ich ciekawość, kiedy już wszystko o inżynierze Szymkowiaku zostało powiedziane. Z rękami w kieszeniach wyrywał kartki z mojego życiorysu, ale mogłam się tylko domyślać, co uznał w nim za ważne. Z masy szybko wypowiedzianych zdań zrozumiałam zaledwie trzy słowa: „lehuhi" – Polka, „g'roch" z francuskim gardłowym „r" oznaczało pisarkę i „tun" – dom. Uśmiechałam się, czekając, aż nasze spojrzenia się skrzyżują. Woleli patrzeć na Artioma.

Eduard wyszedł z budynku szpitala i zaczął iść w naszym kierunku. Odwróciłam głowę, wyłowiłam z kieszeni szminkę i precyzyjnym, dobrze wyćwiczonym ruchem nawilżyłam usta błyszczącym różem. Zdążyłam odgarnąć włosy z czoła. Miał na sobie jasne spodnie i wyłożoną na wierzch koszulę w egzotyczne wzory. Wydał mi się jeszcze piękniejszy niż wtedy, wyższy, mężniejszy, bardziej śniady. Serce waliło mi jak Szymkowiakowi, zanim nagle przestało tłoczyć krew. Podszedł do nas, spojrzał przelotnie na swoich pracowników, przywitał się ze mną, podając rękę, bez słowa. Uścisk był niezbyt mocny, obojętny. Mówił flegmatycznie, przenosząc wzrok z jednej przerażonej twarzy na drugą. Głową wskazywał budynek za plecami i swój samochód. Musieli się dowiedzieć od Eduarda czegoś naprawdę przygnębiającego, bo nagle wszyscy cofnęli się o krok, jakby ich coś oparzyło.

– Co się stało? – Nie wytrzymałam. – Umarł?!

Artiom zaprzeczył ruchem głowy.

– Stan jest ciężki, tyle wiadomo, ale żadnych szczegółów. – Eduard nagle zwrócił się do mnie i zaczął mówić po rosyjsku. – Jest już na stole operacyjnym. Operacja dopiero się zaczęła, więc trochę to potrwa... Zamieniłem dwa słowa z lekarzem...

– Ale co się stało? Przecież to młody człowiek... – dopytywałam się.

– Na pewno nie zawał... raczej wylew – odparł i nie czekając na moje kolejne pytanie, ujął mnie za łokieć i delikatnie pociągnął ze sobą.

– Chodźmy, mam coś dla ciebie... Pozwól do mojego samochodu.

Odeszliśmy kilka kroków. Czułam ich ciekawski wzrok na plecach, pewna byłam, że Artiom patrzył za nami najdłużej. Wsiedliśmy do samochodu. Eduard wyciągnął z kieszeni dzwoniący telefon i położył go na desce rozdzielczej. Odwrócił się w moją stronę.

– Myślałem o tobie – powiedział.

– Ja o tobie wcale.

Kładłam się z myślami o nim do łóżka, brałam je pod prysznic, rozwieszałam w krajobrazach górskich jak mokrą pościel na sznurku. Odkąd wyjechał, tak jak nie powinien, bez pożegnania, bez tłumaczenia, przede wszystkim bez złożenia obietnicy ponownego spotkania, zamęczałam się myślami o nim, od niespełnionego pragnienia bycia z tym mężczyzną bolało mnie całe ciało. Teraz siedział obok, chciał czegoś ode mnie, ale jednocześnie pozamykał wszystkie bramy do siebie. Trzeźwe popołudnie nie sprzyjało naszej rozmowie, której treść układałam w myślach, dzieląc dialogi – on, ona. Zaplanowałam, jak to będzie, kiedy się spotkamy po raz drugi, ale żaden fragment już nie pasował do poprzedniego. Eduard nie wiedział, jak ze mną rozmawiać. Tamtego wieczoru byliśmy w zupełnie innym miejscu, pod wpływem uroku zmierzchu, po wypiciu wina zmieszanego z wódką, na spotkaniu, które po godzinie zamieniło się w randkę. Coś się przez te trzy tygodnie stało... ukruszyła się zażyłość, po obu stronach.

– Artiom pomógł ci, jak obiecywałem?

– Bardzo – odparłam. – Dziękuję za troskę, za wszystko, ale już sobie nieźle radzę, nie będzie mi potrzebny ochroniarz.

– A ja? Będę ci jeszcze potrzebny? – Eduard nie uśmiechał się, gdy pytał.

Na parking podjechał samochód pełen kobiet w chustach na głowie. Wysiadły, a raczej wysypały się z auta i gęsiego poszły w stronę głównego wejścia. Wiedziałam, że to Iranki, kobiety Armenii tak się nie ubierały. Erywań w swoich dobrze wyposażonych szpitalach leczył bogatych sąsiadów z Gruzji czy Iranu, czasami nawet przyjeżdżał pacjent z Europy.

– Eduard... – Zapanowałam na zdenerwowaniem. – Czuję się dziwnie... taka sytuacja nie zdarzyła mi się jeszcze nigdy. Wiesz, co mam na myśli?

Sięgnął po moją dłoń leżącą martwo na kolanie. Pozwoliłam, aby jej dotknął.

– Wiem. Dla mnie to też nowość.

– Trochę mnie poniosło... – zaczęłam, ale szybko mnie uciszył. Ścisnął delikatnie moją dłoń, odczekał kilka sekund i pocałował wnętrze. Przytrzymał ciepłe usta na skórze. Nie wyrywałam się.

– W każdym razie... – podjęłam – chwila szaleństwa minęła... Nie jesteśmy tak wolni, jak udajemy. Ja... mam bardzo skomplikowaną sytuację.

Skinął głową, jakby się ze mną zgadzał, jednak powiedział coś zupełnie zaskakującego.

– Muszę wyjechać na weekend, ale po powrocie przyjadę do ciebie... po ciebie... i chciałbym, jeśli masz ochotę, zabrać cię gdzieś... Lubię z tobą spędzać czas... Po prostu... – przez chwilę szukał słowa – interesujesz mnie... Nie zabiorę ci wolności ani poczucia bezpieczeństwa.

Telefon Eduarda znów zaczął wibrować. Sprawdził, kto dzwoni, ale nie odebrał, rzucił nim niedbale. Nie potrzebowałam dużo czasu, żeby podjąć decyzję, to już się stało. Spragniona kobieta przyjmie najtańszą nawet bzdurę, kiedy bardzo chce jeszcze raz. Z dala od domu człowiek nigdy nie pozostaje taki sam, staje się albo lepszy, albo gorszy. Nie pilnują go już mury dzieciństwa, koleżeństwa, rodzinne słupy odgradzające człowieka od tego, co naprawdę chciałby mieć. Nagle, stawiając stopę na obcym bruku, przestaje się martwić, jaki zostawi ślad, bo nikt, kto go zna, tego odciśniętego śladu nie zobaczy. Więc można iść w dowolnie obranym kierunku, zejść na samo dno studni wyobrażeń albo wznieść się wyżej, niż siły pozwalają, tego też nikt nie oceni. Wolność, której nie miałam w sobie, ani wcześniej nie czułam, zaczęła się do mnie chytrze uśmiechać. Z drugiego brzegu na mnie patrzyła, choć wody między nami było mało, w każdej chwili mogłam tę płyciznę przejść. Cudzy mąż, mężczyzna innej kobiety, wystawiał na próbę moje nowo narodzone poczucie bezkarności. Z tego ogrodu mogłam rwać owoce, na jakie przyszła ochota, nawet ręki nie trzeba było forsować, same wpadały.

– Nie mam planów na poniedziałek wieczór – powiedziałam, wysiadając z samochodu. – Przynieś wino.

– Wtorek – poprawił mnie. – Wracam we wtorek.

Pierwszy raz od dłuższego czasu byłam z siebie zadowolona! Nie uległam histerycznej naturze, nie zażądałam wyjaśnień, przyjmując dojrzale zasadę, że jednodniowych przygód miłosnych nie przenosi się na własne, ogrodzone drutem kolczastym grunty. Chciałam to wszystko wiedzieć, dlaczego do mnie nie zadzwonił, dlaczego nie powiedział, że wyjeżdża, czy jego zamiary skończą się na moim ciele, czy może pójdziemy dalej? Każda kobieta chce mieć choć iskierkę pewności, że nie jest okruchem na czyimś stole i chociaż nie miałam żadnych doświadczeń w zdradzaniu męża, bardzo pewnie przystępowałam do gry. Moja pozycja nie była zła...

Słyszałam, jak Eduard odjeżdża, ale nie odwróciłam głowy.

Artiom czekał przed wejściem do szpitala. Błądziliśmy przez chwilę po korytarzach, rozczytywał głośno nazwy oddziałów, tłumacząc mi, gdzie powinniśmy iść, ale sam nie był pewien kierunku w labiryncie. Zaproponowałam, żeby po prostu zapytał kogoś, gdzie możemy znaleźć chorego Szymkowiaka, ale spojrzał na mnie zniecierpliwiony i szukaliśmy dalej. Ostatecznie sama zagadnęłam miłą recepcjonistkę, a ta pokierowała nas na właściwe piętro.

Znaleźliśmy Nataszę w małym pokoju pełniącym funkcję poczekalni. Na nasz widok wstała z krzesła i przypadła do mnie, zamykając w mocnym uścisku. Objęłam ją, poklepując drgające od płaczu plecy. Turskusowa bluzka pasowała odcieniem do jej zapłakanych, rozmazanych oczu i zlizanej szminki. Mówiła szybko, plącząc okoliczności wypadku z uprzejmością personelu szpitalnego, telefonem do rodziców męża, odszkodowaniem, pomocą zaoferowaną przez Eduarda, nadzieją na całkowite wyzdrowienie. Lamentowała przez chwilę tak głośno, że musieliśmy ją uciszać, przytykając jej do ust szklankę wody. Pij, to się uspokoisz. Woda leczyła stres. Gorąco wierzyła, oczekując od nas tego samego, że mąż przeżyje operację i zaraz ujrzymy, jak o własnych siłach wychodzi zza szklanych, masywnych drzwi. W tym samym zdaniu polecała męża Przeczystej Panience i planowała transport zwłok do Rosji, oraz godny pogrzeb z korowodem płaczek. Po godzinie chaotycznych westchnień i rwanych okrzyków zadecydowała, że musi się natychmiast przebrać do rozmowy z lekarzem. Wyszła z domu „tak jak stała", w rozciągniętym podkoszulku z wyhaftowanym złotym orłem wciśniętym między obfite piersi. Nie zabrała torebki ani telefonu, tylko pęk kluczy, musi jechać do domu, przygotować się do nocnego czuwania w szpitalu.

– Chcę być przy mężu, kiedy się obudzi... Jak by to było, gdyby się ocknął, a wkoło sami obcy...

Artiom spojrzał na mnie pytająco.

– Jedźcie. Ja zaczekam tutaj, gdyby coś się wydarzyło, zadzwonię – uspokoiłam ją. Nie miałam siły wymyślać innego planu, chciałam posiedzieć w samotności, z głową opartą o ścianę szpitalnej poczekalni. I pomyśleć.

– Posiedzisz? – Natasza upewniała się, kiedy już zamykałam za nią drzwi. – Nie odchodź nigdzie, powiem pielęgniarce, że tu zostajesz, żeby cię mogły znaleźć w razie czego... Tylko o niczym sama nie decyduj!

– Chodź już.. – Artiom nie krył irytacji. – Nie mów tyle, bo mi głowa pęknie.

– Przepraszam... to z nerwów...

Obserwowałam z okna ich wolny spacer przez parking, Natasza wciąż coś mówiła, podrzucając ramiona do góry, jeszcze się zatrzymała, żeby popatrzeć na szpital. Artiom otworzył drzwi samochodu i poczekał, aż turkus wsiądzie. Wsiadł zgrabnie i szybko odjechali.

Usiadłam na niewygodnym, sztywnym krześle, niezaprojektowanym do odpoczynku. Dochodziła osiemnasta, czułam ssanie w żołądku, ale bałam się schodzić z posterunku w poszukiwaniu kantyny, gdyby nagle ktoś z personelu medycznego naprawdę potrzebował mojej osoby.

Raz jeszcze odczytałam wiadomości przysłane w ciągu kilku ostatnich godzin przez ciotkę Albinę. Od pewnego czasu nasz kontakt się zagęścił, pisała do mnie niemalże codziennie, ja coraz chętniej jej odpisywałam. Kilka słów, komentarz dnia, myśl, cokolwiek, aby zamrugało czerwone światełko w telefonie. Dzięki tym przesyłanym nocą, a otrzymywanym przeważnie wcześnie rano wiadomościom miałam poczucie, że jednak nie jestem sama we wszechświecie. Ja czuwałam nad Szymkowiakiem, ciotka Albina nade mną.

Albina pisała:

07.11 Twój mąż ruszył w pościg i grasuje teraz po Erywaniu. Strzeż się.

08.43 Widziałam się z Twoim ojcem. Nic.

08.50 Spotkam się z moim mężem Leonem w Twojej sprawie. Bądź dobrej myśli.

Odpisywałam:

22.10 Jak się wkrótce nie ochłodzi, wejdę do jeziora Sewan i nie wyjdę.

23.01 Mój mąż mnie nie znajdzie. Mój mąż tak naprawdę mnie nie szuka, tylko robi pozory, w razie gdybym się okazała trupem.

23.12 Ojciec nienawidził Leona. Szkoda, że go nie znam. Ale lubię.

Seweryn... Co mi powie, jak mnie znajdzie? Ja już wszystko wiem, dlaczego mnie poderwał, córkę posła, dlaczego mnie poślubił, córkę posła, jak bardzo była mu potrzebna do realizacji planów córka posła. Pochłonięta nauką i działalnością społeczną, jaką córka posła powinna być zajęta, spotykałam jedynie zaangażowanych chłopaków, którzy miłość gotowi byli uprawiać tylko w chwilach całkowitego uciszenia sumienia, a i wtedy myślami byli gdzie indziej, na jakichś konferencjach, wiecach, zbiórkach używanej odzieży. Usiłowali hucznie zmienić choćby maleńką cząstkę otaczającego nas świata, aby stał się lepszy, ale robili to wyłącznie dla polepszenia własnego samopoczucia. To swoje dziury łatali. Misja działacza charytatywnego zazwyczaj zaczynała się od niezaspokojonej w dzieciństwie potrzeby bycia zauważonym i docenionym. Odbiorcy tej szlachetności zajmowali drugie miejsce. Ojciec chwalił moją społeczną aktywność, bardzo dobrze to wyglądało w jego życiorysie. Dziewczyna wychowana bez matki, dzielna, twarda, otwarta na potrzeby innych, skarb wśród chwastów i zgnilizny. Dla fundacji „Dzieci Niczyje" pracowałam przez pięć lat, ale zaczynałam w Caritasie. Jednak po pierwszej wizycie w ośrodku, do którego przywożono na wypoczynek dzieci z ubogich rodzin, ale w którym wypoczywali też sekretarz kurii biskupiej z przyjaciółką oraz księża ze swoimi „gospodyniami", spacerujący za rączkę, afiszujący się tym szczególnie niemiłym Bogu rodzajem miłości do bliźniego, zrezygnowałam. Ojciec śmiał się z mojego oburzenia, mówiąc, że świętość nie sięga rozporka. Seweryn przyznał mi rację i szybko pomógł znaleźć pracę w prawdziwie charytatywnej fundacji, gdzie, jak obiecał, nie będą na mnie czekać żadne przykre niespodzianki; zetknę się z najpodlejszymi sprawcami przemocy i dziećmi, które zostały okrutnie skrzywdzone, ale moja praca będzie konkretem. Miał rację, znalazłam prostą drogę do nieba i materiał na debiutancką powieść. Potem zostałam nauczycielką, ojciec chciał, abym zrobiła użytek z dyplomu.

Kiedy obwieściliśmy ojcu, że zamierzamy wziąć ślub, szczerze się wzruszył. Wykosztował się na uroczystą kolację w restauracji Amber Room. Założyłam pierwszy i ostatni raz sukienkę projektantki Donny Karan, za którą ojciec zapłacił prawie dwa tysiące dolarów, aby ci, co powinni, wpadli w zachwyt. Przywiozła ją z Nowego Jorku jego znajoma dziennikarka telewizyjna, całkowicie zbzikowana na punkcie mody. Biała, zmarszczona na jednym biodrze, wycięta głęboko na plecach, odsłaniała to, czego nie zwykłam pokazywać. Seweryn, od stóp do głów Hugo Boss, projektant „lotniskowy" duty free, którego upatrzyli sobie polscy politycy latający po Europie, brylował między przyszłym teściem a jego partyjnymi kolegami, którzy również, co mnie już w ogóle nie dziwiło, uczestniczyli w naszej uroczystości. Ukochana córeczka sierotka posła Benca zaręczyła się z mężczyzną „piekielnie zdolnym, ambitnym, politycznym zwierzęciem, które cały las przejdzie i nigdy we wnyki nie wpadnie". Obiecał Seweryna ustawić w swojej partii i dotrzymał słowa. Pięć lat po ślubie Seweryn Uliński znalazł się w Brukseli jako europoseł. Nie dotarłby tam, gdyby jego posłuszna żona tydzień przed wyborami, 18 maja, nie wzięła na siebie winy za spowodowanie wypadku drogowego ze skutkiem śmiertelnym.

A

❧❧

Leon zadzwonił tydzień po swojej wizycie w Rzeszowie. Został wtedy na noc, pościeliłam mu w gościnnym, pożyczyłam podkoszulek do spania, skorzystał z moich ręczników i pasty do zębów. Przez ścianę słyszałam, jak chrapie i przekręca się niespokojnie na wersalce. Długo nie mogłam zasnąć, wino, zamiast ukołysać mnie do snu, rozbudziło, otwierały się różne szuflady pamięci i to, czego nie chciałam pamiętać, wyskakiwało, żeby straszyć. Słuchałam krzyków z przeszłości, zastanawiając się, czy można było inaczej? Wypaliłam skręta marihuany na balkonie, zerkając nerwowo w okno pokoju, gdzie spał mój mąż. Pewnie by zrozumiał tę małą, zakazaną i potępioną słabość, ale musiałabym zbyt wiele tłumaczyć, opowiadać o bólu, niedołężności, niemocy... Paliłam spokojnie, jak mnie nauczono, połóweczkę zostawiając sobie na następny raz.

Kiedy rano Leon brał prysznic, posprzątałam po naszej nocnej biesiadzie, otworzyłam wszystkie okna, zmieniłam obrus na stole i nastawiłam ekspres do kawy. Na pierwszy dzwonek nie zareagowałam, nawet nie spojrzałam, ale kiedy jego telefon dostał wibracji i zaczął podskakiwać na stole kuchennym, jakby ktoś uwięziony w środku nagle chciał się wydostać, zerknęłam na ekran. Wyświetliło się zdjęcie „Moni". Kobieta ufarbowana na rudo, mogła mieć czterdzieści lat lub trochę mniej. Uśmiechała się bez szczerzenia zębów, tak minimalistycznie, dosyć ładnie, zza jej głowy świeciło mleczne światło wielkiego abażuru. Nie pytałam, kiedy byliśmy razem, nie zapytałam i teraz.

Odświeżony Leon, zanim zjadł śniadanie, zadzwonił do Moni. Wyszedł na taras, niosąc telefon przed sobą, jakby szukał zasięgu. Widziałam przez firankę, jak opiera się o barierkę i wystawia twarz do słońca, rozmawiali kilkanaście minut. W podróż powrotną ubrał się na ciemny granat, dopasowaną koszulkę polo, spodnie lekko poszerzone w tyłku, cienki sweterek przewiązał sobie na ramionach, tak że rękawy zwisały mu na piersiach. Przywiózł ze sobą zmianę odzieży, od początku planował nocleg w Rzeszowie. Czy poinformował Monię między słowami, że spał u mnie? Zapach, lekki, cytrynowo-kryształowy, rozgościł się w łazience i przedpokoju, przełamał się z moimi zapachami. Włożyłam na siebie beżową, nudną sukienkę worek, sznurem korali ozdobiłam piegowaty, pomarszczony dekolt. Pachniałam ładnie, używaną od lat wodą perfumowaną J'adore od Diora.

– Zjem śniadanie po drodze. – Po rozmowie z Monią zaczęło mu się śpieszyć.

Przyniósł torbę podróżną z pokoju i postawił ją między nami na podłodze. Stałam z filiżanką kawy w dłoni, zawiedziona tym jego nagłym zachowaniem. Miałam nadzieję, że spędzimy ten dzień razem, jak starzy przyjaciele, jedząc i gawędząc. Leon wziął ode mnie filiżankę i wypił maleńki łyczek, delikatnie przykładając wargi do porcelany. Odstawił ją na szafkę, w której trzymałam buty.

– Abina... Nawet nie zdajesz sobie sprawy, jak bardzo się cieszę z naszego spotkania...

– Ja tym bardziej – przyznałam. – Pomożesz mi? Znajdziesz tego Grega?

– Obiecuję. – Pochylił się i pocałował mnie w policzek. Dawno zapomniane zapachy musnęły moją twarz. Rozczuliłam się i kiedy już odjechał spod bloku, stałam długo przy oknie, zapatrzona w pustą ulicę. Nikogo nie kochałam bardziej niż Leona, ciągnęła się za mną ta miłość i pewna byłam, że odprowadzi mnie na sam skraj ziemskiego życia. Byliśmy ze sobą tak długo, jak się dało, do ostatniego dnia przed rozstaniem wahałam się, czy dobrze robię, wypędzając go z domu? Przyznać musiałam, że to nie mnie zawdzięczał wyjście na prostą, dla kogoś innego, może nawet dla samego siebie, przestał pić i wyrwał cierń z duszy, który tak go uwierał. Nie ja go ocaliłam i było mi z tego powodu niezmiernie przykro.

Leon dotrzymał słowa, zadzwonił tydzień po swojej wizycie w Rzeszowie i zaproponował spotkanie w Krakowie.

– Dasz radę jutro przyjechać?

Nie byłam przykuta do łóżka, ani niedołężna, zapewniłam go o tym, siląc się na żart, oferując buńczucznie, że przyjadę do Wrocławia, jeśli tak będzie mu wygodniej.

– Och nie! Gdzieżbym śmiał fatygować cię taki kawał drogi! Mam sprawy w Krakowie, tak że nie jadę specjalnie...

Szkoda.

– Masz coś dla mnie?

– Nie przez telefon – przerwał mi. – Zjemy dobry obiad i porozmawiamy.

Zanim rano wsiadłam do swojej staruszki beemki, wysłałam wiadomość do Helenki.

08.34 Dziecko moje kochane, bierzemy z Leonem sprawy w swoje ręce. Mam wielką nadzieję, że będę mogła Ci pomóc. Informacje nadejdą lada dzień, więc uzbrój się w cierpliwość, podziwiaj Armenię i czekaj na wiadomość. Czy próbowałaś już ich wina? A figi?

Leon czekał na mnie w kawiarni na Rynku. Specjalnie przyjechałam wcześniej, żeby przejść się Sukiennicami. Na miejsce spotkania doszłam, jak wypada, odrobinkę spóźniona, a tam, obok mojego męża, siedziała rudowłosa Monia w czerwonej sukience z rozpruciem zamiast dekoltu. Podparty na zaciśniętej pięści podbródek zwracała w stronę Leona, słuchając go uważnie, z prawdziwym zainteresowaniem. Po tym właśnie zasłuchaniu natychmiast uznałam, że znają się krótko, interesują się sobą zachłannie, tak jak powinni u progu romansu. Potem ciekawość drugiej osoby zszarzeje, kiedy już sobie opowiedzą przeszłość i wywróżą przyszłość. Na razie trwał raj.

Zatrzymałam się na środku kawiarni, niezdecydowana, czy dołączyć do nich, czy odwrócić się na pięcie i uciekać. Mogłam wyjść niezauważona i choćby zza ściany zatelefonować, aby odwołać spotkanie. Leon dostrzegł mnie, gdy przyciskając torebkę do biodra, robiłam zwrot w stronę drzwi. Poderwał się z krzesła i gestem zaprosił do stolika. Pocałował szarmancko moją dłoń, sztywny, cudzy, oficjalny dokonał niemrawej prezentacji.

– Moja żona Albina – uśmiechnął się – Monika, moja... znajoma.

– Miło poznać – powiedziałam trochę zbyt głośno.

Monia skrzyżowała ręce na piersiach.

– Pani Albino... – Głos miała cienki, dziecinny. – Tak bardzo się cieszę, że panią mogę poznać. Jest to dla mnie prawdziwy zaszczyt.

Otwierałam oczy coraz szerzej, zupełnie nie pojmując, o jaki zaszczyt może chodzić kochance mojego męża? Leon odsunął mi krzesło. Usiadłam niezgrabnie, zahaczając butem o nogę stołu. Złapałam się odruchowo za kolano, które przeszył ostry ból. Leon to zauważył, ale nie skomentował. Monia patrzyła na mnie jak na królową, jej mokre usta rozciągały się i kurczyły w zmiennych grymasach.

– Ona szaleje na punkcie twoich książek – Leon pośpieszył z wyjaśnieniem.

– Obie z mamą jesteśmy absolutnymi fankami pani twórczości – powiedziała, szczerząc białe, stłoczone jak ludzie w metrze, zęby. – Bardzo długo nie wiedziałam, że pani to pani, Leon w ogóle nie zdradził, że panią dobrze zna. Nazwiska inne...

– Ano inne – odezwałam się, korzystając z chwili przerwy w jej trajkotaniu. – Kwiatek to nie jest interesujące nazwisko dla pisarki. Zostałam przy panieńskim. Solecka.

– No, właśnie! – Entuzjazmowała się, robiąc z rąk wiatraki. – Nie skojarzyłam, dopiero kiedy Leon do pani jechał w zeszłym tygodniu, sprawa się wyjaśniła. Pani najlepiej wie, jakim powściągliwym mężczyzną jest Leon, jak nie musi, to nic nie powie... Chciałam z nim jechać do Rzeszowa... ale się nie zgodził... Przyniosłam książki do podpisania, zanim was opuszczę, poproszę o dedykację. Mama nie uwierzy! Dzwoniłam do niej wczoraj, mówię, że jadę na spotkanie z Albiną Solecką, padła!

Sięgnęła po czerwoną lnianą torbę na złotym łańcuszku. Grzebała w niej przez chwilę, nie przestając mówić. Wystarczająco sympatyczna, przerażająco pewna siebie, żadnych kompleksów, hamulec ręczny od dawna nie działał, Monia znała tylko jeden kierunek – przed siebie. Leonowi to nie przeszkadzało, ja jej obecnością przy stole zaczęłam się krztusić po pięciu minutach.

– Jeszcze w liceum wpadła mi w ręce pani książka *Puste miejsce*, noc zarwana, cztery kawy, oczy sklejone, ale doczytałam do końca. Musi mi pani kiedyś opowiedzieć, skąd tyle szalonych pomysłów? Same przychodzą do głowy, czy trzeba szukać? Tak się zastanawiałam... – urwała.

Położyła na stole cztery książki, ułożyła je w stosik i podsunęła mi pod nos.

– Proszę. Zastanawiam się, czy istnieje coś takiego, jak wena, czy też pisanie powieści traktuje pani jak pracę, którą trzeba wykonać bez względu na stan ducha czy pogody?

– Staram się nie pisać na siłę – odpowiedziałam oględnie.

– Wypracowała pani sobie ten luksus... rozumiem – wzdychała. – Myślę, że to wena oddziela artystów od rzemieślników...

– A pani czym się zajmuje zawodowo? – zmieniłam temat, siląc się na uprzejmość. Monia spojrzała najpierw na kochanka, potem na mnie.

– Pracuję w banku, nic wspólnego ze sztuką, chyba że pomnażanie cudzych pieniędzy wiąże się z artyzmem. Money Art!

– No proszę... jakie pożyteczne zajęcie... – powiedziałam. Leon prosił mnie wzrokiem, żebym nie kąsała więcej. Nie miałam takiego zamiaru, satysfakcja minimalna, kiedy przeciwnik jest tak słabo uzbrojony. Leon znów miał w oczach mętne „zakochanie", które potrafiłam wypatrzyć, zanim się przemieniło w coś większego. Jedno spojrzenie wystarczało, aby ocenić stopień zaangażowania mojego męża w kolejny romans. Pisałam o tym w książkach, jednak on ich nie czytał, nie dowiedział się o sobie podstawowych prawd, którymi dzieliłam się z tysiącami czytelniczek. Taką miałam metodę, nie rozmawiać z Leonem na temat jego zdrad, tylko je opisywać. Utrwalone na papierze, ozdobione krzykliwą, rzewną okładką, zamknięte w losach fikcyjnych bohaterów, miały przetrwać milion lat po rozpadzie naszego małżeństwa. Gdyby mnie uprzedził, że na nasze spotkanie przyjdzie również Monia, nie zgodziłabym się i on doskonale o tym wiedział, więc zorganizował niespodziankę, dla mnie dość przykrą. Stary dziad miłował młodą kobietę, a ona mamiła go wzajemnością, która przecież była tylko chwilowym zafascynowaniem. Patrząc, jak się Monia wdzięcznie mizdrzy, wystawiając szpiczasty nosek w jego kierunku, przyznałam, że czar sześćdziesięciojednoletniego Leona nadal działał, i to wcale mnie nie zaskoczyło. Z Moni wychodziła przerysowana serdeczność, wybuchy achów i ochów następowały coraz gęściej, chwaleniem mojej twórczości chciała zapewnić sobie kilka kolejnych minut w naszym towarzystwie. Sypała wiadomościami o moich książkach i bohaterach, jak kwiatkami na procesji w Boże Ciało, jeszcze to, jeszcze tamto, wszystko dobrze zapamiętane przez wygimnastykowany umysł, przytoczone poprawnie imiona i daty. Pamiętała więcej niż ja. Napisałam piętnaście książek, w mojej głowie większość bohaterów umarła i została zakopana głęboko w ziemi przez te postaci, które się dopiero wykluwały z maleńkiego szkicu. Taki porządek obowiązywał do dziś, ale nie chciałam tego zdradzać przed obcymi. Monia nie znała mnie wcale, skoro założyła, że pochwały i komplementy wywalczą jej moją przychylność. Obojętny mi był gust literacki Moni, nie obchodziło mnie zupełnie, ile moich książek uwielbia, a po lekturze ilu płakała całą noc, jak bardzo czeka na kolejna dawkę dobrej literatury!

– Założę się, że pani wiele się dowiedziała o sobie, pisząc książki... – powiedziała, podsuwając mi do podpisania *Rok w rok*.

– Pisarz nieustająco prowadzi wokół siebie wykopaliska, sam nigdy nie wie, do czego się dokopie – odparłam.

Leon nie pił alkoholu, sączył kawę z wielkiej jak miska filiżanki. Monia małymi łykami popijała wodę, mnie przyniesiono sok z pietruszki i cappuccino. Wokół nas siedzieli rozleniwieni słońcem i masą wolnego czasu ludzie. Przyjezdni jak my, zbyt przejęci piciem kawy jak na miejscowych. Rozejrzałam się po salce, lubiłam zapamiętywać małymi, wyrwanymi z całości, obrazami. Wszystko mi się potem przydawało do książki, nawet ledwie zauważona płaska twarz kelnerki. Postawiła przede mną szklankę z rurką, Leon odprowadził ją wzrokiem.

Monia niczego nie zauważała, pochłonięta wystrzeliwaniem słów w powietrze.

– Ja się wielokrotnie zastanawiałam, czyby nie zacząć pisać... Pani Albino... przecież, jeśli coś w człowieku siedzi, można chyba spróbować to z siebie wyrzucić? Z potrzeby pozbycia się pewnych myśli z głowy ludzie zaczynają pisać, czyż nie?

Rozłożyłam bezradnie ramiona. Leon znów prosił mnie wzrokiem, żebym była łaskawa.

– Powinno się poczekać z debiutem wydawniczym, zanim naprawdę ma się coś do powiedzenia światu – odparłam z miłym uśmiechem, który Monia natychmiast odwzajemniła. – Dziś wszyscy piszą i wydają, nie ma już nic elitarnego ani szanowanego w tym fachu. Wydawnictwa wydrukują każde gówno, jeśli tylko potrafią je owinąć w papierek...

– No właśnie, wydawnictwa... – Położyła swoje wielkie piersi na stole, opierając je na skrzyżowanych dłoniach. – A mogłaby mi pani podpowiedzieć w tej kwestii? Bo właściwie mam już trochę tekstu... Taka historia z narkotykami i wielkimi pieniędzmi w tle... Gdyby pani zechciała rzucić okiem...

Tylko nie to! Skrzywiłam się i pozwoliłam, aby obydwoje ten grymas dostrzegli. Leon zamrugał oczami i nagle uczynił wyznanie, że nigdy nie przeczytał ani jednej książki mojego autorstwa.

– Chyba żartujesz?! – Spojrzała na niego zaskoczona. Przez ułamek chwili mnie kochała bardziej niż jego. – Jak można żyć z autorką i nie czytać jej książek?! Powiedz, że mnie wypuszczasz...

– Boję się czytać, co Albina napisała – przyznał szczerze. – Poza tym, ponieważ tak ją dobrze znam, więc szukałbym niepotrzebnie między wierszami... analizował, przypasowywał prawdę do fikcji literackiej...

Odłożyłam długopis i zamknęłam ostatnią dedykację. Monia położyła dłoń na stosie książek.

– Bałeś się? – Obróciła się na krześle i przysunęła bliżej Leona. Jej dłoń spoczęła obok jego mankietu, nieposłuszna pani, spragniona dotyku. Czekałam, kiedy Monia zacznie głaskać Leona, ale na szczęście zrezygnowała z okazywania zażyłości, moja obecność ją krępowała.

– Nie bałem, ale podejrzewałem, że pisze... – roześmiał się – że czasami pisze o nas...

– Pani opisała... Leona?! Was? W której książce? – dopytywała, pocierając czerwieniejące policzki.

– Żartowałam... – powiedziałam swobodnie, widząc, jak Leon się marszczy i kurczy. Egzaltacja Moni, drążenie naszych małżeńskich korytarzy nie spodobały mu się. Dotychczas był dla Moni tajemnicą, mało jej dawał ze swojej przeszłości i nagle przyszłam na spotkanie ja, stara żona, skrupulatna, z uśmiechem bazyliszka, który do końca nie powie, co wie, i zamrozi uśmiech na twarzy słuchaczy w najmniej oczekiwanym momencie.

– W żadnej z moich powieści nie znajdzie pani naszych małżeńskich perypetii – dodałam, widząc, że ma wątpliwości. – Coś tam skubnęłam z Leona i siebie, kiedy budowałam szczególnie namiętny romans, ale dziś już nawet nie pamiętam, gdzie to wstawiłam?

Monia spojrzała na kochanka, próbując wyobrazić sobie jego dotyk na moim starym ciele. Czy ją dotyka tak samo? Ruchliwe paluszki tego błądzenia po najwrażliwszych miejscach kobiecej mapy nauczyły się w mojej szkole intymnej, ja byłam przed nią pod, nad i w środku. Nasz seks miał smak i kolor, można się było całkowicie zapomnieć, zatracić w przyjemnościach, do których natura wyposażyła wszystkich ludzi tak samo, ale nie wszyscy umieją korzystać z tych dobrodziejstw.

Monia, zbita z tropu, troszeczkę odsunięta, paplała przez chwilę o ekspresach do kawy i ciastkach makaronikach, ale cztery powieści leżące przed nią jak pamiętnik diabła ściągały jej wzrok. Może to te? Może tam Leon kocha się z Albiną pod zmienionym nazwiskiem i tak naprawdę to jego członek rośnie w jej dłoni? Pewna byłam, że jeszcze tej nocy zacznie wertować strony, zatrzymując się na opisach scen miłosnych. Będzie się przy tym denerwować, kto wie, może znajdzie coś, co wyda jej się niepokojąco znajome? Nie przychodziło mi łatwo opisywanie erotyzmów, ale moi bohaterowie często się kochali, kładłam ich w szeleszczące pościele, gasiłam światła, nagich wrzucałam do basenu, przyciskałam spragnione ciała do mokrej trawy i rozbierałam na schodach, gdziekolwiek byli, kimkolwiek byli, ich seks był moim i Leona. Każda scena wydarzyła się naprawdę, opisałam to tak wiernie, jak zapamiętałam.

Kiedy wyszła, zostawiając nas samych przy kawie, Leon nie wrócił już do mojego pisarstwa, nie objaśnił mi, kim dla niego jest Monia, ile się znają, jak daleką drogę planują... Zamówił dwie sałatki z tuńczykiem i butelkę chablis. Jedliśmy, rozmawiając o Wiktorze i Helenie, ale dopiero gdy odłożyłam widelec i wytarłam usta serwetką, wyciągnął z kieszeni swój notesik, zasypując mnie zdobytymi, z wielkim trudem i nie za darmo, informacjami. Dobrze, że zamówił wino, gęstą od emocji krew należało rozcieńczyć.

– W najbliższym czasie gazeta „Wprost" opisze sprawę podsłuchów i przedrukuje fragmenty rozmów, jakie prowadzili panowie posłowie i ministrowie przy wódce, przegryzając sushi. Jest tego sporo, ustawiane przetargi, nielegalna wysyłka broni na Ukrainę, a nawet obyczajowe szantaże. Senator Karaś miał korzystać z usług nieletnich chłopców spod Dworca Centralnego... Nie tylko Wiktorowi zacznie się palić grunt pod nogami, będą ranni po obydwu stronach barykady. Jak to się skończy, trudno przewidzieć, do wyborów zostało mało czasu, ale jedno wydaje się pewne, jak amen w pacierzu. Wiktor Benc nie zostanie marszałkiem Sejmu... Uwikłał się w bardzo dziwne sprawy, nawet się nie domyśla, co mu szykują. Powinien się modlić, żeby jego partia nie wygrała wyborów... Jak przegrają, będzie dalej nieważny i będzie sobie mógł te swoje lody waniliowe kręcić, ale jak wygrają...

– A wygrają... – wtrąciłam.

– Tak... pewnie tak... To jest już po Wiktorze.

– Kto ich podsłuchiwał? – zapytałam, ściszając głos.

– Tego się prędko nie dowiemy. Zresztą, co to ma za znaczenie? Jak nie ci, to tamci, polski biznes albo episkopat, opozycja albo koalicjant. Dosyć mnie to dziwi, Wiktor taki cwaniak... Niezatapialny... ostrożny do bólu i doświadczony stary wyga dał się... nagrać... kompromitacja!

– Ale jaki zysk dla Polski!

– To prawda...

Nie spodziewałam się takich wiadomości, za dużo mi przyniósł, obawiałam się, że moje stare barki nie udźwigną takiej masy. Wielkie rewolucje na szczytach władzy nie robiły na mnie wrażenia, kilka już takich przetasowań przeżyłam, niewiele zmieniły, poza tym, że jednym koryto zabrano, innym podstawiono bliżej ryja, ale zapis sekretnych knowań Wiktora na pierwszych stronach gazet to już insza inszość.

– Ale co to oznacza dla nas? Dla naszego śledztwa? – podjęłam po chwili. Siedzieliśmy nad pustymi talerzami. Butelka wina też była pusta, choć ja ledwie zamoczyłam usta w kieliszku.

– Co by cię satysfakcjonowało? – zapytał. Zabrzmiało to dziwnie, zbierałam przez chwilę myśli.

– Muszę się dowiedzieć, co stało się z Anią. Gdzie jest moja siostra? Ja czuję, że Wiktor wie... Więcej nawet, nabieram pewności, że to on przyłożył rękę do jej tajemniczego zniknięcia. Zmuszę go, nawet najbardziej podłym sposobem, żeby coś powiedział. Próbowałam po dobroci, brałam go pod włos, straszyłam teczką i napisaniem biografii, ale zlekceważył mnie. Wyśmiał...

Leon zastanawiał się. Spojrzał na drzwi, w których przed chwilą zniknęła Monia, i jednym szarpnięciem wyrwał kartkę z notesu.

– Zostawmy go. Wiktor będzie miał teraz tyle kłopotów, że trudno będzie coś z niego wycisnąć. Ale mam coś innego. – Podał mi stronę wyszarpaną z notesu. – Proszę. Nie zdążyłem ustalić nazwiska tajemniczego Grega, ale dostałem dobry trop, mam nadzieję, że właściwy. W 1986 roku kilku młodych lekarzy ze Związku Radzieckiego przyjechało do Warszawy szkolić się w Centralnym Szpitalu Klinicznym. Prawdopodobnie Greg Jakiśtam, Ormianin, był jednym z nich. Możesz sama próbować ten trop sprawdzić, ale ja zrobię to szybciej. Będę pod koniec miesiąca w Warszawie, mam tam kolegę profesora, popytam...

Zacisnęłam palce na dłoni Leona.

– Jak to zrobiłeś?

– Mniej wiesz, krócej będziesz przesłuchiwana.

Posmutnieliśmy nagle, wiadomości były dobre, ale nie potrafiliśmy się ucieszyć. Wiedziałam, że nie odpowie mi na to pytanie, nigdy nie chodziłam po jego śladach, trzymał mnie z daleka od spraw, które szkodziły na sen. Po pojawieniu się Heleny w moim życiu wykonałam w tył zwrot i ruszyłam w przeszłość. Niechętnie, z początku wystraszona, że co rusz znajdować będę dowody własnej winy, skutki zaniechań i zaniedbań, z czasem coraz pewniej poruszałam się po ścieżce, którą już raz przeszłam. Powzięłam postanowienie, że dojdę do samego początku i dopiero tam, gdzie zaczyna się pamięć, zatrzymam się. Leon przeciwnie, do przeszłości wskakiwał, jak do wrzątku, wyskakiwał jeszcze szybciej, poparzony, pewny, że robi nam krzywdę. Nie chciał przebywać w czasach, które wspólnie przeżyliśmy, nawet nasza banalna, zdawkowa rozmowa na ten temat sprawiała mu trudność.

– Pamiętasz, jak po nią przyszedł? – zapytałam, kiedy kelner zabrał nam sprzed nosa puste talerze. Nie zareagował. – Leon... Możemy o tym porozmawiać?

Błękit w jego oczach przeszedł w mętną szarość. Pomarszczona, ciężka skóra powiek poruszała się wolno jak u sennego krokodyla. Miał lekko zaczerwienione policzki, ale nie była to oznaka zdrowia, Leon nagle wydał mi się starym, zmęczonym człowiekiem i przez moment szczerze mu współczułam w tym maratonie starań, w jakim biegnie, by zadowolić młodą kochankę. Czy nie lepiej by mu było odpocząć przy mnie? Ostatnie jedenaście lat przeżył wesoło, z kobietami w łóżku, z kieliszkiem wina w ręce, odurzony wolnością i niezależnością, robił, co chciał i nigdzie nie musiał wracać na czas. Czy nie dość?

– Zastanawiałem się całą drogę dziś rano, czy mogłem się inaczej zachować? – Wytarł kilka kropelek potu z czoła. – Miałem w pawlaczu broń, naboje, mogłem ich chociaż postraszyć. To ja byłem żołnierzem...

– Oboje mogliśmy zachować więcej ostrożności... Trzeba się było ukryć gdzieś na wsi... przeczekać. Byliśmy okropnie naiwni, wierząc, że to się uda i nikt nam nie przeszkodzi... czyste szaleństwo... Nie okazałeś się tchórzem. Zaskoczyli nas, nic nie można było zrobić.

– Czyżby?

Leon nie wiedział, jakie ohydne myśli prześladowały mnie latami, z jakich dręczących podejrzeń ukręciłam bicz i ile razy się nim smagałam, snując coraz to nowe hipotezy na temat tego – kto zdradził? Wiktor mógł rozwiać moje wątpliwości, on jeden wiedział, jakimi kanałami dotarła do niego informacja o tym, co planujemy i kiedy ma to nastąpić. Nie zapytałam go o to w trakcie naszego spotkania tylko dlatego, że bałam się odpowiedzi. Bałam się, że to Leon zdradził i tym Wiktor trzymał go w garści przez te wszystkie lata.

Helenka obudziła się w naszym mieszkaniu wcześnie rano i nie zapytała o mamę. Przygotowałam na śniadanie kaszę mannę z dżemem, ubrałam w te same ciuszki, w których przywiozła ją poprzedniej nocy Ania. Zapach jej perfum jeszcze tam był, przeniknął niteczki bawełny, osiadł na mankietach koszulki. Karmiąc małą, opowiadałam, że po południu przyjedzie wujek Leon, razem pójdziemy na huśtawki na Planty, potem na włoskie lody, a jeśli będzie grzeczna, pojedziemy do dziadka na wieś, są tam kurki i królik. Nasz ojciec nie był wtajemniczony w żadną część planów, najbrzydszy koszmar, jaki mu się przyśnił, nie zapowiedział tego, co miało nastąpić. Ania chciała się pożegnać przed wylotem do Armenii, ale obawiała się, że tato będzie usiłował jej przeszkodzić, a mógł to zrobić tylko w jeden dostępny mu sposób, telefonując do Wiktora. Obiecałam załatwić sprawę jak najszybciej, oszczędzając ojcu nerwów, ostatecznie Leon pojechał rozmówić się z teściem. Wypili dwie butelki wódki, zanim przekazał mu najgorszą wiadomość, że jego jedyna wnuczka Helenka została porwana przez własnego ojca. Młodsza córka porzuciła męża, któremu wieczne posłuszeństwo przysięgała w kościele i wyjechała z innym mężczyzną do Armenii na stałe. Nie pocieszyło go to, że Armenia to nie kraj muzułmański, tylko ziemia najstarszych chrześcijan, kraj, który sześćset lat przed Polską przyjął chrzest. Leon wtedy już miał minimalną wiedzę na temat Armenii, choć kiedy pierwszy raz usłyszał, gdzie pojechała Ania, myślał dokładnie tak jak ojciec.

– Co to znaczy na stałe? – Ojciec nie rozumiał. – Na zawsze? To już jej nie zobaczę?

– Na pewno minie kilka miesięcy, może rok, zanim Ania będzie mogła przyjechać do Polski – odparł.

– Po niej wszystkiego mogłem się spodziewać, ale żeby tak wyjechać bez słowa... A gdzie Helenka będzie mieszkać? Przy ojcu?

– Tak. W Warszawie...

Leon obiecał mu, że kiedyś jeszcze małą do niego przywiezie, ale nie spełnił tej obietnicy.

Czekałam na powrót Leona z Nowej Dęby, starając się przy Helence nie okazywać strachu. Pojechałyśmy Kołem do miasta. Przeszłyśmy spacerkiem ulicę 3 Maja, w barze „As" kupiłyśmy dwa pączki i drożdżówkę z serem dla wujka Leona. Zaprowadziłam ją do fary, gdzie kiedyś Wiktor uczestniczył we mszach podszytych duchem walki o wolność i demokrację. Lubiłam ten kościół jako zabytek. Chciałam przyklęknąć przed ołtarzem i poprosić o pomoc Jezusa Miłosiernego, choć zazwyczaj unikałam proszenia Go o cokolwiek, przekonana, że to jest wyższa forma żebractwa, a tym się brzydziłam. Poza tym nie wierzyłam, że istnieje. Zaskoczyło mnie, że Helenka umie się żegnać i robi to z wielką powagą. Na Rynku resztkami pączka nakarmiłyśmy gołębie, Helenka, ostrożnie krusząc ciastko, rzucała kawałeczki przed sobą. Trzymałam ją cały czas za rękę, bałam się, że się wywróci albo odbiegnie za daleko, że coś się stanie niedobrego. Rozglądałam się dokoła, niepewna, czy ktoś nas nie śledzi, nie wyskoczy nagle zza rogu i nie zapyta, co tu robimy? Gdzie jest matka dziecka? Kim jest jej ojciec? Nie mogłam zmusić się do myślenia o tym, co miało nastąpić za kilka dni, o kobiecie przewożącej Helenkę przez granicę, o kimś, komu trzeba będzie zaufać w tej sprawie, jak my to zorganizujemy? My. Ja i Leon.

Zastał nas w kuchni lepiące pierogi. Helenka z buzią umazaną mąką siedziała na stole i bawiła się kawałkami miękkiego ciasta. Ucieszyła się na widok Leona, choć go ledwie pamiętała z poprzednich spotkań. Dokonałam prezentacji, pozwoliła się pocałować w czoło, trochę zawstydzona takim odruchem serdeczności u muskularnego pana z małym wąsikiem. Nie spuszczała z niego wzroku, kiedy kręcił się po kuchni, zafascynowana patrzyła, jak się porusza. Wstydził się swojego stanu przede mną, przed nią też. Wyglądał marnie, trzy dni ostrego picia dołożyło mu kilka lat pod oczy, na czoło, w kąciki ust. Spuchnięty, nieogolony, przesiąknięty zapachem piwa, jakie z pewnością wypił rano na kaca, wysilał się, aby udawać świetną formę.

– Miła niespodzianka! Gdzie jest Ania? Lecę się wykąpać i przebrać... – szczebiotał, rozpakowując aktówkę. Nie zauważył mojego zdenerwowania, przelotnie na mnie spojrzał i uciekł szybko do łazienki, w obawie, że Ania wyjdzie z pokoju obok i zobaczy tę jego nieświeżość. Przez całe nasze wspólne życie pilnował swojego alkoholowego sekretu. Nawet gdy pił kilka dni, nie robiąc sobie dłuższych przerw na sen czy posiłek, zasłaniał się nawałem pracy, niespodziewanymi rozkazami sztabu, które posyłały go w różne miejsca. Zazwyczaj pił poza domem, z szacunku dla mnie i ścian pomalowanych na wesoły żółty kolor. Wciąż był dostatecznie młody, żeby się szybko pozbierać po libacji. Pomagał organizmowi, z którego alkohol wypłukał, co potrzebne do normalnego funkcjonowania, wodą z ogórków, maślanką i piwem Żywiec. Wyszedł z łazienki ogolony, przebrany w dżinsy i czarny podkoszulek. Całując mnie przelotnie, jeszcze raz zapytał, gdzie jest Ania? Pomogłam Helence zejść ze stołu. Zaprowadziłam ją do pokoju, posadziłam w fotelu i włączyłam telewizor. Miałam szczęście, akurat na drugim programie leciał Muppet Show. Obiecała siedzieć grzecznie i zawołać, gdy program się skończy.

Leon najpierw przeklinał, potem zaczął się śmiać. Jeśli mu wcześniej wspominałam o romansie Ani z ormiańskim lekarzem, to tylko jako o niewinnej, przelotnej przygodzie, co go ani nie zbulwersowało, ani zbytnio nie zainteresowało. Nagle musiałam wyjawić całą historię ich poznania, największej na świecie miłości, odejścia Ani od zaszokowanego i szalejącego z zazdrości męża, nocnej wizyty uciekających kochanków, powierzenia nam Helenki, a kiedy zaczęłam opowiadać o Ukraince imieniem Wita, która lada dzień przyjedzie do nas po dziecko, nie wytrzymał. Wybiegł z mieszkania, trzaskając drzwiami.

Wrócił po północy, kiedy mała spała w naszym łóżku, przytulona do misia z nóżkami rozrzuconymi jak nożyce. Długo trwało, zanim usnęła, prosiła, żebym poszła po jej mamusię, sama chciała po nią iść, brakowało mi słów, by ponownie tłumaczyć, dlaczego wyjechała i nie ułoży jej dzisiaj do snu. Ciocia będzie przy niej, ciocia kocha ją tak bardzo jak mamusia, gwiazdkę z nieba przyniesie. Obiecywałam, gładząc ją po główce i całując po rączkach. Nie rozpłakała się, chyba tylko dzięki temu zapanowałam nad sobą, czytając bajkę, sama na moment uciekłam z mieszkania do krainy, gdzie wszystko źle się zaczyna, ale dobrze kończy.

Leon wrócił trzeźwy. Najbardziej się obawiałam, że poszedł rozrzedzić swoją złość alkoholem. Nigdy nie zamieniał się po wódce w agresywną bestię, przeciwnie, łagodniał i rozczulał byle słowem czy wspomnieniem, ale przytłaczające nas sprawy wymagały trwania w trzeźwości. Chyba sam to zrozumiał, powstrzymując się od zapicia. Usiedliśmy w kuchni, podałam mu pierogi ruskie i kompot czereśniowy. Jadł powoli, w milczeniu przeżuwając ziemniaczano--serowy farsz. Lodówka buczała głośno, wpadała w drgania jak pralka, potem znów stała cicho i tylko woda niezmiennie z niej kapała. Położyłam tam szmatkę i wróciłam na taboret po przeciwnej stronie stołu. Paliliśmy caro, dzieląc się wypełnioną po brzegi kryształową popielniczką. Podsunęłam mu ją bliżej.

– To nie jest realny plan – powiedział, gasząc papierosa. – Helenka nie pójdzie z obcą kobietą... Co Ania sobie myśli, że to amerykański film? Dziwię się... ten jej kochaś też chyba lepszy imbecyl, skoro na to przystał. On ma wieźć dziecko za Kaukaz? Gdzie dokładnie leży Armenia? Przecież to jest radziecka republika, tam sami muzułmanie!

Zerwał się nagle i poszedł do pokoju. Wrócił ze starym, podartym atlasem świata, który należał do mojej mamy, nauczycielki. Pochyliliśmy się nad mapą. Leon nie mógł znaleźć odpowiedniej strony, kartkował przez chwilę, coraz bardziej poirytowany, pytał: – Gdzie to w ogóle jest?! – Łagodnie, prawie czule, odebrałam mu atlas i przeniosłam na parapet. Skierowałam światło małej lampki na kartę, bez trudu znalazłam właściwy rozdział. Leon palcem znaczył trasę przez rozległe tereny Ukraińskiej SRR, przez Rosyjską Federacyjną SRR, Gruzińską SRR, aż do Armeńskiej. Wymierzył kciukiem, że podróż w ten rejon to, lekko licząc, trzy tysiące kilometrów!

– Z czteroletnim dzieckiem w taką drogę?! – gorączkował się. – Jakimś zdezelowanym gruchotem po pieprzonych stepach akermańskich! Jak można obcym zaufać w takiej sprawie?! Kukułka, a nie matka...

Otworzył okno i zapalił kolejnego papierosa. Zapatrzył się w ciemne niebo, wydmuchiwał dym powoli, prosto w orbitę księżyca. Miał szerokie plecy, dwie pięknie wyrzeźbione skały rozdzielone kręgosłupem. Chciałam się do nich przytulić, zabrać im trochę gniewu, ale Leon pochylił się, oparł łokciami o parapet, nie patrzył już w górę, tylko na chodnik przed wejściem do bloku.. Słyszałam, jak splunął.

Wyciągnęłam z lodówki kawałek boczku, kiszone ogórki i jajka ugotowane na twardo.

– Pokroisz? Pójdę sprawdzić, czy Helenka śpi.

Wróciłam po chwili z butelką wódki przewiązaną czerwoną kokardką. Była to szyszka weselna, którą dostaliśmy na pożegnanie od rodziców pani młodej, naszej wspólnej koleżanki, jedynej, z jaką utrzymywałam kontakt po ślubie z Leonem. Nalałam nam po pięćdziesiątce do kryształowych kieliszków na wysokiej nóżce i postawiłam między talerzykami, odsuwając słoik z kiszonymi ogórkami pod ścianę. Nie zdarzało się często, abym częstowała Leona wódką bez okazji, już wtedy przewidywałam, że to jego zawodowo-towarzyskie picie skończy się na odwyku.

– Niech ona nam Helenkę zostawi na zawsze – powiedział, podnosząc kieliszek do ust. Wypił jednym haustem, nie czekając na mnie.

Udawałam, że nie rozumiem, choć sama o tym pomyślałam chwilę wcześniej. Absurdalna myśl zaczęła skakać jak piłeczka pingpongowa, raz była po jego stronie, raz u mnie. Niby nie mówiliśmy poważnie, ale po kilku minutach tej niebezpiecznej, złożonej z coraz to śmielszych mrzonek, rozmowy, zaczęliśmy snuć plany, zabierając Helenkę ze sobą. Niosłam ją na rękach, przytulałam, dziewczynka obejmowała mocno za szyję swoją ciocię, którą wkrótce zacznie nazywać mamą. Leon był przy nas, radosny jak nigdy wcześniej, prawdziwy tatuś, dumny i pozwalający swojej królewnie na kaprysy. Tak byłoby najprościej! Ania i Greg mogą mieć jeszcze dużo dzieci, poczętych w akcie miłości, urodzonych w trwałym związku, wychowywanych przez rozsądnych, wykształconych medycznie rodziców. Moja siostra będzie wiedzieć, że jej córka tonie w miłości wytwarzanej bez godziny przerwy przeze mnie i Leona, jak energia w elektrowni jądrowej. Nikt nie zapewni więcej mocy niż nasz duet, tego może być pewna. Sama byłam wtedy trzeci i ostatni raz w ciąży, ale o tym nie wiedziałam, dopiero kiedy miesiąc później poroniłam, zaczęłam się obwiniać za tę noc. Za dużo nerwów, wódki za dużo, paczka papierosów wypalona w kilka godzin!

Leon myślał coraz odważniej o zatrzymaniu dziecka u nas. Widziałam, że zaczyna się zastanawiać, jak by to przeprowadzić. Pozwoliłam mu na to.

– Nawet jeśli Anka by przystała na takie rozwiązanie... Co zrobimy z Wiktorem?

Zamoczyłam usta w ciepłej wódce. Leon nalał nam ostatni kieliszek, pustą butelkę wyrzucił do kubła pod zlewem.

– Zabijemy go! – Mój żart nie rozśmieszył Leona, on poważniej analizował słabe strony naszego planu.

– Ty znasz swoją siostrę lepiej, myślisz, że jest jakaś szansa?

Czy znałam Anię jako osobę? Co mogłam o niej powiedzieć z całą pewnością?

Była twardsza niż ja, wszystkie rany goiły się u niej szybciej, dzielności, jakiej nie wyniosłyśmy z domu, zazdrościłam jej najbardziej. Kiedy umarła nasza mama, Ania błyskawicznie rozmontowała żałobę, tęsknotę, poczucie osierocenia, z którym ja chodziłam miesiącami, oczekując współczucia od obcych. Ostatecznie pomogła i mnie pogodzić się z tym, co nas spotkało, rozprostowała moje palce zaciśnięte w pięść i wygrażające Bogu. Była zbyt młoda, aby ze mną rozmawiać na temat śmierci mamy, ale patrząc na jej pogodzenie, na dojrzałe, choć niewyprane z emocji, podejście do zaistniałej sytuacji, musiałam uczynić to samo. Skoro młodsza siostra tak dobrze sobie radzi ze stratą matki, to i starsza powinna. Właśnie to mi pomogło, przestałam się mazgaić nie dlatego, że tato mnie wciąż napominał, ale dlatego, że Ania podniosła się pierwsza i pokazała, że jest to możliwe. Powiedziała – pójdę na medycynę i zabiorę się do tego raka! Naiwne, buńczuczne wyzwanie rzuciła tak pewnym głosem, na jaki mnie nawet dziś nie byłoby stać. Niczym pijawka przyssałam się do tego hardego planu i długo karmiłam siłą Ani. To ona postanowiła „pomścić" mamę, poświęcając się walce z rakiem, wszystko po to, abyśmy się mogły poczuć lepiej. Moja bezczynność na tle jej konkretnego działania wyglądała mniej żałośnie. Tylko tato nie dostrzegł w rysowaniu śmiałych planów niczego wartościowego, nie wydawało mu się możliwe wyjście z naszego zwyczajnego, ubogiego domu wprost na drogę medycznych sukcesów. Na studia medyczne dostawali się najzdolniejsi, a przecież jego młodsza córka była samą przeciętnością! Nie miał racji i to go jeszcze bardziej zniechęciło do Ani, kiedy dostała się na studia i udowodniła, że się mylił co do jej zdolności.

Teraz Leon pytał, jak dobrze ją znam? Czy Ania odda nam swoją córkę?! Podlewaliśmy alkoholem naszą absurdalną rozmowę, którą trzeźwy umysł otwarcie by się brzydził. Oddalaliśmy się w szybkim tempie od tego, co wiadome i oczywiste, maszerowaliśmy w kierunku nonsensu, śmiesznie podrygując. Straciliśmy z oczu matkę Helenki, uczyniliśmy ją szczęśliwą w Armenii, otoczoną gromadką dzieci, spełnioną w macierzyństwie dopiero za drugim razem. A ojciec Helenki?

– Wiktor szybko sobie znajdzie pocieszycielkę – powiedziałam, wypijając kolejny kieliszek do dna. Zaczynałam mieć problem z wyraźnym wymawianiem słów, Leon śmiał się ze mnie, ale ciągnęliśmy opowieść dalej. – Ponownie się ożeni z jakąś cycatką, ta urodzi mu dzidziusia, tak mu wróżę, to syn będzie. Ja się z nim dogadam w sprawie Helenki, zostaw to mnie... Zresztą... on jest tak zajęty polityczną karierą, że takie rozwiązanie będzie mu na rękę. Chwilę poszaleje dla zasady, jeszcze nie przebolał porzucenia przez żonę, ale z czasem może nawet poczuć wdzięczność.

– Nie wiem... Może Wiktor nie zachowuje się jak zatroskany i zaangażowany tatuś, ale co innego ojcowski chłód, a co innego oddać dziecko na zawsze obcym ludziom... – Leon wylał resztę żytniej do naszych kieliszków. – Ale pomarzyć nikt nam nie broni...

Alkohol szumiał w skroniach i rozgrzewał środek serca. Miał tę cudowną właściwość i moc, która sprawiała, że człowiek brał piórko i szedł walczyć z nożownikami i pewien był zwycięstwa. Byliśmy pijani, odebrałam dziecko siostrze, a Leon dyskretnie pozbył się Wiktora. Właściwie dlaczego nie? Bezpieczniej zostać, niż ruszyć w drogę, tutaj Helenka ma rodzinę, dziadka, znane miejsca i przewidywalną pogodę. Nawet do przedszkola nie będzie musiała iść, stać nas było, abym zwolniła się z pracy i zajęła jej wychowaniem, aż nie pójdzie do szkoły. Mieliśmy dostać za kilka miesięcy trzypokojowe mieszkanie na Dąbrowskiego, tam są planty i duża Szkoła Podstawowa numer 10 imienia Marcelego Nowotki.

Leon wziął mnie na kolana. Objęłam go za szyję i pocałowałam. Był mi tak bliski.

– Chciałabyś taką córeczkę, prawda? – zapytał, przyciskając mnie do piersi.

– Tyle we mnie niezagospodarowanej miłości – westchnęłam – tej macierzyńskiej, której ty nie zaspokoisz...

– Nie poddajemy się. – Potrząsnął mną delikatnie, widząc, jak się rozklejam. – W lędźwiach siła jest, ty masz takie rozłożyste biodra, kochanie...

Całował mnie, pomrukując te swoje magiczne zaklęcia, od których dostawałam gęsiej skórki. Poszliśmy do pokoju, Leon przesunął ławę pod okno, wyciągnął kołdrę z wersalki i rozścielił ją na dywanie. Rozbierałam się powoli, lubił patrzeć, jak rozpinam guziki sukienki, sięgam za plecy, żeby rozpiąć biustonosz, potem opuszczam w dół majtki i wychodzę z nich jak z płytkiej wody. Ściągnął podkoszulek przez głowę i zdjął dżinsy. Nie miał na sobie slipów. Z małżeńskich nocy ta była najbardziej upalna. Pragnienie mężczyzny stawało się jednocześnie pragnieniem obdarowania go dzieckiem. Wierzyłam w ten akt zespolenia dwóch ciał, jak w ostatnie przykazanie miłości, unieważniające poprzednie. Kochając się, płakałam i błagałam Leona, żeby tak to robił zawsze, właśnie tak, z taką potężną siłą zdobywcy. Miał to być początek nowej ery, imperium, pod którego murami każdy wróg zdechnie, czekając na okazję, żeby wedrzeć się do środka. Nasza twierdza powstała na gruzach tajemnicy wiążącej dwoje ludzi na zawsze, obcy nie mieli doń wstępu. Nie przetrwała siedmiu dni.

Nigdy więcej nie wróciliśmy do tej nocnej rozmowy, układającej życie Helenki i nasze. Zachowywaliśmy się tak, jakby nie miała miejsca, ale gdy Wiktor siłą nam ją odebrał, zaczęłam się zastanawiać, czy to nie Leon był tą osobą, która zdradziła mu plan wywiezienia dziecka za granicę i tymczasowe miejsce jej ukrycia w naszym mieszkaniu. Kiedy Wiktor po nią przyjechał ze swoją policyjną eskortą, rozwścieczony jak byk z włócznią wbitą w grzbiet, wiedział wszystko, w najmniejszych szczegółach.

H
⮞⮜

Pielęgniarka zapytała, czy nie przynieść mi czegoś do picia? Poprosiłam o kubek zimnej wody. Dochodziła dwudziesta, zaczęłam odczuwać zmęczenie długim dniem. Wskazówki zegara ściennego poruszały się wolno, z każdym tyknięciem moje powieki stawały się cięższe. Rano umawiałam się z Nataszą na wycieczkę, godzinę później Artiom wywiózł mnie na spotkanie z kobietą, która miała być moją matką, Bogumił Szymkowiak upadł na ziemię w połowie wypowiadanego zdania, wbrew rozsądkowi i temu, co postanowiłam, umówiłam się z Eduardem i zgodziłam czuwać przy cudzym mężu operowanym w sali obok. Ile jeszcze może pomieścić doba? Rozbawiło mnie to. Sięgnęłam po telefon, żeby opisać skrótem ciotce Albinie ten bogaty we wrażenia dzień, ale musiałam go zaraz odłożyć.

Młoda i bardzo szczupła pielęgniarka weszła do pokoju, niosąc na małej plastikowej tacce kubek. Nie zamknęła za sobą drzwi. Zaraz za nią wszedł lekarz w zielonym doktorskim mundurku i białych tenisówkach. Gdybym była mniej zmęczona, poznałabym go od razu, ale w oszołomieniu, kilka sekund bezmyślnie patrzyłam na postać, która nawet nie wydała mi się znajoma. W kubku nie było wody, tylko czarna kawa.

– O, proszę... – Usiadł obok mnie i wyciągnął przed siebie długie nogi. Nasze kolana, jak przed kilkoma tygodniami w samolocie z Warszawy, znów się zetknęły. – Trudno zaprzeczyć sile przypadku.

Karen Grigorian odmłodniał od dnia naszego spotkania na stacji benzynowej. W dziennym świetle, w swoim naturalnym szpitalnym środowisku, pachnący lekami i mydłem, wydał mi się zupełnie innym człowiekiem. Może sprawił to nasycony odcieniem świeżej zieleni kolor jego bluzy, może po prostu był wypoczęty i mniej zestresowany niż wtedy. Onieśmielał pewnością siebie. Zapatrzyłam się w jego dłonie, od razu wyświetlając sobie sytuację, kiedy zręcznie dobierają się do ludzkich wnętrz, żeby wycinać i łatać.

– Pani jest żoną Szymkowiaka, tego inżyniera z budowy? – zwrócił się do mnie, lekko wydymając usta. – Właśnie skończyliśmy go operować.

Poprawiłam się na krześle, podkurczyłam nogi. Zawstydzona nagłością tego przypadkowego spotkania, wyjaśniłam mu oględnie swoją obecność w szpitalu, usprawiedliwiłam Nataszę, zapewniłam, że przekażę jej słowo w słowo, co mi powie. Patrzył na mnie tymi swoimi czarnymi oczami, rozlewając wzrok po całej twarzy.

– Żyje? – Z trudem przełknęłam gorzką ślinę, która nie przestawała zbierać mi się w gardle. Kawa krztusiła mnie jeszcze bardziej.

– Oczywiście, że żyje... – Grigorian uśmiechnął się. – Bardzo nie lubię, kiedy mi pacjent umiera na stole.

Kropelki potu z czoła wytarłam wnętrzem dłoni, potem je rozsmarowałam na udzie. Zauważył, że kawa mi nie smakuje. Wziął ode mnie kubek i odstawił na stolik.

– Co mu się stało? Zawał?

– Jestem neurochirurgiem, nie otwieram serc... tylko głowy. – Rozmasowując kolana, patrzył na moje nogi. – Szymkowiak miał tętniaka mózgu, tego rzadziej występującego, zwanego wrzecionowatym, usytuował się w okolicy tętnicy środkowej. Doszło do pęknięcia. Podobno wczoraj bolała go głowa, według relacji jego podenerwowanych kolegów miał podwójne widzenie.

– Aha – westchnęłam z ulgą, choć nie bardzo rozumiałam. – Pan go operował? Udało się? – Wciąż patrzyłam na jego dłonie.

– Tak, byłem poza miastem, ale mój przyjaciel poprosił, żebym przyjechał, więc przyjechałem. Inny lekarz też by sobie świetnie poradził, ale ludzie wciąż wierzą w nazwiska. Kursuję między kliniką w Atlancie a Erywaniem, wszystkim się wydaje, że operuję po amerykańsku, znaczy lepiej, co oczywiście nie jest prawdą...

– Naprawdę? Mieszka pan w Georgii?

– Pomieszkuję. Była żona zajęła lokal... – Poprawił się na niewygodnym fotelu. – Leciałem wtedy przez Warszawę, to panią zmyliło. Pracuję w Instytucie Neurochirurgii w Macon, jednak ostatnio więcej czasu spędzam w Erywaniu. Zabierałem przez lata do Ameryki lekarzy na przeszkolenia, teraz tutaj to robię, mam też zajęcia ze studentami. W każdym razie Szymkowiak znalazł się w dobrych rękach, to świetny szpital, proszę mi wierzyć... i świetny Uniwersytet Medyczny. Sam tu studiowałem, zanim wyjechałem do Moskwy robić specjalizację.

Znów mruknęłam: – Aha – co on skwitował kolejnym przyjaznym uśmiechem. Była żona została w tyle.

– A pani, jak widzę, zadomowiła się w Erywaniu... Interesy musiały okazać się warte pozostania tu dłużej...

Zmienił temat tak nagle, że nie zdążyłam przypomnieć sobie, ile nakłamałam przy naszym poprzednim spotkaniu.

– Jakie interesy? – zdziwiłam się.

– Pani mnie pyta? Wspomniała pani, kiedy wyratowałem panią z rąk porywaczy, że to interesy sprowadziły panią do Armenii. Nie wiem dlaczego, ale pomyślałem o handlu złotem...

Rozśmieszył mnie.

– Obecnie błąkam się bez celu w poszukiwaniu duchów przeszłości, a jeśli chodzi o interesy, to nie umiem nawet stargować ceny marchewki na bazarze, tak że handel złotem jest wykluczony.

– W takim razie, co pani tu robi? – Dotknął mojego ramienia. Obróciłam się do niego.

– Wprowadziłam pana w błąd na stacji benzynowej, mówiąc, że przyjechałam w interesach. Nie wiem, dlaczego wypowiadam czasami takie małe kłamstwa... Chyba pan od razu ocenił, jaka ze mnie businesswoman? Powiedziałam tak na odczepnego, choć pan się wcale do mnie nie doczepiał, był pan po prostu uprzejmy.

– Ludzie kryją się za małymi kłamstwami kilka razy na dobę. – Doktor Grigorian nie spuszczał ze mnie wzroku. – Mieszka pani w Erywaniu?

– Wynajmuję małe mieszkanko w domu z ogrodem wraz z państwem Szymkowiak, w chłodzie klimatyzatora zbieram myśli i piszę reportaże. Większość tekstów jest o Erywaniu, nieskromnie dodam, że idzie mi nieźle. Jeżdżę po okolicy, fotografuję, robię notatki, ale to dopiero początek mojej przygody.

Rozłożył ręce i gwizdnął.

– Klasa! Postawię na baczność cały personel medyczny i moją rodzinę, wszyscy pani pomogą... My bardzo lubimy opowiadać o sobie i naszej ojczyźnie... materiału pani nie zabraknie, tylko będzie go musiała pani porządnie przesiać.

– Boję się, czy uda mi się obiektywnie... – przyznałam. – Czuję się już nieco zakochana w tym kraju...

– Nieco? – Lewa brew uniosła się wyżej niż prawa.

Z kieszeni spodni wyciągnął wibrujący telefon komórkowy, zawahał się na moment. Zanim wyszedł z pokoju, obejrzał mnie dokładnie, głowa, piersi, brzuch, nogi, stopy, jakby oceniał moje szanse w castingu na modelkę. Wyciągnęłam z torby małe lusterko i błyszczyk, szybkimi ruchami wytarłam opiłki tuszu rozmazanego pod oczami i wygładziłam powieki. Włosy, od przyjazdu do Armenii w nieładzie, rozburzyłam jeszcze bardziej, szarpiąc kosmyki poślinionymi palcami. Kiedy Karen Grigorian wrócił, siedziałam w innej, bardziej eleganckiej pozie. Przełożyłam nogę na nogę i zaplotłam palce na kolanie.

– Proszę mi opowiedzieć, co pani napisała do tej pory? Co się wydaje przyjeżdżającemu tu po raz pierwszy najciekawsze?

– Magia Armenii jest łatwa do... – zatrzymałam się, szukając właściwego słowa – poczucia, odczucia, ale trudniejsza do opisania. Nie chcę napisać kolejnego przewodnika turystycznego, wymieniając zabytki, co warto, co mus, co pominąć, w jakim hotelu zanocować i co zamówić w restauracji. Chciałabym ludzi oprowadzić po miejscach, które setki, tysiące lat są znaczone niesamowitymi wydarzeniami historycznymi, żeby ich ta tragiczna i piękna przeszłość wciągnęła... Nie wiem, czy wyrażam się jasno... Poszukuję słów, stylu, żeby opisać to, co jest tu zaklęte w kamieniach, górach, w niebie. Jutro wybieram się do klasztoru Chor Wirap, jadę przywitać się ze Świętą Górą Ararat.

Karen Grigorian uśmiechał się zadowolony, że ktoś z nim rozmawia w taki sposób. Zaglądał mi w oczy zaciekawiony, może nawet troszkę urzeczony?

– Czy pani wie, że to na tej górze zakończyła swój rejs Arka Noego?

Odczekałam chwilę, zanim zaczęłam recytować. Poprzedniego dnia znalazłam ten cytat z biblijnej Księgi Rodzaju (8, 4–5). Wstawiałam go w różne miejsca reportażu, nigdzie dobrze nie pasował, ostatecznie zrezygnowałam z jego użycia.

– „I osiadła arka w siódmym miesiącu, siedemnastego dnia tego miesiąca, na górach Ararat. A wody nadal opadały aż do dziesiątego miesiąca. W miesiącu dziesiątym, pierwszego dnia tego miesiąca, ukazały się szczyty gór". Podobno pierwszą czynnością po zejściu z Arki było założenie winnicy, Noe, zdaje się, lubił wypić...

Zrobiłam wrażenie. Zadowolona, rozsiadłam się jeszcze wygodniej. Doktor Grigorian zerwał się z miejsca i stanął nade mną z wyciągniętą ręką.

– Nie będzie lepszej okazji, żeby w końcu sobie przestać mówić per pan, pani. Niech nas Noe zapozna. Już raz się przedstawiałem. Karen Grigorian.

– Helena.

Uścisnęliśmy sobie dłonie mocno, jak dwóch równych siłą mężczyzn.

– Helena Trojańska?

– Ulińska – dodałam niechętnie.

Karena ciekawiło wszystko, dlaczego właśnie tu, dlaczego teraz, ze wszystkich miejsc na świecie wybrałam Armenię na podróż nieograniczoną czasem, jakie to niesamowite! Zapytał, czy nie rozważam napisania książki, znalezienia pracy w stolicy, zatrzymania się na dłużej, czy nie tęsknię za Polską i osobami, które tam zostały? Czy są takie osoby? Mąż, dzieci? Niespodziewanie dla samej siebie zaczęłam opowiadać o swojej pracy w szkole, rozgoryczeniu zatopionym w bezsilności, ojcu polityku, który pnie się coraz wyżej i niedługo sięgnie gwiazd, ciotce pisarce bardzo mi drogiej, choć niebliskiej fizycznie i gdyby nie nagłe pojawienie się w drzwiach wystrojonej balowo Nataszy, wyspowiadałabym się chyba ze wszystkiego, nie pomijając zaginionej przed laty matki i męża, który mnie wykorzystał do swojej politycznej kariery i rzucił w kąt jak szmatę wyżętą po zmyciu zafajdanej przez niego podłogi.

Natasza od progu zaczęła płakać. Rzuciła się na Karena, szarpiąc go za rękawy, klepiąc się po twarzy, odgrywała scenę niezwykle komiczną. Karen posadził ją na krześle, złożył jej dłonie na kolanach i przyłożył swoimi. Nie miałam siły uczestniczyć w tej rozmowie, już wystarczająco dałam się uwikłać w cudze nieszczęście, które teraz pchać się będzie drzwiami i oknami, aż mnie całkowicie opęta. Karen próbował mnie zatrzymać, angażując w rozmowę, ale wymknęłam się, kiedy zaczął odpowiadać na kolejne pytanie Nataszy.

– Ile będzie żył po operacji?! Czy go sparaliżowało? Bo podobno tak się zdarza. Mówił coś o mnie? Czy to jest dziedziczne? – Natasza lamentowała. Wycofałam się w kierunku drzwi. Grigorian odwrócił głowę i pożegnał mnie.

Artiom czekał przy samochodzie, paląc papierosa.

– Zawiozę cię do domu. – Otworzył drzwi od strony pasażera. – Eduard mi wydał takie polecenie służbowe.

– Nie musisz... pojadę marszrutką.

– Tylko bez ceregieli, proszę.

Całą drogę narzekał na histerię Nataszy, której zmysły są od dawna pomieszane i operacja męża nie ma z tym nic wspólnego. Godzinę się malowała i czesała, żeby na koniec stwierdzić, że „źle jej wyszło", więc poszła jeszcze raz myć włosy, ponownie się fryzować, przed znużonym lustrem zamieniała zielenie na róże na powiekach i spodnie na spódnicę. Wszystkie łachy wyrzuciła z szafy, grzebiąc w paskach i bluzkach, fruwały pod sufitem jak przy trąbie powietrznej. Zadzwoniła do matki, by uprzedzić rodzinę o ewentualnym pogrzebie Bogumiła. Niechby sobie kobiety zawczasu przygotowały czarne sukienki i buty. Te ciemne lakierki z kwiatem na pasku, schowane w skrzyni wraz z zimowymi płaszczami, może sobie na pogrzeb pożyczyć siostra Nataszy, ale niech nie bierze na zawsze, zaraz po ceremonii ma zwrócić. Czyste! Trzeba rozesłać wici, dobrze by było, gdyby ludzie dopisali, niech wielka procesja za trumną idzie. Bogumił kolegów ma całe zastępy, na pewno przyjdą go pożegnać. Tymczasem jednak wszyscy mają czekać na telefon i w niczym Nataszy nie wyręczać.

Artiom wyciągnął ją z domu siłą, wciąż niegotową, martwiącą się o zmięty rękaw przy bluzce, gnijącego arbuza w lodówce i samochód, który trzeba oddać Eduardowi, skoro jej mąż do pracy długo nie wróci. Irytowała go, nie przypuszczał, że taki bezkres głupoty może się zmieścić w jednej ładnej głowie. Bez przekonania broniłam Nataszy, po prostu jest w szoku, kiedy dotrze do niej dobra wiadomość, uspokoi się. Zapytałam, czy mogę – w zaistniałej sytuacji – pożyczyć samochód, który Eduard udostępnił Szymkowiakom? Artiom, samozwańczy menadżer, wręczył mi klucze i dokumenty. Po przyjeździe pod dom sprawdziliśmy, czy auto faktycznie stoi w garażu. Biały chevrolet miał pełny zbiornik i tylko nadkola ubrudzone błotem, jakby ktoś startował w rajdzie po błotnistych wertepach. Artiom dłonią posprzątał okruszki z siedzenia kierowcy i sprawdził zawartość bagażnika.

– Gdzie się wybierasz? Daleko? – zapytał, wycierając ręce w dżinsy.

– Pojadę na granicę z Turcją, popatrzeć na Ararat i pomedytować.

– Czujesz się zagubiona? – Wyciągnął z bagażnika śmiecie i puste kartony.

– Dlaczego tak sądzisz? – zdziwiłam się.

– Medytacja tak mi się kojarzy... z totalnym zagubieniem duchowym – odparł, zatrzaskując klapę samochodu. – Ale Ararat warto zobaczyć z bliska. Jedź prosto dwupasmówką na południe, Święta Góra będzie twoim drogowskazem. Nie sposób przegapić. Przy dobrej pogodzie oba szczyty widać jak na dłoni, nawet z Erywania... Najlepiej jechać albo wcześnie rano, albo przed zmierzchem, żeby zobaczyć. Nie zawsze ukazuje swoje kształty i nie każdemu... Pojechałbym z tobą, ale Eduard będzie mnie potrzebował... Jedzie załatwić jedną sprawę w Moskwie.

Chciałam zdradzić, że wiem, ale powstrzymałam się. Było już całkiem ciemno, kiedy się pożegnaliśmy. Artiom odjechał kawałek, czekałam, aż skręci w główną drogę. Nagle zwolnił i zatrąbił, patrzył w lusterko, kiedy mu pomachałam na do widzenia. Nie chciałam jeszcze iść na górę, przeszłam na tyły domu do ogrodu. Owocowy zapach płynący z drzew mieszał się z wieczornym powietrzem, granatowe niebo było całkiem gładkie, bez jednego urozmaicenia zbłąkaną chmurą. Pierwszy raz, odkąd tu przyjechałam, poczułam, jak daleko jestem od domu. Pomyślałam o ojcu.

Przeczytałam dwa dni wcześniej w internetowym wydaniu wiadomości wywiad z nim. Gorączkowo szukałam miejsc, gdzie zdradziłby prawdziwy stan swego ducha, ale niczego osobistego nie znalazłam. Łatwo mogłam sobie wyobrazić scenę, kiedy wydaje Sewerynowi rozkaz sprowadzenia mnie do Polski. Jeśli niechętne opozycji media dowiedzą się, że europosłowi Ulińskiemu uciekła żona, która jest jednocześnie córką posła Benca, zaczną węszyć jak bigle i wyżły, gonić, aż dopadną. Znajdą sprawę wypadku, obwieszczą światu, że dostałam wyrok w zawieszeniu za spowodowanie śmierci mężczyzny, po którym w czarną jak smoła majową noc przejechał Seweryn. Miejscowy pijaczyna leżał na drodze, niezdolny pokonać kilometra od zagrody do domu. Szedł poboczem, do trzech promili zaprawiony księżycówką spreparowaną przez szwagra.

Seweryn wiózł nas do Warszawy bocznymi drogami. Przysypiałam na siedzeniu pasażera, przykryta kurtką, odpływałam w lekki sen, czując prędkość auta i zmęczenie. Przed wyborami do

Europarlamentu Seweryn sporo podróżował po Polsce. Wciąż coś załatwiał, spotykał się z ludźmi, ojciec wypychał go w teren i instruował, jak się zachować, podpowiadał, w co się ubrać i jak składać ręce. Kręcił korbką przytwierdzoną do Seweryna, a ten powoli nabierał prędkości, wciąż oglądając się na teścia, konsultował z nim najdrobniejsze posunięcia, zupełnie niezdolny do samodzielnego działania. Nie spotkałam wcześniej nikogo, kto by sam się ubezwłasnowolnił w tak szybkim tempie. Wierzył w strategie i doświadczenie Wiktora Benca, jak mógł nie wierzyć, skoro ten obracał się po orbicie najważniejszych osób w państwie od czasów Okrągłego Stołu? Najmłodszy uczestnik „z drugiego siedzenia" obrad dzielenia sukna polskiego, tak aby wystarczyło dla jednych i drugich. Raz w rządzie, raz w opozycji, na biało, na czarno, z tarczą, na tarczy, windą w górę, zjeżdżalnią w dół, raz minister, raz przewodniczący klubu, raz zwykły poseł, ale zawsze z ręką na pulsie wydarzeń. Bez tego nie istniał i taki sam chciał być Seweryn, choć ani sprytem, ani bezwzględnością czy przebiegłością nie dorównywał swojemu nauczycielowi. Jego geny natura dokładnie przebrała, pozostawiając te tylko, które przesądzały o chronicznej przeciętności w następnych pokoleniach. Miejsce w Europarlamencie miało być dopiero początkiem mlecznej drogi Seweryna. Ojciec wiązał z nim o wiele poważniejsze plany. Szykował sobie następcę tronu, jednocześnie zdając sobie sprawę z tego, że dziedzic nie ma jego cech nawet w symbolicznym wymiarze. Może właśnie to odpowiadało mu najbardziej? Miał być przedłużeniem jego ręki, zwykłą drewnianą protezą, która nie rusza się samoistnie.

Rzadko towarzyszyłam Sewerynowi w wyjazdach służbowych. Ojciec nie uważał za konieczne ciąganie żony po spotkaniach w terenie. Nie był też pewien moich zachowań, sznurek, na jakim mnie prowadził, robił się coraz cieńszy.

Chciałam odwiedzić koleżankę z liceum mieszkającą w Ełku, odnalazłyśmy się na FB, zapraszała tak serdecznie, że obiecałam przy okazji wpaść na kawę. Pracowała w bibliotece, zorganizowała mi spotkanie z czytelniczkami zachwyconymi moim literackim debiutem. Zabrałam się samochodem z Sewerynem. Nie protestował, ale zapowiedział z góry, że takie wspólne wyjazdy nie mogą być normą. Nie czerpał przyjemności z mojego towarzystwa w podróży. Zamiast zostać w hotelu na noc, jak mieliśmy zaplanowane, wróciliśmy do Warszawy, bo ojciec „w trybie pilnym" zawezwał swojego giermka. Obydwoje padaliśmy z nóg, dzień był długi i męczący, ale posłusznie ruszyliśmy w powrotną drogę przed dwudziestą drugą. Bałam się podróży nocnych, jako pasażer wysiłałam wzrok, usiłując rozjaśnić ciemność, w której tylko wąski pas przed maską samochodu był dobrze widoczny. Seweryn hamował, przyśpieszał, miał kłopot z jazdą źle oświetloną trasą. Jechaliśmy skrótami, z daleka od uczęszczanych, lepiej oznaczonych dróg i patroli policyjnych. Nie był pijany, ale przy okazji bankietu wypił dwa kieliszki wina, uważał, że nie zdążył ich jeszcze przetrawić, więc lepiej nie rzucać się w oczy patrolom. Wydawało mu się, że jest sprytniejszy niż nawigacja i inni kierowcy, prowadził z nimi grę na szybsze dojechanie do celu, zaoszczędzony czas był dla niego złotem, zawsze szukał pretekstu, aby się ścigać. W radiu toczyła się dyskusja na temat wychowywania psów, jak je przywołać, czym karać i za co nagradzać. Przestałam słuchać po kilkunastu minutach monotonnego dialogu psiego eksperta i dziennikarki zadającej nudne pytania. Kiedy Seweryn zobaczył, że zamknęłam oczy, ściszył dźwięk i zwolnił przed ostrym zakrętem. Spojrzałam na zegarek, ale w samochodzie było zbyt ciemno, nie odczytałam godziny.

Myślałam, że potrąciliśmy jakieś zwierzę. Samochód terenowy wielkimi kołami zmiażdżył przeszkodę, ledwie drgnęłam na siedzeniu. Seweryn wyhamował i zatrzymaliśmy się na poboczu kilkanaście metrów dalej. Wyłączyłam radio i siedzieliśmy przez chwilę bez ruchu, patrząc w pustą szosę. Dziesiątki drobnych muszek tańczyło wokół reflektorów. Droga układała się lekko w lewo, dalej widać było rząd świateł zawieszonych nieregularnie przy kilku domach.

– Co to było? – zapytałam.

– Cholera wie. Siedź w aucie, pójdę sprawdzić – rozkazał.

Wyszedł z auta, niezgrabnymi ruchami upchnął koszulę za pasek spodni. Obszedł samochód, dotykając lakieru w różnych miejscach. Najpierw sprawdził maskę, obmacał zderzaki i lampy, gładząc je delikatnie. Zadowolony, włożył głowę do samochodu i z ulgą obwieścił, że nic się nie stało, możemy jechać dalej. Wsiadł do samochodu, lekko drgająca ręka powędrowała na kierownicę.

– Jakieś małe zwierzę... – Oddychał z wysiłkiem. Czułam jego strach.

– Trzeba sprawdzić. – Rozpięłam pasy i nie czekając, aż wyłączy silnik, wysiadłam.

Stałam przez chwilę niezdecydowana, nie mogłam dostrzec, co leży na drodze, ale pewna byłam, że tam coś jest. Wpatrywałam się w niczym nieprzeciętą ciemność za nami, blask z czerwonych tylnych świateł kończył się zaraz za samochodem. Przeszłam kilkanaście metrów, przyświecając sobie telefonem, nie zwracając uwagi na nawoływania. Seweryn wysiadł i krzyczał w moje oddalające się plecy.

– Gdzie ty leziesz?! Nic się nie stało! Helena, stwarzasz zagrożenie!

Zatrzymałam się. Przykucnęłam nad mężczyzną wyciągniętym jak do skoku do wody. Mała głowa była nienaturalnie skręcona. Nie dostrzegłam żadnego śladu krwi, mocny odór alkoholu i moczu oblepiał czarne zmięte ubranie. Jaskrawe światło latarki w telefonie prześlizgnęło się po jego bosej stopie, na drugiej miał but. Seweryn wciąż stał przy samochodzie.

– Znalazłaś coś?! – krzyknął. Wsadził dłonie głęboko w kieszenie spodni.

Podniosłam telefon w górę.

– Co tam masz? Sarna czy pies?

Nie odpowiedziałam. Ciepła noc całkiem zgęstniała, poczułam we włosach powiew wiatru, kilka maleńkich dmuchnięć rozwiało mi grzywkę. Zabolało serce, choć serce nie boli, bo to jest zwykły mięsień. Ucisk w klatce piersiowej nasilał się, rytm był nieregularny, jakby pod żebrami coś się awanturowało i szukało wyjścia z pułapki. Jedną rękę przyłożyłam do klatki piersiowej, drugą zacisnęłam mocniej na telefonie. Kiedy Seweryn stanął obok, oświetliłam czoło leżącego. Pochylił się lekko wprzód, zdjął okulary.

– Człowiek... – wymamrotał. – Jezu, to jakiś chłop leży...

Spojrzał na mnie, jakby chciał się upewnić, czy oboje widzimy to samo. Uklęknął i przybliżył twarz do policzka leżącego bez życia mężczyzny. Skierowałam światło na jego oczy. Otwarte i nieruchome. Przyłożył dwa palce do jego szyi, brzydził się, ale wytrzymał kilka sekund, zanim się podniósł. Wytrzepał kolana, rozejrzał dookoła.

– To ktoś stąd – powiedział opanowanym głosem. – Zapił i padł.

– Nie żyje. Przejechałeś człowieka.

– Przejechałem?! – Wyrwał mi z ręki telefon. – Nie zauważyłem go nawet! Leżał na drodze, na samym środku, na pewno i tak martwy! Ktoś mógł po nim przejechać przede mną, skąd wiesz, że to ja?!

– Trzeba wezwać pogotowie – powiedziałam, obserwując, jak usiłuje wyłączyć latarkę w telefonie. Obracał, obmacywał krawędzie, coraz bardziej poirytowany, że mu się nie udaje zgasić. Nagle wystraszył się światła i tego, co ukazało.

– Na środku wiochy, kurwa, trup leży... – mówił ze złością. – Tylko tego mi teraz potrzeba...

Rozmasowywałam mostek pięścią, wydawało mi się, ze zbiera się tam jakaś kamienna masa, która za moment zablokuje przepływ krwi. Dziwna odmiana strachu, powodująca fizyczny ból, była mi dotąd nieznana. Rozpięłam guzik bluzki, dotknęłam ciepłej skóry na szyi, nie wyczułam pod palcami żyły.

– Seweryn, nie jesteśmy lekarzami, żeby stwierdzić zgon. Daj mi telefon. – Wyciągnęłam dłoń.

– Nikt tu nie pomoże. To są zwłoki – warknął.

– Oddaj mi telefon...

Odwrócił się ode mnie plecami i przyłożył ekran do ucha. Wreszcie udało mu się wyłączyć latarkę. Ciekawa byłam, jak określi naszą lokalizację osobie przyjmującej zgłoszenie o wypadku, zupełnie nie wiedziałam, gdzie się znajdujemy, nigdy tędy nie jechaliśmy. Błądziliśmy kilka kilometrów pustymi polami. Seweryn piskliwym, spanikowanym głosem opowiadał o zdarzeniu, wciąż powtarzając, że mężczyzna jest... był całkowicie pijany, zalany kompletnie, olany i orzygany, leżał nieprzytomny na czarnym asfalcie, tam gdzie pędziły nasze koła, z dozwoloną w tym miejscu prędkością. Ubrany ciemno, w średnim wieku, nawalony jak stodoła, musiał wychlać litr wódki, albo więcej, bo śmierdzi gorzelnią, a poza tym... tak, dokładnie tak... na samym środku drogi...

Seweryn szczegółową relację zdawał mojemu ojcu. Zorientowałam się, gdy potwierdził, że stoję obok i byłam świadkiem tego incydentu. Dlaczego to się musiało jemu przytrafić?!

– Helena się upiera, żeby po karetkę dzwonić... To samo mówię...Tato, nie, dwa kieliszki, ale kiedy to było... właśnie... dokładnie nie wiem.

– Pośpiesz się... – Złapałam go za ramię. – Dzwoń na pogotowie! On może jeszcze żyje?!

Szarpnął się, poprawił marynarkę i znów odwrócił tyłem.

– Tato, co mamy z tym zrobić? – zapytał, przyciskając telefon jeszcze mocniej do ucha. Nie słyszałam, co mówi ojciec, włożyłam rękę do kieszeni marynarki Seweryna, szukałam jego telefonu, chciałam mu go wyjąć. Złapał mnie za nadgarstek, zacisnął palce i trzymał z wbitym paznokciem, wciąż rozmawiając. Nie widziałam jego twarzy, umyślnie odwracał głowę. Kiedy w końcu zwolnił uścisk, ponownie pochylił się nad mężczyzną, dotknął jego szyi, wydawało mi się, że poklepał go po ramieniu.

– Według mnie denat – powiedział do telefonu. Mrugając powiekami, słuchał bez słowa. Instrukcje płynęły cichym, wolnym od emocji głosem. Z trudem łapałam oddech. Nagle wstał i podał mi mojego Samsunga, unikając spojrzenia w oczy. Odeszłam kilka kroków, żeby porozmawiać.

– Helena? Uspokoiłaś się? – ojciec zapytał z troską. Może nawet prawdziwą. – Nic ci nie jest?

– Nic. Tato, rozłączam się, chcę zadzwonić...

– Poczekaj... Ależ mieliście pecha... – przerwał mi.

– Tato, muszę zadzwonić na pogotowie, potrzebna pomoc...

– Poczekaj... Helena... Opanuj się. Rozumiem, że nie ma świadków tego zdarzenia? Jesteście tam sami? Możesz to potwierdzić?

Odruchowo rozejrzałam się wokół.

– Chyba nam nie każesz uciec z miejsca wypadku?! – W tym momencie zobaczyłam Seweryna kręcącego się przy naszym samochodzie. Raz jeszcze oglądał koła i zderzaki, zgięty wpół, zaglądał w reflektory.

– Nie – ojciec szybko zaprzeczył. – Oczywiście, że nie. Trzeba zadzwonić na pogotowie, na policję, złożyć zeznania. Poczekasz spokojnie na pomoc, odpowiesz na pytania...

Odetchnęłam z ulgą. Nie trwało to jednak długo. Ojciec nie dał mi wiele czasu.

– Helenko... Ja ci teraz nie będę tłumaczył, co dla twojego męża taka sytuacja mogłaby oznaczać. Prawdopodobnie koniec.

– Koniec czego?

– Wszystkiego – zniżył głos. – Za tydzień są wybory do Europarlamentu, Seweryn ma wielkie szanse, żeby się dostać do Brukseli. Rok pracowałem nad tym i on zostanie europosłem. – Odchrząknął, zbity z tropu, że mu nie przerywam. Podjął po chwili przekonywanie o słuszności swej decyzji. Robił to łagodnie. – Dziecko... to nie była wasza wina, ale oni wykręcą kota ogonem, zrobią z Seweryna zabójcę, wykorzystają to, przed wyborami nikt nie przebiera w środkach... Pismaki szukają sensacji, dorwą się do całej naszej rodziny i rozerwą na strzępy. Może nawet twoją matkę... do niej też się dobiorą. Rozumiesz, córcia? Musimy być twardzi...

Obserwowałam, nie ruszając się z miejsca, jak Seweryn otworzył bagażnik samochodu i wyjął małą torbę podróżną. Energicznie zatrzasnął klapę, sprawdził telefon, zajrzał do środka samochodu, rzucił kluczyki na przednie siedzenie. Wszystko trwało bardzo krótko. Nie spojrzał w moją stronę, zaczął maszerować przed siebie. Po kilku krokach zszedł z głównej drogi i zniknął w ciemności.

Nie kierował się w stronę oświetlonych domów, tylko w kierunku pól.

Nie mogłam wykrztusić słowa. Ojciec mówił do mnie tym swoim poselskim głosem, racjonalnie, analitycznie tłumaczył, dlaczego powinnam wziąć winę na siebie, Sewryna w to w ogóle nie mieszać. Po co? Jego tam po prostu nie było, z Ełku jechałam sama, zgubiłam się po drodze, w kompletnej ciemności nie sposób było zauważyć leżącego na środku drogi mężczyzny. Jechałam z dozwoloną prędkością, trzeźwa, nigdy niekarana, bez jednego mandatu na koncie. Nieszczęśliwy wypadek, czasami tak bywa; mimo że jest ofiara, nie ma sprawcy. Nic mi nie grozi, wszystko zostanie załatwione bez szumu, ojciec zaraz się tym zajmie, mam być tylko oszczędna w słowach. Adwokat, jeden z najlepszych w Warszawie, będzie za mnie mówił. Nic już biednemu pijaczkowi nie pomożemy, teraz trzeba zadbać o siebie, niech to wygląda normalnie! Jak burza ucichnie, anonimowo, rzec jasna, pomoże się rodzinie tego... pijaczka. No, postaraj się, Helenko... Najważniejsze to zachować zimną krew, uwierzyć we własną wersję i tego się trzymać.

Z przeciwka nadjeżdżał samochód. Dwa mleczne światła wyłoniły się zza zakrętu. Rozłączyłam się szybko i zaczęłam wybierać numer ratunkowy. Samochód zwolnił przy moim aucie, kiedy zrównał się ze mną stojącą nad zwłokami, zatrzymał i kierowca otworzył okno. Podeszłam bliżej.

– Wypadek... – powiedziałam. – Mężczyzna leżał na drodze, chyba go potrąciłam... dzwonię na pogotowie... gdyby pan mógł zostać ze mną, aż przyjedzie policja. Jestem okropnie zdenerwowana...

Czekałam na zgłoszenie operatora. Kobieta siedząca obok kierowcy przechyliła się, kładąc na kolanach mężczyzny. Wbiła mu łokieć w okolicę krocza, jęknął i odepchnął ją energicznie. Nie zgasił silnika, wysunął głowę, żeby się lepiej przyjrzeć, obydwoje wyciągali szyje w ciekawskim zauroczeniu. Ona powiedziała: – O kurwa... – On dodał: – Ale się porobiło... Zanim dostałam połączenie, odjechali. Na swoje usprawiedliwienie kierowca powiedział, że jest po dwóch piwach i nie chce żadnych kłopotów. Każą mu dmuchnąć w alkomat, będą ciągać po sądach jako świadka, zrobi się z tego jeszcze większa chryja. Tak czy siak, nic tu nie pomogą, nie znają się na pierwszej pomocy. Pocieszył mnie na koniec, zapewniając, że karetka przyjedzie szybciej, jeśli zgłoszę, że jeszcze żyje.

– Niech pani powie: stan ciężki, prędzej dupę ruszą. Denatowi i tak wszystko jedno.

Po złożeniu zgłoszenia poszłam do samochodu po odblaskowy trójkąt. Uruchomiłam silnik, ale nie ruszyłam, pomyślałam, że to będzie stanowić dowód w sprawie, ślady hamowania i dokładnie oznaczony punkt, gdzie się zatrzymałam, więc nie powinnam cofać. Postawiłam trójkąt przed miejscem wypadku, przykryłam mężczyznę swetrem, nie dotykając niczego. Jeszcze raz oświetliłam mu twarz, była blada, zadrapana do krwi nad łukiem brwiowym. Nie wiem, ile czasu upłynęło, zanim przyjechał radiowóz. Stałam na baczność w ciemności, zwrócona w kierunku pól, przez które uciekał mój mąż. Z torbą na ramieniu, w eleganckich skórzanych butach kupionych we Włoszech na wyprzedaży, w garniturze uszytym na zamówienie, koszuli z domieszką jedwabiu i tchórzem w środku. Gnał przez skiby ziemi, z której wychodziły młode rośliny, zadeptywał pierwszą, majową zieloność, pocąc się ze strachu. Oblepiony błotem, dotarł już pewnie do miejsca, skąd miał zabrać go mój ojciec, obydwaj prowadzeni na to tajemne spotkanie przez nawigacje w telefonach. Będzie tam siedział w rowie, aż nadjedzie audi teścia i wywoła go z ukrycia. Rano zacznie się załatwianie, dzwonienie, jedno kłamstwo wyłazić będzie z drugiego, cały korowód przejdzie przed naszymi oczami defiladowym krokiem. Urodzenie kłamstwa pierworodnego przyszło mi łatwo, przypodobałam się ojcu i mężowi.

A

❧❧

To Monia zadzwoniła do mnie z wiadomością, że Leon nie żyje. Użyła jego telefonu, więc kiedy w moim wyświetlił się numer, natychmiast odebrałam uciesczona, że nasze kontakty są teraz częstsze. Od nikogo innego nie odebrałabym połączenia podczas sesji terapeutycznej uśmierzającej ból. Rehabilitant naciskał boleśnie moje usztywnione plecy, wtrącając przemądrzałe komentarze na temat zaniedbań zdrowia. Ludzie na wszystko mają czas, w telewizor się gapią statystycznie po cztery godziny dziennie, a kręgosłupy płaczą! Denerwował mnie, ale łapy miał silne i zawsze dołożył kilka minut do zapłaconych trzydziestu. Siedziałam w spodniach i biustonoszu na jego medycznym łóżku, które ze sobą woził od jednej pokręconej staruchy do drugiej. Masował mnie raz w tygodniu, zapewniając, że nie takim byczym karkom poradził. Przy każdej wizycie zadawał to samo pytanie: – Co pani robiła w młodości, żeby sobie tak zaszkodzić? Uprawiała pani sport wyczynowo? Te wszystkie nowoczesne ćwiczenia na materacu, wygibasy, naświetlania i rażenia prądem nie przynosiły żadnych rezultatów, ale aby wyjechać do sanatorium, musiałam grzecznie poddawać się zaleceniom młodych lekarek wypisujących recepty w mojej przychodni. Obojętnie odnosiły się do chronicznego bólu jako choroby, patrzyły zza okularów lub spod grzywek, słuchając jednym uchem.

Rozproszone, ledwie obecne przy biurku, ślizgały się wzrokiem od okna do drzwi, szukając szpary, przez którą mogłyby uciec. Ciągle coś notowały w karcie, od szybkiego pisania drętwiały im palce i kończył się tusz w długopisach. Jedna pani doktor, zastępująca moją domową, poradziła, abym się starała mniej myśleć o bólu, wtedy zelżeje. Z kolejną receptą w ręce wędrowałam do samochodu, długo siedziałam prosto, bez ruchu, zanim zebrałam siłę, by odjechać. Dzień wcześniej od niemyślenia o bólu dostałam takiego ataku, że pierwszy chyba raz rozważałam wezwanie pogotowia. Leżałam na podłodze kilka godzin, niezdolna się nawet przekręcić, liczyłam minuty na zegarze zawieszonym wysoko na ścianie i razem z nim odmierzałam porcje bólu obejmującego krzyż i nogi. Przygotowana byłam na paraliż, bo czym jeszcze mógł się skończyć taki napad boleści? Ale minął, pod wieczór zapaliłam skręconą w bibułkę porcję marihuany i popłynęłam z radosnym uczuciem lekkości po złotym piasku plaż, po niebie, nie cierpiąc.

Monia chlipała, nieskładnie mówiła o nagłości śmierci, nie zdając sobie chyba sprawy z tego, że niezależnie od przewlekłości choroby, śmierć zawsze jest aktem nagłym. Jeszcze wczoraj jedli kolację, zasmażaną kapustę z młodymi ziemniakami, barometr wskazywał wyż, gwiaździste niebo wisiało nad ich balkonem, było pięknie jak w planetarium. Obejrzeli przed snem odcinek serialu kryminalnego w telewizji, Leon nawet kieliszka wina nie wypił, a dziś już go nie ma. – Pani Albino.., Leoś umarł... Opuścił nas.

Zamiast ją pocieszać, rozłączyłam się. Wdowa Monia miauczała jak kot, któremu w drzwiach przytrzaśnięto ogon, nie byłam w stanie tego słuchać. Gdyby wszystkie Monie mojego męża zjawiły się na jego pogrzebie, zabrakłoby dla mnie miejsca przy trumnie. Zawsze wybierał kobiety wolne, taką miał zasadę, nie bałamucić cudzych żon, uważał to za niemoralne. Nosił mundur, a to zobowiązuje do honorowego zachowania względem innych mężczyzn. Do tego zielonego munduru sznur panien ustawił się zaledwie kilka lat po ślubie, wówczas dotarły pierwsze, słabe sygnały, krótko potem uprzejme anonimowe donosy: „Pani mąż ma kochankę.

Mieszka na ulicy Staszica 12/5, spotykają się w każdy piątek po 16.00. Proszę sobie przyjść i sprawdzić. Życzliwa". Nie poszłam. List bez znaczka pocztowego znalazłam w skrzynce tydzień po tym, jak Wiktor najechał na nasze mieszkanie ze sforą wściekłych psów udających funkcjonariuszy. Musiał gdzieś wynająć taką groźnie wyglądającą brygadę, z pewnością nie byli to regularni policjanci, raczej banda rzezimieszków gotowa za pieniądze wypruć flaki każdemu, kogo płacący wskaże.

Ukrainka Wita przyjechała po Helenkę, tak jak było umówione. Zadzwoniła z dworca PKP, przedstawiła się, Leon kazał jej stać u szczytu schodów prowadzących na perony. Po lewej stronie ma stać i czekać, zaraz po nią przyjedzie białym fiatem 125p. Przygotowałam dodatkowe posłanie w pokoju, gdzie spała Helenka. Miały jechać razem za trzy dni, powinna spędzać z nią jak najwięcej czasu, powolutku drążyć tunel do serduszka dziecka, czuwać wieczorem i ubierać rano, wyprowadzić do łazienki, zabrać na spacer, jak najwięcej powinno się między nimi dziać. Odetchnęłam z ulgą, gdy okazało się, że Wita mówi świetnie po polsku. Odtąd miałam być ciocią z drugiego miejsca, pierwsze, najważniejsze zamierzałam oddać Ukraince. Ania zadzwoniła do nas z Erywania trzy dni po ich wylocie, korzystając z wojskowego połączenia. Uprzedziła o tym, ale nie wydawała się przejęta. Otwarcie omówiłyśmy plan, powtarzałam za nią, kto, gdzie, o której godzinie. Głos miała dzielny, stanowczy, jak przystało na kobietę, która pełni teraz funkcję dowódcy.

– Żadnych niespodzianek – mówiła. – Dokumenty są, transport również, granicznik nie poprosił o więcej pieniędzy, wydaje się, że kibicuje całej eskapadzie, choć rzecz jasna, nie zna szczegółów. Jak Leon zareagował?

– Tak jak powinien – odparłam dumnie. – Pełne wsparcie i zrozumienie. Na mojego męża zawsze mogę liczyć.

– Oczywiście, oczywiście, tak tylko pytam... Najważniejsze, że się zgodził. Greg ma dla niej świadectwo urodzenia w Armenii, autentyczne... no, prawie autentyczne, ze wszystkimi pieczątkami i tak dalej. Po Związku Radzieckim można swobodnie podróżować, bez kontroli, ale tak na wszelki wypadek... z Polski wywiezie ją Wita... pod kocem.

– Pod kocem? W bagażniku?! – krzyknęłam przerażona.

– Na tylnym siedzeniu. Wita da jej lekki środek nasenny...

– Anka... to mi się nie podoba...

Połączenie nagle zostało przerwane, dmuchałam w słuchawkę, palcem naciskając widełki, krzyczałam: – Halo! Halo?! Słuchałam przez chwilę tej ciszy i wpatrywałam się w sitko. Helenka podeszła do mnie i przytuliła policzek do mojej dłoni.

W dniu przyjazdu Wity Ania zadzwoniła wczesnym rankiem, potwierdziła jej przybycie, zapytała o samopoczucie Helenki, zanim łącza zamilkły równie nagle jak poprzednio. Trzeci raz zadzwoniła następnego dnia. Helenka trzymała wielką zieloną słuchawkę przy uchu, wsłuchując się w głos mamy niczym w najpiękniejszą melodię. Patrzyła na mnie rozświetlona, palcem wskazywała sitko słuchawki, na moment odsunęła ją od głowy i pocałowała szybko. Trudno mi było na to patrzeć. W pokoju obok Wita i Leon pili herbatę z koniakiem.

Wita nie była młoda, ale zadbana i czerstwa. Szykowna, tęgawa blondynka, wymalowana jak spikerka telewizyjna, ubrana zbyt jaskrawo, żeby nie zwracać uwagi mężczyzn. Od progu sympatyczna i bardzo opanowana, serdeczna stara znajoma, która wpadła z zapowiedzianą wizytą. Chwaliła mieszkanie, podobały jej się boazerie w przedpokoju, wielkie lustro w drewnianych ramach, czerwono--białe meble kuchenne z oszklonymi frontami i ceramiczne pojemniki wykończone truskawkowym szlaczkiem. Najpiękniejsze wydały jej się tapety w dużym pokoju... niczym na zamku w Łańcucie! Pionowe, kremowe i złote szerokie pasy ozdobione medalionami, które z daleka wyglądały jak szlacheckie herby. Tapetę Leon kupił w Peweksie, nie było droższej i ładniejszej w ofercie. Wita pogładziła wypukły wzorek, wciąż zachwalając nasz gust.

O swojej misji mówiła beztrosko, przyrównując ją do zwykłej wycieczki, raz-dwa i dziecko będzie z matką! Zachowywała się tak swobodnie, jakby codziennie przemycała przez granicę śpiące pod kocem dzieci. Leon próbował podpytać, co robi, gdzie mieszka, czy ma swoją rodzinę, ale zręcznie uchylała się od odpowiedzi, przenosząc ciekawość na nas. Nie przywiozła ze sobą bagażu. Miała tylko sporych rozmiarów torebkę zielonkawego koloru i kurtkę skórzaną. Im dłużej rozmawialiśmy, tym większy spokój zalewał mi serce.

Helenka po rozmowie z Anią przyszła do pokoju i wdrapała się Leonowi na kolana. Obserwowała nas. Wita wyciągnęła z torebki fotografię Ani i wręczyła małej. Uśmiechnięta Ania w warszawskim słońcu Łazienek wyciągała ręce przed siebie. Nie widziałam wcześniej tego zdjęcia.

– Twoja mama mi to dała... – Wita mówiła czystą polszczyzną, bez akcentu. – Specjalnie dla ciebie, kochaniutka, je przywiozłam.

Helenka spojrzała na Leona, zanim wzięła fotografię do rączki. Skinął głową przyzwalająco. Wita uśmiechała się przyjaźnie. Mówiła powoli, wyraźnie, kierując każde słowo do dziecka.

– Mamusia cię pozdrawia i całuje milion razy. Bardzo mnie prosiła, żebym się tobą zaopiekowała. Jak tylko przyjedzie po nas samochód, pojedziemy do niej...

– A wujek i ciocia? – Helenka trzymała zdjęcie, opierając się mocno o Leona.

– Nie mogą z nami jechać, bo nie mają dokumentów na wyjazd, ale przyjadą na wakacje albo nawet na te święta. Przywiozą ci piękny prezent pod choinkę...

Od jej kłamstw, wypowiadanych tak swobodnie, robiło mi się słodko i mdło w ustach. Podziwiałam, jak dobrze przygotowała się do swojej roli, ale truchlałam, myśląc, na jakich przemytach wyrobiła sobie tyle doświadczenia. Nie zwracała na nas uwagi, skoncentrowana wyłącznie na dziecku, ponownie sięgnęła do torebki. Wyciągnęła z niej małego brunatnego misia z czerwoną kokardką na szyi. Podała go małej. Helenka znów się zawahała, odsunęła główkę od piersi Leona, ale wciąż siedziała mu na kolanach.

– To też dała twoja mama dla ciebie. – Wita urzekała ciepłym głosem. – Ten misiu pojedzie z nami i musimy obie zadbać, postarać się ze wszystkich sił, żeby nie płakał po drodze i był dzielny. Helenka podała mi zdjęcie i wyciągnęła rękę po misia. Kiedy znalazł się w jej dłoni, powąchała go. Wita trzymała swoją torbę skarbów na fotelu, czułam, że jeszcze coś skrywa.

– Trzeba wymyślić dla niego imię. – Leon podniósł rękę Helenki na wysokość swoich oczu. – Taki miś to musi mieć fajne imię... Pokaż, co mu tam w oczach gra?

– Jakie? – Helenka również zajrzała w guzikowe oczy futrzanej zabawki.

Leon udawał, że się zastanawia. Odgrywał swoją rolę tak dobrze, jak my wszyscy.

– Hm... Nie wygląda mi na Colargola... ani na Uszatka...

– Może Fred? – zaproponowałam. Helenka pokręciła głową.

– Gucio? – Leon pociągnął pluszaka za ucho. – Albo nie... Feliks? Helenka, co ty na to, Miś Feliks i jego wielka podróż!

Roześmiałyśmy się. Wita popijała herbatę, obserwując uważnie Leona i Helenkę. Usiłowała podpatrzeć, jak się zachowuje, zapamiętać sobie, co dziewczynkę śmieszy, co jej się podoba, czym najłatwiej ją zainteresować. Leon zaproponował, że przygotuje dla wszystkich pyszne lody z bitą śmietaną śnieżką. Zagarnął mnie do kuchni. Zostawiliśmy Witę z Helenką same, kiedy wróciliśmy z pucharkami pełnymi kolorowych lodów, siedziały na wersalce, czytając bajkę. Zauważyłam złoty łańcuszek z medalikiem na szyi Helenki, błyszczał wyraźnie na tle niebieskiej sukienki. Ostatnia niespodzianka z torby.

– Mama mi dała... – pochwaliła się.

Siedzieliśmy do późna, rozmawiając o błahostkach. Helenka pomiędzy nami, zajęta zabawą z misiem Feliksem, raz ułożona na kolanach Leona, raz przytulona do mnie, na koniec pozwoliła się Wicie przebrać i położyć do łóżka. Razem zmówiły pacierz przed zgaszeniem lampki. Wita długo nie wychodziła z pokoju, nie wiem, co tam jeszcze Helence opowiadała, ale obydwoje z Leonem oddychaliśmy z ulgą, że tak gładko przebiegło wprowadzenie Wity w jej życie. Przynajmniej tak mi się wtedy wydawało.

– Może naprawdę się uda? – powiedziałam, odkładając ostatni zmyty talerz na suszarkę. Odwróciłam się do Leona. Stał przy otwartym oknie i palił papierosa. – Wzbudza moje zaufanie, twoje chyba też?

– Nie stać nas, żeby myśleć inaczej – powiedział. Dym szedł w górę małymi chmurkami, znikając w ciemności. Wytarłam mokre dłonie ściereczką i podeszłam do okna. Leon poczęstował mnie papierosem. Znów udało mu się zdobyć dla mnie zefiry, sam palił caro.

– Co się może przydarzyć najgorszego? – ciągnęłam podenerwowana słowami Leona. – Zatrzymają je w Medyce? W ostateczności wrócą do Rzeszowa i obmyślimy nowy plan. Najważniejsze, że Helenka polubiła Witę. Widziałeś, jaki mają dobry kontakt?

Skinął głową bez entuzjazmu, unikał mojego wzroku.

– Za tydzień o tej porze będziemy się z tego śmiać – powiedziałam, dodając sobie otuchy. – Otworzymy butelkę szampana, puszkę kawioru i opijemy sprawę. Przygoda zasługująca na scenariusz filmowy. Kiedyś to opiszę, zobaczysz, jaki będzie hit!

– Oby...

Leon wychylił się przez okno. Nie odzywał się, wypatrywał czegoś na niebie, zapalił kolejnego papierosa. Wprowadzał między nas nowe, nieznane mi napięcie, nagle przeniósł się na drugi brzeg, pozostawiając mnie ze wszystkimi trwożnymi myślami, samą. Trochę mnie to rozzłościło. Czekaliśmy na przyjazd Wity w całkowitej zgodzie, osadzeni na skraju niepewności, ale wspólnej, łączącej dwa strachy przed tym, co ma nastąpić. Kiedy przyjechała, niespodziewanie, w ciągu kilku godzin, rozdzieliliśmy się. Puścił moją rękę, którą do tej pory trzymał mocno, pozwolił zginąć w gęstwinie obaw, coraz słabiej czułam obecność wspólnika tej akcji. Zmienił zdanie? Teraz, kiedy zaledwie dwa dni pozostały do wyjazdu?

– Leon... co się dzieje? – zapytałam.

Oparł się ciężko o parapet.

– Przyznam... chwilami nie wierzę, że to dzieje się naprawdę. Niby tu stoję obok ciebie, w naszej kuchni, w kapciach i dresie, mówię, nasłuchuję, ale to jakby cudzy sen się śnił. Próbuję sobie wyobrazić Anię i Grega, pijących wino z granatów na słoneczku, patrzę na drzwi pokoju, gdzie obca baba usypia ich dziecko, na ciebie patrzę, Albina, zakrzątaną, rozważną, gotową za sprawę siostry w ogień skoczyć i... – urwał.

Musiał zobaczyć w moich oczach coś, czego wcześniej nie było. Jakiś straszny żal, że teraz odgrywa dramatyczną scenę, wypowiada wydumane słowa, wiedząc doskonale, jak daleko zabrnęliśmy, wahając się między słusznym a możliwym do zrobienia. Było mi tak ciężko!

– O co ci chodzi? – podniosłam głos. – Co się nie dzieje naprawdę? Idź, uszczypnij Helenkę, zaraz przekonasz się, czy jest prawdziwa. Leon... czuję, że masz wątpliwości. Ja też mam, myślałam sto razy, czy postępujemy słusznie. Zawsze wychodziło mi na to samo, wiesz dlaczego? Bo biorę do swojego równania tylko jedną liczbę – Helenkę, i dla niej zrobiłam ten rachunek. Jej mama wyjechała, to już jest fakt, więc nie wałkujmy tego od nowa, musimy ją do matki posłać. To jest szczęście dziecka! W tym jednym momencie całkowicie zależne od nas. Rozumiesz to? Leon? Rozumiesz?!

Nie odpowiedział.

Zamknęłam drzwi od kuchni. Leon odsunął się od okna, niezdecydowany, co zrobić, usiadł na taborecie i oparł głowę o lodówkę. Wyglądał na zrezygnowanego.

– Co cię naszło? – Usiadłam obok niego.

Mieliśmy w lodówce butelkę wódki, zapytałam, czy chce się jeszcze napić, ale odmówił.

– Nie jestem przekonany, że to, co robimy, będzie dla Helenki najlepsze. Przecież my tego jej doktorka w ogóle nie znamy... – zaczął. – Co o nim wiesz? Jakim będzie ojcem? Czy ją pokocha? Nie będzie się znęcał nad dzieckiem?

– Może wiem niewiele, ale mam zaufanie do siostry! – odparłam, mocno już poirytowana. – Nie zawierzyłaby przyszłości swojej i dziecka byle mężczyźnie, który ją zauroczył! Nie rzuciłaby wszystkiego dla przelotnego romansu.

Leon spojrzał na mnie i roześmiał się cierpko. Pożałowałam ostatniego zdania.

– Już raz podjęła niewłaściwą decyzję w pięć minut! – powiedział. – Pomyliła się grubo co do Wiktora.

– Ile razy mi jeszcze o tym przypomnisz?! – denerwowałam się – Jeden błąd, popełniła w życiu, jeden!

– Jeden wystarczy...

– Przestań już!

Pochyliłam się nad zlewem, tłukąc szklankę o szklankę pod słabym strumieniem ciepłej wody. Resztki buraczków i kawałki sałatki pływały w mętnej wodzie, która nie chciała spłynąć rurami pod ziemię. Włożyłam palec, żeby przetkać zator, kiedy woda opadła, wyciągnęłam papkę i wyrzuciłam do kosza. Umyte talerze ustawiałam w suszarce zawieszonej nad zlewem. Leon wstał i postawił czajnik na gazie. Między nami nagle zrobiło się ciemno.

– Jestem na twoją siostrę wściekły, tyle ci powiem! – Pocierał zapałkę o pudełko, ale nie chciała się zapalić. Rzucił je na blat i znów podszedł do okna. Wyręczyłam go, udało mi się podpalić ogień za pierwszym razem. Postawiłam na stole dwie szklanki i metalowe pudełko z herbatą. Leon nie przestawał mnie gnębić, napierał coraz ostrzej. – Mogła się rozwieść normalnie, sądowo, i legalnie rozpocząć nowe życie z tamtym, zamiast sensacyjny film kręcić. Wszystkich nas naraża na więzienie, a dziecko najbardziej. Kto wymyślił ten idiotyczny plan?!

– Ciszej! – Zakręciłam wodę i podeszłam do okna, żeby je zamknąć. Zasunęłam firankę. – Widocznie nie mogła inaczej.

– Mogła, mogła... – Leon nasypał do szklanki herbacianych wiórków. – Tylko nie chciała czekać. Z Wiktorem też poszła do łóżka miesiąc po wyprowadzce od ciebie. Szybka dziewczyna...

Niecierpliwa... Wiktor jest mi szczerze obojętny, mam go gdzieś, wraz z jego świetlaną karierą, ale mi go żal jako ojca. Nie był chyba złym ojcem? Według ciebie zasłużył sobie na odebranie dziecka?

– To jest przejściowy stan. Jemu teraz współczujesz?! – napadłam na niego gwałtownie, nie chciałam mu przyznać racji, choć ją miał. – Zdecyduj się wreszcie, czyim adwokatem chcesz być? Ani, Helenki czy Wiktora? Po czyjej stronie stajesz?!

– Gdybyś nie była tak zaślepiona tą siostrzaną solidarnością, dotarłoby do ciebie... ile ryzykujecie. Ten Greg może być nawet mordercą, nic o nim nie wiemy... Zdajesz sobie sprawę, co będzie? Jeśli nawet Helenka przekroczy bezpiecznie granicę Polski, a w dalszej drodze wydarzy się jakieś nieszczęście, kogo będą winić? Do kogo przyjdzie prokurator? Komu się dobiorą do dupy? Pomyślałaś o tym?

Z palca rozciętego krawędzią wyszczerbionej szklanki zaczęła kapać krew. Kilka kropel spadło na blat stołu. Nie pozwoliłam Leonowi opatrzyć skaleczenia. Rąbkiem ścierki obwiązałam palec i mocno zacisnęłam.

– Najbardziej boisz się o siebie – powiedziałam cicho, kiedy usłyszeliśmy, jak Wita przechodzi z pokoju do łazienki. Zapaliła światło. Odczekaliśmy, aż trzasną drzwi zamykane od środka na mały haczyk.

– Nie. – Leon stanął przy mnie z rękami opartymi na kuchennym blacie. – Tylko uważam, że to, co zrobiła twoja siostra, to szczyt egoizmu. Zachowała się, jakby tylko jej szczęście się liczyło, niczyje więcej.

– Może nie przeżyłeś jeszcze prawdziwej miłości... – powiedziałam w ścianę, w którą oboje patrzyliśmy, mówiąc sobie te przykre rzeczy.

– Nie wierzę, że to powiedziałaś...

Dopiero gdy już leżeliśmy w łóżku, ostrożnie, żeby przypadkiem nie dotknąć się pod kołdrą, zaczęłam Leonowi opowiadać, jak Ania poznała Grega. Od początku. Jak smakował ich pierwszy pocałunek w laboratorium, ile było ukradkowych spojrzeń na korytarzach szpitalnych, ledwie zarejestrowanych ruchów warg, które oni tylko rozumieli. Kod miłości. Ludzie, jeśli nie mogą otwarcie okazywać sobie uczucia, bezwiednie tworzą kod miłości. Wszystko kryją przed światem, pozwalając sobie na mniej niż zwykła sympatia, żeby tylko nie zwrócić niczyjej uwagi. Uczą się ostrożności od siebie nawzajem, wyłuskując po drodze z serii gestów, spojrzeń, słów to, co czują naprawdę. Miłość przyszła do nich na samym początku znajomości, tylko Ania nie chciała przyjąć tego uczucia. Wydawało jej się, że dostała wyrok, z Wiktorem musi przejść maraton małżeński, po kres wytrzymałości. Nawet kiedy Helenka już urośnie, nadal łączyć ich będzie przysięga kościelna, opinia rodzin, sąsiadów, znajomych, pączkująca kariera Wiktora, nigdy nie zdoła się wyplątać z tego układu. Otoczona drutem kolczastym, porani się przy pierwszym ruchu ku wolności. Pojawienie się Grega niczego z początku nie zmieniło, nie otwierał okien w jej domu i nie wietrzył sypialni. Chodzili obok siebie na palcach, mijali się często, on rzucił kilka miłych zdań, ona pokazała, że sprawia jej to przyjemność, potem między słowami pojawiły się spojrzenia, dotyk, wciąż przypadkowy, pozostawiał ciepło na dłużej. Zanim między nimi wydarzyło się coś naprawdę intymnego, Ania pomyślała, że jakaś zmiana w jej życiu byłaby możliwa. Nie wiązała tego otwarcie z osobą Grega, ale puszczając pierwsze śmielsze refleksje, czuła jego obecność w tle. Stał w zasięgu wzroku i przeczuwania, niewtajemniczony, ale ważny, z czasem najważniejszy. Miesiąc przyniósł więcej, niż się spodziewała. Greg poleciał do Armenii na świąteczny urlop, patrzyła w pusty korytarz szpitalny jak w dno studni. Nagle przygniotło ją przerażenie, pospolity kobiecy strach, że jej mężczyzna może nie wrócić albo pozna inną kobietę, która zagarnie dla siebie to, o czym marzyła, tylko dlatego, że jej zabrakło odwagi. I zaczęła już czekać inaczej, przygotowując sobie sumienie do najważniejszej rozgrywki.

Greg był bardzo zaskoczony, widząc ją na lotnisku. Wylatywał do Erywania bez odrobiny nadziei, że kobieta, którą kocha, odważy się wejść w jego życie. Wracał do Warszawy dokończyć staż, wytłumaczył sobie rozsądnie i trzeźwo beznadzieję tej miłości. Nie każdemu uczuciu trzeba ulegać, niekarmione pragnienie w końcu uschnie, nieodwzajemnione pójdzie precz. Okazje bez ustanku polują na człowieka, czają się, szykują do skoku, gdy tylko poczują słabość, pomruk słabości, natychmiast rozkładają swój kram i kuszą. Najtrudniejszą rozmowę Greg przeprowadził sam ze sobą właśnie w samolocie do Warszawy, niech sobie ta Okazja upatrzy inną ofiarę, niech komuś innemu sprzeda złudzenia. Ania, ubrana w biały krótki kożuszek i wysokie oficerki, stała na wprost wyjścia. Greg zobaczył ją, zanim ona dostrzegła jego czarną czuprynę w napierającym tłumie. Stanęła na palcach i marszcząc czoło, wypatrywała go między głowami uśmiechniętych pasażerów powracających z dalekich miejsc. I tak się spotkali po raz drugi, to ona postanowiła za nich dwoje.

Leon nie przerwał mojej opowieści, nawet kiedy zaczęłam wyraźnie nadużywać słowa – miłość. Założył ramiona pod głowę i patrzył w ciemność, nie wiedziałam, czy powoli przechodzi na naszą stronę, czy też po prostu uznał, że milczenie będzie najbardziej wymowną reakcją. Oczekiwałam zrozumienia od mężczyzny, który notorycznie wskakiwał do łóżek pięknych, młodych, wykształconych dziewczyn, ani razu nie rozważając możliwości pozostania w tym łóżku na dłużej. Męską i Leonową rzeczą było zdradzać, wąchać świeższe mięso, kosztować, nagryzać, poszarpać nawet, ale bez przynoszenia ochłapów do domowej twierdzy. Poza jej murami wiele zachowań uchodziło za dopuszczalne, jednak w środku miał panować pokój i spokój, jak w świątyni. Pić piwo, nie kupować całego browaru. Miłość małżeńska jest jądrem wszystkiego – głosił swoją filozofię – jeśli inna gwiazda na moment zagości na nieboskłonie, zachwycić się można, nawet przejechać raz dookoła, ale nie przestawiać planet!

– Nie możesz mnie zostawić z tym samej... – szepnęłam. Przytulił mnie, ale zanim odwzajemniłam tę czułość, zwolnił uścisk i szybko odwrócił się plecami. Dotknęłam jego ramienia, przykrył moją dłoń swoją, nie popłynęło żadne ciepło. Po chwili jego oddech stał się równy, głęboki, nie obudził się, gdy wstałam z łóżka. Wita czekała na mnie w kuchni, żeby raz jeszcze zapewnić, że wszystko się uda. Najświętsza Panienka nam sprzyja. Zazdrościłam jej wiary i nadziei.

H

ﬤ✦ﬥ

Przed zamkniętą bramę podjechał samochód. Biała Toyota na
wielkich lśniących kołach zatrzymała się pod rozłożystym drzewem,
jedynym dawcą cienia w tym miejscu. Karen Grigorian wyszedł
z auta, rozejrzał się dookoła, zaciekawiony, podniósł głowę i spojrzał
prosto w moje okno. Instynktownie odskoczyłam w głąb mieszkania, schowałam się w kuchni, palcami przeczesując mokre włosy.
Nie byłam jeszcze gotowa do wyjścia z domu, miałam zamiar
najpierw zjeść śniadanie w „Marriotcie" na placu Republiki, kupić
w muzeum po przeciwnej stronie placu mapę z zaznaczonymi
zabytkami Armenii i Górskiego Karabachu i wyznaczyć plan na
najbliższe dni podróżowania. Samochód Eduarda, zatankowany
i umyty, wyprowadziłam z garażu, zanim zaczęłam szykować się
na wycieczkę. Kiedy znów podeszłam do okna, Karen wciąż stał
przy swoim samochodzie. Przyjechał ze złymi wiadomościami dla
Nataszy? Wydało mi się to trochę dziwne, żeby lekarz osobiście
przekazywał informacje o zgonie pacjenta. Czarne kreacje Nataszy,
sukienki, koronkowe bolerka, marynarki z pagonami i rajstopy
z wzorkiem będą nareszcie miały swoje galowe wyjście.

Karen nie mógł wejść do środka, metalowa brama była zamknięta
od wewnątrz, nie mieliśmy dzwonka, pozostawało mu stać i czekać,
aż Natasza go zauważy. Ubierałam się w pośpiechu, podkoszulek

założyłam na mokre jeszcze ciało, lniane spodnie, zmięte i poplamione przy kieszeniach, zamieniłam w ostatniej chwili na jasne dżinsy kończące się tuż ponad kostką. Kiedy wyszłam do ogrodu, Karen wciąż stał pod bramą i próbował do kogoś dzwonić. Otworzyłam jedno skrzydło i zaprosiłam go do środka. Nie przyjechał do Nataszy, tylko do mnie, wyjaśnił. Do Nataszy? Dlaczego? Zdziwił się. Stan zdrowia jej męża poprawia się, przytomny, reaguje, lekki niedowład lewej strony będzie powoli ustępował, przy dobrej rehabilitacji pacjent wróci do pełnego zdrowia. Wskrzesiłam Szymkowiaka, ganiąc się za tę łatwość, z jaką wymyślam tragiczne scenariusze, jakbym się już nie spodziewała niczego dobrego po kolejnym dniu.

Zaprosiłam go w głąb ogrodu. Przeszliśmy pod drzewami, które ktoś kiedyś posadził tak gęsto, aby tworzyły zielony dach. Karen rozejrzał się ciekawie, próbował dopasować mnie do tego miejsca, ocenić, czy dobrze się tu czuję. Uprzedziłam jego pytanie.

– Przyjemnie się tu mieszka, ale nie wiem, jak długo mi pozwolą.

– Przydałby się remont, gospodarz zaniedbał posesję. – Usiadł na ławce. Zaskrzypiała pod jego ciężarem, Karen przytrzymał rękami deski po obu stronach. – Nie spadnę?

– Siedź ostrożnie, to znaczy nie ruszaj się.

Nie wiedziałam, jak się zachować. Poprzedniego dnia w szpitalu wszystko było jasne, on lekarz, ja odwiedzająca pacjenta, ale teraz jego wizyta zamieszała mi w głowie.

– Mam dziś wolne... – Położył kluczyki na stół. – Pomyślałem sobie... skoro postanowiłaś zwiedzać, może zechcesz mnie nająć za przewodnika? Chętnie pokażę ci święte miejsca i opowiem kto, gdzie i kiedy. Mówiłaś wczoraj, że planujesz zobaczyć Ararat z bliska, mam nadzieję, że nic się nie zmieniło przez noc?

Stałam obok niego, bosa, ledwie przebudzona, całkowicie zaskoczona wizytą i propozycją. Patrzył na moje nieobute stopy, jakby nigdy wcześniej nie widział nagości palców u nóg, z paznokciami pomalowanymi na brązowo.

– Właśnie miałam zamiar... wypić kawę, kupić mapę i jechać. – Pominęłam plan śniadania w „Marriotcie". – Jeszcze jestem w proszku, ale... Na pewno masz czas, żeby jeździć ze mną? Nie chcę sprawiać kłopotu...

– Czas i ochotę – odparł.

Po przebudzeniu ucieszyłam się myślą, że pojadę sama. Zatrzymam się, gdzie zechcę, zjem, na co przyjdzie mi smak, nie spojrzę ani razu na zegarek i nie będę przymuszać ciała do ładnego, zgrabnego poruszania się. Przeżycia z ostatnich dwóch wycieczek w towarzystwie Artioma wytrząsnęły ze mnie resztki wewnętrznego spokoju, jakby ktoś worek trzepał na wietrze. Za dużo zdarzeń, emocji za dużo, a nad tym wszystkim rozkładał się lęk, że Seweryn mnie w końcu znajdzie i jego samochód wynajęty na lotnisku zatrąbi pod bramą. Od kilku dni zastanawiałam się, co mu powiem?

Karen wyczuł moje wahanie. Wstał z ławki.

– Gdybyś zmieniła zdanie...

– Już zmieniłam – powiedziałam zawstydzona, że wyczytał z mojej twarzy brak entuzjazmu. – Poczekaj... Pójdę na górę się przebrać... Zaraz, pół godziny najwyżej. Zaprosiłabym cię do środka, ale straszny bałagan...

Zaczęłam oddalać się w kierunku drzwi tarasowych.

– Buty załóż! – krzyknął za mną.

Zjechaliśmy w dół obok Monumentu i skierowaliśmy się do centrum. Karen nastawił klimatyzację, pytając mnie, czy nie za bardzo wieje. Temperatura nie przekraczała jeszcze trzydziestu stopni, można było bez zadyszki i udarowych zamroczeń przetrwać dzień, spacerując na zewnątrz. Ubrałam się stosownie na wycieczkę do świętych miejsc, które Ormianie czcili nieprzerwanie od setek lat. Długa spódnica, rzemykowe sandały związane na kostkach, bawełniana, prosto skrojona, nijaka bluzka zasłaniająca kobiece kształty, włosy spięte w mały niezgrabny koczek. Wyglądałam jak katechetka albo cywilna misjonarka z Zimbabwe, nie zbezcześciłam twarzy najdelikatniejszym nawet makijażem.

– Myślałam, że jedziemy do Chor Wirap? – zagadnęłam, kiedy spostrzegłam, że kierujemy się na zachód, nie na południe. Karen wyłączył radio i poprawił się na siedzeniu.

– Najpierw zobaczysz monastyr Świętej Ripsime. W Armenii chrześcijaństwo zaczęło się od kobiety... – mówił, jadąc wolno za ciężarówką – a właściwie od chuci naszego króla Tiridatesa. Zanim zobaczysz, gdzie szaleniec trzymał świętego Grzegorza Oświeciciela, pokażę ci symboliczny grób kobiety, którą czcimy.

– Konkurencja dla Matki Boskiej? – zażartowałam.

Karen roześmiał się.

– Nie mów głośno takich rzeczy...

Niezbyt zatłoczoną drogą dojechaliśmy do kościoła wybudowanego w miejscu zgładzenia Ripsime przez katolikosa Komitasa Pierwszego Achceci w 618 roku. Kawałek dalej, jak wynikało z mojej mapy, położone było święte miasto Eczmiadzyn. Karen zaparkował przy drodze pod murem. Wokół kościoła nie było poza nami nikogo, kiedy weszliśmy schodami na plac, okazało się, że jesteśmy tam sami. Turyści jeszcze spali, nikt mi nie przeszkadzał w robieniu zdjęć, nie było obcych głosów mącących ciszę, przypadkowych zbieraczy historycznych pamiątek ani rozszczekanych szkolnych wycieczek. Karen pomógł mi wyplątać się z pasków plecaka i aparatu fotograficznego wiszącego na szyi niczym talizman. Czekał, usuwając się z kadru, aż zrobię kilka fotografii na zewnątrz. Poranne słońce oświetlało kopułę kościoła w prawdziwie magiczny sposób. Pobudowana na tetragonalnym planie, z czterema absydami, jako jedna z niewielu przetrwała liczne trzęsienia ziemi regularnie nawiedzające Armenię. To nie wsporniki ani żebra mocujące kopułę uchroniły ją od zawalenia, ale cud... Karen uśmiechał się, kiedy to mówił. Poprosiłam, żeby mi zapozował do jednej fotografii, odmówił zakłopotany, przekonując, że jest niefotogeniczny. Wydawnictwa chciały koniecznie zobaczyć, jak wyglądam, ocenić, czy nadaję się, aby reklamować własną twarzą swoje reportaże. Karen pstryknął mi jedno zdjęcie w pełnym słońcu.

Zeszliśmy pod ziemię. Płyta grobowca ozdobiona była wizerunkiem świętej Ripsime, młodej kobiety odzianej w bordowo--zielone szaty, przytulającej prosty krzyż. Po obu stronach, w szklanych wazach stały czerwone róże. Skromność niezmącona chęcią udekorowania wszystkiego, co święte, przez zupełnie nieświętych ludzi. Zimne, surowe mury chroniły ją ze wszystkich stron. Nie wierzyłam w świętość ludzi, w te ceremonie wynoszenia na ołtarze mężczyzn i kobiet, którzy za życia jedli i wydalali jak zwykli śmiertelnicy. Niektórzy mieli dobre intencje oraz możliwość wykazania się cechami ponadprzeciętnymi, jednak aureole dostawali zbyt pochopnie, od tych, którzy sami za takim honorem gonili. Poważna i skupiona twarz Karena uzmysłowiła mi, jak bardzo wszelacy święci są ludowi potrzebni. Nawet jego najbardziej światłym przedstawicielom. Nie wystarczyła Trójca Święta i Matka Boska, kościół wymyślił całą armię osób doskonałych, po męczeńskiej śmierci przeznaczonych do czczenia i miłowania.

– A te kamienie? – zapytałam szeptem.

Staliśmy w małej, skąpo oświetlonej celi. W murze przy wyjściu wydrążony był otwór, za grubym szkłem leżały trzy czarne kamienie.

– Według legendy, to tymi kamieniami ukamienowano dziewice, które nie chciały się wyrzec Chrystusa. – Karen wziął ode mnie plecak, żebym mogła ustawić aparat. – Święta Ripsime, wielkiej urody zakonnica, wraz z innymi młodymi chrześcijankami, uciekła przez Aleksandrię do Armenii przed awansami cesarza Dioklecjana. Wiesz, jak to jest... zakazany owoc stanowi największą pokusę i ponieważ jej jednej nie mógł mieć, tylko tej jednej chciał. Atrakcyjnym kobietom dopiero w najnowszych czasach żyje się dobrze, kiedyś wielkie piękno było przekleństwem. Przyznałam mu rację. Dotknęłam szkła, delikatnie wodząc palcem po zimnej powierzchni. W te kamienie uwierzyłam, co było pewnie westchnieniem tęsknoty za bohaterstwem mojej płci. Silna i niezłomna.

– Co się z nią stało?

– Z deszczu pod rynnę. Uciekła przed jednym napalonym, wprost pod baldachim drugiego. Nasz król również się w niej zakochał i postanowił ją przymusić do dokonania wyboru. Miała wyrzec się Jezusa i oddać jemu.

– Męski świat rozkręcał się na dobre... – mruknęłam. Nie mogłam oderwać wzroku od tych kamieni. Karen stanął za moimi plecami.

– Król Tiridates III, moja droga, dostał wcześniej wiadomość od cesarza Dioklecjana o uciekinierkach, bo Ripsime nie uciekła sama, towarzyszyły jej inne dziewczęta, również wyznawczynie Jezusa. Podobno cesarz nakazał mu Ripsime natychmiast odesłać do Rzymu, albo posiąść i okryć hańbą. Dla wyznawczyni Jezusa Chrystusa związek cielesny z pogańskim królem był nie tylko grzechem, ale i upokorzeniem. Nie muszę ci chyba opowiadać, co król uczynił...

– Musisz, musisz... to najbardziej interesujące. Nie święte życie, tylko męczeńska śmierć.

W ciszy słychać było częste zwalnianie migawki. Każde zdjęcie oglądałam, zanim ustawiłam się do kolejnych. Zrobiłam czterdzieści fotografii. Przeszliśmy do głównej kaplicy. Karen wrzucił parę monet do metalowej urny i podał mi trzy cienkie świece. Zapaliliśmy je, wtykając do wody przed wyeksponowanymi drzwiami starej świątyni i kamiennymi płytami.

– Męczennica Ripsime... – Przeżegnałam się. – Odpoczywaj w spokoju, z dala od mężczyzn.

– Śmierć miała straszną. – Karen oparł się o mur. Nie chciało nam się wychodzić z chłodu. Staliśmy blisko siebie, patrząc w palące się nierówno świecie. Mimo wczesnej pory, ktoś musiał odwiedzić to miejsce przed nami, ogni było kilkanaście, każdy za inna duszę. Jeden płomień poświęciłam Ripsime, drugi sobie, trzeci matce. Karen zapalił tylko jedną świecę. Przez chwilę milczał, czekałam, aż ten moment przejdzie.

– Tiridates zarządził, aby ją torturowano przed śmiercią. Wyrwali jej język, rozpruli brzuch, oślepili ją, zanim zabili. Pozostałe dziewczyny również zginęły męczeńską śmiercią przez ukamienowanie, jedynie świętej Ninie udało się przeżyć. Ocalona dziewica nie zmarnowała daru życia, przyczyniła się potem do ochrzczenia Gruzji.

– Twarde sztuki! – przyznałam z szacunkiem, kiwając głową. – W naszych legendach przeważnie mężczyźni są świętymi, kobiety gdzieś tam przemykają ukradkiem przez religijne historie, rzadko czyniąc coś wielkiego.

– Czy ty jesteś feministką, Heleno? – Karen uniósł brew. Nie miałam wyglądu feministki? Nie lubił kobiet odważnie wypowiadających swoje zdanie?

– Feministka to brzmi trochę agresywnie... Po prostu lubię, gdy zostaje wyraźnie podkreślone, że kobiety to samo dobro, a mężczyźni zło... – powiedziałam z uśmiechem.

– Naprawdę tak myślisz? – zdziwił się.

– Mężczyźni niewątpliwie rozwinęli życie na ziemi, ale zaraz potem, wojna za wojną, rozpoczęli niszczenie własnego dzieła na wielką skalę. W końcu im się to uda, rozwalą wszystko, wrócą do jaskini i zaczną od nowa – powiedziałam, żegnając się przed ołtarzem. Karenowi zabrakło słów.

Wyszliśmy z kościoła na rażące słońce.

– Króla nie spotkała kara za te okrucieństwa względem dziewic? – zapytałam, kiedy wracaliśmy wolnym krokiem do samochodu.

– Spotkała. – Karen przerzucił sobie mój plecak przed ramię. – Tiridates oraz jego przyboczni naprawdę rozgniewali Boga swoimi uczynkami. Wstąpił w nich diabeł, opanował ich głowy oraz serca, jednym słowem, postradali zmysły. Zaczęli się zachowywać jak dzikie zwierzęta, ganiać na czworakach po lesie, gryźć się nawzajem, rozszarpywać ubrania. Król zamienił się w dzika... a jednym człowiekiem, który mógł króla z szaleństwa uleczyć, był Grzegorz Oświeciciel. Nie było wiadomo, czy jeszcze żyje, ponieważ został trzynaście lat wcześniej wtrącony do lochu w klasztorze Chor Wirap i tam właśnie jedziemy...

Karen otworzył drzwi, poczekał, aż wsiądę i zapnę pasy...

– Jeśli masz ochotę na kawę, to wypijemy w Eczmiadzynie, po drodze do Chor Wirap nie będzie takiej okazji. Zobaczysz, jak wygląda wyludniona prowincja, jeszcze firany w oknach wiszą, a ludzi już nie ma – powiedział, włączając silnik. Zrobiłam kilka notatek, zanim wjechaliśmy na drogę prowadzącą na południe. Nie miałam ochoty na kawę w takim upale.

– Co się z nimi stało, z mieszkańcami prowincji? – zapytałam, rozglądając się z ciekawością turysty, który coraz mniej dowierza własnym oczom. Karen jedną rękę trzymał na kierownicy, drugą wskazywał mi różne punkty na mapie.

– Uciekli przed biedą. Strach na to patrzeć, ale postanowiłem ci to pokazać, jeśli rzetelnie chcesz pisać o Armenii.

Na moment jego głos stracił całą wesołość. Zatrzymał samochód i w małym sklepiku, przed którym na straganie sprzedawano winogrona, arbuzy, gruszki i figi, kupiłam dwie butelki zimnej wody. Dochodziła dwunasta, bramy piekieł otwierały się powoli. Wypiłam kilka łyków i podałam mu butelkę. Odmówił dzielenia ze mną napoju.

– Ciekawie opowiadasz – pochwaliłam. – Pewien jesteś, że studiowałeś medycynę, a nie historię?

– Każdy Ormianin zna te legendy – powiedział, wzruszając ramionami, ale widziałam, że zrobiłam mu przyjemność. – Przynajmniej z mojego pokolenia. Interesuję się takimi na wpół baśniowymi opowieściami o dawnych czasach, chyba z tęsknoty za minioną świetnością mojej ojczyzny. Armenia, jak Polska, kiedyś rozciągała się od morza do morza.

– Sąsiedzi pomogli w krojeniu tortu?

– Jak zawsze... – odparł. – Na sąsiadów można liczyć. Widziałaś mapę Armenii?

Kiwnęłam głową.

– Jedyne chrześcijańskie państwo wciśnięte między wyznawców islamu. Turcja, Azerbejdżan, Iran, jak to się może skończyć? Tak jak u was...

Karen zgodził się, żebym nagrywała fragmenty naszej rozmowy, nie miał nic przeciwko temu, abym w reportażach użyła jego słów, nawet imię mogłam dać. Włączałam telefon, kiedy opowiadał, czasami sama dorzucałam komentarz, jeśli przychodziło mi na myśl szczególnie interesujące spostrzeżenie. Rozłożyłam na kolanach mapę, stawiałam czerwone kropki przy dziesiątkach świętych miejsc rozrzuconych nieregularnie na całym terytorium kraju. Chciałam je wszystkie odwiedzić.

– Armenia to jedno wielkie muzeum na świeżym powietrzu – powiedziałam. – Tygodniami będę jeździć, żeby wszystko zobaczyć...

– Jeśli się dzisiaj sprawdzę, to może mnie jeszcze zatrudnisz...

Obiecałam mu to, przenosząc wzrok na mijane krajobrazy.

Płaski teren kończył się za spieczonym słońcem horyzontem. Pozostałości po kiedyś funkcjonujących biznesach straszyły szkieletami wzdłuż drogi. Porzucone metalowe kontenery, wygięte konstrukcje obrośnięte chwastem i dzikimi kwiatami, biało-turkusowa stacja benzynowa przestała działać dobrych kilka lat wstecz. Na placu obok miejsca, gdzie stał dystrybutor, niszczały trzy łady bez kół, każda w innym kolorze, pomarańczowa, niebieska i biała, obok resztki innego samochodu, którego nie tylko rdza i poprzedni właściciel zniszczyli, ale jeszcze zdesperowany, przypadkowy złodziej ogołocił. Nie robiliśmy przystanków przy opuszczonych, walących się zabudowaniach, patrzyłam w milczeniu na dogorywające wioski, wyludnione, zasmucone jak porzucona przed ołtarzem panna młoda. Dopiero przed wjazdem na autostradę w Masis Karen zatrzymał samochód przy straganie. Uśmiechnięta kobieta, stroniąca przez całe życie od gabinetów dentystycznych, wstała ze stołka i podeszła do skrzyń. Nie śpieszyłam się, wybierając owoce, Karen rozmawiał z właścicielką straganu, może tłumaczył cel naszej podróży, może się targował, trudno było mi cokolwiek zrozumieć. Zapłacił, zanim sięgnęłam do kieszeni. Umyliśmy winogrona wodą z butelki, usiadłam na skrzyni, Karen usiadł obok mnie na krawężniku. Trzymał kiść białych winogron, obskubywał po jednej soczystej kuli i podawał mi. Wstydziłam się zapalić papierosa, choć miałam na to wielką ochotę.

– Widzę, że jesteś przerażona wyglądem prowincji? – Spojrzał mi w oczy, kiedy przesunęłam okulary słoneczne na czubek głowy. Zmrużyłam powieki.

– Raczej poruszona – odparłam. – Parafrazując Tołstoja... Wszystkie bogate kraje są bogate tak samo, ale biedne są biedne na swój własny sposób.

– Bardziej wolę określenie „zubożenie" niż „bieda". Powiem rzecz, która cię pewnie zbulwersuje. Pod rządami Sowietów żyło nam się najlepiej, można by powiedzieć, że to był okres renesansu Armenii. Pod każdym względem, kultura, architektura, przemysł, wszystko rosło jak trawa po deszczu. Lata siedemdziesiąte i osiemdziesiąte, czas prosperity... Ludzie mieli pracę i płacę, wczasy w Soczi. Kopalnie pracowały całą parą, wydobywało się miedź. Ruszyły produkcje chemikalii, maszyn do precyzyjnej obróbki, które poza demoludami kupowali również Japończycy, Amerykanie, Niemcy... U nas znajdowała się jedyna w ZSRR fabryka produkująca jedwab acetatowy przeznaczony do wyrobu papierosów. Dalej... tekstylia, farmaceutyki, słynne i cenione w całym Związku, obuwie... Nawozy dla rolnictwa, sztuczne rubiny. O! Nie zapomnijmy o najważniejszym. Rolnictwo oraz hodowla, że o koniaku nie wspomnę...

Karen wymieniał te dawno uschnięte i wciąż nieposprzątane gałęzie przemysłu, prostując palce u rąk. Zasępił się niczym stary człowiek zwabiony na chwilę w przeszłość, aby raz jeszcze spojrzeć na wygasłą świetność ojczyzny i własną młodość. Patrzyłam przed siebie na opuszczony dom po drugiej stronie ulicy, usiłując sobie wyobrazić, jak kiedyś mogło wyglądać życie na tych pięknych terenach. Co stało się z ludźmi, dokąd pojechali, co zabrali ze sobą, czy kiedyś tu wrócą? Nigdzie nie widziałam tabliczek z napisem „Na sprzedaż".

– Gdzie wyjechali mieszkańcy tych wsi? – zapytałam, wskazując brodą na rozpoczętą i porzuconą budowę dwupiętrowego domu.

– Do Ameryki, Francji, do Polski również.

Uśmiechnął się, kiedy wyciągnęłam z plecaka papierosy. Podał mi ogień.

– Wiesz... to byli nie tylko prości ludzie, ale i elita umysłowa Armenii. Mieliśmy najwyższy procent ludzi wykształconych wśród republik radzieckich, co za tym idzie, wysoko wykwalifikowaną siłę roboczą, naukowców wszelkich dziedzin, akademików, fachowców, instytuty, ten najsławniejszy pewnie znasz, Mergelyana? – Nie czekał na odpowiedź. – Armenia eksportowała do Rosji przede wszystkim szare komórki. Mnie też wyeksportowała... po studiach w Erywańskim Uniwersytecie Medycznym, tam gdzie wczoraj się bliżej poznaliśmy, wyjechałem do Moskwy robić specjalizację w Instytucie Neurochirurgii.

Patrzyłam na jego profil, usiłując ocenić, ile ma lat... trzydzieści pięć? Czterdzieści pięć? Dłonie miał bardzo delikatne, młode, nauczone precyzji. Karen wciąż wyglądał inaczej, zmieniał się, nawet w zależności od tego, o czym mówił. Medyczne i historyczne sprawy omawiał poważniejszy człowiek, potem, nagle odmłodniały o dziesięć lat, zaczynał żartować, przekomarzał się ze mną, każdy uśmiech odbierał mu lat.

– Ciągnęła lokomotywa długi pociąg z setką wagonów i nagle lokomotywę Gorbaczow odłączył – powiedziałam po chwili. – Pociąg stanął w szczerym polu i nadal stoi.

Spojrzał na mnie zaskoczony.

– Masz rację. Teraz to kraina duchów, w Armenii zostało niespełna dwa miliony ludzi, pozostali wyjechali za granicę. Tak jak ja...

– Ale wróciłeś... wracasz... – poprawiłam się.

– Bo ja jestem w tym kraju beznadziejnie zakochany.

Karen pomógł mi wstać, był trochę zakłopotany tym wyznaniem. Umyliśmy ręce resztką wody, mokre dłonie wytarłam we włosy.

– Ale ty... – zatrzymał mnie. – Co ty tu robisz, Heleno? Poza pisaniem oczywiście...

– Zagubiona, zaginiona... nie umiem się zdecydować – odparłam.

Kobieta sprzedająca owoce przestała na nas patrzeć. Zajęła się przesuwaniem arbuzów w skrzyniach, potem nieśpiesznie wyjęła z przedniej kieszeni fartucha paczkę papierosów, ale nie zdążyła zapalić. Obok straganu zatrzymał się następny samochód, stara toyota z przyciemnianymi szybami. Z auta wyskoczył młody chłopak, głośna muzyka natychmiast wydostała się na zewnątrz, słuchaliśmy przez chwilę smętnej melodii, obserwując, jak kierowca szybko wybiera brzoskwinie, wrzuca do małego woreczka, płaci i bez słowa odjeżdża. Karen kupił małego arbuza i kilka żółtych śliwek. Nie mógł wiedzieć, że takie same zawekowała moja mama i wciąż stanowią jedyną pamiątkę po niej, może też posag. Trzymałam arbuza na rękach, jak trzyma się dziecko do chrztu, Karen przetrząsał kieszenie spodni, potem marynarki w poszukiwaniu kluczyka. Nie denerwował się, po chwili obojgu nam wydało się to śmieszne. Kluczyki do samochodu przyniosła straganiarka, zostawił je obok wagi, która była co najmniej dwa razy starsza ode mnie. Wdali się w dyskusję, na chwilę zapominając o moim istnieniu. Odjechaliśmy, a na naszym miejscu zaparkował inny samochód, interes szedł tego dnia nieźle.

Karen oderwał na moment wzrok od szosy i spojrzał na mnie. Wciąż czekał na odpowiedź. – Co ty tu robisz, Heleno? – powtórzył. Tak łatwa do uwierzenia była wersja o mojej pracy reporterskiej, dlaczego on jeden, zamiast przyklasnąć, rozpoczynał śledztwo? Co mu nie pasowało?

Wjechaliśmy na autostradę biegnącą wzdłuż granicy z Turcją. Niewiele kilometrów dzieliło nas również od granicy z Iranem, teren zaczął się lekko podnosić.

– Patrz w prawo... Nie przegapisz. Ararat to ponad pięć tysięcy metrów wielkiej skały pobielałej na szczycie. Na pewno już wyczytałaś w przewodnikach, że góry są dwie, Mały i Wielki Ararat, stoją obok siebie, magiczne siostry, czekają na reportażystkę z Polski...

Powiedział to takim tonem, żeby nie pozostawić wątpliwości, czego się domyśla. Nie naciskał więcej, jechaliśmy, rozmawiając o historii, zadawałam mnóstwo pytań i na wszystkie znał odpowiedź. Nie puszył się przy tym, nie nadymał, opowiadał, przenosząc na mnie wzrok. Coraz więcej było w jego oczach ciemniejącego błękitu. Czułam podniecenie, jak kiedyś, gdy ojciec pierwszy raz zabrał mnie nad Bałtyk. Przyjechaliśmy w nocy i musiałam czekać do rana, zanim poszliśmy zobaczyć ogrom wody, którego dziecięca wyobraźnia zupełnie nie ogarniała.

– Nasza Święta Góra Ararat znajduje się na terytorium Turcji, ale znikąd nie widać jej tak pięknie, jak z Armenii. Ponoć Ararat to był właśnie ten miecz ognisty, którym Pan Bóg przepędził Adama i Ewę z raju...

– Wszyscy dookoła twierdzą, że można ją zobaczyć z Erywania, ale chyba nie jestem godna, bo mnie się nie pokazała. Możemy przejść na stronę turecką? – dopytywałam się naiwnie. – Zabrałam ze sobą paszport, w nadziei, że podejdziemy pod samą górę, pod jej cień.

– Granica między Armenią i Turcją jest od wielu lat zamknięta i pilnie strzeżona – odparł, dodając gazu. Wyprzedziliśmy rząd wlekących się gruchotów. Karen przestał opowiadać, włączył radio, ale widząc moje skupienie, szybko je wyciszył. Jechaliśmy teraz nieco wolniej. W końcu skręciliśmy z dwupasmówki w podrzędną drogę, mijaliśmy plantacje arbuzów i winnice, ogrody, uprawy, przy których pracowali ludzie. Chciałam to sfotografować, Karen zatrzymał samochód w cieniu drzewa na poboczu.

– A tutaj – szerokim gestem wskazał ziemie za naszymi placami – w Kotlinie Ararackiej, którą przed wiekami przecinał Jedwabny Szlak, powstawały kolejne ormiańskie stolice. Razem mieliśmy ich trzynaście, najwspanialsza nazywała się Artaszat, mówiono o niej „ormiańska Kartagina", sam Hannibal namawiał do jej budowy... Niestety, Artaszat podzielił los jego ojczyzny. Miecz Rzymian zakończył marzenia o potędze w Kartaginie i tutaj. Wojny, wojny, wojny, od początku ludzkiego zasiedlenia.

– Męskie porachunki... – mruknęłam pod nosem. Chciałam dodać coś jeszcze o brzydkiej naturze męskiej, ale powstrzymałam się, mógłby pomyśleć, że zadaje się z kobietą boleśnie skrzywdzoną. Wycelowałam obiektyw w niebo. Pasące się przy nas czarne krowy, obojętne na bliskość niezwykłego miejsca, przyglądały mi się uważnie, godnie zapozowały, patrząc beznamiętnie w oko aparatu, lekko unosząc głowy. Nie było to pastwisko, skubały trawę przy drodze, niczym nieograniczone, bez powroza, stąpały po wyznaczonym i pozyskanym instynktownie terenie, i cieszyły się wolnością.

Obróciłam się wokół własnej osi. Klasztor Chor Wirap ukazał się nagle, przyklejony do zbocza niewysokiej góry, z kopułą strzelającą w niebo. Piękny i surowy, oddalony zaledwie o dwa, może trzy kilometry. Karen przyniósł z samochodu telefon. Zanim się zorientowałam, co ma zamiar zrobić, pstryknął zdjęcie.

– Na pamiątkę – powiedział i schował telefon do kieszeni marynarki.

Patrzyłam na klasztor, zauroczona.

– Tutaj następuje ciąg dalszy. Tam – wskazał klasztor na skale – więziony miał być przez wiele lat święty Grzegorz Oświeciciel. Po uwolnieniu z lochu przegnał diabła z opętanego króla Tiridatesa i uratował mu życie. To ten król, który kazał zabić świętą Ripsime... Nawrócony grzesznik w koronie, oczyszczony z szaleństwa, zachłysnął się nową wiarą, odrzucił pogańskie wierzenia irańskie i poprosił o chrzest. Tak zaczęło się chrześcijaństwo w Armenii. Jeśli nie cierpisz na klaustrofobię, możesz zejść do tego lochu...

Patrzyliśmy na klasztor, osłaniając oczy dłonią przyłożoną do głowy jak daszek. Próbowałam sobie wyobrazić ludzi podążających tą drogą przez setki lat. Szli piechotą, jechali, niezliczone i nieuwiecznione przez obraz wędrówki ludu w intencji. Maszerowały pielgrzymki z potrzeby serca, modlitewne wyprawy do miejsc, które rozgrzeszają swoją potwierdzoną świętością. Wyszeptane modlitwy szybko ulatywały, po jednych pielgrzymach przyszli następni ze swoimi intencjami, jeszcze głośniej domagając się od Boga i świętych wysłuchania, opuszczali mury, robiąc miejsce kolejnym, a za nimi ciągnęły rzesze następnych. Wszyscy po prośbie, żebrać o łaskę, przede wszystkim jednak wyżalić się Świętej Górze.

Podniosłam wzrok wyżej i spojrzałam na drugi plan. Z białej mgły wyłoniła się, przed momentem zupełnie niewidoczna, potęga Świętej Góry Ararat. Błękit nieba odcinał się wyraźnie od ośnieżonego szczytu, wyglądało to nieprawdopodobnie, jak widokówka.

Obok, w niewielkiej odległości, dostrzegłam Mały Ararat. Złapałam Karena za ramię.

– Widzisz to?! Boże... jak blisko!

Nic, co człowiek uczynił własną ręką, nie będzie tak piękne, jak to, co wymyśliła natura. Żaden z cudów świata. Tadż Mahal, Koloseum czy mur chiński nie rozpłakały we mnie bezbronnego dziecka i dorosłego uczestnika podróży w czasie, niepewnego, czy wszystko to, o czym kiedyś marzył i w co wierzył, naprawdę tych marzeń i wiary było godne. Nagle wyszły ze mnie śmiesznie małe sprawy, rozpoczęte i porzucone w pół działania, rozdmuchane troski, karłowate przeżycia koncentrujące się wokół najbłahszych wydarzeń, doznania tak słabe, jakby od dawna przechodziły ciężką chorobę. Co to mogło znaczyć i jaka była tego trwałość? Maleńki wycinek czasu, moje życie, lekki powiew wiatru, które zaledwie garstka osób poczuła na twarzy.

Karen odwrócił głowę.

Płacz, dziecko, płacz za matką.

Matka bohaterka, łagodna i piękna, ulepiona z samej tylko empatii i pozytywnej energii, niosąca pomoc najbiedniejszym maluczkim afrykańskiego lądu, w jednej chwili stała się dziwką, zwykłą wywłoką, która zamiast nad morze z dzieckiem, uciekła się gzić do Armenii. Nic jej nie obchodziło, że taka mała dziewczynka, śliczna Helenka o blond włosach i migdałowych oczkach, nie będzie mogła nigdy do nikogo się zwrócić tym cudownym słowem: „mamo"... Wybrała mężczyznę, pozwoliła się uwieść i wywieźć do jednej z republik radzieckich, gdzieś hen pod Kaukaz! Taka jest prawda o mojej matce. Po jej wyjeździe całe moje otoczenie składało się z ludzi, którzy niczym Trzej Królowie, przybyli już po moim urodzeniu, nie przynieśli ze sobą w darze żadnych cudów z przeszłości, tylko obcość i litość. Nazywali mnie biednym dzieckiem, ale nikt nic nie wyjaśnił. Ojciec zafundował mi jeszcze większą pustkę niż matka.

Byłaś tu, mamo? Stanęłaś przed tą górą, pytając o mnie? Milczałaś wzruszona czy chciało ci się krzyczeć z bezsilności i tęsknoty za tą małą dziewczynką we flanelowej piżamce, którą ułożyłaś do snu ostatni raz, gdy miała cztery lata? Kazała ci klękać, a potem rozkazała iść po mnie? Bo ja czekałam, odkąd nauczyłam się tej sztuki, i czekać nie mogę przestać. Święta Góra wie najlepiej, czym jest rozdzielenie, patrzenie z daleka bez możliwości dotyku, ten stan, gdy stoisz wrośnięta w ziemię i choć nogi są, nie da się iść dalej. Obiecałaś jej, tonąc we łzach, że po mnie wrócisz? Przypomniała ci przysięgę wiecznej miłości, która między matką a dzieckiem nigdy wygasnąć nie może? Teraz ja tu stoję i pytam, gdzie jesteś? Czyje niebo lub piekło cię pochłonęło? Jakie wiry porwały w dół rzeki, że nie mogłaś po mnie wrócić? Nikt twojego miejsca nie zajął, nawet nie próbował. Do dziś chodzę z wyrwą w sercu, z wielką dziurą ziejącą tęsknotą, która nie chce się zasklepić. Bo gdybyś umarła, gdybym cię mogła pochować i opłakać, gdybym znała drogę do twojego grobu, jak do grobu Ripsime, dałabym życie swojemu dziecku i zaczęłabym kochać. To jest moje jedyne pragnienie. Odbierasz mi to swoją nieobecnością i nieistnieniem.

Karen odszedł daleko. Szedł wolno wzdłuż drogi w stronę klasztoru. Byłam mu wdzięczna, że zostawił mnie samą. Te niezadane pytania były najpotrzebniejszym prezentem, bez podawania chusteczki, bez przytulania, wchodzenia po omacku na terytorium rozgoryczenia. Nie musiał z ciekawością patrzeć na mój moment rozliczeń z przeszłością i czekać, kiedy się pogodzę albo złamię. Nic nie wiedział o mnie, patrzył z daleka na tę chwilę rozpaczy, która wyszła znikąd, jakby mnie znał od lat i wiedział, czego najbardziej potrzebuję.

A

❧❦

Żałobnicy ustawili się w kolejce kondolencyjnej do nas obu, byłej i obecnej kobiety Leona Kwiatka. Współczujemy, łączymy się w bólu, tak nam przykro... mówili to samo, nie kładąc żadnego akcentu na wymawiane niskim grobowym głosem formułki. Dziękowałam sucho, obojętnie. Monia szlochała obok, gniotąc w opierścionkowanej dłoni chusteczki higieniczne. Miała ich cały zapas w torebce, jedną podała mnie, widząc, jak zaszkliły mi się oczy, gdy wyniesiono przed kaplicę urnę z prochami Leona. Z mojego dorodnego mężczyzny została garstka szarobrązowego pyłu. Nad tym płakałam najgłośniej. Pochowaliśmy czarną urnę na cmentarzu komunalnym w Zwięczycy. Mieszkaliśmy w tej wsi przez wiele lat, zanim została przyłączona do miasta, i tam byliśmy naprawdę szczęśliwi. Nasze miejsce na ziemi, naznaczone miłością i beztroską, okazało się tylko postojem. Myślałam, wprowadzając się tam, że tylko śmierć może nas z tego domu wygnać; przenosząc się do mieszkania, żałowałam każdego skrawka podłogi ułożonej z czereśniowego drewna i każdej cegły w kominku. Leon przeforsował pomysł, aby za życia kupić nam kwaterę i wybudować skromny kamienny grobowiec w cieniu drzew na wzgórzu, skąd rozpościerał się ładny widok na Rzeszów. Nie spodobał mi się wtedy jego pomysł, doglądanie własnego miejsca pochówku uważałam za makabryczne, poza tym było mi obojętne, co stanie się z moim trupem. Omijałam cmentarze szerokim łukiem, wolałam nie zatrzymywać się nad smutną perspektywą beznadziejnego końca ludzkiego żywota, który bez względu na to, jak był obfity w radości powszednie i wszelkiego rodzaju dobra materialne, kończył bieg w ciemnym dole pod stertą sztucznych kwiatów. Z wiekiem strach przed śmiercią zelżał, gdy umierali najbliżsi, zyskiwało się pocieszenie, że znajome twarze będą czekać po drugiej stronie. Śmierć Leona dodała mi otuchy.

W czasach naszego gospodarowania w Zwięczycy Leon zaprzyjaźnił się z młodym i gniewnym księdzem Pawłem, „stacjonującym" u Dominikanów, malutkiej parafii gromadzącej owieczki w drewnianej kaplicy naprzeciwko budynku Politechniki Rzeszowskiej. Poznali się w pociągu, jeden jechał na prymicje kolegi do Bydgoszczy, drugi w delegację służbową. Koloratka usiadła obok munduru, ochoczo poczęstowała zielonego zwierza kanapką ze smalcem i ogórkiem. Leon zawsze lubił podejść wroga, a przecież kler był uważany za wroga numer jeden Polski Ludowej, ucieszyła go więc niezmiernie możliwość podróżowania z osobą duchowną. Przyjął poczęstunek, dziękując sarkastycznym „Bóg zapłać". Kiedy zorientowali się, ile mają wspólnego i jak wiele ich łączy, przenieśli rozmowę na korytarz, żeby nie gorszyć wiernych i niewiernych w przedziale. Akademiccy filozofowie wypalili po papierosie orient i wypili piersiówkę jarzębiaku, którą Leon miał przy sobie. Tydzień później ksiądz Paweł przyszedł do nas na niedzielny obiad. Nastroszona, witałam go w progu, dumnie anonsując, że jesteśmy niepraktykujący i nie zamierzamy brać ślubu kościelnego, choć nie istnieją żadne formalne przeszkody. Spojrzał na mnie mądrymi oczami i uśmiechnął się znacząco do Leona. Jedliśmy i piliśmy do rana, wznosząc toasty za zdrowie i spotkanie schłodzoną wódką, przegryzając przyniesionymi przez Pawła prawdziwymi kabanosami.

Ta alkoholowo-filozoficzna znajomość trwała pięć lat. Ksiądz Paweł został przeniesiony na zadupie, ponieważ jego kontrowersyjne tezy, którymi coraz częściej dzielił się podczas kazania, oraz picie alkoholu „na służbie" stały się tematem licznych donosów wysyłanych do kurii. Pogrążyło go również to, że nie zachęcał wiernych do płacenia na kościelne potrzeby, wręcz odradzał takie marnotrawstwo z trudem uciułanego grosza, namawiając do spożytkowania go w lepszy sposób: „Dzieciom coś kupcie, pojedźcie na wczasy!". Chrzty i śluby odprawiał za darmo, wyznając zasadę, że te posługi wchodzą w zakres duszpasterskich obowiązków, zatem dodatkowe pobieranie wynagrodzenia byłoby nadużyciem. Zawsze zastanawialiśmy się z Leonem, jakiż to cud prawdziwy wyniósł go na etat wikarego w parafii, skoro miał takie miłosierne podejście do wiernych i nie chciał ich doić jak inni? Nie nosił w sobie genu chciwości, jeśli wyciągał rękę, to żeby czyjąś uścisnąć. Wiadomo było, że szybko z nim skończą.

Ksiądz Paweł mozolnie, aczkolwiek bardzo dyskretnie pracował nad Leonem. Zapragnął przywrócić mu wiarę w Boga, do czego się ostatecznie przyznał po kilku miesiącach znajomości. Mną się bardzo nie przejmował, może uznał, że nawrócona kobieta będzie mniej miła Panu niż nawrócony mężczyzna? Skoro Pan Jezus wszystkie najważniejsze funkcje w firmie Chrześcijaństwo powierzył mężczyznom, nie wypadało pchać się w ich szeregi. Kobiety mogły przecierać poranione czoło białą chustą lub nogi umywać strudzonemu Panu, osuszając je swoimi włosami. W niczym innym nam nie zaufał. Ksiądz Paweł traktował mnie pobłażliwie, jak dziecko upośledzone umysłowo, które trzeba brać na kolana, chwalić, ale nie pouczać, bo to strata czasu. Lubił do nas zachodzić, godzinami rozmawiali z Leonem o problemach ludzkich i boskich. Roztrząsali przy kieliszku istotę Absolutu, podawali w wątpliwość słowa ówczesnych władców Kościoła, stawiali się swoim przełożonym, rewolucję duchową zapijając wielkimi ilościami wódki i bimbru, cokolwiek było pod ręką. Ksiądz Paweł przyjeżdżał na wieś autobusem i pod osłoną nocy przemykał się poboczem, przechodził przez tory i szybkim, żołnierskim krokiem skręcał w wyboistą drogę prowadzącą do naszego domu. Ludzie zaczęli plotkować. Zanim nasza zażyłość rozwinęła się w kwiat przyjaźni, cierpiące na bezsenność baby wypatrzyły kapłana w ciemności, wyśledziły jego trasę i zaczęły pisać donosy do kurii. Przeszkadzało im, że osoba duchowna przebywa pod dachem niepraktykujących i niewierzących. Wywąchały nasz grzech, mam nadzieję, że dostały od tego niuchania w cudzych sprawach kataru.

Ksiądz Paweł „załatwił" Leonowi wybudowanie grobowca na naszym wiejskim cmentarzu, zanim został wygnany na głuchą prowincję. Postawił tylko jedno pytanie, które od dawna go nurtowało. Dlaczego Leon chce być pochowany w poświęconej ziemi, skoro w Boga nie wierzy i do kościoła nie chodzi? Dlaczego chce swoje szczątki złożyć między gorliwie praktykującymi katolikami, którymi tak pogardza? Czy to na pewno będzie odpowiednie dla niego towarzystwo?

– Boję się samotności – powiedział Leon. – Będzie mi po prostu raźniej z nimi.

Ksiądz Paweł, żegnając się przed wyjazdem na zawsze, zapytał mojego męża po raz ostatni.

– Leon... Wierzysz ty w Boga?

Leon wlał do kieliszków sporą porcję wódki. Wypił, nie czekając na Pawła.

– Nie wierzę... ale bardzo mi Go brakuje... – odparł.

Nasz grobowiec czekał już tylko na mnie.

Odsunięto płytę i przy dźwiękach smutnej pieśni dwóch panów w czerni włożyło urnę z prochami mojego męża do środka. Monia stała najbliżej grobowca, elegancka, w czarnej prostej garsonce, owinięta koronką, blada, zasłonięta wielkimi okularami odgrywała scenę rozpaczy. Wstyd mi było za nią. Kto to widział, żeby kochanka robiła taki teatr publicznie? Wzbudzała niechęć miejscowych. Mieszkańcy wsi, dyżurni uczestnicy lokalnych pogrzebów, zwabieni klepsydrą wywieszoną na słupie i tablicy przy kościele, szemrali między sobą, rzucając w stronę Moni ciekawskie i pogardliwe spojrzenia. Ja to co innego. Piętnaście lat tu mieszkałam, dom postawiłam, ogródek uprawiałam i choć nie wpuściłam nikogo ze wsi na teren posesji, ani sama z wizytą sąsiedzką nigdzie nie poszłam, byłam jedną z nich. Martwy Leon, przezywany dawniej „esbekiem" albo „trepem" – podobno wierzący niepraktykujący – powracający w urnie na stare śmiecie, został odprawiony godnie. Słyszałam, jak komentują, zniżając głos do szeptu: – Czy to po katolicku jest tak dać się spalić? Jak w jakimś Oświęcimiu! No, i kto to jest ta płaczka w pierwszym rzędzie?! Jego nowa?! Żal pani Albiny, dziwaczka, oschła, nieprzystępna, zamknięta w sobie, ale jednak żona. Mieli ślub kościelny? Podobno nie, bo on w wojsku pracował i nie mógł. Nazwiska jego nie nosi, książki wydaje pod panieńskim. Rozwiedli się przed jego śmiercią? A kto tam trafi za takimi... Niech mu ziemia lekką będzie...

Nie mnie było wyrokować, czy Leona prawdziwie kochała, czy zdążył Monię na tyle uwieść, żeby teraz swoją nieobecnością taką żałobę wzbudzić, mogłam tylko, stojąc z boku wsparta na ramieniu dawnego sąsiada, wzdychać do prochów męża i martwić się, że nie załatwi sprawy, jak obiecał. Okropny egoizm mnie opętał i nie wzniosłam się ponad to płaskie uczucie. Zamiast po mężu płakać, robiłam mu wyrzuty. Mógł poczekać ze śmiercią choć kilka dni! Niczego się już nie dowiem, nie pomogę Helenie, nie zamkniemy sprawy, bo Leon zabrał swoje kontakty i informacje do grobu.

Monia przesadnie celebrowała wdowieństwo podczas stypy w restauracji „Horyzont", do której przybyło kilkanaście zaproszonych osób. Pewnie bym się nie zgodziła pójść na ten obiad, gdyby nie ksiądz Paweł. Dostrzegłam go pod koniec ceremonii, stał z boku, schowany za drzewo, pochylony, zapatrzony w czubki butów. Nie poznałam go w pierwszej chwili. Ubrany po cywilnemu, wysuszony i czerwony na twarzy jak każdy alkoholik, który pije nieprzerwanie czterdzieści lat, chciał pewnie napić się „na krzywy ryj" przy okazji cudzej uroczystości. Mimo wszystko ucieszył mnie jego widok. Marny, schorowany, ale znajomy, jedyny łącznik między mną a dawnymi czasami. Podeszłam się przywitać, serdecznie uścisnęłam jego wątłą dłoń. Skulił się przestraszony i nerwowo uciekł w bok spojrzeniem. Jego głowa trzęsła się jak makówka na wietrze.

– Dziękuję, że ksiądz przyszedł – próbowałam go ośmielić szerokim przyjaznym uśmiechem. Nie dosłyszałam, co odpowiedział, odwrócił się ode mnie w pół zdania i odszedł prędko. Myślałam, że już go nie zobaczę.

Tymczasem Monia posadziła nas obok siebie przy stole. Pierwsza Wdowa po Leonie pełniła honory z wielką powagą. Czerpała widoczną przyjemność z bycia najważniejszą osobą przy stole. Wzięła księdza za łokieć i czerwonym paznokciem wskazała mu miejsce. Kelner usłużnie odsunął krzesło. Ksiądz Paweł usiadł ciężko, niezgrabnie wsunął kolana pod blat. Błądził niezbyt przytomnym wzrokiem po wnętrzu restauracji, podziwiał udrapowane zasłony i obrazy w złotych ramach, jakby to były cenne eksponaty muzealne. Unikał kontaktu wzrokowego ze mną. Czekaliśmy w milczeniu, aż zaczną podawać obiad. Kobieta siedząca po mojej prawej ręce nie przedstawiła się, ledwie odnotowała moje sąsiedztwo, zajęta zabawianiem swojego kolegi, ze sztuczną uprzejmością podała mi sól. Ksiądz Paweł nie jadł zupy, trzęsące się ręce nie doniosłyby łyżki z rosołem do ust. Siedział sztywny, wypatrując ponownego wejścia kelnera na salę. Kiedy podano nadziewane roladki z indyka, długo im się przyglądał, zanim zaczął powoli kroić mięso zgrabiałymi palcami. Rozdrabniał wolno jarzyny i ziemniaki, bałam się, że widelec zaraz wypadnie mu z ręki. Po obiedzie podjęłam kolejną próbę nawiązania kontaktu, ale nasza rozmowa składała się z moich pytań i jego krótkich, wymruczanych odpowiedzi. Pół człowieka pochylało się nad talerzem; nie podnosił oczu, skulony na krześle, dygotał z alkoholowego zimna.

– Cztery lata temu sprzedałam dom – mówiłam, żując powoli. – Za wielki był dla mnie jednej. Mieszkam teraz w Rzeszowie, mam mieszkanie z tarasem, a ksiądz Paweł gdzie?

Odłożył widelec na krawędź talerza, drżące palce spoczęły obok. Na białym obrusie wyglądały na jeszcze starsze i bardziej chore. Odrobinki zaschłej krew widoczne były przy nasadzie paznokci.

– Tu i tam – odparł. Jego głos był również galaretą. Nie miał zamiaru mi powiedzieć, że niedawno uciekł z Diecezjalnego Ośrodka Duszpasterstwa Trzeźwości, gdzie go umieszczono, mimo iż od lat nie wykonywał posług kapłańskich. Kiedy Leon zaczynał pić w wielkich ilościach, ksiądz Paweł, mimo że młodszy od niego, był już uzależniony i to właśnie do nas przychodził spokojnie się zaprawić. Zdarzyło się kilkukrotnie, że ich ciąg trwał trzy dni. Nie zareagowałam, wtedy wszyscy pili, była to norma.

– Smakuje księdzu? – zagadnęłam, słysząc, jak mlaska. Oblizał kąciki spierzchniętych ust. Zwracałam się do niego jak do zupełnie obcego człowieka, jakby nasza znajomość sprzed lat wydarzyła się wyłącznie w mojej wyobraźni.

– Leon od lat mieszkał we Wrocławiu. Rozeszliśmy się jedenaście lat temu, jednak rozwodu formalnie nie przeprowadziliśmy – powiedziałam niepewna, czy to go w ogóle interesuje. – Nie przysięgaliśmy przed Bogiem, to i grzechu nie ma.

Ksiądz Paweł odwrócił głowę, podniósł lekko ramiona i zaraz potem zapadł się jeszcze głębiej na krześle.

– Mam problemy z żołądkiem – powiedział. Spojrzałam na jego pusty talerz i resztki jedzenia porozrzucane po brzegach. Zrobiło mi się niedobrze.

Monia siedziała na drugim końcu stołu z grupką swoich znajomych. Przyjechali kilkoma samochodami z Wrocławia, elegancko ubrani w głębokie czernie i szarości, powściągliwi i zdystansowani, omijali mnie wzrokiem, żeby ich Monia nie przyłapała na zbytnim zainteresowaniu osobą byłej żony. Wyglądali na profesorów albo naukowców, trudno mi było sobie wyobrazić, co Leona mogło łączyć ze światem akademickim. Nic w nim do tych ludzi nie pasowało. Jedynymi uczestnikami stypy z poprzedniego życia Leona Kwiatka byłam ja i ksiądz Paweł. Liczyłam, że przyjedzie jego siostra lub ktokolwiek z rodziny, ale Monia wyjaśniła mi przed rozpoczęciem uroczystości, że Leon nie utrzymywał z nimi kontaktów od wielu lat. Rodzeństwo rozpadło się jak stary gliniany garnek. Za młodu niewiele ich łączyło, Leon uciekł do miasta, oni zostali, z małej rysy w ciągu lat zrobiło się pęknięcie nie do zasklepienia. Wiedziałam o tym, jednak pozwoliłam jej opowiadać historię upadku rodziny Kwiatków, którzy w jej relacji byli niczym Buddenbrookowie.

Ksiądz Paweł zaczął dygotać.

– Szkoda, że księdza wtedy od nas zabrali – próbowałam go zająć rozmową, zanim się całkiem rozleci. – Leon stracił jedynego przyjaciela. W jego pracy tak trudno było o przyjaźń... najlepsze nawet stosunki towarzyskie podszyte były fałszem. Ile wy nocy przegadaliście, jakie tematy szły... Pamiętam, jak ksiądz nas zaskoczył, mówiąc, że nasz papież nie ma racji, zabraniając antykoncepcji i że Kościół musi się z tego niedorzecznego zakazu wycofać...

– No... mogłem tak mówić, prawda... – Jego głowa kiwała się na boki.

– Oczywiście! Pamiętam doskonale... A widzi ksiądz, nic się dalej nie zmieniło w tej kwestii...

– Tak – przytaknął, ale nie miałam pewności, czy rozumie, co wspominamy.

Żal mi było Leona w grobie, ale jeszcze bardziej siedzącego obok cienia dawnego filozofa w sutannie. Jak mało zostaje z człowieka, kiedy do maratonu tanecznego zaprosi wódka! Nawet oczy miał wygasłe. Ksiądz Paweł wytarł usta serwetką i na powrót ułożył ją na kolanach. Wygładził materiał tak starannie, jak tylko ksiądz potrafi.

– Miło, że ksiądz przyjechał, bałam się, że żadnej znajomej twarzy nie zobaczę na cmentarzu – spróbowałam z innej strony. – Tak to bywa, jak ludzie się rozchodzą i zakładają nowe klany, następuje wymiana towarzystwa. Gdybyśmy mieli dzieci, inaczej by to wyglądało.

Nie słuchał mnie, całkowicie pochłonięty głaskaniem serwetki i skrawka obrusu, skoncentrowany na swoich ruchach, usiłował zapanować nad drżeniem rąk. Straciłam nadzieję, że się odezwie, a on niespodziewanie zapytał.

– A co się stało z synem Leona?

Zgodnie z prawdą odpowiedziałam, że nie wiem. Dziecko urodziła mu jedna z pierwszych kochanek, wiosną 1995 roku, kilka miesięcy po tym, jak wprowadziliśmy się do naszego domu na wsi przerobionego z dwupiętrowej niedokończonej willi. Odkupiliśmy dom z ogrodem od dentysty wyjeżdżającego na stałe do Ameryki, wymagał sporego wysiłku finansowego, ale zachwyceni wizją ucieczki z miasta, które nas zamęczało swoim dynamicznym rozrostem, zdecydowaliśmy się podjąć wyzwanie. Leon był wtedy właścicielem pierwszej w Rzeszowie firmy ochroniarskiej Westa, przynosił co miesiąc plik banknotów z przeznaczeniem na remont. Nie były to czyste pieniądze.

Udało nam się stworzyć naprawdę przytulne gniazdko, na dwóch piętrach mieliśmy sypialnie, pokój gościnny, salonik, dwie łazienki i gabinet dla mnie, zagracony po sufit książkami. W tym gabinecie Leon powiedział mi, że będzie miał dziecko z pewną kobietą, której nie kocha, nie wiąże z nią żadnych planów, nigdy niczego nie obiecywał i zamiarów takich nie ma. Powiedziała mu o ciąży zbyt późno, postawiła go przed faktem dokonanym, łudząc się pewnie, że go tym dzieckiem do siebie zwabi na stałe. Dobrze wiedziała, jaki fantastyczny ojciec gdzieś tam w Leonie drzemie, zaryzykowała obudzenie tatusia, ale przegrała. Leon wybrał mnie i nowy, wyremontowany dom, który pomalowaliśmy na kolor karmelu.

– Wybaczam ci – powiedziałam wtedy. Była to jedyna rozmowa na ten temat. – Ale załatw to tak, żeby mi nigdy nie było przykro. Nie chcę widzieć, nie chcę słyszeć.

Ksiądz Paweł zapytał niespodziewanie o bękarta, w drugim zdaniu poinformował mnie, że go ochrzcił w tajemnicy przede mną, kiedy chłopiec miał już rok. Na imię mu dali Bartłomiej. Zabolało, po tylu latach zapiekło mnie w mostku z zazdrości. Wyratowała mnie Monia. Wstała, aby wygłosić przemówienie i toast. Mężczyzna siedzący obok niej stuknął nożem w kieliszek, prosząc o uwagę. Monia zachwiała się na tych swoich wysokich szpilkach, wzięła głęboki wdech, dłoń przyłożyła do serca i zaczęła bredzić o zmarłym Leonie, cały czas zerkając w stronę drzwi. Przyszło mi na myśl, że on zaraz przez te drzwi wejdzie, a pogrzeb był tylko wyreżyserowanym przedstawieniem, o którym wszyscy poza mną wiedzieli. Po rocznej znajomości z moim mężem Monia przywłaszczyła sobie prawo urządzenia mu pogrzebu i hucznej stypy, postanowiła też podsumować sześćdziesiąt pięć lat jego życia. Dwanaście miesięcy przeżytych z nią świeciło jasną gwiazdką pomyślności na tle szarych lat nieporozumień u mojego boku. Wzbierała we mnie przykrość, choć nie byłam zła na Monię, tylko na niego, że na to pozwolił.

Mogłam przeczekać romanse Leona, był niezwykle dyskretny, w tych licznych na wpół odkrytych zdradach dosyć sprawiedliwy, mnie stawiając zawsze na pierwszym miejscu, żadnej nie obiecując więcej niż przelotny związek. Nie tyle uniosłam się dumą i ambicją, wyrzucając go z naszego domu za którymś tam razem, ile powodował mną strach, że któregoś dnia on sam postanowi odejść, a tego bym nie zniosła. Monia nie widziała swoich poprzedniczek, nie zaznała uczucia lęku o stratę najbliższego serca, nie szukała w twarzach kobiet blasków podarowanych przez Leona. Mogła dumnie, w dniu jego pogrzebu, nazwać go największą miłością i najwierniejszym przyjacielem. Był jej latarnią morską, parasolem w deszcz, ogniem w zimną noc, wentylatorem w upalny dzień, przy nim rozkwitła, jemu zawdzięcza więcej niż komukolwiek i nigdy, przenigdy nie przestanie tęsknić!

– Zostawiam go w miejscu daleko od naszego wrocławskiego domu, ale takie było życzenie zmarłego... – zrobiła efektowną pauzę. – Tutaj chciał być pochowany i proszę państwa, niech obecność przy stole byłej żony Leona, pani Albiny... – czerwony paznokieć powędrował w moim kierunku – będzie świadectwem, że jego życzenie pozostaje dla mnie święte. Nie jestem zazdrosna, miłość Leona noszę w sercu i jeśli będzie mi wolno czasami przyjechać i zapalić znicz, będę szczęśliwa.

Klaskali, klaskałam i ja.

Ksiądz Paweł jako jedyny nie przestał jeść lodów podczas pompatycznej przemowy Monii. Skrobał łyżeczką w szklanym pucharku tak głośno, że w pewnym momencie złapałam go za rękę i mocno ścisnęłam. Ciekawskie oczy prześlizgnęły się po nas i szybko wróciły do przemawiającej wdowy. Trzymając dłoń Pawła prawą ręką, w lewej podniosłam pełny kieliszek wysoko w górę. Wypiliśmy toast. Kiedy zaczął się szum, zwolniłam uścisk i pozwoliłam mu dalej grzebać w pustym pucharku. Oblizał brzegi i odstawił go po mojej stronie. Nie sięgnął po kieliszek wina, kiedy jednak na stół przyniesiono butelkę schłodzonej wódki, wyprostował się na krześle, pierwszy raz podniósł wzrok na gości i podsunął kelnerowi literatkę przeznaczoną na wodę.

– Pani się napije? – Orzeźwiony perspektywą wypicia alkoholu, nagle poweselał. – Wina nie mogę, bo mam nadkwasotę. Szkodzi mi...

Wypił do dna, na jego twarzy pojawiła się dziwna jasność, jakby ujrzał coś, czego inni nie widzą. Anioła... Wpatrywał się w butelkę stojącą na wyciągnięcie ręki, ale nie miał odwagi po nią sięgnąć. Szukał wzrokiem kelnera, spojrzał błagalnie w moją stronę, znów się uśmiechnął. Zdziwiło mnie, że ma, jak na swój wiek i tryb życia, zęby w całkiem dobrym stanie.

– Przepraszam na chwilę. – Podniosłam się z krzesła. – Zaraz wracam.

Wyszłam do łazienki poprawić makijaż i połknąć tabletki. Zbliżała się pora na świeżą dawkę, przerw między tabletkami przestrzegałam co do minuty. Nosiłam przy sobie plastikowe pudełeczko z przegródkami, w nim moje kolorowe skarby gwarantujące kilka godzin względnego komfortu. W lustrze czekała na mnie stara, pomarszczona twarz przykryta płynnym pudrem, z obwisłymi powiekami pociągniętymi niebieskim cieniem. Ledwo widoczne wyleniałe brwi nie podkreślały urody oczu. W kąciku ust pojawił się ropny zajad. Między zębami sztucznej szczęki zieleniły się odrobinki szpinaku, z brody wystawał pojedynczy siwy włos. Dotknęłam palcem nosa, pogłaskałam policzki, naciągnęłam skórę, ale efekt był ten sam.

Niespodziewanie dla samej siebie, zamiast wrócić na salę do żałobników, skręciłam w przedsionku w lewo i wyszłam przed restaurację. Dzień był ponury, ciężkie chmury przewalały się po niebie, napierając jedne na drugie, rozpychały się, rozrastały, w ciągu kilku minut zrobiło się ciemniej. Leon tam siedział i grzmiał, nie miałam co do tego żadnych wątpliwości. Zadzwoniłam po taksówkę i kazałam się wieźć do domu. Nie zdjęłam nawet butów, poszłam do sypialni, z torebki wyciągnęłam kartkę z notesu Leona z nazwiskiem oraz adresem profesora Różyckiego, emerytowanego chirurga Wojskowej Akademii Medycznej w Warszawie. Mogłam tylko mieć nadzieję, że nie położył się do grobu jak Leon, nie przypomniawszy sobie uprzednio nazwiska młodego lekarza z Armenii, który odbywał staż w jego szpitalu.

H
⤝⤞

Zapukałam w drzwi mieszkania Szymkowiaków. Natasza zachęciła mnie do wejścia, nie fatygując się, żeby otworzyć. Nieumalowana, niewystrojona, w cienkim jedwabnym szlafroku pełnym papug i liści, siedziała na łóżku, pochlipując. Wcześnie rano słyszałam, jak otwiera okno, odczekałam do dziesiątej, zanim poszłam ją odwiedzić. Poprzedniego dnia Karen odwiózł mnie do domu po północy i okna Nataszy były już ciemne. Musiała wciąż siedzieć w szpitalu przy łóżku zdrowiejącego powolutku męża. Irytowała mnie ta dziewczyna, drażniło głośne przeżywanie tragedii, uprawiane codziennie niczym jogging, zawadzała hałaśliwa obecność za ścianą. Długo zastanawiałam się, czy do niej iść, sumienie wypchnęło mnie za próg, dopiero kiedy uzmysłowiłam sobie rozmiar jej samotności. Nie każdy miał obronny pancerz ze stali, przez który mało co się przedostaje. Sama kiedyś takiego nie nosiłam.

Bez makijażu Natasza była samą przeciętnością. Ślady po trądziku, zaczerwienienia wokół oczu, mięsisty nos i wyschnięte jak pustynia Gobi usta. Przywitała mnie zachrypniętym, zrezygnowanym głosem. Nie podniosła się z pościeli.

– Dlaczego płaczesz? Stało się coś? – Usiadłam obok na łóżku. Gąbczasty materac ugiął się pode mną, jakbym ważyła tonę. Kręciła

301

głową. Jej włosy utlenione na kolor jajecznicy z wiejskich jaj oblepiały poduszki. Tych rozrzuconych wokół szyi i głowy strąków było pełno, wiły się, gotowe swoją panią udusić.

– Bogumił ma się lepiej, prawda? – Dotknęłam jej ramienia. Patrzyła w sufit.

– Lepiej, lepiej... – chlipnęła.

– Coś nowego powiedział lekarz?

Zaprzeczyła, turlając głowę po poduszce.

Uważałam, żeby nie zdradzić szczegółów rozmowy z Karenem na temat jej męża, nie chciałam, aby się zorientowała w naszej znajomości. Spędziłam z doktorem Grigorianem jeden z najprzyjemniejszych dni ostatnich miesięcy i choć między nami nie było lekkiego nawet przyciągania, czułam się w jego towarzystwie błogo. Chętnie przyjęłam zaproszenie na wieczorny koncert gitarowy nastoletniego siostrzeńca. Umówiliśmy się pod Salą Koncertową imienia Komitasa, nie chciałam, aby po mnie przyjeżdżał, właśnie z powodu Nataszy.

Wstała z łóżka i podeszła do toaletki z wielkim lustrem. Zaczęła rozczesywać włosy, zachowywała się nieprzytomnie, jakby dopiero co opuścił ją demon szaleństwa. Przybliżyła twarz do lustra, jęknęła i odeszła w drugi kąt pokoju. Ich mieszkanie było znacznie większe niż moje, urządzone w tym samym stylu. Poprzez bałagan, sterty porozrzucanych ubrań, pudełek, walizek, plecionych koszyków, prześwitywały czerwienie narzut i tureckie wzory dywanów. Życie w nieporządku zaczęło się tutaj na długo przed chorobą Bogumiła. Natasza nie zauważyła, jak krytycznie lustruję pobojowisko, pośrodku którego rozpaczała. Pochylona w przód, rozciągała rzemyki klapek. Poły szlafroka się rozchyliły, mignęła niebieska koronka biustonosza podtrzymującego wielkie piersi.

– Jeśli z twoim mężem w porządku, to dlaczego rozpaczasz? – zapytałam ostrożnie.

– Jakie tam w porządku... Całkiem inny na twarzy się zrobił – biadoliła – zmarniał, zapadł się w sobie, jakby umarł na chwilę i zaraz wrócił. Niby słyszy, ale tak z daleka, wcale na mnie nie patrzy.

– Stracił pamięć?

– Chyba wie, kim jestem, gdzie mieszkamy, przy czym pracował, tylko jakby go to nie obchodziło. – Natasza znów wbiła grzebień we włosy. Szarpnęła kilka razy skudlone kosmyki i odłożyła go na stolik.

– Przeszedł poważną operację mózgu, myślę, że dochodzenie do zdrowia będzie trwało – tłumaczyłam cierpliwie. – Pewnie jest w szoku, poza tym musiał się okropnie przestraszyć, kiedy się wybudził i dotarło do niego, co się stało. Poszedł rano do pracy, jak zawsze, nagle trach i ciemność. Następna świadoma myśl to łóżko szpitalne, zabandażowana głowa i płacząca żona...

Natasza przytaknęła. Rozumie, pewnie, że rozumie, ale jej nie o to chodzi.

– Więc czym się tak martwisz?

Usiadła na łóżku obok mnie. Nasze ramiona się stykały. Pachniała jabłkiem.

– Helena... tobie powiem... – Odchyliła się nieco w tył. – Pan Bóg mnie pokarał...

– Sam Pan Bóg? Za co?

Nie odpowiedziała od razu. Wzdychała, trzepała włosami, odgarniała je z czoła i znów się nimi zasłaniała, na jej czole pojawiły się sine plamy, tak mocno pocierała skórę kciukiem. Patrzyłam na zegarek, chciałam jeszcze tyle rzeczy zrobić przed wyjściem na koncert i czułam, że nie zdążę z powodu wyrzutów sumienia Nataszy. Kiwała się, jak porzucone dziecko, jej różowe paznokcie wbijały się w opalone uda. Na trzech palcach nosiła złote pierścionki z wielkimi kamieniami. Kiedy myślałam, że już nie wykrztusi słowa i będziemy tak siedzieć do wieczora, nagle wybuchnęła piskliwym płaczem, w gardle zaczęło jej bulgotać od wysiłku.

– Za zdradę! – Wyła niczym zawodowa płaczka. – Mojego męża, najlepszego na świecie, zdradziłam! Dla nas harował bez wytchnienia, żebyśmy mieli co do domu zabrać, mieszkanie kupić, albo willę nawet sobie wybudować, samochód był upatrzony, jeszcze rok, mówił, wytrzymaj Natasza rok i będziemy panami we własnym kraju. Albo i tu zostaniemy, ale nie tak jak teraz, tylko na swoim. Bogumił odłożył już dwadzieścia tysięcy dolarów...

Nie zachęcałam jej do zwierzeń, wiedziałam, co mi powie.

– Głupota mnie ogarnęła, diabeł rogaty podkusił. Za Eduardem polazłam! – krzyknęła, zanim trysnęły prawdziwe łzy. – Widziałaś go, to wiesz, jaki piękny... – wycierała wilgotne policzki wierzchem dłoni. – Jak Bogumił pojechał na tydzień do Gruzji, przy budowie kliniki pomóc, ja, suka niewierna, do innego poleciałam... Na kolację mnie zabrał, pięknie mówił, rachunek zapłacił, spacerek za rączkę w mieście, nie bał się, że nas kto znajomy zobaczy, powiedział, że mu nie zależy na innych, tylko na mnie...

Natasza wyszła do łazienki.

Wstałam z posłania i przesiadłam się na fotel stojący obok okna. Wyrobione sprężyny ukłuły mnie w pośladek. Zapaliłam papierosa, wolno puszczałam dym, a serce grzęzło przy każdym uderzeniu. Na tym wielkim łożu Eduard dogadzał Nataszy tym samym fiutem, co mnie, wcześniej jego delikatne palce wędrowały po wnętrzu jej, potem dotknęły mojego, gdzie zatrzymał się jego język u niej, nie wiem, ale u mnie wszedł głęboko i skosztował samej esencji kobiecości. Natasza i Helena w jednym spały domku, Helena na górze, Natasza na dole...

Zgniotłam papierosa w pustym pudełku.

– Żeby mi jeszcze czego brakowało w małżeństwie! – Weszła do pokoju, powłócząc nogami. Upięte wysoko włosy odmłodziły jej twarz. Wyrzuciła ramiona w górę. Wielkie piersi falowały między papugami niczym wzburzony gniewem ocean. – Bogumił w seksie sprawny, pieniądze przynosił, mało pił, z rodziną moją dobrze żył... Nigdy mi złego słowa nie rzucił. To ty mi powiedz, czego ja szukałam z innym chłopem?! Co z tego, że ładny? Przecież on żonaty, tak jak ja! Uczciwie przede mną tego nie krył. A ile było kombinowania... Bogumił wychodził do pracy, żegnał się ze mną, Eduard zaraz przyjeżdżał, tu... na tym łóżku – poklepała kołdrę – go zdradzałam. Nie raz i nie dwa...

– Zauroczył cię – powiedziałam, panując nad sobą. – To się zdarza... nie tobie jedynej...

– Jeszcze jak! – krzyknęła zadowolona, że ktoś ją tak doskonale rozumie. – Gdyby nie choroba Bogumiła, dalej bym z nim... nie myślałam przestawać. Kiedy Eduarda nie widziałam ze trzy dni, chleb przestawał smakować, w ogóle jeść nie mogłam, ani spać, tylko kawę piłam. Mąż się pytał, czy mi coś na żołądku nie siadło? Szmata! Zwykła szmata ze mnie! Nic, tylko kamień do szyi...

Prowadziłam ją wzrokiem po pokoju. Kręciła się, jakby naprawdę szukała sznura, zajrzała pod łóżko, otworzyła szafę, potem zniknęła na chwilę w kuchni. Wróciła z butelką piwa Kilikia.

– Napijesz się? – zapytała, pociągając spory łyk. Odmówiłam. Nie lubię piwa. Żona Eduarda pewnie była wykształcona, błyskotliwie inteligentna, odchudzona w talii, ubrana w same drogie marki, panująca nad nerwami i dziećmi. Nie przeszkadzała mi jej niepoznana i nieodczuwalna obecność, gotowa byłam się z nią dzielić pięknym Eduardem, tobie dzień, mnie noc, potem zmiana, ale Natasza... Rozkrzyczana przekupa zakończona plastikowymi pazurami, z piwem w dłoni i mężem w szpitalu, obskubana niczym kurczak przed wrzuceniem do gara, była moim poniżeniem! Jej zapach zaczynał mnie dusić, woń kwiatowych perfum przemieszanych z końskim potem oblepiał mi szyję. Kiedy tylko się zbliżyła, czułam mieszankę intensywnych aromatów zupełnie ze sobą niewspółgrających. Ten sam diabeł, który podkusił do złego Nataszę, usiadł także na moim ramieniu i sprowokował. Wstałam z fotela, podeszłam do niej, raz jeszcze zaczerpnąć skażonego kwiatami powietrza.

– Nie bój się gniewu Bożego dziewczyno, Bóg ma swoje sprawy, bój się własnej naiwności.

– Jakiej naiwności? – Wytrzeszczyła oczy.

– Eduard uwiódł także mnie, tam... – Palcem wskazałam sufit – piętro wyżej, stoi moje łóżko, centralnie nad twoim tu... – przekierowałam palec na łoże niedbale zaścielone czerwoną kapą, identyczną jak tamta.

– Mój Eduard?! – Nie wierzyła. Zagarnęła mocno poły szlafroka, jakby ją naszedł nagły wstyd, nie chciała mi już pokazywać swoich piersi.

– Jaki on tam twój, dziewczyno... – parsknęłam.

Zabrałam ze stołu zapalniczkę i klucze. Natasza pozwoliła mi przejść. Nie patrzyłam na nią, czy bardzo zaskoczona? Zazdrosna? Z pewnością w jednej chwili porzuciła myśl o wiązaniu kamienia do szyi. Jej płacz nagle ustał, oczy wyschły, kiedy wchodziłam po schodach do siebie, słyszałam, jak rygluje drzwi.

Pobiegłam na górę, ale nie zdążyłam nawet wyciągnąć z lodówki wina. Artiom wpadł z wiadomością, że muszę poszukać sobie nowego lokalu. Niczego nie zauważył, mój wstyd i wściekłość rozlały się po całym ciele, ale nie było ich na twarzy. Spokojną ręką ustawiłam kieliszek na parapecie i nalałam sobie połówkę. Wczesne picie nie zdziwiło go, mówił szybko, bez ustanku, przeglądając wiadomości w telefonie.

Eduard na wieść o poprawie stanu zdrowia Bogumiła postanowił rozpocząć remont domu, planowany od bardzo dawna. Odmalować trzeba, położyć nową wykładzinę, może nawet wymienić kuchenne sprzęty? Szymkowiakowie wyjeżdżają z Armenii, jak tylko inżynier stanie na nogi, nadarza się okazja, aby odświeżyć stare wnętrza i oporządzić ogród. Artiom wyliczał kolejność planowanych prac, głośno zastanawiając się, czy nie warto z dwóch mieszkań zrobić trzech, żeby zwiększyć zyski z wynajmu. Oczywiście, nie zostawią mnie na lodzie, od razu zabierze się do szukania nowego miejsca, tylko muszę określić w przybliżeniu, jak długo zostanę w Armenii oraz jakim dysponuję budżetem.

Pozwoliłam mu skończyć wielkie przemówienie. Uklękłam, opierając się o materac, patrzył zdziwiony, jak zamaszystym ruchem wyciągam spod łóżka plecak, potem torbę. Otrzepałam je z kurzu, rozsunęłam zamek, rozepchałam wnętrze i postawiłam gotowe na środku pokoju. Zaczęłam się pakować, przekładałam złożone w kostkę ubrania z szafy do plecaka, przy którym wciąż jeszcze wisiała nalepka przytwierdzona na lotnisku w Warszawie. Zawinęłam parę szpilek w foliowy worek i upchnęłam w bocznej kieszeni. Do plastikowego woreczka wrzuciłam stringi i biustonosze, zawinęłam je w sweter. Powoli wypełniłam też torbę, zostawiając sobie miejsce na aparat fotograficzny i laptop.

– Co ty robisz? – Artiom odezwał się dopiero, gdy odstawiłam w kąt wypchany do połowy plecak.

– Wystarczy tej przygody – powiedziałam, nie przerywając porządkowania. – Dobrze się składa z tym remontem, czasami musi przyjść impuls z zewnątrz, żeby podjąć decyzję. Kopniaczek w dupeczkę. Nic tu po mnie...

– Wyjeżdżasz?! – Artiom stanął nade mną. Schował telefon do kieszeni. – A co z poszukiwaniami twojej mamy?

– To był od początku głupi pomysł – odparłam, choć wcale tak nie myślałam. – Miałam słabszy moment w życiu, ubzdurałam sobie, że podróż śladami matki mnie wzmocni, tymczasem... czuję się coraz słabsza...

– Zaczekaj. – Artiom delikatnie chwycił mnie za ramię. – Pozwól mi poradzić się Eduarda w tej sprawie. Usiądziemy spokojnie, opowiesz mu historię twojej mamy, na pewno coś wymyśli. On będzie wiedział, jak się do tego zabrać.

– Nie! Dziękuję – odparłam krótko. – Edurad już swoje zrobił.

Nie był pewien, czy dobrze mnie zrozumiał. Odskoczył przestraszony, robiąc mi przejście. W łazience miałam najwięcej drobiazgów do spakowania. Kremy, olejki, kosmetyki, lustereczka, cienie, tusze, perfumy, arsenał kobiety, której młodość już nie broni. Pod ciepłą wodą umyłam szczoteczkę do zębów i grzebień. Artiom stanął w drzwiach, oparł się plecami o chłodne kafelki, podtrzymując w kieszeni dzwoniący telefon.

– Odbierz – ponagliłam go.

Poczekał, aż przestanie brzęczeć, nie sprawdził, kto dzwoni.

– Proszę cię... Teraz będzie wyglądać tak, jakby Eduard cię wypędził. On mi tego nie daruje. Remont zacznie się dopiero za miesiąc... Po co ten pośpiech? Wczoraj mówiłaś, że ci tu dobrze... plany były... Stało się coś?

Wytarłam ręcznikiem przybory i wrzuciłam do kosmetyczki. Rozejrzałam się po łazience. W kabinie prysznicowej stały szampon i odżywka, zawahałam się. Jeśli uda mi się zarezerwować bilet na nocny lot do Warszawy, nie będą mi potrzebne. Umyję włosy w Polsce.

Nie zwracając uwagi na Artioma, zabrałam się do porządkowania kuchni. W zlewie przeważały brudne kieliszki i deserowe widelczyki. Sprawnie umyłam blaty, wytarłam gąbką wnętrze lodówki, pozostałości po śniadaniu wyrzuciłam do kosza. Puste butelki wrzuciłam do reklamówki. Artiom kręcił się wokół mnie, co chwila dorzucając nowe argumenty, które powinny mnie przekonać do zmiany decyzji. W telefonie wyszukał stronę internetową z mieszkaniami do wynajęcia w centrum Erywania, oferty pracy dla osób znających trzy języki obce, nie ustawał, mimo że ja, poza ostatnią czynnością zaścielenia łóżka, byłam gotowa do wyjścia.

– Sprawdzę loty do Warszawy. Zdaje się, że około czwartej rano leci, może są jeszcze miejsca? Albo polecę przez Pragę... Tak, zrobię sobie przystanek w Pradze, byłeś tam kiedyś? – Zanim odpowiedział, otworzyłam laptopa i zaczęłam wpisywać hasło w wyszukiwarce. – Mogłabym jeszcze pójść na koncert z doktorem Grigorianem... – mruknęłam pod nosem.

– Z Grigorianem? Tym, który operował Bogumiła?! – Artiom złapał się za głowę. – To wy się znacie?!

Laptop czekał na połączenie z Internetem, kółeczko kręciło się od kilkunastu sekund. Nie chciałam tracić czasu, podeszłam do niezaścielonego łóżka.

– Poznaliśmy się czas temu... Wczoraj byłam z nim w Eczmiadzynie i innych miejscach. Świetnie opowiada, w ogóle to bardzo interesujący człowiek... – powiedziałam, uklepując poduchy. Ułożyłam je obok siebie niczym niemowlęta w kołysce. – Zaprosił mnie na koncert swojego siostrzeńca.

Artiom pomógł mi wygładzić narzutę na łóżku. Staliśmy po obu stronach, szarpiąc za rogi. On też był zły.

– Na pewno to lepszy kandydat niż Eduard – rzucił obojętnym tonem. Spojrzałam na niego surowo, musiał spuścić wzrok.

– Przestań! Nie jestem panną na wydaniu!

Chciałam wyjść natychmiast z tego mieszkania, trzasnąć drzwiami tak mocno, żeby wyleciały szyby. Wrzątek palił mnie od środka, ogarniała trudna do opanowania chęć poczynienia jakichś zniszczeń. Cokolwiek, nawet stłuczenie wazonu o ścianę, przyniosłoby mi ulgę. Rozejrzałam się, szukając jakiegoś przedmiotu do rozwalenia. Artiom stał zgięty wpół, jakby dostał mocny cios w brzuch. Irytowało mnie, że tak się wszystkim interesuje, wtrąca w moje niestabilne pragnienia, wymusza zwierzenia, łazi za moim żalem jak kondukt, oferuje pomoc w zamian za szczerość, na jaką nie było mnie stać. Przeszłam solowym krokiem przez życie, nie potrzebowałam bratniej duszy, pocieszyciela, pilnego słuchacza, jedynie Świętej Górze Ararat mogłam powierzyć zrozpaczone myśli, pełne tęsknot, zgorzkniałych pretensji, przed nią czułam inny wstyd.

Artiom wyprostował się, rzucił na łóżko poduszkę, którą przed chwilą miał w ręce.

– Myślałem, że ty naprawdę chcesz szukać mamy, tymczasem to wszystko zgrywa! Kaprys znudzonej dziewczyny. Trzeba było tak od razu, otwarcie powiedzieć... Wiesz co? Następnym razem...

– Artiom... – przerwałam mu, w obawie, że powie coś naprawdę przykrego. Obeszłam łóżko i stanęłam przed nim. Byliśmy tego samego wzrostu. – Dlaczego tak ci zależy na tym, żebym znalazła matkę? Nie rozumiem...

– Nie rozumiesz... – powtórzył. – Pewnie, że nie rozumiesz... Wychowałem się w domu dziecka „Zatik"... czyli „Biedronka". Byłem dzieckiem ulicy. Znaleźli mnie i przygarnęli razem z innymi dzieciakami w 1993 roku, byliśmy pierwszymi rezydentami „Zatika", więc przeszedłem do historii. Wojna, trzęsienie ziemi, upadek Związku Radzieckiego, takie tam kataklizmy spowodowane przez ludzi i naturę... Osierocone dzieci wałęsały się po miastach, bez metryk i pamięci, jak sto lat wcześniej, kiedy Turcy urządzili na Ormianach rzeź. Byłem jednym z tych dzieci, rezolutny czterolatek

Tioma śpiący pod gołym niebem. Obszarpane ubranie dwa rozmiary za duże, stare sandałki i drewniany samochodzik z brakującym kółkiem w rączce. Byłem chory, pokryty strupami... – urwał nagle. – No i widzisz! Tak mnie podeszłaś, że się skarżę jak jakaś baba... A co ciebie to może obchodzić?

Artiom wycofał się w głąb pokoju. Stałam niezdecydowana obok łóżka, przenosząc wzrok z miejsca na miejsce, rozmyślnie omijając chłopaka, który był równie zakłopotany jak ja. Położył dłoń na klamce.

– Idę. Muszę już iść... Jutro Eduard wraca z Rosji, powinnaś z nim to załatwić. Jeden dzień cię nie zbawi.

Zrobiłam krok w jego kierunku. Szybko otworzył drzwi.

– Nie pamiętasz swoich rodziców? Nie znasz ich?

– Nie. Wziąłem się znikąd, znaleźli mnie niedaleko granicy z Azerbejdżanem. Bez metryki i bez butów.

Wybiegł na podwórko, słyszałam, jak skrzypnęła brama. Warkot silnika ucichł po kilku sekundach.

A
❧

Numer telefonu do profesora Różyckiego Leon podkreślił grubą kreską. Wpatrywałam się przez dłuższą chwilę w jego charakter pisma. Równy, kanciasty, podobny do pisma technicznego. Nie ciekawiło mnic, co Monia zrobi z jego rzeczami. Musiał przez ostatnich jedenaście lat zgromadzić trochę gratów, książek, ubrań, drobiazgów, którymi wszyscy się otaczamy, a które potem sprawiają wielki kłopot tym, co po nas muszą sprzątać. Zachować? Wyrzucić? Co jest pamiątką, co zwykłym, nieprzydatnym przedmiotem? Z naszego domu wyszedł „tak jak stał". Zapakował do walizki garnitur, mundur i pistolet z pudełkiem naboi, po namyśle dołożył jeszcze naszą ślubną fotografię uwięzioną w ramce z masy perłowej oraz butelkę koniaku. Rozstawaliśmy się bez gniewu, w gęstej od niewypowiedzianych pretensji ciszy, po długiej nocnej rozmowie na temat jego słabości do kobiet, która z wiekiem zamiast przygasnąć, rosła w siłę. Skończyliśmy na nadużywaniu alkoholu. Wóda i baby! Jakie to prozaiczne i śmieszne... jednocześnie zdolne do rozwalenia najtrwalszej nawet budowli z kamienia uczuć. – Idź sobie – powiedziałam opanowanym głosem rozsądnej pierwszej żony, która wie, kiedy ustąpić. – Zacznij od nowa, ożeń się z jakąś bardziej wyrozumiałą, pobłażliwą, młodszą kobietą i ją zadręczaj czułą miłością przetasowaną zdradami i ciągami alkoholowymi kończącymi się detoksem w szpitalu. Mnie się uprzykrzyły czekanie po nocach, sprawdzanie kieszeni, wąchanie koszul i odwiedziny na oddziale. Już mnie wybijanie w górę na huśtawce nie cieszy, bo wiem, jak będę się czuć na dole. Proces starzenia zaczął się u mnie przedwcześnie, umiłowanie świętego spokoju zdominowało wszystko, nawet lęk przed samotną starością. Pisałam książki, wydawałam, sprzedawałam, a niezależność finansowa zawsze dodaje odwagi.

Leon nie prosił i nie zaprzeczał. Ówczesna Monia była naprawdę ładna i bardzo młoda, miała także własne trzypokojowe mieszkanie na Baranówce, w dzielnicy, którą Leon pogardzał i którą mnie straszył w żartach. Widziałam ich potem kilka razy na mieście, szli za rączkę do sklepu, prowadzili rasowego pieska na smyczy, ona trzepała włosami, on prostował plecy, przygarniając ją do siebie ojcowskim gestem, nieświadomy, ile ironicznych komentarzy sąsiadów wzbudza. Nie trwało to długo, może rok. Leon zadzwonił pewnej nocy, by poinformować mnie o wyjeździe z Rzeszowa na stałe. – Dokąd? – zapytałam, przekonana, że jadą razem. – Do Wrocławia, wyprowadzam się sam – odpowiedział i nic mi więcej nie tłumaczył. – Chcesz coś jeszcze z domu? Nie chciał. Ociągał się z pożegnaniem, rozmawialiśmy serdecznie o nieważnych sprawach, stąpając ostrożnie po zgliszczach naszego małżeństwa. Jeśli było mi czegoś wtedy żal, to tej naszej bliskości, tego rzadkiego jej rodzaju, którego nie gwarantuje życie we dwoje od urodzin po śmierć. Wyjechał i nie widziałam go więcej, aż do ostatniej wizyty sprzed dwóch tygodni. Dostałam jedną miłość od losu, nie prosiłam o więcej.

Zadzwoniłam do mieszkania profesora Różyckiego w samo południe. Miałam dobry dzień, ból nie pojawił się w nocy i wciąż zwlekał z atakiem rano. Dziwnie się czułam, gdy tak nagle odpuszczał. Żwawo chodziłam po mieszkaniu, schylałam się, aby założyć pantofel, przenosiłam cięższe garnki na wyższe półki, wywiesiłam pranie na balkonie i zebrałam się na odwagę, żeby zatelefonować.

Kobieta skrzeczącym głosem zapytała obcesowo, w jakiej sprawie dzwonię do profesora. Gdybym powiedziała, że w osobistej, odłożyłaby słuchawkę, zwiastował to niemiły i niecierpliwy ton.

– Mam może przyjemność rozmawiać z panią profesorową? – zapytałam.

– Owszem...

– Przepraszam, że się od razu nie przedstawiłam. Nazywam się Albina Solecka. Jestem żoną przyjaciela pana profesora, Leona Kwiatka. – Odczekałam chwilę. – Mam nadzieję, że pan profesor pamięta mojego męża?

Kobieta mruknęła coś niewyraźnie, jakby pytała siebie o nazwisko Kwiatek, i przystępniej już potwierdziła, że oboje Leona znają. Tak, tak... Oczywiście. Leoś bywał u nich czasami, jeszcze gdy mieszkali na Saskiej Kępie, ale ostatnio nie.

– Dzwonię z przykrą wiadomością. Leon nie żyje... Wczoraj był pogrzeb – powiedziałam na jednym wydechu.

Profesorowa Różycka, jak większość starych ludzi, bardzo się przejęła i przeraziła zarazem, bo przecież Leon Kwiatek był znacznie od niej młodszy. Obliczyła przy mojej pomocy, jak duża różnica wieku ich dzieliła. Całe siedem lat młodszy! Mój Boże... Poprosiła, abym w najmniejszych szczegółach opowiedziała jej, na co chorował, jak długo się męczył, czy lekarze dobrze się nim zajęli, czy też, jak to w państwowej służbie zdrowia bywa, dobili znieczulicą? Poczuła ulgę, kiedy powiedziałam, że zmarł nagle, na nic nie chorował wcześniej, choć wątroba, bardzo już wycieńczona, szykowała się do odmówienia posłuszeństwa.

– Na co w takim razie umarł? Sekcję robili? – nalegała. – Zupełnie jak mój tatuś świętej pamięci... W kawiarni na Nowym Świecie, łyk kawy wypił i padł. Powiedzieli, nagła śmierć sercowa...

– A pan profesor w dobrej kondycji? – wpadłam w słowo. Westchnęła.

– Pani Albino... czy w naszym wieku można w ogóle mówić o kondycji? Nie wiem, czy go martwić wiadomością o śmierci pana Leona... Zdenerwuje się niepotrzebnie...

– Może ja w takim razie... Mogłabym z nim zamienić parę słów? – Trzymałam słuchawkę telefonu blisko przy uchu. Cisza trwała kilka sekund. Profesorowa namyślała się.

– Zrobię to sama, jeśli pani pozwoli. Wybiorę moment, kiedy będzie czuł się lepiej. Wie pani, to nie jest takie proste, trzeba czasem czekać kilka dni, jeśli się chce coś ważnego powiedzieć – mówiła rozżalonym głosem. – Mąż ma problemy z pamięcią. Cóż... Nie są to początki demencji, zabrnęliśmy znacznie dalej, jeśli pani sobie może wyobrazić, co mam na myśli...

Posmutniałam. Widocznie Leon nie wiedział o chorobie profesora Różyckiego, skoro miał zamiar wydobyć z jego pamięci nazwiska lekarzy ormiańskich pracujących przed laty na jego oddziale. Ubolewająca nad swoją sytuacją opiekunki profesorowa nie dawała mi nadziei. Porzuciłam zamiar wyjawienia jej, z czym dzwonię. Słuchałam uprzejmie monologu składającego się niczym łańcuch z osobnych kółek, powiązanych ze sobą jednym przewodnim tematem – starość. Nic jej nie interesowało, poza prowizorycznym szpitalem zorganizowanym w ich pięknym domu w Wilanowie. Nawet nie wróciła słowem do przyczyny nagłej śmierci Leona. Żegnałam się wylewnie, zapewniając, że będę dzwonić i dowiadywać się o zdrowie profesora, choć nie miałam takiego zamiaru. W ostatnim zdaniu przyszła nadzieja na dowiedzenie się czegoś więcej.

– Jakby o jakąś medyczną sprawę chodziło, to nasz syn może pomóc. – Profesorowa założyła niesłusznie, że jestem ciężko chora i dlatego szukam kontaktu ze światem medycznym i jego utytułowanymi przedstawicielami.

– Tak? Naprawdę jest szansa?

– Mąż już, niestety, nie... Syn jest ordynatorem na Szaserów... a nasz zięć, pewnie pan Leon wspomniał, pełni funkcję dyrektora placówki w Rzeszowie, również w szpitalu wojskowym... Jaka to ulica? Krakowska zdaje się. Przenieśli się kilka lat temu na Podkarpacie, nie mógł się Karol w Warszawie doczekać awansu... Ja byłam przeciwna, nie po to się robi studia zagraniczne, żeby na prowincji skończyć, ale oni to widzą inaczej. Taki doktor Judym się w nim odezwał. Gdyby poczekali rok jeszcze, akurat ordynator Rzepka przechodził na emeryturę... No, nic.. Jak pani mieszka w Rzeszowie, to proszę się u niego umówić na wizytę. Nie polecam załatwiania przez naszą córkę, ona dla nikogo nie ma czasu...

Czekałam cierpliwie, aż przyniesie notes i poda mi numer telefonu komórkowego do zięcia. Słyszałam, jak stuka obcasami pantofli o drewnianą podłogę, odsuwa szufladę, potem wraca do telefonu. Przez chwilę napominała się, wertując kartki, wydała z siebie krótki pisk, kiedy znalazła właściwy.

– Tylko proszę nie dzwonić do Karola po nocach, on wcześnie chodzi spać i wyłącza telefon. Proszę się powołać na mnie, niech mu pani powie, że jesteśmy w przyjaźni, ostatecznie jest to poniekąd prawda.

– Serdecznie dziękuję. To dla mnie bardzo ważne... – Zapisałam numer na karteczce.

Różycka chrząknęła, odsuwając usta od słuchawki.

– Pani Albino... Nie chcę być wścibska, Boże uchowaj, ale czy to najgorsze panią dopadło? Rak? Zgadłam?

– Na szczęście to nie o mnie chodzi – uspokoiłam ją. Musiałam chwilę odpocząć, zanim ruszyłam z dalszym telefonowaniem. Już dwie osoby ostatnimi czasy wmawiały mi raka. Pożegnałyśmy się, wymieniając nic nieznaczące uprzejmości.

Karol Bielan, jak większość lekarzy specjalistów, był zadufany w sobie i arogancki. Jeśli jakiś miły lekarz mi się kiedyś trafił, to najwyżej internista, nigdy chirurg czy ortopeda. Przyzwyczajeni do cięcia i szycia w ilościach hurtowych, zapominali często, że pod skalpelem, pod ich drżącą, często skacowaną ręką, prawdziwy człowiek leży, nie karta choroby. Pierwsi po Bogu w decydowaniu o życiu, ostatni we współczuciu. Wyjaśniłam mu, jak najoględniej mogłam, w jakim celu zabiegałam o rozmowę z jego ojcem, jakich informacji poszukuję, starałam się podkreślać na czerwono powody swojej dociekliwości. Nie znał zmarłego Leona Kwiatka, obojętnie przyjął informacje o jego nagłej śmierci, ale zapisał sobie mój numer telefonu i nazwisko. Czułam, że nigdy nie zadzwoni.

Pewnie bym się zatrzymała przed ścianą obojętności doktora, gdyby nie to, że jego żona okazała się fanką mojej literatury. Jeszcze w trakcie naszej rozmowy, gdy zobaczyła nazwisko, a może i podsłuchała treść, przyniosła książkę *Siostry Black*, którą napisałam na samym początku kariery. Coraz głośniej upominając się o uwagę, bardzo chciała osobiście mi przekazać, ile radości i wysokiej klasy rozrywki niesie lektura moich powieści.

Mąż wreszcie oddał jej słuchawkę.

Jeszcze tego samego wieczoru taksówka zawiozła mnie do ich posiadłości. Domem trudno nazwać hektarowe wiejsko-miejskie gospodarstwo w Malawie, otoczone wysokim kamiennym płotem rozciętym w jednym tylko miejscu, którego przy bramie pilnowały leżące lwy o bujnych grzywach. Rzeźby przerażające w swoim majestacie. Balkony z kutymi balustradami spoglądały na Rzeszów od krańca do krańca. Trochę drewna i metalu na elewacji, wszystkie ścieżki wokół zabudowań podświetlone i wysypane drobnymi żółtymi kamyczkami, fontanna z sikającą rybą gigantem i bukszpany w wielkich donicach przed wejściem. Przepych, który w Warszawie mógł się okazać pretensjonalny, u nas wzbudzał podziw i zazdrość. Wszyscy natychmiast kopiowali pomysły.

Żona Karola Bielana, starsza od niego co najmniej o dekadę, zadbana pięćdziesięciolatka o pięknym imieniu Julia, przypadła mi do gustu nie dlatego, że kręciła maszynką pochwał, zasypując mnie komplementami, ale dlatego, że kiedy się już nasyciła moją obecnością w swoim domu, przeszła do konkretów. Nie czekała, aż sama wydobędę z siebie głos w sprawie, ani na męża, zanim dopije porcję nalewki imbirowej. Takie energiczne kobiety zawsze królowały na stronicach moich powieści, sporządzałam w głowie notatki, obserwując Julię Bielan.

– Pani Albino, w czym możemy pomóc? Mama Karola zaanonsowała pani telefon, ale, jak to mama, powiedziała wszystko, poza tym, o co chodzi?

– Szukam na oślep... – przyznałam – jednak wierzę, że w końcu gdzieś trafię.

Julia wysłuchała uważnie, nie przerywając ani słowem, poszarpanej cenzurą historii miłości mojej siostry Anny oraz misji jej córki Helenki. Karol siedział w milczeniu, raz po raz dyskretnie zerkając w telewizor. Ekranem zawładnęły rozneglizowane kobiety z konkursu piękności. Maszerowały na wysokich szpilkach, obolałe od ściskoszczęku zwanego u normalnych ludzi uśmiechem. Rozrywka w sam raz dla doktora.

– Gdybyście państwo zechcieli uruchomić kontakty, pewnie już archiwalne, dowiedzieć się czegoś lub choć wskazać człowieka, który pamięta tamtych młodych lekarzy ze Związku Radzieckiego, to ja... – zawahałam się. – Moja wdzięczność przekroczy każdą granicę. Mój mąż zmarł nagle kilka dni temu, zostawił mnie z tą sprawą samą.

Julia Różycka pogładziła mnie po ręce.

– Niesamowita historia... Aż mnie dreszcz przeszedł, gdy słuchałam...

Chyba za dużo emocji włożyłam w tę opowieść, Julia była bliska łez. Spojrzała na męża karcąco, przykładając rąbek serwetki do oczu. Oderwał wzrok od ekranu pełnego ciał w bikini, przesiadł się bliżej nas na rozłożyste białe kanapy bliźniaczki. Ślizgałam się po zimnej skórze tapicerki, nie potrafiłam ułożyć łokcia na oparciu. Chętnie sięgnęłam po kieliszek koniaku. Doktorostwo mieli z pewnością cały arsenał trunków wysokiej i średniej klasy.

– Zdaję sobie sprawę, o jakich odległych czasach mówimy, ale... może ktoś pamięta? Nawet jeśli nie sam profesor...

Julia szarpnęła męża za rękaw. Przeniósł na nią wzrok.

– Karol?! Znamy kogoś? – Jej wielkie, rozciągnięte chirurgicznie oczy były niezwykle zielone. Gdyby odwróciła się w stronę światła, zorientowałabym się, czy to szkła kontaktowe, czy sama natura taką intensywną barwą ją obdarowała. Jej mąż wziął głęboki oddech, zastanawiał się przez chwilę. Julia zgasiła telewizor.

– Kiedy to było dokładnie? – Wyjął z kieszeni telefon i zaczął pocierać ekran kciukiem.

– Prawdopodobnie przyjechali w 1986 roku do Warszawy. Być może rok wcześniej. – W moim głosie dźwięczało podniecenie. – Nie sposób wyrazić, jak bardzo mi zależy...

– Ojciec był wtedy ordynatorem – powiedział, patrząc mi w oczy pierwszy raz podczas rozmowy. – Prawdopodobnie ich spotkał, wiedział o przyjeździe grupy do szpitala. Takie wymiany organizowane były na najwyższym szczeblu, tylko po prawie trzydziestu latach... nawet gdyby nie cierpiał na demencję, mógłby nie pamiętać niczego ważnego. Ale...

Urwał i zapatrzył się w swój telefon.

– Doktor Hussain! – Podniósł urządzenie w górę, pokazując nam z daleka ten kontakt. – Jestem pewien, prawie pewien, że w tym czasie i on odbywał staż na Szaserów. Pierwszy Hindus w turbanie, wzbudzał sensację i sporo cierpkich komentarzy na Akademii! Julia... przynieś mi okulary...

– Jeśli tak, to naprawdę jest szansa. – Podała mu okulary w modnych czarnych oprawach. – Cudzoziemcy, przynajmniej za moich czasów studenckich, zawsze na uczelni trzymali się razem. Iran, Irak, Libia...

– W grupie czuli się raźniej i bezpieczniej. Chyba pamiętasz, jakie dostawali baty, gdy im się zachciało wyskoczyć z Polką na miasto? – Bielan zaśmiał się, przywołując to wspomnienie. On sam z pewnością nie szturchał kolegów Arabów, pozostawiając sprawy naturalnemu biegowi, ale też nie potępiał tych, co to robili.

– Armenia to nie jest kraj arabski... – podjęłam, kiedy już wybrzmiał śmiech doktora.

– Nie? – zdziwił się.

Julia nadal zdobywała u mnie punkty, sumujące się w wielką sympatię. Nie zawahała się przed obśmianiem ignorancji męża.

– Oczywiście, że nie – parsknęła. – Armenia to kraj chrześcijański.

Uniósł brew, wzruszył ramionami, nie okazując dalszego zainteresowania tematem. Pochylił głowę nad telefonem i znów jego palec rozpoczął ślizgawkę po wielkim ekranie. Przyłapany na niewiedzy, trochę się obraził na żonę, winiąc ją za skierowanie światła na ten brak, który mogła pominąć milczeniem. Czekałyśmy spokojnie, rozmawiając o Armenii. Julia wiedzę miała całkiem sporą, a i ja przez ostatnie tygodnie wertowałam te karty historii, które opowiadały o Armenii. W pewnym momencie zaczęłyśmy sobie obiecywać, że się tam któregoś dnia wybierzemy.

Karol Bielan przeszedł z telefonem dociśniętym do ucha do pomieszczenia obok. Zanim zamknął za sobą drzwi, obie usłyszałyśmy, jak serdecznie wita się z doktorem Hussainem i z góry zastrzega, że liczy na jego słynną świetną pamięć.

H

❧

Karen czekał na mnie przed wejściem do Sali Koncertowej. Spacerował wzdłuż wysokiego muru, niecierpliwie spoglądając w kierunku ulicy. Elegancki, w ciemnych spodniach, białej koszuli i szarej marynarce, znów prezentował się inaczej niż przy poprzednim spotkaniu. Każda okazja odmieniała doktora Grigoriana. Spojrzał na zegarek, zanim mnie dostrzegł w grupie spóźnialskich, widziałam, że odetchnął z ulgą. Przywitaliśmy się jak starzy znajomi jednym pocałunkiem w policzek, zabrakło czasu na tłumaczenia, pociągnął mnie za sobą schodami w górę. Niewielka, surowa w wystroju sala mieściła nie więcej niż trzysta osób. Scena znajdowała się na tym samym poziomie co widownia, wszystkie rzędy krzeseł były zapełnione, przeszliśmy szybkim krokiem do przodu. Dwa krzesła w pierwszym rzędzie stały puste, zarezerwowane dla nas. Centralnym punktem sceny wyłożonej drewnianą podłogą były piękne organy. Karen, widząc mój zachwyt, szybko opowiedział o ich absolutnej unikatowości, zaprojektowane zostały w Holandii na wzór XVII-wiecznego instrumentu przeznaczonego do wykonywania utworów muzyki barokowej. Nie wiedział, że nie odróżniłabym Brahmsa od Bacha, mogłam mieć tylko nadzieję, że nie zacznie mnie przepytywać w trakcie koncertu.

– Przypomnij mi, żebym ci potem opowiedział o Komitasie, to jego imieniem nazwano to miejsce – powiedział, zniżając głos. Siostrzeniec Karena, śniady trzynastolatek, wyszedł na scenę pewnym krokiem. Jego gitara czekała na stojaku obok krzesła. Karen znów przybliżył głowę do mojego ucha.

– Mher w kwietniu zajął pierwsze miejsce na Międzynarodowym Festiwalu Muzyki Renesansowej... w tym roku kończy szkołę muzyczną... Samotny artystyczny talent w rodzinie lekarzy...

– Co będzie grał? – Nachylałam się do niego, żeby ponownie zaciągnąć się piżmem wody kolońskiej.

– Spodoba ci się... – szepnął – zaprezentuje utwory współczesnych klasyków, będzie Leo Brouwer, ale też starzy mistrzowie gitary, jak Mauro Giuliani.

Karen odwrócił na moment głowę i uśmiechnął się do kogoś siedzącego za nami. Wygładziłam czarną sukienkę, usiłując zaciągnąć ją dalej na kolana, czułam się półubrana w tym mini. Była to jedna z dwóch sukienek, jakie miałam w walizce, w białej wystąpiłam na kolacji z Eduardem, nie miałam zamiaru już jej więcej wkładać. Po wyjściu Artioma poczułam się źle do tego stopnia, że musiałam się położyć. Był to już drugi taki incydent wyzwolony przez sytuację stresową. Coś pięknie zaczętego miesiąc wcześniej powodowało teraz zaburzenia rytmu serca, co gorsza, wyciągało ze środka inną osobę, o której istnieniu nie miałam pojęcia. Nie lubiłam tej histeryczki, pakującej torbę na środku pokoju, robiącej przykrość najbardziej życzliwej osobie, jaka wpadła na jej orbitę. Robiłam sobie wyrzuty, że nie zatrzymałam Artioma, a kiedy przed wyjściem na koncert próbowałam do niego zadzwonić, telefon nie odpowiadał. Jednego byłam pewna, nie wyjadę z Armenii, dopóki nie porozmawiam z nim i nie przeproszę za to beznadziejne zachowanie.

Słuchaliśmy koncertu, od czasu do czasu spoglądając na siebie ukradkiem. Karen chciał na gorąco dowiedzieć się, czy muzyka robi na mnie wrażenie, czy też jest mi obojętną kombinacją niskich i wysokich tonów, które trafiają w próżnię. Wyciągałam szyję w kierunku sceny. Młody Mher był całkowicie zanurzony w dźwiękach, jakie wydobywał z gitary, od zwinnych palców po czubek nosa. Nic nie istniało pomiędzy nim a instrumentem, żadnej przeszkody, nawet powietrza mało. Skupiony, złączony z muzyką niewidocznym dla nas magnesem, przeżywał całym ciałem każdy fragment wykonywanego utworu. Jego oczy raz pilnowały akordów, to znów wędrowały gdzieś ponad głowami, nie docierając do rozanielonych twarzy słuchaczy. Nie myślał o nas, grając. Nawet tak tępa muzycznie osoba, jaką byłam, musiała się wzruszyć. Mogłam sobie łatwo wyobrazić, jak w trakcie rodzinnych uroczystości siada na środku pokoju i daje minikoncert, poruszając najczulsze struny w sercach rodziców i dziadków. Niósł radość, sprawiał, że czuli się dumni, własną małą cząstkę posyłali mu wraz z brawami. Wokół jego gitary toczyło się najpiękniejsze życie rodzinne Grigorianów.

Po koncercie Karen przedstawił mnie swojej rodzinie. To do nich się uśmiechał, zanim Mher zaczął grać. Rozmawiając, wyszliśmy z budynku i przeszliśmy na tyły, zatrzymując się obok basenu fontann. Matka Karena wyglądała na kobietę pięćdziesięcioparoletnią. Uczesana gładko do tyłu, czarne włosy przepasane delikatną aksamitką odsłaniały czoło, mocne linie brwi schodziły się blisko, ale nie łączyły. Miała wydatne, malinowe usta. W dopasowanej jasnej garsonce kremowego koloru obszytej ciemną lamówką przypominała z wyglądu i szyku Jacqueline Kennedy. Podała mi rękę na powitanie, pobieżnie wymieniłyśmy uprzejmości, zaraz potem pobiegła pogratulować wnukowi. Mher wyszedł jako ostatni, mały tłumek gratulujących otoczył go ścisłym pierścieniem. Dziękował, przyjmował pochwały swobodnie, z roześmianymi oczyma. Pomachałam mu z daleka. Jego mama, Liana, szczupła elegancka brunetka w granatowej prostej sukience podeszła do nas, kiedy zapalałam papierosa. Szybko schowałam rękę za plecami. Wyciągnęła z małej, czerwonej torebeczki całą paczkę, rozbawiona podałam jej ogień.

– Całe szczęście, że chociaż ty palisz... – powiedziała, zaciągając się mocno.

Karen stał obok mnie jak żołnierz na warcie, gotowy w każdej chwili mnie obronić.

– Odkąd mój mąż i przyjaciele rzucili palenie, nie ma z kim interesująco porozmawiać... Karen nie pali od urodzenia, nigdy nie nauczył się zaciągać. To jedno mu nie wyszło... – Śmiała się, szturchając brata.

– Wolę umrzeć na coś godniejszego niż rak płuc – powiedział. Patrzył, jak palimy, i sceptycznie kręcił głową.

Dziadkowie z Mherem podeszli do nas jako ostatni. Liana nachyliła się, żeby pocałować syna, ale wypadło to niezręcznie. Mher uskoczył, zawstydzony. Wszyscy mówili naraz, czekałam grzecznie na swoją kolej. Gratulowałam mu po rosyjsku, ściskając dłoń, delikatnie, żeby nie zahaczyć o palec zakończony bardzo długim paznokciem. Widząc jego konsternację, szybko przeszłam na angielski. Karen nad jego głową uświadomił mi, że siostrzeniec urodzony w wolnej Armenii nie był już przymuszony do nauki rosyjskiego.

– Well done, young man... truly splendid performance, brilliant!

– Did you really enjoy it? – zapytał, przyglądając mi się. Nikt go pewnie nie uprzedził, że przyjdę na koncert.

– We all did! – zapewniłam w imieniu wszystkich. – Super talent you have... congratulations...

Ukłonił się i przyłożył otwartą dłoń do piersi. Matka znów chciała pogłaskać go po czuprynie, ale zwinnie się uchylił. Powiedziała coś do niego żartem.

– What piece did you enjoy the most? – zwrócił się do mnie. Pokoncertowa adrenalina rozszerzała mu źrenice, chciał jeszcze długo mówić o tym, co się wydarzyło, nie ochłonął.

– Well, the last bit – odparłam, śmiejąc się z własnej ignorancji. Mher pokiwał głową, był nieco zawiedziony.

– Okej. – Nagle stracił zainteresowanie moją osobą i zaczął rozmawiać ze swoim ojcem.

– Jakie macie plany na resztę wieczoru? – Liana pytanie skierowała do mnie.

Spojrzałam na Karena. Obciągnął rękawy marynarki, przyjął bardzo oficjalny ton.

Wiedziałam, co to oznacza. Chciał ten wieczór spędzić ze mną. – Mieliśmy iść na kolację – odparł. – Oczywiście... jeśli macie ochotę iść z nami...

– Byłoby miło... – dodałam, widząc, jak Karen się męczy.

Liana czekała na decyzję męża. Sargis żegnał się głośno ze znajomymi, dziękując wszystkim za przybycie na koncert syna. Był wysoki i barczysty, jego dłonie wydawały mi się wielkie niczym wiosła. Gestykulował, pokrzykiwał, zajmował swoją osobą dużo miejsca. Podszedł do nas jako ostatni.

– Pojedziemy razem na drinka do centrum – zaproponował, pewien, że nikt mu się nie sprzeciwi. – Obiecałem Mherowi, tak? – zwrócił się do syna. Chłopak przytaknął. Karen spojrzał na mnie pytająco. Nie miałam nic przeciwko temu, powiedziałam szybko, że to świetny pomysł. Liana odeszła kilka kroków, na chwilę zatrzymała się przy grupce ludzi, z którymi rozmawiali jej rodzice. Sargis ujął mnie mocno za łokieć i odciągnął na stronę. Zdziwiłam się, kiedy zaczął mówić po polsku. Miał lekki akcent, ale wysławiał się dość poprawnie.

– Bardzo się cieszę, że przyjaciółka Karena jest Polką... Co? Zaskoczyłem cię?! – Zadowolony przycisnął mnie do swojego boku. Czułam się jak laleczka King Konga. Jego niebieska koszula rozchodziła się na brzuchu.

– Tak – przyznałam. – Gdzie się nauczyłeś polskiego?

Sargis otoczył mnie ramieniem i ruszyliśmy w kierunku samochodu. Stawiał wielkie kroki, nie szło nam się dobrze w tych objęciach, jego wielki but szturchnął moją stopę. Karen przyśpieszył kroku i dołączył do nas.

– Zaimponowałem twojej... koleżance – powiedział zadowolony Sargis – znajomością jej języka...

Przez chwilę rozmawiali po ormiańsku, Sargis musiał powiedzieć coś zabawnego, bo nawet rodzice idący przed nami wybuchnęli śmiechem.

– Obgadujecie mnie? – zapytałam.

– Absolutnie nie... – żachnął się. – Tylko się dziwię, że taka atrakcyjna dziewczyna prowadza się z moim ponurym szwagrem. Nie zanudził cię jeszcze opowieściami o historii Armenii, naszych poetach, architektach, kompozytorach i myślicielach? Ten człowiek ma wszystkie encyklopedie w głowie...

– Miał mi opowiedzieć o Komitasie po koncercie – odparłam. – Ale nie zdążył.

– Ja ci opowiem... – Sargis uparł się, żeby mnie prowadzić pod rękę. Zamiast o Komitasie, rozgadał się na temat swojego pobytu w Polsce, dokąd wywiozła go matka w czasach największego kryzysu w Armenii, na początku lat dzicwięćdziesiątych. Mieszkali w Radomiu trzy lata, wystarczyło, aby poznać język, szczególnie jak się ma zdolności w tym kierunku. Sargis miał, oprócz polskiego i rosyjskiego, znał nieźle francuski.

– Pobyt w Polsce wspominam jak najpiękniejsze wakacje... – Oswobodziłam się z objęć, korzystając z sytuacji, gdy znów potknęliśmy się o krawężnik. Karen wszedł między nas. Stanęliśmy przy samochodzie.

– Potem nam opowiesz – uciął krótko. Liana podeszła do męża i przez chwilę naradzali się, gdzie jechać. Wyciągnęła dzwoniący telefon z torebki i odeszła kilka kroków, żeby porozmawiać. Sargis skorzystał z okazji, wrócił do swojej opowieści o Polsce, wychwalając policję, sąsiedzkie wsparcie i księdza w parafii, który zorganizował dla nich pomoc. Karen tym razem mu nie przerwał.

– Mamę wezwali do szpitala. – Liana otworzyła przede mną drzwi auta. – Przeprasza, ale nie dołączy do nas. Jedziemy sami.

– Czy ktoś z waszej rodziny nie jest lekarzem?! – zapytałam, kiedy ruszyliśmy pod górę.

– Ja! – Sargis siedzący obok kierowcy raz po raz odwracał głowę i włączał się do rozmowy. – Mdleję na widok krwi... tak że nawet dentystą nie mógłbym zostać, a co dopiero neurochirurgiem czy psychiatrą, jak teściowa...

Lianę wciąż bawiło poczucie humoru męża. Nachyliła się, żeby poklepać go po ramieniu, zwinnie porwał jej dłoń i przycisnął do ust.

– Mama jest na emeryturze, ale wciąż jeździ do szpitala... Wcześnie owdowiała, całe życie poświęciła zawodowi... i nam. Byliśmy mali, kiedy tato zginął. – Kiedy to mówiła, objęła siedzącego między nami syna. Mher tym razem nie zaprotestował, z dala od obcych oczu lubił być wciąż małym chłopcem hołubionym przez matkę. Zapytałam Lianę, czym ona się zajmuje, ale to Sargis odpowiedział.

– Moja żona jest anestezjologiem, jej brat – głową wskazał Karena – jak ci wiadomo, neurochirurgiem, a żebyś już wszystko wiedziała o tej rodzinie, to wspomnieć trzeba o dziadku Liany, Arturze Grigorianie, który w 1920 roku wdrożył program radiologii w Armenii, oraz jego bracie, który zajął się w latach pięćdziesiątych neurofizjologią i jak wszyscy w rodzinie Grigorian, przeszedł do historii medycyny.

– Nie strach chorować, jak się ma takich znajomych... – powiedziałam do lusterka, w którym odbijały się oczy Karena.

– Karen dopiero dziś rano powiedział, że przyprowadzi... koleżankę na koncert, tak że niewiele wiemy o tobie, kiedy się poznaliście? – Liana nadal obejmowała syna. Nie bronił się, zmęczony oparł głowę na jej ramieniu.

– Trzy dni temu – odparłam.

– Dwa miesiące temu, w samolocie lecącym z Warszawy do Erywania. – Karen nie zwracał uwagi na Sargisa, który szykował się, żeby powiedzieć coś zabawnego. Miałam wrażenie, że nie chce go dopuścić do głosu. – Ale dopiero teraz, kiedy lokator domu Heleny potrzebował interwencji neurochirurga, trafiliśmy na ten sam kawałek podłogi.

Liana powiedziała, że to bardzo romantyczna historia.

– Wczoraj zwiedzaliśmy monastyry, sporo się dowiedziałam o waszych świętych... – szybko zmieniłam temat, widząc, jak Karen się peszy. Sargis klepnął szwagra w kolano.

– Czyli miałem rację! Zanudziłeś dziewczynę na śmierć.

– Na pewno nie na śmierć, przecież widzisz, że żyje i ma się dobrze. – Karen strącił jego dłoń z kolana, ale nie było w tym niechęci.

– Długo zatrzymasz się w Erywaniu? Karen mówił, że piszesz książki. – Liana nachyliła się, żeby spojrzeć mi w oczy. – Będzie coś o nas?

Zapewniłam ją, że jeśli kiedyś podejmę takie wyzwanie, to jedna z moich bohaterek będzie nosić jej imię. Zaparkowaliśmy samochód na ulicy Sayat-Nova niedaleko budynku Opery Narodowej. Znałam ten budynek, Eduard pokazał mi go z daleka, kiedy wchodziliśmy Kaskadą na szczyt. Wokół Opery spacerowało mnóstwo ludzi, rozchodzili się we wszystkich kierunkach, jedni w stronę barów otaczających plac Wolności, inni w stronę Północnej Alei lub w przeciwną, obierając kierunek na plac Francuski. Spacerowym krokiem, nie robiąc hałasu, szli spokojnie, tak jak my. Kolorowe światła podświetlały mury ze wszystkich stron, ale nie było to kiczowate. Mher szedł obok mnie, zachęciłam go do rozmowy na temat jego muzycznych planów, pytałam, jak poważnie myśli o swojej karierze, odpowiadał konkretnie i szczerze. Przyznał, że musi ćwiczyć po cztery godziny dziennie, a komputer uruchamia tylko w weekendy, za pozwoleniem rodziców. Upewniłam się, że nie żartuje z tym czasem komputerowym. Liana potwierdziła. Mher wymieniał nazwiska sławnych ormiańskich kompozytorów, wskazując na mijane pomniki zdobiące plac Opery.

– To jest Aram Chaczaturian, chyba pani go zna? – Wskazał ręką na pomnik mężczyzny dostojnie siedzącego na cokole. Zamiast odpowiedzieć, zatrzymałam się i pstryknęłam zdjęcie telefonem. Mher niezrażony opowiadał dalej, był równie dobrym przewodnikiem po kulturze Armenii jak jego wujek. Pochwaliłam go. Karen szedł obok siostrzeńca.

Plac Wolności otaczały restauracje i bary ukryte między drzewami. Weszliśmy w alejkę, gdzie po obu stronach, jedna przy drugiej, światłem, muzyką i zapachami potraw zapraszały miejsca wypełnione ludźmi świętującymi weekend. Letni upalny wieczór przyciągnął do centrum miejscowych i turystów, zupełnie innych od tych, którzy raz do roku wybierali się na huczne wakacje do hiszpańskiego Benidorm czy egipskiego kurortu Szarm el-szejk. W Erywaniu spotykałam ludzi podobnych do siebie, szukających głębszych przeżyć, przygotowanych na doznania bardziej duchowe niż emocjonalne. Łączył nas szacunek do odwiedzanych miejsc, pewien rodzaj nieśmiałości, dzięki której nie pochłanialiśmy się nawzajem. Kolejny raz poczułam się tutaj dobrze, jak wśród swoich.

Sargis i Karen nie mogli się zgodzić, gdzie usiąść na kawę. On był głodny, my woleliśmy napić się kawy, może koniaku, ale nikt nie miał ochoty na szaszłyki. Krążyliśmy przez chwilę, szukając odpowiedniego miejsca, gdzie moglibyśmy usiąść przy jednym stoliku. Przeszliśmy kawałek Północną Aleją, skręciliśmy w ulicę Puszkina. Liana wzięła mnie pod rękę, szłyśmy nieco wolniej niż mężczyźni.

– Wybacz mojemu mężowi, że tak się rządzi... – powiedziała, ściskając mnie lekko. – Pozwalamy mu na to z całą świadomością, jest nam wszystkim potrzebna taka centralna postać w rodzinie... Wychowałam się bez ojca, może dlatego...

– Zupełnie mi to nie przeszkadza – zapewniłam ją. – Lubię mocne charaktery.

Nie mówiłam prawdy. Oba mocne charaktery, które roztoczyły nade mną władzę, mój ojciec i mąż, zadeptały w końcu mój własny charakter, spowodowały, że przestałam oddychać swoim powietrzem. Ale Sargis był inny, dominował w sprawach powszednich, drobnych, może właśnie dlatego, że przy podejmowaniu najistotniejszych decyzji ostatnie słowo miała jego żona. Rozmawiałyśmy swobodnie, pytała o książki, jakie lubię czytać, miejsca, które odwiedzam najczęściej, w końcu doszłyśmy do mojej sytuacji rodzinnej i wówczas kłamstwa polały się wartkim strumieniem. Jestem aktualnie wolna i rozkoszuję się tym stanem niezależności sercowej. Moi rodzice, poukładani jak czekoladki w bombonierce, mieszkają w Warszawie. Pracuję, podróżuję i czekam na nowe kaprysy, jeśli się pojawią, to je spełnię. Życie mam wyjątkowo udane, co dzień od nowa wzruszam się bezmiarem szczęścia, oczywiście Bogu dziękując w pierwszej kolejności, bo przecież tylko On mógł zorganizować mi taką cudowną doczesność. Liana na każde kłamstwo reagowała grzecznym potakiwaniem, westchnieniami aprobaty, uśmiechem sklejonym życzliwością, więc nie mogłam przestać. Jutro już mnie tu nie będzie, bez skrupułów wbiłam na ich terenie flagę kobiety idealnej. Niech sobie powiewa, kiedy będę z podkulonym ogonem wracać do Polski.

Szukaliśmy miejsca, które wszystkim by odpowiadało, ale te najpopularniejsze nie miały już wolnych stolików, więc zawróciliśmy na Północną Aleję. Bogaty i pyszny deptak naszpikowany był restauracjami, apartamentami dla bogaczy, hotelami, siedzibami banków i niezliczoną liczbą luksusowych, markowych sklepów oraz restauracji. Przypominał miejscami Dubaj ze swoim piaskowym kolorem i światłem prowadzącym zbłąkanych pośród czarnej nocy. Było tu znacznie głośniej niż w knajpach wokół Opery.

Karen zatrzymał się, poczekał, aż do nich dołączymy.

– Podoba ci się ta część miasta? – zapytał. Wyczułam lekki sarkazm, wiedziałam, jak sobie z tym poradzić, ale Liana wpadła mi w słowo. Pociągnęła brata za mankiet, żeby zwrócić jego uwagę.

– Ty byś chciał, żeby cała Armenia była muzealnym eksponatem, przez który mówią wieki i prowadzą duchy przodków... On ma fioła na punkcie historii i tradycji – zwróciła się do mnie. – Mój brat jest... starożytny... Przeszkadza mu ta odrobina luksusu w zachodnim stylu.

– Ale to nie o to chodzi – obruszył się. – Po prostu zapytałem... Wszystkim się tu podoba, popatrzcie, ile zadowolonych twarzy wokół...

Karen zaczął tłumaczyć, że wcale nie to miał na myśli, po prostu woli inne miejsca miasta. Sargis żartem zapytał, czy nie wolałby, aby jego kraj się raczej rozwijał niż, zamarznięty w kostce lodu, pozostał zabytkiem kultury?

– Nie rozumiecie mnie... – próbował zakończyć dyskusję, ale Sargis miał jeszcze sporo do powiedzenia na ten temat. Przez chwilę przysłuchiwałyśmy się, w końcu Liana oświadczyła, że zrobiło się już dosyć późno i jeśli chcemy zjeść kolację, musimy znaleźć restaurację i usiąść na tyłkach. Żeby Karenowi zrobić przyjemność, zaproponowałam, abyśmy wrócili tam, gdzie rozpoczęliśmy spacer, pod drzewa wokół placu Wolności. Ruszyliśmy szybszym krokiem parami, ja szłam z Karenem, Liana z mężem, Mher kursował pomiędzy nami, zadając pytania. Nie zdążyłam się przygotować, kiedy zagadnął o plany na przyszłość.

– Jak długo zostanie pani w Armenii? W przyszłym miesiącu będzie koncert w Konserwatorium, ja panią serdecznie zapraszam... Oboje z wujkiem przyszlibyście, jak dzisiaj...

– Dziękuję bardzo, niestety, nie mogę. – Głos miałam dziwny, udający zadowolenie. – Następnym razem zobaczymy się, jak będziesz koncertował w Polsce. Nie zapomnij mnie powiadomić, na pewno przyjdę...

– Nie przyjedzie pani? Dlaczego? – Zawiedziony zadarł głowę i spojrzał na mnie. – Przecież się podobało...

– Bardzo! – Pogłaskałam go po plecach. – Niestety, nie będę mogła przyjść. Jutro w nocy mam samolot do Polski. Wyjeżdżam.

– Jutro?! – Karen potrzebował kilku sekund, zanim zareagował. – Dlaczego tak nagle?! Stało się coś?

Zatrzymaliśmy się, tamując ruch na chodniku. Mher pobiegł naprzód, zanieść wiadomość rodzicom.

– Skończyłam pisać reportaże o Erywaniu, mam wystarczająco dużo materiału na książkę... – tłumaczyłam. – Poza tym muszę wracać do pracy w szkole... Czeka na mnie etat i studenci.

– Zaskoczyłaś mnie... – Karen wciąż stał na środku przejścia. – Miałem nadzieję, że spędzimy razem trochę czasu, chciałem ci pokazać miasto, kościoły, nasze zabytki... Nie byliśmy nawet w Noratus... na cmentarzysku najbardziej niezwykłym na świecie stoi 900 chaczkarów... ty powinnaś to zobaczyć... I pogańską świątynię w Garni. Tatew... Nic nie zdążyłem...

Wymieniał nazwy miejsc, zaglądając mi w oczy. Poczułam, że naprawdę sprawiłam mu zawód swoją decyzją. Liana i Sargis obejrzeli się za siebie, ale widząc, że zatrzymaliśmy się i rozmawiamy, poszli dalej, ponaglając syna.

– Kiedyś tu wrócę i wtedy, obiecuję, przejedziemy ten kraj razem. Będziesz moim przewodnikiem... Lepszego nigdy nie znajdę.

– Naprawdę musisz? – Karen nie ustępował. – Wziąłbym kilka dni wolnego, miałem lecieć do Atlanty, ale mogę zostać...

– Może kiedyś – powiedziałam.

– Kiedyś... – Karen powtórzył za mną. – Co to w ogóle za słowo jest? Nie mówiłaś przedwczoraj, że wyjeżdżasz... Spędziliśmy ze sobą cały dzień i nie zdążyłaś powiedzieć, że masz bilet powrotny?

– Decyzję podjęłam dzisiaj.

– Aha, rozumiem... – Zaczął iść. – Nie, nie rozumiem... – Zatrzymał się. – Oczywiście... Przepraszam, że tak na ciebie napadłem. Chciałbym cię jednak zabrać na lotnisko. O której masz samolot?

– O czwartej rano. Okropna godzina, nie fatyguj się. – Machnęłam ręką, aby podkreślić nieważność moich zamierzeń. Staliśmy naprzeciwko siebie, Karen wziął moją dłoń, potem sięgnął po drugą.

– Przyjadę o drugiej. Albo nie, przyjadę jutro wcześnie wieczorem i zjemy pożegnalną kolację. – Przygarnął mnie do siebie i pocałował w okolicę skroni. Kiedy mnie puścił, zachwiałam się na nogach.

W mieszkaniu panował lekki zaduch, zapomniałam włączyć klimatyzację przed wyjściem, czuć było wypalone kiedyś papierosy i słodki zapach gnijących arbuzów w kuchni. Otworzyłam okno i wyszłam na balkon. Ciepła, sierpniowa noc dopiero się zaczynała, było już po 23. Niebo nad moim balkonem było martwe, ciszy nie przerywał żaden dźwięk czy szmer, zaciągnęłam się aromatycznym powietrzem jak najlepszym tytoniem. Wiedziałam, że będę tęsknić za Armenią, mogłam jej już teraz wyznać miłość i poprosić, żeby na mnie czekała. Jeśli w ogóle odziedziczyłam jakieś cechy po matce, dlaczego nie tej jednej, naprawdę przydatnej? Mogłabym wtedy jej wzorem po prostu się odważyć i zostać. Dotychczasowe życie straciłoby ważność, jak każdy produkt z krótka datą. Trudne, ale możliwe. Odrobinę odwagi, czułam, że mi jej zabraknie. Wytraciłam prędkość przez ten miesiąc pobytu, zgasła energia i zbladło mocne postanowienie odrobaczenia każdej żywej komórki w moim ciele. Skąd inni czerpią siłę, by przenieść górę i rzucić ją w morze? Z wiary? Szczelnie zamknięte drzwi i okna zatrzymują przeciągi, u mnie pozostawały otwarte i stałam w nieznośnym przeciągu. Przyniósł chorobę, z obu stron napierały zimne masy powietrza, mącąc mi w głowie, chłodząc, warstwa po warstwie, ciało i rozum. Do tego chciałam wracać?!

Seweryn urządzał biuro poselskie w Brukseli, kiedy sędzina ogłosiła wyrok za spowodowanie wypadku ze skutkiem śmiertelnym. Dostałam dwa lata w zawieszeniu, mimo że ojciec załatwiał moją niewinność na najwyższych szczeblach. Był oburzony. Może gdyby honorowo zaniechał ingerowania w działania prokuratury i pozwolił mi samej się z tym zmierzyć, zostałoby nam na dnie odrobinę uczuć. Wściekał się na system, którego był częścią, w którym się taplał jak żaba w błocie, z wielką pretensją w głosie oskarżał innych, że go oszukali. Nawracał do tej sprawy z chorobliwym natręctwem, omawiając ją w kategoriach porażki, którą zgotowali mu przeciwnicy polityczni. Tylko jeden brukowiec opisał ten wypadek, specjalnie nade mną się nie pastwiąc. Dostałam taki wyrok, na jaki Seweryn zasługiwał. Potraktowano mnie łagodnie, nigdy niekarana, trzeźwa, jadąca z zalecaną prędkością, z zachowaniem należytej ostrożności, wszystko to sędzina wzięła pod uwagę. Ofiara leżała nie na poboczu, ale na szosie, w chwili wypadku mężczyzna miał już tak wielką ilość alkoholu we krwi, że samo stężenie mogło spowodować śmierć.

Nie musiałam od września wracać do swoich uczniów. Dyrektorka liceum pozbyła się nauczycielki z wyrokiem pod pretekstem reorganizacji kadry. W białych rękawiczkach, z ubolewaniem w głosie, bez rozgłosu i patosu. Hołubiona i nagradzana pani Helenka od języków obcych stała się piratką drogową, rozjeżdżającą na śmierć ojców dzieciom pod ich własnym domem. Mężczyzna, któremu po szyi przejechały koła samochodu Seweryna, osierocił dwóch synów w wieku szkolnym. Ojciec machnął ręką na moją stratę. Według niego nadarzyła się świetna okazja, aby nareszcie zabrać się do konkretów. Będę mamonę w siatkach nosić, idąc do banku po czerwonym dywanie, z szerokim uśmiechem na umalowanych najdroższą szminką ustach. Dzwonił i pytał, gdzie mnie umieścić? W jakim biznesie? Jakie zarobki by mnie satysfakcjonowały? Która rada nadzorcza? Po jesiennych wyborach otworzy się worek z propozycjami. Chciałam być nauczycielką języka rosyjskiego w szkole i jak najdalej trzymać się od znajomych ojca. Szkoda, że mu tego nie powiedziałam w twarz. Wiktor Benc był zamożnym człowiekiem, ale jego pieniądze śmierdziały nielegalnymi interesami prowadzonymi na zapleczu politycznych salonów. Ta woń przyciągnęła Seweryna pod moje drzwi, zapach łatwych pieniędzy, ostrej polityki i nieograniczonych możliwości w dążeniu do osiągnięcia najohydniejszych celów był feromonem o niezwykłej sile. Mimo że przeczuwałam, z jakiego marnego tworzywa zbudowane jest uczucie Seweryna do mnie, przyjęłam dar miłości niczym złoto. Ze strachu przed ojcem nie posuwał się do zdrad i nie pił, na tych dwóch zaniechaniach budowałam swoje małżeńskie szczęście. I przyzwoicie mi szło, przynajmniej przez pierwsze trzy lata.

Dobrze, że miałam butelkę wina w lodówce! Główne informacje na wszystkich ważnych portalach obracały się wokół osoby mojego ojca. Fotografie, zrobione przez dziennikarzy rozpychających się łokciami w walce o lepszy dostęp do bohatera, ukazywały przede wszystkim panikę Wiktora Benca. Pospolici przestępcy, ci bijący w zaciszach domowych żony i dzieci, zaciągali głęboko na nosy kaptury lub nakładali na głowy kurtki, aby ukryć twarz przed pożądliwością obiektywu. Elegancki polityk Benc twarz zasłaniał czarnym notesem firmy Filofax, do którego co roku dokupował wkładkę z aktualnym kalendarzem. Był to prezent ode mnie. Nie musiałam grzebać zbyt głęboko w wiadomościach z ostatnich 24 godzin, bez trudu trafiłam na artykuł o swoim własnym podejrzanym życiu, eurodeputowanym Sewerynie Ulińskim, zmarłej na białaczkę matce Annie oraz o wypadku samochodowym, którego byłam sprawcą. Prawdopodobnie będąc pod wpływem alkoholu, straciłam panowanie nad pojazdem i potrąciłam śmiertelnie mężczyznę wracającego do domu. Osierocił dwoje dzieci. Czytałam o sobie i było to najdziwniejsze uczucie, jakiego kiedykolwiek doznałam. Wszystko było obok, gniew, żal i całkowite zaćmienie.

Zanim otworzyłam butelkę wina, zajrzałam do poczty e-mailowej. Ciotka Albina napisała krótko:

22.17 Helenko, sprawy mają się następująco. Twoja mama wyjechała z Polski z lekarzem, Ormianinem urodzonym w 1959 roku w Spitak, Armenia. Nazywał się Gevorg Grigorian. Mam nadzieję, że to Ci pomoże w poszukiwaniach.

A
⤫⤫

Niemalże słyszałam śmiech Leona. Zza światów posyłał mi okrzyk triumfu: – A nie mówiłem! Słuchając wiadomości zdominowanych przez aferę podsłuchową, patrzyłam w szare niebo i szeptałam do Leona: – Sprawdziło się... miałeś rację! Lepiej by ta potrawka ze szwagra smakowała, gdybyśmy mogli razem jej skosztować i przyglądać się spektakularnemu upadkowi naszego wroga. Wiktor Benc pierwszy raz w życiu uciekał przed kamerą, zasłaniając twarz wielkim czarnym notesem, przeciskał się przez tłum hien uzbrojonych w mikrofony i aparaty. Nie miał nic do powiedzenia dziennikarzom, którzy zaczaili się przed wyjściem z jego poselskiego biura w nadziei, że rzuci im jakiś ochłap komentarza do rewelacji z poprzedniego dnia. Bez krawata, w pomiętej marynarce, nieświeży, może nawet przepity, usiłował przedrzeć się do samochodu zaparkowanego na skraju chodnika. Były wiceminister spraw wewnętrznych, były szef Komitetu Integracji Europejskiej, były przewodniczący Klubu Parlamentarnego, aspirujący do stanowiska marszałka Sejmu, biegł na spotkanie z adwokatem: – Ratuj mi tyłek, przecież ja tyle dla ciebie zrobiłem. Leon otoczył się ludźmi na wysokich stanowiskach państwowych i biznesowych, którzy byli mu wdzięczni i winni przysługę, tak że cieszyłam się tylko półgębkiem z jego tonięcia, bo mógł jeszcze wypłynąć. Z pewnością przewidział nadejścia dnia, kiedy lód nagle załamie się pod jego coraz cięższym cielskiem, i odpowiednio się zabezpieczył. Wsiadając do służbowego auta, warknął, że będą pozwy, on zaszczuć się nie da politycznym przeciwnikom. Kiedy jechał przez miasto, skulony na tylnym siedzeniu jak aresztant, na czerwonych paskach wszystkich kanałów informacyjnych przewijały się wiadomości o podsłuchanych rozmowach najważniejszych osób w państwie. Nie brakowało ważnych i sławnych nazwisk. Wiktor Benc wydawał się spędzać wiele godzin w restauracji, gdzie założono podsłuchy, stały bywalec, zatem to jego wypowiedzi dominowały w pogawędkach między byłymi i obecnymi ministrami oraz szefami przeróżnych resortów i agencji. O ludziach okupujących wysokie stanowiska we własnej partii, a także rządzie wyrażał się per skurwysyn rzadkiej wody, żmija pod kamieniem, gównojad, mściwym dupkiem bladym nazywając premiera. Z nagrań wynikało, że jedni chcieli uprosić szefa NBP, aby ten pomógł w finansowaniu deficytu budżetowego, inni, aby odwołać psy z kontroli skarbowej ujadające wściekle pod ich firmami, jeszcze inni chwalili się romansami z nasłanymi na nich agentkami wszelkich służb. Wiktor z początku tylko wyzywał, usiłując się podchlebić swoim rozmówcom. Rozochoceni drogim alkoholem, jakim przepijali wymyślne potrawy, chętnie sięgali do słownictwa rynsztoka. Wiktor był z początku nieco powściągliwy, ale szybko zaczął odkrywać karty i ustawiać scenę polityczną według własnej koncepcji. Knuł z najbogatszymi polskimi biznesmenami, wyciągał od nich informacje, płacąc własnymi, załatwiał interesy z koncernami paliwowymi, kompaniami węglowymi, a nawet biznesem farmaceutycznym, skromnie reprezentując kogoś znacznie potężniejszego niż on sam. Nie domyśliłam się, o kogo chodziło. W tworzeniu „republiki szwagrowskiej" pomagali mu ludzie spod ciemnej gwiazdy, wczorajsi cinkciarze, pierwsi w wolnej Polsce handlarze sprzętem elektronicznym, producenci wędlin i właściciele stacji radiowych. Godzinami słuchałam komentarzy w telewizji, wertując gazety od prawa do lewa. Wszystkie media były zgodne co do jednego: Wiktor Benc jest skończony, nie może liczyć nawet na 99 miejsce na liście w nadchodzących wyborach parlamentarnych. Najbardziej ucieszyła mnie krótka wzmianka, że zięć Benca, eurodeputowany Seweryn Uliński, przerwał urlop i wrócił do Warszawy, aby wspierać teścia. Pochłoną ich ważniejsze sprawy niż tropienie Helenki w Armenii – ratowanie własnych, gorejących tyłków.

Uwierzyłam w autentyczność publikowanych nagrań bez wahania, znalazły się na nich ulubione sformułowania Wiktora – „chuj mu w dupę i kilo szkła", „zabić i wywiesić kartkę, że sam zdechł".

Obydwu użył, kiedy wtargnął do naszego mieszkania zabrać Helenkę.

Wita razem z Helenką spakowały najpotrzebniejsze rzeczy do małej torby z czarnego skaju. Siedziały na podłodze obok wersalki, upychając bieliznę i parę zabawek na samo dno. Bawiły się przy tym, organizując coś w rodzaju konkursu, Wita pytała przy każdym drobiazgu: Jedzie czy nie jedzie z nami? Helenka z początku chętnie wybierała ulubione pluszaki i kolorowe skarpetki, ale robiła się coraz bardziej senna, powieki opadały jej bezwiednie, mała rączka opierała się na kolanach, jakby odłączona od reszty ciała. Zadecydowałyśmy, że ułożymy ją do snu dwie godziny przed wyjazdem.

Punktualnie o północy miał przyjechać samochód z kierowcą. Leon wypytywał Witę dokładnie o dane człowieka, który będzie je wiózł przez granicę, ale Wita spokojnie wytłumaczyła mu, że im mniej wie, tym lepiej dla sprawy, poza tym żadnego zagrożenia dla dziecka nie ma. Kto przyjedzie, to przyjedzie. Zaufany człowiek, dobrze go zna, nieraz z nim jeździła w różne miejsca. Leon naciskał: – Polak czy Ukrainiec? Wita niechętnie przyznała, że Polak. Kilka godzin wcześniej wyszła na miasto zadzwonić. Denerwowaliśmy się pod jej nieobecność, ale szybko wróciła, uradowana dobrą informacją. Wszystko zgodnie z planem, na granicy służbę o północy zaczyna „nasz chłopak", powinno pójść sprawnie, bez niespodzianek. Denerwowałam się, kamień w żołądku był coraz cięższy, wymiotowałam już tylko żółcią i kwaśną wodą. Wita udawała, że nie widzi mojego roztrzęsienia, wykąpała się w wannie i umalowała na galowo zielonymi błyszczącymi cieniami. Zaróżowiła policzki i spryskała się moimi perfumami. Wyszła z łazienki: – Gotowe! – ze skromną miną zaproponowała, żebyśmy się pomodlili przed drogą. Oddaliśmy się w opiekę Mateńki, klęczałam obok Leona, a on dziwił się bardzo, zerkając na mnie, że znam na pamięć „Pod Twoją obronę". Jemu wciąż się coś myliło.

Ubrałam Helenkę w różową piżamkę, obiecując, że jeśli szybko zaśnie, przyśni jej się mama i ich nowy domek. Zarzuciła mi rączki na szyję, mała główka przytulała się do mnie, pocałowałam jej brzoskwiniowe policzki, powtórzyłam, jak bardzo ją kochamy, obiecałam, że wkrótce przyjedziemy ją odwiedzić i przywieziemy najpiękniejsze prezenty, jakie widział świat. Uspokojona poprosiła, aby zgasić światło i przykryć ją kocykiem.

– Zawsze będziesz mnie kochać, ciociu? – zapytała, kiedy już stałam przy drzwiach.

– Zawsze, Helenko.

– I wujek Leon też?

– Oczywiście. Śpij, aniołku... – Przymknęłam drzwi, zostawiając małą szczelinę.

Leon prawie się do mnie nie odzywał przez ostatnie dwa dni. Wychodził rano do pracy, wracał późno, nietrzeźwy, i szybko kładł się spać. Jego chrapanie budziło Witę, dopytywała się, czy aby nie ma skrzywionej przegrody w nosie albo innego feleru, czy serce wydolne? Wstydziłam się przyznać, że jest to alkoholowe chrapanie, choć ona pewnie o tym dobrze wiedziała. Zauważyła napięcie między nami, ale nie poruszyła tego tematu, mówiła tylko o niezwiązanych z wyjazdem sprawach, najwięcej czasu poświęcając Helence. Zachowywała się jak przeszkolony agent służb specjalnych, może nawet takim agentem była? Kobieta zbudowana z samych tajemnic i niedomówień, a przy tym otwarta i wzbudzająca zaufanie. Obserwowałam, jak szykuje się do drogi, była opanowana i tak pewna powodzenia misji, jak żadne z nas. Przystałam na jej propozycję, abyśmy z Leonem nie urządzali sceny pożegnania, kiedy będą wychodzić z mieszkania. Trzeba Helence zaoszczędzić wzruszeń, niech myśli tylko o tym, z kim ma się spotkać, a nie z kim żegnać.

Będzie zaspana i wystraszona, Wita postara się przenieść ją na rękach do samochodu, Leon powinien bez hałasu wynieść torbę i postawić na chodniku, szybko odejść. Nie pokazujmy dziecku, że dzieje się coś dramatycznego, ma być spokojna i szczęśliwa, jadąc na spotkanie z mamą. Przytakiwaliśmy. Wita objęła dowodzenie w naszym mieszkaniu, obecność wojskowego w randze pułkownika zupełnie jej nie onieśmielała, wręcz przeciwnie.

Było już po dwudziestej trzeciej, kiedy ktoś załomotał do drzwi. Zerwałyśmy się obie z foteli, Wita spojrzała na zegarek, przyłożyła palec do ust. Po kilku sekundach rozległo się ponownie uderzenie, tym razem naprawdę natarczywe. Na pewno po drugiej stronie nie stała sąsiadka z prośbą o sól. Leon nakazał nam zostać w pokoju, rozpiął guzik marynarki i poszedł otworzyć. Zatoczył się lekko, ale szybko zapanował nad sobą. Nie zauważyłam, kiedy Wita wymknęła się na balkon wychodzący na podwórze.

Wiktor wszedł ostatni. Trzech ubranych na czarno osiłków rozbiegło się po mieszkaniu, zaglądając w każdy kąt. Otwierali drzwi, szarpiąc klamką, pokrzykiwali do siebie jednosylabowe komendy, sprawdzili łazienkę i kuchnię. Wiktor pewnym krokiem skierował się prosto do pokoju, gdzie spała Helenka. Niezdolna do wykonania żadnego ruchu, siedziałam w fotelu, trzymając się kurczowo oparcia, jakbym czekała na start samolotu. Nie zdążyłam o niczym pomyśleć, przede mną rozgrywała się scena filmowa, w której nie uczestniczyłam. Dopiero kiedy usłyszałam krzyk dziecka, zerwałam się z miejsca i pobiegłam do pokoju obok. Leon mocował się z Wiktorem, trzymał go w mocnym uścisku, stojąc za jego plecami. Wiktor usiłował się wyswobodzić, wierzgając nogami, sypały się przekleństwa i groźby. Jeden z mężczyzn odepchnął mnie, wyskoczył do przodu i zagrodził mi drogę do płaczącej Helenki. Złapał mnie za nadgarstki i boleśnie je wykręcił. Upadłam na kolana, jęcząc z bólu, nie puścił, zniżył się tylko. Pozostałych dwóch mężczyzn rzuciło się na Leona. Powalili go na podłogę, podcinając nogi, przytrzymali, wykręcając ramiona na plecy, wtedy Wiktor czubkiem buta kopnął go w czoło.

– Zabiję cię, esbeku, i wywieszę kartkę, że sam zdechłeś! – wysyczał przez zęby. Wyprostował się, otrząsnął i poprawił sweter na ramionach.

– Wiktor! – krzyknęłam. – Co ty robisz?! Dziecko wystraszysz! Helenka płakała i wyciągała ręce w moim kierunku. Podszedł do niej, usiadł na łóżku i usiłował wziąć ją na kolana, ale mu się wyrwała. Stała na rozłożonej wersalce, przyciskając plecy do ściany. Patrzyła na mnie przerażona.

– Chodź do tatusia... – zwrócił się do niej cieplejszym głosem. – Tatuś bardzo się stęsknił... Zabiorę cię do domku... chodź, córeńko...

Helenka podniosła piąstki do oczu i zaczęła je mocno pocierać. Bose stopy zapadały się w puch poduszki, na której stała, przez różowe spodenki przesiąkała strużka moczu.

– Wiktor... daj mi zająć się dzieckiem... – poprosiłam, pochlipując. Płakałam z bezsilności i bólu. Wiktor nie zareagował. Mężczyzna zwolnił nieco uścisk, ale nie pozwalał mi wstać z podłogi. Żaden z napastników nie odezwał się ani słowem. Trzy silne niemowy napadły na nas jak na przestępców. Porozumiewali się wzrokiem, czekali na rozkazy Wiktora, a ten wciąż próbował złapać córkę za rączkę. Leon, przygnieciony ciężarem ciała napastnika, nie ruszał się prawie, wyglądało, jakby na moment stracił przytomność.

– Powiedz temu bandziorowi, żeby mnie puścił! – Klęcząc, patrzyłam mu w oczy. – Nie widzisz, jak dziecko szlocha? Wstał nagle i pochylił się nade mną. Odsunęłam odruchowo głowę, myślałam, że ma zamiar złapać mnie za włosy.

– Co wyście chcieli zrobić?! Dziecko mi, kurwa, porwać?! Moje dziecko wywieźć z Polski?! – wrzeszczał. Nie patrzył na Helenkę, zwracał się do mnie. – Myślałaś, że ci pozwolę?! Jakim prawem?! Leon szarpnął się, ale tamci trzymali go mocno, przyciskając mu twarz do wytartego dywanu. Jedno oko miał zamknięte, włosy zakrywały mu kawałek czoła, pojawiła się krew. Może gdyby był mniej pijany, stawiłby im większy opór?

– Ania pozwoli ci się z nią widywać, jak tylko ułożycie sprawy rozwodowe... – przekonywałam. – Nie chciała tego robić, ale nie miała wyjścia...

Wiktor odwrócił się nagle i zbliżył do leżącego Leona. Podsunął mu czubek buta pod nos.

– Wąchaj, padalcu. Naplułbym wam obojgu w twarz, ale się brzydzę. Taka pijana świnia miałaby zajmować się moim dzieckiem?! – warknął.

Mężczyzna nagle puścił moje nadgarstki. Wstałam z trudem i wówczas przycisnął mnie do ściany, wciskając mi łokieć w szyję. Wiktor stanął przede mną. Skurcz żołądka nagle ustąpił, gorycz zaczęła podchodzić mi do gardła. Wbiłam paznokcie w przytrzymujące mnie przedramię.

– Przekaż swojej siostrze – zbliżył twarz do moich przerażonych oczu – że nigdy, rozumiesz, nigdy nie zobaczy dziecka, nawet z daleka. Jeśli przyjdzie jej do głowy przekroczyć granicę Polski, nie wyjdzie z pierdla przez lata, już to załatwiłem, a wiesz, że mogę wiele... Nie wjedzie, nie wleci... wszystkie służby graniczne mają jej dane.

– Nie! – wycharczałam. – Zostaw dziecko, Helenka musi do matki!

Zaśmiał się szyderczo.

– Helenka nie ma matki, dziwka ją urodziła, ale wychowa normalny ojciec. I zapamiętaj – złapał mnie za nos i zacisnął palce. – Oboje zapamiętajcie. Jakby was kiedyś naszła ochota zbliżyć się do mojego dziecka, albo nawet z nim skontaktować, to was pozabijam!

Nie spuściłam wzroku. Helenka usiadła na poduszce. Przestała płakać, zawstydzona, że się zmoczyła, zaczęła naciągać koc na kolana. Wiktor rozejrzał się po pokoju. Obok szafy stała spakowana torba. Rozsunął zamek, zajrzał do środka, zdenerwowany, nie umiał na powrót jej zamknąć.

– Wiktor... – głos Leona był słaby. – Bierz dziecko i wynoś się...

– Rzeczy Helenki? – zapytał i nie czekając na odpowiedź, podszedł do małej. Jednym szybkim ruchem poderwał dziecko na ręce i gwałtownie przycisnął do siebie. Podniósł torbę, przewiesił przez ramię, kopniakiem rozwarł drzwi do pokoju. Helenka przeraźliwie zapiszczała, wyrywając się z objęć ojca. Wyciągała do mnie ręce, a ja wciąż stałam, przygwożdżona do ściany przez spoconego osiłka bez twarzy.

Słyszałam, jak ją ucisza, zbiegając po schodach. Leon podniósł się podłogi. Rozciętą wargę wytarł wierzchem dłoni. Usiedliśmy na wersalce, żadne z nas nie podeszło do okna, żeby zobaczyć odjeżdżający samochód Wiktora i jego kumpli. Przyłożyłam poduszkę Helenki do piersi, patrzyłam bezmyślnie przed siebie. Wszystko stało się nagle, nie wiem, czy trwało pięć minut.

– Wiedziałem, że to się tak skończy... – Leon skurczył się.

Nie zareagowałam, przeniosłam wzrok na drzwi.

– Jak się dowiedział? – Wita weszła do pokoju. Odstawiła na miejsce krzesło, które tamci przewrócili, obezwładniając Leona. Była opanowana, miała zwyczajny głos, nie trzęsły jej się kolana. – Chyba nie wygadaliście się komu?

Spojrzała najpierw na mojego męża, potem na mnie. Nie miałam siły odpowiedzieć na tak niedorzeczny zarzut, ani tym bardziej pytać, gdzie przeczekała nalot. Myślałam tylko o tym, co powiem Ani, kiedy zadzwoni?

H

❦

Czekałam na Artioma na rogu ulicy przy straganie z kwiatami. Od siódmej rano bezskutecznie próbowałam skontaktować się z Karenem Grigorianem. Wybierałam numer, wiotkim palcem gniotąc cyferki. Nie witał mnie żaden sygnał, za każdym razem kosmiczna cisza. Śpi? Obraził się? Brakło baterii? Artiom, zaspany i ochrypły, odebrał po kilku dzwonkach. Nie marnowałam czasu, żeby go przepraszać za obudzenie, mówiłam nieskładnie, myliły mi się języki, chciałam jak najwięcej przekazać, używając jak najmniej słów. Gevorg Grigorian! Tak się nazywał lekarz, z którym wyjechała moja mama! Artiom zwrócił uwagę, że pierwszy raz powiedziałam „wyjechała", a nie „uciekła", i już nie „matka", ale „mama". Ucieszył się wiadomością, ale zaraz potem odjął mi trochę entuzjazmu, przypominając, że Grigorian to bardzo popularne nazwisko w Armenii. Nie muszą być skoligaceni Karen i Gevorg, pewnie nie są, ale sprawdzić trzeba, przyznał. Nie rozumiał tylko, skąd taki pośpiech? Przecież nic więcej już się w tamtych czasach nie wydarzy. Przyznałam, że mam wykupiony bilet powrotny do Warszawy. Odlot jutro, czwarta rano, więc tylko dzień, jeden dzień pozostał. Zapytał, czy nie mogę zostać dłużej? Nie, mój czas też się kończy.

Po szpitalu Artiom biegł szybciej ode mnie. Bez trudu znaleźliśmy Oddział Neurochorurgii. Wchodząc w korytarz, zaczęłam szukać Karena, wydawało mi się, że zaraz wyjdzie z sali obok, pojawi się uśmiechnięty, zadowolony z niespodzianki, będzie mnie serdecznie witał i ściskał dłoń Artioma. Zadam mu jedno pytanie i moja karuzela nareszcie się zatrzyma. Wypatrywałam Karena Grigoriana wśród ludzi śpieszących we wszystkich kierunkach. Byłam pewna, że zaraz go zobaczę, nie chciałam iść dalej ani nikogo pytać, stanęłam na środku korytarza, jego ciemna czupryna przetykana na skroniach pasemkami siwizny miała wyjść mi naprzeciw. Oparłam się o ścianę i ta resztka świeżego powietrza, jaką przyniosłam ze sobą, wyparowała. Oddychałam z trudem, zgięta wpół, wsparłam dłonie na kolanach, jak biegacz po przekroczeniu mety. Artiom miał się znacznie lepiej.

– Pójdę odszukać kogoś z personelu, kto mógłby nas pokierować. Nie ruszaj się stąd.

– Dobrze. Dziękuję. – Podniosłam głowę, kiedy znikał za rogiem.

Natasza wyszła z toalety. Jaskrawa, obcisła sukienka bez rękawów szła przed nią, dostrzegłam najpierw kolorową plamę, potem wyczesane włosy i pomarańczową wypacykowaną twarz. Podeszła do mnie, obcesowo zapytała, co tu robię? Natychmiast zaczęła mnie o coś nikczemnego podejrzewać, zachowywała się, jakby tylko jej wolno było przebywać na tym oddziale. Odrzuciła włosy na ramiona i czekała na wyjaśnienia. Powiedziałam, że przyszłam do znajomego, ale nie mogę go znaleźć w tym wielkim szpitalu. Spojrzała na mnie łaskawiej, a gdy zapytałam o stan zdrowia jej męża, rozluźniła się nieco. Bogumił miał się znacznie lepiej, powoli odłączają rurki, operacja nie uszkodziła mózgu, rodzina już poinformowana, mieszkanie wymówione, tylko jeszcze nie wiadomo, czy będzie takim samym człowiekiem jak kiedyś. Uprzedzono ją, że ludzie zmieniają się po interwencjach chirurgicznych w mózgu. Osobowość zostaje przepuszczona przez maszynkę do mięsa, może całkiem rozdrobniona wypaść z drugiej strony... Kawałeczki mogą do siebie nie pasować tak ściśle, jak przedtem. Trzeba być przygotowanym na nowy produkt, z opakowania tylko podobny do starego. Co mają na myśli? Czy może się zdarzyć, że przestanie mnie kochać? Zaprzeczyłam, miłości nie wycina się z mózgu skalpelem.

Artiom się nie pojawiał, więc rozmawiałyśmy przez chwilę, stojąc pod ścianą, jak ukarane uczennice. To od Nataszy dowiedziałam się, że Karen odleciał rano do Gruzji prywatnym samolotem bogacza nowej generacji. Przyjaciel z dawnych lat zadzwonił późno w nocy, błagał: – Ratuj mi matkę! Było już daleko po północy, Natasza akurat wychodziła z budynku, zmęczona po całym dniu w zamknięciu szpitalnych ścian. Zderzyła się z doktorem Grigorianem, przeprosił i pognał, widać było, że mu dokądś bardzo pilno. Dopiero dziś rano przepytała pielęgniarki, co się stało.

Artiom wrócił z taką samą informacją, uzupełnioną o jeden szczegół.

– W Erywaniu ma być dopiero jutro wieczorem – mówił szeptem, nachylając się do mojego ucha. Odwrócił się tyłem do Nataszy. – Niczego się dzisiaj nie dowiemy. Chyba że przez telefon, jeśli go w końcu włączy...

– Jutro?! Nie, dzisiaj muszę, jutro mnie tu nie będzie! – Zakręciłam się wokół własnej osi. Artiom odszedł kilka kroków, wrócił i złapał mnie za ramiona.

– Tak blisko być i... – zawahał się – i zdezerterować... Co ty gadasz?

– Mam bilet.

– To leć. – Puścił mnie. – Leć na księżyc, bo na ziemi sobie nie radzisz!

Natasza, widząc, że nie mamy zamiaru wyjaśnić, co się dzieje i dlaczego szepczemy w jej obecności, oddaliła się bez pożegnania. Artiom odprowadził ją wzrokiem na koniec korytarza.

– Zresztą rób jak chcesz. Nic tu po nas, jedźmy do domu. – Pociągnął mnie za rękaw, ale nie ruszyłam się z miejsca. Szarpnęłam się. – Tutaj będziesz stać do wieczora? Na korytarzu szpitala?

– Wysłałam Karenowi dramatyczną wiadomość z prośbą o pilny kontakt, ale on może myśleć, że to o nas chodzi... wczoraj byliśmy razem na koncercie, zdenerwował się, gdy mu powiedziałam o wyjeździe do Polski. Prawie tak jak ty... Na pewno zadzwoni do szpitala, tutaj najszybciej uda mi się z nim porozmawiać. Tylko trzeba... powiedz komuś, że ja czekam...

Zakręciło mi się w głowie. Oparłam się o poręcz schodów, dziwne kłucie pojawiło się w okolicy mostka, przyłożyłam tam dłoń zaciśniętą w pięść. Oboje spojrzeliśmy na mój dekolt, jakby przyczyna zawrotu głowy miała zaraz stamtąd wyjść.

– Helena... Co ci jest? – zapytał Artiom. – Oddychasz tak jakoś ciężko... i zbladłaś...

– Nic mi nie jest... – mówiłam, masując mostek. – Doktor Grigorian poznał mnie wczoraj ze swoją rodziną... z mamą Aidą, siostrą Lianą... szwagrem, ich synem Mherem... Oni mogą coś wiedzieć o Gevorgu Grigorianie. Czy myślisz... że on jest z tych Grigorianów? Wielka lekarska rodzina, a Gevorg mojej mamy był lekarzem... Możliwe to jest?

– Możliwe – odparł. – Oczywiście, że możliwe, ale powtarzam ci, to jest bardzo popularne nazwisko w Armenii...

– To może stać się dzisiaj. – Wyprostowałam plecy. Ból się nasilał. Zachodziły we mnie gwałtowne reakcje, czułam dygotanie pod skórą. Miałam już bardzo mokre czoło, wydawało mi się, że krople potu ściekają mi po skroniach, ale kiedy chciałam je wytrzeć, skóra była sucha.

– Ja się muszę dzisiaj dowiedzieć wszystkiego... mam cały dzień... A gdyby tak pojechać do Tbilisi? Artiom? Pojedźmy...

– Helena... zlituj się. Do Tbilisi? – Podniósł mój podbródek w górę. – Jesteś biała jak kreda i oczy masz jakieś zapadnięte.

– Brakuje mi powietrza... – przyznałam. – Coś mi tu siadło na piersiach... ciężkiego. Nie masz wody?

Artiom wziął mnie pod rękę i mimo protestów zaprowadził do pokoju pielęgniarek na tym samym piętrze, gdzie przyjmował Karen Grigorian. Usiadłam na krześle przy biurku z kubkiem wody w ręce. Obiecałam siedzieć spokojnie, zanim nie znajdzie kogoś w białym fartuchu, ale nie wyszedł z pokoju, tylko obserwował, jak opieram się rękami o blat i usiłuję podnieść. Obrazy w mojej głowie nie pokrywały się już z tym, co rozmazywało mi się przed oczami. Przestałam mówić, poczułam pełzający od posadzki chłód, mimo że w pomieszczeniu panował zaduch. Uderzyła mnie od środka fala gorąca i zaciągnęła ciemną kotarę, siedziałam w całkowitej ciemności. Artiom zauważył, że dzieje się coś niedobrego. Zanim zdążył zareagować, osunęłam się bezwładnie na podłogę, wymawiając jakieś bezsensowne wyrazy leniwymi ustami.

Ocknęłam się na łóżku. Ktoś zdjął mi sandały i ułożył woreczek z kruszonym lodem na czole. Czerwone paznokcie Nataszy cięły powietrze nad łóżkiem, sama Natasza była mniej widoczna na tle białej ściany. Młoda pielęgniarka pochyliła się nade mną. Nie wiem, dlaczego pomyślałam wtedy, że jestem w ciąży i będę musiała urodzić dziecko Eduardowi! Trzymałam się za brzuch, w panice rozglądając na boki. Ciemnooka dziewczyna zapewniła po angielsku, że to tylko omdlenie, może upał, silny stres, w każdym razie nic poważnego, ale jeśli lekarz zleci wykonanie dodatkowych badań... Zawiesiła głos.

– Doktor Grigorian tu jest? – Podniosłam się na poduszkach.

– Który? Karen, Liana czy Aida? Doktor Liana Grigorian nazywa się teraz Petrosyan, ale my ją i tak nazywamy nazwiskiem panieńskim. Mama doktora Karena i Liany, Aida Grigorian nie pracuje w tym szpitalu... ona jest psychiatrą...

– Karen. Chodzi mi o Karena... Muszę się z nim skontaktować... Bardzo pilnie...

– Wyjechał w nocy do Tbilisi w takim pośpiechu, że telefonu komórkowego zapomniał. – Pochyliła się nade mną. – Pani go zna?

Skinęłam głową. Zapisała coś w małym notesie, wciąż się uśmiechając.

– Proszę jeszcze kilka minut odpocząć, nie trzeba się śpieszyć ze wstawaniem.

Natasza czekała cierpliwie, aż pielęgniarka odejdzie od łóżka. Obmacała mi twarz. Stwierdziła, że ona również miała takie zdarzenie, ale to było związane z obfitymi miesiączkami. Zapytała, czy nie krwawię? Jej ciągle przytrafiały się omdlenia, padała jak długa bez żadnej ostrzegawczej reakcji, cała rodzina może zaświadczyć! Ilu ją lekarzy badało, trudno zliczyć, w końcu doszli do wniosku, że taka jej uroda, ona jednak wiąże te utraty przytomności z cyklem. Kiedy jajko dojrzeje, omdlewa. Poprosiłam Artioma wzrokiem, żeby jej się pozbył. Słuchając monotonnego trajkotania, dostawałam kolejnych skurczów w skroniach. Obiecał, że da jej znać, jeśli mój stan ulegnie pogorszeniu. Poczekała, aż wyjdzie na korytarz, i zamiast podążyć za nim, podeszła do łóżka szybkim krokiem i pochyliła się nade mną.

– A widzisz... też dostałaś karę od Boga. Obie mamy za swoje.

Zamykałam oczy i otwierałam, ale ciemność nie ustępowała, zaraz potem pojawił się ostry ból w mostku. Znów zabrakło mi powietrza.

Wyobrażałam sobie ten moment wiele razy. Kto mi powie, co się z nią stało? Co ja wtedy powiem? Ktoś, kto nigdy nie kochał matki, bo jej obecności po prostu nie zaznał, wie o sobie mniej niż inni. Szykowałam się na ten dzień, zakładałam zbroję, to znów się obnażałam, przystosowując całe obolałe wnętrze do przyjęcia każdej nowiny, złej czy dobrej. Kiedy wylądowałam w Armenii, owocowy zapach tego kraju połączył się z wyśnionym zapachem matki i tak został utrwalony, zakonserwowany, skojarzony na zawsze. Nie oczekiwałam, że spotkam ją na ulicy, wypatrzę w twarzy mijanej kobiety znajome rysy, które porównać będzie łatwo z moimi własnymi, jakby ktoś kalkę przyłożył. Nie. Od początku szukałam tylko jej grobu.

Wczoraj, kiedy uścisnęłam dłoń matki Karena, Aidy Grigorian, nasze oczy spotkały się przelotnie, coś zatańczyło w spojrzeniach, krótki taniec sympatii między osobami, które widzą się po raz pierwszy. Ale nie mogłam przypuszczać, że to matka Karena mi powie.

Otworzyłam oczy, a ona tam była. W dziennym, jasnym świetle nie miała pięćdziesięciu lat. Zmęczona wieloletnim naprężaniem skóra nie wracała już na miejsce, bruzdy wychodziły z kącików ust, wypychając w górę podbródek, ciemniejsze plamki rozsiane na policzkach zagarniały dla siebie coraz większą powierzchnię zdrowych policzków. W oczach krył się prawdziwy wiek Aidy Grigorian i wszystko, co te oczy kiedyś widziały. Przyczajone obrazy, zapamiętane, nieusunięte w porę, milionem kilofów stukały w głowie, robiąc hałas, to znów siejąc wielką ciszę. Jej oczy miały kasztanową barwę. Jedna dłoń spoczywała na prześcieradle, drugą trzymała na kolanach. Czarne gęste włosy upięte w kok kręciły się lekko na końcach. Zapatrzyłam się na czerwoną szminkę, nierówno obrysowany kontur ust. Chciałam zapytać, co tutaj robi, czy ze mną aż tak źle, że wezwali psychiatrę? Gdzie podział się Artiom, dlaczego mam wpięty wenflon? Nie mogłam nic powiedzieć, ślina zebrała się w krtani, usiłowałam ją przełknąć, ale tylko ścisnęłam gardło w odruchowym wysiłku.

– Jak się czujesz, dziewczynko? – zapytała.

Mrugnęłam powiekami, uśmiechnęłam się z trudem, czułam, jakby moją twarz od wewnątrz trzymały szwy, byle grymas sprawiał ból.

– Jaka ty jesteś ładna... – powiedziała, kładąc mi dłoń na czole. – Naprawdę, rzadka uroda, niepospolita... Kiedy cię wczoraj zobaczyłam po koncercie, pierwsza myśl, jaka mi przyszła do głowy, to że chciałabym, abyś Karenowi urodziła dzieci... Przepraszam za tę szczerość. Jest w tobie coś szlachetnego, prawdziwe złoto, powiedziałam o tym swojemu synowi. Karen się złościł, choć myśli tak samo.

Oddychałam równo, lekko ścisnęłam materiał prześcieradła, zdziwiłam się, że moje palce są sprawne i czuję chłód materiału. Aida spojrzała na ekran zawieszony ponad moją głową. Urządzenia rozstawione wokół mojego łóżka pilnowały rytmu serca, poziomu tlenu we krwi, wszystkich tych zmierzalnych parametrów, które tak chętnie zapisują w kartach lekarze, żeby zmontować obraz pacjenta. Ludzie w szpitalach składali się tylko z liczb i czarno-białych obrazów na kliszy. Przed chwilą wychodził z tego pokoju Artiom, wyprowadzając skrzeczącą Nataszę, teraz ten sam pokój, gdy tylko zamknęłam na chwilkę oczy, zamienił się w laboratorium, zrobiło się ciaśniej, poważniej, ktoś odsłonił żaluzje w oknach.

– Co się stało? – zapytałam, najpierw po polsku, potem po rosyjsku.

– Nie denerwuj się... – Aida lekko uścisnęła moją dłoń. – Jeśli przeżyć przygodę sercową, to tylko w szpitalu...

– Co mi jest? Serce mi pękło? – Mój głos zacharczał.

Zaśmiała się krótko, wstała. Była wysoką, postawną kobietą, Karen po matce odziedziczył silne, kwadratowe ramiona i prosty nos, niezbyt ormiański.

– Incydent migotania przedsionków – odparła, przechodząc na drugą stronę łóżka. Prowadziłam ją wzrokiem. – Miałaś już wcześniej ten problem? Leczyłaś się? Zażywasz jakieś tabletki?

Czy miałam problemy zdrowotne? Nie, tylko bezsenność i bezsilność, na to cierpiałam od dawna. Mięsień pompował krew w tempie wyznaczonym przez metronom, nie mylił się wcześniej, nie czułam, żeby przyśpieszył o jeden takt lub ominął dwa. Aida nie zrobiła mi wykładu na temat arytmii, zapewniła tylko, że to nie musi oznaczać początku choroby, ale trzeba obserwować, może poddać się profilaktyce zakrzepowo-zatorowej? Kiedy przyjdzie lekarz kardiolog, zadamy mu wszystkie ważne pytania, ona zada, ja mam teraz odpocząć. Nie znałam wcześniej tego rodzaju zmęczenia, nie spowodował go wysiłek fizyczny, tylko bezruch. Zatrzaśnięcie w sterylnej klatce, zawinięcie ciała w zielonkawą pościel, ułożenie na plecach i podpięcie do urządzeń pomiarowych odebrało mi siły.

– Kto panią do mnie ściągnął? Chciałam zobaczyć się z Karenem... pilnie...

– Wiem, wiem...

Aida mówiła śpiewnie, taki głos najpiękniej opowiadał dzieciom bajki. Artiom, mój serdeczny kolega Artiom powiadomił swojego szefa Eduarda Tumanyana, ten z kolei przez swojego wuja odnalazł ją. Siatka towarzyskich i biznesowych kontaktów, mocna i dobrze zawiązana na wszystkich końcach, znów się przydała. Erywań to wielkie, małe miasto, ludzie się znają od pokoleń i zawsze można znaleźć odpowiednią osobę.

– Nie martw się. Karen już wie. Dzwonił przed chwilą do szpitala, szukając swojej komórki, ciągle gubi telefony... Przyleci jutro rano, matka jego przyjaciela miała wypadek, krwiak mózgu... Prosił, żeby ci przekazać... będzie jak najszybciej. Mam pilnować, żebyś nie wstała z łóżka za wcześnie. W takich przypadkach zaleca się co najmniej dwa dni obserwacji. Zajmiemy się tobą, Helenko.

Uniosłam głowę, Aida pochyliła się nade mną i pomogła mi nieco się podnieść. Nie trwało to długo, poczekała, aż sama opadnę na poduszkę, zmęczona kilkusekundowym wysiłkiem. Patrzyłyśmy na siebie bez słowa. Wejście pielęgniarki przerwało ten moment zażyłości. Aida pożegnała się, obiecała przyjść wieczorem, kiedy światła pogasną. Rozmawiała z pielęgniarką półgłosem, wskazując głową monitor. Nie musiała się obawiać, byłam zbyt słaba, żeby usiąść na łóżku, nie musieli obstawiać wyjść ewakuacyjnych, ranny samolot do Warszawy odleci beze mnie. Wyszły, zamykając za sobą drzwi.

Leżałam bez ruchu, wyobrażając sobie serce tłoczące krew. Każdy skurcz przedłużał życie, to warte przedłużania i to, które powinno się dawno skończyć. Moje przyśpieszyło nagle, nagłość zatrzymała mnie w miejscu.

Gdybym już nigdy nie wróciła z Armenii? Czy pokonany przez pychę i nienawiść ojciec zadałby sobie trud długiego rozpaczania po mnie? Czy Seweryn, zwolniony przez śmierć z przysięgi małżeńskiej, zawiązałby węzły małżeńskie z następną kobietą przed upływem okresu żałoby, czy przyzwoicie odczekałby rok? Może ciotka Albina napisałaby romantyczną powieść bez dobrego zakończenia o matce i córce niepowracających z Armenii? Gdybym mogła wyskoczyć w przyszłość, wszystko to zobaczyć, obejrzeć jak premierę w teatrze, czy dowiedziałabym się czegoś nowego o zmarłej? Czy po śmierci zaczynamy być mocniej kochani? Na jak długo, na czas funkcjonującej pamięci bliskich, czy na zawsze? Na zawsze, to znaczy na dwa pokolenia, później nikt już nie będzie pamiętał.

Na zgliszczach cmentarza powstaną nowe przechowalnie zwłok, użyźniona szczątkami ziemia, skiba po skibie, zostanie przekopana od nowa, ludzie wetkną pośrodku inny krzyż, z innym nazwiskiem i datą. Zabawa myślą o własnej śmierci zaczyna się wtedy, kiedy ktoś cię zapewni, że jeszcze długo i szczęśliwie będziesz żyć.

Spałam. Drzwi skrzypnęły dwukrotnie, Artiom chodził po sali z rękami założonymi na głowie i martwił się o mnie. Dotykał sprzętów, odgarnął mi włosy z czoła, miał bardzo gładkie ręce, czułam przyjemne ciepło na szyi. Odwiedziła mnie też Liana, rozmawiała cicho z Artiomem, stali daleko od mojego łóżka, nie rozumiałam i nie słyszałam, o czym mówią.

Aida Grigorian zjawiła się późno. W prostej długiej spódnicy pomarańczowego koloru i ciemniejszej w odcieniu bluzce, na serdecznym palcu nosiła olbrzymi srebrny pierścionek z ciemnym kamieniem, na lewym nadgarstku maleńki zegarek, który zauważyłam wcześniej niż pierścionek. Pod koniec dnia pozwoliła sobie na zmycie makijażu, blade usta były nieco opuchnięte, gładki dekolt wychodził z pomarszczonej szyi.

– Lepiej wyglądasz – zapewniła mnie. – Spotkałam Artioma na korytarzu.

Wyciągnęła z plastikowej torby kiść czerwonych winogron.

– Prosił, żeby ci to podać. Przyjdzie rano. Mężczyźni boją się widoku kobiet na szpitalnym łóżku, ale martwi się o ciebie. Jak my wszyscy. Odesłałam go do domu, dziś już nikt nie będzie cię niepokoił.

– Tak, zaprzyjaźniliśmy się... – powiedziałam. Chciałam dodać, że on tu był, dotknął mojej szyi, ale nagle straciłam pewność, czy to on do mnie przyszedł, gdy spałam.

Aida położyła owoce na stoliku obok łóżka. Bałam się, że jeśli oderwę od niej wzrok choćby na kilka sekund, zniknie. Leki działały nie tylko uspokajająco, również zobojętniały, nie spodziewałam się powrotu nagłego skurczu serca. Aida wiedziała, że ją obserwuję.

– Rano, jak straciłaś przytomność, szybko okazało się, że nie znają w szpitalu twojego nazwiska...

– Nazywam się Helena Ulińska...

– Tak, teraz wiem. Artiom przywiózł do szpitala twój paszport. Miał opory, uważał, że nie powinien grzebać w cudzych rzeczach, ale ja go rozgrzeszyłam. Dysponuje kluczami do mieszkania, paszport znalazł w kieszeni torby. Spakowanej torby. W środku był też bilet na samolot. Mam te dokumenty przy sobie, nie martw się, nic nie zginęło. – Aida mówiła, przeglądając moją kartę choroby zawieszoną obok łóżka.

– Artiom... też nie wiedział, jak mam na nazwisko? – zdziwiłam się.

– Nie. – Uśmiechnęła się. – Karen również nie.

Spojrzałam na wielki zegar, ostra wskazówka skakała po czarnych cyfrach na białym blacie. Dochodziła 22.00, zaczynała się dwunasta godzina mojego pobytu w szpitalu, dokąd przyszłam tylko na moment, aby zadać jedno pytanie Karenowi. Poruszyłam nogami pod kołdrą, były bardzo słabe, jeszcze nie nadawały się, aby obciążyć je ciężarem ciała. Aida niespodziewanie położyła dłoń na tych nerwowo prężących się kolanach i nacisnęła je delikatnie.

– Wszystko w porządku... Naprawdę.

Zrobiłam wysiłek, żeby jej podziękować za opiekę. Skleciłam kilka zdań po rosyjsku, na koniec powiedziałam po polsku dziękuję.

– Nie wiem, czy będzie lepszy moment... – zaczęła, kiedy już się uspokoiłam. Jej głos urwał się nagle, przez dłuższą chwilę milczała. Kobieta, którą znałam jedną dobę, patrzyła mi w oczy tak intensywnie, jakby pragnęła zajrzeć do środka. Wytrzymałam to spojrzenie.

– Pani coś wie, prawda? Co pani mi chce powiedzieć?

Aida poruszyła się. Podeszła do okna i podciągnęła żaluzje. Rząd świateł z budynku po drugiej stronie dziedzińca rozświetlił pokój. Otworzyła okno. Stała chwilę tyłem do mnie, zapatrzona w wieczorny krajobraz. Wstępowałyśmy do tej samej rzeki powoli.

– Rozmawiałam długo z Artiomem. – Odwróciła się, ale nie podeszła do łóżka. – Kiedy twoje serce zaczęło gwałtownie kołatać, on wpadł w panikę... Był przekonany, że umierasz... Zaczął mi chaotycznie opowiadać o tobie, waszych poszukiwaniach, gdzie byliście, co się działo w ostatnich dniach. Rozpłakał się... kiedy mówił o twojej mamie, bo przecież do niej tu przyjechałaś, prawda? Położyłam otwartą dłoń na ustach, zrobiło mi się cieplej. Nie musiałam odpowiadać, między nami wszystko było dokonane, trzymała koniec nici, którą mnie również udało się pochwycić. Wczoraj obca, dzisiaj decydowała o tym, w którą stronę pójdę. Aida przez chwilę mówiła o Artiomie, po czym nagle zamilkła. Przeszła przez pokój, jej kroki były ciężkie, zmęczone. Zatrzymała się obok łóżka. Usiadła na krześle.

– Czy pani... zna moją mamę? – Pytanie zadałam, ledwie poruszając wargami. Aida złożyła dłonie na kolanach.

– Czy znam?

– Moja mama nazywa się Anna... Benc.

Aida miała w spobie spokój i dostojność, kiedy zaczęła mówić, we mnie również wszystko przygasło, poczułam się jak rozbitek, który po miesiącach dryfowania po groźnych wodach wreszcie zobaczył skrawek ziemi, ale jest zbyt wycieńczony błądzeniem, żeby zareagować. Po prostu milknie i czeka na ratunek.

– Brat mojego męża Tigrana Grigoriana nazywał się Gevorg. Urodził się 12 lutego 1959 roku w Spitaku. Był lekarzem. W 1986 roku pojechał do Warszawy na praktykę do wojskowego szpitala, wrócił w sierpniu 1988 roku... nie sam...

Czekałam. Czas przesuwał obrazy bardzo wolno.

7 grudnia 1988 roku o godzinie 11.41 nastąpił pierwszy wstrząs. Ziemia drżała niecałą minutę na 40% powierzchni Armenii, terenie zamieszkanym przez milion ludzi. Najwięcej ofiar było w Leninakanie*, w Spitaku, gdzie znajdowało się epicentrum i Kirowakan**. Zniszczeniu uległo 21 miast i 342 wioski, po niektórych nie został nawet ślad. Spod gruzów wyciągnięto 45 tysięcy osób, 25 tysięcy było już martwych, może więcej, radziecka cenzura nawet i tu

---

* Na początku lat 90. zmieniono nazwę miasta Leninakan na Giumri.
** Kirowakan obecnie nazywa się Wanadzor.

pchała swój nos, im więcej ofiar, tym mniej obowiązkowych powołań do wojska. Dwie trzecie zabitych stanowiły dzieci i młodzież. Kataklizm zastał ich w szkole, w ławkach, a szkoły, jak wiele innych budynków, stawiane były byle jak, z nieodpowiednich materiałów, konstrukcje nie zostały przystosowane do położenia w sejsmicznym pasie rozciągającym się od Alp po Himalaje. Jeśli wytrzymywały ściany, urywały się schody. Nie zniosłyby mniejszych nawet wstrząsów. Ten nie był wyjątkowo silny, miał 6,8 w skali Richtera. Tylko w Japonii i Ameryce buduje się bloki, które zniosą trzęsienie ziemi, nie grzebiąc pod zwaliskiem wszystkich mieszkańców. Inne sejsmiczne rejony świata po prostu nabierają wprawy w liczeniu ofiar i prowadzeniu statystyk.

Skala zniszczeń przeraziła tych, co przeżyli, najbardziej jednak tych, którzy przybyli z pomocą. Piętra gruzu, krajobrazy haftowane wyszczerbionymi białymi ścianami. Niczym drogowskazy na hałdach betonu wystawały wszędzie żelazne szyny, cienkie pręty, deski, połamane krzesła, całe zastępy krzeseł i ram, wygięte w bólu metalowe słupy, fragmenty czegoś, co służyło ludziom, co było potrzebne... i fruwające sterty papieru, jakby z każdego zniszczonego domu leciała w niebo cała kartoteka.

– Byłam w Erywaniu, kiedy to się stało. – Aida czasem patrzyła na mnie, to znów w otwarte okno. – W szpitalnej szafce z lekami zatrzęsły się szyby, rozległo się dudnienie, pomyślałam, że to czołgi jadą, że zaczęła się wojna... Wtedy w stolicy było niespokojnie, trwały protesty, ludzie zaczynali się burzyć, rozgrzani marzeniami o niepodległości, Górski Karabach... początek konfliktu, który kilka lat potem doprowadził do tej strasznej wojny. Siedzieliśmy jak na beczce prochu.

Aida mówiła flegmatycznie, jakby dyktowała komuś wspomnienia, które w tej chwili nie budziły żadnego lamentu.

– Podbiegłam do okna, chciałam te czołgi zobaczyć, ale nic nie jechało, tylko zewsząd nadchodzili ludzie, zbierali się na ulicy, wszyscy wyszli z domów, patrzyliśmy na siebie ze grozą, nikt nic nie wiedział, zaczepialiśmy się pytaniami, domysłami, przeczuwając, że stało się coś naprawdę potwornego, ale nie to... nie to...

Głos Aidy nie łamał się. Nie pytałam, o nic nie umiałam zapytać.

– Kolega mojego ojca był wysokim rangą oficerem w KGB i choć nie wolno mi było do niego dzwonić, wtedy zadzwoniłam. Numer telefonu trzymałam schowany w portfelu jak relikwię, tylko w chwili największego zagrożenia mogłam skorzystać z tej znajomości. Miałam trzydzieści pięć lat i dwoje małych dzieci, a mój mąż, Tigran, dwa dni wcześniej pojechał do Spitaku. Kola nie wiedział jeszcze, co się stało, kazał mi czekać na telefon, obiecał mi to. Dwie godziny później Kola Ryżkow zadzwonił do szpitala. Nie wiem, czy był z tych samych Ryżkowów, co ówczesny przewodniczący Rady Ministrów ZSRR Nikołaj Ryżkow, podobno tak. Trzęsienie ziemi... mówił podniecony... zawaliły się domy, ludzie przysypani, straszne zniszczenia... będzie dużo ofiar, może i ze sto tysięcy! Gdzie?! – krzyczałam w słuchawkę. – Gdzie to się stało?! Kola nie mógł wiedzieć, że mój mąż tam pojechał. W Spitaku, Leninakanie i Kirowakanie... tamte okolice najbardziej dotknięte, pewnie i inne miejsca też, nie wiadomo dokładnie. Ze zdenerwowania nawet mu nie podziękowałam, odłożyłam słuchawkę i pobiegłam na oddział.

Po kilku godzinach wieść dotarła do wszystkich, ogłoszono mobilizację i ludzie ruszyli na pomoc. Kto jaki pojazd miał, to jechał w kierunku miast dotkniętych trzęsieniem. Zablokowali drogi, nikt tego nie kontrolował, potem trudno było rannych wieźć do Erywania na operacje, wszystko stało w miejscu, tylko chaos się rozprzestrzeniał, bo to dzieje się najprędzej.

– Ale ja nie pojechałam, nam kazali szykować szpital na przyjęcie dużej liczby ciężko rannych, będą setki i tysiące, zanim nadejdzie międzynarodowa pomoc, musimy radzić sobie sami... I wiesz... – Aida lekko uśmiechnęła się do tej myśli. – W takiej chwili, nagle, nieoczekiwanie dla samej siebie, stajesz się twarda, potężna, nabierasz takiej siły, że gołymi rękami udusiłabyś wroga. Ale to żywioł, bez sumienia i bez oczu, jak z takim walczyć? Nie mogłam myśleć o mężu inaczej, jak o żywym, niosącym pomoc w samym epicentrum trzęsienia. Tigran był lekarzem, jak jego brat Gevorg i ojciec, jak teraz nasze dzieci. Wszędzie byliśmy potrzebni, ja tu, on tam. Naprawdę, nie rozważałam nawet takiej możliwości, że mogło im się coś stać. My, lekarze, bez przerwy flirtujemy ze śmiercią, ale też z nieśmiertelnością, stajemy się nietykalni.

Pierwsze ranne dzieci przywiózł ze Spitaku swoim samochodem mąż pielęgniarki, Vardan. Ledwie przenieśli tych małych chłopców na salę operacyjną, zaczęły podjeżdżać kolejne samochody, i następne, i dalej... Niektórzy szli o własnych siłach, większość trzeba było nieść, krew mieszała się ze łzami obserwujących i ciszą. Ludzie wyciągnięci z gruzów są milczący, niezdolni do niczego, otępiali, nie płaczą i nie krzyczą, szok ich prowadzi, dokąd inni wskażą. Vardan kursował jeszcze wiele razy, ale Aida nie mogła z nim porozmawiać, dopiero na trzeci dzień spotkali się przy wyciąganiu z samochodu martwej już, trzynastoletniej dziewczynki. Dwie koleżanki, jadąc na tylnym siedzeniu, trzymały jej głowę na kolanach, nie powiedziały nic aż do samego Erywania, potem nie mówiły przez wiele tygodni. Osierocone dzieci wywieziono w inny rejon Armenii, aby złagodzić im skutki traumy. Późniejsze psychologiczne badania wykazały, że wywiezione dzieci cierpiały tak samo, jak te, które pozostawiono na miejscu, blisko piekła i lęku. Wiele z nich zaginęło, sieroty, półsieroty, długo szukały drogi powrotnej do domu. Wiedziałam o tym, takim dzieckiem był Artiom.

– Kilka lat temu byłem przy wypadku drogowym... – Vardan powiedział Aidzie to, czego nigdy nie chciała usłyszeć. – Zwłoki czterech osób ułożono wzdłuż drogi i nie mogłem od tego porażającego obrazu oderwać wzroku... Pomyślałem, że to najsmutniejszy widok, jaki kiedykolwiek zobaczą moje oczy. Taka prawdziwa śmierć, nazwana i przedstawiona, na wyciągnięcie ręki były te zwłoki, ludzkie ciała nagle wyniesione gdzieś za horyzont życia ziemskiego. Ubrani byli zwyczajnie, w dobre ciuchy i czapki, buty niektórym spadły. Ruszali się godzinę wcześniej i przestali, ten brak ruchu i zimno na twarzach. Dziś zobaczyłem czterysta leżących obok siebie ciał, ledwo przykrytych, niepożegnanych, nie wiadomo czyich ojców, matek, dzieci...

Aida usiadła na niskim murku, pamięta, że chwilę wcześniej skaleczyła stopę, czuła, jak ciepła strużka krwi spływa jej do buta.

– A szpital w Spitaku? – zapytała Vardana, choć wiedziała, że żadnego szpitala już nie ma.

– Zniszczony, wszystkie szpitale zniszczone, dlatego tu wozimy... Mąż nie dał znać?

Aida poszła do dzieci. Wciąż umierały, trzymane za rękę przez młode dziewczyny ze szkoły pielęgniarskiej. Pierwsza i ostatnia pomoc. Nikt nie był w stanie tego zatrzymać. Operacje odbywały się wszędzie, na stołach jadalnianych odkażonych naprędce, niczym nieprzykrytych, na korytarzach, w pomieszczeniach służących do przechowywania sprzętów, lekarze wszelkich specjalizacji, którzy przybyli jako pierwsi, nie opuszczali szpitala przez tydzień, dwa, jedli tam i spali, potem przyjechali inni, aby ich zmienić. Nikt się nie oburzał, nie prosił o nic, to, co było, musiało wystarczyć.

Oficer KGB, Kola Ryżkow przyleciał samolotem z Moskwy z Gorbaczowem i Nikołajem Ryżkowem. Ulubieniec salonów Europy, Michaił Gorbaczow, przywiózł samolotem swoją wygodną limuzynę, którą zaczął objeżdżać tereny dotknięte tragedią. Nie wzbudził sympatii, złoty król, szczerze poruszony obrazem tragedii, rzucał obietnice, których nigdy nie dotrzymał. Nie odbudowano miast w dwa lata, rozpad Związku Radzieckiego zwrócił uwagę aparatu władzy w zupełnie innym kierunku. Pole zniszczenia i śmierci w Armenii krwawiło przez wiele lat. Nadal krwawi.

– Jedyne, co Gorbaczow zrobił dobrze – Aida nie kryła niechęci do byłego radzieckiego przywódcy – to zezwolił na wjazd zagranicznych ekip ratunkowych, łaskawie pozwolił, aby nam pomogły. Chyba ze strachu. Wydaje się to oczywistością, ale w 1988 roku było ewenementem. Dwa lata wcześniej, kiedy doszło do awarii reaktora w Czarnobylu, Rosja nie wpuściła pomocy zagranicznej, teraz się zgodziła. Japończycy ze swoim nowoczesnym sprzętem zostali odesłani z kwitkiem. Coś chyba Sowieci mieli do ukrycia, skoro nie pozwolili sejsmologom zbadać terenu dotkniętego trzęsieniem. Do dziś mówi się, że trzęsienie ziemi wywołały radzieckie podziemne eksperymenty nuklearne. W pobliżu były jednostki wojskowe, bezpośrednio przed tragedią padł rozkaz wywiezienia arsenału broni w odległe miejsca, ale nikt tego nigdy nie potwierdził. Żołnierzy było mniej, niż się spodziewano. Zresztą... mogli tylko gołymi rękami odrzucać gruz, na początku brakowało specjalistycznego sprzętu. Rzucili się na pomoc natychmiast, gdyby nie ich obecność, więcej ludzi umarłoby pod gruzami. Przyjechało do nas sporo sławnych osób... Matka Teresa, Cher, Charles Aznavour... i oczywiście odziały ratunkowe ze wszystkich krajów, Polski, Anglii, Japonii, innych republik.

Aida przeszła znów do okna. Mokre dłonie wytarłam w prześcieradło, zaplątałam kawałki chłodnego materiału pomiędzy palcami. Jeszcze niczego złego się nie dowiedziałam, może ta tragiczna historia będzie kończyć się długim i szczęśliwym życiem ocalonych? Aida nie śpieszyła się, nie miałam dostępu do jej wspomnień, z mowy ciała mogłam się jedynie domyślać, gdzie w tej chwili jest. Bardzo długo nie mówiła nic.

– Mój mąż Tigran i jego brat Gevorg zginęli pod gruzami zawalonego szpitala. – Usłyszałam jej głos. Nie widziałam twarzy, stała odwrócona plecami.

– Pojechałam z Vardanem na miejsce. Było tak zimno, śnieg, mróz i wiatr jak nóż. Okropne warunki dla ratowników. W naszym samochodzie zepsuło się grzanie, pamiętam to zimno, wciąż czuję lód... Przez całą drogę zastanawialiśmy się, gdzie zacząć szukać?

Aida rozłożyła ręce. Odeszła od okna.

– Ostatecznie znalazłam ich w kostnicy w Kirowakanie. Nie było tam prądu, zresztą jak wszędzie, więc chodziliśmy między ciałami zmarłych, świecąc im w oczy latarką, potem już tylko zapałkami... Setki ciał czekało na identyfikację. To ja... rozpoznałam Tigrana i Gevorga, twoją mamę też... W tym nieszczęściu jedynym pocieszeniem było to, że w chwili wstrząsu byli razem, w jednym pomieszczeniu... chyba jedli śniadanie... Pochowaliśmy ich na cmentarzu miasta Spitak. Karen miał wówczas trzynaście lat, Liana sześć. A ty, ile miałaś wtedy lat?

Zdziwił mnie niski głos, który wydostał się z mojego gardła. Chrząknęłam i powtórzyłam raz jeszcze.

– Niespełna cztery.

– A twoja mama Anna? – Aida zadała to pytanie, choć przez moment wydawało mi się, że brzmi tylko w mojej głowie.

– Dwadzieścia dziewięć – odpowiedziałam wciąż tym samym, dudniącym w studni gardła głosem. – Czy... moja mama... rozpoznała ją pani łatwo? Czy to była ona? Na pewno ona?

Aida zatrzymała wzrok na monitorze. Skinęła głową, ale nie odpowiedziała.

Czekałam, aż coś się stanie. W małej przestrzeni dzielącej mnie od kobiety nieświadomie strzegącej największej tajemnicy mej rodziny wirowały drobinki kurzu, które w szpitalnym pomieszczeniu miały zawsze krótki żywot. Zza zamkniętych drzwi dochodziły pojedyncze zdania wartkiej rozmowy, dwie osoby stojące na korytarzu śmiały się, głos mężczyzny był słabszy, kobieta okazywała więcej entuzjazmu. Mówili po angielsku. Podniosłam ręce do góry, rozprostowałam palce, zdziwiłam się, że nie boli. Chciałam posłuchać rytmu swojego serca, przyłożyłam otwartą dłoń do piersi, nie czułam bicia, przesunęłam ją wyżej, bardziej ku środkowi, ale tam było jeszcze ciszej.

– Anna, twoja mama Anna, pracowała w Spitaku. Dostali tam dosyć duże mieszkanie służbowe, zaczęli się urządzać. W Erywaniu nie było tak łatwo zdobyć własny, przestrzenny kąt. Wszyscy w rodzinie woleli, żeby byli bliżej nas, ale chcieli własnymi siłami zacząć. Mój mąż pojechał tam szkolić personel. Był świetnym chirurgiem ortopedą, słynnym na kilka republik. Według planu powinien był wrócić dzień przed trzęsieniem, 6 grudnia. Jak to teraz śmiesznie i niedorzecznie brzmi... według planu... Gevorg specjalizował się z neurologii, a Ania wybrała pediatrię, ale tylko teoretycznie, nie chciała zaczynać specjalizacji, zanim nie... – Aida przesunęła się bliżej stojącej na podłodze lampy. Słabo widziałam jej twarz. – Zanim nie przywiezie ciebie z Polski – powiedziała i zakryła twarz dłońmi.

– Dlaczego... dlaczego nie dostaliśmy żadnych informacji o jej losach? – zapytałam. Całkowicie opanowana, olśniona, zadowolona, że udało mi się zszyć wszystkie rozedrgane cząsteczki w jedną, atomową całość. Przyszło mi to niespodziewanie łatwo. Gdybym chciała, mogłam teraz wstać i wyjść z pokoju. Nogi, szyja, ręce, palce były mi posłuszne, czekały na komendę. – Dlaczego nie daliście znać? Tego nie potrafię zrozumieć. Dlaczego nie przekazaliście nam informacji o jej śmierci?

Aida podeszła do łóżka. Nie bardzo rozumiała, jaki zarzut stawiam, dopiero gdy zobaczyła mnie z bliska, złapała się za szyję. Zacisnęła palce. Moja młodość i jej starość zderzyły się nagle, ja byłam bliżej kołyski, ona nieskończoności, dlatego mogła tak na mnie patrzeć, poufale, rozsądnie, nie zareagowała gwałtownie, ten dramat był już za nią, dawno opłakany i należycie uczczony.

– Nie dotarła do was, do twojego ojca... wiadomość o jej śmierci? – W jej głosie było lekkie zdziwienie, ale nie trwoga. – Nie dostaliście wiadomości o trzęsieniu ziemi?

– Nie! – Przestraszyłam się swojego wrzasku. Usiadłam na łóżku, zakręciło mi się w głowie, ale wytrwałam, nie oparłam się o poduszki. – Niestety, nie... – powtórzyłam już innym tonem. – Zero informacji... żadnej, ani dobrej, ani złej...

– Helena... dziecko drogie, ale ja przecież... Nie odnalazł was Marian?! Jej piękny pierścionek przesunął się niżej na placu. Poprawiła go. – Informacje o twojej mamie, Annie Soleckiej, imię, nazwisko, datę urodzenia i jej ostatni warszawski adres przekazałam polskiemu ratownikowi. Zaginął Ani paszport, więc spisałam mu dane na kopercie, wyjechał, zanim możliwe było pozyskanie aktu zgonu. Myślę, że napisałam nazwisko poprawnie, skopiowałam ze szpitalnych dokumentów, stamtąd też wzięłam jej polski adres. Po jakimś czasie znaleźliśmy w gruzach trochę osobistych rzeczy należących do Ani, ale to było po jego wyjeździe. Do dziś pamiętam, jak się nazywał ten ratownik, młodszy chorąży pożarnictwa Marian Mater. Pochodził z Warszawy. Obiecał zawieźć osobiście tę smutną wiadomość twojemu ojcu. Spotkałam się z nim w Erywaniu na trzeci dzień po trzęsieniu, przyjechał po prowiant z grupą ratowników. Zaoferowałam mu nawet nocleg. Jako pierwszy złożył mi kondolencje, w mojej rodzinie wszyscy uparcie żywili się nadzieją, że Tigran i Gevorg się odnajdą, zadzwonią, przyjadą...

To Vardan nas poznał ze sobą. W tamtych dniach on zachował najwięcej przytomności, działał za trzech, myślał za pięciu, może dlatego, że nikogo w tym trzęsieniu nie stracił? Niemalże każdy kogoś opłakiwał, takich szczęściarzy jak Vardan wielu nie było. Długo rozmawiałam z Marianem, tak obrazowo opowiadał, że widziałam jego oczami, co tam się stało... Nawet o tych psach... Rosjanie przywieźli do poszukiwań wytresowane owczarki niemieckie, ale te mądre psiaki szkolone były do czegoś innego, reagowały na gwizdek, strzały, nie umiały szukać ludzi w gruzach. Marian w ogóle był przerażony tym wielkim bałaganem, jaki zapanował. Gruzini przyjechali jako pierwsi, rozstawili namioty, organizowali obóz, natomiast Bułgarzy nie nadawali się do niczego, tylko przeszkadzali, ale jak odrzucić pomoc płynącą z serca? Marian na drugi dzień leciał do Polski wojskowym samolotem, pewna jestem, że zrobił to, co obiecał, bo jeśli nie, to już całkiem stracę wiarę w ludzi... Napisałam mu jeszcze na tej kartce twoje imię, Helena, żeby nie było pomyłki. Także nazwisko twojego taty. Benc.

– Ja nic... nikt mi nie powiedział... – Zamknęłam oczy. Aida milczała przez chwilę. Wagony, ciężkie wagony jechały w mojej głowie, słyszałam tylko zgrzyt żelaza. Ile można biec?

– Marian Mater to był niezwykle solidny człowiek – głos Aidy nie zmienił się. – Każdy człowiek na tym świecie by się zlitował. Nie mieliśmy innego sposobu, żeby dać znać...

– Jak długo leżeli pod gruzami?

– Dwa dni.

Powtarzałam w głowie – dwa dni, dwa dni... żyli, nie żyli?

– Trudno mi pojąć... – podjęła po długiej przerwie. – Dlaczego Marian nie dotrzymał słowa? Przecież to było takie ważne. Polubiliśmy się, w tamtej okropnej sytuacji on niósł mi jakąś nadzieję... Dzieciom nie umiałam spojrzeć w oczy, a Marian mnie... wzmacniał, może to głupie, ale myślałam, że wskrzesi mojego męża. Dlatego boli mnie, że nie dotrzymał słowa, w tamtych dniach słowa były orężem, czepialiśmy się słów pocieszenia, obietnic, zapewnień...

– Może dotrzymał – powiedziałam. – Prawdopodobnie dotrzymał... – poprawiłam się. – Tylko do mnie ta wiadomość nie dotarła. Ojciec ją zatrzymał dla siebie.

Aida nie rozumiała. Kto by zrozumiał?!

– Nie powiedział ci? Podejrzewasz, że tato zataił przed tobą informację o śmierci twojej mamy? Umyślnie nie powiedział, jak zginęła?

Wciąż trudno mi było oskarżyć ojca, nie wiem dlaczego tlił się we mnie przymus, żeby go bronić. Czy zło ojca przechodzi na córkę? Czy istnieje taki przypadek? Bo jeśli on zły, to ja może jeszcze gorsza?

– Okrutne... – Aida spuściła głowę. – Naprawdę okrutne. Boże miłosierny... tyle lat...

– Tak. Mój ojciec to okrutny człowiek.

Ojciec odseparował mnie od rodziny, wspomnień, przeszłości, wszystkiego, co mogłoby naprawić pęknięte serce i wyleczyć obłąkaną głowę. Od matki trzymał mnie z daleka, choć dawno nie żyła. Cieszył się jej śmiercią? Pochwalił sprawiedliwego, tym razem rychliwego Boga? Czy po prostu poczuł ulgę, bo wraz ze śmiercią niewiernej żony skończył się jego wstyd? Co ze mną? Wolał patrzeć, jak tonę z żalem i tęsknotą na sinych ustach? Wygonił z mojego otoczenia te osoby, które matkę znały, mnie samą odpychał coraz dalej i dalej od tego, co mogłam zrozumieć. Bezcześcił jej pamięć od lat, ostatnim ruchem na planszy nienawiści wysłał ją z kochankiem do Ameryki. Dwoje umarłych ludzi posadził na ziemi obiecanej pod kalifornijskim niebem, które nie zna deszczu.

Miłość upośledzona triumfowała.

A

✍

Obserwowałam Helenę ukradkiem. Kiedy błądziła gdzieś daleko spojrzeniem, przypatrywałam się jej bacznie, szukając znaków, które pozwoliłyby mi ocenić, jakim okazał się dla niej ten rok z dala od kraju. Niewiele było podpowiedzi. Urosły jej włosy, ściemniała skóra, może trochę przytyła w okolicy bioder? Nosiła luźne ubrania, przeważnie w białym kolorze. Zachowywała się powściągliwie, ale bardzo uprzejmie w stosunku do mnie, a ja lgnęłam do tej delikatnie okazywanej serdeczności, gotowa odpowiedzieć wielkim uczuciem, jeśli tylko mi pozwoli. Kilka maleńkich zmarszczek wyznaczało ścieżki odchodzące od kącików oczu, wcześniej nie zauważyłam, żeby czas dobierał się do jej twarzy swoimi ostrymi narzędziami, przed którymi nikomu nie udawało się uciec. Czy była podobna do swojej mamy?

Patrzyłyśmy w milczeniu na czarną bazaltową płytę z wizerunkami dwóch mężczyzn i kobiety. Pod każdą wyrzeźbioną twarzą wielkimi cyframi wyryto datę 7 XII 1988. Tablica ozdobiona była po obu stronach wygrawerowanymi kwiatami złamanymi w połowie łodygi. Mężczyzna po prawej stronie miał bujną czuprynę, bokobrody i lekki, poważny uśmiech. Tigran Grigorian ubrany był w ciemną marynarkę i rozpiętą pod szyją koszulę. Mężczyzna po lewej, wyraźnie młodszy od brata, przystojniejszy, obcięty krótko, uśmiechał się szeroko. Miał ładne równe zęby. W golfie i marynarce, sprawiał wrażenie człowieka, który pozował do tej fotografii, będąc na urlopie. Gevorg Grigorian patrzył prosto w obiektyw. Pomiędzy nimi, niepodobna do siebie, moja siostra Anna. W białej bluzce odsłaniającej szyję i dekolt, uczesana bez grzywki, mocno zarysowane brwi nadawały jej twarzy surowość. Te nienaturalnie wygięte, czarne łuki brwiowe zmieniły ją tak, że z trudem poznałam swoją siostrę. Ale to była ona, Anna Solecka. Ucieszyłam się, kiedy zobaczyłam na nagrobku nazwisko.

Zza bazaltowej płyty nagrobka wyłaniała się pięknie wyrzeźbiona z kamienia płyta wotywna. Ormiański chaczkar wysoki na dwa metry. Smukły krzyż schowany w sercu kamienia wydziergany był delikatnym koronkowym ściegiem. Ozdobne zakończenia belek krzyża nawiązywały wzorem do tła i kuli, nad którą go osadzono. Piękno, które dzięki uwięzieniu nie przeminie. Chaczkar czuwał jak duch, potężny, czujny, zwrócony frontem w stronę gór.

Helena przesunęła donicę z kwiatami bardziej na środek, obdzielając radosnym różem troje umarłych.

– Musieliście pewnie bardzo zabiegać o ekshumację? To nigdy nie jest łatwa sprawa – powiedziałam z westchnieniem. Helena zapaliła świeczkę, schowała zapalniczkę do kieszeni.

– Niepotrzebnie... jak się okazało, ale chciałam mieć pewność, że to tutaj pochowano mamę. – Stanęła bliżej mnie. – Nie wszystkie zwłoki zostały zidentyfikowane po wydobyciu spod gruzu, czasami było to możliwe tylko po fragmentach ubrań, masowe pochówki odbywały się w pośpiechu, ścisnął mróz. Trumny dowożono ze wszystkich stron Armenii, Rosji, Gruzji. Na początku bardzo brakowało trumien, nie było w czym chować zwłok, mówimy tu o tysiącach ciał... Potem składowano je na stadionie, na ulicach, jedna na drugiej, stosy pustych trumien obleczonych czerwonym materiałem. Albo proste skrzynie. Ludzie je brali i grzebali swoich, a także nie swoich zmarłych. Panował potworny chaos po tej wielkiej tragedii, nietrudno było o pomyłkę... Koparki na cmentarzu ryły w ziemi rowy długie na kilkanaście metrów i wkładano tam, czasem nawet niedomknięte, trumny. Rozumiesz? Musiałam się upewnić...

– Mam nadzieję, że nie byłaś przy ekshumacji? – Mój głos zadrżał, kiedy stawiałam to pytanie. Helena spojrzała na mnie, pokiwała głową, ale ten nieznaczny ruch mógł oznaczać tak i nie.

– Kompletowanie stosownych pozwoleń mogło trwać latami... Udało się w miesiąc! Ludzie administracji państwowej zdają sobie sprawę, że prędzej czy później trafią do szpitala, tam familia Grigorian trzyma rękę na pulsie i na skalpelu. Pieniądze załatwiają wiele niezałatwialnych spraw. Pod tym względem Armenia nie różni się od innych krajów.

Gdybym postawiła jeden krok, mogłabym się przytulić do jej ramienia. Wystarczająco długo żyłam na tym świecie, żeby wiedzieć, jak trudno z samych tylko żalów, pretensji i zaniechań zrobić związek serc, nawet jeśli bardzo tego potrzebują. Dwie kobiety przy grobie, tylko dwie na wielkim, rozciągniętym do granic świecie.

Biały kościółek, zespawany zaraz po tragedii z blachy cynkowej, miał tymczasowo służyć żałobnikom, dopóki nie zostanie odbudowany ten, który się zawalił w mieście, ale przetrwał do dziś. Stał nieco niżej od miejsca, gdzie pochowano Grigorianów i mamę Heleny. Krzyż osadzony na strzelistym dachu odcinał się kolorem od tła. Góry Pambackie strzegły smutku w mieście Spitak, dumały nad cmentarzem położonym na wzgórzu. Pasmo to ciągnęło się aż po północno-zachodnie brzegi jeziora Sewan. Góry, które widziały wszystko i zapamiętały na wieki groźny pomkruk poprzedzający zapadnięcie się miasta pod ziemię. Nie umiały ostrzec, nie wydały z siebie dźwięku, może tylko pochyliły się niżej ku ziemi w tych ostatnich sekundach. Musiały bezsilnie patrzeć na rozpacz matek chowających swoje ubrane w szkolne fartuszki dzieci w zimnych, ciemnych grobach, słuchać ich lamentu nad trumną, której długo nie pozwalały zamknąć. Na tym cmentarzu w kolejne dni po tragedii koparki pracowały ciężko jak na placu budowy, kopiąc dziury w rozdygotanej ziemi. Ludzie przywozili trumny na ciężarówkach, wozami, nieśli na plecach pod górę swoje dzieci, matki, ojców, sąsiadów, nie wycierając łez, oddawali je zmarzniętej ziemi. Góry na koniec wzniosły się jeszcze wyżej, aby przez lata koić ból tych, którzy ocaleli.

Helena nie chciała mi opowiedzieć, jak patyczkiem z waty pobrano z wnętrza jej obydwu policzków odrobinki śliny, którą potem w laboratorium w Erywaniu porównano z próbkami pobranymi ze szczątków kobiety pochowanej z Grigorianami. Artiom opowiedział mi o tym, gdy wiózł mnie z lotniska. W oczekiwaniu na wynik analizy, wynik prawdopodobieństwa, Helena rysowała projekt chaczkaru. Pojechali z Karenem do Noratus, na to wielkie cmentarzysko, na którym postawiono ponad 800 chaczkarów upamiętniających ważne wydarzenia lub śmierci. Tam zrobiła setkę zdjęć tym najstarszym, z IX wieku, i tym najpiękniejszym, doskonale melancholijnym. Zamknęła się potem w pokoju na kilka godzin i rysowała, skreślała, rysowała dalej ostrzonym co kilka minut ołówkiem. Nawet przez zamknięte drzwi czuło się jej rozpacz. Trwało to długo, ale nikt nie śmiał przeszkadzać. Aida Grigorian nie pozwalała nikomu się zbliżyć do tych drzwi. Helena mieszkała już wtedy w domu matki Karena, dokąd przeniosła się po wyjściu ze szpitala. Artiom uznał to za „najlepsze, co się mogło wydarzyć"! Postawił trzy wykrzykniki przy tym zdaniu. Zadowolona byłam, że rozumiem prawie wszystko, co do mnie mówił po rosyjsku. Opowiadał gorączkowo, aby maksymalnie wykorzystać czas dojazdu do domu, gdzie czekała na mnie Helena. Może przeczuwał, że moja siostrzenica nie zechce mnie wpuścić do samego środka swoich przeżyć z ostatnich kilku miesięcy? „Powinna pani to wiedzieć" – dodawał w niektórych miejscach opowieści. Powinnam i chciałam. Wiózł mnie z lotniska pół godziny.

– Doktor Grigorian tak się bał o Helenę, że cały czas chodził z zapasem leków przy sobie. Po takich przeżyciach to każda żyła może pęknąć! Pani wie, że to zawał serca był? Ano tak... Najpierw stan przedzawałowy, a potem prawdziwy zawał serca! W takim młodym wieku. Nikt się w sumie nie dziwił, tyle ją spotkało... Doktor Aida nie pozwoliła powiedzieć Helenie prawdy, choć cały personej w szpitalu wiedział, ja też. Karen, rzecz jasna, zdawał sobie sprawę, co się naprawdę z jej sercem działo w tamten dzień, zgodził się z matką, żeby to przemilczeć. Helena do tej pory nie wie... Doktor Grigorian natychmiast odwołał wszystkie wyjazdy zagraniczne, przez pierwsze tygodnie opiekował się Heleną... całodobowo po prostu. Ona mówiła, że nic jej nie jest, zapewniała, że czuje się normalnie, ale on w tę normalność ani przez chwilę nie uwierzył, tylko... no, tkwił przy niej, jakby wartę trzymał... Załatwił testy DNA, raz dwa zbadali w Erywaniu, przyszły wyniki... Odetchnęliśmy z ulgą. Bo pani wie, jakby się okazało, że to nie ona... Jezu, gdzie szukać? Jak szukać? Potem jeździli do kamieniarza zamówić chaczkar, zobaczy pani, jaki piękny. Postawili go w Spitaku na cmentarzu dla całej trójki. Helena wszystkich zadziwiła, nikt nie przypuszczał, że ona może coś takiego... naszego... tak cudownie zaprojektować... Jakby miała ormiańską duszę. Ja to się nawet popłakałem, kiedy pojechaliśmy zobaczyć gotowe. Takie dzieła mogą powstać jedynie z samej głębi łkającego, bolejącego serca. Doktor Grigorian myślał, że ona będzie chciała zlikwidować tę płytę nagrobkową z fotografiami, ale nie... poprosiła tylko, żeby chaczkar ustawić trochę wyżej, ma patrzeć w stronę gór. Wszyscy przyjechali na uroczystość. Cała rodzina Grigorianów, ja, lekarze, pielęgniarki, przyjaciele rodziny, pacjenci, kto żyw! Nie liczyłem, ale było chyba z pięćset osób. Pani wie, wieść o poszukiwaniach Heleny, o jej mamie, Gevorgu... cała ta piękna, tragiczna historia rozeszła się po całym Erywaniu w kilka dni! Nawet telewizja przyjechała rozmawiać z Heleną, ale nie zgodziła się, w końcu doktor Grigorian musiał ten szum wyciszyć, bo to źle na jego ukochaną wpływało...

– Ukochaną? – złapałam ostatnie zdanie. Artiom zacisnął usta i pokręcił głową.

– Ona może jeszcze o tym nie wie, ale on...

– Naprawdę?

Artiom uśmiechnął się do swoich myśli, których nie dzielił ze mną, ale które najwyraźniej bardzo go radowały.

– Na milion procent...

Kiedy Helena zadzwoniła do mnie z wiadomością, że odnalazła grób mamy i dowiedziała się od Aidy Grigorian, co wydarzyło się w Spitaku 7 grudnia 1988 roku, pierwszą moją reakcją była prośba, aby pozwoliła mi do siebie przyjechać. Wizja jej samotnego zmagania się z tą nową sytuacją spędzała mi sen z powiek, błądziłam po mieszkaniu jak po ciemnym lesie, zapijając leki przeciwbólowe czerwonym winem. Rozplanowałam szczegółowo procedurę sprowadzania jej szczątków do Polski, obmyślałam, gdzie wybuduję pomnik, co na nim napiszę, jakie uroczystości będą temu towarzyszyć, ale Helena szybko mnie wyhamowała. Hardym, mocnym głosem powiedziała, że nie pozwoli na żadne „przenosiny" zwłok, mój pomysł uznała za bezczeszczenie pamięci i choć tego nie wyartykułowała, czułam, że nie życzy sobie, abym się wtrącała. Miała do tego prawo, bo niby dlaczego ja miałabym o czymkolwiek decydować? Ja, tchórz największy w tej rodzinie! Drugą rozmowę przeprowadziłyśmy już w znacznie spokojniejszym tonie, a kiedy napomknęłam ponownie, jak bardzo chciałabym do niej przyjechać, wspomóc ją w miarę swoich możliwości, przyznała szczerze, że potrzebuje więcej czasu na uporządkowanie spraw, jakie wokół niej wyrosły na wielkie, nieprzepuszczające zdrowych uczuć mury. Przyznała szczerze, że nie ma gdzie mieszkać, brakuje jej pieniędzy, przede wszystkim pozostaje wciąż emocjonalnie przygnieciona tym, czego się dowiedziała i nie może się podnieść, pleców nie może wyprostować, więc mam czekać, prosiła, jak tylko wszystko będzie możliwe i łatwiejsze do wchłonięcia, ona sama mnie zaprosi. Nawet słowem nie wspomniała podczas tej pierwszej rozmowy o swoim ojcu. Dopiero gdy zadzwoniła po raz drugi bardzo późnym wieczorem, między zdaniami całkiem małej wagi, rzuciła swoje najskrytsze, podszyte wielkim żalem, wyznanie.

– Nie chcę zaczynać nowego życia od zasadzenia pod oknem drzewka nienawiści do własnego ojca... – mówiła cicho. – Musiałabym na nie patrzeć codziennie... jak rośnie, jak kwitnie... Więc nie. Tak sobie wytłumaczyłam... rozsądnie, że przeszłość leży w grobie razem z moją mamą... Niczego już w niej nie zmienię, ani daty, ani rozmowy, ani... no, wiesz... zdrady nie zamienię na wierność i uczciwość, smutnego dzieciństwa w radosne na kolanach mamy, ojca, który mnie oszukiwał tyle lat, na ojca uczciwie kochającego swoje dziecko. Twojej nieobecności na obecność... Nie wiem, jak potoczyłoby się moje życie, gdyby na początku, jak tylko byłam w stanie to pojąć, ojciec powiedział mi prawdę o jej wyjeździe z Gevorgiem i śmierci w trzęsieniu ziemi? Proszę cię, ty też się nad tym nie zastanawiaj, bo obie zwariujemy.

Wzdychałam i pochlipywałam w słuchawkę, radując się, że ona taka mądra! We mnie nienawiść do Wiktora wypalała wielkie, łyse place na sercu i umyśle. Jedynym pocieszeniem było to, że przebywał w areszcie i sąd nie wyraził zgody na wyjście za kaucją. Jego proces miał się rozpocząć za miesiąc. Wszytkie pieniądze, jakie odziedziczyłam po śmierci Leona, a nie była to skromna sumka, wysłałam Helenie. Moni zapisał samochód. Mieszkanie we Wrocławiu aktem notarialnym zapisał Helenie, i tak to zrobił sprytnie, że nie musiała płacić podatku od tej darowizny. Zachowałam tę wiadomość na później, nie miałam pewności, czy Helena w ogóle wie, kto to był Leon Kwiatek i jaką rolę odegrał w jej życiu? Po raz kolejny zmagałam się ze wstrętnymi podejrzeniami, że Leon zdradził wtedy Wiktorowi plany wywiezienia jej za granicę. Odnowione, trzypokojowe mieszkanie w samym centrum miasta to była jego prośba z zaświatów o przebaczenie.

Mimo że Helena mnie o to bardzo prosiła, nie zaniechałam planu skontaktowania się z ratownikiem, który miał przekazać Wiktorowi wiadomość o śmierci Ani, choć nie byłam pewna, czy zrobię użytek z pozyskanej wiedzy. Marian Mater, przyjemny z głosu emeryt spędzający dni na wędkowaniu, odprowadzaniu wnuczki do szkoły i czytaniu książek podróżniczych, ucieszył się, kiedy do niego zadzwoniłam, od dawna chciał się podzielić z kimś tym wspomnieniem. Nie musiałam długo tłumaczyć, dlaczego postanowiłam go niepokoić po latach, chętnie opowiedział mi o swoich przeżyciach i misji, której się podjął. Odnalazłam go dzięki uprzejmości radiowca z Lubelskiego Oddziału Polskiego Związku Krótkofalowców, chętnie puścił w eter zapytanie, a potem jeszcze skontaktował mnie z osobami, które zabezpieczały łączność między polskimi ekipami podczas akcji ratowniczej. Dzwoniłam do nich po kolei, przedstawiałam się i zadawałam przeróżne pytania, w nadziei, że trafię na kogoś, kto pomagał przy odgruzowywaniu szpitala w Spitaku.

Marian Mater dokładnie pamiętał swoją wizytę w mieszkaniu Wiktora Benca. Wrócił z Armenii 29 grudnia, przywitał się z żoną i synkiem, zaraz następnego dnia rano, w piątek, pojechał pod adres zapisany na kopercie przez panią Aidę. Ulica Geodetów na Ochocie, numer bloku 8. Wiktor Benc otworzył mu drzwi, trochę zaspany, i przez chwilę wahał się, czy w ogóle go wpuścić do środka. Marian tłumaczył najpierw oględnie, że przychodzi do niego z wiadomościami, jakich nie powinno się przekazywać przez próg i chciałby z nim usiąść, spokojnie wyjaśnić, z czym przyjechał. Kiedy tylko powiedział: „Armenia" – tamten wysztywnił się i przymknął drzwi. Burknął, że córka je w kuchni śniadanie i nie chce jej niepokoić. Kiedy to mówił, mała, czteroletnia dziewczynka podeszła do drzwi i wychyliła się zza jego nóg.

Śliczna blondyneczka, w długiej koszuli nocnej, uczesana w dwa kucyki. Domyśliłem się, że to córka pani Anny, Helena. Jej imię też miałem napisane na kopercie. Tak mi się zrobiło żal tej małej dziewczynki... dorosły chłop, a musiałem walczyć ze łzami. Pan Benc odprawił ją szybko, a mnie kazał czekać, po czym zniknął na chwilę. Wrócił ubrany we wzorzysty sweter i sztruksowe spodnie. Niech się pani nie dziwi, że pamiętam takie szczegóły, mam tak od zawsze, oko do detali i fotograficzną pamięć! Gdyby nie mama, to nigdy bym nie poszedł do Szkoły Chorążych Pożarnictwa, zawsze interesowała mnie fotografia, filmy, ale ponieważ ojciec był strażakiem, mnie też tam pchnęli. Z Poznania zostałem przeniesiony do Stołecznej Komendy Straży

Pożarnej, bo chcieli jakiegoś młodego napaleńca, żeby im audio-wizualizację robił. Na tamte czasy kaset VHS robiłem, co mogłem. No i ledwie się przeprowadziłem z Poznania do Warszawy, żona była w ciąży, już praktycznie w rozsypce, przyszła wiadmość o trzęsieniu ziemi w Armenii! Wszyscy chcieli jechać na akcję, coś prawdziwego zobaczyć, i ja też. Mądra żona mnie wspierała, choć bała się porodu, wolała, żebym był blisko. Powiedziała, jedź i nieś pomoc, to jest twoja praca, ludzki obowiązek! Wytypowali mnie, bo umiałem obsługiwać kamerę, to chyba przesądziło. Lecieliśmy Iłem 18, rządowym samolotem, dziś bym do takiego nie wsiadł za żadne pieniądze. Wylądowaliśmy w Erywaniu kilka dni po, a tam na lotnisku Armagedon! Szwajcarzy już zwijali się do domu, Amerykanie przylecieli ze sprzętem i psami, jakie my dopiero teraz mamy, patrzyliśmy z otwartymi gębami na to, co ze sobą przywieźli. W Erywaniu czekaliśmy ze dwa dni, spaliśmy w fabryce mebli, na piankach, kto ważniejszy, spał na łóżkach gotowych do sprzedaży. Ja byłem najmłodszy, żadne luksusy mi nie przysługiwały. Wtedy właśnie poznałem Aidę Grigorian i całą tę tragiczną historię jej męża, szwagra i pani Ani z Warszawy.

Chciałem to Bencowi dokładnie opowiedzieć.

Benc nie wpuścił mnie do mieszkania, ostatecznie rozmawialiśmy na klatce schodowej, choć niewiele było tej rozmowy... Przyznam szczerze, trochę zniesmaczył mnie ten koleś od pierwszego kontaktu. Byliśmy w podobnym wieku, a traktował mnie jak jakiegoś natrętnego gówniarza, który na dodatek coś zbroił. Oparł się o ścianę, założył ramiona na krzyż i patrzył mi w oczy, jak na przesłuchaniu. Taki zimny drań. Mówię mu... panie Wiktorze, przychodzę ze smutną wiadomością o pana żonie... a on na to, niech pan najpierw powie, jaka to wiadomość, sam ocenię, czy smutna... Pani Aida mnie uprzedziła, że ci państwo się rozstali przed jej wyjazdem, ale przecież na litość boską, to była jego żona, matka jego dziecka! Usiłowałem go jakoś przygotować, żeby tak od razu nie walnąć o śmierci, ale on mnie pospieszał, zniecierpliwiony szurał pantoflem po posadzce. W końcu mu powiedziałem prostym tekstem – pana żona Anna zginęła 7 grudnia w trzęsieniu ziemi w mieście Spitak w Armenii. Została tam pochowana na cmentarzu wraz z innymi ofiarami tego straszliwego kataklizmu. Spociłem się, proszę pani, trzęsły mi się ręce, na płacz mi się zebrało, a on zapytał tylko, czy ta informacja jest pewna na 100 procent? Potwierdziłem. Benc na to, z takim głupkowatym uśmieszkiem, który wrył mi się w pamięć: „Dziękuję panu za fatygę...". Wyciągnął rękę na pożegnanie, uścisnąłem ją mocno i odczekałem, aż zniknie za drzwiami. Stałem kilka minut na schodach klatki, przekonany, że on zaraz do mnie ponownie wyjdzie, zaszlocha, rozklei się, dopiero wtedy usiądziemy spokojnie porozmawiać, wódkę postawi, opowiem mu o tym piekle, o tym bezmiarze ludzkiej tragedii, którą widziałem na własne oczy, ale nic takiego się nie wydarzyło... W mieszkaniu było cicho, po chwili zabuczał odkurzacz. Poszedłem na przystanek tramwajowy i całą drogę gadałem do siebie, dziwując się takiej znieczulicy. Kiedy dziesięć lat później zobaczyłem Benca w telewizji, to go w pierwszej chwili nie poznałem! Obcięty na jeżyka, elegancki garnitur, niebieska koszula, złote ramki okularów, jak ambasador jakiś, ważniak pełną gębą. Ten sam lekceważący ton co przed laty! Nie nauczył się ukrywać, jak wysoko ceni siebie, a jak nisko innych.

Dziękowałam Marianowi Materowi za poświęcony czas i za to, że dotrzymał słowa. Na koniec powiedziałam, że dopiero teraz, po dwudziestu siedmiu latach, ta mała dziewczynka Helena, którą widział w mieszkaniu na Geodetów, dowiedziała się, jaki los spotkał jej mamę. Nie od ojca. Marian Mater zaniemówił na długą chwilę.

Zeszłyśmy w dół ścieżką ułożoną ze schodów. Obok wejścia do kościoła Helena się zatrzymała. Włożyła ręce w kieszenie spódnicy. Ciepłe i suche powietrze koiło moje bóle, czułam się lekko, całkiem zdrowo, mogłam iść z nią równym krokiem. Patrzyłyśmy na góry i na miasto rozłożone w dole jak gra planszowa.

– Pięknie i smutno zarazem... – powiedziałam. Helena uczyniła taki gest, jakby mnie chciała ująć za łokieć, ale tego nie zrobiła.

– Tak łatwo mogłabym się poddać temu smutkowi. Nawet na zawsze...

Nie mogłam na nią spojrzeć, bardzo obawiałam się tego, co zobaczę w jej oczach. W głosie brzmiały wszystkie nuty, prawdziwe i te udające przede mną spokój.

– Nie jest tu sama. Jej młoda dusza nie frunie samotnie między górami, czuję wszędzie obecność innych dusz. Tych z 1988 roku i tych sprzed tysiąca lat... Szybko przemijamy, pstryk i kończy się wspaniałe życie, czy byle jakie, wszystko jedno. Tylko te mocarne góry wciąż stoją i pilnują snów zmarłych. – Zwróciła się do mnie. – Nie pomyśl, że ponosi mnie egzaltacja, dobrze sobie przemyślałam tę kwestię, ale ja też chcę tutaj... Nie wyobrażam sobie gdzieś indziej...

Spojrzałyśmy w kierunku cmentarza. Z miejsca, gdzie stałyśmy, widać było „nasz" chaczkar. Nie byłam pewna, czy dobrze zrozumiałam, więc zapytałam wprost.

– Zostajesz w Armenii?

Nie musiała odpowiadać. Słońce zniżyło się między szczyty gór, cieplejsze i bardziej żółte promienie oświetliły zbocze. Chciałam to sfotografować, jednak szkoda mi było tej magicznej chwili na robienie zdjęcia. Tyle już mi uciekło przez to, że zapragnęłam na coś spojrzeć cudzym okiem. Może lepiej zapamiętam ten moment, niż zrobiłoby to zdjęcie? Ruszyłyśmy wolnym krokiem w stronę parkingu. Helena wyciągnęła z torebki rozśpiewany telefon i zaczęła rozmawiać, cicho odpowiadając na pytania. Stała odwrócona plecami, nie słyszałam treści rozmowy. Nie chciałam podsłuchiwać, zaczęłam iść w stronę samochodu. Kiedy skończyła, podbiegła do mnie i obie przyspieszyłyśmy kroku.

– Karen przesiadł się w Paryżu na wcześniejszy samolot do Erywania, poznasz go dziś wieczorem – powiedziała, uśmiechając się samymi tylko oczami. Wszystko było w tym uśmiechu.

– Na pewno jest bardzo miły, jak pozostali członkowie rodziny. Tak mi się przyjemnie rozmawiało z Aidą, serdeczna i otwarta kobieta... jestem nią po prostu oczarowana – przyznałam.

– Ja też. – Helena dopiero teraz wzięła mnie pod rękę.

Od przyjazdu i rozgoszczeniu się w ich domu podziwiałam ciepłe stosunki między nią a matką Karena. Sposób, w jaki do siebie mówiły, drobne gesty, wymieniane grzeczności świadczyły o zawiązującej się mocno przyjaźni. Cieszyłam się i zazdrościłam. W życiu Heleny pojawiła się silna i mądra kobieta, która ją przytulała do serca każdym spojrzeniem. Żałowałam, że nie byłam nią ja. Między nimi już tyle wydarzyło się dobrego, ja przyjechałam jako obca, nikomu nieznana, lękająca się osądzenia. Czekałam, kiedy ktoś mnie zapyta, dlaczego nie walczyłam o Helenę? Dlaczego pozwoliłam jej ojcu tak po prostu ją wyrwać z mojego życia? Co mnie powstrzymywało przez te wszystkie lata przed wyjaśnieniem do końca przyczyn zniknięcia mojej siostry Ani? Aida nie zapytała, nawet wtedy, kiedy nadszedł ten najtrudniejszy moment, nie runęła na mnie z żadną pretensją, choć czuło się, bez cienia wątpliwości, że wszyscy stoją za Heleną murem. Byli jej adwokatami. Kiedy Aida w pierwszym dniu mojego pobytu w Erywaniu przyniosła małe pudełko i bez słowa postawiła je na stole między nami, najpierw się przeraziłam, potem na chwilę stanęło mi serce ze wzruszenia. Helena zapytała: – Co to takiego? – ale Aida tylko poklepała ją po ramieniu. Kiedy wyszła, zamykając za sobą drzwi, wpatrywałyśmy się w to szare, kartonowe pudełko, nie bardzo wiedząc, co z nim począć, kto powinien go dotknąć pierwszy? Promienie słońca padały na stół, przecinając go cienkimi nitkami blasku, siedziałyśmy po przeciwnych stronach, odliczając sekundy, przenosząc się w czasie, świadome, że zaraz dogoni nas wspomnienie lub choć pragnienie przypomnienia sobie jej osoby, czegoś, co miała w ręce, co przytuliła do twarzy. Helena wyciągnęła parę maleńkich różowych skarpeteczek przewiązanych, kiedyś białą, teraz pożółkłą aksamitką.

– Kiedy cię chrzciliśmy... miałaś je na nóżkach... Nie wiedziałam, że Ania zabrała je ze sobą w podróż... – powiedziałam, sięgając po pierwszą pamiątkę. Helena położyła je na otwartej dłoni i mi podała.

– Leon kupił je w NRD, pamiętam doskonale, zapakowane były w foliowym pudełeczku i przewiązane wstążką, pochodziły z angielskiego sklepu Mothercare. Ania bardzo się ucieszyła tym drobnym prezentem. Pasowały do twojej białej sukienki i białego becika obszytego różową koronką.

Helena położyła je obok pudełka. Wyciągnęła swoje fałszywe świadectwo urodzenia, dokument opisany w dwóch językach, rosyjskim i ormiańskim, stwierdzający, że urodziła się w Armenii 5 kwietnia 1984 roku. Gevorg miał go przy sobie, kiedy czekał w Kijowie na Witę i Helenkę. Helena podała mi list z początku września, w którym opisałam Ani dokładnie noc, gdy Wiktor przyjechał ze swoimi łobuzami odebrać nam Helenkę. Powiedziała, że jeśli się zgodzę, to chciałaby go sobie teraz przeczytać. Nie wiem, dlaczego mnie zapytała o zgodę, ten list nie należał do mnie. Podeszła do okna, rozprostowała delikatnie zgięcia i przybliżyła oczy do pożółkniętego papieru. Nie pamiętałam dokładnie, co napisałam, ale na pewno rzetelnie przedstawiłam, klatka, po klatce, wydarzenia tamtej nocy. Kiedy czytała, zaglądnęłam do pudełka. Na wierzchu leżały indeks Ani, szczotka do włosów, rozbite okrągłe lusterko wielkości plastra ananasa i etui na pióro. Na spodzie – ręcznie dziergany szalik, który należał do naszej mamy. Niebieskie paski przeplatane były szarą wełną z frędzlami takiego samego koloru. Odkąd pamiętam, Ania nosiła ten szalik, każdej zimy. Rozciągnęłam go na długość stołu.

Na podwórzu zaszczekał pies. Helena na moment podniosła oczy znad kartki i spojrzała przez okno. Słyszałam, jak Aida zaprasza Artioma do środka. Pokrzykiwał coś radośnie, Helena pomachała mu i szybko włożyła list z powrotem do koperty.

– Mogę zabrać ten szalik? – zapytała. Patrzyłam, jak owija go wokół szyi.

– Twoja babcia go nosiła od święta, twoja mama na co dzień, teraz niech grzeje twoją szyję – odparłam.

Zza zamkniętych drzwi dochodziły fragmenty rozmowy. Głos Aidy przemieszczał się, raz był blisko, jakby przechodziła obok nas, to znów oddalał się w głąb domu. Nasłuchiwałyśmy przez chwilę, gotowe na wejście gościa, ale oni postanowili nam nie przeszkadzać. Głosy nagle umilkły, musieli przejść do drugiego salonu po przeciwnej stronie korytarza. Helena przejrzała się w rozbitym lusterku.

– Czuję się tak dziwnie... nie umiem tego opisać, jakbym leciała ponad własną głową... Nie zdążyłam ci podziękować za przywiezienie z Polski tego słoja z kompotem śliwkowym. Myślałam, że to jedyna pamiątka po mamie, a tu taka niespodzianka... – Ostrożnie odłożyła lusterko do pudełka. – Parę drobiazgów, prawdziwy majątek dla sieroty...

– Helenko... – jęknęłam. Bałam się zamrugać, pod powiekami było już tak mokro, że gdybym choć lekko nimi poruszyła, popłynęłaby rzeka łez.

– Jestem starsza od mojej mamy – powiedziała, rozplatając szalik z szyi. Złożyła go w kostkę i położyła na oparciu fotela. – Ty też od swojej jesteś starsza. Może to jakaś klątwa na nas ciąży, że matki umierają tak młodo? Wiesz... Sam fakt jej śmierci nie przeraża mnie tak bardzo, jak jej okoliczności. Ciągle o tym myślę, usiłuję to zobaczyć, poczuć te... 42 sekundy trzęsienia ziemi i gruz, który zasypał ludzi żywcem. A może nie? Może jeszcze kilka godzin żyli, przygnieceni jakąś belką czy żelazem, niezdolni się poruszyć ani krzyknąć? Było wtedy tak zimno... padał śnieg... Myślisz, że mama zdążyła poczuć to zimno, jakie wdarło się przez dziurę, która moment wcześniej była dachem? Tylko schody tam zostały. Gdyby ktoś potrafił mnie zapewnić, przysiąc, że umarła szybko... Jestem niesamowicie chciwa, wiem, najpierw chciałam tylko się dowiedzieć, co się stało, teraz zaczynam mieć pretensje, że nie poznam wszystkich szczegółów...

Helena usiadła w fotelu i znów wzięła do ręki szalik.

– Rozmawiałam z pewnym człowiekiem, który... widział, jak wali się szpital... Stał na ulicy i nagle jakby pod stopami zjawił się wieloryb, ziemia się poruszyła, a bloki, na które patrzył, zaczęły się kiwać jak drzewa pod naporem wiatru... I właśnie tam wielki betonowy słup przywalił młodą kobietę. Rozgniótł ją i nie było możliwości tego słupa podnieść. Żeby wygłodniałe psy nie dobrały się do ciała, strażacy wycinali ją po kawałku... szczątki. Zapewnił mnie, że to była Ormianka, miała czarne włosy... Pamiętał te włosy, a przecież mama była blondynką, to nie była ona.

Dotarło do mnie, jak nikczemnym był mój pomysł napisania biografii jej ojca, Wiktora Benca. Ile krzywdy poszłoby w świat i jakie szerokie koło mogłaby zatoczyć! Większość tajemnic pochowanych w naszych głowach powinno tam zostać i cicho skonać. Po co wywlekać je na pierwszy plan i krzyczeć obcym ludziom w oczy, że się mylą co do danej osoby czy wydarzenia? Maleńka satysfakcja, żyjątko kilkudniowe, nic więcej. A co w takim razie z prawdą? Gdzie jest jej miejsce? Czy ktoś potrzebuje prawdy, czy tylko bezpieczeństwa i pewności jutra?

Wyjeżdżałyśmy ze Spitaka, kierując się na Erywań. Nie można było zbłądzić, miasto ciągnęło się wzdłuż drogi, a ta odchodziła w prostej linii od cmentarza. Rzędy nowo pobudowanych domów z różowego tufu pokrywała czerwona dachówka. Różniły się wyraźnie od tych, które przetrwały trzęsienie ziemi, nawet niedoświadczone oko mogło zobaczyć, co stało tu przed, a co wybudowano po. Wciąż przenosiłam wzrok na pasma górskie zaznaczone majestatyczną linią ponad miastem, fascynowały mnie, wołały o spojrzenie, jakby nie chciały zostać w tyle. Helena opowiadała o ormiańsko-amerykańskim biznesmenie Kirkorianie i jego fundacji Lincy, która wspomogła Armenię miliardem dolarów. Pieniądz zarobiony przez tego filantropa i inwestora, budowniczego Las Vegas, trafił do ojczyzny jego rodziców i głównie dzięki tej pomocy miasto Spitak dźwignięto z kolan po tragedii z 1988 roku. Buńczuczne obietnice Gorbaczowa o odbudowaniu miasta w dwa lata przeminęły z wiatrem pierestrojki, inne ważne sprawy pochłonęły upadający Związek Radziecki i na Republikę Armenii nie starczyło ani pieniędzy, ani politycznej chęci.

– Lubię tu przyjeżdżać... – powiedziała, kiedy wyjechałyśmy z miasta. – Siła przyciągania tego miejsca jest ogromna.

– Dokładnie to samo pomyślałam. Nie jestem wielce bywała w świecie, choć tu i ówdzie już lądowałam, ale Armenia, hm... tak blisko Polski, taka niezwykła kraina. Jeśli pozwolisz, będę cię tutaj odwiedzać.

Jechałyśmy z niedozwoloną prędkością, Helena prowadziła pewnie, ciut za szybko, nie śmiałam jednak zwrócić jej uwagi. Dopiero kiedy nieco zwolniła przed białą puszką radaru, zapewniła, że będę najmilszym gościem w ICH domu. Nasłuchiwałam przez chwilę, przekonana, że się przejęzyczyła, ale Helena spojrzała na mnie przelotnie i uśmiechnęła się. Ostra szpilka ukłuła moje serce, tak bardzo ten uśmiech był podobny do uśmiechu Ani. Ozdobił jedno słowo – nas.

– Odwiozę cię do domu Aidy, ale nawet nie będę wysiadać, jadę prosto na lotnisko po Karena.

– Nie za wcześnie? Mówiłaś, że dopiero wieczorem przyleci. – Patrzyłam prosto przed siebie. Helena odpowiedziała po chwili.

– Tak. Muszę się dobrze przygotować na to, co mu powiem... Zebrać wszystkie myśli i uczucia w całość, żeby mi nie zabrakło słowa... Kiedy wylatywał miesiąc temu do Atlanty, ostatecznie zamknąć, jak się wyraził, amerykańskie afery, nie byłam gotowa na poważną rozmowę. Wszystko wciąż wisiało w powietrzu. Brakowało mi dwóch elementów, spotkania z tobą i bardziej prozaicznego, rozwodu. Przede wszystkim jednak musiały w końcu ucichnąć te wszystkie smutne melodie, które grały mi w głowie, zagłuszając każdą wolną myśl. Nie sposób otwierać nowych drzwi w takim huku.

– I ucichły? – zapytałam.

Oderwała na moment obie dłonie od kierownicy i wskazała na błękit nieba przed nami.

– Ruszyłam w tę podróż z pustymi rękami, patrz, co teraz mam...

Twarz Heleny była pogodna i gładka jak po wielogodzinnym, relaksującym śnie. Jej powieki lśniły delikatnym beżem, szminka orzechowego koloru uzupełniała makijaż. Rozpuszczone włosy opadały na ramiona, przy każdym jej ruchu czułam piżmowy zapach. Na palcu prawej dłoni, która wciąż wskazywała niebo, dostrzegłam obrączkę ozdobioną rzędem maleńkich brylancików, prezent, który przyjęła od Karena w swoje trzydzieste drugie urodziny.

Rzeszów, 14 stycznia 2016 r.

PODZIĘKOWANIA

Na początku 2015 roku przyśniła mi się podróż do Armenii. Pięć miesięcy później poleciałam do Erywania. Nie byłoby tego snu, gdyby nie epickie, barwne i niezwykle emocjonalne opowiadania o ojczyźnie Ormianina Karo Karapetyana. Dziękuję całej jego rodzinie Hrmushyan za gościnę, pomoc, serce, cierpliwość oraz te wspaniałe szaszłyki! Mherowi i jego żonie Lianie za oprowadzanie nas po Erywaniu, za zorganizowanie całej logistyki, tłumaczenie zawiłości historii Armenii, za bardzo osobiste wspomnienia tragicznych dni po trzęsieniu ziemi w Spitaku.

Karo, Tobie dziękuję osobno, za te wszystkie opowieści przy kawie i winie. Natchnąłeś mnie.

Dziękuję mojemu Karolowi, że mnie bezpiecznie obwiózł po Armenii i ani razu nie zaprotestował, kiedy krzyczałam mu do ucha po raz enty: – Tu się zatrzymaj!

Specjalne, wielkie podziękowania dla Gosi Pomianek-Grigorian i jej męża Artura Grigoriana, mojego amerykańskiego oddziału wsparcia! Stworzyłam fikcyjnego bohatera z żebra prawdziwego człowieka... Dziękuję Ci, doktorze Grigorian, za złożenie fragmentów swoich losów w moje ręce. Przyjemnie się tworzyło.

Czapką do ziemi, kłaniam się i dziękuję dwóm konsultantom, bez których interwencji moja opowieść potykałaby się o merytoryczne, językowe oraz obyczajowe pomyłki.

Po polskiej stronie – kiedyś mojemu koledze z I LO w Rzeszowie, dziś profesorowi doktorowi habilitowanemu Grzegorzowi Ostaszowi. Zaszczyt i czysta przyjemność!

Po stronie ormiańskiej – wspaniałemu rysownikowi i artyście Surenowi Vandarianowi. Nie wiem, ile wina musiałabym postawić na stół, żeby się odwdzięczyć za pomoc i wsparcie! Jeśli w tej opowieści bije prawdziwe ormiańskie serce, to tylko dzięki Tobie, Suren.